KB061455

처녀명란전

서녀명란전

7

관심즉란 장편소설

위즈덤하우스

知否? 知否? 应是绿肥红瘦

아는가, 아는가,

푸른 잎은 짙어지고

붉은 꽃은 진다는 걸

목차

제5장

하지만 그는 해당화가 여전하다고 말하네 (2)

제5장

하지만 그는 해당화가 여전하다고 말하네 (2)

제179화

해마다 풍요로워지는 밥상과 '깃털 부채 흔들기'에 관한 이야기

여 각로는 본래 가난한 집 자제였다. 그러나 태생이 영특하고 머리가 비상하여 어릴 때부터 은사의 눈에 들었고, 훗날 은사는 그를 사위로 맞아 출셋길을 터주는 데 도움을 아끼지 않았다. 그 덕에 여 각로는 순풍에 돛단 듯 제법 순탄한 길을 걸을 수 있었다. 물론 사는 동안 우여곡절도 겪었지만, 큰 탈 없이 지나갔고 말년에는 명예롭게 퇴직할 수 있었다. 이처럼 박식하고 인생 경험도 풍부한 여 각로였으나 후부에서 쫓겨난 공홍초 입에서 사건의 내막을 듣게 되자, 하도 기가 차서 몸이 다 휘청거릴 지경이었다.

그는 아들 내외가 이토록 아둔하고 어리석다는 사실을 좀처럼 믿을 수가 없었다.

"영명하신 나리, 고 태부인은 한 손으로 하늘을 가릴 만큼 후부에서 막강한 권력을 쥐고 있었습니다! 그런 분이 제 목숨줄까지 틀어쥔 터라 저는 시키는 대로 하지 않을 수 없었습니다!"

공홍초가 바닥에 무릎을 꿇고 눈물 콧물을 쏟으며 말을 이었다.

"제가 입을 다물고 있는 바람에 큰마님께서 고초를 겪으셨다는 것을 잘 알고 있습니다. 하지만 저는 혹여 죽임을 당할까 두려워 말을 할 수 없었습니다. 부디 나리께서 자비를 베푸시어 저를 한 번만 용서해주십시오."

부모와 동생 내외 앞에서 자기 딸이 사통한 사실이 까발려지자 여 대인의 안색이 붉으락푸르락해졌다. 옆에서 여 부인이 무릎 꿇은 공홍초를 죽일 듯이 노려보았다. 눈빛은 타는 분노로 이글거렸으나 시부모님이 자리에 계시기에 감히 경거망동하지는 못했다. 여 대인이 곁눈질로 연로한 부친의 안색을 살폈다. 가슴팍을 벌렁거리며 거칠게 숨을 내뱉는 부친을 보며, 여 대인이 조심스레 한마디를 꺼냈다.

"소자가 불효하여 아버님께 심려를 끼쳤습니다. 이 모든 것은 못난 제 잘못이니, 부디 노여움을 푸시고 몸부터 생각하시옵소서!"

여 각로가 아들을 힐끗 보고는 비꼬듯 말했다.

"인제 와서 효를 입에 올리는 것이냐? 도사까지 매수하여 진실을 가리려고 하지 않았느냐! 내 평생 쌓은 명성을 너희들이 다 무너뜨리는구나! 차라리 비상 한 사발을 다오. 이 추악한 꼴들 안 보고 바로 눈 감는 게 속 편하겠구나!"

여 각로는 지난 수십 년간 관료 사회에서 온갖 부침을 겪은 만큼 고정엽의 예상대로 역시나 노련했다. 반역죄로 집안 전체가 풍비박산이 나지 않고서야 그가 당황할 만한 일은 거의 없었다. 그러니 웬만한 일로는 몸이 상할 만큼 격노할 리도 없었다. 지금도 보면 기세 좋게 욕사발을 퍼붓고 있지 않은가.

여 대인은 귀까지 발갛게 달아오른 얼굴로 아무 변명도 하지 못한 채 '쿵' 하고 무릎을 꿇었다. 상황을 지켜보던 여 부인도 이를 악물고 남편을 따라 무릎을 꿇었고, 형님과 형수의 모습을 본 셋째, 넷째 내외도 연이어 무릎을 꿇었다. 여 각로가 표정 없는 얼굴로 부들부들 떨고 있는 공홍초를 향해 말했다.

"고가에서 서신을 보냈다. 그동안 널 붙잡아 두었으니 이제 너에게 자유를 주라더구나. 좋은 집안에 시집도 보내고."

그가 고개를 돌려 넷째 며느리를 보며 말했다.

"아가, 등주에 돌아가면 네가 책임지고 처리하거라."

넷째 부인은 무릎을 꿇고 있는 여 부인의 눈치를 보며 망설이듯 말했다.

"아버님, 그건……."

말이 끝나기도 전에 여 부인이 분노에 휩싸여 고개를 홱 쳐들었다. 그녀가 공홍초를 살벌하게 노려보며 소리쳤다.

"세상에 이런 일도 있답니까! 저 간특한 계집이 우리에게 얼마나 몹쓸 짓을 저질렀는데요! 당장 목을 베어도 시원찮을 판에! 어찌……."

여 각로가 탁자를 쾅 하고 세게 내리치더니 큰며느리를 차갑게 노려보았다. 여 대인이 황급히 부인의 소매를 끌어당기며 눈치를 주자 그제야 여 부인이 고개를 돌려 시아버지를 바라보았다. 살얼음 같은 여 각로의 눈빛과 마주하자 여 부인은 심장이 철렁 내려앉아 그대로 입을 다물고 말았다.

눈치 빠른 공홍초가 얼른 이마를 조아리고는 연신 절을 올리며 흐느꼈다.

"모든 것이 이 미천한 제 탓입니다. 나리, 그만 노여움을 푸시어요. 그러다 몸이라도 상할까 두렵습니다. 제가 씻을 수 없는 죄를 지었다는 걸 잘 알고 있습니다. 허나, 제겐 힘없는 노모가 있습니다. 자식 된 도리로 어찌 어머니를 부양하지 않을 수 있겠습니까?! 부디 제 연로한 모친을 불쌍히 여기시어 제가 돌볼 수 있도록 한 번만 용서해주십시오!"

여 각로가 천천히 고개를 돌리며 메마른 말투로 말했다.

"홍초야, 너는 우리 문중에서 자랐으나 언홍이의 먼 친척이나 다름없으니 노비라고 볼 수 없다. 우리 여씨 문중에서 어찌 네게 벌을 주겠느냐? 다만 네가 지금 의지할 곳이 없는 듯하니, 집안의 어른으로서 어울리는 혼처를 찾아주려는 게다."

이때 그의 입가에 의미심장한 냉소가 떠올랐다.

"언홍이를 시집보낼 때 널 같이 보내는 게 아니었는데, 우리가 너한테 몹, 쓸, 짓, 을 했구나."

여 각로는 일부러 끝말에 힘을 주었다. 공홍초는 가슴이 뜨끔하여 고개를 살짝 들었다. 흐릿한 실내 불빛에 비친 여각로의 주름진 얼굴이 흡사 염라대왕처럼 보였다. 공홍초는 섬뜩한 마음에 황망히 고개를 떨구고는 더는 연기할 엄두를 내지 못했다. 이번에는 진짜로 온몸이 떨려왔다. 노친네가 눈치 한번 빠르기는. 그걸 바로 알아채다니…….

그렇다. 분명…… 고의성도 있었다.

당초 그녀는 여언홍이 통정한 것을 알고도 적극적으로 말리지 않았다. 지위와 명예를 송두리째 잃을 수도 있는, 부도덕한 짓임을 알면서도 묵인했다. 나중에 고 태부인이 그녀더러 여 부인에게 거짓을 고하라 했을 때, 회유와 협박이 있기도 했지만, 실은 그녀 자신도 여 부인을 곤경에 빠뜨리고 싶었던 것이다. 그리고 그녀가 이렇게 행동한 데는 나름의 사연이 있었다.

공홍초의 부친은 시골에서 수재로 불린 사람이었다. 척박하긴 하나 밭도 수십 무나 있었고 집안 형편도 나쁘지 않아 온 가족이 단란하게 잘 살아가고 있었다. 외동딸인 공홍초는 특히나 아버지의 사랑을 독차지했다. 그러다 아버지가 갑작스레 세상을 떠났고, 친척들은 땅을 빼앗기 위해 수절한 어머니의 재가를 도모했다. 다행히 충성심 깊은 노복 하나가 기지를 발휘한 덕분에 이들 모녀는 귀중품만 챙겨 야반도주했고, 우여곡절 끝에 여 부인 저택에서 더부살이를 시작하게 되었다. 거기서 지내는 동안 공홍초는 여 부인과 여언홍에게 잘 보이려고 안간힘을 쓰며 최대한 몸을 낮추고 비위를 맞췄다.

그러나 결과는 어땠는가? 여 부인은 귀한 딸을 시집보내려니 사돈 될 녕원후부의 복잡한 가족사가 염려스러웠다. 혹시라도 여언홍이 후부에서 고초를 당하지 않을까 두려워 여 부인은 한 치의 망설임도 없이 공홍초도 함께 보내기로 결심했다. 공홍초는 후부의 재력에 무관심할 만큼 고매한 인품의 소유자가 아니었다. 다만 고씨 집안의 둘째 공자 하면 워낙 '명성'이 자자했기에 그녀 역시 제 한 몸 기대어 살 수 있을까 불안했던 것이다. 게다가…… 공홍초가 곁눈질로 옆을 힐끔거렸다. 오른쪽 앞에서 무릎을 꿇고 있는 셋째 나리 내외를 보며, 그녀는 착잡한 마음에 눈길을 돌렸다.

사실 공홍초는 내심 다른 기대를 품고 있었다.

그녀는 남의 집에 얹혀 사는 외로운 소녀였고, 그는 셋째 나리의 집안에서 천덕꾸러기나 다름없는 서자였다. 이 소녀와 소년이 만나 정을 나누게 되었다.

어느 날, 해 질 무렵이었다. 그가 땀을 뻘뻘 흘리며 달려왔다. 머리끈이 풀린 줄도 모른 채 한껏 달뜬 얼굴로 달려와 어머니가 우리 사이를 눈치챘다고 말했다. 넌지시 조심하라고만 당부할 뿐 반대하는 눈치는 아니었고, 갑자기 얘기를 꺼내면 여 부인에게 괜한 오해를 살 수 있으니 때를 기다리라고 했단다. 여 부인만 허락하면 셋째 부인도 그들을 맺어줄 생각이었다.

공홍초는 행복했고 모든 게 꿈만 같았다. 그녀는 여씨 집안이 퍽 마음에 들었다. 여가의 사내들은 모두 성실했고 그 흔한 나쁜 버릇이나 습관도 없었다. 여가의 부녀자들도 여 노대부인부터 넷째 부인까지 모두 인정 많고 무던하여 단 한 번도 자신을 부모 없는 아이라고 홀대한 적이 없었다. 당시 공홍초는 자기 바람대로 여씨 집안에 시집가면 지금보다 더 잘하겠다고 다짐했었다. 집안 어른을 공경하고 집안일도 도맡아 처리하고, 차후에 노모도 모셔 와서 온 가족이 화목하게 지낼 날을 꿈꿨다.

그러나…… 그때, 여 부인 얼굴에 떠오른 그 표정이란. 이기적이고 단호하고 거리낄 거 없다는 듯한 그 표정을 공홍초는 영원히 잊지 못할 것이다. 공홍초는 누구보다 여 부인을 잘 알고 있었다. 본인의 이익 앞에선 정이든 뭐든 한낱 종잇조각에 불과했기에 공홍초가 제아무리 간청한다 한들 들어줄 리 만무했다. 그녀는 더는 말하지 않은 채 기계적인 웃음을 지으며 여언홍을 '잘 돌보겠다' 약속했다. 그리고 그 대가로 거액의 은자를 받아 챙겼다.

여언홍의 통정이 발각되었을 때, 그녀는 도움을 청하러 여부로 한달음에 달려갔다. 그런데 하필 그때 소식 하나를 듣게 되었다. 여 각로에게 오랜 벗이 하나 있는데, 환갑이 넘은 나이에 슬하에 핏줄이라곤 손녀딸 한 명뿐인 노인이었다. 이대로 대가 끊길까 염려한 그가 여씨 집안에 손주가 많은 것을 알고 데릴사위 한 명을 보내달라 간청했다. 여 각로가 아들과 상의한 끝에 셋째 아들의 그 서자를 보내기로 했고, 공홍초가 이 사실을 알았을 때 그는 이미 머나먼 경주瓊州[1]로 떠나 명문가 데릴사위로 들어간 뒤였다.

그때, 그녀의 마음은 순식간에 재가 되었다. 고씨 집안이든 여씨 집안이든, 권력이 있든 말든 이제 더 이상 신경 쓰고 싶지 않았다.

아마 이번 생에서 다시는 그를 만날 수 없으리라. 그래, 그것도 나쁘지 않구나.

공홍초는 아련한 옛 기억에 잠긴 바람에 여 각로의 말을 듣지 못했다. 그사이 양옆에 있던 두 어멈이 그녀를 부축하여 밖으로 끌고 나갔다. 드문드문 떠 있는 별들 사이로 달빛이 쏟아졌다. 깜깜한 밤이 낮인 양 밝았다. 차가운 공기를 들이마시자 가슴이 뻥 뚫리는 것 같았다. 순간 그녀의 뇌리에 무언가 스쳐 지나갔고 동시에 정신이 번쩍 들었다. 그녀는 치마 안쪽을 더듬었다. 액수가 작은 은표 서너 장이 들어 있는 작은 주머니가 만져졌다. 나머지 장신구나 귀중품, 소량의 은자는 이미 몰래 노모께 갖다 드린 상태였다.

그녀가 다시 손을 뻗어 가슴 쪽을 더듬자 은자 오백 냥 정도 되는 은표가 만져졌다. 오늘 녕원후부에서 나올 때 명란이 챙겨준 것이었다.

"자넨 눈치도 빠르고 수완도 좋아. 하늘이 자넬 푸대접해도 자넨 늘 당당했지."

어리고 아름다운 명란의 눈빛에서 알 수 없는 연민이 느껴졌다.

"이 은자를 가져가게. 쫓아내는 주제에 은자를 내밀고 있는 날 위선자라고 생각해도 좋네. 허나 한마디만 하겠네. 지난 일은 다 잊고 앞으로

---

1) 현 해남도.

잘 살게."

공홍초는 자신이 기뻐하는 건지 슬퍼하는 건지 알 수 없었다. 공홍초는 텅 빈 마음으로 비틀거리며 걸어 나갔다.

공홍초가 나간 후 방문을 지키던 늙은 어멈이 재차 문을 걸어 잠갔다. 주위에 몇몇 하인이 멀찍이 서 있는 가운데, 안에는 여씨 일가만 남았다.

"너희는 그만 일어나거라."

여 각로가 손짓했다. 목소리는 무겁지 않았지만, 거스를 수 없는 위엄이 느껴졌다. 여가의 세 며느리가 조심스레 일어났고 아들 셋만 바닥에 무릎을 꿇고 있었다.

여 각로가 넷째 며느리를 보며 말했다.

"아가, 홍초의 일은 네게 맡기마. 시골로 가서 괜찮은 혼처부터 알아보거라. 거기서 조용히 살도록 준비해주고. 반드시 잡음 없이 처리해야 한다."

넷째 며느리는 순종적으로 고개를 끄덕인 후 공손하게 대답했다.

"최선을 다하겠습니다."

오랜 세월 여가의 며느리들은 세상 물정에 어두운 천진난만한 시어머니와 강하고 대쪽 같은 성품의 시아버지에게 익숙해져 있었다. 특히나 넷째 부인은 시집온 날부터 여 각로에게 직접 보고해왔기에 대답도 자연스러웠다.

여 부인은 북받치는 화를 참지 못하고는 다시 반기를 들었다.

"저희가 그 오랜 세월 먹여주고 재워줬는데, 이리 배신을 하다니요! 아버님, 그 가증스러운 계집을 너무 쉽게 풀어주셨습니다! 재고하심이……."

"당장 그 입을 다물지 못하겠소?!"

여 대인이 불호령을 내리며 여 부인의 말을 잘랐다.

"감히 아버님 앞에서 이게 무슨 태도요? 본데없는 짓도 유분수지! 제수씨들 좀 보시오! 당신이 이러고도 집안의 어른이라 할 수 있소?"

추상과도 같은 불호령에 여 부인은 귀가 먹먹했다. 그녀는 생전 처음 본 남편의 모습에 어리둥절한 표정이었다.

옆에서 셋째 부인이 입꼬리를 살짝 들어 올리며 차분하게 말했다.

"형님, 언짢아하지 마세요. 아버님께서 이런 결정을 내리신 데는 반드시 이유가 있을 겁니다. 이번에 언홍이 저지른 일은 어디에 내놔도 낯부끄러운 일이잖습니까. 고씨 집안사람들이 그나마 관대하여 일을 이쯤에서 덮으려고 한 것인데, 형님께서 되레 들춰내려 하시다니요."

셋째 부인은 점잖은 말투로 조곤조곤 말했으나 그 한마디 한마디는 비수처럼 날카로웠다.

"그리고 고씨 집안도 경계해야 하지 않겠습니까. 어느 날 형님이 찾아와 언홍이가 억울하게 죽었다며 목숨으로 갚아라, 이걸로 보상해라, 저걸로 보상해라 억지를 부릴 수도 있는데, 녕원후부에서 그저 당하고만 있겠냔 말입니다. 그 댁에서 언홍이가 사통했다고 동네방네 떠들고 다니지 못하게 막아야지요. 그러니 홍초를 남겨 놔야 합니다."

이 사건을 끄집어내기 전에는 모든 것이 모호했다. 하지만 일단 끄집어내진 이상 유일한 증인인 공홍초가 죽게 둘 순 없다.

일단, 고씨 집안은 공홍초를 집안에 남겨 둘 수는 없다. 나중에 고씨 집안에서 그녀에게 거짓 자백을 강요했다는 의심을 살 수 있기 때문이다. 그러면 증언의 신뢰도가 떨어진다. 그러니 여가가 공홍초를 데려가게 해야 했다. 만약 지금 공홍초에게 일이 생기면 고가는 여가가 잘못을 인정하지 않고 발뺌하려 한다고 의심할 수 있다. 그러니 여가는 공홍초를 죽게 할 수 없을뿐더러 떳떳한 모습을 보이기 위해서라도 공홍초가 잘 살도록 도와야 한다.

그러나 이토록 단순한 논리임에도 여 부인은 여전히 이해하지 못한 듯 성질만 부렸다.

"방금 나리께서 자네더러 예의 바르다 하였거늘, 지금 내 앞에서 이게 무슨 말버릇인가?!"

여 부인은 셋째 동서의 말뜻을 거의 이해하지 못했음에도 버럭 역정부터 냈다. 도끼눈을 뜨고 씩씩대는 여 부인을 보며, 셋째 부인은 얼굴색 하나 변하지 않은 채 나긋나긋하게 말했다.

"형님도 참. 저도 마음이 급해서 그런 거예요. 언홍의 일이 조금이라도 밖으로 새어 나가면 앞으로 우리 여씨 집안 여자들이 어떻게 고개를 들고 다니겠습니까?"

여 부인은 제동 걸린 엔진처럼 말문이 막혔다.

셋째 부인의 말은 바늘처럼 가슴에 콕콕 박혔다. 그녀가 부드러운 어조로 말을 이어갔다.

"언용과 언청이는 말할 것도 없고, 이미 출가외인이 된 언연과 언교도 마찬가지입니다. 그 애들이 시댁에서 얼굴 들고 살 수 있겠어요? 형님, 이번 일을 대수롭지 않게 생각하시면 아니 됩니다. 언옥이는 아직 어리지만, 훗날 언니가 이런 일을 저질렀다는 게 알려지면, 과연 어느 집안에서 언옥이를 데려가겠어요?"

여 부인은 꿀 먹은 벙어리처럼 아무 말도 하지 못했다. 이번 일로 사랑하는 막내딸까지 발목이 잡힐까 두려움이 앞섰기 때문이다. 말을 마친 셋째 부인은 공손히 뒤로 물러나 남편 옆에 얌전히 섰다.

여 각로는 짧게 한숨을 내쉬었다. 이런 며느리를 집안에 들인 것은 일

생일대의 실수였다. 심보도 고약한 데다 아둔하기 짝이 없다니! 사건의 내막을 처음 들었을 때, 여 각로는 말문이 막히고 눈앞이 핑 돌았다. 이는 화가 나서라기보다는 기가 막혀서였다.

평생 지혜롭게 살아왔다고 자부했는데, 어찌 저런 경박하고 우매한 잡것을 집안에 들였단 말인가.

여 각로 부부는 네 명의 아들을 낳았다. 그중 둘째만 어린 나이에 요절했고 나머지 삼 형제는 장성하여 각자 가정을 이루었다.

넷째는 천성이 소박하고 욕심이 없었다. 악기와 서예를 좋아하고 장사나 벼슬은 서역으로 불경 찾으러 가는 것만큼이나 관심 밖의 일이었다. 다행히 넷째네 살림은 며느리가 살뜰하게 꾸려 나갔다. 셋째는 머리가 비상하고 재능이 많았다. 그러나 대체 어디서 배웠는지 고고한 재야인사처럼 굴며, 출세와 명리만 쫓는 사람을 가장 경멸했다. 오죽하면 몸에 붙은 벼룩에게까지 청렴하고 고결한 분위기가 느껴진다고 하겠는가. 세 아들 중 유일하게 장남만 여 각로의 진취적인 성격을 이어받았다. 그러나 눈이 높은 만큼 능력이 따라주지 않는다는 게 문제였다. 글공부를 해도 크게 출세하지 못했고 관직에 몸담아도 고명한 관리는 못 되었기에 기껏해야 오품이나 육품 정도에 머무를 수밖에 없었다.

여 각로는 꾸준히 도가 사상을 공부했다. 그 덕에 벼슬살이도 '천부적인 재능'이 필요하다는 사실을 깨달았다. 가르쳐서 되는 사람도 있지만, 가르침이 무색한 사람도 있었다. 그런 면에서 아들은 재능이 없었고 그래서 더는 강요하지 않았다. 이제는 손자 중에서 두어 명이라도 인재가 나올 수 있기를 하늘에 바랄 따름이었다. 인재가 나오면 여씨 집안은 더 흥성할 것이고, 아니어도 순탄하게 살 테니 그것도 복이라면 복이었다. 어쨌든 자신은 지금껏 공적을 쌓아왔고, 아들놈 역시 관직에 있으니 그 아랫대가 여유로운 삶을 사는 데는 충분했다.

"천 리에 이르는 거대한 제방도 개미구멍 하나로 무너지는 법이다. 가문의 흥망성쇠는 후손에게 달렸으나 그 근본은 가정교육에 있느니라."

태사의에 기댄 여 각로의 모습에서 세월의 흔적이 여실히 드러났다. 그가 탄식하며 말했다.

"평소 자식 교육을 제대로 시켰다면, 옳고 그름을 잘 판단하도록 지도했다면, 지금 이토록 불미스러운 일이 벌어졌겠느냐?! 다행히 성가 노마님과 녕원후 부인이 우리와의 옛정을 생각해 이쯤에서 일을 묻은 것이다. 녕원후부에서 앙심이라도 품게 되면 두 집안은 이대로 원수가 될 게다. 훗날 내가 죽고 나서 너희가 뒷감당을 할 수 있겠느냐?"

세 아들이 아버지의 말씀을 듣고 수긍하듯 일제히 이마를 땅에 박았다. 특히 장남인 여 대인은 눈물범벅이 되어 무릎걸음으로 기다시피 걸어가 여 각로의 바짓가랑이를 잡아당겼다.

"소자, 아버님 말씀을 깊이 새기겠습니다. 앞으로는 절대 경거망동하지 않겠습니다! 소자가 불효하여 안사람 하나 단속 못 하고, 남의 말에 현혹되어 이…… 이토록…… 어리석은 일을 저질렀습니다. 게다가 아우들까지 곤욕을 치르게 하다니, 정말 소자…… 장남으로서 면목 없습니다! 부디 아버님, 보중하시옵소서! 소자, 죽을 때까지 효를 다하겠나이다!"

여 대인이 연거푸 머리를 땅에 쿵쿵 박았다. 여 각로의 셋째 아들과 넷째 아들도 따라서 머리를 바닥에 조아렸고, 이 모습에 세 며느리도 곧바로 무릎을 꿇었다. 여 각로가 아들의 어깨를 토닥였다. 여 대인의 이마가 푸르뎅뎅해졌고 곳곳에 핏자국이 울긋불긋했다. 여 각로는 가슴이 미어졌으나 내색하지 않은 채 긴 한숨만 쉬었다.

여 부인이 지혜로운 여인은 아니었으나, 자기에 관한 얘기는 귀신같이 알아챘다. 그녀가 듣기에도 시아버지는 은근히 자신을 질책하고 있었다. 비록 순종하듯 무릎을 꿇고는 있지만, 내심 시아버지에게 불만이 많던 그녀가 손수건을 꺼내 입을 가리고는 우는 척했다.

“모두 제가 불효한 탓입니다! 고씨 집안이 얼마나 교활한지 알면서도 언홍이를 억지로 출가시켜 꽃다운 나이에 억울하게 죽게 했습니다! 그래도 언연이는 잘 살고 있으니 다행이지 뭡니까. 고 가엾은 것이 지 언니를 대신해 이런 화를 당한 셈이지요…….”

여 각로의 낯빛이 새파랗게 변했다. 그녀의 말은 손녀를 편애했다고 꼬집는 것이었다. 다시 말해, 여 각로가 언연의 혼사만 신경 쓰고 언홍이야 죽든 말든 상관하지 않았다고 비아냥 댄 말이었다. 이에 폭발한 여 대인이 호랑이처럼 펄쩍 뛰더니 한 손을 번쩍 들고는 여 부인의 뺨을 후려쳤다. 그가 분노에 찬 목소리로 소리쳤다.

“어디 감히! 어느 안전이라고 헛소리를 지껄이는 것이오! 고씨 집안과 사돈을 맺은 건 내 불찰이었소. 아버님과 무관한 일이란 말이오! 그 못된 것이 집안 망신을 시켰으니 죽어도 싸지! 시댁에서 죽지 않았다면, 여기서 스스로 목매달아야 했을 것이오!”

여 부인이 얼굴을 감싼 채 멍한 얼굴로 그를 바라보았다. 그녀는 입도 벙긋할 수 없었다.

여 대인은 여전히 화가 가라앉지 않았다.

“어딜 언연이와 비교하는 것이오?! 몇 달 지아비에게 냉대를 받았다고 언연이가 부덕을 저질렀을 것 같소? 천만에! 언연이는 정숙하고 현명한 아이요. 잠깐 억울해도 기꺼이 참을 수 있는 아이란 말이오. 서너 해만 참고 견디면, 지아비는 지어미에게 돌아갈 테고 그럼 모든 게 원만하게 끝이 났을 것이오. 모든 게 다 자식 교육 하나 제대로 못 한 당신 탓인데, 아직도 반성할 줄 모르다니!"

사실 여 대인도 생각한 바가 있었다. 언홍이 실수만 하지 않았다면, 금슬이 좋지 않아도 수년간 독수공방한 노고를 인정받아 정실부인 자리는 끝까지 지켰을 것이다. 지금 고정엽은 권력을 잡은 조정의 중신이 되었다. 그런데 언홍의 실수로 제 손에 떨어질 엄청난 권력과 부귀영화가 물거품이 되었으니 그로서도 화가 나서 미칠 노릇이었다!

아들의 생각을 아비가 모를 수 있겠는가? 여 각로는 핏대가 툭툭 불거진 장남의 옆얼굴을 보며 지금 그가 무슨 생각을 하는지 짐작하고도 남았다. 한심하기도, 헛웃음이 나기도 했다. 여 각로는 더는 말하기도 귀찮아 손사래를 치며 말했다.

"됐다. 돌아들 가거라. 애들한테 피해가 가지 않도록 주변에 입단속 단단히 시키고."

여 각로의 얼굴에 지친 기색이 역력하자, 아들과 며느리들이 일제히 인사를 올리고 물러갔다. 셋째 내외가 문턱을 넘을 즈음 눈빛을 주고받더니 동시에 여 부인을 힐끔거렸다. 두 사람은 서로를 보며 입꼬리를 올리고는 고개를 숙인 채 방을 나갔다.

여 부인은 여 대인이 보직에 있을 때 맞은 후처로 시부모를 모신 기간이 길지 않아 여 각로가 얼마나 무서운 사람인지 알지 못했다. 반면에 셋째 내외는 똑똑한 데다 눈치도 빨랐다. 두 사람은 여 대인이 화가 나 판단력이 흐려진 탓에 문제를 인식하지 못하고 있다 여겼다. 여 부인이 이토록 대형 사고를 친 상황에서 여 각로가 중벌을 내리면 그나마 괜찮은데, 자정이 넘도록 훈계만 하고 끝이 났으니……. 아무래도 형님이 꽤 골치 아픈 상황에 놓일 듯했다.

자식들을 물린 후 여 각로는 힘들게 몸을 일으켜 뒷방으로 향했다. 여 노대부인이 침상 끝에 앉아 소리 없이 눈물을 흘리고 있었다. 여 각로는 아내 옆에 앉아 위로했다.

"이번 일은 신경 쓰지 마시오. 몸도 편치 않은데, 내가 죽기 전에 먼저 쓰러지면 어떡하오?!"

여 노대부인의 두 눈이 벌겋게 부어 있었다.

"나리, 모두 제 잘못입니다. 제가 자식 교육을 제대로 못 시킨 탓에, 늘그막에 못 볼 꼴을 보여 드려 송구합니다."

여 각로가 웃으며 말했다.

"세상에 부모라는 사람은 자식의 몸은 낳을 수 있어도 마음을 낳지는 못하는 법이오. 자식이야 장성하면 각자 생각이 있기 마련이지. 우린 부모로서 도리만 하면 되는 것이오."

여 노대부인이 흐느끼며 말했다.

"이번 일…… 잘 마무리할 수 있을까요? 듣자 하니, 그 녕원후라는 사람은 만만치 않다던데."

여 각로가 아내의 등을 쓰다듬으며 안심시키려 애썼다.

"걱정 마시오. 녕원후가 우리와 반목하려 했다면, 굳이 홍초를 돌려보내지 않았을 것이오."

여 노대부인은 남편의 말이라면 철석같이 믿었기에 이번에도 더는 묻지 않고 손수건을 꺼내 눈물만 닦았다. 그녀가 애써 웃으며 말했다.

"하긴 나리께서 말씀하지 않으셨습니까? 언연이 사돈댁의 다인茶引[2)]

---

2) 차 판매를 허가하던 증서.

문제도 녕원후가 힘써주었다고요. 제가 봐도 후덕하니 괜찮은 사람 같습니다."

"하! 후덕? 아마 이보다 더 후덕할 수는 없을 거요! 안사람이 사통한 사실을 알고도 앙심을 품지 않았으니, 그것만으로도 충분히 봐준 것이었지! 허나 적반하장으로 큰며늘애가 속였다지 않소!"

여 각로가 답답한 마음에 벌떡 일어나 방안을 왔다 갔다 하기 시작했다. 그는 자신이 조금만 젊고 건강했다면, 가법대로 장남을 흠씬 두들겨 패도 시원찮을 판이었다.

"당시만 해도 녕원후가 사돈댁에 다인을 발행해 준 것이 마땅하다 생각했다오. 허나 지금 생각하니, 참으로 창피하구려! 녕원후 좀 보오. 얼마나 신속하고 깔끔하게 일 처리를 하는지. 어디 하나 나무랄 데가 없잖소! 장차 무슨 사달이 난다 한들, 그쪽에 반푼어치 트집 하나 잡을 수가 없을 거요. 사람이란 한 걸음 걸을 때마다 뒤로 세 걸음을 생각해야 하는 법이오. 그런데 이 못난 놈들은……."

여 각로는 생각할수록 부아가 치밀었다. 숨이 가슴까지 차오르는 듯 씩씩대더니 결국 부인까지 나무라기 시작했다.

"당신도 참 그렇소. 어찌 큰며늘애 말만 곧이곧대로 믿고 고가에 가서 그리 행패를 부리도록 놔두었단 말이오?!"

여 노대부인도 당황하여 어쩔 줄 몰라 했다.

"모두 저의 불찰입니다. 다만……."

그녀의 목소리가 작아졌다.

"그 도사가 너무 단언하는 바람에……. 이렇게 액막이를 하면 나리 병이 낫는다고 했습니다. 나리만 쾌차할 수 있다면 염라대왕 면전에 간다고 해도 저는 두려울 게 없습니다."

여 각로는 차마 부인에게 화를 내지 못한 채 공연히 탁자 옆에서 발만 쿵쿵 굴렀다.

"큰며늘애 속셈을 내 모를까?! 창이의 생모가 광대 출신이라지. 그 애가 정말 녕원후의 작위를 계승하면, 자기가 창이의 외가가 되니 콩고물이라도 떨어지겠다 싶었던 게지!"

여 노대부인은 의아했다.

"설마 그리도 사리 분별을 못 할 리가 있을까요? 이 어디 가당키나 한답니까? 녕원후가 그리 만만한 인물도 아니잖습니까. 잘못 건드렸다가는 집안 전체가 송두리째 날아갈 수도 있는데, 무슨 덕을 본다고요?"

여 각로는 부인의 말에 맞다고 맞장구를 치더니 톤을 더 높여 말했다.

"큰며늘애야 집에서 살림만 하는 사람이니 그랬다 칩시다! 더 큰 문제는 우리 못난 아들놈이오. 마누라 말만 듣고 일을 이 지경으로 만들다니……. 전에도 말했듯이 그놈은 귀가 얇고 우유부단하오. 사리판단도 잘 못 해. 관직에 있을 그릇이 아니란 말이오! 그때만 해도 인정하지 못하고 내가 도와주지 않는다며 불만만 많았지. 그놈 깜냥에 중책이라도 맡았다가는 남한테 실컷 이용만 당하다 비명에 죽었을 거요!"

장남이 여러모로 부족하긴 해도 행동을 함부로 하지는 않았다. 지방관으로 보낸 것도 아들이 담이 작아 큰 사고를 칠 리 없는 데다 뒷바라지를 잘하는 현숙한 며느리가 옆에 있어서였다. 역시나 눈에 띄는 공적은 없었지만, 그렇다고 큰 실수를 저지르지도 않았다. 그러나 안타깝게도 언연의 생모는 명이 짧아 일찍 세상을 떠났고, 이후 재취로 들인 새 며느리가 이토록 속 좁고 아둔하고 남편을 충동질하길 좋아하는 사람인 줄은 몰랐다.

"언옥이는 당신이 맡아 잘 교육하시오."

여 각로가 걸음을 멈추고는 엄숙하게 말했다.

여 노대부인이 깜짝 놀라 고개를 들었다.

"나리…… 그럼 큰며늘애는……."

여 노대부인은 지금껏 순진무구하게 살아왔지만, 맺고 끊는 게 확실한 남편의 성격은 잘 알고 있었다. 여 각로는 담담한 어조로 말했다.

"우리 가문의 화근이오. 더는 남겨 둘 수 없지."

사태가 일단락된 후, 여씨 집안사람들은 각자 바쁘게 움직였다. 일단 여 노대부인은 화창하고 좋은 날을 골라 정성껏 준비한 선물을 들고 성가 노대부인을 찾아가 진심 어린 사과를 건넸다. 노대부인은 그녀의 성정을 잘 알고 있었다. 온유하고 연약하며 평생 남편만 바라보며 살아왔기에 책망한다 한들 딱히 바뀔 만한 결과도 없었다. 한바탕 눈물 바람을 일으킨 후 두 노대부인은 마음속 응어리를 풀었다.

이틀이 지나고, 여가의 넷째 부인이 선물을 두둑하게 챙겨 녕원후부로 향했다. 명란을 만나 사과하기 위해서였다.

넷째 부인은 고상한 성품에 욕심이 없고 분쟁을 좋아하지 않았다. 여 각로가 직접 분부를 내린 터라 어쩔 수 없이 찾아왔고 익숙하지 않은 상황에 계속 말을 더듬었다. 그녀는 창피한 마음에 눈물이 다 날 지경이었다. 명란 역시 속사정을 잘 모르는 사람을 원망하고 싶지 않았다. 그녀는 넷째 부인의 거듭된 사과를 막으려고 사람을 시켜 구원투수로 삼을 단이를 불렀다.

이제 막 젖을 먹은 단이는 온몸에서 젖 냄새를 폴폴 풍기고 있었다. 방금 이불 속에서 안고 나온 터라 유모 품에서 목을 가누지 못했다. 잠이 덜 깬 얼굴에 뽀얗고 통통한 단이를 보자 넷째 부인은 금세 눈물을 거두고 활짝 웃었다. 아이를 안고 뽀뽀하고 장난치더니 이내 고개를 들어 명란을 바라보았다.

"아기가 참 예쁘구나. 좋은 사람에게는 복이 따른다더니. 이 아인 복이 많겠어."

그녀가 아이를 유모에게 맡기고는 치마 안쪽에서 순금으로 만든 비휴貔貅[3]를 꺼냈다.

"이 금비휴는 넷째 숙부가 운하산에 예불하러 갔을 때, 고승한테 부탁해서 직접 개안開眼[4]한 것이란다. 아이에게 지니고 다니게 하거나. 좋은 기운이 따를 테니."

명란이 선물을 받고 웃으며 말했다.

"숙모님의 성의이니 사양하지 않겠습니다."

그녀가 단귤을 시켜 비단 주머니를 가져와 금비휴를 넣었다.

"어렸을 적 숙모님께서 와사탕窩絲糖[5]을 녹여 앵두맛탕을 만들어주셨지요. 그때 언연 언니와 서로 먹겠다고 다퉜는데, 매번 뺏기는 건 언니였어요."

넷째 부인이 함박웃음을 지으며 말했다.

"너희들도 참! 먹고 싶으면 그냥 챙겨가지 그랬니? 둘 다 개구져서 그런지 뺏어 먹는 걸 좋아했지."

명란이 농담 반 진담 반으로 말했다.

"숙모님이 모르셔서 그래요. 뺏어 먹는 게 세상에서 제일 맛있거든요."

한참 수다를 떨다 보니 분위기가 조금 풀어졌다. 넷째 부인이 언연의

---

3) 중국 전설 속 맹수의 일종으로, 재물을 부르는 기운이 있다고 함.

4) 불공 의식을 통해 불상이나 종교 예술품에 영험한 기운을 불어넣는 것.

5) 누에고치 모양으로 된 사탕의 일종.

이야기를 꺼내자 명란이 웃었다.

"지난번에 언연 언니가 서신을 보냈답니다. 동백꽃을 키운다는데, 제법 그럴싸한 것 같더라고요."

넷째 부인이 '쿡' 하고 웃었다.

"참 희한하지. 아버님께서는 언연이가 제 넷째 숙부를 닮아 처세에 밝지도 않고 집안일도 잘하지 못할까봐 늘 걱정하셨단다. 그래서 손녀가 꽃이나 동물에 빠져 살지 못하도록 항상 단속했지. 그런데 지금 보니 아버님 노력이 물거품이 된 것 같구나."

"사실 언연 언니는 항상 넷째 숙부를 동경했어요. 허나, 각로 어르신께서 두 눈 크게 뜨고 지켜보시니 어디 감히 배울 엄두나 냈겠어요?"

두 사람은 한참 웃었다. 여 각로가 화두에 오르자, 넷째 부인은 오늘 찾아온 목적이 생각났다. 마음을 가다듬고 결심한 듯 어렵사리 말을 꺼냈다.

"우리 형님 말이야. 며칠 전에 아버님께서 휴서를 내려 친정으로 쫓아내셨단다."

명란은 깜짝 놀랐다. 놀라서 그런 건지 얼굴에 알 수 없는 표정이 떠올랐다. 진짜네. 나리 말이 맞잖아?

넷째 부인이 난처한 표정으로 말했다.

"휴서를 내린 이유로 칠거지악 중 불효를 들었단다. 병환 중인 시어른을 제대로 돌보지 않고 부모의 뜻을 거역했다고 말이야."

이보다 더 결정적인 이유는 없을 것이다. 시부모가 직접 휴서를 내린 터라 반박할 기회도 없었다. 당완[6] 여사도 그 길을 걷지 않았던가. 명란이 말을 더듬으며 말했다.

"그…… 그럼…… 여 대인께서는 처가에 미움을 사는 거잖아요?"

넷째 부인이 차분하게 말을 이어갔다.

"처음에는 아주버님도 완강히 거부하셨지. 허나, 아버님의 뜻이 너무나 확고한 바람에 결국은 받아들이셨단다. 사돈댁은, 사실 사돈 어르신이 임종하신 후에 형님은 친정집에 거의 가지 않았어."

여 부인은 서출이었다. 서출인 그녀가 여 대인과 혼인할 수 있었던 것은 생모가 부친의 총애를 받았기 때문이었다. 그러나 지금은 정실부인이 낳은 장손이 집안의 주인이 되었고, 오랜 기간 남매 사이가 좋지 않았기에 이번에 쫓겨나게 된다면, 여 부인으로서는 큰일이 아닐 수 없었다.

"이번 일로 아버님은 화가 단단히 나셨단다. 큰아주버님의 불효를 고하는 상소문까지 써 놓으셨으니까."

넷째 부인이 목소리를 낮춰 말했다. 요 며칠간 여씨 집안에 엄청난 파란이 불었던 게 분명했다.

여 각로는 한 입으로 두말하는 성격이 아니었다. 수십 년간 집안 안팎의 대소사를 일일이 챙겼고, 안채를 단속할 때도 여자라고 봐주는 법이 없었다. 마침내 여 부인은 시아버지의 무서움을 몸소 느끼게 되었다. 여 각로는 소싯적 정적을 처리할 때처럼 그녀를 매몰차게 내쫓았다. 여 부인은 바닥에 주저앉더니, 곧장 넙죽 엎드려 목이 찢어져라 통곡했다. 용서도 빌어보고 자결하겠다 배짱도 부려봤지만, 여 각로는 눈 하나 깜빡

---

6) 북송시대의 유명 시인 육유의 아내. 남편 육유가 2년 동안 연거푸 진사시험에 낙방하자 부부 사이가 너무 좋아 글공부를 소홀히 하게 되었다며 시어머니에 의해 쫓겨남.

하지 않았다. 그는 어멈을 불러 여 부인을 묶어 마차에 태워 내보내라고 지시했다. 죽을 때 죽더라도 집 밖에서 죽으라는 의미였다. 그런 다음 여 부인이 낳은 자식들을 불러 모았다. 여 각로는 아무렇지도 않게 함박웃음을 지으며, 앞으로 조부모 집에서 지낼 것을 명했다.

열다섯 살인 아들과 열두 살인 딸이 어머니를 위해 간청했지만, 여 각로는 냉정하게 말했다.

"여씨 집안에서 가법을 어긴 사람은 그 즉시 축출될 것이니 그리 알거라."

두 아이를 돌보는 어멈이 황급히 아이들을 막아섰다. 여씨 집안으로서는 정실과 소실이 낳은 자식을 다 합치면 열 명이 넘었기에 두 명이 없어도 크게 상관이 없었다. 이때 여 대인은 그저 무기력한 얼굴로 옆에서 부들부들 떨고만 있었다.

"아버님이 셋째 형님에게 큰형님의 혼수를 정리하라고 시켰단다. 하나도 빠짐없이 봉해 놓으라고 하셨지. 큰형님이 달라고 하면 주고, 아니면 형님 자식들한테 주라고 하셨어."

혼수를 다짜고짜 보내면 여 부인의 큰오라버니가 가로챌 터였다.

여 각로가 이토록 주도면밀하게 움직일 수 있었던 것은 오래전부터 고민했기 때문일 것이다. 넷째 부인은 생각만 해도 심장이 벌렁거릴 정도였다. 평소에는 인자하고 자비롭던 시아버지가 이토록 매몰차다니!

명란은 한참 말이 없었다. 등주에 있을 때 언연에게 자상한 할아버지가 있어 얼마나 부러워했는지 모른다. 예전에 장 선생이 이런 말을 한 적이 있었다. 내공이 깊을수록 겉으로는 드러나지 않는다고. 하긴 관료 사회에서 살아남은 사람 중에 만만한 사람이 어디에 있겠는가?!

"……저희 집안 때문에 여가까지 시끄럽게 했군요. 정말 송구합니다."

사실 명란은 전혀 송구하지 않았지만, 말만이라도 그렇게 했다.

넷째 부인이 황망히 손사래를 쳤다.

"그런 생각하지 말거라. 우리가 명란이 너한테 미안하지. 아버님은 형님이 또다시 아주버님께 바람을 넣을까 염려하신 게야. 그땐 정말 패가망신할 수 있으니까. 큰아주버님은 형님이 자길 위해서 한 짓이었다고 감싸셨지만, 아버님은 더 화가 나서 가법에 따라 호되게 매질을……."

그녀는 냉큼 입을 다물었다. 명란이 공연히 걱정할까봐 열심히 변명하던 도중에 저도 모르게 아주버님이 매를 맞았다는 사실을 툭 뱉어버린 것이다.

명란이 미소를 지었다.

"벼슬이 높으면 복도 많이 들어오지만, 그만큼 큰 책임이 따르죠. 반면에 벼슬이 낮으면 복은 적게 들어오지만, 그만큼 책임도 덜 수 있어요. 각로 어르신은 어질고 인자한 분이시니 훗날 여 대인께서도 아실 거예요."

금강석이 없으면 도자기 수리를 맡기지 않는다는 말이 있다. 그러나 여 대인은 철강석도 못 되는 인물이었다. 기껏해야 신석기 시대에서나 쓰던 도구 정도랄까. 그릇이 작은 인물이 큰 사고를 치면 집안을 풍비박산 낼 수 있으니 쉽게 보아 넘길 일은 아니었다.

"맞아, 아버님 뜻도 그렇단다."

넷째 부인이 말했다.

"아버님 병세가 호전된 지 얼마 안 돼서 큰형님이 너를 찾아갔던 사실을 알게 되셨지. 얼마나 불같이 화를 내시던지. 형님을 하룻밤 꼬박 꿇어앉히시고, 몸이 호전되는 대로 사과하러 가실 참이셨단다. 하지만 내막을 알게 된 후 절대 용서할 수 없다고 생각하신 게야."

두 사람은 다시 일상적인 얘기로 돌아갔다. 대화를 나누다가 넷째 부인이 말했다.

"며칠 뒤에 등주로 돌아갈 예정이다. 홍초 일은 아버님께서 내게 맡기셨으니 걱정하지 말거라."

명란이 살짝 고개를 끄덕였다.

"숙모님께서 직접 나서 주시면 저야 걱정할 게 없지요. 다만, 어르신께서 완전히 쾌차하셨는지 모르겠어요. 아직 요양이 필요하시면 경성에 더 머무시는 게 좋을 것 같은데요."

넷째 부인의 얼굴에 민망한 기색이 스쳤다. 이 일에 대해서는 입 밖으로 꺼내고 싶지 않았지만, 여 각로는 고가에서도 알아야 한다고 생각했다. 그녀가 헛기침하더니 가까스로 입을 뗐다.

"흠흠, 그게…… 아버님과 어머님은 등주로 돌아가지 않으실 거란다. 두 분은 장남인 큰아주버님과 함께 살 생각이시지. 나중에 큰아주버님이 지방으로 가시면 같이 내려가시겠다더구나. 그리고 흠흠, 큰며느리도 새로 들이고."

명란은 당황한 듯 입꼬리가 움찔거렸다. 그녀는 무슨 말을 해야 할지 알 수가 없었다.

명란이 넷째 부인을 배웅하고 방으로 돌아와 보니 어느새 일어난 단이가 딸랑이 북을 흔드는 유모와 놀고 있었다. 단이가 손을 뻗어 딸랑이 북을 잡으려고 버둥댔고, 헤벌쭉 웃는 입술 사이로 침이 주르르 흘러내렸다. 단이가 이내 새까만 눈동자를 굴리더니 어머니를 발견하고는 옹알이를 하기 시작했다. 유모가 일어나 예를 갖춰 인사했다. 넙데데한 얼굴에 수더분한 인상의 유모가 웃으며 말했다.

"도련님이 이제 어머니를 알아보네요."

명란이 아이를 안고 침상 머리맡에 걸터앉았다. 입가에 미소를 띠고 단이의 작고 통통한 얼굴에 뽀뽀했다. 입가에 단이의 침이 묻자 명란은 손수건을 꺼내 닦았다. 그녀는 알 수 없는 울적한 기분에 짧게 한숨을 쉬었다. 어젯밤 고정엽은 여 부인의 최후를 예견했다. '병'으로 죽거나 '소박'을 맞을 것이라고. 게다가 여 대인이 금방 새 장가를 가리라는 것도.

당시 명란은 감탄한 듯 탄성을 질렀다.

"공손 선생은 정말 대단하시네요. 이런 일도 훤히 내다보다니."

고정엽이 말을 바로잡았다.

"공손 선생이 아니라 내가 예상한 것이다."

명란은 공손 선생이 아닌 고정엽의 생각이라고 하자 금세 정색하며 말을 바꿨다.

"여가 큰마님이 아무리 큰 잘못을 저질렀어도 혼인한 지 여러 해가 되었고, 여씨 집안의 자식도 낳았잖아요. 자식들을 봐서라도 어느 정도는 봐주겠죠. 게다가 여 대인도 부인을 살뜰히 챙기잖아요. 여가 큰마님이 언연 언니를 모함했을 때도 각로 어르신은 그분을 내쫓고 싶어하셨지만 결국 흐지부지되고 말았고요. 무관인 나리께서 어찌 안채의 법도를 아시겠어요?"

고정엽이 눈썹을 치켜세우며 얄궂게 웃었다.

"적과 싸울 땐 마음을 읽어야 하는 법이다. 모름지기 책략은 적을 간파하여 기선을 제압하는 게 핵심이지. 천 리 밖의 일도 내다보는 판에 이리 작은 일도 생각하지 못하겠느냐?"

최근 고정엽의 기분이 좋아 보였기에 명란은 도발하듯 입꼬리를 올리며 장난스레 말했다.

"나중에 깃털 부채를 만들어 드릴게요. 그것까지 들고 있으면 딱이겠네요."

말은 번지르르하다. 제갈량 흉내라도 내고 싶은 거니?

고정엽도 더는 아무 말도 하지 않은 채 웃으며 한마디 건넸다.

"한번 지켜보거라."

그렇다. 지금 보고 있다. 과정을 반추해보면, 본래 여 각로는 여 부인에게 엄벌을 내리고 직접 고가에 사죄하는 것으로 일을 마무리할 생각이었다. 그러나 그가 추문을 알게 된 후에도 여 부인이 반성을 하기는커녕 꼼수를 부려 시아비를 농락했다. 여 각로는 고정엽과 얼굴을 맞대고 직접 문제를 논하기가 껄끄러워졌고, 오히려 아녀자들끼리 사사로이 만나 감정을 푸는 것이 낫겠단 생각이 들었다. 물론 말로만 하는 사죄로는 부족했기에 여가는 출혈을 감수하기로 했다.

이 사태를 일으킨 장본인은 그 행실만 봐도 더는 가만둘 수 없었다. 여 대인이 새 부인을 얻으면 훗날 여 각로 부부가 세상을 떠나더라도 여 부인이 돌아올 방법은 없을 것이다. 더군다나 그녀의 매력이 그때까지 유지될 리도 없었다. 팔랑귀인 사람은 남의 말을 잘 듣는 법이다. 그러니 새 부인을 얻은 여 대인이 지금처럼 여 부인에게 충실할 리 만무했다.

고정엽은 한창나이인 반면에 여씨 가문은 가세가 기울고 있었다. 따라서 여씨 집안이 사죄하려면 고가에서 만족할 만큼 제대로 해야 했다. 명란이 그간의 정을 잊지 않는다면 팔 년이나 십 년 후에 두 집안이 화해할 여지는 얼마든지 있었다.

공손 선생에게서 전문 교육을 받은 고정엽은 갈수록 군자다운 면모를 갖춰 나갔다. 단이를 안은 명란은 베개에 머리를 기댄 채 토실토실한 얼굴에 대고 속삭였다.

"단이야, 이 어미가 아주 소소한 실수를 저질렀거든. 네 아버지는 진즉에 잊었겠지?"

단이가 가소롭다는 듯 '푸우' 하고 거품 가득한 침을 내뿜었다.

그날 밤, 명란은 특별히 진수성찬을 차렸다. 그녀는 고정엽의 조복과 조관朝冠[7]을 정성껏 벗겨준 다음 포동포동한 아들을 안고서 그를 기쁘게 해주었다. 오후 내내 먹고 자서 여느 때보다 팔팔한 단이는 아버지 품 안에서 이리저리 몸을 흔들었다. 고정엽의 팔뚝은 탄탄하고 힘이 좋아 아들이 날뛰어도 끄떡없었다.

고정엽이 담담한 얼굴로 안절부절못하는 누군가를 힐끗 쳐다보았다. 얼굴에는 웃음도 분노도 없었다. 단이의 작은 손이 자기 입으로 들어갈 것 같아 고정엽은 얼른 아들의 손을 빼서 자기 턱수염에 갖다 댔다. 단이는 짧은 수염의 까슬까슬한 촉감이 좋았던지 방긋방긋 웃었다. 단이의 손은 갈수록 민첩해졌고 악력도 전보다 세졌다. 명란은 단이가 잡아당길까 봐 안고 있을 때는 귀걸이를 하지 못했다. 이때 단이가 어깨까지 내려온 고정엽의 머리카락을 확 잡아당겼다. 순간 고정엽의 얼굴에 아픈 기색이 스쳐 지나갔지만, 아비로서 위엄을 지키기 위해 아무렇지 않은 척 포커페이스를 유지했다.

이 모습을 본 명란이 고개를 떨구고 키득거렸다. 안 아픈 척하기는!

명란은 고정엽이 편하게 식사하도록 단이를 유모에게 맡기려고 했다. 그러나 단이는 한창 즐겁게 장난치고 있던 터라 한 손으로 고정엽의 머리카락을 잡고 다른 한 손으로 옷자락을 잡은 채 벌건 얼굴로 안 가겠다고 버텼다. 평소라면 명란이 단이를 떼어냈겠지만, 오늘은 그녀도 몸을

---

7) 조복과 함께 쓰는 모자.

낮춘 채 얌전 빼고 서 있었다. 옆에서 유모는 감히 어쩌지 못한 채 제자리에 굳어 있었다.

단이는 아직 젖을 떼지 못한 새끼 동물처럼 얼굴을 식별하는 것보다 냄새를 더 잘 맡았다. 더욱이 고정엽은 숨이 짙었기에 단이는 그에게 더 달라붙었다. 아들이 조그마한 강아지처럼 품으로 파고들자 고정엽은 부성애가 샘솟은 듯한 손으로 아이를 안고 한 손으로 젓가락질을 하기 시작했다. 명란은 이상야릇한 미소를 지으며 반찬을 챙겨주고 국물을 떠 주며 화기애애한 분위기를 이어 나갔다.

고정엽이 술을 한 모금 마시고는 젓가락으로 술을 찍어 아들 입에 톡톡 떨어뜨렸다.(명란은 웃음을 참느라 입꼬리가 실룩거렸다.) 그가 반찬을 먹고 국물을 조금 떠서 아들 입에 넣어주었다. 명란은 소화하기 쉬운 새우 두부찜과 부드러운 생선살을 골라 잘게 씹어서 아들에게 먹였다. 단이는 맛있는지 오물오물 씹어 삼키고는 이내 더 달라는 듯 입맛을 다셨다.

유모가 웃으며 말했다.

"도련님이 잠깐 사이에 많이 컸습니다. 이제는 미음도 잘 먹고 먹성도 갈수록 좋아지고요."

식사를 마치는데 족히 반 시진이 걸렸다. 접시 바닥에 뜨거운 물을 수시로 갈아 준 덕분에 따뜻하게 먹을 수 있었다. 단이는 노느라 피곤했는지 아니면 술에 취한 건지 늘어지게 하품하더니 꾸벅꾸벅 졸기 시작했다. 그제야 유모가 아이를 안고 밖으로 나갔다.

고정엽은 세수를 하고 옷을 갈아입은 후 송연묵과 비슷한 색감에 무명으로 만든 중의를 입은 채 책상 앞에서 책을 읽었다. 그가 말을 툭 내뱉었다.

"오늘 여가에서 사람이 왔다지?"

명란이 천장을 보며 여가의 넷째 부인이 왔다고 더듬거리며 말했다.

"아, 그래?"

반듯하게 책을 들고 앉아 머리카락을 길게 늘어뜨린 고정엽은 마치 전국시대의 검을 찬 선비처럼 우아해 보였다. 다만 안타까운 점이라면, 한참이 지나도 책장 하나 넘기지 못한 것이랄까.

명란이 물시계를 보고 조용히 말했다.

"주무실 시간인데, 아직도 책을 보십니까?"

"내가 무예만 아는 무식쟁이라도 글자는 좀 알아보거든. 아무래도 서책을 많이 읽어야겠어. 그래야 네가 깃털 부채를 안 만들지."

고정엽의 미간은 움직이지 않은 채 입꼬리만 살짝 올라갔다. 말투에는 농이 섞여 있었다.

명란이 입술을 삐죽 내밀고 성큼성큼 고정엽에게 다가갔다. 그의 손에서 책을 낚아챈 후 무릎에 앉아 귓불을 세게 물었다. 명란이 요염하게 실눈을 뜨고 숨을 가쁘게 몰아쉬며 나지막하게 말했다.

"저보다 책이 어여쁘십니까……?"

하얀색 능사로 만든 내의의 옷깃이 풀어지자 청록색 비단 재질의 배두렁이가 보였다. 윗부분이 선명하고 고운 암녹색 실로 테가 둘려 있어 새하얀 가슴 사이로 옴팡진 골이 가느다랗게 떨리자 한층 색정적으로 보였다.

재주가 많다고 짐이 되지 않는다는 말이 있듯 할 줄 아는 게 많을수록 사는 데 도움이 된다. 이후 전개는 예전에 10기가 용량의 AV 영상을 괜히 본 게 아님을 증명이라도 하듯…… 자연스럽게 불이 꺼졌다.

"아직 내게 깃털 부채를 만들어 주지도 않았거늘."

고정엽이 손으로 머리를 받치고 베개 옆에 모로 누웠다. 입꼬리를 다정하게 올린 채 명란을 지그시 바라보았다. 사실 명란은 허리가 쑤시고 다리가 욱신거렸지만, 기 싸움만은 밀리고 싶지 않아 그의 가슴에 기대어 응석을 부렸다.

"부채를 만들어도 흔들지 못할 거면서."

생각지도 못한 명란의 도발에 고정엽이 몸을 홱 돌려 명란을 내리눌렀다. 그가 낮게 웃으며 말했다.

"그럼 한번 흔들어보마."

다행히도 이 침상은 황실 소속 장인이 만든 것으로, 네 개 기둥과 난간을 자단목으로 만들어 튼튼했다. 두 사람은 사랑을 나누느라 물시계의 종이 몇 번이나 울렸는지 알지 못했다. 명란은 극도로 피곤했다. 그녀는 몽롱한 상태에서 생각했다. 이 남자 갈수록 만만치 않네.

제180화

선과 악

다음 날 아침, 이른 시각부터 눈코 뜰 새 없이 바빴던 명란은 용이와 한이를 학당에 보내고 나서야 아침상을 받았다. 어젯밤 명란이 고정엽과 뜨거운 밤을 보내고 있던 시간에 단이는 자신을 보러 오지 않은 두 사람 때문에 잔뜩 골이 나 있었다. 유모가 오밤중에 일어나 밤새 어르고 달랬지만, 단이는 작은 배를 부풀리고 떼를 쓰며 한사코 잠을 자려 하지 않았다. 단이가 이 시간까지 세상모르게 자는 이유였다.

뜻하지 않게 여유가 생긴 명란은 따분한 얼굴로 숟가락을 입에 문 채 젓가락을 들더니 앞에 놓인 튀긴 떡만 쿡쿡 찔러 벌집으로 만들었다. 그 옆에 덩그러니 놓인 죽 그릇도 천천히 식어갔다. 이때 밖에서 들린 손님이 왔다는 말에 번뜩 정신을 차리고 자리에서 일어났다.

"……여란 언니! 드디어 왔구나! 내가 얼마나 기다렸는지 몰라. 얼른 들어와. 화란 언니도 어서 앉고요."

명란은 여란의 달라진 모습에 깜짝 놀랐다. 이제 막 초겨울에 접어든 때라 바람이 차지는 않았지만, 그녀는 붉은 바탕에 꽃무늬가 수놓인 족제비 비단 오자를 입고 있었다. 화려하게 봉황 모양으로 틀어 올린 머리에는 홍옥이 박힌 커다란 금비녀가 꽂혀 있었다. 비취색 귀고리는 쨍그랑 소리를 냈고, 손목에는 진주로 장식된 커다랗고 묵직한 금팔찌가 반짝였다. 보석에 반사된 영롱한 빛이 방 안 전체에 넘실거렸다.

애써 정신을 차린 명란이 계집종들에게 다과상을 내오라 시켰다.

여란이 뾰로통하게 입술을 내밀었다.

“내 어찌 귀하신 녕원후 부인을 누추한 우리 집에 초대할 수 있겠어. 내가 와야지 별수 있니?”

명란이 눈썹을 치켜세우며 웃음기 어린 목소리로 말했다.

“저번에는 나더러 자주 오지 말라고 했잖아. 사돈어른과 동서한테 폐 끼치고 싶지 않다고.”

여란은 여전히 임기응변에 강했다.

“예의상 한 말을 가지고 진짜라고 생각하면 어쩌니? 일부러 나 할 말 없게 만들려고 이러는 거지?!”

명란이 전혀 개의치 않고 말했다.

“됐거든. 그때 언니 되게 진지하게 말했거든.”

두 사람은 늘 그랬듯이 만나자마자 티격태격했다.

화란이 얼른 끼어들었다.

“둘 다 그만하렴. 어쩜 앉기도 전부터 이리 으르렁거리니? 너희가 몇 살인데 아직도 그러는구나. 어엿한 한 아이의 어머니가 됐는데도 아직도 어린애처럼 굴다니!”

그녀가 여란 뒤에 있는 젊은 계집종에게 말했다.

“희작아, 얼른 가서 귀아를 데려오거라……. 단귤이도 거기서 넋 놓고 있지 말고 단이를 데리고 오고. 어휴, 가엾게도 귀아와 단이가 아직 서로 얼굴도 못 봤구나.”

그제야 여란이 탐탁지 않은 얼굴로 앉아 희작에게 아이를 데려오라 일렀다. 명란도 싱긋 웃고는 자리에 앉았다.

화란에 비하면 여란은 고부에는 거의 발걸음하지 않았다. 명란을 초대하자니 집이 초라하여 비교당할까 두려웠던 여란은 명란에게 가는 것조차 부담스러웠다. 그런데 막상 초대를 받아 징원에 와 보니 후부의 웅장한 기운과 값비싼 장식품부터 눈에 들어와 그녀는 또다시 배알이 꼴렸다. 목울대가 뻐근해지는 게 마음이 복잡미묘했다.

희작이 뒤에 있는 어멈의 품에서 귀아를 받아 안았다. 이 어린 아가씨는 제법 성깔이 있는지 앙칼지게 소리쳤다.

"내가 갈 거야!"

희작은 웃으며 그녀를 부축했다. 아장아장 걷는 모습이 마치 새끼 오리 같았다. 똑바른 정도는 아니어도 걸음걸이가 제법 안정적이었다. 낯선 사람을, 그것도 여러 명을 처음 만나는 자리임에도 귀아는 부끄러워하기는커녕 대범하고 당찬 모습이었다.

명란은 여란의 딸을 위해 따로 준비해 둔 것이 없었지만, 태연하게 웃으며 단귤에게 눈짓을 보냈다. 명란의 의중을 알아챈 단귤이 곧장 안쪽으로 들어가 붉은색 두루주머니를 찾았다. 그녀는 주머니 안에 진귀한 백옥 두꺼비를 넣고는 잠시 생각하더니 알알이 엮은 금덩이도 넣었다. 그런 다음 해당화를 대고 옻칠하여 만든 작은 쟁반 위에다 그것을 받쳐 들고는 밖으로 나왔다.

명란이 아이를 안아 걸상에 앉히고는 살갑게 묻고 있었다.

"참으로 어여쁘게 생겼구나. 이름이 무엇이냐?"

아이는 용모가 매우 수려했다. 피부는 백옥처럼 하얗고, 미간에는 주사朱砂[1]로 찍은 팥알만 한 점이 있었다. 작은 걸상 위에 다소곳이 앉은 모습이 마치 인형처럼 귀여웠다. 아이가 또박또박 말을 했다.

"귀아라고 해요."

명란이 귀아의 부드럽고 여린 얼굴을 어루만지며 단귤이 가져온 선물을 주었다.

"이건 내가 주는 선물이란다."

영리한 귀아는 고개를 돌려 여란의 눈치를 살피더니 그녀가 고개를 끄덕이자 새하얀 손을 뻗으며 천진난만하게 말했다.

"이모, 고맙습니다."

깜찍한 목소리에 명란은 내심 귀여워 어쩔 줄을 몰랐다. 명란은 계집종에게 간식을 내오라 시킨 후 귀아에게 평소 누구와 노는지, 좋아하는 음식은 무엇인지, 좋아하는 일은 무엇인지 등등 질문 세례를 퍼부었다. 귀아는 아직 어려 긴 문장을 구사하지는 못했지만, 발음은 매우 정확했다.

"사촌이라 그런지 아이가 장이와 참 많이 닮았네요. 영특하고 착하고요."

명란이 고개를 돌려 상기된 목소리로 말했다.

화란이 차를 입으로 후후 불다가 한숨을 푹 내쉬었다.

"장이가 저만할 때 내가 얼마나 힘들었는데. 그 아인 자기 할머니 때문에 눈치가 빨라진 거라 귀아와 비교할 순 없단다. 귀아는 양친이 오냐오냐하고 집안에서도 다들 떠받들잖니. 할머니와 숙모도 심하면 심했지

---

1) 붉은색을 내는 안료.

덜하지 않을걸. 그런데도 저리 의젓하고 예의 바르다니."

화란이 고개를 절레절레 흔들었다.

여란은 단이를 안고 앙증맞은 얼굴에 뽀뽀하다가 화란의 말에 고개를 홱 치켜들고 버럭했다.

"어머, 언니 말하는 것 좀 봐. 우리 시어머니도 만만한 사람 아니거든. 걸핏하면 뭐 얻어가려고 기웃거린다고. 내가 깜빡 한 눈이라도 팔면, 아마 우리 집 거덜 날걸……. 음, 애는 계속 자네. 어쩜 한 번도 깨질 않아?"

여란은 딸을 낳았기에 남자애만 보면 유독 좋아했다. 여리고 섬세한 여자애와는 다르게 단이는 아들이라 그런지 건강하고 듬직해 보였다. 단이를 안을 때, 저울추처럼 묵직한 느낌이 두 팔에 전해져 그녀는 부담감이 들면서도 든든했다.

명란이 웃었다.

"간밤에 잠 안 자고 내내 떼썼거든. 그래서 그런지 계속 자고 있어."

단이는 목도 가누지 못한 채 이리저리 품을 옮겨 다니면서도 세상모르게 잤다. 화란은 붉은 포대기에 싸여 목이 축 늘어진 채 꿀잠을 자는 이 하얗고 통통한 인형을 보면서 웃음을 터뜨렸다.

"단이는 잠을 잘 자는구나. 우리 애들은 조금만 바스락거려도 깨는데 말이야. 어멈들이 그러는데, 이런 애들은 늘 신경을 곤두세워야 한다는구나."

대개 유부녀의 모임이란 이런 주제로 대화가 이어지기 마련이다. 그런 면에서 명란도 흔한 유부녀나 다름없었다. 유모가 단이를 안고 나간 후, 명란은 소도를 불러 귀아와 놀라고 내보냈다. 세 자매는 문을 닫고 육아 노하우, 자질구레한 일상에 대해 한참을 떠들었다. 명란은 대화 도중에 여란을 요리조리 살폈다. 그녀의 차림새나 장신구는 모두 화려했고 낯빛도 발그레하니 혈색도 좋았다. 요즘 퍽 잘 지내고 있는 듯했다.

물론 화란만큼은 아니었다.

서른에 가까운 화란은 세 아이의 어머니임에도 얼굴에서는 갈수록 광채가 났다. 투명한 피부에 봄날처럼 싱그러운 입술, 미간에서는 얼핏 교태도 느껴졌다. 여자에게 삼십 대는 고비라는 말도 있지 않은가. 이때를 잘 넘기지 못하면 빠르게 시들지만, 관리만 잘하면 봄에 핀 꽃처럼 향기가 더 짙어진다나.

하얀색 바탕에 파란색 꽃 무더기가 수놓인 수수한 배자와 은은한 색감의 도선치마를 입은 화란은 눈에 띄는 장신구 하나 걸치지 않았지만, 눈이 부실만큼 곱고 빛이 났다. 마치 온몸이 진주 빛깔로 반짝이는 것만 같았다.

"……귀아는 눈이며 코며 제 아버지를 안 닮은 데가 없어. 글을 좀 익히더니 시를 낭송하는데 두어 번만 가르쳐주면 바로 깨우친다니까. 애가 영특한 건 좋은데 나 닮은 구석이 하나도 없어서 그게 좀 얄미워."

할 얘기가 끝나고 대화도 막바지에 이르자 아니나 다를까 여란이 또 자랑 섞인 말을 했다. 그러나 이때 화란이 끼어들었다.

"그만하고, 오늘 여기 온 이유나 얼른 말해보렴."

화란이 말허리를 잘랐으나 여란은 불쾌해하기는커녕 더 우쭐대며 명란에게 말했다.

"네 형부 말이야. 지방관으로 파견될 것 같아."

명란이 순간 어리둥절하다가 생각 없이 한마디 툭 내뱉었다.

"복건으로 가는 거야?!"

이번에는 여란이 멍해졌다.

"어떻게 알았어?"

명란이 급히 손사래를 치며 웃었다.

"나도 우리 나리한테 들었어. 최근에 복건에서 크고 작은 부정부패 사건이 터졌다며? 이 일로 황상께서 수많은 관리의 관복을 벗겼다니 아무래도 공석이 많겠지."

화란이 의외라는 듯 명란을 보았다.

"제부가 너한테 모든 걸 다 얘기하는구나."

명란이 웃으며 반문했다.

"형부는 언니한테 자주 숨기고 그러나봐요?"

화란이 웃으며 명란에게 눈을 흘겼다.

"어이구, 못됐어!"

지금 양회의 정치판 갈등은 최고조에 달해 있었다. 둘로 나뉜 파벌은 서로 밤낮없이 싸웠는데, 치열하기가 전쟁터를 방불케 했다. 대개 주전장主戰場에서 팽팽한 대치가 이어지다보면 주변에서 그 총알에 맞는 희생양이 양산되는 법이다. 최근 관복을 벗은 복건 포정사布政史[2]가 바로 여기에 속했다. 그는 복건에서 수년간 관직 생활을 해왔기에 친인척은 물론이고 지인까지 광범위하게 연루되어 있었다. 큰 희생양에 자잘한 희생양들이 딸려오면서 갈수록 많은 사람의 이름이 오르내리기 시작했고, 민남閩南[3]의 관료 사회는 졸지에 흙먼지 휘날리는 파벌 간 각축장이 되었다.

시가와 멀어지면 자신이 집안일을 주관할 수 있다는 생각에 여란은

---

2) 지방 행정관.

3) 복건성 남부, 광동성 동부의 통칭.

희색이 만면했다.

"대충 복건 쪽이라고는 하는데, 구체적인 파견지는 아직 정해지지 않았어. 하긴 어디든 무슨 상관이야. 큰오라버니와 올케도 허허벌판 벽촌에서도 잘만 버티는데. 나도 마음 단단히 먹고 잘 지내볼 생각이야."

명란은 진심으로 축하했다.

"외곽으로 나가 색다른 환경에서 지내보는 것도 좋은 일이지. 언니, 축하해."

내심 기분이 좋았던 여란은 명란의 축하도 흔쾌히 받아들였다.

"가족들 덕분이지 뭐. 다음에 민남 특산품 사다 줄게."

그녀가 말하다 말고 코를 찡긋하며 비꼬듯 말했다.

"흥, 다행히 네 형부가 결정을 내렸기 망정이지, 세상에, 우리 그 노친네는……."

여란은 눈을 부릅뜬 화란을 보며 얼른 말을 고쳤다.

"우리 시어머니는 자기 봉양하라고 날 잡아 둘 생각이었다니까!"

명란이 입술을 살짝 깨물고는 짓궂게 웃었다.

"이번에 형부가 여러모로 생각해줬네. 하긴 아들도 아직 없는데 어찌 언니와 떨어져 살 수 있겠어?"

여란이 홍조 띤 얼굴로 쑥스럽게 웃으며 명란을 툭툭 쳤다. 화란이 재미있다는 듯이 웃었다.

"이번에 딸을 낳은 건 잘한 일 같은데? 아들을 낳았다면 네 시어머니가 큰며느리를 옆에 앉히길 마다하고 할머니라고 장손을 옆에 끼고 있으려고 했을 테니까!"

여란이 간드러진 목소리로 말했다.

"내가 언제 귀아가 딸이라고 싫다 했어? 언니도 참!"

"어쨌든 이건 다른 사람한테는 절대 말하지 마."

한참 웃고 떠들다가 여란이 명란의 옷깃을 붙잡고 재차 신신당부했다.

"아직 확실히 결정되지 않았는데 혹여 불발되면 오히려 웃음거리가 될 테니까!"

여란은 명란이 딱따구리처럼 연신 고개를 끄덕이고 나서야 놔주었다. 그러고는 다시 고개를 돌려 화란을 보며 말했다.

"언니도 절대 입 밖으로 꺼내면 안 돼! 서방님이 모든 일에 신중히 해야 한다고 했단 말이야."

화란은 일부러 대답을 피한 채 짓궂게 웃었다.

"후후, 제부는 능력도 참 좋아. 손오공을 오행산에 가두다니! 우리 말괄량이 다섯째가 말 잘 듣는 순한 양이 되었네."

여란이 부끄러운 마음에 눈을 흘기며 화란에게 확 달려들려고 하자 명란이 얼른 그녀의 팔을 붙잡으며 살살 달랬다.

"화란 언니 말은 신경 쓰지 마. 사실 화란 언니가 제일 얄밉다니까. 요새 형부와 깨가 쏟아져서 그런지 동생들을 대놓고 놀리잖아."

이때, 단귤이 정성스러운 다과상을 가져왔다. 다기는 송계松鷄[4] 관요에서 막 나온 최고급 도자기로 후부에도 딱 한 벌밖에 없는 것이었다. 평소에 워낙 덜렁대는 여란인지라 단귤은 그녀가 하나라도 깰까봐 노심초사했다.

동생이 펄펄 뛰는 모습에 화란이 웃으며 달래기 시작했다.

"알았다, 알았어! 인제 그만 화 풀렴. 어제 네 형부가 북쪽에서 나는 생

---

4) 지역명, 복건성에 위치.

버섯을 가져 왔단다. 국물을 우려도 좋고 요리를 해서 먹어도 맛있더구나. 나중에 너희에게 보내줄게."

여란은 화란이 한층 수그리는 모습을 보고서야 기분을 풀었다. 이때 명란이 갑자기 생각난 듯 말했다.

"아, 며칠 전에 큰형부가 태복시 주부를 따라 오성병마사 대신 말을 고르러 간다고 하지 않았어요? 이렇게 빨리 돌아오신 거예요?"

사흘 전만 해도 화란은 사랑에 목마른 새색시처럼 '남편과 떨어진 고통'을 절절히 토로한 바 있다.

"아니, 그냥 어젯밤에 잠깐 왔다 갔어."

화란은 아무렇지 않은 척하려고 애썼다. 이번에는 눈치 없는 여란도 이상한 낌새를 느꼈다.

"태복시의 목장이 경성에서 가까웠나봐?"

해사한 미소를 머금은 화란의 새하얀 얼굴이 붉은 연지처럼 예쁘게 물들었다.

"거기서 몇몇 도붓장수들이 장사하잖니. 네 형부가 보고는 품질이 좋아서 샀다더구나."

명란은 대충 의미를 짐작하고는 일부러 괴상한 말투로 말했다.

"사환을 보내면 되지 일부러 오셨대요?"

"나도 그리 말했지. 한데 네 형부가……."

화란은 부끄럽긴 하지만 과시하고 싶은 마음도 있었다. 천성이 솔직하고 똑 부러지는 그녀는 무슨 말이든 시원시원하게 했다.

"글쎄 밤새 말을 타고 오지 않았겠니. 잠깐 왔다가 몇 마디 겨우 나누고는 일이 늦어질까봐 급히 돌아갔어."

말하는 그녀의 입가에 미소가 그려졌다.

"겨우 언니 얼굴 보러 몇 시진을 달려왔다고?"

여란이 귀를 의심하여 물었다.

"형부가 언니를 본 적이 없대?"

화란의 음성이 구름 속을 부유하듯 몽롱해졌다.

"그게, 갑자기 내가 보고 싶어졌다는 거야……."

이런 류의 말을 이미 적잖이 들은 명란은 침착하게 찻잔을 들어 하릴없이 천장을 보았다. 화란은 왕 씨의 딸답게 자랑질을 좋아했다. 어쨌든 중년에 타오른 사랑은 낡은 집에 난 불처럼 걷잡을 수 없는 것이다. 결혼한 지 이미 십 년 된 부부가 서로에게 홀딱 빠지다니, 화재로 따지면 좀처럼 볼 수 없는 산발적인 대형 화재에 속했다.

여란은 생각지도 못한 대답에 눈이 동그래진 채 아무 말도 못 했다. 예전에 왕 씨가 화란에 대해 이것저것 불만을 털어놓을 때 여란은 왕 씨가 까닭 없이 트집 잡는 것으로 생각했으나 이제는 왜 그랬는지 알 것 같았다. 아닌 게 아니라 주변 사람이 보이지 않을 정도로 사랑에 눈이 멀어 한시도 떨어지기 싫어하는 화란의 모습은 조금 꼴불견이긴 했다.

"우리 부부도 금실 좋은데, 그래도 언니처럼은 안 그래! 어휴, 창피해 죽겠네."

여란이 잠시 생각하더니 물었다.

"근데 언니는 어째서 형부한테 첩실을 들인 거야?"

화란이 여란을 흘겨보았다.

"네 형부가 외지에 자주 나가잖니. 날은 춥지 땅은 얼었지, 옆에서 따뜻한 밥이라도 챙겨줄 사람이 필요하지 않겠어? 그래서 성실하고 무던한 애를 뽑아 시중들게 한 거야. 남들이 다 너처럼 투기가 심한 줄 아니? 제부가 통방을 들이려고 하니까 잔뜩 부른 배를 받쳐 들고 빗속에서 통곡했다며? 네가 건강해서 망정이지 아니었으면 큰일 날 뻔했잖니!"

"그런 일도 있었어?"

명란은 금세 정신이 맑아졌다. 아, 안줏거리 생겼다!

여란은 창피한 마음에 버럭 화를 냈다.

"괜한 소리니 믿지 마!"

세 자매가 한참 웃고 떠들다가 명란이 소 씨를 불렀다. 탁자 위를 정리하고 술을 데워 내온 후 네 여인이 희희낙락거리며 먹고 마셨다. 미시 반이 되자 화란과 여란이 일어나 작별 인사를 했고, 귀아는 잠이 오는지 희작의 등에 업혀 작은 주먹으로 연신 눈을 비벼댔다.

자매가 마차에 올랐다. 화란은 방석에 바짝 기대어 앉았다. 요 며칠 기분도 좋았고 오늘은 술도 제법 마신 터라 거하게 오른 술기운에 잔소리를 해대기 시작했다.

"동생아, 언니 말 잘 들어. 제부 따라 지방관 임지로 가면 처신 잘하고 점잖게 있어야 해. 나랏일 보는 제부한테 괜히 이래라저래라 참견하지 말고. 네가 어렸을 때라 잘 모를 테지만, 옛날에 어머니가 사람들 감언이설과 선물 공세에 넘어가서 아버지께 이거 해달라, 저거 해달라 곤란하게 했거든……."

여란이 마차 벽에 기댔다. 땅을 구르는 바퀴 진동에 따라 몸이 좌우로 흔들렸기에 얼핏 잠든 것처럼 보였다.

"언니, 걱정 마. 난 어머니처럼 안 그럴 거니까."

귓가에 닿을락 말락 할 정도로 작은 목소리였기에 화란이 들었는지는 알 수 없었다.

• • •

소 씨는 꽤 오랫동안 외롭게 지내다가 오래간만에 시끌벅적한 시간을 보냈다. 쾌활한 성격에 수다를 좋아하는 화란, 여란과 어울리면서 그녀도 간만에 유쾌한 술자리를 가졌다. 그녀는 기분이 좋아서 "성씨 가문의 여인들은 참으로 진국이구나. 자주 오라고 해야겠어." 등의 말을 중얼거렸다.

명란은 술기운을 몰아내기 위해 얼큰하게 취한 소 씨와 함께 산책한 후 자기 방에 돌아왔다. 단이가 구들 위에서 커다란 눈을 깜빡이며 누워 있었다. 명란은 유달리 똘망똘망한 단이의 얼굴을 못 본 척하고 낮잠을 자러 가려고 했다. 그러나 단이는 어머니를 보자 반짝이는 눈으로 옹알이를 하며 안아 달라는 듯 작은 팔을 벌렸다.

명란이 아들을 안고 함께 침상에 누웠다. 취기로 온몸이 노곤했지만, 단이가 당최 떨어지려고 하지 않아 아이를 도닥도닥 얼렀다.

"자라고 할 때는 안 자고 자지 말라고 할 때는 열심히 자는구나. 모처럼 여란 이모가 왔는데 눈 한번 뜨질 않더니, 내가 피곤할 때가 되니까 오히려 쌩쌩해지다니……. 사촌 누나 곱지? 참 착하고? 너와는 다르게 말도 잘 듣고……."

갑자기 아까 언니들과 나눈 대화를 떠올리며, 명란은 여러 가지 생각에 마음이 어지러웠다.

화란은 고대 귀부인의 보편적인 사고를 한 것이다. 남편에게 첩을 들여 시중을 들게 하는 것은 자기 명성과 위신에도 도움이 될 터였다. 이 시대에서 첩을 두는 것은 차를 사는 일과 다름없다. 지위가 있고 돈이 많은 남자가 비싼 차를 몰지 않으면 사람과의 만남을 계면쩍어하는 것과 같달까. 첩들이 나대지 않고 문제만 일으키지 않는다면, 첩을 여럿 두어도 전혀 거리낄 게 없었다. 정 부인과 정 장군도 보기 드문 금실 좋은 부부지만, 그런 정 장군에게도 두세 명의 첩실이 있고 서너 명의 서자녀가 있다.

물론 성가는 좀 특별했다.

임씨 성을 가진 여자가 성씨 집안에 일으킨 일대 파란으로 인해 성가의 부녀자들은 '소실'이라는 종자에 대하여 뼛속 깊이 경계하고 터부시했다. 당초 원 부인이 심어 놓은 여자들도 지금은 화란이 깨끗하게 정리하지 않았는가. 물론 남은 소실도 있지만, 대개는 속 빈 강정처럼 볼품이 없거나 그녀가 충분히 통제할 수 있는 여자들이었다.

그러나 여란은 화란과 달랐다. 그녀가 태어나기 전후로 임 이랑은 성씨 집안에서 그야말로 하늘에 나는 새도 떨어뜨릴 수 있을 만큼 엄청난 권력을 쥐고 있었다. 반면에 왕씨 부인은 매일같이 이를 악문 채 화를 삼켜야만 했다. 게다가 비슷한 나이의 서출 언니는 미모와 재능 면에서 모두 자신보다 월등히 뛰어나기까지 했다. 아버지의 총애와 가주에게 사랑받는 첩실 생모를 독차지하고 있던 것이다. 여란은 그녀의 그늘에 가려진 채 적녀인 자신이 누려야 할 모든 영광을 거의 빼앗기다시피 했다.

어린 시절 그녀가 얼마나 많은 상처를 받았는지 아는 사람은 아무도 없었다. 세 자매는 오늘 모처럼 한자리에 모여 웃고 떠들면서 즐거운 시간을 보냈다. 그러나 명란을 포함한 어느 누구도 묵란을 언급하지 않았다. 다들 묵란을 잊고 지내려 했으나, 그렇다고 쉬이 용서할 수 있다는 뜻은 아니었다.

그러나 여란은 운이 좋았다. 꽃다운 나이에 오만가지 고난과 역경을 딛고 그녀는 마침내 자기 패를 숨기는 법과 사고하는 법을 배웠다. 문씨 집안의 그 계집종은 본래 어릴 적부터 문염경을 모신 아이였다. 여란이 회임하자 문염경의 모친은 아들에게 시중들 사람이 없다는 이유로 그 계집종을 통방으로 삼으려고 했고, 이는 순리에 따른 것이었다.

깜짝 놀란 여란은 넋 놓고 있다가는 큰일 나겠다 싶었다. 어릴 때부터 시중들던 계집종은 주인의 사랑을 받지 못하더라도 그간 쌓인 정이 있어 무시할 수 없었다. 한마디로 여란이 그녀를 완전히 통제하기 어렵다는 뜻이다.

여란은 그 어느 때보다 침착하게 생각했고, 결국 악다구니 대신 눈물 작전을 선택했다.

그녀는 왕 씨를 통해 친정이 시댁 모두를 벌벌 떨게 할 정도로 권세가 엄청나다고 해도 그것만으로는 남편까지 휘어잡을 수 없다는 것을 깨달았다. 임 이랑에게서는 약한 척하는 법과 감정에 호소하는 법을 배웠다. 그리고 이번이 바로 감정에 호소할 때였다.

그리하여 비 오는 어느 날, 여란은 질투와 실의에 빠진 소녀처럼 구슬프게 울었다. 그녀는 남편을 향한 깊은 사랑에 허우적대는 가련한 여인이 되었고, 남편의 변심이 두려워 허둥대는 불쌍한 아내가 되었다. 법도니 예법이니 하는 것들은 모두 잊은 채 마치 어린아이처럼 빗속에 숨어 하염없이 눈물을 흘렸다.

예상대로 문염경은 크게 감동했고, 이런 아내가 있다는 것을 일생일대의 행운이라 여겼다. 그녀의 깊은 사랑을 저버릴 수 없다고 판단한 그는 이튿날 그 계집종을 다른 곳으로 시집보냈다. 이후 여란이 자기가 시집올 때 데려온 계집종 중 한 명을 남편의 통방으로 보냈지만, 문염경은 그 계집종의 털끝 하나 건드리지 않았다.

여란의 압승이었다. 문염경의 마음속에서 그녀는 지고지순한 현모양처였다. 남편에게 시중들 사람이 없어 가슴이 찢어지는 고통을 참아 가며 첩을 들인 그런 아내였다. 세간에도 첩을 들인 것으로 알려졌으니, 어느 누가 질투에 눈먼 아내로 보겠는가?

문염경의 모친은 새로 들인 통방의 외모에 딴지를 걸었다. 그러나 여란이 시집올 때 함께 왔던 성가의 계집종들도 호락호락하지는 않았다. 사실 첩을 들이는 이유는 두 가지다. 후사를 위한 것과 주인을 모시기 위한 것. 따라서 건강하고 성격이 무던한 게 가장 좋다. 사내를 제 뜻대로 홀리는 미인이 필요하다면 청루에 가서 찾으면 되지 않겠는가? 학업 의지와 진취적인 마음이 퇴색되면 어쩌려고 문가 노마님은 첩의 외모를 운운하는 것인가?

문씨 가문은 본래 농업에 종사하던 소박한 집안 출신이었다. 따라서 이 소문이 온 집안에 퍼지자, 문염경의 모친은 동서, 숙부, 숙모 등 일가친척 모두에게 빈축을 샀다(집안에서 인재를 배출하는 게 어디 쉬운 일인가). 다들 그녀가 노망났다며 수군댔고, 이 말에 문염경의 모친은 화가 치밀었으나 어쩔 수 없이 꼬리를 내렸다.

노비 문서 때문에 운신이 자유롭지 못한 통방은 부모, 형제의 목숨까지 여란 수중에 떨어진 상태이니 어찌 분란을 일으킬 수 있겠는가?

엎어지고 깨진 수년의 시간 동안 여란은 늘 얼굴을 붉혔고 주먹을 쥐었지만, 영특한 서출 언니를 이길 수가 없었다. 그렇게 안하무인에 미련했던 여란은 이제야 계략 짜는 방법을 터득했다.

가장 천진난만하고 순진무구했던 그녀의 일면이 사라지는 것 같아 명란은 조금 씁쓸한 기분이 들었다.

부계사회에서 남자는 온갖 규율로 복잡한 틀을 짜서 여자를 속박한다. 그 안에서 여자가 생존하려면, 그것도 잘 생존하려면 하늘이 자기에게 부여한 원래의 모습을 포기해야 한다. 끊임없이 갈고 닦고 단련하여 때로는 둥글게, 때로는 모나게, 때로는 삐진 척도 하고 때로는 능수능란하게 처신하면서 애교로 호소하기도 해야 한다. 그렇게 자신을 그 틀에 맞게 바꿔나가야 하는 것이다.

한참 생각하던 명란은 피식 웃음이 나왔다.

자신이 여성으로 태어나 품는 이러한 불만과 울분에 대하여 가보옥은 동의하지 않을 것이다. 그는 남자로서 시대에 동화되기를 거부한 채 출가하여 승려가 되지 않았던가. 생각해보면, 이 세상에서 여자고 남자고 오롯이 자기 뜻대로만 살 수 있는 사람이 누가 있을까?

고정엽도 과거 파락호 같았던 고씨 집안의 둘째 도련님에서 탈피하고 나서야 지금의 녕원후가 되었다.

그리고 온화하고 준수했던 소년, 꽃잎으로 책갈피를 만들고 보슬보슬 내리는 봄비를 맞으며 자신에게 은은한 미소를 보냈던 그 소년도 곧 아버지가 된다. 이제는 처세도 익히고 노련해져 집안 어른들에게 제법 인정받는 인물로 성장했다.

이제는 그도 꽃나무 아래를 지날 때 주춤하며 걸음을 멈추는 일은 없을 것이다. 망설이고 방황하고 어리숙했던 그때와 완전히 이별한 채 나풀대던 꽃잎이 어깨 위에 살포시 앉아도 단호하게 털어내고 앞으로 걸어갈 것이다.

관료 사회는 마치 아수라궁처럼 온갖 악귀가 도처에 들끓는다. 맨몸으로 연옥의 화염을 헤치고 지나면, 완전히 재가 되어버리거나 백 번 담금질한 강철이 된다…….

설핏 잠이 깬 명란은 몽롱한 얼굴로 눈앞에 있는 고정엽의 구릿빛 얼굴을 보았다. 눈썹꼬리에는 차가운 달빛과도 같은 예리함이 서려 있었고 눈빛은 먹물처럼 깊고 묵직했다. 언제 들어왔는지 고정엽은 한쪽 무릎을 꿇고 양손으로 명란을 안고는 그녀를 지긋이 바라보았다.

"술을 마셨느냐?"

낮게 가라앉은 고정엽의 목소리가 어릴 적 듣던 할머니의 침향목어[5]에서 나는 소리처럼 들렸다.

명란이 고개를 끄덕였다. 아직 어질어질한 가운데 무의식적으로 고개를 돌렸다. 단이는 놀다 지쳐 잠들어 있었다. 작은 팔을 만세 모양으로 위로 쭉 뻗고 새근새근 단잠에 빠져 있었다. 한쪽 버선은 어디 갔는지 포동포동한 발이 훤히 드러나 있었다.

"무슨 꿈을 꾼 게냐? 어찌 이리 우는 것이냐?"

그녀의 얼굴을 스친 고정엽의 손끝에 물기가 어렸다.

명란은 정교하게 조각된 침상의 천정을 바라보며 까닭 없는 답답함을 느꼈다. 몸을 돌려 그를 등지고 낮게 말했다.

"잊어버렸어요……."

뜻밖의 반응에 어리둥절한 고정엽은 명란의 등에 바짝 다가가 그녀를 안았다. 그러고는 그녀의 목덜미 사이에 뜨겁고 축축한 입김을 토해냈다.

"어디 아픈 게냐?"

명란은 말하고 싶지 않아 새우처럼 등을 말았다.

"아니요."

---

5) 침향목으로 만든 목탁.

고정엽이 미간을 찌푸렸다. 손을 뻗어 그녀의 얼굴을 돌린 후 걱정 어린 얼굴로 물었다.

"처형들이 왔었지? 안 좋은 말이라도 들은 게냐? 누가 기분이라도 상하게 한 게냐?"

겁쟁이도 술을 먹으면 용감해진다고 했던가. 그녀는 귀찮다는 듯 자신의 턱을 잡고 있던 그의 큰 손을 뿌리치며 퉁명스럽게 대꾸했다.

"대체 언제까지 캐물으려고 그래요? 나리께서 술 드시고 오셨을 때 제가 언제 뭘 물어본 적이 있었나요?"

그에게 심란한 일이 있을 때면 그녀는 꼬치꼬치 묻는 대신 조용히 그의 말을 경청하거나 따뜻한 조언을 건넸다. 이 얼마나 배려심 넘치는 모습이란 말인가.

고정엽은 재미있다는 듯 눈빛을 반짝였다. 그가 두 팔에 힘을 더 주더니 부드러운 목소리로 다시 물었다.

"처형들과 또 다퉜느냐?"

"아니요."

"큰처형한테 꾸중이라도 들은 게냐?"

"나 좀 가만히 놔둬요!"

"다섯째 처형이 은자를 안 갚았느냐?"

목소리에 웃음기가 스몄다.

"진짜 얄미워!"

내가 언제 빌려준 돈 못 받아서 운 적이 있다고! 명란은 머리가 아찔할 만큼 부아가 치밀었다. 취기가 몰려오자 머릿속이 갈수록 흐릿해졌다. 그녀는 지금 당장 그를 밖으로 차버리고 싶었다.

잔뜩 심통이 나서 부들부들 떠는 사람과 이 상황이 재미있어 어쩔 줄 모르는 사람을 옆에 두고 단이가 침대 끄트머리에서 여전히 대자로 자고 있었다. 앙증맞은 배가 규칙적으로 오르락내리락하며 무슨 일이 일어나는지 모를 만큼 단잠에 빠진 모습은 천생 복을 타고 태어난 듯했다.

부부가 투닥거리는 사이 어느새 등불을 켤 때가 되었다. 명란은 저녁 식사를 입으로 먹었는지 코로 먹었는지도 모를 정도로 정신이 없는 상태에서 침상으로 끌려갔다. 얼떨결에 잠자리를 갖고 나서 명란은 한바탕 심술을 부렸다. 고정엽이 이내 그녀를 데리고 목욕하러 갔다가 무슨 힘이 남아도는지 단이까지 안고 왔다.

인기척 하나 없는 깊고 고요한 밤. 딱따기 소리가 울려 퍼질 즈음, 명란은 지칠 대로 지쳐 베개만 안고 있었다. 옆에서는 고정엽이 아이와 즐겁게 놀아 주고 있었다. 낮잠을 오래 잔 단이는 다시 똘망똘망한 정신으로 다리를 요리조리 움직여가며 신나게 놀고 있었다.

"어찌 운 것이냐?"

여전히 마음에 걸린 모양이었다.

잠이 단숨에 달아난 명란은 금방 생각을 정리하고 담백하게 대답했다.

"우리 자매도 이제 다 컸나 봐요. 다들 성격이 둥글둥글해지는 것을 보니. 이제는 어릴 때처럼 마음에 안 든다고 툭 하면 싸우지 않죠. 허나, 전 그게 더 좋았던 것 같아요. 그게 사람의 솔직한 모습이니까요."

고정엽이 자기 입속에 들어가려는 아들의 고사리 같은 손을 빼고는 웃으며 말했다.

"바보로군. 사람은 자연스럽게 성장하게 되어 있어. 어릴 때 천방지축 같은 모습이 솔직해서 좋다고 생각하는 게냐?"

그가 단이를 조심스럽게 들어 올려 명란 앞에 갖다 대며 말했다.

"이 녀석이 걸핏하면 사고를 친다고 생각해보거라. 오늘은 여기서 남의 집 귀한 자식을 때리고 내일은 저기서 다른 아이의 뺨을 때린다면, 과연 그게 솔직한 모습이겠느냐?"

단이가 즐거운 듯 까르르 웃자 분홍빛 잇몸이 드러났다. 윗잇몸에서 희끗희끗 이가 돋아나고 있었다. 단이는 지금 자신이 반면교사가 되고 있다는 사실을 알지 못했다. 순간 명란의 머릿속에 재벌 2세의 전형적인 이미지가 떠올라 저절로 미간이 찡그려졌다.

"말도 안 돼요!"

"알면 됐느니라."

고정엽이 명란의 오뚝한 코를 매만졌다.

"솔직하다는 것은 해야 할 일에 마땅히 행동을 취하는 것이다. 악과 악인을 혐오하고 시시비비를 잘 따질 줄 알아야 하는 것이지. 철딱서니 없는 짓이 언제부터 솔직함이 된 것이지?"

명란이 한참 생각에 잠겨 있다가 조용히 말했다.

"그런 뜻이 아니에요. 그저 하고 싶은 일이 있는데, 그걸 굳이 감추고 억누를 필요가 있을까 생각한 거였어요……."

"말도 안 되는 소리."

고정엽이 명란의 말을 끊고 정색하며 말했다.

"사람은 본디 무지하게 태어나는 법이다. 허나, 커 가면서 도리를 배우고 시비를 가리고 세상 물정을 이해하게 되지. 그러다가 조금씩 이 세상에서 내가 할 수 없는 일이 많다는 것도 깨닫게 된다. 세 살배기가 남의 음식이 맛있어 보여 훔치려고 손을 뻗는 게 귀여워 보일 순 있지. 허나, 칠 척 장신의 사내가 남이 가진 금은보화를 갖고 싶다고 거리낌 없이 달라고 하는 게 솔직한 모습이겠느냐? 말 못 할 사정이나 상처가 있다는 것을 빤히 알고도 상대방을 배려하지 않고 말을 함부로 하는 것도 직설적인 성격이니 좋다고 말할 수 있냐는 것이다."

하긴 그렇게 따지면, 수많은 외간 여자들과 당당하게 바람피운 서문경西門慶[6]도 멋있다고 해야겠네. 명란이 크게 깨달은 듯 고개를 주억거렸다. 그러다가 무언가 생각난 듯 웃을락 말락 한 얼굴로 말했다.

"그…… 남의 집 귀한 자식 때리는 건 나리가 어렸을 때 쌓은 업적 아니었어요?"

"부끄럽군. 과찬이로다."

고정엽은 약간의 망설임도 없이 대답했다.

당당하고 자신감 넘치는 모습에 명란은 김샌 듯 눈을 흘겼다.

갓난아이가 에너지를 발산하는 시간은 그리 길지 않았다. 아비의 튼튼한 팔에 안겨 한참 이리저리 발버둥을 치고 몸을 흔들어댄 단이는 이내 꾸벅꾸벅 졸기 시작했다. 고정엽이 조심스레 아들을 침상에 눕히고 나지막하게 말했다.

"백 마디의 말보다 행동 하나가 더 값진 법이지. 어른으로서 본을 보여야 아이도 따르는 법이다."

명란은 순간 얼떨떨했다. 이 순간 고정엽이 무척 커 보여 고개가 절로 수그러졌다. 누가 어머니의 사랑만이 세상에서 가장 위대하다고 했던가? 아이를 위해 금연하고 금주하고 열심히 운동하고 저축하는 아버지들 역시 위대하기는 마찬가지이다.

"쓸데없는 문제에 너무 매달리지 말거라. 누가 처세에 능하든 신경 쓰지 말라는 얘기다."

---

6) 『금병매』에 등장하는 돈 많은 호색한.

고정엽이 단이의 머리를 부드럽게 쓰다듬더니 고개를 들어 명란을 보았다. 그가 확신에 찬 목소리로 말했다.

"우리 가족이 늘 함께하고 합심하면 그 무엇보다 강하니까."

가족…….

왈칵 눈시울이 뜨거워진 명란은 고개를 떨군 채 기어들어 가는 목소리로 "네."라고 대답했다.

• • •

명란은 보스의 마음을 가늠하는 게 거의 습관처럼 되어버렸지만, 최근 들어 조금 버겁다는 생각이 들었다.

그녀가 순종적으로 행동한다고 그가 꼭 좋아하는 것도 아니었고, 그녀가 성질을 부린다고 그가 딱히 화를 내는 것도 아니었다. 명란의 행동거지에 나무랄 데가 없을 때도 종종 돈 떼여 먹힌 사람처럼 얼굴이 일그러질 때도 있었다. 반면에 요즘 명란이 이유 없이 툴툴댈 때 인내심을 가지고 따뜻하게 조언하거나 달래 준 적도 많았다.

참 이상했다. 이 남자는 예전에 대의명분을 잘 이해하는 명란을 좋아했다. 그런데 입맛이 바뀌어 현모양처가 아닌 나쁜 여자 스타일을 좋아하게 된 것일까? 명란은 순간 시대에 따른 변화의 중요성을 다시금 체감했다.

시간은 빠르게 흘러갔다. 하루가 다르게 날이 추워져서 처소마다 지룡에 불을 때기 시작했다. 단귤은 사람을 불러 고방에서 꺼낸 각종 향로와 난롱을 하나하나 닦고 윤을 낸 다음 방 안으로 옮겼다. 물론 명란이 애용하는 법랑 손화로와 백옥 손화로를 닦는 것도 잊지 않았다.

집안 식솔과 하인이 입을 동복이 마련되었다. 어멈과 잡역부들은 두꺼운 면으로 만든 겨울 오자 한 벌, 얇은 면으로 만든 오자 한 벌, 두꺼운 면으로 만든 오자와 바지 두 벌을 받았다. 만져 보니 향기도 나고 촉감도 부드러워 품질 좋은 옷감임을 알 수 있었다. 일반 겨울옷 두세 벌을 거뜬히 만들 수 있는 가격이었다. 외원의 관사와 내원의 관사 어멈은 경성에서 유명한 상운재祥雲斋에서 비단 내의와 비단 겉옷을 만들어 입었다. 영정각의 봉선 낭자를 포함하여 주인을 모시는 계집종들에게는 계급에 따라 모양이 참신하고 색감도 고운 비단 오자가 지급되었다.

관사 학대성이 감사를 전하기 위해 가희거를 찾았다.

"모두 마님께 감사하다고 전해달라 하였습니다. 저희 아랫것들에게 베풀어주신 은혜 가슴 깊이 새기겠습니다. 앞으로 더욱 열심히 일하겠습니다."

새해 전후에는 뒷돈 챙기기 쉬운 일들이 생긴다. 숯 구매도 그중 하나다. 이번에는 명란이 수백 근의 숯을 구매하기 전 심복을 심어 둔 덕분에 쥐새끼들을 잡을 수 있었다. 이들은 중간에서 뒷돈이나 수수료를 챙겼는데, 그중 두 명은 빼돌린 액수가 상당히 컸다. 한 사람은 공공 물품을 가로챘고, 다른 한 사람은 몇몇 특정 점포를 지정하여 불량품을 무분별하게 사들인 데다 말도 안 되는 가격을 청구하기까지 했다.

이 두 관사의 부친과 조부는 고씨 집안에서 대대로 관사 일을 맡아온 사람이었다. 뱃심도 두둑하고 관록도 있던 터라 조금이라도 대접이 섭섭하면 돌아가신 고 대인을 운운하면서 울고불고 난리를 쳐댔다. 명란은 오랫동안 이들을 노렸다. 생각보다 쉽게 증거를 잡은 명란은 회심의 미소를 지으며 그들을 잡아 오라 명했다.

구들에 엎드린 단이는 좋은 일이 생긴 줄 알고 커다란 눈을 반짝였다.

소도가 가엾다는 듯 아이를 살포시 안았다. 단이는 자신의 친애하는 어머니가 무얼 하는지 알지 못했다. 예전에 명란이 연못가에 쪼그리고 앉아 방긋 미소를 지으며 살 오른 물고기가 미끼를 물길 기다리고 있었는데, 지금이 딱 그때의 모습이었다. 물론 그날 잡은 물고기는 끓여지고 볶아지고 튀겨졌다…….

명란은 먼저 자백할 기회를 주었다. 이에 앞에 있던 관사는 곧장 잘못을 시인했다. 온 가족이 바닥에 무릎을 꿇은 채 눈물을 쏟았고, 관사의 아비는 몽둥이를 들고 아들을 때리면서 용서를 빌었다. 명란은 넓은 아량으로 그들을 용서했고 '은혜'를 제대로 베풀고자 은자까지 두둑하게 챙겨 준 다음 집 밖으로 내보냈다. 반면에 다른 한 명은 세 치 혀로 상황을 모면하려고 애썼다. 겉으로는 성실하고 가련한 척했지만, 자세히 들어보면 일일이 발뺌하는 말이었다. 나중에는 고정엽의 조모를 모셨던 늙은 어멈까지 끌어들여 난리를 쳤다.

그러나 그도 명란이 제시한 물증과 증인 앞에서 결국 꼬리를 내렸다. 명란은 이 배은망덕한 가노들을 가차 없이 처벌했다. 새로 적발한 죄목과 예전의 죄목을 하나하나 따져가며 다른 곳에 팔거나 매로 다스렸다. 경성은 인구가 많아 소문이 금방 퍼졌기에 고씨 가문의 내부 사정도 많든 적든 알려지기 마련이었다. 명란은 훗날 입방아에 오르내리지 않기 위해 그들을 막무가내로 쫓아내지 않고 인적이 드문 시골로 보내버렸다.

두 사람 모두 기세등등한 관사였다. 한 사람은 수 마지기에 달하는 밭을 사고 저자에 잡화점을 열 수 있을 만큼 넉넉한 은자를 받아 챙겼다. 다른 한 사람은 가산은 물론이고 집 안에 보관해 둔 재물과 귀금속까지 전부 몰수당한 채 어떻게 되었는지 알지 못했다. 이 판이한 처벌은 언뜻 보기에 아량을 베푼 듯하지만, 사실 엄벌에 처한 것이었다. 이를 모를 리 없는 노복들은 하나같이 두려움에 떨었고 아직은 어린 태가 역력한 마님을 더욱 괄시하지 못했다.

날이 추워지면서 단이의 짜증이 갈수록 심해졌다. 요즘 뒤집기에 한창인 단이는 상반신을 뒤집는 데 성공했고, 두 다리 역시 힘차게 발버둥을 칠 수 있게 되었다. 그런데 하필 엉덩이 살이 팡팡하게 올라 무게 중심이 아래로 쏠린 탓에 얼굴이 새빨개질 정도로 뒤집기에 열중했으나 결국 성공하지는 못했다. 단이는 요즘 날이 추워 이불로 꽁꽁 싸맨 상태라 몸이 불룩하니 아기 돼지 같았다. 이런 이유로 단이는 뒤집기는커녕 움직이기도 녹록치 않았다.

단이는 끈기 있는 아이였다. 이날 반나절 동안 끙끙대며 애를 썼지만, 안타깝게도 또 상반신만 뒤집는 데 성공했다. 때마침 심청평이 놀러 왔다. 그녀는 좋은 것을 보여 주겠다며 커다란 바구니를 들고 왔다. 바구니 안에는 정효 장군이 무료한 아내를 위해 가져온 갓 젖을 뗀 새끼 강아지가 들어 있었다. 크기는 손바닥보다도 작았고 옅은 노란색 털에 불그스름한 점도 있었다. 새끼라 발톱은 물렀고 이빨도 다 자라지 않았다. 머리를 갸우뚱대는 모습이 무척 귀여웠다.

강아지는 짧은 다리와 작은 몸으로 민첩하고 정확하게 굴렀다. 뒤집자마자 한번 구르고 이어서 바로 한 바퀴를 더 굴렀다. 구들 위에 엎드린 단이가 기분 좋게 강아지를 지켜보다가 자유자재로 몸을 뒤집는 강아지 모습에 입을 실룩하더니 "아앙!" 하고 울음을 터뜨렸다. 서럽게 우는 단이를 본 심청평은 화들짝 놀라 가슴을 움켜잡고는 의아하다는 듯이 물었다.

"단이가 어째서 우는 거죠?"

명란은 조용히 생각했다. '아마도 자존심이 상해서?'라고 말이다.

밤이 되어 귀가한 고정엽은 고개를 축 늘어뜨린 채 의기소침한 아들을 보며 무슨 일이 있었냐고 물었다. 명란은 웃으며 낮에 있었던 일을 말했다. 그런데 뜻밖에도 고정엽이 분개하더니 어떻게 그럴 수 있느냐, 아이의 마음이 다치지 않았느냐, 심청평이 일부러 그런 것이 아니냐 운운하며 투덜대기 시작했다.

명란은 헛웃음이 나왔다……. 애먼 사람 잡기는!

심청평은 곧바로 '인과응보'를 맞이했다. 단이 때문에 놀라서 그런지 집으로 돌아간 그녀는 가슴이 답답한 기분이 들었다. 밥 냄새만 맡아도 토악질이 나왔고 음식은 일절 입에 댈 수가 없었다. 장군부에서 의원을 불러 심청평을 진맥하도록 했는데, 뜻밖에도 회임한 지 두세 달이 되었단다. 정효 장군은 기쁨에 겨워 포대화상布袋和尙[7]처럼 입이 귀에 걸렸고 집안 식구들도 한시름 놓았다. 심청평은 수년간 자신을 괴롭힌 응어리가 완전히 풀리는 것 같았다. 그녀가 하늘을 향해 여러 번 합장하며 절을 올렸다. 희소식은 황궁에까지 전해졌다. 황후는 크게 기뻐하며 푸짐한 선물을 하사했고 시중들 상궁과 태의까지 보냈다. 집안 전체가 경사로 들썩였다.

그러나 이것이 좋은 일만은 아니었다. 심청평은 자신을 보러 온 명란을 보며 자기 강아지, 나팔꽃을 다른 사람에게 주었다며 우울해 했다. 강아지가 임신부한테 좋지 않아 어린 조카(용이와 한이의 동문)가 키우게 되었고, 이름도 폭국爆菊[8](명란은 화들짝 놀랐다)으로 바뀌었다고 했다.

---

7) 미륵불의 화신이라 불리는 고승으로, 뚱뚱한 몸집에 항상 웃는 얼굴을 하고 있음.

8) 항문 성교를 의미하는데, 항문 생김새가 국화꽃과 비슷하다고 하여 국화 국菊이 들어감.

나중에 알게 된 사실이지만, 폭국이 아닌 포국抱菊이었다. 명란은 그래도 나팔꽃이 훨씬 예쁘다고 혼자 생각했다.

음력 선달이 다가왔다. 함박눈이 거위 깃털처럼 나풀나풀 내리더니 금세 경성을 하얗게 뒤덮었다. 어쩌다 하루 반짝 갠 날, 명란은 하인을 불러 병아리와 새끼 오리를 닭장 밖으로 내보냈다. 그녀는 단이를 안고 처마 밑에 서서 이 모습을 흐뭇하게 바라보았다. 눈이 두툼하게 덮인 땅 위로 푸른 대나무와 매화꽃이 활짝 폈다.

수도 전체가 은백색으로 뒤덮이자 어떤 사람은 좋아했고 어떤 사람은 시름했다. 진무사도위鎭撫司都尉 유정걸은 친히 금위군을 이끌고 백 근이 넘는 기름과 폭탄을 나루터로 운반했다. 그는 양회의 선박이 정박할 수 있도록 꽁꽁 언 강물을 폭탄으로 깨부순 다음 마차 행렬을 친히 경성까지 호송했다.

족히 사십 척에 달하는 선박에는 은자가 가득 담긴 마차 이백 대가 실려 있었다. 은자는 대략 팔백만 냥 정도였다. 마차 행렬은 수십 리까지 이어졌다. 맨 앞에 있는 마차가 호부에 도착했을 때 맨 끝에 있던 마차 두 대는 아직 성문에 진입도 하지 않은 상태였다. 경성 전체가 떠들썩했다.

양회의 소금 사건은 황제의 압승으로 일단락되었다. 황제가 파견한 흠차대신은 신속하고 매섭게 문제의 근원을 해결했다. 이로 인해 수십 명에 달하는 관료가 관복을 한꺼번에 벗어야 했고, 사건에 연루된 소금 상인 수백 명은 금년 염세를 전부 토해내야 했다. 작년에 징수하지 못한 세금까지 깡그리 거두어들인 것은 물론이고 여러 해 묵힌 사건들까지 적발하기에 이르렀다. 이에 황제는 이듬해 초봄 즈음 다시 사건 심사를 명령하여 은자를 추가 징수할 계획을 짰다. 수중에 돈이 있어야 마음에 여유가 생긴다는 점에서 황제의 치국은 민초의 생활과 크게 다르지 않았다. 무기고를 채우거나 관리를 다스리는 일도 돈이 있어야 자신 있게 추진할 수 있기 마련이다.

지난달 황제의 유지를 받은 고정엽은 은자를 풀어 군을 정비하고 군량을 보충할 예정이었다.

황제는 군신을 모아 성대한 연회를 베풀어 내년에도 눈부신 성과를 다짐했고 문무백관은 모두 입을 모아 황제의 공적과 은덕을 칭송했다. 황후는 경성에 있는 삼품 이상 고명 부인을 궁으로 초대하여 연회를 베풀었고 삼품 이하 사품, 오품 부인들에게도 각각 하사품을 내렸다.

궁 안에는 귀부인들로 가득했고 이 중 명란과 친분을 쌓기 위해 찾은 사람도 적지 않았다. 이 사람은 접대해야 하고 저 사람과도 좋은 관계를 맺어야 하니 명란은 불편한 마음에 위가 아플 지경이었다. 다행히 영국공 부인이 명란을 살뜰히 챙겨 명란도 원만하게 처신할 수 있었다.

"자네는 나이가 우리 딸보다도 어린 듯한데 이런 대가족을 책임지고 있군. 녹록지 않겠어."

영국공 부인은 하얗고 깨끗한 얼굴에 말투는 따뜻하고 단정했다.

"저번에 청매를 담가 먹어보라 해서 그리했는데, 우리 애가 입맛도 돌고 속도 편하다며 아주 잘 먹었네. 한데 아직 고맙다는 인사도 못 했군."

명란이 말했다.

"제가 즐겨 먹던 건데, 국구 부인 입맛에 맞았는지 모르겠습니다."

영국공 부인이 옅은 미소를 띠자 알 수 없는 품격이 느껴졌다.

"시간 있을 때 국구부에 들러주게. 그 애가 답답한 구석이 있고 말수도 적지만, 심지가 곧고 진실한 아이라네. 자네가 가서 위로를 해주면 좋겠군. 아, 녕원후와 우리 사위가 막역한 사이니 우리 딸과 친자매처럼 지내면 되겠어."

명란은 머리털이 곤두서는 느낌이 들었지만, 어쩔 수 없이 알겠다고 대답했다. 그녀가 아무리 바보라고 해도 영국공 부인의 의중을 알아채지 못할 리가 없었다. 명란이 심청평과 친한 사이이니 동서지간에 잘 지낼 수 있도록 중재하라는 말이 아니겠는가?

다음 날 황실의 가연家宴이 열렸다. 별일은 없었지만, 심청평의 말에 의하면 성덕태후는 간신히 웃었다고 한다.

"하하하, 황상의 자리가 갈수록 굳건해지는데 태후가 웃음이 나올 리 있습니까?!"

공손 선생이 호탕하게 웃었다. 웃을 때 듬성듬성 자란 수염도 따라 움직였고 가벼운 헛기침이 간간이 섞여 나왔다. 입동 전 어느 날이었다. 나쁜 버릇이 도진 이 어르신은 혜강[9]처럼 웃통을 벗고 노래 부르며 춤을 추다가 풍한에 걸려 지금까지 몸져누워 있었다.

고정엽은 침상 앞에 앉아서 미간을 살짝 찌푸렸다.

"이 모두 황상의 홍복제천洪福齊天[10]이 아니겠습니까……. 선생, 부디 건강 좀 생각하십시오. 이제 적은 나이도 아니지 않습니까? 자칫 잘못되시기라도 하면, 저희는 어찌하라고 이러십니까?"

공손백석이 손으로 입을 가린 채 기침하며 웃었다.

"중회는 아비가 되더니 갈수록 재미없는 사람이 되는군요! 인생이 뭐 있습니까? 그저 술과 노래만 있으면 되는 것이지요. 예전에 노皖로 행군

---

9) 죽림칠현 중 한 명, 예법에서 벗어나 자연에 자신을 맡기고 자유롭게 살았음.
10) 하늘에 닿을 만큼 크나큰 행복.

했을 때 생각나십니까? 그 찜통인 날씨에 제일 먼저 백무하白茂河에 뛰어들어 목욕하셨지요. 그때 강가에는 여러 마을의 아낙들이……."

그가 말하다 말고 탁자 옆에서 탕약을 짜는 명란을 힐끗 보더니 제 발 저린 듯 급히 입을 다물었다. 가볍게 헛기침하는 고정엽의 모습이 어딘가 부자연스러웠다.

벌건 대낮에 건장한 사내 수천 수백 명이 홀딱 벗고 목욕하니 얼마나 장관이었겠는가? 주변 여자들의 시선이 쏠렸겠지. 명란은 짐짓 못 들은 척하고는 약사발을 들어 '후후' 불었다. 그녀가 화제를 돌리며 말했다.

"물론 황상께는 홍복제천이나 흠차대인이 안타깝게 되었습니다. 저 같은 아녀자들에게까지 흠차대인의 탄핵 얘기가 들릴 정도니까요."

고정엽이 말했다.

"그 사람은 선비의 의지와 기지로 양회 관료 사회를 완전히 뒤집어 놓았습니다. 삼품, 사품 관리도 봐주지 않고 잡아다 목을 베고 가산을 몰수했지요. 웬만한 거물 인사도 두려워하지 않았고 말입니다. 수단도 조금 악랄한 면이 있어 사람들의 분노를 산 게 화근이었습니다."

공손백석이 눈을 가느다랗게 뜨고는 고개를 저었다.

"선황께서도 재위하셨을 때 소금 사건을 조사하러 여러 번 사람을 파견하셨습니다. 그러나 다들 권력층의 노여움을 사기 싫었던 터라 어물쩍 넘기기 바빴지요. 그래서 결과가 어떻게 된 줄 아십니까? 양회의 관료 사회는 썩은 물이 고일대로 고여 엉망진창이 되었습니다. 흠차대인은 새해 전까지 황상께 성과를 보여드려야 했기에 초강수를 둔 것입니다. 그래야 그 썩은 물을 정화할 수 있으니까요."

고정엽이 씁쓸하게 웃었다.

"어찌 사정을 모르겠습니까? 지난번 양회에 갔을 때도 백주 대낮에 흠차대인의 목을 베겠다고 병사들이 쳐들어왔습니다. 아, 충신만 딱하게 되어 안타깝습니다…….”

말에서 탄식이 묻어나왔다.

“도독께서는 흠차대인이 동안우董安于[11]라 하셨지만, 제가 보기에는 주부언主父偃[12]에 가깝습니다. 아마 그보다 더 똑똑할지도 모르지요.”

공손백석이 미소를 지으며 수염을 쓰다듬었다.

“흠차대인은 일개 언관에 지나지 않습니다. 과거시험에서 특출 난 성적을 받은 것도 아니고 학문도 그리 출중하지 않습니다. 큰 뜻을 품고는 있었지만, 그렇다고 조정에 뒷배가 있는 것도 아니지요. 그런데 어떻게 두각을 나타낼 수 있었을까요? 목숨 걸고 위험한 일을 선택했기 때문입니다. 흠차대인은 이번 일이 얼마나 위험한지, 얼마나 많은 사람의 원한을 사게 될지 알았을 겁니다. 심지어 탄핵까지 염두에 두었겠지요. 허나 흠차대인은 온전히 황상의 의지에 도박을 걸었던 겁니다!”

고정엽이 잠시 생각하더니 뭔가 깨달은 듯 말했다.

“황상께서 자신의 억울함과 충성심을 기억하시기만 한다면, 앞날을 걱정할 필요가 없다고 생각한 거로군요.”

지금의 천자는 성정이 강인하고 용맹했다. 그러므로 한동안 몸을 낮추고 있다가 벼슬길만 트이면 초고속 승진도 불가능한 일이 아니었다.

명란은 탕약이 뜨거운지도 모른 채 두 사람의 대화에 빠져들었다. 그녀가 중간에 끼어들었다.

---

11) 춘추시대 진나라 사람으로, 느긋한 성격을 고치려고 활시위를 늘 차고 다녔다고 함.
12) 한나라 무제의 신하, 천자에게 올린 상소문으로 하루아침에 벼슬을 얻어 출세한 인물.

"외람되지만…… 흠차대인이 행한 이 모든 일이 진정 나라를 위한 충심의 발로라면요? 개인의 사리사욕과 생사에 상관없이 말입니다."

그녀는 자신의 질문이 이상한지 몰랐다. 이때 공손백석이 호탕하게 웃기 시작했다.

고정엽은 자조 섞인 웃음을 띠며 부드럽게 말했다.

"사실이면 어떻고 아니면 또 어떠냐?"

관직에 종사하는 사람의 입장에서 본다면, 어찌 남을 무조건 좋은 쪽으로만 생각할 수 있겠는가. 너무 순진한 생각이었다.

공손백석이 웃으며 손을 흔들었다. 말하는 도중 기침이 섞여 나왔다.

"부인께서는 올바른 이치를 잘 알고 계시는군요. 오히려 우리의 배움이 그릇되니 부인보다 한 수 아래입니다."

명란이 얼굴을 붉히며 탕약을 들고 천천히 걸어갔다.

"놀리지 마세요. 여기 탕약부터 드십시오."

"괜히 귀찮게 해드렸습니다."

공손백석이 얼굴을 찡그리며 사뭇 비장한 모습으로 탕약을 단숨에 털어 넣었다. 얼굴이 마치 호두처럼 구겨졌다. 공손백석이 입을 헹굴 수 있도록 고정엽이 자리에서 일어나 물 한 그릇을 가져다주었다.

세 사람은 잠시 한담을 나누었다. 고정엽 부부는 공손 선생에게 쉬라고 말한 후 자리를 떠났다. 밖은 온통 하얀 눈으로 뒤덮였다. 두 사람은 회랑을 따라 천천히 걸었다. 고정엽이 한동안 말없이 걷기만 하다가 입을 뗐다.

"네가 할 일이 좀 있다."

명란이 고개를 돌려 고정엽의 말을 들었다.

"공손 선생 나이가 이미 반백이 지났는데, 아직 슬하에 자식이 없어.

우리가 선생의 시중도 들고 애도 낳을 첩을 골라주는 게 어떠하냐?"

"그건…… 나리가 생각하신 건가요?"

명란은 그럴 리 없다는 표정으로 눈을 깜빡였다.

고정엽이 탄식했다.

"선생은 도량이 넓고 소탈한 성격이라 후사를 딱히 신경 쓰진 않지……. 공손 선생의 부인이 서신을 보냈다."

공손백석 부부에게 하나 있던 아들은 요절하여 세상에 없었고, 그의 큰형님도 병약한 형수와 어린 조카들만 남긴 채 일찍이 세상을 등졌다. 그 바람에 공손 부인이 어쩔 수 없이 집안 살림을 책임지게 되었다. 그녀는 시부모를 봉양하고 손윗동서를 돌보고 조카들을 가르치는 등 여러 일을 도맡았기 때문에 집을 떠날 수 없어 남편의 얼굴조차 보기 힘들었다.

공손 부인은 제사를 지낼 자식 하나는 있어야 한다는 이유로 남편에게 소실을 들이라고 재차 권유했다. 그러나 당시 아직 한창나이였던 공손 선생은 천하를 유랑하기 시작했고 한곳에 오래 머무른 적이 없었다. 당연히 자식을 생각할 리도 없었다. 공손 부인은 이번에 고정엽과 함께 상경한 남편을 보며 정착할 뜻이 있다고 보았다. 다만 남편이 또 이리저리 핑계 댈 것을 우려하여 아예 공손맹을 불러 고정엽에게 서신을 보낸 것이었다. 내용은 자기 대신 공손 선생의 소실을 알아봐달라는 부탁이었다.

"첩을 들인다 해도 공손 부인께서 직접 골라 경성으로 보내는 낫지 않겠어요?"

명란이 조곤조곤 말했다.

고정엽이 살짝 미소 지었다.

"공손 부인이 있는 곳이 시골이라 공손 선생의 눈에 찰 사람이 없을 것 같다고 서신에 적혀 있더구나. 나중에 선생한테 시중드는 계집종 중에 마음에 드는 아이가 있는지 물으러 가볼 참이다. 어쨌든 선생 눈에 들어야 하니까."

명란은 순간 자기가 '뚜쟁이'라도 된 듯한 느낌이 들어 당황스러웠다. 늙다리 노출증 환자 주제에 까다롭기는!

이튿날 고정엽은 공손 선생을 설득하러 갔다. 처음에는 공손백석도 사양했다. 매화를 부인으로 삼고 학을 자식으로 삼아 당대 풍류객이 되겠다는 의지가 확고했다. 게다가 식구를 건사하는 일로 피곤하게 살고 싶지도 않았다. 그러나 결국 고정엽의 거듭된 설득에 넘어갔다. 고정엽은 '사모가 불쌍하지 않으냐', '후사가 없는 게 얼마나 큰 불효인 줄 아느냐'라며 계속 설득했고, 이에 공손백석도 못 이기는 척 그의 청을 받아들였다.

음력 선달 중순, 설 대가는 설을 쇠러 고향으로 돌아갔다. 명란은 미리 정성껏 준비한 설 선물을 보내 주었고, 두 아이에게는 세배하고 오라고 명했다. 명란은 돌아온 아이들에게 겨울 방학 동안에 공부하지 않아도 된다고 말했고, 두 아이는 기뻐하며 팔짝팔짝 뛰었다.

아이들 뒤를 추랑이 잔뜩 긴장한 얼굴로 쫓아갔다. 어미 닭이 병아리를 살피는 모습과 흡사했다.

"뛰지 말아라! 천천히 다니렴! 밖에 아직 눈이 쌓여 있어. 그러다 넘어질라!"

명란은 흐뭇한 미소를 지었다. 그녀는 이제야 추랑이 괜찮은 여자라고 한 고정엽의 말을 이해할 수 있었다. 봉선 낭자가 한밤중 노래를 부르거나 곧 죽을 사람처럼 꾀병을 부리는 등 잔꾀를 굴렸다면, 추랑은 달랑

두 가지밖에는 하지 않았다. 하나는 바느질, 다른 하나는 고정엽을 못 가게 막는 것이었다.

여러 차례 불운을 맛본 추랑은 고정엽이 자신에게 터럭만큼도 마음이 없다는 사실을 깨달았다. 운명을 받아들인 그녀는 점차 마음을 내려놓았고, 대신 관심을 용이에게 돌리기 시작했다. 추랑은 사람을 진심으로 대하기 시작하면 성심성의를 다하는 편이었다. 용이를 위해 옷과 신발을 만들고 공부를 봐주고 바느질도 직접 가르쳤다. 매일 다양하게 꽃단장도 시켜 주었다. 사람은 감정의 동물인지라 오랜 시간 관심과 사랑을 주다 보니 이제 둘은 진짜 모녀 사이 같았다.

추랑은 해야 할 일과 해서는 안 될 일에 대해서 잘 알고 있었다. 공홍초가 떠난 후 명란은 추랑의 지위를 이랑으로 높여주고, 그녀를 위해 연회를 베풀어 친구나 자매를 자유롭게 초대할 수 있도록 했다.

연회가 열린 날 정오 무렵에 용이는 추랑을 일부러 찾아가 술을 석 잔 올린 후 용돈을 모아 마련한 제법 묵직한 금비녀를 선물로 주었다. 선물을 받은 추랑은 눈물을 글썽거렸다.

소 씨 옆에 있는 구 이랑은 본래 추랑과 사이가 좋았다. 그녀가 추랑의 어깨를 감싼 채 작게 말했다.

"용이가 참 착해. 얘도 너한테 고마운 마음일 거야. 너도 걱정 말고 용이를 믿고 의지하면서 살아."

이 소식을 들은 명란도 내심 기뻐했다. 그러나 지금 당장 골치 아픈 일이 명란을 괴롭혔다. 그녀는 어린 소녀를 노인의 소실로 보낸다는 것이 영 내키지 않았다. 사람으로서 못 할 짓을 하는 것 같아 몇 날 며칠 괴로워했다. 명란은 계속 거북한 마음으로 지새우다 최씨 어멈에게 고민을 털어놓았다.

최씨 어멈이 웃음을 터뜨리며 말했다.

"마님도 참, 무슨 생각을 하시는 겁니까? 양갓집 규수를 기녀로 만드는 것도 아닌데 어찌 그리 염려하십니까? 공손 선생은 학식이 높고 인품도 훌륭한 사람입니다. 사실 나이도 그리 많은 편이 아니지요. 게다가 공손 부인도 옆에 없지 않습니까. 무엇보다 소실로 들어가서 아들이라도 낳으면 적자나 다름없을 터이니 공손 선생의 모든 재산을 물려받게 될 겁니다. 그러니 별 볼 일 없는 가난한 집안에 시집가는 것보다 낫지 않겠습니까? 마님도 한번 지켜보십시오. 공손 선생이 첩을 구한다는 소문이 돌기만 하면 얼마나 많은 계집종이 주판알을 튕길지 말입니다."

최씨 어멈이 단언했다.

명란은 순간 멍해졌다. 그녀가 생각해도 일리 있는 말이었기에 최씨 어멈의 조언대로 공손 선생이 머무는 처소에 소문을 슬쩍 흘렸다. 최씨 어멈의 말이 틀리지 않는다면 소실이 되기 싫은 계집종은 상황을 최대한 회피할 테고, 반대라면 더 관심을 보일 게 분명했다.

결과는 대만족이었다. 비록 앞다투어 찾아오진 않았지만, 명란에게 은근히 뜻을 내비친 사람이 몇몇 있었다. 더 다행인 것은 이들 중 두어 명이 남편을 잃은 젊은 처자라는 사실이었다. 특히 풍만하지만 과하지 않은 몸매에 자유분방하지만 음탕하지 않고 세속적이지 않은 게 마음에 들었다.

이 같은 현실 앞에서 명란은 인정할 수밖에 없었다. 이 시대에 첩은 자기가 가진 밑천으로 밥을 먹고 능력껏 보수를 받는 정당한 직군에 속한다는 사실을 말이다. 그래, 그럼 자진해서 소실이 되겠다는 사람을 고르면 서로에게 좋은 일이 될 터였다. 다만 문제는 공손 선생이 어떤 타입의 여자를 좋아하는지 모른다는 것이었다. 뚜쟁이 노릇도 아무나 하는 게 아니었다. 게다가 명란은 이런 쪽으로 경험이 전혀 없었다. 그녀는 지금, 이 순간 공손 선생이 평소에 너무 조심스럽게 행동하는 것이 자못 원망스러웠다. 어느 계집종과 이미 그렇고 그런 사이가 됐다면 지금은 그저 돈만 들이면 되니, 일이 얼마나 수월하겠는가?

명란은 이삼일 고심한 끝에 후보를 두세 명으로 추렸다. 한 명은 빨래하는 반씨 어멈의 손녀였다. 현재 공손 선생의 처소에서 차 시중을 들고 있는데, 예의도 바르고 외모도 빼어났다. 정원을 가꾸는 김씨 어멈의 넷째 딸은 어릴 때 글공부를 한 적이 있고 남의 마음을 잘 헤아렸다. 나머지 한 명은 연씨 어멈의 첫째 생질녀로 차분한 성격에 꼼꼼하고 외모도 중간 이상이었다……. 사실 다른 걸 다 떠나서 세 명 모두 공손 선생의 소실이 되고 싶어했다. 이는 최씨 어멈이 미리 알아본 바였다.

명란이 입을 다문 채 한참 생각에 빠져 있는데, 귓가에 쟁그랑 소리가 들렸다. 단귤이 네 번째로 찻잔을 쏟았다. 적동색 빗금무늬가 새겨진 분채 찻잔에서 찻물이 쏟아졌다.

"오늘 무슨 일 있었니? 넋 나간 사람 같구나. 물어도 대답도 않고."

단귤의 허둥대는 모습을 보고 명란이 짧게 한숨을 쉬었다.

"무슨 일 있거든 말하렴. 내게 숨길 게 뭐 있다고 그래."

단귤은 허리춤에서 수건을 꺼내 평상 위에 쏟은 물을 닦더니 한참 머뭇거리다가 결심한 듯 입을 열었다.

"저기…… 마님, 지금 공손 선생의 첩실을 구하고 계시죠?"

명란이 고개를 끄덕이며 농담을 건네려는 순간, 단귤은 부끄러운 듯 얼굴을 붉혔다. 명란의 뇌리에 번뜩 어떤 생각이 스쳤고, 이내 깜짝 놀라 얼굴에 핏기마저 사라졌다.

"설마, 모수자천毛遂自薦[13]하고 싶은 게야?"

단귤이 멍한 얼굴로 '모수자천'의 뜻을 물으려는데, 문밖에서 또랑또랑한 목소리가 들렸다.

"단귤 말고 저예요!"

문발이 젖히더니 해사한 용모의 소녀가 저벅저벅 걸어 들어왔다. 보나 마나 약미였다!

명란이 이맛살을 찌푸린 채 무거운 목소리로 말했다.

"집안 규칙을 잊었구나. 감히 엿듣다니!"

단귤이 얼른 무릎을 꿇었다.

"모두 제 잘못입니다. 약미는…… 제가 불렀어요……."

단귤은 어지러운 마음에 말까지 두서없이 나왔다. 반면에 약미는 침착한 모습으로 단귤 옆에서 천천히 무릎을 꿇고는 낭랑한 목소리로 말했다.

"마님, 저를 혼내세요. 제가 단귤을 졸라서 마님께 말씀을 전해달라고 부탁한 것입니다. 먼저 제 말 좀 들어보세요. 벌은 나중에 달게 받겠습니다."

명란이 눈을 가늘게 뜨고 그녀를 찬찬히 살피더니 한참 뒤에 입을 열었다.

"말해보아라."

"감사합니다."

약미가 절을 하고 바로 머리를 들었다.

---

13) 자기가 자기를 추천하는 것.

"거두절미하고 제가…… 제가……."

그녀가 입술을 꽉 깨물었다.

"제가 공손 선생을 뫼시고 싶습니다!"

명란의 낯빛이 천천히 어두워졌다. 그녀가 살짝 손을 들자 이미 얼굴이 새빨갛게 달아오른 단귤이 잽싸게 일어나 밖으로 나갔다. 방 안에는 명란과 약미만 남았다.

"이유는?"

명란의 말투는 여느 때와는 다르게 엄숙했다.

"예전에 약미 네 입으로 첩실로 들어가지 않겠다고 한 것 같은데?"

약미는 무릎을 꿇고 꼿꼿하게 앉았다. 아름다운 얼굴은 놀랄 만큼 창백했고 칠흑같이 검은 눈동자에 작은 불꽃이 이글이글 타고 있었다.

"그간 공손 선생의 인품과 학식을 흠모해왔습니다. 그래서 제가 공손 선생을 평생 뫼시고 싶습니다."

그녀가 다시 머리를 조아렸다.

"부디 마님께서 허락해주세요."

명란이 팔걸이를 잡고 머뭇거렸다.

"내 이미 너희의 혼사를 고려하고 있다는 걸 알고 있고?"

보통 계집종은 아무리 시집을 잘 가도 괜찮은 머슴아이나 관사 아들 정도가 고작이었다. 그러나 주인이 시집올 때 데리고 들어온 몸종의 혼사는 완전히 다른 개념이었다.

약미는 최대한 목소리를 억누른 채 바들바들 떨며 말했다.

"마님께서 저희를 후대해주신 것 잘 알고 있습니다. 제가 식언한 것이니 목숨이 반 토막 나도 좋고, 천벌을 받아도 좋습니다. 그저 마님께서 부디 이 일을 허락만 해주세요."

방 안에 정적이 흐르는 가운데 적동화로의 숯불 타는 소리만 타닥타닥 들렸다. 한참이 지나고 명란이 입을 열었다.

"그럼 내가 두 가지만 말할 테니 네가 듣고 결정하렴."

약미가 고개를 들어 기대 섞인 눈빛으로 명란을 바라보았다. 명란이 그녀를 바라보며 말했다.

"선생의 부인은 현숙하고 어진 사람이다. 공손 씨 문중을 위해 열심히 일하고 고생도 감수하셨지. 집안을 건사하느라 가엾게도 부인은 남편과 반평생 떨어져 살았고 슬하에 자식도 없단다. 그래서 첩실을 들이게 되었는데, 조건이 있어. 첫째, 첩실의 노비 문서는 선생의 부인에게 보낼 것이다."

약미가 숨을 삼켰다. 명란은 약미의 반응에 아랑곳하지 않고 말을 이었다.

"둘째, 공손맹 공자의 말로는 그의 큰형이 곧 혼례를 치를 것 같다는구나. 몇 년 뒤에 손자며느리까지 들이면 부인도 상경하여 선생과 함께 살 수도 있어. 게다가 아이가 생기면, 딸은 그렇다 쳐도 아들은 무조건 부인이 기르게 되겠지……."

약미는 미간을 찌푸렸다. 머리까지 지끈지끈 아픈 것 같았다. 말귀를 잘 알아듣는 그녀가 명란의 말뜻을 모를 리 없었다.

그녀는 명란이 시집올 때 데려온 몸종이었다. 명란은 그녀가 후부의 세력만 믿고 고향에 있는 공손 부인을 무시할까 염려하여 첫 번째 조건을 내건 것이다. 그리고 두 번째 조건은 공손 선생이 부인에 대하여 미안한 마음이 큰 데다 훗날 아이가 적모를 존경하지 않을까 하는 노파심에 따른 것이었다.

약미가 씁쓸하게 웃었다. 물론 각오는 했지만, 일말의 기대가 없던 것도 아니었다. 약미는 도량이 넓은 명란의 성정을 생각하여 자신의 노비 문서도 내어주고 혼례도 성대하게 치러 주지 않을까 기대했다. 그녀는 명란의 말에 이해득실을 따지기 시작했다.

"마님의 뜻을 잘 알겠습니다."

약미는 고집스러운 얼굴로 피가 맺힐 만큼 입술을 꽉 깨물었다.

"선생의 부인도 존경하면서 방자하게 행동하지 않겠습니다. 제가 이 약조를 어기면 벼락을 맞아 죽을 겁니다!"

명란은 여기서 더 말해봤자 소용없다고 생각했다.

"네 뜻은 잘 알았으니…… 그만 나가보아라."

약미가 다시 큰절을 올리고는 뒷걸음질로 나갔다. 잠시 뒤 단귤이 조심스레 문을 열고 들어왔다. 그녀는 민망한 마음에 무슨 말을 해야 할지 몰라 입만 달싹였다.

명란이 단귤을 힐끔 쳐다보며 말했다.

"약미는 내게 솔직하게 말하지 않으니 네가 말해보렴. 진심인 것 같으냐?"

단귤이 한숨 돌린 다음 바로 대답했다.

"그건 안심하셔도 돼요. 약미는 정말 진심이에요. 개가 외원의 서생만 좋아한다고 생각했는데, 실상 그 애 눈에 찬 사람은 없었습니다."

"허나 공손 선생은 그 애 아버지뻘이야."

명란이 실소를 터뜨렸다.

"그래도 공손 선생이 좋다?"

단귤은 당황한 얼굴로 어쩔 줄 몰라했다.

"약미가 예전에…… 공손 선생이 돌아가신 아버지와 닮았다고 말한 적 있어요. 자상하고 따뜻하다고……."

사실 단귤도 약미를 이해하지 못하기는 매한가지였다.

명란은 대충 짐작은 갔으나 더는 말하고 싶지 않았다. 약미가 시집가고 싶다면 시집보내면 될 일이었다. 예전에 약미를 시켜 몇 번 물건도 보내고 말도 전한 적이 있었는데, 그때 공손 선생도 약미를 좋게 본 것 같았다. 그럼 됐지, 뭐.

고정엽이 귀가한 후 명란은 약미의 일을 말해주었고, 그는 퍽 흥미롭게 얘기를 들었다.

공손 선생은 재능도 출중하고 식견도 넓은 비범한 인물이지만, 외모는 볼품없었다. 수염도 성글고 머리숱도 별로 없어 언뜻 대머리처럼 보이기도 했다. 심지어는 얼굴에 검버섯까지 살짝 보였다. 진정한 사랑이 어디 부른다고 당장 달려오는 것이던가?

명란은 도무지 냉정해질 수 없어 한숨이 절로 나왔다.

공손 선생의 몸이 완전히 나은 게 아니었기 때문에 혼례는 이듬해 봄에 치르기로 했다. 괜히 서둘러 어린 첩을 들였다가 공손 선생의 명을 짧게 할 수는 없으니까. 고정엽은 약미를 미리 공손 선생의 처소로 보내자고 제안했다. 그녀가 옆에서 탕약을 올리고 세심하게 챙겨주면, 고정엽도 걱정을 덜 수 있을 것 같았다. 약미는 작은 얼굴을 붉히며 좋아서 팔짝팔짝 뛰더니 행복한 아기 새처럼 금세 날아갔다.

"약미는 공손 선생의 어디가 좋다는 걸까요?"

소도가 전혀 이해되지 않는다는 얼굴로 말했다.

명란이 짓궂게 물었다.

"약미 말고 너는? 너는 어떤 사람이 좋은지 생각은 해봤니?"

"그럼요."

소도가 고개를 끄덕이며 진솔하게 말을 이었다.

"어머니가 마을 어귀에 사는 백정 집안이 좋겠다고 하셨어요. 성이 요 씨예요. 어머니는 저를 고기 파는 집안에 보내려고 하세요. 돼지 한 마리를 도살할 때마다 고기 반 근은 챙길 수 있으니까요."

결연한 말투에 확고한 의지까지 엿보였다. 명란은 갑자기 웃어야 할지 말아야 할지 갈피를 잡을 수가 없었다.

폭죽 소리와 함께 단이는 생애 첫 번째 설을 맞았다. 고정엽은 아들을 안고 밖에 서 있었다. 귀가 먹먹할 정도로 엄청난 굉음이 한밤의 적막을 깼다. 하늘에 형형색색 폭죽이 터져 세상은 낮처럼 환했다. 단이는 조금도 놀라지 않은 채 신이 난 듯 손발을 버둥거렸다. 고정엽은 이번 새해를 성대하게 보낼 생각이었다. 그는 집 안을 오색 천과 붉은 비단으로 장식하여 새해 분위기를 한껏 돋우었고 저택 내 하인들에게 삯도 두 배로 챙겨 주었다. 아울러 지난해 고생한 하인에게는 별도로 상도 주었다.

명란은 아이들에게 세뱃돈을 주기 위해 서너 광주리에 엽전을 가득 담았다. 한 사람도 빠짐없이 엽전을 한 줌씩 나눠 줄 요량이었다.

이번 설은 작년보다 사람이 적었지만, 고정엽은 훨씬 기분이 좋았다. 그는 사당에서 자기 손으로 수십 개에 달하는 조상의 위패에 일일이 향을 피웠다. 일렬로 붙인 네 개 탁자에는 열여섯 가지 요리가 놓인 푸짐한 제사상이 마련되어 있었다. 소 씨가 나간 뒤 고정엽은 사람들을 물렸다. 그가 한 손으로 명란을 끌어당기고 다른 한 손으로 단이를 안은 채 고언개와 백 씨의 위패 앞에 한참 서 있다가 나왔다.

음력 1월 첫날이 되면 시부모님께 절을 올리고 그 이튿날 친정에 갔다. 소 씨는 친정집이 먼 곳에 있어 가지 못했다. 명란은 일찍 일어나 소 씨에게 인사한 후 남편, 아들과 함께 집을 나섰다. 유모 품에서 한껏 신이 난 단이는 바깥 구경이 하고 싶었던지 동글동글한 머리를 마차 밖으로 내밀려 했다. 반면에 용이는 얼굴이 창백했다. 이런 날만 되면, 자신이 잉여 인간처럼 느껴졌기 때문이다. 명란이 용이를 위로했다.

"큰이모님 기억하니? 네게 다정하게 대해줬는데, 저번에는 금팔찌도 줬었지. 큰이모에게도 딸이 있단다. 한이와 비슷한 나이니 나중에 같이 놀면 되겠구나."

용이가 억지로 고개를 끄덕였다.

사실 괜한 걱정이었다. 명란은 성씨 집안에서 가장 시집을 잘 간 딸이었다. 그런 그녀가 데려온 서녀를 괄시할 수 있는 어멈이나 계집종은 없었다. 성가에서 용이에게 싫은 내색을 보일 수 있는 사람은 기껏해야 왕씨 정도에 불과했다. 그러나 그녀도 오늘은 두 딸과 외손자를 봐야 했기에 용이에게 신경 쓸 여력이 없었다.

사위 넷이 차례로 세배를 올렸다. 성굉은 흐뭇한 미소를 지으며 연신 수염을 쓸어내렸고 상석에 앉은 노대부인은 고개만 끄덕였다. 오로지 왕 씨만 고정엽을 보는 눈빛이 복잡했다. 세배가 끝나고 세뱃돈을 나눠줄 차례였다. 화란은 식구가 제일 많았기에 세뱃돈도 가장 두둑하게 받았다. 단이가 받은 세뱃돈도 적잖았다. 명란은 단이의 올망졸망한 주먹을 잡고 강아지처럼 웃어른께 인사를 시켰고, 이 모습에 다들 기분 좋은 웃음을 터뜨렸다.

성굉이 일장 연설을 늘어놓기 시작했다. '온 집안이 화목하고 대대손손 번창하기를 바란다'는 덕담이 이어졌을 때, 왕 씨가 결국 참지 못하고 도중에 끼어들었다. 왕 씨가 명란을 향해 굳은 얼굴로 말했다.

"우리 집안 여식 중에 너만 시어머니를 모시지 않고 있구나. 그렇다고 네가 집안의 주인인 듯 유세 떨지 말고, 웃어른이 없다고 천방지축 날뛰지도 말거라. 혹여 예법에 어긋나는 행동을 했다간 다른 사람은 몰라도 내가 엄히 꾸짖을 것이다."

명란은 딱히 변명하기도 귀찮아 고분고분 듣고 있었고, 이 모습에 왕 씨는 더 약이 올랐다.

"주변에 네게 조언하실 어르신이 안 계시니 자유롭고 홀가분할 것이야. 허나 체통을 잃어서는 아니 되느니라. 아직 어린 네가 무얼 안다고 그 커다란 집안을 제대로 다스리겠느냐? 혹여 실수라도 저질렀다가는 세간의 웃음거리가 될 게야……."

집안사람들 앞에서 명란이 꾸중을 듣자 고정엽의 얼굴에서 웃음기가 점점 사라졌다. 화란이 언뜻 보고 아차 싶은 마음에 얼른 화제를 돌리려는 찰나, 갑자기 '탁' 소리가 들렸다. 노대부인이 찻상 위에 손을 올렸는데, 손목에 찬 염주가 찻상과 부딪혀서 난 소리였다. 성굉이 고개를 돌려 심기가 불편해 보이는 노대부인을 보고는 재빨리 왕 씨의 말을 잘랐다.

"무슨 그런 쓸데없는 말을! 명란이가 언제 웃음거리가 될 만한 짓을 한 적이 있었소?"

성굉이 웃으며 고정엽에게 말했다.

"자네 장모가 괜한 노파심에 한 말이니 괘념치 말게나."

왕 씨는 이를 깨물며 독을 품었다. 그녀가 눈을 돌려 묵란을 보고는 생각해주는 척 말을 건넸다.

"묵란아, 출가한 지 여러 해가 지났는데 아직 너만 후사가 없으니 정말 걱정이구나."

맨 끝에 선 묵란이 조용히 고개를 들어 우아한 미소를 지었다.

"심려 끼쳐 드려서 송구합니다. 허나 후사가 없다니요. 상공의 혈육이라면 모두 제 아이가 아니겠습니까?"

성굉은 묵란을 기특하게 바라보며 연신 고개를 끄덕였다. 왕 씨는 묵란의 당돌한 말에 거짓 웃음을 지으며 말했다.

"말은 그래도 정실 소생이 낫지 않겠느냐. 나는 다만 사위가 염려스러워서 그러는 게다. 자네는 우리 아이를 박대하지 말게."

옆에 있던 량함은 당혹한 기색으로 안절부절못했다. 그러나 묵란은 도리어 태연하게 미소 지으며 응수했다.

"무슨 말씀이세요. 나리가 제게 얼마나 잘하는데요. 제 평생의 행운을 만난 것 같습니다. 허나 자식 일은……."

그녀가 량함을 힐끗 쳐다보고는 조용히 말했다.

"아마도 제가 못나서 자식 복이 없나 봅니다."

량함이 고맙고 미안한 마음에 안타까운 눈빛으로 묵란을 바라보았다.

왕 씨가 말을 보태려는데, 성굉이 탁자를 탁 내리치며 무겁게 말했다.

"이제 그만하시오. 이 좋은 날에 분란을 일으켜야 좋겠소?"

왕 씨가 벌게진 눈으로 대꾸하려는데 문염경이 얼른 앞으로 나왔다. 통찰력이 남다른 그는 장인과 장모의 불화가 하루 이틀 일이 아님을 직감했다. 문염경이 분위기를 수습하기 위해 웃으며 말했다.

"여식을 사랑하는 마음이 크면 사위가 탐탁지 않을 수 있습니다. 그러니 장인어른께서도 언짢아하시지 마십시오. 심지어 저처럼 좋은 사위도 장모님께 자주 혼이 나잖습니까?"

여란이 가볍게 웃었다.

"호호, 정말 얼굴도 두껍습니다. 나리께서 무슨 좋은 사위라고 자화자찬을 늘어놓으시는 겁니까?"

모두 호쾌하게 웃음을 터뜨렸다. 왕 씨도 그제야 얼굴을 풀고, 성굉도 크게 한숨을 뱉었다. 노대부인은 초연한 눈빛으로 상황을 지켜보더니 담담하게 말을 건넸다.

"나는 조용한 게 좋다. 너희도 세배를 끝냈으니 이만 나가거라."

성굉이 서둘러 몸을 일으키고는 거듭 자신의 불효를 탓했다. 수안당을 나온 후 성굉은 사위 네 명과 함께 외원으로 갔고, 아녀자들은 차를 마시러 내당으로 향했다.

화란이 앉자마자 장이와 용이를 불렀다. 두 아이는 인사를 나눈 다음 고개를 들어 서로를 바라보았다. 한 아이는 단정하고 고운 인상이었고, 다른 아이는 짙은 눈썹, 커다란 눈에 재기발랄해 보였다. 서로에게 호감을 느낀 두 아이는 한쪽에 얌전히 앉아 조잘대기 시작했다.

장이는 동년배 여자아이보다 훨씬 성숙한 데다 마음씨가 곱고 살가운 성격이었다. 용이가 설 대가의 학당에서 있었던 일을 얘기했고 장이는 귀 기울여 들어주었다. 한창 대화를 주고받던 둘은 잠시 뒤 의기투합하여 손을 잡고 정원으로 놀러 나갔다. 남은 아이들은 유곤댁이 상방으로 데려가 놀게 했다.

류 씨는 배가 많이 불렀음에도 왕 씨와 네 명의 시누이들에게 차와 간식을 대접했다. 명란은 마음이 편치 않아 류 씨에게 말했다.

"어서 이리 앉으세요. 배 속에 아이가 있잖아요."

왕 씨가 입을 삐죽 내밀었다.

"회임한 게 뭐 그리 대수라고? 조금 더 서 있어도 괜찮다."

명란이 고개를 돌려 의아하다는 듯 물었다.

"어머니께서도 회임하셨을 때 할머니 옆에 서서 시중을 드셨나요?"

눈빛에는 진정성과 존경심이 담겨 있었다.

왕 씨는 말문이 막혀 아무 말도 하지 못했다. 화란은 천장을 보며 조용히 탄식했다. 자기 어머니지만 감쌀 수가 없었다. 명란도 더는 입바른 말을 하지 않았다. 다만 자기 말을 거들 법도 한데 조용히 있는 묵란이 조금 의아할 뿐이었다.

류 씨가 웃으며 어색한 분위기를 풀었다.

"의원 말로는 자주 걷는 게 몸에 좋대요. 물론 무리하지만 않으면요. 참, 명란 아가씨가 저번에 보내준 건어 정말 맛있었어요. 밥 몇 그릇을 뚝딱 비웠다니까요."

명란이 몸을 살짝 굽혀 인사하고는 웃으며 말했다.

"해산물을 좋아한다는 얘길 언젠가 할머니께 들었거든요. 그게 생각나서 보내드렸어요. 남방 사람은 생선을 햇볕에 말려 건어로 만들어서 먹는대요. 맛과 향이 일품이라지요. 입맛에 맞으셨다면 좀 더 챙겨서 드릴게요."

"난 왜 안 줘?"

여란이 머리를 갸우뚱했다. 내심 서운한 기색이었다.

명란이 고개를 돌려 핀잔 섞인 말을 했다.

"적당히 해! 그때 언니는 냄새도 못 맡았잖아. 불쌍한 형부가 언니 때문에 방 안에서 먹도 못 갈았다면서? 내가 건어를 보냈으면 방 전체를 청소해야겠다고 난리 쳤을 거야."

이 말에 여란은 기분이 좋아 더는 대꾸하지 않았다.

왕 씨는 금세 답답함을 느꼈다. 류 씨의 흠을 잡고 싶지만, 잡을 만한 게 없었기에 자기 말이 씨알도 먹히지 않았다. 묵란은 이런 쪽으로는 도가 텄기에 왕 씨가 잇속을 차릴 수가 없었다. 그렇다고 명란을 걸고넘어지기엔 화란이 일일이 연막을 쳐댔다. 갈수록 기분만 나빠진 왕 씨는 긴히 할 얘기가 있다며 아예 화란과 여란만 데리고 자기 방으로 가버렸다.

왕씨 모녀가 나가는 모습을 보고 류 씨가 피식 웃으며 말했다.

"제 방으로 가시죠. 친정에서 보낸 좋은 차가 있으니 같이 마셔요. 마시고 마음에 드신다면 갈 때 좀 드릴게요."

명란은 웃으며 호의를 고맙게 받아들였고, 묵란도 입꼬리를 올리며 함께 따라나섰다.

명란은 어릴 때부터 신발을 전해주는 김에 책을 보러 장백의 처소에 자주 들락날락했다. 그러나 장풍의 처소를 가는 것은 이번이 처음이었다. 저택 안팎으로 우아하고 고상한 느낌이 물씬 풍겼고 탁 트인 경관에 요란한 겉치레 같은 것은 아무것도 없었다. 장풍의 안목이 좋은 것인지 류 씨의 솜씨가 좋은 것인지는 알 길이 없었다. 세 사람은 방으로 들어가다가 마침 집으로 돌아오는 장풍과 마주쳤다. 류 씨가 회임 중이라 홀로 처가에 새해 인사를 드리고 온 것이었다. 그는 장인, 장모에게 세배하고 잠깐 대화를 나눈 다음 곧장 귀가했다.

"아버지와 어머니는 건강하세요?"

류 씨가 미소 띤 얼굴로 남편을 바라보았다.

"두 분 다 좋아 보였소. 장모님은 풍한도 많이 나으신 것 같더군. 차도 두어 잔 마시면서 잠깐 얘기를 나누었는데, 그동안 기침을 한 번도 안 하셨다오. 장인어른은 나와 장기를 두고 싶어하셨는데, 다행히 처형이 오셔서 빠져나올 수 있었지."

"아버지도 참, 장기도 잘 못 두시면서. 그래도 사위랑 두는 게 좋은가 봅니다."

류 씨의 목소리가 한순간 부드러우면서 장난기 넘치게 변했다. 얼굴을 간지럽히는 봄바람처럼 사람을 편안하게 만드는 그런 목소리였다.

명란이 고개를 돌려 어두운 낯빛의 묵란을 보았다.

"일찍 오기로 약속만 하지 않았다면, 장인어른과 장기를 두고 와도 괜

찾았을 것이오."

장풍은 늘 그렇듯 다정하고 배려심이 많았다. 다만 무언가 조금 변한 듯했는데, 그게 무엇인지 명란도 꼬집을 수가 없었다.

장풍이 고개를 돌렸다.

"묵란이, 명란이 왔구나."

묵란이 살짝 코웃음 치며 말했다.

"이제야 우리가 보이나봐? 오라버니 눈에 올케만 보이는 줄 알았어."

"실없는 소리 말아라."

장풍이 개의치 않은 듯 미소 지었다.

"오라버니와 올케까지 있으니 마침 잘됐네. 할 말이 있었거든."

묵란이 돌연 정색하더니 장풍을 보며 천천히 말을 시작했다.

"요즘 아버지가 오라버니를 마음에 들어하시는 것 같던데, 할머니도 올케를 좋아하고. 그런데 두 사람은 어째서 어머니를 데려올 생각은 안 하는 거야? 설마 오라버니는 자기 안위만 중요하고 친어머니야 죽든 말든 상관없다는 거야?"

장풍은 귀까지 발갛게 달아올랐다. 입만 뻐끔거리며 대꾸할 말을 찾지 못하다가 도와 달라는 눈길로 옆에 있는 아내를 보았다. 류 씨는 침착한 얼굴로 싱긋 웃었다.

"아가씨도 참, 무슨 말씀을 그리하세요. 누가 들으면 아가씨 오라버니가 매정한 사람인 줄 알겠습니다."

묵란이 차갑게 냉소를 짓고 머리를 홱 돌렸다.

"흥, 전 그리 말한 적 없어요. 허나, 그분은 저희 남매를 낳은 친모인데 어찌 잊을 수 있겠어요? 저야 출가외인이라 방법이 없지만, 오라버니는 사내대장부잖아요. 어째서 아무것도 하지 않는 거죠?"

구구절절 신랄하게 몰아치는 말에 장풍은 단 한마디도 반박하지 못한 채 아내만 멀뚱멀뚱 바라보았다.

"아가씨 말처럼 상공은 사내대장부가 맞아요. 그런데 사내대장부라서 해야 할 일과 하지 말아야 할 일을 더 잘 아는 거예요. 묵란 아가씨는 평소 서책을 가까이 하신다 들었는데, 어찌 이런 이치조차 모르시나요?"

류 씨가 배를 잡고 일어났다. 얼굴에 위엄이 깃들어 있었다.

"임 이랑이 상공을 낳아 주신 은혜는 백골난망입니다. 허나, 임 이랑의 위로 할머님과 아버님, 어머님이 계십니다. 설마 임 이랑 한 분을 위해 할머님, 아버님, 어머님께 불효를 저질러서야 되겠습니까?"

류 씨가 조목조목 꼬집으며 낭랑한 목소리로 반박했다.

"제가 성씨 문중에 시집을 온 다음부터 계절마다 임 이랑이 계신 장원에 옷이며 먹을 것을 보내고 있습니다. 하인들도 시시각각 임 이랑의 상황을 알려주고요. 임 이랑은 비록 적적하긴 하나 불편함 없이 생활하고 계세요! 그런데 '임 이랑이 죽든 말든 상관없다'라니요?"

묵란이 벌떡 일어났다.

"올케, 언변이 대단하시군요! 매일 우울한 나날을 견디고 계시는데, 이게 죽는 것과 무엇이 다르죠?"

류 씨가 피식 웃으며 묵란을 똑바로 응시했다.

"임 이랑이 잘못하셨으니 벌을 받는 건 당연한 일 아니겠어요?"

묵란이 분노했다.

"올케!"

그러고는 고개를 돌려 장풍을 표독스럽게 노려보았다.

"오라버니!"

장풍이 움찔하자 류 씨가 성큼 앞으로 걸어 나와 부드러운 목소리로 말했다.

"그때의 일은 상공께서 말씀을 해주셨습니다. 후…… 불경한 말인 듯하나 임 이랑이 잘못하신 게 맞습니다. 묵란 아가씨, 아가씨도 누군가의 아내이자 어머니입니다. 설마 임 이랑의 행동이 옳다고 생각하시나요?"

그녀가 불룩한 배를 살살 문지르며 말했다.

"모름지기 지어미는 지아비를 하늘처럼 모시고 여식은 아비에게 순종해야 한다고 들었습니다. 이것은 만고불변의 이치이지요. 묵란 아가씨처럼 학식이 뛰어나지 않은 저도 아이와 제가 상공을 받들고 잘 따라야 한다는 것만은 잘 알고 있습니다."

묵란에게 하는 말이었으나, 류 씨의 시선은 장풍에게 향해 있었다. 명란이 고개를 돌려 류 씨의 신뢰 어린 눈빛을 보았다. 아무리 나약하고 무능한 사내도 이런 눈빛을 받으면 자기가 영웅이라도 된 것처럼 느낄 것이다. 하물며 장풍처럼 부인을 아끼는 사람은 어떻겠는가?

묵란의 얼굴이 잿빛으로 변하더니 노기등등하여 눈을 크게 부라렸다. 그대로 한참 있다가 갑자기 침울하게 말했다.

"올케는 대의명분을 잘 알고 계시네요. 제 어머니가 잘못한 것은 맞지만, 그렇다고 죽을 때까지 벌을 받아야 하나요? 그렇다면 우리 남매는 영원히 어머니와 만날 수 없다는 말이네요……."

묵란이 작은 소리로 흐느끼기 시작했다.

"오라버니, 우리가 어렸을 때 어머니가 얼마나 사랑했는지 기억은 나? 정말 양심도 없구나! 어머니가 백번 잘못했다고 쳐. 그래도 우린 어머니의 피붙이야. 그런데 어째서 오라버니는 어머니 걱정은 눈곱만큼도 하지 않는 거야?"

묵란의 눈물 바람에 장풍도 괴로워하며 황급히 변명을 늘어놓았다.

"내가 왜 어머니 걱정을 안 하겠느냐? 네 올케와 상의도 했다. 지금 할머님, 아버님, 어머님도 계신 상황에서 우리 어머니를 데려올 순 없어. 다만 우리가 나중에 분가하면, 그때 모셔와 죽을 때까지 효도할 생각이다."

묵란은 순간 마음이 차갑게 식었고 뜨거운 화가 솟구쳐 올랐다. 성씨 집안과 같은 관료 집안은 부친이 임종한 후에야 자식이 분가할 수 있다. 게다가 성굉은 워낙 건강한 몸인지라 수십 년이 지난 후에 누가 먼저 황천길로 갈지는 알 수 없는 노릇이었다.

그녀가 눈을 치켜뜨고 류 씨를 흘려 보며 옅은 미소를 던졌다. 장풍은 류 씨 옆에서 말 잘 듣는 아이처럼 그녀의 말에 장단 맞추느라 여념이 없었다. 묵란은 울화통이 터졌다.

"어떻게 구워삶았는지, 오라버니가 올케 말만 듣네요! 아버지 말씀보다 더 잘 듣는 것 같아요!"

순간 장풍의 얼굴이 굳어졌다.

"내가 네 오라비인 것을 잊었느냐? 이게 무슨 말버릇이냐! 정말 안하무인이 따로 없군. 이건 전부 어머니가 널 너무 오냐오냐 키운 탓이다. 널 망친 게야!"

묵란은 생전 처음 오라버니에게 꾸지람을 들은 터라 눈가가 벌게지고 눈물이 그렁그렁 맺혔다.

류 씨가 천천히 다가가 장풍의 손을 잡았다.

"상공, 어찌 묵란 아가씨께 화를 내십니까. 아가씨는 그저 어머니가 그리운 마음에 감정이 조금 격해진 것뿐입니다. 상공은 인제 그만 나가 보세요. 조금 있다가 술상을 차릴 텐데, 아버님 혼자 사위 넷을 상대하기가 얼마나 버겁겠어요. 상공께서 아버님 곁에 계셔야죠."

"내가 취해도 괜찮다는 얘기요?"

장풍이 웃음을 흘렸다.

류 씨가 사근사근하게 말했다.

"돌아오시면 해장탕을 끓여 드리겠습니다."

장풍이 다정다감한 미소를 짓고는 고개를 돌려 명란에게 말했다.

"명란아, 여기 앉아서 네 올케 말동무 좀 해드려라."

그가 다시 묵란을 힐끗 보며 말했다.

"지금 네 올케 배 속에 아이가 있다. 사리 분별 좀 하란 말이다. 괜히 성질부리지 말고!"

그가 말을 마치고 몸을 돌려 밖으로 나갔다.

묵란은 화가 치밀어 금방이라도 졸도할 지경이었다. 그녀는 봉선화 물을 들인 아름다운 손으로 손수건을 세게 움켜쥐었다. 지금 당장 눈앞에 있는 오라버니 내외를 갈기갈기 찢어 죽이고 싶었다. 그녀는 한참 동안 마음을 추슬렀지만, 결국 분노를 삭이지 못하고 밖으로 뛰쳐나갔다. 어디로 갔는지는 알 길이 없었다.

명란은 고개를 숙여 차를 마셨고 아무것도 보지 못한 것처럼 류 씨와 사사로이 한담을 나누었다. 류 씨는 나긋나긋한 어조에 말도 재치 있게 잘했다. 둘은 대화 내내 장풍과 임 이랑에 관한 얘기는 일언반구도 하지 않은 채 소소한 일상이나 풍문에 관한 얘기만 나누었다. 잠시 뒤, 명란은 볼일이 있다며 일어났고, 류 씨도 만류하지 않은 채 빙그레 웃으며 일어나 그녀를 배웅했다.

발밑에 느껴지는 촘촘한 돌길은 명란에겐 무척 익숙한 길이었다. 왼쪽으로 꺾고 오른쪽으로 돌아 지름길을 거쳐 수안당에 도착했다. 그녀는 어깨를 으쓱하며 안으로 들어갔다. 노대부인은 평상에 앉아 자애로운 얼굴로 곤히 잠든 단이를 바라보고 있었다.

인기척이 들렸음에도 그녀는 고개조차 돌리지 않은 채 아이를 바라보며 말했다.

"아이가 아주 곤히 잠들었어……. 이건 널 닮지 않았구나. 네가 어릴 적에는 바람 한 올에 문발이 조금만 펄럭여도 귀신같이 깨곤 했거든."

명란이 생글생글 웃으며 삽살개처럼 노대부인에게 착 달라붙었다.

"제 아버지를 닮은 것 같아요. 한번 곯아떨어지면 누가 업어 가도 모를 정도라니까요."

노대부인이 천천히 몸을 돌려 명란을 바라보았다. 얼굴에는 인자한 미소가 떠올랐다.

"얘긴 다 끝낸 게냐?"

"두루두루 얘기를 나눠야 해서 늦었어요. 마음 같아서는 곧장 날아오고 싶었는데."

명란이 침상 옆에 앉아 노대부인의 팔에 머리를 기대고 한숨을 내쉬었다.

"할머니, 보고 싶었어요."

그녀가 좌우를 두리번거렸다.

"전이는요? 줄 게 있는데."

노대부인이 손을 뻗어 명란을 꼭 껴안고는 그녀의 귀밑머리를 어루만졌다.

"기다리라고 하긴 했는데, 화란의 아이 둘이 문밖에서 머리만 내밀고 서 있는 게 아니겠니. 전이도 결국엔 못 참고 같이 놀러 나갔단다. 대체 어디로 갔는지 모르겠구나."

"전이는 말 잘 듣나요?"

명란이 짐짓 젠체하며 말했다.

"전 어릴 때 말도 잘 듣고 착했잖아요."

노대부인처럼 표정 없는 얼굴에도 웃음기가 엿보였다.

"아들을 딸과 어찌 비교하겠느냐?! 전이가 막 뛰기 시작했을 때, 방씨 어멈이 계집종 셋을 데리고 가서야 겨우 붙잡았단다. 그러다가 글을 배우기 시작했는데 고것이 제법 진지한 얼굴을 하더구나. 네 큰오라비를 보는 듯했단다."

"큰오라버니는 요즘 어떻게 지내요?"

온 가족이 모인 자리에 큰아들 내외만 빠졌으니, 성굉이 말은 안 해도 내심 섭섭한 눈치였다. 명란이 갑자기 생각난 듯 말했다.

"저번에 큰올케가 서신을 보냈어요. 회임했다고 하던데, 날수를 보니 곧 출산할 것 같아요. 다른 건 몰라도 거기 의원이나 약이 부족하지 않을까 걱정이에요. 그럼 아무래도 불편하니까요."

"나도 그게 걱정이구나."

노대부인이 눈살을 살짝 찌푸렸다.

"안 그래도 네 아버지와 상의해 봤는데, 튼실한 어멈 둘 정도를 그쪽에 보내야 할 듯싶구나. 문제는 가는 길이 녹록지 않아서 걱정이야. 워낙 외진 데다 초행길이라 낯설지 않겠느냐……."

명란이 손뼉을 치며 웃었다.

"저도 그 생각이 들어서 며칠 전에 나리와 얘기해봤어요. 나리가 그러는데, 병부에서 설 지나고 무기와 군량을 지방에 내려보낸대요. 호송 행렬이 오라버니가 있는 곳을 지나가니 어멈들을 함께 보내는 게 좋겠어요. 안전하기도 하고 길 잃을 염려도 없고 약재나 생필품을 더 챙겨서 보내셔도 되고요."

"내 그럼 염치 불고하고 신세를 좀 져야겠구나."

노대부인의 말투는 담담했으나 기쁜 기색이 역력했다.

"네 아버지도 그 생각을 하긴 했었는데, 체면 때문에 말을 꺼내지 못한 것 같더구나."

"그건 아버지가 똑똑하신 거예요. 할머니께서 큰오라버니를 더 걱정하고 있다는 걸 알고 계시니까요. 직접 말할 필요가 없다고 생각하신 거죠."

노대부인이 반쯤 비꼬는 말투로 웃으며 말했다.

"네 아비가 언제 똑똑하지 않은 적이 있더냐?"

할머니와 손녀가 성부의 주인에 대해 이러쿵저러쿵 얘기하는데 전혀 거리낌이 없었다.

"장풍 오라버니는 좋은 아내를 얻었더군요."

이야기를 나누다가 명란이 아까 있었던 일을 언급했다.

"아까 묵란 언니가 또 임 이랑 얘기를 꺼냈어요. 날 선 말들을 퍼부었는데, 올케가 일일이 다 응수하더라고요. 심지어는 장풍 오라버니가 묵란 언니를 꾸짖기까지 했다니까요."

노대부인 얼굴에 기쁨인지 근심인지 모를 이상야릇한 표정이 스치듯 지나갔다. 그녀가 명란을 쓰다듬으며 탄식했다.

"장풍이는 사람은 좋으나 줏대가 없는 게 흠이다. 예전에는 임 이랑의 말을 곧이곧대로 따랐다면 이제는 부인으로 바뀐 게지. 그나마 네 올케가 임 이랑과는 다르게 괜찮은 사람이라 다행이다."

명란이 고양이처럼 노대부인의 다리를 베고 누웠다.

"묵란 언니처럼 한결같이 임 이랑을 그리워하는 것도 쉬운 일은 아니지요."

노대부인이 한참 침묵하다가 입을 열었다.

"그게 말이다……."

그녀가 뜸을 들였다.

"입추 무렵에 묵란이가 유산을 했단다."

명란이 깜짝 놀라 몸을 반쯤 일으켰고, 노대부인은 말을 이어갔다.

"묵란이는 이랑들과 싸우느라 온종일 머리를 굴려야 했고 그러느라 아이가 들어선지도 몰랐지……. 휴, 아마도…… 마음이 힘들어서 그런 걸 게다."

명란이 한참 침묵했다. 아무 말도 나오지 않았다. 아니, 어떤 말을 해야 좋을지 몰랐다.

"작년에 묵란이가 아비를 찾아왔다. 사위의 벼슬길을 도와 달라 청을 넣으러 온 게지."

지룡에 불을 때 방 안이 봄날처럼 훈훈했다. 노대부인의 목소리는 한껏 낮아지고 느려졌는데, 마치 침향목 화로의 향기처럼 은은하고 편안했다.

"네 아버지는 딸을 불쌍히 여겨 도와주겠다 했으나 이후에 일이 틀어져 버렸어."

명란이 베개에 기대어 조용조용 말했다.

"아버지는 어릴 적부터 묵란 언니를 어여삐 여기셨어요. 일이 틀어진 데는 분명 피치 못할 사정이 있었을 테지요."

"하는 일이 다르면 서로 이해하지 못한다는 말도 있지 않더냐. 네 아비의 힘이 거기까지 닿지 않았지."

노대부인이 '흥' 하고 가볍게 코웃음을 쳤다.

"아비가 몇 번이나 찾아와 얘기했단다. 아비 마음이야 내 훤히 꿰뚫고 있지 않으냐. 아마도 네 부군에게 도움을 청할 생각을 한 것 같은데, 난 그냥 모른 척했다."

명란이 쓰게 웃었다.

"아버지는 체면을 중요하게 생각하시잖아요."

사위의 지위가 아무리 높다고 해도 성굉은 태산과 같은 위엄을 보여야 했다.

"나중에 국 이랑이 입김을 넣어 네 아비가 묵란이를 돌려보냈단다."

노대부인이 말했다.

명란은 금방 생각나지 않았다.

"국 이랑이요?"

"임 이랑의 계집종 국방 말이다."

노대부인이 입을 삐죽대며 말했다.

"아직 다시 회임은 못 하고 있지만."

명란의 마음이 무겁게 가라앉기 시작했다. 노대부인의 말은 얼핏 들으면 일상적인 얘기 같지만, 그 속에 담긴 뜻은 지독할 만큼 불편했기 때문이다.

묵란이 임 이랑의 귀환을 바라는 건 딸로서 사랑하는 어머니가 고생하는 모습이 안쓰러워서인 것인지, 아니면 집안에 자기편이 아무도 없어 덕을 볼 수 없어서인지 알 수 없게 되어버렸다.

사람의 마음을 헤아릴 수 없기에, 누구도 묵란의 의중을 정확히 판단할 수 없을 것이다.

"오늘 보니 여란 언니는 잘 지내는 것 같아요."

명란이 나지막하게 말했다.

여란의 얘기가 나오자 노대부인의 입가에 차가운 냉소 대신 따뜻한 미소가 그려졌다.

"문 서방은 참 괜찮은 사람이더구나. 이번에 지방관으로 가게 되었다고 하지 않더냐? 사돈댁은 여란이를 자기 옆에 두고 가법을 가르치고 싶어 했지. 그런데 자기 아들이 그토록 반대할 줄은 몰랐을 게다. 문 서방이 몰래 장모를 찾아왔고 안팎으로 협공하기 시작했단다. 애미가 사돈댁을 찾아가 한바탕 난리를 피우고, 문 서방은 계속 불쌍한 척만 했지. 결국, 가엾은 사돈댁만 허세 부릴 데가 없어졌단다."

"형부가 머리를 잘 썼네요. 어머니에게 악역을 떠넘기다니!"

명란이 혀를 내둘렀다.

"됐다. 이 정도 한 것도 쉬운 일이 아니야. 여란이한테만 잘하면 되지."

노대부인이 웬일로 이번 일을 너그럽게 넘겼다. 그녀가 웃으며 한숨을 내쉬었다.

"오늘 보니 원 서방도 참 괜찮은 사람인 것 같더구나. 네 아버지는 지아비로서 별 볼 일 없고 아들로서도 별로지만, 사위와 며느리 보는 눈 하나는 참으로 신통해."

명란이 잠시 생각하다가 웃음을 터뜨렸다.

"그때 아버지는 시종일관 나리가 나쁜 사람이 아니라고 하셨어요. 어쨌든 아버지는 나리를 직접 만나고 오셨으니까 그리 말씀한 거였죠. 다만 맹세만 하지 않으신 것뿐인데, 할머니는 믿지 않으시고 호되게 꾸짖으셨었죠."

노대부인이 정색을 하며 핀잔을 주었다.

"노비 상인이 사람 장사하러 가서 자기 것이 좋다고 하는 거야 당연하지 않으냐?!"

딸을 시집보내려는 성굉의 행동을 노비 상인에 비유하는 말에 할머니와 손녀는 한참 박장대소했다. 명란은 노대부인의 포근한 배에 머리를 기대고는 조용히 말했다.

"아, 할머니와 같이 살았으면 좋겠어요."

노대부인이 명란을 다독이며 인자하게 말했다.

"아들, 손자가 있고 집도 부유한데 내 어찌 너와 살겠느냐?! 네 아비와 오라비의 체면이 말이 아닐 게다. 흠, 안 된다."

그녀가 한숨을 쉬었다.

"그리고 너도 친정에 자주 들러선 안 돼. 녕원후는 지체 높은 가문이다. 그곳에 시집을 간 너 역시 신분이 뛰어올랐지. 안팎으로 널 보는 눈이 적지 않을 게야. 남들 입방아에 오르내리지 않도록 늘 행동거지에 만전을 기해야 할 것이다……. 네가 잘 지내기만 하면 이 할미는 그걸로 되었다. 행복하게 지내야 한다. 알았느냐?"

명란은 아쉬운 마음에 타조처럼 노대부인 팔 안쪽으로 머리를 쏙 집어넣었다.

연회가 시작될 즈음, 다들 한자리에 모였다. 화란과 여란은 왕 씨에게 무슨 말을 들었는지 눈가가 벌겠고, 아까 울었던 묵란과 명란도 별반 다르지 않았다. 안채 여자들과 비교하면 남자들은 시끌벅적했다.

한 상 가득 풍성하게 차려진 요리를 보며, 성굉은 기쁘기도 하고 우쭐하기도 했다. 그는 사위들과 술잔을 기울이며 즐거운 시간을 보냈다. 어린 티가 역력한 넷째 사위 량함은 장풍과 대작하다가 함께 뻗고 말았다. 성굉은 헤벌쭉 웃으며 남은 사위 세 명에게 시선을 옮겼다.

원문소는 고정엽의 주량을 알고 있었다. 그가 맞은편에 있는 고정엽에게 한쪽 입꼬리를 올린 채 장난기 머금은 눈빛을 보냈다. '주량이 센 자네가 앞장서시게.' 하는 표정이었다.

이에 고정엽은 여유작작한 얼굴로 눈썹만 위로 치켜세웠다. '자네가 형님이니 먼저 하시게.'라는 뜻이었다.

문염경은 심상찮은 분위기에 몸을 돌려 머리를 부여잡았다. 지금 자기는 몹시 취했으니 각자 알아서 챙기자는 제스처였다. 그는 설득력을 높이기 위해 띄엄띄엄 앓는 소리를 냈다.

여담이지만, 시간이 지나고 고정엽이 말했다. 수년간 온갖 술자리란 술자리는 다 다녀 보았지만, 이처럼 진짜 같은 앓는 소리는 처음 들어보았다고.

술자리는 늦은 오후까지 이어졌다. 사위 네 명이 모두 취한 채 하나둘 일어나 자리를 떠났다. 명란은 왼손으로 곤드레만드레 취한 남편을 부축했고, 오른쪽으로 새로운 친구와 아쉬운 작별을 한 용이를 잡았다. 뒤에는 유모가 단이를 안고 있었다. 떠들썩한 귀가를 마친 이들은 후부에 도착하자마자 까무룩 잠이 들었고, 밤이 깊어서야 일어났다. 저녁 식사는 가볍게 먹었다.

고정엽은 아직 술기운이 남아 있었다. 그가 일어나 세수하고 머리를 만진 후 야릇한 미소를 지으며 명란의 목에 입을 맞췄다. 명란은 고개를 옆으로 기울인 채 젖은 머리를 닦고 있다가 "앗!" 소리와 함께 침상에 눕혀졌다. 고정엽은 그녀의 머리와 얼굴에 정신없이 입을 맞췄다.

옷을 벗자 명란은 고정엽의 뜨거운 살갗이 온전히 느껴졌다. 그의 숨소리는 뜨겁고 거칠었으며, 자신을 순식간에 태워버릴 것만 같았다. 명란은 얌전히 그에게 몸을 맡겼고, 한바탕 사랑을 나눈 후 녹초가 되고서야 둘 다 깊은 잠에 빠져들었다.

날이 어스름히 밝아올 무렵, 명란이 스르륵 잠에서 깼다. 몸을 돌리자 고정엽이 팔을 기댄 채 모로 누워 자기를 보고 있었다. 눈빛은 더할 나위 없이 다정했다. 막 잠에서 깬 그녀는 아기처럼 귀여웠고, 얼굴에는 분홍색 자국이 남아 있었다. 명란이 눈을 비비며 잠을 깨려고 애쓰는 동안 고정엽은 명란의 말랑말랑한 가슴을 느끼며 좋아했다. 그가 꽉 잠긴 목소리로 말했다.

"부인, 오늘 식사는 무엇이오?"

명란이 고개를 갸우뚱한 채 눈을 깜빡이며 웃었다.

"상공, 먼저 동쪽 밭 두 마지기를 갈아야 밥을 먹을 수 있답니다."

고정엽이 정색을 했다.

"이 교활한 부인 같으니라고. 설이 지나자마자 지아비에게 밭일부터 시키다니!"

두 사람은 한참 서로에게 눈을 흘기다가 동시에 웃음을 터뜨렸다. 고정엽이 명란의 귀를 깨물고는 바짝 다가가 웃으며 속삭였다.

"우리……."

말이 끝나기도 전에 밖에서 다급한 발소리가 들려왔다. 장난기 가득했던 고정엽의 얼굴이 순식간에 굳어졌다.

단귤이 문밖에서 숨이 턱까지 차오른 목소리로 말했다.

"나리, 마님, 방금 다섯째 숙부님 댁에서 전갈이 왔습니다. 정양 나리께서 곧 돌아가실 것 같다고 합니다. 저희에게 오래된 인삼이 있냐고 물으셨어요. 오래되면 오래될수록 좋다고요……."

고정엽과 명란은 어리둥절한 표정으로 서로를 바라보았다. 고정양이 죽는다고? 갑자기 왜?

지금 당장 꼬치꼬치 캐물을 수 없는 노릇이지만, 그렇다고 분가한 지

일 년밖에 되지 않은 사촌 형제에 대하여 무정하게 모른 체할 수도 없었다. 고정엽 내외는 얼른 일어나 의복을 갖추고 어스름한 아침 햇살을 받으며 집을 나섰다.

말을 달려 대략 반 시진 만에 다섯째 숙부댁에 도착했다. 명란은 기억력이 좋은 편이라 바깥에 서 있는 마차를 보고 고정훤 부인의 것임을 단번에 알아챘다.

같은 시각, 집 안은 엉망진창이었다. 고정훤 부인의 머슴아이가 길을 안내할 사람을 불렀고, 고정엽 부부는 안내를 받으며 안으로 들어갔다. 정당에 도착했을 때 예상대로 고정훤 내외는 이미 와 있었다.

다섯째 숙부는 양손을 무릎에 짚은 채 상석에 앉아 있었다. 검누렇게 뜬 얼굴, 참담한 심경이 서린 눈빛, 헝클어진 머리 때문에 족히 십 년은 더 늙어 보였다. 고정훤이 숙부를 위로하려는 순간에 고정엽을 발견했다. 한참 보더니 가볍게 목례를 하고는 넋이 나간 얼굴로 아무 말도 하지 않았다.

고정엽과 명란은 앞으로 다가가 인사를 한 후 물었다.

"마침 집에 오래된 인삼이 있었습니다. 하인을 시켜 가져오긴 했는데, 제발 효과가 있기를 바라야죠."

고정엽이 이어서 물었다.

"형님은 멀쩡하다가 어찌하여……."

다섯째 숙부가 입술을 달싹였으나 아무 말도 내뱉지 못했다. 고정훤은 민망한 듯 억지웃음을 짓고는 상황을 설명했다.

"정양이가 큰 실수를 저질러 숙부께서 화가 단단히 나셨네. 워낙 큰 죄라…… 호되게 매질을 하셨지……."

고정훤도 구체적인 사실은 알지 못했기에 이 정도만 설명하고 그쳤다.

고정훤의 부인은 눈알을 굴리더니 미소를 띠며 말했다.

"다들 아직 아침 식사 전이죠? 숙부님은 아직 물도 한 방울 안 드셨어요. 동서, 그러지 말고 우리는 죽이라도 준비해 오는 게 어떻겠나? 서방님도 서방님인데, 숙부님이 먼저 쓰러질까봐 걱정일세."

그녀가 말을 하면서 명란을 잡아당겼고 명란도 웃으며 끌려 나갔다.

청당을 나가자마자 고정훤의 부인은 기다렸다는 듯 말부터 꺼냈다.

다섯째 숙부의 집안 사정에 대해서는 아는 바가 별로 없는 명란과는 반대로 고정훤의 부인은 이곳에 자주 드나들어 하인끼리도 사이가 좋았다. 고정훤 내외는 이곳에 도착한 직후 어멈들에게 한 바퀴 돌고 오라며 모두 내보냈다. 다섯째 숙모는 병으로 쓰러지고, 고정양의 부인은 혼절하고, 고정적 내외는 안에서 어머니와 형수를 보살피고 있어 집안을 지휘하는 사람이 없는 때였다. 함구령조차 내리지 않은 상황이라 어수선하기 그지없었고, 그 덕에 고정훤의 부인은 짧은 시간에 상황을 완전히 파악할 수 있었다.

"어찌 된 일인지 아는가? 말하자니 입만 더러워지네!"

고정훤의 부인이 목소리를 낮추고 바짝 다가와 귓속말을 했다.

"……글쎄 불초 자식이…… 친부의 첩실한테까지 마수를 뻗쳤지 뭔가……."

자기 집 추문이 아니어서 그런지 고정훤의 부인은 신바람 난 목소리로 명란에게 미주알고주알 떠벌렸다.

사실 새삼스럽지도 않았다. 고정양의 고질병인 주색잡기가 다시 도진 것뿐이니까. 지난 반년 동안 부친이 엄히 단속하는 바람에 그는 자유롭게 외출하지도 못했다. 집안의 계집종들은 이미 한 번씩 다 건드렸으니 더는 재미도 신선함도 없었을 것이다. 그런데 설마하니 친부의 소실한테까지 손을 뻗칠 줄은 꿈에도 생각하지 못했다.

다섯째 숙부는 문인으로 체면을 중요하게 여기는 인물이었다. 그는 아름다운 여인과 학문에 대해 논하는 것을 좋아했기에 집 안에서 필묵 시중을 드는 두 통방은 모두 용모가 빼어났다.

그 둘의 성격은 완전히 달랐다. 한 사람은 고정양에게 억지로 당한 후 몇 개월이 지나 회임 사실을 알게 되었다. 그녀는 누구에게도 털어놓지 못한 채 남몰래 낙태를 감행했다. 이때 그녀는 몸조리를 해야 했기에 고정양은 다른 사람에게 눈을 돌렸다.

다른 통방은 강직한 성품을 지니고 있었다. 어제 고정양은 고주망태가 되어 아비의 통방이었던 그녀를 강제로 범했다. 그녀는 산발한 머리와 흐트러진 매무새 그대로 가위를 품은 채 곧장 다섯째 숙부에게 달려갔다. 그러고는 사람들이 보는 앞에서 사실을 낱낱이 고한 후, 가져온 가위로 목을 찔러 자결했다.

경사스러운 명절에 눈앞에서 애첩이 죽자 다섯째 숙부는 노발대발했다. 그는 당장 고정양을 포박하여 가법에 따라 처벌하려고 했으나 숙모가 한사코 뜯어말렸다. 이때, 이 소식을 접한 다른 애첩이 쇠약해진 몸에 비칠거리며 걸어왔다. 자매와 다름없던 통방이 비명횡사한 모습을 본 그녀는 어차피 다섯째 숙모가 자신을 용서할 리 없다고 생각하며 죽음을 불사하고 그 자리에서 모든 것을 고해 바쳤다.

다섯째 숙부는 더는 부인의 말을 들으려 하지 않았고, 즉시 아들을 포박하여 가법에 따라 처벌했다. 자신이 지켜보는 앞에서 고정양의 심복들까지 깡그리 잡아 죽기 직전까지 매질했다. 그리고 이 매질이 정말 사달을 낸 것이었다.

고정양의 종복은 자기 목숨이 위태로워진 와중에 다섯째 숙모가 그더러 주인을 나쁜 길로 꼬드겼다며 탓하는 것을 듣자 악에 받쳐 울며불며 발악했다. 돌아가신 고 대인의 통방인 유연幽蓮도 실은 고정양에게 강간을 당하여 자결한 것이라고 목청이 찢어지라 외친 것이다!

"그 하인의 비명이 처소에 있는 모든 사람에게 다 들릴 정도였다고 하더군."

고정훤의 부인이 가볍게 헛기침을 하고는 뒤로 살짝 몸을 뺐다.

유연은 고 태부인이 고 대인에게 첩실로 들인 계집종이었다. 고 태부인이 제법 아낀 아이였다고 한다. 그녀가 강물에 몸을 던진 후 사람들은 그것을 고정엽의 짓이라고 생각했다. 당시 고 태부인은 유독 슬피 울었다.

아들이 부친의 통방을 빼앗는 것은 불효와 다름이 없었다. 그러나 본래 소실은 미천하고 아들은 귀한 존재였기에 엄히 처벌하기는 하나 죽일 정도는 아니었다. 그러나 다섯째 숙부는 고인이 된 큰형, 고언개를 무척 존경했기에 이 사실을 알게 되자 화가 치밀어 올랐다. 그는 형님을 욕보인 아들에게 대로했고, 과거 고언개의 자애로운 모습을 떠올리며 수치심에 몸 둘 바를 몰랐다.

이번에는 그가 직접 나서서 매질했다. 곤장을 들고 물불 가리지 않고 매타작을 퍼부었다. 다섯째 숙부는 나이를 먹긴 했지만 보양을 잘해 여전히 건강한 사람이었다. 고정양은 이미 곤장을 많이 맞은 상태였고, 오랫동안 주색잡기에 열중하느라 몸도 부실했다. 여기에 아버지의 매타작까지 더해지니 거의 초주검이 되었다. 그는 한밤중에 열이 끓어오르더니 목숨이 위태로울 정도로 심각한 지경에 빠지고 말았다.

명란은 상황을 듣고 한참 넋이 나가 아무 반응도 할 수 없었다.

관사 어멈을 불러 식사 준비를 명한 다음, 명란은 고정훤의 부인과 천천히 청당으로 돌아갔다. 세 남자는 아까와 같은 자세로 있었다. 다섯째 숙부는 참담한 모양새로 앉아 있었고, 고정훤은 옆에서 한숨만 푹푹 내쉬었으며, 고정엽은 홀로 다른 자리에 앉아 있었다. 얼굴에는 아무 표정도 드러나지 않아 조각상처럼 느껴졌다.

사실 명란은 고정양이 이런 일을 당한 게 딱히 놀랍지는 않았다.

고정엽은 일찍부터 고정양의 비행을 주시하고 있었다. 언젠가는 숙부에게 귀띔해야겠다고 생각은 했지만, 이렇게 빨리 일이 터질 줄은 몰랐다. 심지어 자신이 나서기도 전에 말이다.

사람들은 조용히 자리에 앉아 있었다. 고정훤만 분위기에 맞지 않은 말을 간간이 툭툭 내뱉었다. 그러다 옆에서 부인이 눈을 부릅뜨자 고정훤도 너털웃음만 지은 채 입을 다물었다. 방 안은 지룡을 떼지 않아 훈기가 없었고, 그나마 방구석에 놓인 화로 안 숯불도 불씨가 미약했다. 죽을 가져올 때가 됐는데도 아무도 가져오지 않아 명란은 춥고 배가 고팠다. 그래도 참을 수밖에.

얼마나 앉아 있었을까. 두툼한 문발이 걷히더니 살을 에는 한기가 들이닥쳤다. 놀라움과 황망함이 뒤섞인 묘한 얼굴로 어멈 하나가 허겁지겁 들어왔다. 그녀가 바닥에 꿇어앉아 울먹이며 아뢨다.

"어르신! 나리께서…… 나리께서 돌아가셨습니다!"

멀지 않은 처소에서 곡소리가 바람을 타고 울려 퍼졌다. 곡소리는 마치 예견된 결말을 알리듯 공허하고 처량하게 울려 퍼졌다. 사람들은 모두 숙연해졌다.

명란은 걱정스러운 마음에 고정엽을 살폈다. 이상하리만치 냉정한 표정에, 경직된 모습이었다. 얼굴색은 시퍼렇고, 옆모습은 칼로 자른 듯 날카로웠다.

고정협은 예전부터 고정양에게 따끔하게 한마디할 생각이었다. 아버지의 원수도 갚고, 더는 밖으로 나돌면서 가문에 먹칠하는 일도 못 하게끔 호되게 혼을 낼 작정이었다. 허나 그렇다고 고정양이 죽기를 바랐겠는가?

부처님께서 이르시길, '빠르고 느리고의 차이일 뿐 선과 악에는 반드시 응보가 따른다'고 했다. 이것이 부처님의 가르침일까?

한참이 지나 다섯째 숙부가 몸을 일으키더니 목이 쉬어 건조해진 목소리로 말했다.

"초상 치를 준비를 하거라."

제181화

세상 이치
: 흑도 아니고 백도 아니다

고가처럼 지체 높은 가문에서도 정월에 송장 치는 일은 불길하긴 했다. 이런 이유로 사람들은 다섯째 숙부에게 정월이 지나고 발인하라고 조언했다. 어쨌든 지금은 물방울도 순식간에 얼어버릴 정도로 추울 때니, 송장 썩는 냄새도 딱히 걱정할 필요는 없었기 때문이다. 그러나 다섯째 숙부는 이 사건을 최대한 빨리 마무리 짓고 싶었기에 차남인 고정적에게 신속히 장례 절차를 진행하라고 분부했다. 이에 고정양의 장례는 최대한 간소하게 치러졌고, 열흘 후에는 발인도 끝났다.

영당은 을씨년스러울 만큼 썰렁했다. 안에는 고씨 일가가 있었고, 이들과 평소 친분이 두터웠던 한두 집안 정도만 문상을 왔다가 금방 돌아갔다. 넷째 숙부는 몸이 편치 않아 오지 못했고 넷째 숙모도 남편 병시중을 하느라 덩달아 오지 못했다. 이들을 뺀 일가친척들만 영당에 앉아 있었다.

다섯째 숙모는 숨이 넘어갈 듯 자지러지게 통곡하다가 차남 내외에게 달려들어 악다구니를 퍼부었다. 너희가 형을 챙기지 않았다는 둥, 불효막심한 놈이라는 둥 온갖 욕설을 퍼부었다. 고정양은 생전에도 사사건건 고정적을 힘들게 하더니 죽어서까지 그를 괴롭혔다. 장례를 제대로 치러주지 않았다고 땡깡이라도 부리는 것일까?

고정적 내외는 어머니의 호된 꾸중에 귀까지 달아올랐다. 고정적의 부인은 시어머니의 억지스러운 꼬장에 이골이 난 터라 참을 수 있었지만, 고정적은 달랐다. 화가 머리끝까지 치밀어 오른 그가 아예 어머니 앞에 무릎을 꿇고는 목에 핏대를 세우며 거세게 대들기 시작했다.

"……어머니는 살림을 하지 않으시니 쌀이며 땔감이며 몇 푼이 들어가는지 하나도 모르시죠. 아버지, 어머니, 이랑들 그리고 저희 집 식구들까지 골고루 쓰고도 남을 돈을 형님 혼자 다 썼습니다! 형님이 글공부를 해서 과거에 급제했습니까? 장사를 해서 이문을 남겼습니까? 열 명이 넘는 식구들이 달려들어 형님 수발을 들고 탕약을 달이고 밥을 먹이고 옷을 입혔습니다……. 가게와 전답에서 얻은 수입도 모두 형님에게 쏟아부었고요. 이런 상황에서 이미 혼기가 찬 정령이와 큰조카(고정양의 서장자)의 혼수와 예물은 어떡하실 겁니까? 남은 아이들은요? 하나하나 커가는 게 빤히 보이는데, 어찌 돈이 필요하지 않겠습니까!"

고정적은 말을 할수록 부아가 치밀었다. 다섯째 숙모는 평소 장남만 편애했다. 후부에서 함께 기거할 때에는 큰집 일가가 집안 살림을 쥐고 있었으니 고정적이 일일이 따질 필요도 없었지만, 지금은 분가했으니 쌀 한 톨도 제 주머닛돈으로 사야 하는 상황이었다.

"기생을 끼고 유곽에 드나드느라 밖에서 버린 돈만 금 천 냥은 될 것입니다! 형님이 밖에서 진 빚은 아직도 그대로 남아 있고요. 지금 당장 우리 입에 풀칠도 못 하게 생겼는데, 설마 형님 한 사람을 위해 돈을 다 써야겠습니까?!"

고정적이 땅에 머리를 쿵쿵 박았다.

"어머니, 소자가 마음에 들지 않으시면, 가법에 따라 차라리 소자를 때려죽이십시오!"

몰아치듯 쏟아낸 차남의 말에 다섯째 숙모는 말문이 막혔다. 그녀는 온몸을 부들부들 떨며 고정적을 노려보았다. 고 태부인은 상석에 앉아 표정 없는 얼굴로 찻잔 뚜껑을 열어 찻잎을 살살 밀어내고 있었다. 주변 사람들은 서로 눈치 보기 바빴다. 상관 하고 싶지 않기도 했고 상관할 수 없기도 했다. 결국, 넉살 좋은 고정훤이 나서서 고정적을 일으켜 세우고는 달랬고, 이것으로 일촉즉발의 위기를 모면할 수 있었다.

다섯째 숙모는 화가 가라앉지 않았다. 눈에 넣어도 아프지 않을 장남의 비참한 죽음 앞에서 눈물만 하염없이 흘렸다. 그녀는 감히 남편을 원망할 수 없었고, 더는 둘째 아들을 책망할 수도 없었기에 또 다른 화풀이 대상만 찾았다. 이에 벌떡 일어나 큰며느리에게 달려들어 모진 말을 쏟아내기 시작했다.

"이게 다 재수 없는 너 때문이야! 내 아들은 그토록 착했거늘, 하필이면 너 같은 쓸모없는 년이 들어와서 지아비를 보필하지 못한 탓에 걔가 밖으로만 나돌았지! 널 이 집에 들이는 게 아니었어……."

상복은 입은 고정양의 부인은 요 근래 더더욱 얼굴이 누렇게 뜨고 수척해졌고 양 볼도 움푹 들어가 마르고 쭈글쭈글해져 있었다. 시어머니가 뭐라고 하든 정신 나간 사람처럼 멍하니 고개만 숙인 채 입도 벙긋하지 않을 따름이었다. 영당 중앙에는 그녀의 외동아들 고사순이 꿇어앉아 있었다. 아버지를 여읜 상복 차림의 십대 소년도 고개를 아래로 늘어뜨린 채 침묵할 따름이었다.

고정훤의 부인이 명란의 귓가에 대고 소곤댔다.

"저런 아버지는 없는 게 낫지! 재가 나중에 장원급제했는데, 자기 아비가 호색한에 난봉꾼이라는 사실이 알려지면 얼마나 창피하겠나. 쯧쯧…… 안 그런가?"

명란은 고정양이라면 치를 떨었기에 저도 모르게 고개를 끄덕였다. 그러다가 고정양의 장례 중임을 상기하고는 얼른 황망히 도리질했다. 고정훤의 부인은 그런 그녀가 귀엽다는 듯 고개를 숙이고 피식 웃었다.

"착해 빠져서는."

다섯째 숙모는 울며불며 욕을 하고 악을 쓰느라 진이 빠질 지경이었다. 공연히 큰며느리를 밀치고 때리면서 화풀이를 해 대는 그녀를 더는 두고 볼 수 없었던 부인들이 말리려고 일어났다. 그때, 시종일관 목석처럼 앉아만 있던 다섯째 숙부가 방금 잠에서 깬 사람처럼 벌떡 일어나더니 아내를 향해 터벅터벅 걸어왔다. 그러고는 곧장 그녀를 붙잡고 뺨을 세게 후려쳤다.

'철썩' 하는 소리가 영당에 천둥 치듯 울려 퍼졌다. 자리에 있던 사람들은 모두 하나같이 넋이 나간 채 그대로 얼어버렸고, 오로지 고정엽만 침착하고 여유로운 얼굴로 이 난리 통을 조용히 관망하고 있었다.

"이런 짐승만도 못한 놈을 낳아 놓고는 무슨 염치로 눈물을 흘리는가!"

다섯째 숙부는 평소 점잖고 신중하던 모습은 온데간데없이 완전히 다른 사람이 된 것 같았다. 시뻘겋게 달아오른 두 눈에 곱사등이처럼 굽은 몸을 한 그가 이빨 사이로 무서운 말을 쥐어짜듯 내뱉었다.

"내 당신을 휴처하겠소!"

다섯째 숙모는 남편에게 맞아 몸이 휘청거렸으나, 다행히 옆에 있던 며느리가 재빨리 부축한 덕에 넘어지진 않았다. 화들짝 놀란 그녀는 눈물도 쏙 들어간 채 넋을 잃고 물끄러미 서 있었다. 이때 고 태부인이 고정적의 부인에게 호통을 쳤다.

"얼른 시어머니를 밖으로 모시지 않고 뭐 하는 것이냐!"

그제야 정신 차린 고정적의 부인이 황급히 시어머니를 데리고 나갔고, 고정적도 아버지를 부축하여 자리에 앉혔다. 고 태부인이 입을 열었다.

"다섯째 서방님, 제가 뭐라고 할 것은 아니나 그래도 우리 집안에서 부인에게 손찌검하는 사내는 없었습니다. 장성한 애들 앞에서 손찌검하면, 동서가 어찌 얼굴을 들고 다닐 수 있겠습니까……."

다섯째 숙부가 단숨에 말을 잘랐다.

"저희 집안일은 제가 알아서 합니다. 이미 분가하셨으니 형수님도 더는 참견하지 마십시오."

고 태부인이 안색을 싹 바꾸고는 냉소를 지었다.

"제가 괜한 걱정을 했군요. 돌아가신 우리 나리만 아니었다면, 나도 굳이 고씨 집안 형제들까지 일일이 신경 쓰진 않았을 겁니다."

이 말에는 두 가지 뜻이 담겨 있었다. 다섯째 숙부의 얼굴에 얼핏 괴로운 기색이 스쳐 지나갔다. 그가 쉰 목소리로 말했다.

"감사하군요."

누가 들어도 글자 그대로의 의미가 아님을 알 수 있었다.

고정훤의 부인은 무슨 생각을 하는지 안색이 좋지 않았다. 명란을 끌고 구석진 곳으로 간 그녀가 목소리를 낮추고 말했다.

"……이건 숙부님께서 화내실 만도 해. 커다란 종기가 눈에 뻔히 보이는 마당에 피고름을 깨끗하게 짜내도 나으리라 장담할 수 없는데 감추기에만 급급하니 원. 이러니 하루가 다르게 살을 파고들어 곪다가 손쓸 수 없을 지경이 되지 않았나. 아, 우리 둘째 서방님 말일세. 그분도 나쁜 버릇 못 고치고 결국 또 사고를 쳤다네."

고정병이? 화염산으로 유배 간 게 아니었나? 거기서 또 무슨 사고를 칠 수 있지? 명란은 어리둥절한 얼굴로 연유를 물었고, 고정훤의 부인이 대답했다.

"며칠 전에 서신이 왔네. 그 먼 곳에 하인까지 보내줬는데, 정말 정도라는 것도 모르는 게지. 어쩌면 이리도 쉬지 않고 분란을 일으키는지. 이번에는 그곳의 무역이 활발한 것을 보고는 갑자기 장사를 하겠다나. 그러다 어찌 된 일인지 누구와 시비가 붙었고 결국 그 사람을 때려죽였다지 뭔가."

"왜 저는 모르고 있었죠?"

명란이 멍해졌다.

고정훤의 부인이 바로 대답했다.

"우리 나리도 며칠 속을 끓이다가 정엽 서방님에게 알렸다네. 멀리 떨어져 있으니 손쓸 수도 없었지. 그리고 사실 둘째 서방님의 형벌은 이미 내려졌네. 후부 체면을 생각해서 다른 죄목은 묵과하기로 했다지만 그래도 거기서 몇 년은 더 있어야 할 걸세."

명란이 잠시 침묵하다가 말했다.

"둘째 형님만 불쌍하네요……. 가족이 모이는 데 또 몇 년이 걸릴 테니까요."

"그러게나 말일세. 며칠 내내 울더군. 아버님도 몸져누우셨고."

고정훤의 부인이 한숨을 내쉬었다. 사실 그녀는 속으로 고정병이 늦게 돌아왔으면 했다. 불효하는 한이 있더라도 넷째 숙부가 돌아가시고 나서 불러들이기를 바랐다. 고정훤이 동생은 단속할 수 있지만, 세상 물정 모르는 아둔한 아버지를 동생의 꾐에서 완전히 벗어나게 할 재간은 없었기 때문이다. 물론 이 말을 입 밖에 꺼낼 수는 없었다.

고정훤의 부인이 영당에 있는 고 태부인을 힐끗 보더니 목소리를 깔았다.

"누군가 '호의'로 계속 뒤를 봐주지 않았다면, 둘째 서방님도 이토록 안하무인이 되지 않았을지도 모르지. 더구나 죄인의 신분으로 이리 사고를 치지도 않았을 것이고. 아, 말해 무엇하겠나. 사람을 죽였는데 그저 유배 생활 몇 년 더 하는 것으로 그친다니 다행이지."

명란은 그녀에게 위로의 말을 건넸으나, 내심 속으로는 이번 두 가지 사건은 성격이 완전히 다르단 생각이 들었다. 고정양이 사고를 칠 때마다 다섯째 숙부에게 비밀로 했다면, 고정병은 사고를 칠 때마다 넷째 숙부가 고 태부인부터 찾아가 아들의 사면을 부탁했을 테니까.

이날은 다들 불쾌한 기분으로 헤어졌다. 고 태부인은 아들, 며느리를 거느리고 먼저 자리를 떠났고, 이후 한동안은 몸이 불편하다는 핑계로 다시 얼굴을 비추려 들지 않았다. 고정위는 조금도 개의치 않은 채 여전히 유쾌한 얼굴로 고정적 부부와 사촌들에게 '도움이 필요하면 기탄없이 말하라'라고 당부했다. 좌불안석인 고정훤은 그저 가족이 화목하게 지냈으면 좋겠다고만 말할 따름이었다.

고정엽은 굳은 얼굴로 상황만 지켜볼 뿐 가타부타 첨언하진 않았다. 그렇지만 하루도 빠짐없이 영당에 찾아와 잠시 자리를 지키다가 이내 명란과 함께 돌아갔다.

• • •

초상을 치르고, 며칠 뒤 정월이 지났다. 여부余府에서는 온 식구가 모여 명절을 보냈다. 명절이 지나자 여 각로는 두 아들과 며느리, 공홍초를 등주로 보냈고, 자신은 부인과 장남을 거느리고 지방으로 떠났다. 떠나기 전 넷째 부인이 명란을 찾아와 그간 있었던 일을 말해주었다. 고작 몇 달 사이에 여 각로는 과거의 인맥을 동원하여 장남에게 지방관 자리 하나를 얻어주었고, 여 부인은 물론 그녀의 친정과도 악연을 끊어냈다. 그리고 여 부인의 후임이 될 큰며느리도 금방 새로 들였다.

여 각로의 녹슬지 않은 깔끔한 일 처리 솜씨에 명란은 감탄을 금치 못했다.

"흠천감欽天監[1) 홍 주부의 조카딸이라더구나."

넷째 부인이 담백하게 말했다.

"……혼례를 올리고 얼마 지나지 않아 과부가 되었다는데 시댁엔 남아 있을 수 없어 그 길로 친정으로 돌아갔다지. 정이 많은 사람인지 칠팔 년간 수절하면서 재가할 생각은 조금도 하지 않았다더라. 그러다 부친의 건강이 악화되면서 고집을 꺾은 것 같아. 아버님은 무엇보다 성품이 어질고 덕행이 높은 사람을 큰며느리로 들이고 싶다고 하셨지."

그 나이에 고작 8품 주부에 불과하다면 벼슬길이 그리 순탄치만은 않았던 것이리라. 그러나 군주郡州의 홍씨 가문도 명문가였으므로 딱히 여씨 가문보다 기우는 집안은 아니었다. 여씨 가문도 원래 있던 정실부인에게 휴서를 내리고 부인을 새로 얻는 것 자체가 그리 자랑할 만한 일은 아니었기에 지방에서 조용히 혼례를 올릴 예정이었다. 게다가 홍 씨는 가족의 재가 권유에도 불구하고 칠팔 년간 수절한 걸 보면 제법 강단이

---

1) 천문대.

있는 사람일 테니, 매번 뜬구름만 잡는 여 대인에게는 딱 어울리는 배필이었다.

명란은 여 노대부인이 내심 부러워졌다. 소싯적에는 나랏일을 맡고 퇴임해서는 집안의 대소사를 척척 처리하는 데다, 힘도 있고 생각도 깊은 남자를 대체 어디서 만날 수 있겠는가?! 여 노대부인이 전생에 덕을 많이 쌓은 게 분명했다.

또 며칠이 지났다. 눈은 녹기 시작했고 봄볕은 갈수록 포근해졌다. 촉촉한 나뭇가지에는 초봄을 알리는 꽃망울이 터지기 시작했다. 명란은 눈꽃처럼 쏟아지는 수많은 초대장에 깜짝 놀랐다. 매화 구경하러 가자는 초대장, 생신연 초대장, 만월연 초대장 등이 여기저기서 들어왔고, 심지어 시 모임 같은 곳에서 보내온 초대장도 있었다. 물론 시 모임 초대장은 자기 능력 밖의 일이라 정중히 거절했다.

명란은 대충 부엉이셈만 해도, 자기가 이 모든 초대에 응하면 천하제일 명기보다 더 바빠지겠단 생각이 들었다. 안채 부인들과 교제하는 것도 어찌 보면 학습이 필요한 업무다. 누구의 초대를 거절할지, 어디를 갈지, 어떻게 응대할지 등 하나하나 매뉴얼이 필요했다.

고정엽이 명란의 얼굴을 사랑스럽게 어루만졌다.

"가고 싶은 곳에 다 가면 되지 않느냐."

아녀자의 사교계에 대해 전혀 모르는 남자의 영양가 없는 대답이었다.

노대부인은 눈썹을 찡그리고는 냉담하게 말했다.

"가기 싫으면 다 가지 말거라!"

반평생을 홀로 지내면서 인정 따윈 믿지 않게 된 사람의, 경험에서 우러나온 대답이었다.

소 씨는 장기 입원 환자를 돌보는 데는 도가 텄지만, 그 외 다른 것에 대해서는 젬병이었다.

왕 씨에게는 물어보기가 거북했고, 화란이 속한 사교계는 자신과 달랐다. 명란은 한숨을 쉬며 아무래도 다른 사람에게 도움을 청해야겠다고 생각했다. 이에 선물을 바리바리 싸 들고 단이와 함께 심청평과 그녀의 형님에게 향했다. (P.S. 핵심 타깃은 후자였다.)

심청평은 한창 심심하고 답답한 나날을 보내고 있었다. 이런 찰나에 명란 모자의 방문이 반갑지 않을 리 없었다. 갑자기 높아진 인기에 어리둥절한 명란을 보며, 심청평이 가감 없이 말했다.

"참으로 순진하시군요. 지금 부인 집안이 어떤 줄 아시나요? 부인만 초대하고 싶어도 고 태부인 눈치가 보이고, 그렇다고 고 태부인만 초대하자니 부인께서 오지 않을까봐 걱정이고, 초대하는 사람도 고민이 깊겠지요. 어쩌다 두 분이 같이 오셔도 고 태부인은 가식 떨며 어울리겠지만, 부인은 고슴도치처럼 가시만 잔뜩 세운 채 목석처럼 계실 게 아닙니까. 눈앞에 구덩이라도 있는 듯 잔뜩 경계하면서요. 안 그렇습니까?"

명란은 순간 큰 깨달음을 얻었다. 심청평에게 고마운 마음을 전하고자 포동포동한 아들을 구들 위에 두고 '마음껏' 놀게 하고는 곧장 정 부인에게 달려갔다. 정 부인은 평소 말수가 적었지만, 수년간 지체 높은 사람들과 교류해 왔기에 말도 조리 있고 정갈하게 했다. 심청평의 '뒷담화' 솜씨와는 차원이 달랐다.

이 집안은 기강이 잘 잡혀 있으니 사귀어 두면 좋다, 저 집안의 자제는 앞길이 창창하니 홀대하면 안 된다, 그 가문은 빛 좋은 개살구라 문제가 끊이지 않으니 체면치레만 하면 된다, 또 어떤 집안은 식구들끼리 서로 반목하니 조심하는 게 좋다는 등 양질의 정보가 쏟아졌다. 귀가 두 개밖에 없다는 게 아쉬울 정도였다. 그렇다고 필기를 하는 것도 왠지 겸연쩍었다.

명란은 비교와 분석을 통해 초대에 응할 집안을 몇 곳으로 추렸고, 나머지는 정성을 담은 선물을 보내는 것으로 대신했다. 또 선물을 보내는 김에 관사를 통해 최근 집안에 불미스러운 일이 많아 초대에 응하지 못해 죄송하다는 말을 전하게 했다. 현재 고씨 가문에서는 사촌 형 하나가 죽어 나갔고, 다른 사촌 형은 형기가 연장될 위기에 놓였으며, 그들의 부인들은 매일 눈물 바람이거나 앓아누워 있으니 핑곗거리로 삼기로는 안성맞춤이었다.

열여덟 살 녕원후 부인이 차분하고 당당한 모습으로 모임에 나타났다. 자리에 있던 부인들은 목련처럼 청초하고 아름다운 그녀의 모습에 눈이 휘둥그레졌다. 그녀들은 외부에 떠도는 녕원후 부부에 관한 소문을 떠올리며, 그럴 만하다고 수긍하게 되었다.

고정엽은 이따금 그녀와 함께 연회에 참석했다. 명란이 부인들 모임에 가도 그는 짬만 나면 데리러 가곤 했다. 그러고는 그녀가 마차에 올라타자마자 늘 이렇게 묻곤 했다.

"누구 널 괴롭히는 사람은 없었느냐?"

명란이 빙그레 웃으며 대답했다.

"나리의 명성이 이리도 대단한데, 간이 배 밖으로 나오지 않고서야 누가 절 괴롭히겠어요?"

다만, 신경 쓰이는 사람은 있었다. 바로 영국공 부인이었다. 그녀는 어느 가문의 어떤 연회에서든 일단 참석했다 하면 명란을 잡고 이야기를 나눴고, 명란을 끼고 다니며 여러 사람에게 소개하는 등 명란을 살뜰히 챙겼다. 명란은 영국공 부인의 의미심장한 눈빛을 차마 모른 척할 수 없었다. 더는 미룰 수 없다는 생각이 든 명란은 바로 다음 날 회임 중인 국구 부인 장 씨를 만나러 갔다.

명란은 장 씨를 보는 순간 화들짝 놀랐다.

국구 부인 장 씨는 남산만 한 배를 안고 힘겹게 일어나 손님을 맞았다. 명란은 그녀가 온몸을 가늘게 떠는 모습을 불안한 눈으로 바라보았다. 곧 출산할 산모가 이리도 피골이 상접하다니! 명란은 위로의 말을 건네고 싶었지만, 무슨 말부터 해야 할지 알 수가 없었다. "아기 때문에 힘드시지요?"라고 겨우 한마디 쥐어짰지만, 장 씨가 바로 화제를 돌렸다. 그녀는 명란이 한숨을 내쉴 때까지 경성의 경치, 시와 경전에 대한 얘기만 했다.

"이 매화나무 두 그루가 어찌나 고약한지요. 물도 주고 비료도 주었지만 꽃을 피우지 않더군요. 정원사도 포기했는지 연말부터 매화를 방치해 두었습니다. 그런데 지금 저리도 활짝 꽃을 피웠지 뭡니까. 참으로 아름답지 않습니까? 마치 장춘 서산의 벼랑에 걸린 구름을 보는 것 같습니다. 안개가 잔잔하게 떠다니는 듯하여 가슴이 찌릿할 정도로 멋있는 경관이지요. 보고 있으면 눈 깜빡하는 사이 사라져버릴 듯한 느낌이 들 정도랍니다."

장 씨가 천천히 고개를 돌려 창밖으로 시선을 던졌다. 노르스름한 얼굴에 울긋불긋한 반점이 올라와 있었고 연약하고 얇은 피부는 돌출된 광대뼈를 감춰 주지 못했다. 뺨에는 술에 취한 듯 이상하리만치 불긋한 홍조가 떠올랐다.

마치 구름 속을 거니는 듯 아리송한 대화를 나누면서 명란은 시누이인 고정찬을 데려오지 못한 것이 아쉬웠다. 그녀가 이곳에서 대갓집 규수의 품위와 고귀한 재녀의 몸가짐 등을 직접 봤으면 좋았을 것을. 그러나 지금 장 씨는 자기의 생로병사에조차 관심 없는 사람처럼 세상사에 달관한 모습이었다.

명란은 한참 동안 말없이 있었다. 본래 친하지도 않은 데다 장 씨가 무언가 감추고 있는 듯 보여 더욱 말을 걸기가 어려웠기 때문이다.

"사람은 꽃도 아니고 안개도 아닙니다. 사람에게는 부모도 있고 형제도 있고 자식도 있지요. 그러니 어찌 이슬이나 아침 안개처럼 아무 미련 없이 세상을 떠날 수 있겠습니까? 부인은 현명한 분입니다. 다른 건 몰라도 부모님의 은혜는 잊지 말아야지요."

명란이 장 씨의 손을 잡고 진심 어린 말을 건넸다. 장 씨도 조금 동요한 듯 나지막하게 말했다.

"바로 절 키워 주신 부모님 생각 때문에, 저는 이 집에……."

말이 끝나기도 전에 방 바깥쪽에서 날카로운 소리가 울려 퍼졌다.

"이 고얀 것들! 녕원후 부인께서 오셨는데, 어찌 내게 기별하지 않은 게냐?"

이 목소리에 장 씨의 낯빛이 다시 차가워졌다. 그녀가 명란의 손을 뿌리치고는 뒤에 있는 베개에 몸을 기댔다.

작고 깜찍하게 생긴 여자가 들어왔다. 과한 화장에 입가에는 작위적인 미소를 띠고 있었다. 명란은 전에도 추 이랑을 몇 번 본 적이 있었다. 볼 때마다 온몸에 장신구를 주렁주렁 매달아 눈이 부실 지경이었다. 완숙미 넘치는 아줌마 화장에 앳된 얼굴이 가려졌지만, 어쨌든 실제로 그녀 나이는 고작 열일고여덟에 불과했다.

장 씨가 쌀쌀맞게 말했다.

"내 처소에는 되도록 발걸음하지 말라 이르지 않았나!"

추 이랑이 당장이라도 눈물을 떨굴 듯 울먹였다.

"제가 뭘 잘못했길래 형님께서 절 싫어하는지 모르겠습니다. 아우로서 형님을 섬기는 것이 마땅한 일이거늘, 어찌 오지도 못하게 하는 건가요?"

그녀가 눈가를 훔치더니 몸을 돌려 방긋 미소 띤 얼굴로 명란을 바라보았다.

"녕원후 부인께서 웃으시겠습니다."

다른 사람은 몰라도 임 이랑이라는 훌륭한 반면교사가 있는 명란에게 지금 추 이랑의 수작은 눈 뜨고 못 봐 줄 만큼 꼴불견이었다. 명란이 웃으며 말했다.

"저도 막 가려던 참이었습니다."

추 이랑이 다급한 목소리로 말했다.

"형님은 몸이 무거워 여러모로 힘드실 테니 그러지 말고 제 처소로 같이 가시지요."

장 씨 눈에서 언뜻 조롱의 기색이 엿보였다. 대단하신 정일품 녕원후 부인께서 첩실 처소에 들러 담소를 나눈다? 이 일이 바깥에 알려지면 앞으로 명란은 얼굴을 들고 다닐 수 없을 터였다.

"지나는 길에 잠깐 들른 것뿐입니다. 볼일이 있어서 이만 가 봐야 해요."

명란의 정중한 거절에 추 이랑도 더는 고집을 부릴 수 없었다. 그래도 배웅만은 기어코 하겠다며 명란을 따라나섰다. 가는 길 내내 추 이랑은 입을 가만히 두지 않았다. 심 국구가 자기에게 참 잘해준다는 둥, 이 집 안에서 자기한테 함부로 굴 수 있는 사람은 없다는 둥 자랑을 늘어놓더니, 그런 자신의 처소에 가지 않는 명란에게 은근히 서운한 기색을 내비쳤다.

명란은 돌연 걸음을 멈추고 추 이랑을 똑바로 바라보았다.

"제가 어릴 때 스승님께서 들려주신 이야기가 있는데, 한번 들어보시겠어요?"

추 이랑이 어리둥절한 얼굴로 대답했다.

"……말씀하시지요."

"아주 먼 옛날, 지혜롭고 현명한 두 공주가 살았습니다. 두 공주에게 명문가 출신의 자제 두 명이 각각 부마로 낙점되었지요. 허나, 그 부마들은 모두 공주를 좋아하지 않았고, 오로지 애첩만 총애했어요. 공주는 둘 다 어질고 착해서 부마의 박대를 감춰주었답니다. 그렇게 몇 년이 지났습니다. 그중 한 부마의 애첩은 부마의 총애만 믿고 갈수록 오만방자해졌고, 반면에 공주는 갈수록 외롭고 쓸쓸한 마음에 결국 병을 얻고 말았습니다. 그런데 다른 부마의 애첩은 달랐습니다. 그녀는 부마의 총애와 상관없이 자신의 본분을 지켰지요. 정성껏 공주의 시중을 들고 부마에게 공주한테 가 보라고 자주 간언하기도 했죠. 그러던 어느 날 두 애첩이 만났습니다. 앞서 말했던 애첩은 자신의 권세를 과시하면서 다른 애첩을 보고 아둔하다며 비아냥댔다고 합니다."

추 이랑의 멍한 얼굴을 보며 명란은 잠시 숨을 고르고 말을 이어갔다.

"시간이 지나 마음의 병을 얻은 공주가 죽고 말았습니다. 공주의 유모가 감사 인사를 하겠다는 핑계로 입궁하여 그간 있었던 일을 낱낱이 고했습니다. 이에 황제는 바로 조사를 시작했고, 진상을 알게 된 후 진노했지요. 진노한 황제는 부마 집안의 작위를 박탈했고, 부마를 삼천 리 밖으로 귀양 보내 평생 돌아오지 못하게 했습니다. 그리고 그 애첩은……."

명란은 하얗게 질린 추 이랑의 얼굴을 보았다.

"극형이 내려져 능지처참을 당하고 말았습니다. 그리고 그녀가 낳은 자식은 노비로 전락해 평생 남한테 짓밟히며 살았지요."

"그럼, 다른 애첩은요?"

명란의 이야기 솜씨가 제법이었는지 추 이랑이 다음 이야기를 재촉했다.

"복을 받았지요. 공주는 그녀의 선량한 마음씨에 감동했어요. 부마와는 사이가 좋지 않았지만, 애첩과는 친자매처럼 지냈고 그녀가 낳은 아이도 친자식처럼 대했습니다. 훗날 애첩의 아들이 글을 배워 소정의 성과를 거두자, 공주는 직접 황제를 찾아가 서자의 벼슬길을 부탁하기까지 했습니다. 시간이 흘러 공주와 부마가 모두 죽고, 남은 자식들은 생모를 모시듯 그 애첩에게 극진히 효도했다고 합니다. 그 애첩은 인간사에서 누릴 수 있는 모든 복을 다 누리다가 팔순을 넘기고 생을 마감했지요."

이야기가 끝나자 추 이랑이 입술을 꽉 깨물었다.

"제아무리 장씨 가문의 명성이 대단하다 한들 어찌 공주와 비교하겠습니까? 게다가 제게는 황후마마와 청평 언니도 있는걸요……."

명란이 한숨지었다.

"정효 대인의 부인께서는 늘 국구 부인 걱정을 하십니다. 국구 부인 말씀을 할 때마다 눈물이 가득 고이고 목은 잠겨 말도 제대로 못 할 정도지요. 이것이 바로 제가 오늘 이런 이야기를 들려 드린 이유입니다. 지금은 국구 부인께서 순산하기만을 기도하세요. 만약 잘못되기라도 하면, 장씨 집안에서 누굴 걸고넘어질 것 같습니까? ……분명 국구 나리는 아닐 겁니다."

황후마마나 심청평은 더더욱 아닐 것이고.

추 이랑의 안색이 여러 번 바뀌더니 이내 싸늘한 웃음을 지었다.

"부인께서는 장씨 집안 편이셨군요. 하긴, 영국공부의 기세가 어지간히 대단해야지요. 허나, 저 역시 아무나 함부로 대할 수 있는 천한 첩실이 아닙니다. 황상의 명을 받들어 이 집안에 시집온 사람이라고요!"

명란이 그녀를 지그시 보다가 다시 입을 열었다.

"듣자 하니, 이랑의 몸이 아직 낫지 않았다면서요. 서둘러 몸조리 잘하세요. 시간을 오래 끌다간 치료하기가 더 힘들어질 겁니다. 분칠도 너무 많이 하지 마시고요. 건강에 해롭습니다."

제자리에 멍하니 선 추 이랑은 입술만 씰룩거릴 뿐, 결국 아무 말도 하지 못했다.

국구부를 나오던 명란은 마침 그녀를 데리러 온 고정엽과 마주쳤다. 부부가 마차에 올라탄 후, 명란이 먼저 선수를 쳤다.

"괴롭히는 사람 없었으니 심려 마세요."

고정엽이 명란의 우울한 낯빛을 보며 미간을 살짝 찌푸렸다.

"무슨 일이냐?"

두 첩실은 완전히 다른 결말을 맞았지만, 반대로 생각하면 첫 번째 첩실의 마음이 진심일 터였다. 부마를 진심으로 사랑했기에 다른 사람과 나누고 싶지 않았을 것이다. 반면 두 번째 첩실은 자신의 안위를 위해 기꺼이 부마를 공주에게 보낸 만큼 그에 대한 마음이 진심일 리 없었다.

아둔함과 영리함, 진심과 가식을 대체 어떻게 구분할 수 있을까?

명란이 한참 있다가 대답했다.

"아무 일도 없었어요."

명란이 잠깐 생각하더니 한마디를 또 보탰다.

"국구 부인의 건강이 좋지 않아 걱정스럽네요."

고정엽은 명란을 한참 동안 뚫어지게 바라보았다. 그녀의 마음속 깊은 곳에 들어가 하나하나 살펴보려는 듯이.

두 사람은 행복하고 단란했으며 서로 못 할 말이 없을 만큼 마음도 잘 맞았다. 이는 분명한 사실이지만, 그래도 둘 사이에는 여전히 아주 작지만 적막한 금지 구역이 있었다. 사랑하는 여자의 마음속에 감춰진 그곳은 고정엽이 무슨 짓을 해도 들어갈 수 없는 곳이었다.

제182화

세상 이치 : 차갑지도 뜨겁지도 않게

고부에서 공손백석의 신분은 꽤 오랫동안 어정쩡했다. 소위 '서석西席[1]'이라 해도 어색하기는 마찬가지였다. 새 황제가 즉위할 무렵, 나라 안팎으로 파벌 싸움이 기승을 부렸다. 새 황제를 따라 경성에 입성한 최측근은 뭘 어떻게 하든 기존의 조정 관리들의 도마 위에 오르기 마련이었다. 일을 잘하면 인정할 수 없다는 듯 입술을 실룩거렸고, 조금이라도 거슬리는 거동을 보이면 너나 할 것 없이 '황제의 심복은 죄다 저 모양'이라며 쌍심지를 켜대곤 했다(이로 인해 경 장군도 수없이 많은 공격을 받았다).

공손백석은 고정엽에게 경성에 오자마자 막료나 문객을 많이 거두지 말라고 충고했다. 고작 무예만 아는 장군인데 갑작스러운 시선 몰이는 좋을 게 없어서였다. 그리하여 당시 도독부에 '자식'도 없고, 고정엽이

1) 가정교사.

서책을 파는 것도 아니고, 공손백석이 용이를 만난 적도 없건만, 두 사람은 대외적으로 "내가 바로 고부의 서석이다."라고 천연덕스럽게 말하고 다녔다.

이후에는 눈코 뜰 새 없이 바빠졌으니, 누구도 그때 일을 다시 상기하지 않았다. 그러다 단이가 태어나자 공손백석의 서석이라는 직함은 명실상부한 것이 되었다. 단이가 물건을 잡기 시작하면서 붓보다는 공손선생의 수염 잡아당기기에 맛 들인 것이 안타까움을 자아내긴 해도 어쨌든 이때부터 공손백석은 외부에 명첩을 내보일 때나 글을 쓸 때도 '녕원후 서석'이라고 서명했다.

물론 이런 공공연한 거짓말로 세간의 눈을 속일 수는 없었다. 공손백석이 첩실을 맞는 날이 가까워지자 족히 방 세 개를 메우고도 남을 축하 선물이 들어왔다. 한 척이 넘는 산호수, 영롱하게 빛나는 진주 귀걸이, 산더미처럼 쌓인 값비싼 비단……. 공손백석도 이번에는 사양하지 않고 모두 받아 두었다. 그가 수염을 쓰다듬으며 고정엽을 놀리듯 한마디 했다.

"한 사람이 득세하면 주변 사람도 덕을 본다는 말이 맞군요."

혼례식 당일, 약미는 봄날에 맞게 연분홍색 오자를 입고 손목에는 용과 봉황 무늬가 새겨진 금팔찌 네 개를 꼈다. 비스듬히 틀어 올린 머리에는 태양을 향해 날개 세 개를 활짝 편 새 모양의 금비녀가 꽂혀 있었다. 그녀는 축하하러 온 어멈들에게 둘러싸여 '미 이랑, 축하해요', '미 이랑, 하루빨리 아들을 낳길 바랄게요' 등등의 덕담을 들었다. 그러나 억지 미소를 띤 그녀의 얼굴은 이미 새하얗게 질려 있었다.

공손백석이 완쾌되자 고정엽은 곧장 혼례식을 제안했다. 공손백석도 글을 읽을 줄 알고 사리도 밝은 약미가 내심 마음에 들었다. 그러나 그는 공명에 무심하고 성격도 괴팍한 데다 세속의 예법이라면 질색인 사람이었다. 허례허식은 싫었지만, 명란이 고집을 피운 탓에 조촐하게나마 집에서 식솔들과 함께 축하주를 마시기로 한 것이다.

이렇게 되자 약미로서는 기분 좋을 리가 없었다. 새 신부라면 누구나 결혼식에 환상을 갖고 있지 않은가. 참다못한 그녀가 친한 계집종에게 몇 마디 하소연했고, 알랑거리기 좋아하는 어멈 하나가 이 말을 전해 듣고는 집안사람에게 밖에서 축하 선물을 사 오라고 시켰다. 이렇게 왔다 갔다 하다 보니 공손백석의 혼사가 외부에 전해져 그를 '열성적으로 추앙하는 사람'들이 앞다투어 선물을 보내기 시작한 것이다.

공손백석은 대단히 언짢았다. 명란의 체면만 아니라면 혼례고 뭐고 당장 그만두고 싶었다.

"네게 어질고 현명한 성품을 기대한 것은 아니었다만, 적어도 입단속만은 제대로 할 줄 알았거늘. 등나무는 대들보가 될 수 없다는 말이 맞았구나. 앞으로 아이가 생기면 부인한테 가르치라고 할 테니 그리 알거라!"

거침없는 성격인 공손백석은 그녀를 모질게 꾸짖었고, 약미는 속상한 마음에 몇 날 며칠을 눈물로 지새웠다. 후회스럽고 부끄러웠다.

그 사실을 알게 된 명란은 머리를 가로저으며 한숨을 쉬는 것 말고는 아무것도 할 게 없었다.

공손백석이 어떤 인물인가? 좋게 말하자면 세속에 구애받지 않는 소탈하고 대범한 인물이지만, 나쁘게 말하자면 자기만 아는 이기적인 인간이었다. 이런 사람이 현대에서 산다면, 독신주의를 신봉하겠지만, 고대에는 부모의 명이 지엄했기에 내키지 않아도 남들처럼 결혼도 하고 아이도 낳아야 했다. 그나마 조강지처에게는 양심의 가책이나 존경의 마음이라도 있겠지만, 약미에게는…….

이후 공손백석은 일상 생활할 때만 약미의 시중을 받았고, 그 외에는 그녀가 서재에 들어가는 것조차 허락하지 않았다. 소문이 바람처럼 돌고 돌아 명란의 귀에도 들어갔다. 그러나 명란은 "알았다."라고만 대답할 뿐 일절 더 묻지 않아 오히려 사람들을 당황케 했다.

처음에는 공손백석이 고정엽의 두터운 신망을 받는지라 그에게 시집간 약미에게 호의를 베풀거나 아첨하는 사람이 많았다. 그러나 이처럼 주인의 뜨뜻미지근한 모습에 사람들이 약미를 찾는 횟수가 점차 줄어들었다.

하루아침에 변하는 것이 세상인심이었다. 명란은 짧게 한숨을 내쉬고는 구들 위에 기댄 채 책을 보았다. 옆에는 단잠에 빠진 아기 돼지 같은 단이가 있었다. 토실토실하고 뽀얀 얼굴이 발그레하게 물이 들었고 보송보송한 솜털도 약간 자란 듯했다. 조용한 방안 한쪽에는 단귤이 걸상 위에 앉아 수를 놓고 있었다. 실수를 연발하는 모습이 불안하고 부산스러웠다. 테를 두르는 간단한 일도 두 번이나 풀고 다시 했다.

"바늘 내려놔."

명란이 부드럽게 말했다.

"그러다 손가락에 구멍 나겠구나."

단귤이 부끄러운 듯 고개를 수그린 채 쭈뼛거렸다.

"나중에 다시 하겠습니다."

명란이 곁눈질로 그녀를 힐끗 보았다.

"오늘 아침에 또 갔더구나. 이번에는 또 무슨 일이지?"

단귤이 천천히 바늘과 수틀을 내려놓고는 단이를 보며 머뭇거렸다. 명란이 말했다.

"말해보렴. 이 녀석이 깨려면 아직 멀어서 괜찮으니."

단귤이 낯을 붉히며 말했다.

"머슴아이가 절 찾아왔어요. 약미가 몸이 좋지 않은가봐요."

"그래? 회임했다면 좋은 일이지."

명란은 고개도 들지 않고 시선을 책에 붙박은 채 대꾸했다.

"그건 아니에요. 얼마 전에 달거리를 했거든요."

단귤의 목소리가 점차 작아졌다.

"그저 가슴이 답답하고, 옛 동기들이 보고 싶었답니다."

명란은 말없이 웃기만 했다. 단귤은 그녀의 미소에 섞인 조소를 발견하고는 목소리를 낮춰 말했다.

"약미도 힘들 거예요. 시집간 지 고작 한 달밖에 안 됐는데, 선생께서는 눈길도 주지 않는다고 합니다. 집안의 어멈과 계집종들도 무시하는 것 같고……."

명란이 그녀의 말을 가로막았다.

"약미가 내게 전하라고 시켰니?"

명란은 공손백석의 처소에 눈을 심어 두었다. 계집종과 어멈들은 예전처럼 알랑거리지 않을 뿐이지 약미를 무시하지는 않는다 했다.

단귤이 황급히 손사래를 쳤다.

"아니요. 제게 하소연할 때마다 마님께는 이르지 말라고 신신당부하는걸요."

명란은 하마터면 실소가 터질 뻔했다. 명란이 웃음을 꾹 참고 옆의 단이를 보았다. 단이는 여전히 대자로 뻗은 채 깊은 잠에 빠져 있었다. 아들의 사랑스러운 모습에 명란의 입꼬리가 저절로 휘어졌다. 명란은 책을 내려놓고 옆으로 비켜 앉아 단귤의 손을 잡아당겼다. 명란이 탄식하고는 조곤조곤 말했다.

"단귤아, 우리가 함께 지낸 지 벌써 십 년이 넘었어. 내가 네 속을 모를 성싶으니? 한 번만 물을 테니 사실대로 말하렴. 네가 보기엔 어떤 것 같았지?"

단귤은 자신을 응시하는 명란의 눈동자를 똑바로 바라보지 못하고 고개를 옆으로 돌린 채 조용히 말했다.

"약미가 불러서 만나면 그냥 간식 먹고 차 마시고 매화를 감상해요. 그때마다 제게 좋은 말만 하지요. 말끝마다 마님께 이르지 말라고는 하지만, 제가 어찌 그 아이의 마음을 모르겠습니까. 마님께서 선생에게 좋은 말을 해주기를 바라는 거지요."

명란이 고개를 끄덕였다. 얘도 바보는 아니지.

"그럼 내가 그리해야 한다고 생각하고?"

단귤이 난색을 보이며 한참 입술을 앙다물다가 고개를 떨구었다.

"……저는, ……저는 잘 모르겠습니다."

단귤은 갈수록 시들한 약미의 모습을 떠올리면 불쌍한 마음이 들었지만, 명란을 곤란하게 하고 싶지는 않았다.

명란이 그녀를 보더니 길게 한숨을 내쉬었다.

"내 이미 네 혼처를 생각해 두었단다."

갑작스러운 화제 전환에 단귤은 놀라기도 했고 부끄럽기도 했다.

명란이 계속 말했다.

"네 고모부의 외조카로 네가 큰오라버니라 부르는 사람이지."

단귤의 가족은 모두 노대부인이 시집올 때 데려온 몸종이었다. 단귤의 고모부는 누이의 혼기가 다가오자 노대부인께 간청하여 유복한 집안으로 시집보냈다. 그간 누이의 슬하에 아들도 하나 생기고 가업도 번창했는데, 그 아들이 단귤보다 네 살 많았다.

명란이 단귤의 발그스름한 얼굴을 보며 말을 이었다.

"방씨 어멈이 그러는데, 네 그 사촌 오라버니는 일도 잘하고 착실한 사람이라고 하더구나. 농사도 잘 짓고 점포도 잘 관리한다지. 식구도 단출하고 너와는 사촌지간이니 제법 괜찮은 혼처 같구나."

단귤은 목까지 빨개진 얼굴로 한참 있다가 털썩 무릎을 꿇었다.

"저는 다른 집에 시집가고 싶지 않아요. 그저 평생 마님을 모시며 살고 싶어요!"

명란이 가만히 쓴웃음을 지었다. 단귤은 진상처럼 의지할 부모도 없고 녹지처럼 억척스럽지도 않았으며 소도처럼 약삭빠른 아이도 아니었다. 일 처리는 똑 부러지나 마음이 약한 게 흠이었다. 최씨 어멈이 여러 집안을 물색해 봤지만, 마음에 쏙 드는 사람은 없었다. 성실한 사람을 보면 요령이 없지 않을까 걱정했고, 점잖은 사람을 보면 빛 좋은 개살구가 아닐까 의심했으며, 똑똑한 사람을 보면 잔꾀나 부리는 나쁜 사람이 아닐까 망설여졌다. 겨우 괜찮은 배필을 찾았나 싶었더니, 이번에는 집안 속사정이 복잡하고 시끄러워 마음을 놓을 수가 없었다.

그렇게 한참을 고르고 골랐지만, 여전히 결정을 내리기가 어려웠다. 혹시나 단귤이 불행하게 살면 어떡하나 하고 명란은 막중한 책임감에 마음이 무거웠다.

"어릴 때부터 너희들은 친자매처럼 지냈지. 떡이면 떡, 옷이면 옷, 장신구면 장신구, 서로 갖겠다고 싸우다가 매번 네가 양보하고 끝이 났고. 억울한 일을 당해도 늘 너 혼자 삭힌 것도 알아. 그런 네 성정에…… 나도 처음에는 널 여기에 두려고 네게 어울리는 관사를 알아보려 했어. 그래야 내가 옆에서 널 지켜볼 수 있을 테니까."

명란이 한숨을 푹 내쉬었다. 과거 왕 씨 밑에서 생활할 때, 귀찮은 관사 어멈을 만나면 단귤이 나서서 중재하고, 위로해주었던 일이 생각났다.

단귤의 낯빛이 한층 어두워졌다. 단귤이 결연한 눈빛으로 말했다.

"다른 곳으로 시집가고 싶지 않습니다. 마님 곁에 있고 싶어요."

"값비싼 보물은 쉽게 얻을 수 있어도 평생의 정인은 쉽게 얻지 못하는 법이야."

명란이 천천히 말했다.

"그 사람은 아무리 좋은 처자도 싫다며 물리치고 오랫동안 널 기다렸어. 부모조차 그 고집을 꺾지 못했다지. 이런 사람을 어디서 찾겠니?"

거의 잿빛이 되려던 단귤의 얼굴이 명란의 이 말에 차츰 혈색을 되찾기 시작했다. 그런 단귤의 모습에 명란은 조금 웃음이 나왔다.

"너도 그 사람 좋아하지?"

명란이 곰살맞게 물었다.

단귤은 발갛게 달아오른 얼굴로 한참 머뭇대다가 명란의 눈빛을 보고 대답했다.

"어릴 적 고모 댁에 갈 때도…… 오라버니가 놀러 왔을 때도…… 제게 참 잘해줬어요……."

명란은 마음이 확고해졌다. 방씨 어멈이 소상히 알아본 결과, 그 집안은 식구들도 하나 같이 선량했다. 정보가 차단된 고대에서 집안 사정을 속속들이 알아내기란 쉬운 일이 아니었다. 평범하고 인정 많은 집안이라면 단귤처럼 착하고 순진한 사람도 의지하고 살 수 있겠다는 생각에 명란도 고개를 끄덕였다.

"내가 보기에도 괜찮을 것 같구나. 그럼 이렇게 정한 것이다."

단귤은 여전히 무릎을 꿇은 채 얼떨떨한 표정을 짓고 있었다. 분명 약미의 일을 말하러 왔는데, 어째서 자신의 혼사 얘기로 넘어간 것일까? 황망한 얼굴로 고개를 돌리는데, 구들 위에서 여전히 꿀잠을 자는 단이의 모습이 보였다. 동글동글한 뱃가죽이 오르락내리락하고 있었다.

"네겐 양친이 없으니 네 고모와 고모부더러 혼례를 맡아 달라고 할게."

명란은 밑창이 폭신한 신발을 꿰어 신고 방안을 이리저리 배회하면서 혼잣말을 했다.

"문명問名[2], 납길納吉[3], 예물 준비……. 아, 방씨 어멈 말이 최근에 네 시아버지 되실 분의 백부가 돌아가셨다더구나. 그러니 혼례를 바로 치르지는 못할 거야. 시일이 좀 지나야 치를 수 있을 텐데……. 하긴 그것도 나쁘지 않겠어. 네 고모부가 네 혼수를 준비할 시간이 필요할 테니까. 은자는 내가 낼 것이고……."

"마님……."

단귤이 울먹였다.

"저는 괜……."

명란이 고개를 한쪽으로 기우뚱했다.

"왜? 내 말을 거역하겠다는 거야?"

단귤이 소리 죽여 흐느꼈다. 명란이 조용히 말했다.

"내가 예전에 말했잖니? 너희가 날 저버리지 않으면 나 또한 너희를 저버리지 않겠다고. 제대로 혼례 절차를 다 치르고 봉황 자수가 그려진 신부복을 입혀서 번듯하게 시집보낼 거야."

---

2) 남자 쪽에서 중매인을 보내 신붓감의 이름, 생년월일 등을 묻는 것.

3) 좋은 날을 택일하여 신붓집에 알리며 혼인을 결정하는 것.

"마님!"

단귤은 눈물이 뒤범벅된 얼굴로 철퍼덕 엎드려 절했다.

"저는 어릴 적 양친을 모두 잃었지만, 아가씨를 보필하면서 도타운 정이 무엇인지 느낄 수 있었어요. 제게 베푸신 은혜는 다음 생에서도 잊지 않고 보답하겠습니다……."

그녀는 목이 메어 말을 끝까지 잇지 못했다.

단이가 움찔하더니 입을 쩝쩝 다시는 게 곧 깰 모양이었다. 명란이 구들 옆에 앉아 단이를 토닥였다.

"됐다. 너희가 처음이고 아마도 마지막이 되겠지."

첫정이라는 건 언제나 가장 진실하고 아름다운 법이다.

"유모를 좀 불러오렴. 단이를 깨워야겠어. 이러다 또 밤에 잠 안 잘라."

단귤이 천천히 일어나 눈물을 닦았다. 단귤이 느릿느릿 밖으로 나가려던 찰나, 명란이 입을 열었다.

"나중에 약미가 다시 널 찾거든 이렇게 이르렴."

단귤이 멈칫했다.

"……말씀하세요."

단귤은 천성이 순박하고 정이 남달랐다. 자신의 혼사가 정해지고 행복을 느낄수록 약미에 대한 동정심이 더욱 커질 게 분명했다.

"그 아이한테 전해. 우리가 함께한 세월이 있으니 혹여 선생이든 공손부인이든 그 아일 때리고 욕하고 괴롭히거든 내가 반드시 나서겠다고 말이야."

어쨌든 약미는 한때 자기를 모셨던 사람이니 이는 후부의 체면이 걸린 일이었다. 오죽하면 개를 때릴 때도 개의 주인이 누구인지 봐야 한다는 말도 있지 않은가.

말뜻을 이해하지 못한 단귤은 더듬거렸다.

"때리고 욕한다고요……? 그…… 공손 선생께서 설마……."

"이렇게만 전하면 될 거야."

단이의 눈꺼풀이 올라가기 시작했다. 명란은 더는 설명하지 않고 손을 휘휘 저어 그녀를 내보냈다.

단귤은 뜻 모를 말에 어리둥절한 얼굴로 문밖을 나왔다. 일단 취수에게 유모를 불러 달라고 전한 후 바느질 도구가 담긴 바구니를 들고 자기 방으로 향했다. 마침 녹지가 다림질한 기저귀를 살살 비비고 있었다. 단귤이 저도 모르게 싱긋 웃으며 말했다.

"꼼꼼하네. 이것도 직접하고."

녹지가 다리미를 옆에 있는 철대 위에 놓았다.

"이 계집애들은 먹을 거나 예쁜 옷 준다고 하면 발바닥에 기름칠한 것처럼 빠릿빠릿하더니, 일만 시키면 어수룩한 척은 다 한다니까!"

본래 갓난아이의 기저귀는 바짝 마르고 부드러워야 하는데, 요즘은 비가 많이 내려 볕이 좋지 않았다.

한참 툴툴대던 녹지가 고개를 들었다. 수심에 찬 단귤의 모습을 본 그녀가 눈알을 굴리더니 놀리듯 물었다.

"오늘은 아침부터 불려가더니 약미가 또 너한테 징징댔구나?"

단귤의 대답도 듣지 않고 그녀가 웃으며 말을 이었다.

"걔도 지금이 그나마 좋은 줄 알아야 해! 앞으로 더 힘들어질 테니까!"

단귤이 흠칫 놀라 물었다.

"그게 무슨 말이야?"

녹지가 집게를 들어 숯을 다리미 안에 넣고는 뿌듯한 얼굴로 말했다.

"공손맹 도련님이 그러시는데, 큰형님이 곧 혼례를 올리신대. 고향으로 돌아가 몇 달 정도 지내면서 큰형님 혼례도 보고 올라오실 생각인가 봐. 후후."

"그게 뭐……."

단귤이 말을 마치기도 전에 녹지가 다시 말을 꺼냈다.

"도련님 말씀이, 큰형수가 들어오면 이제 숙모님이 집안을 돌볼 필요가 없다고 하셨어. 말마따나 공손 부인은 무려 수십 년이나 집안에서 일만 하셨잖아. 변고가 없다면 도련님이 공손 부인을 모시고 경성으로 돌아오시게 되겠지!"

단귤이 화들짝 놀랐다.

"그럼 약미는……."

공손백석도 여하튼 남자라 약미와 다소 사이가 좋지 않아도 정작 약미가 생활하는 데는 별문제가 없었다. 그러나 공손 부인은 직속상관이나 다름없으니, 아침, 저녁으로 문안드리고 차를 내와야 한다. 단귤은 약미가 무척 가엾게 느껴졌다.

한편 녹지는 희색이 만연했다. 그녀가 능숙하게 다림질을 하며 비아냥거렸다.

"걔가 징징댈 자격이나 있니? 선생께서 손찌검을 했어, 아니면 욕을 했어? 책에 나온 인물처럼 다정다감하지 않을 뿐이잖니. 마님께 한마디 해 달라고 간청할 생각이래? 흥, 꿈 깨라 그래. 고작 첩으로 들어가 놓고는 상전이 되길 바라다니. 얼마나 호강하면서 살려고!"

단귤은 그녀를 상대하지 않고 조용히 생각에 잠겼다. 고정엽은 공손백석을 스승으로 섬기고 예를 갖추고 있으니 공손 부인도 사모로 대우할 것이다. 그런데 명란이 체면을 무릅쓰고 공손백석에게 부탁한다? 절대 그럴 일은 없을 것이다.

녹지는 말할수록 신이 나는지 다리미를 들고 단귤을 가리키며 큰 소리로 말했다.

"너도 이제 걔한테 그만 잘해줘! 자주 가지도 말고. 괜히 너한테까지 불똥 튈라!"

단귤이 눈살을 찌푸렸다.

"내가 언제 걔한테 잘했다고 그래?! 그런데 너희도 참 무신경하다. 아무리 그래도 십 년 동안 자매처럼 지냈는데."

녹지는 철대가 흔들릴 정도로 힘껏 다림질하면서 쉬지 않고 조잘거렸다.

"그랬지. 근데 그 십 년 동안 약미가 우릴 무시하지 않은 적이 있었니? 뭐, 이해는 가. 걘 제법 있는 집 아가씨였고, 우린 노비 출신이었으니까! 그런데 지금 와서 자매라고?"

단귤이 짧게 한숨을 내쉬고는 몸을 돌려 찻잔에 차를 따랐다. 그러고는 차를 녹지에게 건네면서 다리미를 건네받았다.

"좀 쉬어. 내가 할게."

녹지가 흐뭇하다는 듯 미소를 지으며 찻잔을 들고 창가로 갔다.

단귤이 다림질을 하며 물었다.

"그런데 그 얘긴 어디서 들은 거야?"

"내가 직접 가서 알아봤지."

녹지가 고개를 숙인 채 찻잔을 보며 방긋 미소 지었다.

"약미가 잘 못 지내서 난 쌤통이야."

제183화

세상 이치
: 사람이 목석이 아닌 이상 어찌 감정이 없으리

방씨 어멈은 명란의 허락으로 중매인을 맡게 되자, 이틀도 지나지 않아 단귤의 고모와 고모부, 육씨 집안의 젊은이를 불렀다. 명란은 문발 사이로 머리를 조아린 세 사람을 면면히 관찰하기 시작했다. 단귤의 신랑감은 손발이 크고 건장했으며 생김새도 수더분했다. 이 정도면 되었다 싶어 명란은 흡족한 마음이 들었고, 단귤은 좋으면서도 부끄러워 어쩔 줄 몰라 했다. 이런 단귤의 모습에 명란도 더는 시간을 끌지 않고 바로 혼사를 결정했다.

육가의 젊은이는 뛸 듯이 기뻐했다. 대청 바닥에 연거푸 머리를 박으며 절을 하는 통에 쿵쿵 소리가 다 날 정도였다. 자리에 있던 계집종들은 일제히 웃음을 터뜨렸고, 이중 녹지가 제일 크게 웃었다. 그녀가 웃으면서 문발 안쪽에 있는 단귤을 바라보았다.

식구가 단출한 집인 만큼 일도 번잡할 게 없었다. 늦으면 반년, 빠르면 한 달 안에 혼례를 치를 수 있을 것 같았다. 육가의 젊은이는 이미 나이가 차서 지체한다고 좋을 게 없던 터라 길일을 다섯 달 뒤로 잡았다. 육씨 부모는 처음에 엇비슷한 집안의 규수를 며느리로 삼고 싶었다. 그러나 명란의 남다른 '스케일'과 현숙하고 아름다운 단귤을 본 뒤로, 아들이 아깝다는 생각은 애초에 사라지고 없었다.

이후의 일은 모두 단귤의 고모와 고모부가 맡아서 처리했다. 명란은 그들이 돈을 엉뚱한 데 쓰지 못하도록 은자를 방씨 어멈에게 맡겼다. 상등품 진홍색 비단이 들어올 즈음, 명란은 단귤에게 혼수품 만드는 데 집중하라며 그녀의 일감을 조금씩 줄여 주었다. 원앙 베갯잇, 봉황무늬 혼례복을 비롯하여 중의, 내의, 꽃신에, 혼례를 올린 후 남편, 시부모, 동서에게 선물할 두루주머니와 신코도 모두 새 신부가 한 땀 한 땀 만들어야 했기 때문이다.

단귤은 평소 인정 많고 상냥했기에 저택 안에 있는 계집종들도 모두 단귤의 경사를 자기 일처럼 기뻐했다. 그들 중 가장 부러워한 사람은 벽사였고, 가장 기뻐한 사람은 녹지였다. 일등 시녀인 단귤의 일감이 줄어들자, 녹지는 '드디어 내 차례가 왔구나.' 하고 다소 비장한 마음을 갖게 되었다. 날이 갈수록 명란이 그녀에게 중임을 맡기자 녹지는 걸을 때도 자신감이 넘쳤다. 그러다가 취미에게 여러 번 핀잔을 듣고 나서야 조금 누그러졌다.

"단귤이 시집가면 너랑 소도 차례겠지."

취미가 일부러 놀리듯 말했다.

털털한 성격의 녹지는 평소에도 쑥스러워하는 것과는 거리가 멀었다.

"언니, 난 절대로 다른 곳에 시집가지 않을 거예요. 그래야 앞으로 몇 년은 더 마님 곁에 있을 수 있을 테니까."

후부 내에서 혼례를 치를 경우, 내원의 계집종은 최대 스무 살까지 머무를 수 있었다. 주인이 아끼는 몸종일 경우, 스무 살이 넘도록 옆에 끼고 있는 경우도 종종 있었다.

취미는 의외라는 듯 놀라다가 금방 웃으며 말했다.

"이 계집애! 너 나중에 마님께서 괜찮은 배필감을 찾아 주시면 내가 똑똑히 지켜볼 거야. 말 바꾸나 안 바꾸나."

녹지가 말했다.

"언니도 알잖아요. 우리 오라버니, 사람은 성실한데 말이 어눌한 거. 내가 있어도 오라버니를 괴롭히는 작자들이 많은데 내가 없으면 어떡하겠어요?!"

그녀가 한숨을 쉬었다.

"어릴 때 부모님 돌아가시고 이제 피붙이라곤 오라버니뿐이라고. 내가 돌봐 주지 않으면 누가 돌봐주겠어요? 난 이렇게 마님을 잘 보필하다가 훗날 상을 주신다고 하거든 우리 오라버니한테 어울리는 착하고 정숙한 여자를 구해 달라고 할 거예요. 그래야 돌아가신 부모님 얼굴을 똑바로 볼 수 있죠."

취미는 가슴이 뭉클했다.

"좋은 동생이구나. 장하네."

단귤의 혼사를 기뻐하는 사람이 있는가 하면 울적해 하는 사람도 있었다. 단귤의 혼삿날이 다가오자 약미도 축하하러 찾아왔다. 단귤의 방 안 탁자 위에는 붉은 비단으로 만든 작은 상자가 놓여 있었고, 옷걸이에는 갓 지은 붉은색 혼례복이 걸려 있었다. 약미는 이 휘황찬란한 광경에 눈이 부셨다. 단귤이 명란의 말을 전하고 조언도 건넨 그날 이후, 약미는 며칠 동안 풀 죽어 지냈었다.

얼굴에 살짝 홍조를 머금은 단귤은 무척 아름다웠다. 단귤의 눈가에 서린 감출 수 없는 기쁨을 보며 약미는 가슴을 찌르는 듯한 통증을 느꼈다. 약미는 단귤과 잠깐 얘기를 나누고는 이내 명란의 처소로 향했다.

"오랜만에 마님께 문안 인사드립니다. 여전히 아름답고 평안한 모습을 뵈니 정말 기쁩니다."

읍을 하고 건조한 인사까지 마친 약미는 하고 싶은 말이 많았음에도 무슨 말부터 꺼내야 할지 갈피를 잡지 못했다.

명란이 그녀를 훑어보았다. 아름답게 치장했으나 안색은 어두웠고 미간에는 수심이 엿보였다.

"앉거라. 소도야, 난안모첨蘭安毛尖[1]을 내오렴. 약미야, 넌 이걸 가장 좋아했지."

약미가 조심스럽게 둥그런 걸상 하나를 가져와 끄트머리에 걸터앉았다.

"아직도 기억하고 계셨군요?!"

잠시 후 소도가 다과상을 들고 들어왔다. 동글동글한 얼굴에 입가에는 예쁜 미소가 걸려 있었다.

"언니, 오랜만이에요. 갈수록 예뻐지는 게 온몸에서 반짝반짝 빛이 나네요."

진심이 담긴 말투였다.

찻잔을 들고 멈칫한 약미의 얼굴에서 머쓱한 기색이 느껴졌다. 명란은 말없이 천장을 바라보았다. 하긴 약미 몸에 걸친 장신구가 과하게 많긴 하지. 하나같이 값비싼 금붙이들이라 더 반짝이는 거고……. 그렇다고 굳이 저렇게 대놓고 말할 것까지야.

---

1) 중국 고급 차의 일종.

말을 마친 소도가 종종걸음 치며 밖으로 나가 대기했고, 약미는 서서히 민망한 기색을 걷어냈다.

"단귤에게 들었습니다. 쇤네, 마님의 조언과 배려에 감사할 따름이에요."

명란은 가만히 그녀를 살폈다. 약미는 말로만 고마워할 뿐 행동은 전혀 그렇지 않았다. 여전히 오만하고 독선적인 약미의 모습에서 명란은 그녀가 자기 뜻을 전혀 이해하지 못했음을 알 수 있었다.

"그렇다면 다행이구나. 앞으로 공손 선생을 잘 모시렴. 어여쁜 자식도 많이 낳고. 그럼 내가 큰 상을 내리마."

약미는 씁쓸한 마음을 감출 수 없었다. 방금 그녀는 일부러 자신을 '쇤네'라고 낮춰 말했기에 명란이 무슨 언질이라도 할 줄 알았다. 그런데 약미는 "네. 알겠습니다."라고 말할 수밖에 없었다. 잠시 뒤 그녀가 다시 용기를 내어 운을 뗐다.

"그런데 제가 아둔해서 매번 선생의 심기를 거스르는 것 같습니다. 제가 어찌하면 좋을까요?"

체면 불고하고 자기 좀 살려 달라는 청이었다. 명란이 방긋 웃고는 소도가 나간 문을 가리키며 말했다.

"우리가 막 여기에 왔을 때 말이다. 소도가 한동안 선생을 모셨었지."

약미는 명란의 말뜻을 이해하지 못한 채 고개를 끄덕였다.

"네. 선생께서도 말씀하셨어요. 소도가 일을 참 잘했다지요."

그 당시 약미는 몸종 중에 자신이 가장 유식했음에도 선택받지 못한 것을 무척이나 못마땅해 했었다.

"사실 소도는 영리한 아이가 아니야."

명란이 느릿느릿 찻잎을 저었다.

소도가 어리바리하단 사실은 딱히 비밀도 아니었다. 모창재 시절부터 가희거에 기거하는 현재에 이르기까지, 주변에서 모르는 사람이 아무도 없을 정도니까. 약미가 눈을 동그랗게 뜨고 명란의 다음 말을 기다렸다.

"소도는 그때까지 단 한 번도 서재에서 일해 본 적이 없었지. 그래서 당시 나리와 선생께서 꽤 애를 먹었단다. 술을 데워 오라고 하면 너무 뜨겁거나 너무 차갑게 하질 않나, 서책을 정리하라고 시키면 낱장을 전부 찢어서 가지런히 쌓아 두었으니 말이야."

그때 하루가 멀다 하고 투덜대던 고정엽의 모습이 떠오르자 명란은 '피식' 웃음이 나왔다.

"단귤은 방씨 어멈 밑에 있을 때, 일을 시키면 한 번만 말해도 척척 다 기억했어. 하지만 소도는 두세 번 말해야 겨우 알아듣는 아이였지."

명란이 은은하게 미소 지었다.

"소도처럼 아둔한 아이를 보내 시중들게 했다고 선생이 날 원망할 줄 알았는데, 뜻밖에도 오히려 칭찬하는 게 아니겠니."

사실 공손백석은 소도를 마음에 들어 했고, 계속 옆에 두고 싶어 했다. 하지만 서재는 물론이고 선생에게도 전혀 관심 없던 소도는 인수인계할 사람이 나타나자 뒤도 안 돌아보고 줄행랑을 쳤다.

약미가 무미건조하게 웃었다.

"선생께서도 말씀하셨지요. 소도가 충성스러운 아이라고요."

"선생이 사람 보는 눈은 정확하지."

명란이 고개를 끄덕였다.

"내가 일찍이 소도에게 서재에서 보고 들은 얘기는 작은 것 하나라도 입 밖에 내지 말라고 당부했었다. 약미 너도 서방 사정이 궁금해서 여러 번 물어봤지? 네가 아무리 화를 내며 다그쳐 물어도, 그 아이가 입 한번 벙긋한 적이 있더냐?"

약미는 의기소침해졌다. 문인을 동경했던 그녀가 물어본 내용은 사실 대수롭지 않은 것들이었다. 그런데 소도는 선생이 무슨 차를 좋아하더냐는 하찮은 질문에도 합죽이가 된 채 한마디도 하지 않았다. 당시 이것 때문에 두 사람을 심하게 다퉜고 보름 동안 서로 말도 하지 않았다.

"네게도 그럴진대 다른 사람은 말할 것도 없지. 안씨 어멈도 늘 소도를 아꼈는데, 한 번은 서재에 남은 숯을 확인하기 귀찮아서 소도에게 물어본 적이 있었다더구나. 그때도 역시 입도 벙긋하지 않았다지."

명란이 약미를 지그시 바라보며 말했다.

"사실 네가 어떤 사람인지는 중요하지 않아. 중요한 건 선생이 어떤 사람을 좋아하냐는 것이지."

약미가 몸을 가늘게 떨었다. 고개를 들고 명란을 바라보았지만 한참 동안 말을 꺼낼 수 없었다.

• • •

명란은 약미가 나가는 뒷모습을 보며 고개를 저었다.

약미는 똑똑한 아이였다. 그런 그녀가 공손백석이 어떤 첩실을 원하는지 모를 리가 없었다. 공손백석이 원하는 사람은 그저 '착하고 분별 있고 본분을 지키는 사람'이었고, 무엇보다 총애를 얻기 위해 잔꾀를 부리지 않는 사람이었다. 그날 약미가 단귤에게 부러워한 것은 으리으리한 혼례식이 아니라 그녀 얼굴에 그려진 행복 그 자체였다.

"계속 힘들다는 생각이 들거든 네가 선생에게 시집가려고 했던 이유를 생각하렴. 그럼 기분이 좀 나아질 거야."

이는 명란이 약미에게 건넨 마지막 충고였다. 이후의 삶은 그녀 자신에게 달려 있었다.

이후 단귤은 계집종들을 교육하는 데 많은 시간을 할애했다. 살림살이를 하나하나 자세히 설명하면서 여러 번 신신당부하고 세심하게 지시했다. 시간은 빠르게 흘러 한 달이 훌쩍 지났다. 단귤의 고모와 고모부가 그녀를 데리러 후부에 왔다. 고모부 내외는 번듯한 신접살림을 위해 신혼집을 새로 단장했다고 전했고, 그곳에 다녀온 방씨 어멈도 제법 잘 꾸민 것 같다고 보고했다.

명란은 순금으로 된 머리 장신구와 값비싼 옷감 여러 필을 단귤에게 상으로 내렸고, 취미가 시집갈 때보다 은자 30냥을 더 쥐여주었다. 또 소도를 불러 단귤의 짐 보따리에 백 냥짜리 은표 두 장을 몰래 넣어 두라 일렀다. 소도는 머리가 나빠도 손발은 빨랐으므로 이런 일을 맡기기에 제격이었다. 이후에 소 씨는 진주를 박아 가늘게 꼰 금사 팔찌 한 쌍을, 추랑은 작은 금비녀를 선물했다.

명란은 사람들을 물린 후에 단귤이 보는 앞에서 노비 문서를 소각했다. 명란이 납작한 상자 하나를 단귤 손에 쥐여주며 인자한 목소리로 말했다.

"이 안에 네 호적이 들어 있어. 관아에 신고도 마쳤으니 그리 알고. 앞으로 행복하게 잘 살아야 한다."

단귤은 무릎을 꿇고 오열하기 시작했고, 명란이 꽤 오랫동안 달랜 후에야 눈물을 그쳤다. 단귤이 천천히 일어나 다시 명란을 돌아보았다. 얼굴은 이미 눈물로 뒤범벅이 된 상태였다.

"아가씨는 옛날에 복도 난간 위에 앉아 책 읽는 걸 좋아하셨지요."

명란이 눈물을 삼키며 웃었다.

"그래. 그때 넌 내가 떨어질까봐 헝겊 조각으로 밤새 면 포대를 만들어 난간에 연결해주었지."

"그런데 포대가 너무 헐거워서 찢어졌고 그 바람에 아가씨가 바닥에 떨어졌지요. 방씨 어멈에게 호되게 야단맞았었습니다. 주인이 잘못된 일을 하는데 말리기는커녕 엉터리 잔꾀나 부려 거들었다고요."

"난 사흘간 누워 있었고, 넌 내 옆에서 사흘 내내 울었어. 내가 낫고 나니까 네가 병이 났지."

"앞으로 다시는 난간에 올라가지 않겠다고 저와 약속하셔야 해요."

"이번에도 새끼손가락도 걸라고 할 거니?"

단귤이 다시 북받치는 감정을 참지 못하고 바닥에 무릎을 꿇고는 눈물을 쏟기 시작했다.

"아가씨, 제 절 받으세요."

바닥에 머리를 쿵쿵 박으며 절을 하고 일어났을 때는 얼굴 전체가 눈물로 얼룩져 있었다. 단귤은 명란의 다리를 부둥켜안고 구슬프게 울었다.

"아가씨, 전 아가씨 곁을 떠나기 싫어요."

명란은 과거의 기억들이 휘몰아치듯 밀려와 시린 가슴을 부여잡고 한없이 눈물을 흘렸다. 그러다 소매로 얼굴의 반을 가리고는 굳게 마음먹고 그녀를 물렸다.

"어서 가거라. 가서 아들딸 주렁주렁 낳고 평생 행복하게 지내고! 어서 가……."

단귤은 한걸음에 고개 한 번 돌리기를 반복하면서 천천히 문밖으로 걸어갔다. 그 모습에 명란은 그녀와 처음 만났을 때가 떠올랐다. 당시 명란 곁에는 아무것도 모르는 순진무구한 소도만 있었다. 방씨 어멈이 단귤을 데리고 명란 앞으로 걸어올 때도 그녀는 지금처럼 계속 뒤를 돌아봤었다.

"명란 아가씨, 제가 가서 다과상을 내올게요."

"아가씨, 얌전히 앉아 계세요. 여기 빈방이 많다고 천방지축 뛰어다니시면 안 돼요."

"최대한 빨리 갔다 올게요. 소도야, 아가씨 잘 보살펴드려."

아직 어린 티가 나는 그 여자아이는 나이 많은 언니처럼 매사에 곰살맞고 꼼꼼하게 잔소리를 했었다. 명란은 밀려드는 슬픔에 고개를 돌리고는 단귤의 뒷모습을 애써 외면했다.

소도가 단귤을 배웅했다. 거의 신혼집까지 따라갈 기세였다. 후부로 돌아왔을 때, 소도의 눈은 복숭아처럼 부풀어 있었다. 소도도 자기 방으로 들어간 뒤에는 이불을 머리끝까지 뒤집어쓰고는 한참 동안 밖을 나오지 않았다.

저녁 무렵 귀가한 고정엽은 초췌한 얼굴의 명란을 보자 마음이 아팠다.

"이리도 애달파 할 거면 차라리 단귤을 이곳에 두지 그랬느냐? 여기서 괜찮은 사내 한 명 골라줘도 됐을 것을."

명란이 수건을 꺼내 축축이 젖은 그의 머리카락을 닦아 주며 조용히 말했다.

"절 가장 오래 보필한 아이들이에요. 그 아이들이 행복하기만 바랄 뿐이죠. 그래야 십 년 넘게 이어온 인연에 아쉬움이 남지 않을 테니까요."

고정엽은 아들을 안고서 둥개둥개 어르며 흔들었다. 단이는 신이나 까르르 웃었다. 고정엽은 명란의 말을 도통 이해할 수 없었다. 주인이 몸종에게 은혜를 베푸는 게 인연을 운운할 만큼 거창한 일인지 의아하기만 했다.

고정엽은 단이가 마음대로 기어 다니도록 침상에 올려 두고는 명란을 끌어당겨 그녀의 얼굴을 찬찬히 살폈다. 두 눈이 벌겋게 부어오른 모습에 고정엽의 얼굴도 조금 어두워졌다.

"평소 네가 그 아이들에게 참 잘 대해 줬지. 주인이 이 정도로 애달파 하면 자기들이 남겠다고 자청해야 하는 것을. 그 아이들도 양심이 없구나!"

명란이 언짢은 듯 그의 커다란 손을 힘껏 뿌리치며 울먹였다.

"그리 말씀하지 마세요!"

고정엽은 살짝 어리둥절해 하다가 이내 '피식' 웃으며 말했다.

"알았다, 알았어. 함부로 말하지 않으면 되잖느냐."

그가 다시 짓궂게 물었다.

"계집종이 이리 많은데 혼례를 올릴 때마다 이러면 어찌 감당하겠느냐?"

명란이 가볍게 눈물을 닦고는 자조적인 투로 말했다.

"제가 이럴 만한 사람은 단귤과 소도뿐이에요. 나머지는……. 후, 아니에요."

고정엽이 천천히 뒤로 기대더니 재미있다는 듯 말했다.

"널 맨 처음 보필한 게 그 두 아이라서 그러느냐?"

명란이 잠시 우물쭈물했다.

"……그때 우리 세 사람은 진심으로 서로를 의지했거든요."

고정엽이 약간 감동하며 물었다.

"그럼 나중에 들어온 아이들은 널 진심으로 대하지 않았다는 말이냐?"

소도는 자신이 가장 불행할 때 만난 뜻밖의 선물이었고, 단귤은 자신의 미래가 보이지 않을 때 만난 응원의 선물이었다. 두 사람을 만나고 노대부인의 총애를 받기 시작하면서 명란은 성가에서 입지를 다질 수 있었다. 물론 동시에 여러 감정이 얽히고설켜 복잡해지긴 했지만. 명란은 곰곰이 생각하고 할 말을 정리한 후에 대답했다.

"제가 녕원후 부인이 된 뒤로는 더 이상 진심이 중요하지 않게 되었지요."

고정엽이 그녀를 지긋이 바라보며 말했다.

"내가 그때 널 만났다면 좋았을 텐데."

이 말에 명란은 커다란 눈을 깜빡였다. 그녀는 묘한 표정으로 고정엽을 응시하다 천천히 얼굴을 붉혔다. 고정엽은 명란이 왜 그런 표정을 짓는지 의아했다가 잠시 생각하고는 금세 이해했다. '그때'라면 명란은 이제 막 뛰어다닐 때였고, 반면에 자신은 말을 타고 다니며 온갖 사고를 치던 때였다.

두 사람은 한참 서로를 바라보다가 무슨 생각을 했는지 동시에 웃음을 터뜨렸다. 기분이 한결 나아진 명란은 고개를 기울이며 어린 시절을 떠올렸다.

"어릴 때 아버지, 할머니와 함께 꽃등 구경을 하러 간 적이 있어요. 그때 화려한 비단옷을 입은 소년들이 무리 지어 말을 타고 거리를 질주하고 있더군요. 방씨 어멈이 얼른 절 꽉 안고 이렇게 귓속말을 했어요. '아이고! 애기씨, 저기 좀 보세요. 못된 녀석들이네요!'"

실제로 있었을 법한 상황에 고정엽의 입꼬리가 떨렸다. 아비의 정수

리까지 기어 올라가는 단이를 잡아당기면서도 그의 표정은 가라앉아 있었다.

명란은 그의 안색이 어두워지자 얼른 화제를 돌렸다.

"오늘 제국공부에서 초대장이 왔더군요. 조만간 제 노대인의 생신연이 열린대요. 사람이 일흔까지 사는 건 드문 일이라고 하잖아요. 노대인은 그 나이에도 이리 정정하시니 대단한 일이지요. 올해 예순아홉 생신연을 끝으로 다시는 생신연을 열지 않을 테니 꼭 참석해달라고 했어요."

왕 씨와 평녕군주가 알고 지낸 지 이리 오래되었건만, 명란은 한 번도 제국공부에 가본 적이 없었다.

"하동부河東府로군."

눈썹을 치켜뜬 고정엽의 검은 눈동자에 장난기가 서렸다.

명란이 얼떨떨한 얼굴로 물었다.

"하동부요?"

"박식한 부인께서 하동의 사자후도 못 들어보셨소?"

제184화

세상 이치
: 그대가 무정한 것이 아니라
내가 괜한 생각을 하는 것이다

제국공부와 녕원후부는 모두 개국공신으로 예부터 친분이 있었다. 그러나 제씨 집안이 고씨 집안보다 일찍 깨달은 사실이 하나 있었는데, 바로 피비린내 나는 위험한 전장을 누비는 것보다 붓끝을 놀리며 밥벌이 하는 게 더 낫다는 것이었다. 개국공신으로서 제가는 진사 한 명, 거인 두 명, 수재 세 명을 배출했는데, 아직 갈 길은 멀지만 무장 가문이 이룬 성과치고는 꽤 고무적이었다.

문인 양성, 학자 배출에 대한 제씨 집안의 열망은 드높았지만, 며느리는 대부분 군벌 호족 출신으로 얻었다. 이로 인해 제가의 남자들은 세대가 지날수록 나약해진 반면, 며느리들은 갈수록 드세지다 보니 남편들은 자연스레 공처가가 되었다.

그러나 '하동의 사자후'로 제국공부가 이름을 떨치게 된 것은 지금의 제 노대인 때문이었다.

그가 공처가가 된 구체적인 배경은 워낙 오래전 일이라 확실하지는 않다. 다만, 과거 무황제의 비빈들이 총애를 업고 날뛰는 바람에 정안황후가 궁문을 걸어 닫고 칩거했을 때, 노대부인도 남편을 감옥살이시키듯 하나부터 열까지 단속하기 시작했다고 한다. 또, 정안황후의 일을 제 일인 양 분개하며 남편이 '구미호' 같은 후궁의 집안과 왕래하지 못하게 했는데, 놀랍게도 제 노대인은 호랑이 같은 부인이 시키는 대로 따랐다는 것이다.

그때부터 세간에서는 '하동에서 사자후가 들리자 집 앞 행인들이 벌벌 떨었다'라는 말이 나돌기 시작했다.

이 때문에 제씨 집안은 당시에 적잖은 냉대를 받았다. 그러나 정안황후가 승하했을 때, 고정엽의 조부모처럼 성실하고 무던한 사람조차 어지러운 정세에 휘말려 작위를 잃을 뻔했는데, 제씨 집안만은 무탈하게 넘어갔다.

곧이어 즉위한 선황제, 인종은 제씨 집안의 돈후한 가풍을 높이 샀다. 제씨 집안의 두 어르신은 이 기세를 몰아 아들 둘을 위해 당대에 손꼽히는 명문세가의 여식을 며느리로 들였다. 이리하여 호랑이 같은 부인이 무려 세 명이나 하동부에 모여 살게 된 것이다.

시어머니도 호락호락한 사람이 아니었는데, 두 며느리는 이보다 더했다. 한 명은 쌀 이백 가마 무게의 활을 당길 수 있다고 소문이 난 무장 가문의 딸이었고, 다른 한 명은 궁에서 황족들의 총애를 듬뿍 받고 자란 명문세가의 외동딸이었다. 제씨 집안의 노부부는 두 며느리에게 함부로 할 수 없었기에 조용히 입을 닫고 돈만 열심히 벌었다. 그러나 어쨌든 전체적으로는 평녕군주의 명성이 제 대부인보다 높았다.

이날 고정엽은 퇴청한 후 명란과 함께 제부에 도착했다. 가마에서 내린 고정엽은 말고삐를 던져 놓고 곧장 전원前院으로 터벅터벅 걸어갔다.

어멈 하나가 작은 가마를 하나 가져와 명란을 태우고 저택 안쪽으로 데려갔다.

청당에 모인 부인들은 그리 많은 수는 아니었다. 한창 이야기 중이던 평녕군주가 명란을 발견하고는 웃으며 다가왔다.

"아니, 이게 누구야? 며칠 못 본 사이에 얼굴색이 더 좋아졌구나. 하마터면 못 알아볼 뻔했단다."

사실 그녀는 명란을 볼 때마다 난감했다. 수년간 지인의 딸로 대했던 명란이 한순간에 자신과 같은 항렬의 동서가 된 상황이라 앞으로 호칭을 어찌해야 할지 골치가 아팠기 때문이다.

"군주마마, 놀리지 마세요……. 이리 계속 절 놀리시면 다시는 안 올 겁니다."

명란이 발그레한 얼굴로 인사했다. 명란은 평녕군주에게 봉호를 내린 선황제가 얼마나 고마웠는지 모른다.

여전히 착하고 수줍음이 많은 명란을 보며 평녕군주는 한층 편안한 마음으로 담소를 나눴다. 그녀가 명란을 데리고 방으로 들어갔다. 나한상 한가운데 머리칼이 하얗게 센 노부인이 앉아 있었고, 부인 여럿이 그녀를 둘러싼 채 웃음꽃을 피우고 있었다. 이 무리 중에는 제형의 아내, 신 씨도 있었다.

"어머님, 여기 좀 보세요! 제가 여러 번 말씀드린 녕원후부의 동서입니다."

평녕군주의 목소리가 한 톤 높아졌다.

노부인이 말했다.

"이리 와 보거라."

명란은 그녀가 제 노대부인임을 직감하고 얼른 다가가 인사했다.

"어르신께 인사 올립니다."

제 노대부인의 눈빛은 맑고 몸도 정정해 보였지만, 말투는 기력이 쇠한 노인처럼 약간 어눌했다. 그녀가 명란을 위아래로 훑어보고는 고개를 끄덕였다.

"그래, 역시 바르고 단정해 보이는 아이로구나."

평녕군주가 노대부인 옆에 있는 중년 부인을 가리키며 말했다.

"여긴 내 큰형님이다. 너도 형님이라 부르려무나."

중년 부인은 마흔을 넘어 오십 줄에 가까워 보였다. 키가 컸고 얼굴은 달처럼 동글동글했으며 눈에는 예리한 기운이 넘쳤다. 명란이 얼른 인사를 올리며 공손하게 말했다.

"형님께 인사 올립니다."

인사를 받은 제 대부인이 옅은 미소를 지으며 꽤 호의적인 투로 말했다.

"촌수가 머니 어찌 불러도 상관없네. 멀고 가깝고의 정도는 호칭에 따라 결정되는 게 아니니까."

평녕군주의 얼굴이 일순 굳어졌다. 세도가에 아첨하는 자신을 은근히 비꼬는 말이었기 때문이다. 옥좌의 주인이 바뀌면 신하의 운명도 바뀐다는 말처럼 선황제가 승하한 후 평녕군주의 부친과 남편의 입지는 예전만 못했다. 평녕군주도 성덕태후와는 친분이 있었지만, 황제의 친모인 성안태후와는 데면데면했기에 그녀도 지금 어찌해야 좋을지 모르는 상황이었다.

이때, 제 노대부인이 옆에 있던 신 씨와 다른 젊은 부인에게 말했다.

"여긴 녕원후의 새댁이다. 항렬로는 너희보다 높으니 예를 갖추거라."

신 씨가 앞으로 나와 온화한 얼굴로 말했다.

"숙모님, 인사드립니다."

제 대부인의 큰며느리는 머뭇거리다 신 씨보다 한 박자 늦게 인사했다.

"녕원후 부인을 뵈옵니다."

명란이 대답도 하기 전에 평녕군주가 호호 웃으며 말했다.

"어머님, 동서 아들이 곧 돌인데 새댁이라니요?!"

제 대부인의 안색이 문득 싸늘해지더니 마뜩잖은 얼굴로 며느리에게 눈을 흘겼다. 이에 큰며느리는 잔뜩 주눅이 들어 뒤로 주춤 물러났다. 명란은 은근슬쩍 그녀의 행동거지를 살폈다. 출산은커녕 심지어 잠자리도 가져 보지 않은 처녀 같았다. 남편 몸이 그렇게 안 좋나?

평녕군주가 지치지도 않고 명란을 향해 웃으며 말했다.

"옥이와 한이가 네 아들과 몇 개월밖에 차이가 나지 않으니 앞으로 같이 놀면 되겠구나."

몇 달 전 신 씨는 이란성 쌍둥이로 아들과 딸을 낳았다. 제씨 문중에서 한 며느리는 애가 없었고, 다른 며느리는 한꺼번에 두 명을 낳았으니 둘 사이의 기 싸움이 이만저만이 아니었다.

이때, 제 노대부인이 피곤했는지 하품하며 손을 휘휘 내저었다.

"늙으면 몸이 말을 안 들어. 너희는 여기 이러고들 있지 말고 나가서 손님을 맞이하거라. 내 손님은 내가 알아서 할 터이니 너흰 다른 사람부터 챙기거라."

제 노대부인의 말에 손자며느리 둘이 아직 정정하시니 그런 말씀 마시라며 효심 갸륵한 말을 건넸다. 잠시 뒤 방을 나서 청당에 도착하자 부인 여럿이 도착해 있었다. 제 대부인은 평녕군주를 매섭게 노려보고는 자기 며느리를 데리고 손님에게 인사하러 갔다.

평녕군주는 제 대부인이 며느리와 함께 자리를 뜨는 모습을 보고 몸을 돌려 명란을 보았다. 평녕군주가 민망한 듯 낯을 붉히며 말했다.

"우선 앉거라. 금방 갔다 다시 오마."

명란이 옅은 미소를 지었다.

"이제 저희도 친척이고 가족이잖아요. 군주마마도 너무 신경 쓰지 마십시오. 손님 먼저 대접하는 게 도리 아닙니까."

이곳에 온 사람들은 황제의 친척이거나 지체 높은 귀부인들이니 마땅히 인사도 나누고 인맥도 두터이 해야 했다. 명란이 이해해주자 평녕군주는 활짝 웃으며 며느리 신 씨를 데리고 자리를 떴다.

명란은 거북한 자리를 벗어나 바람이 잘 통하고 햇볕이 잘 드는 창가 쪽에 걸터앉았다. 이때, 계집종 둘이 다과상을 내왔고, 그녀는 차를 홀짝이면서 청당을 쓱 둘러보았다. 청당은 탁 트이고 널찍했으며 장식들은 하나같이 우아하고 정갈했다. 짙은 색 나무로 만든 문살은 간결하고 깔끔해 보였고, 옅은 분홍빛 벽면에는 그림 여러 개가 걸려 있었다. 청당의 귀퉁이마다 청자로 만든 화분이 보였다. 향기는 없지만, 고상한 느낌이 드는 청록색 군자란이 운치 있게 자라고 있었다. 계집종과 어멈들도 손님들 사이를 질서정연하게 오가고 있었다.

역시 세도가는 남다르다는 생각에 명란은 살며시 고개를 끄덕였다.

"녕원후 부인."

조용하고 담백한 목소리가 들렸다. 명란이 번뜩 정신 차리고 앞을 보자 영창후 부인이 서 있었다. 명란이 황급히 일어나 인사를 올렸다.

"오랜만에 뵙습니다. 그간 별고 없으셨는지요?"

영창후 부인의 인상은 여전히 차가웠으나 미간 사이로 간간이 피로한 기색이 비쳤다. 딱히 할 말이 없었던 두 사람은 침묵을 지켰다.

"아들이 이제 걸음마를 할 때가 되었지?"

한참 지나 영창후 부인이 물었고 명란이 바로 대답했다.

"몇 보 옮기는 게 전부입니다. 허나, 기어 다니는 건 정말 잘하지요. 바닥에 놓아도 제 아비의 무릎을 타고 구들까지 올라오는 게 꼭 원숭이 같습니다."

자식 자랑을 하려던 건 아니었다. 매일 보는 모습이라 저절로 입 밖으로 나왔달까. 영창후 부인이 빙그레 웃으며 부드럽게 말했다.

"넌 참 복도 많구나."

그러고는 한숨을 쉬더니 한마디 덧붙였다.

"우리 집은 복도 없지."

근래 영창후 부인은 심사가 사나웠다. 이제야 영창후부에 드리웠던 먹구름이 걷히고 황제와도 두 차례나 접견했는데, 안타깝게도 여기에 탄력을 받은 사람은 량씨 집안의 서장자였기 때문이다. 영창후의 장자가 유능하다며 칭송하는 목소리로 세간이 떠들썩했지만, 량부의 적장자를 언급하는 사람은 거의 없었다. 적장자에게는 강적이 있고, 차남은 명성을 떨칠 정도로 학문이 뛰어난 게 아니었으니 영창후 부인이 속앓이할 만했다. 게다가 막내아들은 처첩 갈등으로 골머리를 썩이느라 슬하에 자식 하나 없었다. (P.S. 여기 나오는 '처첩' 중 '처'는 바로 명란의 언니인 묵란 여사를 말한다.)

"혹여 짬이 나거든 네 언니한테 자주 들러 주면 좋겠구나. 같이…… 얘기도 좀 하고."

영창후 부인이 말을 고르며 조심스럽게 말했다.

명란이 한참 침묵하더니 나지막하게 대답했다.

"언니가 제 말을 듣진 않을 거예요."

영창후 부인이 가볍게 탄식했다. 얼굴의 수심은 더 짙어졌다. 명란은 고개를 푹 숙이고 입을 다물었다. 이때 누군가 다가와 웃으며 말했다.

"무슨 대화를 나누느라 이리 심각한가?! 잔칫날 이리 울상을 짓고 있다간 주인에게 쫓겨나니 조심해야지!"

명란이 고개를 들었다. 영국공 부인이 해사한 미소를 지으며 다가왔다.

"부인, 오셨습니까. 언제 오시나 했습니다. 어서 앉으시지요."

구원투수 납셨다!

영국공 부인이 명란의 옆자리에 앉더니 웃으며 말했다.

"어찌 이리 일찍 왔나?"

명란이 겸손하게 답했다.

"오늘이 어르신 생신인데 손아랫사람으로서 당연히 일찍 와야지요."

영국공 부인이 영창후 부인을 알은체하며 말했다.

"동생도 앉게. 오랜만에 얼굴 보는 것 같군."

영창후 부인이 뜻밖에도 고개를 가로젓더니 우울한 얼굴로 말했다.

"두 분이서 이야기 나누세요. 전 노대부인께 인사 올리러 가야겠습니다."

그러고는 천천히 자리를 떠났다.

예사롭지 않은 분위기에 명란이 넌지시 떠봤다.

"두 분이 아는 사이셨나요?"

영국공 부인이 영창후 부인의 뒷모습을 멍하니 지켜보며 말했다.

"친정끼리 대대로 친분이 두터웠지. 사는 곳도 가까워 친자매처럼 지냈고. 헌데 저 사람이…… 아니네. 모두 해묵은 옛날이야기일 뿐이지."

그녀가 고개를 돌려 싱긋 웃었다.

"아직 고맙다는 인사도 못 했군. 대체 추 이랑에게 뭐라고 했길래 자네가 다녀간 뒤로 며칠 내내 기가 죽어 있었던 겐가. 휴, 덕분에 그 애가 요즘 입맛도 돌고 웃기도 하면서 지낸다네……."

그녀가 씁쓰레한 웃음을 지었다.

명란은 뜻밖이라는 얼굴로 잠시 멈칫했다.

"뭐, 특별한 건 없었습니다. 그저 옛날이야기 하나 들려 준 게 다였으니까요."

명란이 추 이랑에게 들려 준 부마와 애첩에 대한 이야기를 짤막하게 요약해 영국공 부인에게 들려주었다. 추 이랑에게 건넨 마지막 몇 마디는 생략한 채였다.

영국공 부인이 한참 조용하더니 한숨을 깊이 내쉬었다.

"역시 현명하군. 추 이랑이 자네 말을 새겨듣고 내 딸과 원만히 지내주면 좋겠어."

명란이 고개를 주억거렸다. 그러게요, 그리 쉽지만은 않겠지만요.

이때 청당 상석에서 한바탕 웃음이 터져 나왔다. 두 어멈이 각자 포대기를 안고 나오자 평녕군주 옆자리에 앉은 귀부인 하나가 웃으며 말했다.

"맙소사! 몇 년 동안 군주와 자매처럼 지내면서 손자, 손녀는 언제 보나 했는데, 오늘 드디어 한꺼번에 보여 주시는군요?!"

평녕군주가 거듭 사과했다.

"다 제가 부족한 탓이지요. 아직 갓난아이라 크게 볼 것도 없습니다."

다른 귀부인이 말했다.

"귀한 쌍둥이를 얻으셨는데 당연히 자랑하셔야죠. 만월주도 안 주시고, 너무 인색하신 거 아니십니까?!"

평녕군주가 말했다.

"저희 집 나리께서 아직 갓난아이라 괜히 요란 떨 거 없다고 하셔서요. 그냥 집안에서 조촐하게 만월연을 치르고 넘어갔습니다."

그 귀부인이 말했다.

"조출하게요? 궁에서 순금 목걸이를 하사했다고 들었습니다. 이런 황은을 받고도 알리지 않으시다니요?!"

평녕군주는 인맥이 넓었다. 이렇게 친분을 쌓은 이들이 어려울 때 도와줄 거라 장담할 수 없지만, 적어도 그들은 칭찬에는 인색하지 않았다. 부인들은 쌍둥이를 보며 세상에 둘도 없을 인물이 될 거라며 추켜세우기에 여념이 없었고, 평녕군주는 이 말에 우쭐대는 대신 겸양의 미덕을 보였다. 그러든지 말든지 제 대부인의 얼굴은 이미 잿빛이 되어 있었다. 그녀 옆에 선 큰며느리는 어찌할 바를 모른 채 불안에 떨고 있었다. 명란은 금방이라도 울음을 터트릴 듯한 그녀가 내심 안쓰러웠다.

영국공 부인은 미동도 없이 의미심장한 웃음만 띠었다.

"당초 제가의 만월연에 대비해 미리 선물까지 준비해 뒀었지. 양양후부 내에서만 만월주를 마시고 넘어갈 줄 몰랐으니까. 외부인은 아무도 초대하지 않았으니 소리 소문 없이 지나갈 줄 알았겠지만, 후후……. 뭐, 신씨 가문이 워낙 대단해야지 말일세."

황제가 하사품을 내릴 때 교활한 신 씨의 '탁월한 공적'을 특별히 언급했다고 한다.

명란도 이 내막을 알고 있던 터라 웃기만 할 뿐 대답은 하지 않았다.

곰곰이 생각해보면, 평녕군주는 여장부에 가까웠다. 그녀는 태어나면서부터 존귀한 신분이었지만, 눈앞의 부귀영화에 현혹되어 안하무인으로 행동하지 않았다. 평녕군주는 앞으로 닥칠 위기를 정확하게 파악하고 있었다. 다시 말해, 황제가 나이 들고 생부마저 연로해지면, 친형제도 없는 그녀 곁에는 차남인 남편과 드센 큰형님만 남게 될 것이다. 제국공부든 양양후부든 그녀가 평생 의지할 곳이 마땅찮다는 얘기다.

평녕군주는 일찍부터 주판알을 굴리기 시작했다. 그 결과물로서 예전의 가성현주든 지금의 신 씨든 모두 나쁘지 않은 선택이었다.

그녀가 남자로 태어났다면 아마 더 큰 인물이 됐을 것이다.

"요즘 경성에 좋은 일이 많이 생기네요. 이제 조금 있으면 국구 부인의 산달이겠군요."

명란이 집안일로 화제를 돌렸다.

영국공 부인이 근심스러운 얼굴로 말했다.

"그렇지. 하지만 아들인지 딸인지 모르겠어."

명란이 말했다.

"분명 아들일 겁니다."

영국공 부인이 의아해하며 물었다.

"어찌 아나? 무언가 볼 줄 아는 것이 있는가?"

명란이 가볍게 웃으며 말했다.

"일단 입으로라도 기분 좋게 해 드리려고요! 그리고……."

명란은 일부러 뒷말을 길게 늘였다.

"딸이어도 싫어할 사람이 있을까요?"

영국공 부인이 실소를 터뜨리고는 명란의 볼을 살짝 꼬집었다.

"이 사람 실없기는!"

딸이 건강하게 순산하기만 하면, 사실 손자냐 손녀냐 하는 것은 나중 문제였다. 여자라면 누구나 어머니가 되고 나면 생각의 폭이 넓어지게 마련이다. 적어도 지금처럼 꽉 막히고 융통성 없지는 않겠지.

웬만한 사람은 거의 다 온 터라 제 대부인은 사람들을 자리에 앉게 했다. 부인들은 담소를 나누며 술잔을 부딪쳤고 서로에게 술을 권하면서 주거니 받거니 했다. 옆에 있는 영국공 부인의 도움이 무색하게 명란은 자리에서 좀체 빠져나오지 못했다. 어쩔 수 없이 여러 잔 마시다 보니 어느새 얼굴이 발갛게 물들어 있었다.

미시未時 삼각三刻까지 술을 마신 명란은 인제 그만해도 되겠다 싶어 차를 마시기 시작했다. 이때, 고정엽이 자리를 털고 일어났다는 취수의 귓속말에 명란도 작별 인사를 했다. 그런데 신 씨가 뜬금없이 그녀를 배웅하겠다고 나섰다. 명란은 어지럼증을 참느라 죽을 맛이었다. 신 씨와 이런저런 잡담을 주절대며 제발 빨리 중문이 나오기만을 바랄 따름이었다.

"……쌍둥이를 낳고 나서야 인생이 무엇인지 알겠더군요. 아이들이 잘 자라기만 한다면 주변 사람은 신경 쓰지 않으려 합니다."

신 씨가 천천히 말하는 동안 명란은 초주검이 된 얼굴로 겨우 대꾸만 했다.

"숙모님, 우리 아이들 이름이 뭔지 아십니까?"

신 씨가 갑자기 걸음을 멈췄다.

명란이 이마를 짚고서 기억을 짜냈다.

"그게…… 옥이와 한이가 아니었나요?"

"그건 아명이지요."

짐짓 실망한 얼굴이었다.

"정식 이름이 있답니다. 상공께서 지어주셨죠. 딸은 옥명이고, 아들은 한명이랍니다……. 밝을 '명明' 자를 쓰지요."

그러고는 신 씨가 명란을 지긋이 바라보았다.

명란은 잠시 멍했다가 이내 신 씨의 말뜻을 알아챘다. 취기가 단숨에 사라진 명란은 다행히 빨리 대처했다. 명란이 침착한 얼굴로 말했다.

"정말 좋은 이름이군요. 사리에 밝고 이치에도 정통하여 긴 안목을 가진다는 뜻이니까요. 그 두 아이의 앞날이 그 이름처럼 순탄하기를 기원할게요."

신 씨가 그녀를 바라보았고, 명란은 매서운 눈길로 신 씨를 응시했다. 너희 부부가 신경전 벌이는 데 날 끌어들이지 말란 말이야!

서로 한참 바라보던 끝에 결국 신 씨가 시선을 거두고 살짝 한숨을 내쉬었다.

"네, 좋은 이름이지요."

사실 신 씨도 잘 알고 있었다. 젊고 준수한 남편은 재주도 뛰어나고 근면성실한 데다 명문가 자제이니 장래도 촉망되었다. 여색을 탐하지도 않으니 자기가 회임했을 때도 통방을 들이지 않았다. 제형의 마음이 어디를 향해 있는지 알 수 없다는 것을 제외하면 흠잡을 데가 없었다. 친정 집안의 다른 자매보다 자신이 훨씬 운이 좋았으니 더는 욕심부릴 필요가 없었다.

그런데도 신 씨는 명란에게 말하지 않으면 자기가 병이 날 것 같았다.

두 사람은 조용히 중문으로 향했다.

신 씨에게 작별 인사를 건넨 후 명란은 대문으로 향했다.

"가마는 필요 없다. 걸으면서 술 좀 깨야겠구나."

그녀의 어두운 낯빛에 취수는 감히 묻지도 못한 채 어멈 몇몇과 조용히 뒤따랐다.

작위가 있는 집안의 내부 구조는 대동소이했다. 들어올 때 기억한 바로는 이 협소한 길을 따라 쭉 가면 대문이 나왔다. 명란은 가슴에서 울컥 분노가 치밀었다. 지금 당장 제형을 잡아다가 늘씬하게 패 주고 싶을 정도였다.

이 바보 같은 인간, 자기가 뭘 잘못한 지도 모를 거야! 그냥 좀 잘 지낼 것이지, 굳이 일을 만들어서 나한테까지 불똥이 튀게 해?! 오랫동안 편히 지냈다 이거지?! 아주 매를 버는구나! 명란은 생각할수록 울화통이 터졌고 걸음은 갈수록 빨라졌다. 걸음걸이만 봐도 불편한 심기가 느껴져 하인들은 바짝 붙어가는 대신 일정한 거리를 유지한 채 뒤따랐다.

막 모퉁이를 돌아 한 발을 내디디려는 순간, 하마터면 명란은 누군가와 부닥칠 뻔했다. 상대방도 급히 멈춰 섰다. 두 사람은 서로 얼굴을 확인하고는 화들짝 놀랐다.

제형은 손님을 배웅하고 오는 길인 듯했다. 온몸에서 술 냄새가 진동했고, 두 뺨은 발갛게 물들어 하얀 피부에 연지를 바른 것 같았다. 이제는 옥처럼 수려한 용모에 능력까지 출중한 사내가 된 그였다.

"명란아……."

눈이 풀린 그가 습관적으로 명란의 이름을 불렀다.

아버지가 되었는데도 어찌 이리 조용한 날이 없어요! 명란은 눈앞에 있는 이 아름다운 사람을 흠씬 패고 싶은 마음뿐이었다. 그녀가 모질고 단호하게 한마디 내뱉었다.

"입 다물어요! 바보 같으니!"

명란은 제형을 비켜 지나가다가 다시 몸을 돌렸다. 그녀는 흉흉한 눈빛에 분노가 담긴 목소리로 나지막하게 말했다.

"당장 가서 아이들 이름부터 바꿔요!"

워낙 순식간에 일어난 일이라 제형은 어리둥절한 얼굴로 눈만 동그랗게 뜰 뿐이었다. 그가 정신을 차리기도 전에 명란은 제 말만 하고 성큼성큼 걸어갔다. 뒤에서는 어멈과 계집종들이 황망히 달려와 제형에게 인사한 후 명란을 뒤쫓으려 종종걸음을 쳤다. 중간에 어떤 일이 있었는지도 알 길 없이.

수십 걸음을 더 가서 다시 모퉁이를 돌자 문이 나왔다. 고정엽이 벌써 도착하여 기다리고 있었다. 짙은 호숫빛 비단 도포에서 술 냄새가 은은하게 풍겼으나 얼굴색은 변함이 없었고 표정도 늘 그렇듯 담담했다.

명란이 이마에 짚은 손을 내리고 생긋 웃으며 고정엽에게 다가갔다.

"나리, 오래 기다리셨어요?!"

고정엽이 미간을 살짝 찌푸리며 그녀의 모습을 살폈다.

"술을 마셨구나. 머리가 아프냐? 지금 마차를 타면 속이 더 안 좋을 텐데 차라리 좀 쉬었다 가는 게 낫겠구나."

명란이 멈칫하다가 바로 미소를 지었다.

"괜찮아요. 지체 말고 얼른 가요."

고정엽은 한참 그녀를 응시하다가 짧게 말했다.

"기다리거라. 가마를 불러올 테니."

그는 명란이 거절할 새도 없이 몸을 돌려 가버렸다.

제185화

세상 이치
: 제 꾀에 제가 고생한다

꽤 오랫동안 한가로운 나날이 이어지다 보니 경계심이 느슨해졌던 것일까. 명란은 무려 이틀이나 지난 뒤에야 이상한 낌새를 감지했다.

고정엽은 갈수록 이상야릇해졌다. 그녀를 보고 웃고 떠들다가도 별안간 말없이 조용해져 사람을 의아하게 만들더니, 나중에는 의중을 알 수 없는 표정으로 명란을 뚫어지게 쳐다보는 바람에 심장을 철렁하게 했다. 모처럼 쉬는 날이면 예전처럼 그녀와 노는 대신 혼자 아들을 안고서 넋을 놓고 있었다.

무슨 일이냐고 물으면 성의 없는 대답만 돌아왔다.

"아무 일도 아니다."

공손백석도 요즘은 북치고 노래하면서 유유자적하게 하루하루를 보내고 있었으니 조정에 딱히 큰일이 있는 것도 아닌 듯했다. 명란은 한층 더 불안해졌다. 곰곰이 생각해보니 제국공부 생신연에 다녀온 날부터 조짐이 이상했다. 순간 명란은 간담이 서늘해졌다.

이날, 명란은 고정엽이 조정에 나간 틈을 타고 고록을 불렀다. 명란이 단도직입적으로 물었다.

"제국공부에서 생신연이 있던 날 나리 심기가 좋아 보이지 않던데, 대체 무슨 일이 있었느냐?"

기억력이 좋은 고록이 골똘히 생각하다가 딱히 이상한 점은 없었다고 대답했다. 이에 명란은 그날 고정엽이 제부에 들어간 후 있었던 일을 하나도 빠짐없이 얘기하라고 일렀다.

"나리께서는 먼저 제 노대인께 인사를 올리고 잠깐 대화를 나누셨습니다. 이후에는 뒤에 오신 영국공, 보국공 나리들과 옛이야기를 나누셨고요, 몇몇 대인께서 나리의 천리마를 칭찬하셨지요……. 그리고 자리에 앉자 한국공께서 비집고 들어와 함께 담소를 나누셨는데, 나리께서 계속 술을 권하시는 바람에 결국 한국공께서 만취해 쓰러지셨습니다. 어느 분인지 모르겠지만, 대인 한 분이 제 노대인께 4대가 함께 사니 복도 참 많다고 말씀하셨습니다. 이 말에 제 노대인께서 기뻐하시면서 아랫것에게 증손자를 데려오게 하시고 손님들께 인사도 시키셨죠……."

명란은 방망이질 치는 심장을 간신히 잠재우며 말했다.

"제 노대인께서 두 아이의 이름을 말씀하셨더냐?"

고록이 생각하다가 대답했다.

"증손자만 말씀하셨지요. 이름이 한명이라고 했습니다. 제 노대인께서 증손자가 하나뿐이라 무척 어여쁘다고 하시면서, 사람들이 다 알 수 있게끔 이름을 크게 써서 밖에 여기저기 붙여 놓으셨지요."

명란은 조용히 입을 다물고는 더는 아무것도 묻지 않았다. 명란은 온화한 얼굴로 고록을 칭찬하고는 소도를 불러 배웅하게 했다. 소도는 늘 하던 대로 과일과 간식거리를 한 아름 가져와 그에게 건넨 후 밖으로 안내했다.

봄바람이 따스하게 불어오는 쾌청한 날이었다. 명란은 온몸에 식은땀을 흘리며 축축하게 젖은 손바닥을 폈다. 명란은 창문 앞에 서서 오랫동안 고민에 빠졌다. 겁낼수록 결국 맞닥뜨리게 된다더니! 지금 당장 제형을 천 번이고 만 번이고 두들겨 패 주고 싶었다.

명란과 제형 사이의 일은 고정엽도 알고 있었다. 얘기가 나왔으니 하는 말이지만 고정엽이 명란을 처음 봤을 때, 그는 그녀와 제형이 양양후부에서 벌였던 단막극의 유일한 관객이 아니었던가. 그러다가 시간이 지나면서 상황도 변했다. 제형은 아내를 얻었고, 아내가 치욕을 당하며 죽었고, 과거시험을 보았다. 고정엽도 아내를 얻었고, 아내가 바람났고, 지금은 나랏일에 열심이다. 그리고 명란은 자기가 경성에서 악명 높은 고가의 둘째 도련님과 혼인하게 될 줄은 꿈에도 몰랐다!

당초 명란이 마음에 걸려 했던 사람은 하홍문이었다. 어쨌든 두 사람은 실제로 혼담이 오간 사이가 아닌가. 그런데 제형이라니?! 18대 조상대대로 덕을 쌓지 않아 제형 같이 덜떨어진 인간이 태어난 게 틀림없다!

이제 어쩌지? 지금에서야 제형과의 과거를 알게 된 것도 아닌데 고정엽은 대체 왜 저러는 거야아아아!

명란은 머리를 감싸 쥐고 비명을 지르며 침상에서 이리 구르고 저리 굴렀다. 아무리 머리를 쥐어짜도 좋은 생각이 떠오르지 않자, 방금 잠에서 깬 단이를 보며 앙증맞은 뺨에 두 손을 대고 물었다.

"아들, 이 어미를 위해 방도 좀 궁리해보렴!"

안타깝게도 이 토실토실한 아이는 어머니의 말을 알아듣지 못한 채 머리를 가슴에 들이밀며 복스러운 얼굴을 그 안에 파묻었다. 그러고는 작은 입을 함박만 하게 벌리고 엄마 젖을 찾아 헤맸다. 명란은 부끄럽기도 하고 부아가 치밀기도 하여 엄지손가락으로 단이의 이마를 밀면서 말했다.

"이 먹보야!"

이 먹보야, 젖이 안 나온 지 꽤 됐잖니!

사건 조사는 마쳤다. 이제 남은 것은 문제 해결뿐. 평소 이해력도 좋고 결단도 빠른 명란이지만, 이번만큼은 아무 생각도 나지 않았다. 곰곰이 생각해보니, 자신은 저쪽 세상에서도 별 볼 일 없는 사람이었지만, 여기서도 딱히 이런 일을 잘 처리한 적이 없었다. 제형이든 하홍문이든 고정엽이든, 그녀에게 이것은 감정의 문제라기보다는 생존의 문제였다.

명란은 침상 맡에 비스듬히 기댄 남편을 보며 용기와 미소를 장착한 후 말을 걸었다.

"오늘 많이 늦으셨는데 야참이라도 내올까요?"

고정엽이 고개를 가로저었다.

"시간이 늦었구나. 잘 시간이니 먹으면 소화가 안 될 게야."

짧은 대답이었다. 그는 품에서 꾸벅꾸벅 졸고 있는 단이를 유모에게 맡기고 책상으로 가더니 책을 한 권 찾아 읽기 시작했다.

명란이 속으로 투덜댔다. 아니, 야참 먹을 시간은 없고 책 볼 시간은 있나봐? 먹기 싫으면 먹지 말라 그래, 굶어 죽든 말든 내 알 바 아니라고! 언제까지 튕기나 보자! 그러다가 혼자만 바보가 될걸!

그러다가 명란은 마음을 다잡았다. 지금은 성질부릴 때가 아니지. 이에 명란은 이날 하루 있었던 자질구레한 일에 대해 재잘대기 시작했다. 그래도 이 남자는 무미건조하게 "그랬구나."라는 대답으로 일관할 뿐이었다. 건성으로 대답하는 티가 역력했다.

명란은 더는 손써 볼 재간이 없어 마지못해 정방으로 향했다. 씻고 돌아왔을 때도 고정엽은 아까와 같은 자세 그대로였다. 중의를 입고 머리는 풀어 헤친 채 침상 머리맡에 기대어 책을 보고 있었다. 명란이 눈을 알따랗게 떴다. 다행히 책을 거꾸로 들지는 않았다.

명란이 침상에 올라가 평소처럼 안쪽으로 들어갔지만, 고정엽은 책을 내려놓을 기미를 보이지 않았다. 한참 뒤에 결국 참다 못 한 명란이 입을 열었다.

"나리, 이제 쉬셔야죠."

고정엽은 뜸을 들이다가 조용히 "그래야지."라고 말하고는 불을 끄고 침상의 휘장을 쳤다.

막다른 길목에 선 여자가 어둠을 틈타 부스럭대며 남자의 몸을 더듬었다. 얇고 가느다란 손가락이 비단 이불을 지나 남자의 옷깃 안으로 파고들었다. 천천히 쓰다듬자 남자의 가슴팍 살갗이 뜨겁게 달아오르기 시작했다. 명란이 꼼지락거리며 그에게 바짝 다가갔다. 이마저도 통하지 않으면 이젠 정말 방법이 없었다. 다행히 남자는 유하혜柳下惠[1]가 아니었다. 그는 묵직한 숨을 거칠게 내쉬며 몸을 돌려 거침없이 그녀에게 화답했다.

다음 날 허리와 등이 뻐근하고 시큰거렸지만, 명란은 기술이 먹혔다는 생각에 내심 뿌듯했다. 하지만 귀가한 남자는 다시 무심한 얼굴로 돌아가 말도 거의 하지 않았다. 단물만 쏙 빨아먹겠다는 심산인 것 같았다.

그의 요지부동한 태도에 명란은 문득 명언 하나가 떠올랐다. 개가 개망나니를 물려고 하니 어디부터 물어야 할지 모르겠구나.

며칠 동안 꼬박 생각해 봐도, 명란은 지금 이 상황을 도무지 이해할 수

---

1) 춘추전국시대의 대표적인 성인군자. 추위에 떨고 있는 여인을 품에 안고서도 마음이 흐트러지지 않았다고 함.

없었다. 명란은 정신적인 피로감마저 느꼈다. 날씨는 갈수록 무더워지기 시작했다. 명란은 사람을 시켜 연못에 있는 마름 열매를 따고, 내친김에 통통하게 살이 오른 물고기까지 몇 마리 잡아서는 곧장 정 장군부로 향했다. 지금은 기분 전환이 필요한 때다.

심청평의 배도 갈수록 불러왔다. 어렵사리 성공한 임신이기에 시어머니와 형님, 남편 모두 그녀를 집 밖으로 나가지 못하게 하고 있었다. 답답하던 차에 명란을 보자 그녀는 무척 반가운 마음이 들었다.

"……요 며칠간 좀이 쑤셔서 죽겠습니다. 잠깐 정원만 산책하려고 해도 형님이 절대 못 하게 하시니까……."

심청평이 묵혀 놓은 하소연을 늘어놓았다. 명란은 그녀의 얼굴을 찬찬히 뜯어보았다. 동그란 얼굴에 윤이 나고 혈색도 좋았지만, 확실히 심심해 보이긴 했다.

심청평이 목소리 볼륨을 한껏 내렸다.

"형님이 너무 유난 떠시는 것 같아요. 황상께서 변방에 계실 때 거기에 사는 부인들을 봤었는데, 다들 배가 남산만 해가지고 어찌나 잘만 뛰어다니던지요. 그래도 다들 건강한 아이를 낳았잖습니까. 게다가 이품, 삼품 고명 부인도 해산일 보름 전까지는 정원도 돌아다니고 하던데! 경성은 뭐 이리 지켜야 할 법도가 많은지요!"

명란이 정색하며 훈계조로 말했다.

"그 부인들은 외출하거나 산책할 때 얌전히 앉아서 차를 마시거나 그래요. 한데 부인은 전생에 원숭이셨는지 나가기만 하면 가만히 있질 못하니 별수 있나요. 형님께서 부인의 성정을 너무 잘 알고 계신 거죠!"

거의 맞는 말이기에 심청평은 낮게 한숨만 내쉬었다. 명란은 그녀의 의기소침한 모습이 귀여워 그녀의 이마를 손가락으로 누르며 놀렸다.

"그냥 얌전히 계세요. 게다가 배 속 아이가 부인 혼자만의 것도 아니지 않습니까?! 어찌하고 싶은 대로만 할 수 있겠어요?"

심청평이 분을 바른 얼굴을 발갛게 물들이며 작은 목소리로 말했다.

"저도 알아요. 이 아이를 위해서 상공도……."

명란이 짐짓 놀란 척하며 놀렸다.

"시어머님과 형님 말씀이에요. 부인의 회임을 위해서 불공도 많이 드리고, 불경도 자주 외고, 거기다 향 값도 많이 쓰셨을 텐데……. 그런데 대체 무슨 생각을 하신 거예요? 하긴, 정 장군도 꽤 힘을 보탰지요."

심청평이 부끄러운 마음에 도톰한 베개를 확 던지고 명란의 입을 막으려는 찰나, 명란이 얼른 한마디를 보탰다.

"어, 움직이면 안 돼요! 부인은 귀한 몸입니다. 머리카락 한 올이라도 떨구었다간 제 머리털이 죄다 뽑혀도 못 갚는다고요!"

심청평은 말로도 못 이기고 감히 경거망동할 수도 없어 손가락만 바르르 떨었다.

"정말, 정말……."

바깥으로 흘러나온 웃음소리를 들은 정 부인은 미소 지으며 머리를 절레절레 흔들었다. 그러고는 성큼 안으로 들어오며 말했다.

"두 사람 모두 나이가 몇인데 내가 나간 지 얼마나 됐다고 이리 시끄러운 겁니까? 누구 험담을 하길래 몸종들도 다 물린 거예요."

심청평이 얼른 자리에 앉아 얌전히 자세를 가다듬었다. 명란은 정 부인 뒤에 있는 한 중년 부인을 보고는 살갑게 물었다.

"저분은……."

정 부인이 대답했다.

"이분은 내 사촌 언니십니다. 예전에는 외지에서 지냈지요. 지금은 자녀들이 다 장성하여 경성에 자리 잡고, 언니와 형부를 모셔와서 같이 살고 있어요."

심청평은 예전에 만난 적이 있는지 곰살맞게 웃으며 인사할 뿐 일어서진 않았다. 명란은 고개를 끄덕이며 연신 자리를 권했다. 곧 계집종이 다과상을 가지고 들어왔다.

정 부인의 사촌 언니는 간소한 차림에 생김새도 약간 촌스러웠지만, 거동만큼은 시원시원하고 대범한 데다 빈틈이 없어 보였다. 게다가 목청도 좋았다.

"말도 참, 너희는 귀부인이고 우린 촌것이라 이거냐? 귀부인 눈에는 우리 같은 단출한 집안의 일이 우습게 보이겠지."

정 부인은 사촌 언니를 싫어하지 않는지 살갑게 답했다.

"대갓집이든 어디든 부모를 향한 효심이 제일 중요하지요. 언니는 아이들 모두 효심이 지극하니 그만한 복이 또 어디 있겠습니까?"

사촌 언니가 기분 좋게 웃었다.

"그건 그렇지. 얘들이 양심은 있어서 애미, 애비의 수고를 잊지 않더구나. 사위들도 다 착하고 효심이 깊단다. 그러니 그 아이들을 대신해서 내가 예까지 찾아온 게 아니겠느냐."

명란은 그녀 옆에 놓인 작은 대나무 광주리를 유심히 보았다. 한쪽으로 젖혀진 가림천 아래로 붉게 물들인 달걀 수십 개가 보였다.

정 부인이 고개를 돌려 웃으며 말했다.

"제씨 집안이야말로 복이 많지요. 제 노대인께서 몇 개월 전에 쌍둥이 증손자를 보셨잖습니까. 며칠 전에는 고희 생신연도 열었고, 제가의 친척이 또 아들을 낳았다는 소식도 들리더군요."

명란의 멍한 표정을 보며 정 부인이 한마디를 보탰다.

"사촌 언니의 여식이 제국공부의 방계 집안에 시집갔답니다."

제국공부 이야기에 명란의 눈썹이 치켜 올라갔다. 명란이 입가에 미소를 머금고 축하를 건넸다.

"정말 축하드립니다."

명란은 속으로 명문가의 방계와 명문가의 사촌이 혼인한 것이니, 어찌 보면 비슷한 집안끼리 잘 만난 거라 생각했다.

심청평이 얼른 물었다.

"아이는 낳으셨고요? 아들인가요, 딸인가요?"

사촌 언니의 넙데데한 얼굴에 웃음이 가득했다.

"아들이지요. 몸무게가 일곱 근이 넘어서 안으면 상당히 무겁답니다! 간소한 집안이라 변변한 건 아니지만, 여기 홍단紅蛋[2]을 가져왔으니 먹어 봐요. 떡두꺼비 같은 아들을 얻을 테니!"

요즘 심청평이 가장 좋아하는 말이었다. 다만 부끄러운 마음에 심청평이 아무 말도 못 하자 정 부인이 대신 인사했다.

"이리 생각해주셔서 고맙습니다. 언니 집안은 대대손손 자손이 풍성하니 그 기운을 받을 수 있겠지요?"

그녀가 고개를 돌려 명란을 보며 말했다.

"부인도 웃지만 말고 몇 개 챙겨 가세요. 이걸로 인심 한번 쓸 테니."

명란이 당황한 표정을 짓자 심청평은 이 기회를 냉큼 붙잡았다.

"설마 애 하나로 얼렁뚱땅 넘어가려는 건 아니죠? 얼른 몇 명 더 낳으셔야지요!"

---

2) 출산 축하 선물의 일종으로 붉게 물들인 달걀.

다들 함박웃음을 터뜨렸고, 정 부인이 사촌 언니에게 다시금 고맙다고 인사했다.

사촌 언니가 웃으며 말했다.

"그런 말 마라. 홍단 몇 개가 뭐 그리 대수라고. 내가 고마운 게 더 많지. 네 도움이 없었다면, 관명이 내외가 지금처럼 잘 살 수 없었을 거야. 몸조리 끝나면 그 애들더러 직접 인사하러 오라고 하마."

정 부인이 은은하게 미소 지었다.

"언니 사위가 노력한 결과지 제가 한 게 뭐 있습니까. 동생 사명이도 영특하다지요? 스승님이 침이 마르도록 칭찬하신다는 얘기도 들었습니다."

명란은 깜짝 놀라 저도 모르게 혼잣말을 내뱉었다.

"관명? 사명?"

부인들의 의아해하는 얼굴을 보고, 명란은 얼른 미소를 띠며 설명했다.

"며칠 전에 제가의 생신연에 다녀왔습니다. 제 노대인의 증손자 이름도 무슨 명이라고 하던데……."

심청평이 그녀를 가리키며 웃었다.

"부인도 참, 자기 이름에 '명'자가 들어간다고 남이 '명'자를 쓰면 안 되는 법이라도 있습니까?"

명란은 겸연쩍었다.

정 부인이 개의치 않는다는 듯 웃으며 친절하게 설명했다.

"부인은 경성에서 자란 게 아니니 모르는 게 당연하지요. 이건 제씨 가문의 전통인데, 이번 세대의 자손 이름을 외자로 지었다면 다음 세대에는 두 자로 짓는답니다. 이번에는 돌림자로 '밝을 명' 자를 넣어서 두 자 이름을 지을 차례인 게지요."

말을 마친 정 부인이 고개를 돌려 심청평에게 농담 투로 핀잔을 주었다.

"동서도 외지에서 자라 놓고는 무얼 안다고 그러나? 괜히 아는 척하기는!"

심청평이 장난기 가득한 얼굴로 형님을 보며 웃었다.

주변 사람들이 웃고 떠드는 사이에서 명란도 최대한 어울리려고 노력했으나 속에서는 분노의 파도가 넘실대고 있었다.

제형의 자식들 이름에 들어간 '명' 자가 나와는 아무 상관도 없다니!

이 사실을 명란은 모를 수 있어도 신 씨가 모를 리 없었다. 일부러 그런 말을 한 게 틀림없다! 내가 당하다니!

신 씨의 삶은 나쁘지 않았다. 그저 한 가지 흠이라면, 남편의 마음이 자신에게 향해 있지 않다는 점이었다. 그녀는 자기만 불쾌한 감정을 느끼는 것이 달갑지 않았다. 그때 명란에게 한 말은 없는 사실을 꾸며낸 터무니없는 말이었으나 꼬투리를 잡을 만한 건더기도 없었다. 사정을 미리 알았더라면 대응이라도 했을 텐데, 하필 명란은 제씨 가문의 항렬자에 대해 전혀 모르고 있었고 뜨끔한 구석도 있어 덜컥 속고 만 것이다.

신 씨는 그저 명란이 자신의 답답한 심정을 알아주길 바랐고, 명란도 자기와 같은 기분을 느끼게 해주고 싶었던 것이다. 명란은 청초하고 단아해 보이는 신 씨가 실상 어떤 사람인지 똑똑히 알게 되었다.

그러나 또 다른 의문이, 그것도 더 골치 아픈 의문이 수면 위로 떠올랐다.

저녁 식사 때에도 명란은 여전히 정신을 빼놓고 고정엽을 살폈다. 이 문제를 생각하느라 머리에 쥐가 날 지경이었다. 불현듯 생각 하나가 머리를 스쳤다. 고정엽도 경성에서 자랐다는 것! 하동부의 케케묵은 옛이야기까지 속속들이 알고 있는 사람이 제씨 집안의 항렬을 모른다고?

제형의 쌍둥이 이름에 있는 '명' 자가 나 때문이 아닌데 어째서 그는 화가 난 것일까?

설마 '옥' 자와 '한' 자 때문인가? 합치면 '회한[3]'과 비슷한 말이라서? 말도 안 돼.

오늘 만난 사촌 언니의 사위에게 형제가 있다고 했겠다. 그 두 형제 이름이 '관명觀明'과 '사명思明'이랬는데, 설마 내가 보고 싶고 그리워서 그런 이름을 지었겠어?[4] 그렇게 따지면, 그 이름을 지은 아버지도 나와 어릴 적부터 소꿉친구였다는 거네?

어쨌든 제가에 돌림자로 '명' 자가 들어가 있는 한 비슷비슷한 의미로 해석될 터였다. 게다가 고정엽은 도량이 넓은 사람이라 이런 일로 쪼잔하게 굴 인물은 아니었다. 결국 명란은 이름 때문에 그가 삐진 것이 아니라는 결론에 도달했다.

생각이 꼬리에 꼬리를 물고 이어지다가 명란은 자신이 애꿎은 제형만 원망했다는 사실을 깨달았다. 말마따나 제형이 자신의 결백을 증명하고 의심을 피하기 위해 자식들 이름을 '총명'이나 '발명'으로 지어 줘야 했다는 말인가? 아미타불, 그가 계속 냉철한 이성을 유지하여 아이 이름을 바꾸지 말았으면!

고정엽은 식사하는 내내 유달리 조용한 명란이 신경 쓰였다. 넋이 나간 듯도 했고 고민에 빠진 듯도 했다. 그러다 갑자기 눈살을 찌푸리는 모습이 무슨 걱정거리가 있는 것도 같았다. 명란은 흰밥만 깨작깨작 입

---

3) 옥한玉翰의 발음은 [yuhan]으로 회한遺憾의 중국어 발음 [yihan]과 비슷함.

4) 중국어로 관觀은 보다, 사思는 '그리워하다'라는 의미.

에 넣으며 무슨 생각을 하는지 알 수 없는 얼굴을 하고 있었다. 고정엽이 재미있다는 듯 손을 뻗어 명란의 입 언저리에 붙은 밥알을 떼어주며 물었다.

"무슨 생각을 하느라 밥도 잘 안 먹느냐?"

명란이 정신을 차리고 보니 밥알이 여기저기 떨어져 있었다. 명란이 민망해하며 대답했다.

"아니에요……. 그냥……."

어디서부터 말을 꺼내야 할지 알 수 없었고 딱히 말할 만한 것도 없었기에 명란은 고개만 흔들 따름이었다.

"아무것도 아니에요……. 나리, 오늘 자라탕이 참 맛있네요. 한 그릇 더 드세요."

고정엽의 얼굴에 떠올랐던 웃음기가 조금씩 사라졌다. 그녀는 영원히 이러겠지…….

나머지 식사 시간 동안 둘은 말없이 밥만 먹었다. 이제 막 숟가락을 놓으려는 찰나, 밖에서 전갈이 왔다. 문간방 어멈이 숨을 가쁘게 몰아쉬며 넷째 숙부님께 큰일이 났다며 얼른 가보셔야 할 것 같다고 전했다.

두 사람은 서로를 바라보았다. 이번엔 또 무슨 일인데?

제186화

세상 이치
: 내가 무정한 것이 아니라
그대가 괜한 생각을 하는 것이다

고정엽과 명란은 다급하게 넷째 숙부댁으로 발걸음을 재촉했다. 저택에 들어서자 이미 도착한 다섯째 숙부와 고정적 내외가 방 안에 앉아 정신이 반쯤 나간 넷째 숙모와 대화를 나누고 있었다.

"형수님, 걱정하지 마시고 마음을 편히 가지십시오. 우리 나이쯤 되면 언제 가도 이상할 건 아니지 않습니까……."

고정엽은 명란과 함께 다가가 인사를 올렸고, 늦어서 죄송하다는 말도 잊지 않았다. 다섯째 숙부가 인자한 얼굴로 손을 휘휘 내저었다.

"우린 집이 가까워 조금 일찍 온 것뿐이다. 너희도 이만하면 빨리 온 게지……. 일단 넷째 숙부부터 뵙고 오거라."

고정훤의 부인이 고정엽과 명란을 방 안으로 안내했다. 고정형이 계집종, 어멈 몇몇과 함께 침상 옆에서 탕약 시중을 들고 있다가 그들을 보고는 살짝 옆으로 비켜섰다. 고정형이 한숨을 깊이 내쉬었다.

"……의원 말로는 생명에는 지장이 없다는데, 중풍이랍니다. 지금은 움직일 수도, 말을 할 수도 없대요…….”

그녀는 목이 메어 뒷말을 잇지 못했다.

명란이 고개를 빼꼼히 내밀어 뻣뻣하게 누워 있는 넷째 숙부를 바라보았다. 눈꺼풀은 뜬 건지 감은 건지 어정쩡하게 반만 열려 있었고, 딱딱하게 굳은 사지에 얼굴은 괴이하게 일그러져 있었다. 기묘한 각도로 틀어진 입꼬리 탓에 탕약을 한 숟가락 떠서 입에 넣어 줘도 절반은 도로 흘러내렸다.

이 상황에서 명란이 할 수 있는 말은 별로 없었다. “숙부님, 하루빨리 쾌차하시길 바랄게요.” 정도의 다소 옹색한 말이 전부랄까. 고정엽도 표정 없는 얼굴로 명란과 비슷한 말을 하고는 명란을 데리고 고정훤의 부인과 자리를 떴다.

대청에 앉자 다들 대화를 나누기 시작했다.

고정엽이 먼저 물었다.

“대체 무슨 일입니까? 그간 건강하셨는데 갑자기 쓰러지시다니요?!”

이 간단한 질문에 고정훤은 대답을 질질 끌다가 겨우 입을 뗐다.

“……그게 오늘 오후에 서신 한 통이 왔다. 그런데…… 아무래도 둘째가 서북에서 또 사고를 친 모양이야……. 아버지가 그걸 보시더니 갑자기 쓰러지셨지.”

명란이 고개를 돌려 고정훤의 부인을 바라보았다.

“설 지나고 정병 아주버님이 작은 실수를 하셨다고 하더니, 혹시 그것과 관련된 일인가요? 설마 관아에서 그 일을 물고 늘어지는 건 아니겠지요?”

고정훤의 부인이 쓴웃음을 감추지 못했다.

“다른 일일세. 그때 그 사건이야 거의 수습이 되었지. 그런데도 서방님은 도통 자제라는 걸 모르시는지 아직 일이 다 수습도 안 된 상황에서 또 사고를 쳤다지 뭔가. 간밤에 시비가 붙었는데 사람을 때려죽였다지. 서방님도 다리 한쪽이 부러졌고! 지난 빚을 다 갚기도 전에 새 빚을 진 꼴이지. 게다가 하필이면 죽은 사람이 양민 신분일세. 지금 통령도 노발대발하면서 평생 가둬 두겠다고 단단히 벼르고 있다고 하네!"

명란이 잠자코 고개를 돌렸다. 이때, 고정병의 부인이 낮게 흐느끼기 시작하더니 점차 목소리가 커졌다. 그녀가 냉큼 다섯째 숙부에게 달려가 오열하기 시작했다.

"제가 진작 말씀드리지 않았습니까. 서북 지방은 황폐한 데다 위험하고 인심도 흉흉하다고요. 온순하고 착한 저희 나리가 오죽 괴롭힘을 당했으면 싸움질을 했겠어요……?"

고정엽이 그녀의 말을 잘랐다.

"저희가 뇌물과 인맥을 써서 유배소에 있는 정병 형님의 노역까지 빼주었습니다. 입고 먹는 것도 부족함이 없도록 머슴아이한테 돈도 넉넉하게 쥐여 줬지요. 대낮에는 할 일이 없으니 나가서 바람도 쐬고 돌아다니다 올 수 있다 쳐도 저녁에는 유배소에 돌아왔어야지요. 어찌 밤에 사람을 죽일 수 있답니까?!"

상황이 이렇다 보니 다섯째 숙부가 열려던 입을 다시 닫았다. 그가 고개를 절레절레 흔들면서 수염을 쓰다듬었다. 고정병의 부인은 반박하지 못한 채 무안한 듯 말했다.

"급한 일이 있어서 나갔겠지요……."

넷째 숙모가 갑자기 코웃음을 치며 말했다.

"유배 간 사람이 급할 일이 뭐가 있겠느냐?! 집안사람들은 저 때문에 전전긍긍하는데, 그 아인 거기서 태평세월을 보내나 보구나. 사달을 내는 것으로도 모자라 제 아비까지 이 지경으로 만들다니!"

넷째 숙모는 생각하면 할수록 화가 치밀었다. 이제 겨우 고정형을 시집보낼 괜찮은 혼처를 찾아 혼담을 거의 마무리 지을 판인데, 만약 여기서 넷째 숙부에게 변고가 생기면 고정형은 삼 년간 수효해야만 하기 때문이다. 당연한 말이지만, 그럼 삼 년 동안은 혼례도 치르지 못하는 것이다. 이러다 고정형이 노처녀가 되면 어떡한단 말인가?! 상대가 기다려주지도 않을뿐더러, 설사 기다려준다고 한들 딸이 탈상하고 혼례를 치를 때쯤에는 이미 서장자든 서장녀든 태어나 있을 게 분명했다.

교양 있고 온화한 성격에 다툼을 싫어하는 그녀지만, 이때만큼은 고정병의 목이라도 조르고 싶은 심정이었다.

'효도'가 거론되자 고정병의 부인은 다급한 마음에 발뺌부터 했다.

"이건 저희 나리만 탓할 수는 없지요. 아버님 건강이야 이전부터 좋지 않으셨잖습니까. 이게 모두 새로 들인 첩실 탓……."

얼굴이 시뻘게진 고정휜이 큰 소리로 기침했다. 그제야 고정병의 부인도 자기 실언을 깨닫고 황급히 입을 다물었다.

"하긴 그 말씀도 맞습니다."

고정엽이 천천히 말했다.

"사실 저도 좀 의아했습니다. 넷째 숙부님은 그간 강건하셨잖습니까. 정병 형님이 당장 죽는 것도 아닌데 숙부께서 왜 쓰러지신 겁니까?!"

고정엽의 물음에 넷째 숙부 식구들이 모두 고개를 떨구었다. 넷째 숙모의 지친 모습 뒤로 절망적인 심경이 엿보였고, 고정휜 내외도 민망한 기색을 감추지 못했다. 옆에서 옹송그린 채 앉아 있는 고정병의 부인은 눈알만 데굴데굴 굴렸다.

한참 뒤에 다섯째 숙부가 수염을 쓰다듬으며 말했다.

"집안의 치부가 바깥에 알려지면 안 되지만, 여긴 집안사람만 있는데 못할 말이 뭐가 있겠느냐."

그가 한숨을 내쉬며 말을 이어갔다.

"큰형님과 형수님이 계셨을 때는 넷째 형님이 그나마 자제했지만, 분가한 뒤로는 갈수록 집안 꼴이 엉망이 되었다. 최근 넷째 형님이 양주에서 첩을 사들였는데 매일 같이 첩실만 끼고 있으니 정훤이까지 걱정스러운 마음에 날 찾아올 정도였다. 허나, 내 아무리 충고해도 형님은 듣지 않더구나. 그러다 결국에는 이 사달이 난 게지."

완곡한 말이었지만, 듣고 있는 사람 중 말뜻을 이해하지 못한 이는 아무도 없었다.

명란은 고개를 숙인 채 다섯째 숙부의 말을 자신의 어휘로 정리했다. 고령의 어르신이 나이를 잊고 밤낮없이 잠자리를 가졌다. 만약 집안의 계집종이었다면, 그런대로 괜찮았을 것이다. 아무래도 관계를 맺을 때 자세나 스킬이 그다지 많지 않을 테니까. 그런데 하필이면 새로 들인 첩이 경험 많고 스킬도 무궁무진한 선수가 아닌가?! 어르신은 친히 약까지 드셔가며 부응했을 것이고, 그렇게 몇 날 며칠 '고군분투' 하다가 몸이 축난 것이다. 어젯밤 질펀하게 뒹굴다가 점심때는 연장전까지 했을 테고, 직후에 사랑하는 아들의 비보까지 들었으니 몸이 버티지 못할 수밖에.

고정훤은 그래도 아버지라고 치부를 감춰 주고 싶은 모양이었으나, 고정훤의 부인은 그럴 뜻이 터럭만큼도 없어 보였다.

다섯째 숙부가 고개를 돌려 고정훤 내외를 따뜻하게 위로했다.

"형님이 어리석었지. 너흰 자식으로서 어쩔 도리가 없었을 게다. 아비의 말에 순종하지 않으면 그것 또한 불효가 될 테니. 우리가 생각 없는 사람도 아니니 너희를 탓하진 않을 것이다."

고정훤이 눈물을 흘리며 말했다.

"그리 말씀해주셔서 정말 감사합니다. 저…… 저희도 어쩔 도리가 없었습니다……."

"생사는 하늘에 달린 법. 우리 나이쯤 되면 염라대왕도 우릴 눈여겨보기 시작하지."

다섯째 숙부의 입가에 잔잔한 미소가 그려졌다.

"의원도 한동안 생명에는 지장이 없다고 했으니, 앞으로 잘 보살펴 드리거라. 차차 회복될 게야."

담담하면서도 온정이 느껴지는 말에 명란은 저도 모르게 다섯째 숙부를 힐끗 곁눈질했다.

지난 몇 개월 사이 다섯째 숙부는 예전의 거만하고 콧대 높은 모습은 온데간데없이 완전히 딴사람이 되었다. 물론 나이는 들어 보였지만, 또렷한 정신에 말투는 온화하고 진솔했으며 사리에 맞고 합리적인 말을 했다.

고정엽도 그런 다섯째 숙부의 변화가 의아한 모양인지 명란과 힐끗 시선을 마주치고는 말을 덧붙였다.

"다섯째 숙부님 말씀이 맞습니다. 생명에 지장이 없다니 이제 요양하는 데만 신경 쓰면 되지요."

그는 고개를 돌려 고정훤 내외를 보며 말했다.

"혹여 필요한 게 있거든 형님과 형수님은 언제든 말씀하십시오."

고정훤의 부인이 눈물을 훔치며 웃었다.

"정말 감사합니다."

옆에 있던 고정적도 일어나 거들었다.

"혹 제가 도울 일 있으면 언제든 말씀해주십시오."

고정휜 내외는 감동과 고마움을 느꼈다.

고정병의 부인은 고정병이 뒷전으로 밀리는 것 같아 조급증이 일었다. 그녀가 눈알을 굴리더니 옆에 있는 계집종에게 슬쩍 몇 마디를 분부했다. 계집종이 후다닥 밖으로 나갔다.

고정엽이 다섯째 숙부를 돌아보며 미소 지었다.

"한동안 숙부님을 찾아뵙지 못했습니다. 혈색도 그렇고 풍채도 전보다 좋아 보이시니 조카로서 무척 기쁩니다."

명란은 속으로 생각했다. 그게 아니라 '숙부님, 사람이 어찌 이리 바뀌셨습니까?'라고 묻고 싶었던 거 아니야?

다섯째 숙부가 웃으며 말했다.

"네가 묻지 않아도 내 말하려 하였다."

그가 잠시 뜸을 들이다가 한숨을 쉬며 말했다.

"그 몹쓸 놈이 떠나고 한동안 곰곰이 생각해봤지. 그러다 문득 한평생 내가 이룬 게 아무것도 없다는 생각이 들더구나. 세월을 헛되이 보낸 게지. 학문도 그저 그렇고 벼슬도 하찮고 집안도 못 챙기고 자식도 못 가르쳤어. 헛산 거지, 헛산 게야."

고정엽은 숙연한 마음이 들었다. 그는 스스로 문인이라 자부하는 숙부를 은근슬쩍 무시해왔는데, 바로 그와 비슷한 이유에서였다. 그런 숙부가 나이를 먹고 자신을 돌아볼 날이 올 줄이야.

"숙부님, 그런 말씀 마십시오……."

고정휜이 말을 하다가 돌연 입을 다물었다. 아마도 '한심한 제 아비보다 훨씬 낫습니다'라는 말을 하려다 그만둔 것 같았다.

다섯째 숙부가 주변 반응은 개의치 않고 초탈한 모습으로 고개를 흔들었다.

"이미 마음을 정했다. 몇 달 지나고 날이 좀 선선해지면 정적이 내외에게 경성 집을 맡기고, 나는 네 숙모와 사순이 모자를 데리고 정주에 갈까 한다."

이 말에 다들 화들짝 놀랐다.

성질이 급한 고정훤의 부인이 맨 먼저 입을 뗐다.

"정주라니요? 거긴 너무 멀지 않습니까? 숙부님께서 거기 가셔서 무얼 하시려고요?"

고정훤도 이 무슨 마른하늘에 날벼락 같은 소린가 하는 얼떨떨한 얼굴이었다. 고정엽은 말없이 가만히 있었고, 명란은 잠깐 생각하다가 조심스럽게 입을 뗐다.

"정주는 예부터 산수가 수려하고 학문이 발달한 곳으로 유명합니다. 특히 마니산摩尼山 서원은 천하의 명소라 불리고 있지요. 혹여 숙부님께서는……."

그곳은 과거 장 선생이 학문을 연마했던 곳이다.

다섯째 숙부가 고개를 끄덕이며 웃었다.

"사돈어른이 나보다 훨씬 훌륭하시구나. 아들도 하나 같이 출중한 데다 딸도 교양 있고 박식하게 키우셨으니."

그가 웃음기를 거두고 말을 이었다.

"오래전 동문수학한 지기 하나가 마니산 서원의 스승으로 있다더구나. 나도 거기로 갈 생각이다. 내 얄팍한 학식으로는 거인이나 진사를 배출하기엔 무리가 있겠지만, 아이는 잘 가르칠 수 있을 것 같아서 말이다. 게다가 거기 가면 사순이에게도 유능한 스승을 구해 줄 수 있으니 일거양득이지."

"하, 하지만 숙부님 연세도 있으신데……."

고정훤이 말을 더듬자 시종일관 침묵을 지키던 고정적이 입을 열었다.

"형님 말씀이 맞습니다. 아버지, 재고해주십시오."

"긴말 필요 없다."

다섯째 숙부가 웃으며 손사래를 쳤다.

"내 평생 이룬 게 아무것도 없다. 지금 하지 않으면 정말 헛된 삶이 될 것 같구나."

워낙에 깜짝 선언이었던 터라 모두가 할 말을 잃었다. 반면, 다섯째 숙부는 상당히 들뜬 기색이었다. 기분 좋게 말하는 모습이 십 년은 더 젊어진 듯 보였다.

바로 이때, 별안간 처량한 울음소리가 들려왔다. 유 이랑이 머리카락을 풀어헤친 채 문 앞에 기대어 눈물범벅이 되어 있었다.

"제발 저희 아들 좀 구해주십시오!"

추레하기 짝이 없는 모습이었으나, 그녀도 딱히 신경 쓰는 것 같지는 않았다.

"정병이가 큰 잘못을 저지른 건 맞습니다. 허나, 같은 조상 밑에서 태어난 자손이라는 점을 생각하시어 그 아이를 외면하지 말아 주세요!"

느닷없이 나타난 유 이랑을 보며 다들 어안이 벙벙했다. 다섯째 숙부는 유 이랑이 못마땅한 듯 눈살을 찌푸렸다.

"여기서 이런 추태를 보이다니, 얼른 일어나거라. 조카는 우리 고씨 집안의 자식이니 우리가 알아서 방법을 강구할 게야. 허나, 조카도 세상 물정 모르고 그리 날뛰었으니 더 고생을 해봐야 한다!"

갑자기 유 이랑이 고정엽에게 달려가 머리를 땅에 연거푸 박으며 읍소했다.

"정병이가 예전에는 세상 물정을 잘 몰라 녕원후께 죄를 지었습니다. 제발 돌아가신 후부 나리를 생각하시어 넓은 아량으로 그 아이를 용서하십시오!"

갑자기 후부 나리가 왜 나와? 고정병이 고언개 자식이라도 돼? 명란은 헛웃음이 날 뻔했다.

이리 생떼를 쓰는 것이 하루 이틀이 아니라 다들 듣기만 해도 진절머리가 날 지경이었다. 고정훤의 부인이 유 이랑을 내보내기 위해 사람을 부르려는 순간, 고정엽이 싸늘한 목소리로 일갈했다.

"다섯째 숙부님, 우리 집안에서 언제부터 아랫것들이 이리 당당하게 말을 할 수 있게 된 겁니까?"

유 이랑은 시집온 첫날부터 넷째 숙부의 총애를 받았기에 집안사람들 모두 그녀에게 함부로 대하지 못했다. 재취로 들인 넷째 숙모 역시 그녀에게 적잖이 괴롭힘을 당했다. 유 이랑으로서는 이런 대접이 처음이기에 그대로 온몸이 굳어버렸다.

"정병 형님의 조처는 다섯째 숙부와 우리 형제들이 알아서 할 것인데 네가 무슨 상관이냐? 넷째 숙부의 총애를 받았다고 어디 감히 여길 들어와 본데없이 구는 것이야!"

고정엽은 살얼음처럼 차가운 눈빛으로 넷째 숙모를 힐끗 살폈다.

유 이랑은 머리끝까지 치솟은 분노에 곧 쓰러질 듯 비틀댔지만 여기서 그만둘 수는 없었다. 유 이랑은 아예 바닥에 철퍼덕 주저앉아 대성통곡하기 시작했다.

"제가 비록 비천한 신분이나 어쨌든 이 집에 들어와 삼십 년이나 지냈습니다. 고씨 가문을 위해 자식도 낳았고요. 나리께서 돌아가시지도 않았는데 절 이리도 박대하다니요! 정말 살고 싶지 않습니다. 죽는 게 낫겠어요……!"

고정훤의 부인이 더는 못 봐주겠다 싶어 얼른 사람을 불렀다.

이때 넷째 숙모가 벌떡 일어나더니 이죽대기 시작했다.

"네 그 귀한 아드님께서 위로는 국법을 어기고 아래로는 불효를 저질렀다. 이럴 바에야 차라리 안 낳는 것이 낫지 않았겠느냐! 그 고얀 놈은 지금껏 끊임없이 분란만 일으켰느니라. 어떠냐?! 이래도 우리가 너한테 고맙다고 인사하기를 바라는 거냐?! 다시금 발칙하게 입을 놀렸다간 녕원후께 말씀드려 정병이를 아예 가문에서 축출할 테니 그리 알게!"

이 말에 자리에 있던 사람들 모두 깜짝 놀랐다. 평소 온화하고 인자한 넷째 숙모가 이런 말을 다 하다니! 하지만 효과는 제대로였다. 유 이랑은 울음을 뚝 그치고 온몸이 마비된 듯 가만히 떨고만 있었다.

고정병의 부인은 심상찮은 분위기에 얼른 일어나 고정훤의 부인에게 매달리기 시작했다.

"형님, 어쩜 우릴 이리도 궁지로 모십니까? 상공이 외지에서 비명횡사하도록 방관하시다가 아버님도 돌아가시고 나면 우릴 더 푸대접하실 요량이십니까?!"

이때 고정엽이 나섰다.

"정병 형님의 일은 제가 나서겠습니다."

고정병의 부인이 눈물도 닦지 않은 채 반색하며 물었다.

"진심이세요?!"

"그 전에 듣기 거북한 말씀부터 좀 드려야겠습니다. 정병 형님은 죄인의 몸으로 양민을 때려죽였습니다. 뒷배가 아무리 두둑해도 십수 년의 형벌을 피할 순 없지요. 이보다 처벌을 더 낮추고 싶거든 다른 사람을 찾아보십시오."

고정엽은 태연하게 말을 이었다.

"형님이 또다시 사고를 치는 날엔 옥황상제가 온다 해도 구할 수 없을 겁니다. 제 생각엔 옆에서 보살피고 단속도 하고 주의도 줄 수 있는 사람을 서북으로 보내는 게 좋을 듯합니다."

고정엽이 돕겠다는 말에 다들 놀라거나 기쁨을 표했다. 그러나 십수 년을 그곳에서 고정병과 함께 지내야 한다는 말이 나오자 모든 시선이 유 이랑과 고정병의 부인에게 향했다. 쏟아지는 시선에 두 사람은 오싹한 기분마저 들었다.

고정병의 부인은 방금 보여 준 기세는 어디 갔는지 한층 수그러진 태도로 말했다.

"장손은 아버지와 같다고 하였습니다. 저희 상공도 큰아주버님 말씀은 잘 들으니, 아주버님께서 가시는 게 어떨지요?"

고정훤의 부인은 하마터면 실소가 터질 뻔했다. 그녀가 성큼 앞으로 나왔다.

"동서, 양심에 손을 얹고 생각해보게! 아버님, 어머님 모두 연세도 많으신 데다 아버님은 지금 병환으로 위독하시네. 집에 아녀자와 아이만 남겨 두고 자네 아주버님까지 서북으로 가면 우리 집안은 누가 관리하는가? 부부는 일심동체이고 아버님, 어머님도 우리가 모시고 있으니 동서야말로 짐을 꾸려 서북으로 가게!"

고정병의 부인이 파리해진 얼굴로 연신 손사래를 쳤다.

"아이가 아직 어리잖습니까. 서북은 궁벽한 데다 사는 것도 불편하지요. 어떻게 거기서 살겠어요. 좋은 스승을 구하기도 어려워 아이를 가르치는 데도 지장이 있을 겁니다."

"백 가지 선함 중에 효도가 으뜸이라 했지!"

넷째 숙모가 경멸하는 어조로 힐난했다.

"일품이든 이품이든 제아무리 지체 높은 고관대작도 효를 위해서라면 관직까지 포기하는 법이야. 네겐 공명이 중한 것이냐, 효가 중한 것이냐? 흥, 너처럼 법도도 모르는 어미가 자식을 잘도 가르치겠구나!"

그녀의 시선이 유 이랑에게 떨어졌다.

"이왕 이리된 것, 모자는 한마음이라지. 차라리 유 이랑도 함께 가는 게 어떠냐?"

유 이랑이 입술을 꽉 깨물고 대담하게 말했다.

"좋습니다! 제가 가지요. 정병이 아이도 데리고 가겠습니다. 하지만 이번에 가면 언제 다시 올지 모르니 가기 전에 분가부터 하는 게 어떻습니까?"

원래 넷째 숙부댁의 재산 관리는 고정병이 하였으나 유배당한 후 지난 2년 동안 고정훤 부부가 거의 도맡다시피 했다. 유 이랑은 그나마 자신이 자산 현황을 알고 있을 때 분가하고 싶었다. 시간이 더 지나면 이마저도 흐지부지해질 테니 분가할 때 불리해질 게 뻔했다.

"방자한 소리!"

넷째 숙모는 본때를 보이려는 듯 여느 때와는 다르게 기세를 높여 말했다.

"나리께서 빤히 살아 계시는데 감히 분가를 입에 올려?! 아예 죽으라고 제사를 지내지 그러느냐!"

다섯째 숙부도 호되게 질책했다.

"이런 고얀! 감히 네까짓 게 분가를 입에 올리다니! 삼 년 사이 분가를 두 번이나 하는 게 가당키나 한 일이냐! 고씨 가문이 세간에 손가락질당하게 하고 싶은 게로구나!"

넷째 숙모가 또 말했다.

“나리가 천수를 누리고 가시거든, 그때는 분가하고 싶으면 분가해도 좋다. 아니면 정병이가 돌아오거나 덕이(고정병의 장자)가 성인이 되면, 그때 내가 친히 분가 시켜 주지! 안 그랬다간…….”

넷째 숙모가 싸늘하게 웃으며 경멸이 담긴 눈빛으로 고정병의 부인을 슬쩍 쳐다보았다.

“아이가 아직 어리니 무언가를 결정할 능력은 없을 테고, 어미란 여자는 지아비와 고생을 함께하고 싶어하지 않으니, 재산을 나눠 줬다가 그 어미가 무얼 할지 어찌 알겠나?!”

대놓고 ‘외도’라는 단어만 안 썼을 뿐, 심히 듣기 거북한 말이었다. 고정병의 부인은 왈칵 울음을 터뜨렸고, 넷째 숙모는 그런 그녀를 차갑게 노려보았다. 그나마 추후라도 책잡히지 않게끔 노골적인 말은 삼간 것이다.

천성이 선한 고정훤이 안쓰러운 마음에 몇 마디 위로하려는데, 부인이 그의 옷자락을 잡아당기며 눈짓으로 만류했다. 고정병의 부인은 어찌하면 좋을지 몰라 하염없이 눈물만 쏟았고, 유 이랑은 바닥에 꿇어앉아 방 안의 사람들을 훑어보았다. 그녀는 조금씩 깨닫기 시작했다. 넷째 숙부가 쓰러진 순간부터 자신과 아들, 손자는 모두 천덕꾸러기 신세가 되었다는 사실을.

기세등등한 첩실로 반평생 넘게 떵떵거리며 살았는데 늙어서 고생할 생각을 하니 유 이랑도 막막하기 이를 데 없었다.

• • •

명란은 상황을 조용히 관망하고는 고정엽과 후부로 돌아왔다. 달이 이미 버드나무 꼭대기에 걸려 있는 시각이었다. 두 사람은 각자 옷을 갈아입고 목욕을 마친 다음 하인들을 물리고 문을 닫았다.

침상 머리맡에는 꽃문양이 조각된 협탁이 놓여 있었다. 본래 검은색이던 탁자는 노을빛 촛불에 은은한 암적색으로 물들어 있었다. 탁자 위에는 청화 백자 주전자가 놓여 있었다. 약간 위로 솟은 정교한 주전자 주둥이가 눈길을 끌었다. 은은하게 일렁이는 촛불 아래 크고 작은 그림자가 아른거렸다. 얇은 비단으로 만든 중의를 입고 침상 가장자리에 앉은 명란은 한참 동안 이 광경을 가만히 지켜보다 이윽고 고개를 들었다.

고정엽은 침상 머리맡에 반쯤 기대어 누워 있었다. 월백색의 능라비단으로 만든 품 넓은 장포가 침상 가장자리까지 펼쳐져 있었다. 그는 까맣고 긴 머리카락을 맨 가슴에 늘어뜨린 채 시선 회피용 책도 들지 않고 그녀를 물끄러미 바라보고 있었다.

명란은 궁금한 게 많은지 입술을 달싹이다 멈추기를 반복했다. 평소였다면 명란이 묻기 전에 고정엽이 먼저 설명해주었겠지만, 오늘은…… 고정엽도 그녀를 지켜볼 생각이었다.

그의 입가에는 흐릿한 조롱이 담겨 있었다. 사실은 자조에 가까운 미소였다.

명란은 물어볼까 말까 갈등하고 있었고, 고정엽은 그런 그녀를 조용히 지켜보며 기다렸다.

"언…… 언홍 언니는……."

명란은 호흡마저 가빠오는 것 같았다. 검은 그림자가 어른대는 장막

아래에서 심연을 닮은 남자의 눈동자가 자기를 옭아매는 듯했다.

“정병 아주버님과……?”

소름 끼치는 침묵이 길게 이어졌다.

그가 여유로운 모습을 걷어내고 암석처럼 차갑고 딱딱한 목소리로 말했다.

“정병 형님은 적어도 삼십 년은 못 돌아올 것이다.”

명란은 돌연 머리가 새하얘지면서 말까지 더듬었다.

“허나…… 어쩌다 그렇게 된 거죠?”

명란은 일찍이 수많은 후보자를 떠올려 보곤 했다. 응당 사랑을 빙자하는 색욕에 사로잡힌 사내일 거라 추측은 했지만 설마 권력과 돈에 눈이 먼 고정병일 줄이야?!

“은자 때문이지.”

고정엽은 묘하게 차분했다.

생각했던 것보다 더 추악한 이유라 명란은 가슴이 철렁했다. 심지어 어쩔 수 없는 상황에 떠밀려 저지른 것도 아니었다!

“당시 혼례를 치를 때 여가에서 혼수를 푸짐하게 챙겨 보냈다. 전답과 점포를 빼도 언홍이 수중에 최소 이만 냥이 넘는 은자가 있었지. 언홍이 죽고 나서 여가에 혼수를 돌려줄 때, 그 은자는 자취를 감췄더군. 물론 당시 상황에서 여가도 그 은자의 행방을 추궁할 수는 없었지.”

고정엽이 담담하게 말을 이었다.

“……정병 형님은 진즉에 그 혼수에 눈독을 들이고 있었을 거다. 다만 명분을 찾지 못했을 뿐이지. 내가 집을 나가고 다들 내가 돌아오지 않을 거라 말했으니 정병 형님의 마음이 더 동했을 게다.”

“허나 그 추악한 속셈은 너무 빨리 발각됐어. 그래서 겨우 은자만 챙기고 점포와 전답은 건드리지 못한 게지…….”

담백한 어투와는 달리 사건의 전말은 잔인했다.

명란은 가슴이 짓눌리듯 답답한 기분이 들었다.

“이 사실을…… 넷째 숙부님도 아시나요? 유 이랑은요?”

고정엽이 느릿느릿 말했다.

“처음부터 그들 모자가 획책한 것이다. 그러다가 거액의 은자가 수중에 떨어졌을 때는 숙부님도 아시게 되었지.”

“그런데도 가만히 계셨어요?”

명란은 치미는 분노에 말하기도 힘들었다.

고정엽은 자조 섞인 얼굴로 가만히 미소만 지었다.

한 가지 생각이 뇌리에 스친 명란이 불쑥 물었다.

“숙부님의 병환은 나리와 관련이 있는 건가요?”

“있을 수도 있고, 없을 수도 있단다.”

남자는 웃는 듯 마는 듯했다.

“나는 그저 사람을 시켜 그 무뢰배들한테 말만 전했을 뿐이야. 나와 넷째 숙부는 분가하긴 했지만 여전히 한 가족이니 대접을 소홀히 하지 말라고 말이다.”

한참 있다가 명란이 물었다.

“그럼 숙모님은요……. 어째서 나리를 도운 거죠?”

“날 도운 게 아니다. 자신과 딸을 도운 거지.”

“정형 아가씨의 혼사요……?!”

명란은 깜짝 놀랐다.

“정형이의 혼사도 내가 나서서 성사시킨 것이다.”

명란은 놀랍기도 하면서 걱정스러웠다. 고정엽이 그런 그녀를 보며 말했다.

"안심하거라. 괜찮은 집안이니까. 분가한 후 숙부댁의 사정을 감안하면 정형이에겐 과분한 집안이다."

이것으로 오늘 넷째 숙모의 태도가 여느 때와 달랐던 이유가 설명되었다.

"정형 아가씨는 곧 출가할 텐데 그럼 나리께서는…… 숙부님은……."

명란은 급한 마음에 말이 정리되지 않았다.

고정엽이 미간을 살짝 찌푸렸다.

"하긴 예상치 못한 상황이 벌어지고 있구나. 숙부님이 숨이 붙어 있어 다행이긴 하나 참으로 황당한 일이다."

원래 계획은 고정형이 출가한 후 넷째 숙부가 오래 묵은 '병'으로 쓰러지는 것이었다. 그런데 그 색마가 나이는 생각도 않고 너무 쉬지 않고 달리는 바람에 예상보다 빨리 쓰러져 버렸다.

"정형이가 출가해야 숙모님이 숙부님의 '병시중'에 신경 쓸 수 있겠구나 생각했는데 말이야."

그가 재미있다는 듯 웃었다.

명란은 잘 알고 있었다. 중풍처럼 십수 년을 끄는 질환이라면, 넷째 숙부는 아마 죽을 때까지 영영 회복할 수 없으리란 것을.

오늘 보니 고정훤 내외가 처음부터 상황을 파악하고 있지는 않았던 것 같았다. 그러나 사태가 진전되면서 고정훤의 부인은 문제의 핵심을 재빨리 파악했으리라. 일단 넷째 숙부가 거동을 못 하게 되면 넷째 숙부댁의 가장 큰어른은 넷째 숙모가 된다. 고정훤 내외가 고정병 내외를 완전히 제압하고 싶다면 넷째 숙모와 힘을 합쳐야 가능했다.

오랫동안 아버지의 총애를 받아온 유 이랑에게 손을 쓰기에는 아들로서 부담이 컸지만, 정실부인은 달랐다. 서자 동생은 서북에 있으니, 형과 형수가 외로운 동서와 아이를 살뜰히 돌봐 주어야 한다. 그러나 넷째 숙모는 어른으로서 훈계할 수 있다. 반대로 아들이 없는 넷째 숙모와 출가한 정형도 고정훤 내외의 도움이 필요하기는 마찬가지였다.

한마디로 양쪽 모두에게 이득이 되는 장사였다.

그때가 되면 넷째 숙모는 넷째 숙부를 자기 뜻대로 '돌봐줄 수 있다'. 더욱이 오늘 고정병 부인의 약점까지 잡았으니 그녀가 조금이라도 방자하게 굴면 서북에 있는 남편에게 보내면 된다. 유 이랑은…… 아들도 없고 남편도 중풍에 걸렸으니, 넷째 숙모로서는 더할 나위 없는 화풀이 대상이 생긴 셈이었다.

명란은 순간 무서움을 느꼈다.

"서북에서 별일 없겠죠? 만약 당신이 한 짓인 걸 알게 되면……."

"내가 뭘 했다는 것이냐?"

고정엽이 하하 웃었다.

"정병 형님이 서북으로 유배 갈 때 정훤 형님이 하인 네 명과 어멈 두 명을 함께 보냈고, 난 호위만 두 명 딸려 보냈다. 종종 서북에 사람을 보내 하인과 어멈들에게 성심성의껏 시중들라고 당부했고. 주인 말을 잘 듣고 편히 지내도록 잘 보필한다면, 나중에 큰 상을 내리겠다는 말과 함께 말이야. 그리고 두 호위에게는 서북의 민심이 흉흉하니 주인이 다치지 않도록 잘 지키라고 했다. 내가 한 건 그것뿐이야."

명란은 멍하니 고정엽을 바라보았다.

맞다. 고정엽은 분명 아무것도 하지 않았을 것이다. 그는 일단 사람의 성격을 파악하고 거기에 딱 맞는 덫을 놓는 사람이니까.

넷째 숙부는 여색을 밝히고 사리 분별에도 어두운 멍청한 사람이었고, 주변에도 비슷비슷한 수준의 사람들만 득실댔다. 고정엽이 그런 말을 흘린 후부터 그들은 녕원후의 환심을 사기 위해 가장 좋은 것들을 넷째 숙부에게 바쳐댔다. 그렇다고 그가 그런 당부를 전한 게 잘못된 것은 아니지 않은가?

일단 넷째 숙모도 이 연극에 합류한 이상 고정엽의 생각에 따를 수밖에 없고, 또 아무 소리도 못 할 것이다. 겉으로 봤을 때, 고정엽은 그저 사촌 오라비로서 동생에게 좋은 혼처를 찾아 주었을 뿐 그 이상도 이하도 아니니까.

고정엽은 고정병을 잘 알고 있었다. 그는 여자와 돈을 좋아하는 탐욕스러운 소인배였다. 그런 그에게 목숨의 위협이 없고 쾌적한 생활을 위해 시중드는 사람까지 옆에 있다면, 과연 그가 얌전히 유배소에만 있겠는가?

절대 그럴 리 없다! 경성에 있었을 때 고정병의 행실을 보라. 남의 조상이 남긴 유산을 뺏고 남의 장사에 눈독 들이고 심지어 남의 목숨까지 앗아갔다. 이런 인간이 서북에서 정신을 차린다?! 개가 똥을 참지! 천성은 바뀌기 어려운 것이다. 게다가 대단한 실력을 자랑하는 호위무사 두 명까지 있으니, 자기가 남을 때릴 순 있어도 남한테 맞을 일은 없을 것이다. 그러니 더더욱 눈에 뵈는 게 없어 제멋대로 굴었을 것이다.

덫은 이미 다 짜여 있었다. 고정엽은 그럴듯한 말을 흘리며 원하는 결과를 기다리기만 하면 됐던 것이다.

"내가 한참 어려웠던 그때 그 사람들은 혈육인 나를 모욕하고 괴롭혔지. 지금 그 인과응보를 받는 것이다."

고정엽의 얼굴에 그림자가 드리워졌다. 눈에서 감출 수 없는 독기가 흘러나왔다.

사람을 죽이는 것은 머리가 땅바닥에 떨어지면 그만이지만, 고정엽이 겪은 것은 크나큰 치욕이자 가족의 배신이었다. 명란은 그때 고정엽이 느낀 모멸감과 슬픔, 분노를 상상할 수조차 없었다.

눈앞에 있는 이 남자는 지금까지 참고 인내한 것이었다. 넷째 숙부가 자신에게 어떤 짓을 저질렀는지 알면서도 지난 2, 3년 동안 조금도 내색하지 않은 채 암암리에 계획하고 준비했다. 명란은 그의 치밀함에 등골이 서늘해져 이불을 안고 부들부들 떨었다.

"저, 저는, 한 번도……."

고정엽이 그녀의 턱을 감싸 쥐었다.

고정엽이 허리를 숙이고 그녀의 얼굴을 들어 올렸다. 명란의 얼굴에 그의 그림자가 아른거렸다.

"내게 시집온 후 넌 여태 잘해 왔다. 넌 배려심도 있고 꼼꼼하고 영리한 사람이니까. 네가 할 일은 한 치의 모자람 없이 다 해냈고, 묻지 말아야 할 일이나 내 심기를 건드릴 만한 일은 아무것도 묻지 않았지."

어둠 속에 비친 그의 음산한 눈빛을 보며 명란은 알 수 없는 두려움을 느꼈다.

"얼마나 많은 어려움이 닥치든 넌 늘 혼자 고민하지. 아무리 궁금해도 절대 먼저 묻지 않아. 언홍의 일도 그래. 가슴에 묻어 둔 지 얼마나 됐지? 말해보거라. 네가 단이를 낳은 그날, 그런 끔찍한 일을 당해 놓고는 깨어났을 때 여전히 아무것도 물어보지 않았다……. 내가 난처할까봐 그랬겠지. 그런데 나한테는 이 세상에서 너와 단이보다 더 소중한 건 없어. 그러니 좀 난처하면 어떠냐?"

숨이 무겁게 차올랐다. 그는 점점 화를 억제할 수가 없었다.

"지난 몇 년간 네가 하고 싶은 게 있다면, 네가 알고 싶은 게 있다면, 그게 무엇이든 네게 모두 맞춰 주고 말해주었다. 하지만 넌 그래도 늘 불안해했지. 내게 선을 긋고 경계하고 남몰래 내 속마음을 살폈어. 작은 행동 하나 절대로 실수하지 않으려고 노력하고 또 노력했지. 그래 맞다. 내가 정말 훌륭한 부인을 둔 게지!"

그가 침상을 주먹으로 쾅 내리쳤다. 천지가 요동치는 듯한 느낌에 명란의 눈가에 눈물이 그렁그렁 맺혔다.

놀란 토끼 눈을 하고 하염없이 눈물을 흘리는 그녀를 보며, 고정엽은 그제야 냉정을 되찾았다. 그가 명란의 눈물을 닦아주고는 이불에 싸인 그녀를 그대로 힘껏 껴안았다.

명란이 고개를 옆으로 살짝 들어 올리자 고정엽의 옆모습이 보였다. 굳은 오른뺨이 툭 튀어나와 있는 것이 이를 악물고 있는 것 같았다.

제187화

세상 이치
: 한 걸음 내디딜 때도 조심스럽게

다음 날부터 고정엽은 내서방에서 잠을 잤다. 명란은 그를 위해 묵묵히 옥으로 만든 돗자리와 이부자리를 준비했다. 감색 바탕에 갈황색 여치가 수놓인 얇은 모기장도 설치했고, 백옥 향로에 모기 퇴치용 쑥도 태웠다.

서방 곁채에 서서 말끔하게 정돈된 방 안을 바라보며 고정엽은 더 부아가 치밀었다.

엄밀히 말하자면, 이는 일반적인 부부싸움이 아니었다. 그저 한 사람이 혼자 씩씩대고 다른 사람이 조용히 듣다가 눈물을 쏟은 것에 불과했다. 그러나 결과는 일반적인 수순을 밟고 있었다. 부부싸움의 다음 단계인 냉전에 돌입한 것이다.

세상에서 가장 골치 아픈 문제는 바로 어떤 문제인지 알지만 해결 방법이 없는 것이다.

남편이 무서운 얼굴로 빚 독촉하듯 당장 진심을 보여달라는 통에 명란은 머리가 지끈거렸다.

고정엽이 평범한 남자였다면 명란은 한바탕 울어 젖히는 것으로 이 난관을 헤쳐 나갈 수 있었을 것이다. 그러나 그는 경험이 많고 사람을 파악하는 데 도가 튼 사람이었다. 지난 2년간 명란의 성격을 완벽하게 파악했을 것이므로 얄팍한 수에 쉬이 넘어갈 리 없었다.

명란이 지금 당장 고통스러운 표정을 지으며 그에게 달려가 "제가 잘못했어요. 용서해주세요. 사실 저도 당신을 무척 사랑하고 있어요."라고 말한들 과연 그가 눈이나 깜빡하겠는가?

명란은 그날 밤 고정엽이 한 말의 속뜻을 알고 있었다. 그러나 부부는 세상에서 가장 친한 사이도, 가장 먼 사이도 될 수 있기에 모든 것을 시시콜콜 다 말할 수는 없는 법이다. 만약 그래야 한다면, "실은 저는 시공을 초월해 이곳에 온 사람입니다."라는 고백부터 해야지 않겠는가. 최근 들어 편안한 일상의 연속이었던 터라 예전처럼 주변을 세심하게 살피지 못했다. 그러다 남편의 마음을 살피는 일까지 소홀했으니 이건 명백한 실책이었다.

그녀는 깊이 반성했다.

한 사람은 상대방이 근본적인 문제를 깨닫고 자신을 진심으로 대하기를 바랐으니, 이는 감정의 문제였다.

다른 한 사람은 감정에는 문제가 없고, 다만 방식에서 비롯된 실수라 전략을 바꿔야 했으니, 이는 기술의 문제였다.

전자는 아내에게서 진심이 보이지 않아 그녀가 늘 꼼수를 부린다고 생각했다. 후자는 남편이 워낙 복잡한 사람이라 평탄하게 생활하는 것만으로 만족했다.

대체 진심 따위가 뭐라고 저러는지. 밥 먹여주는 것도 아닌데…….

고정엽은 자발적으로 돌아올 마음이 없었다. 해결 방법을 찾지 못한 명란은 평소처럼 살림하고 아이를 돌보는 일밖에 할 수 없었다. 부부는 숨 막히는 침묵 속에서 마주 앉아 식사했고, 남자의 낯빛이 너무 어두워 밥맛까지 떨어지는 날이면 명란은 아예 끼니를 다시 챙겨 먹었다.

시간이 지나면서 명란은 무감각하게 이런 생활도 딱히 나쁠 건 없다는 생각이 들었다. 아이를 몇 명 더 낳으면 다 괜찮아지리라. 안타깝게도 남자가 자러 오지 않는 것이 흠이지만.

상황이 이렇게 흘러가자 고정엽의 화는 눈덩이처럼 커져만 갔고, 점점 더 침소로 돌아가는 걸 꺼리게 되었다. 그러나 아들은 그리웠기에 밤이 되면 아들을 데리고 내서방에 가서 자는 날이 많아졌다. 이제는 아이를 달래고 재우는 기술까지 터득하여 딱히 힘들 것도 없었다.

고정엽은 늦게 귀가하는 날이면 한밤중에 비몽사몽 한 명란을 밀어내고 이불에서 단이를 안아 올려 데려갔다. 그럴 때마다 명란은 잠에서 깨었다가 결국 밤새 잠을 이루지 못했다. 다음 날 아침 일찍 조회가 있을 경우엔 캄캄한 방으로 들어와 아들을 그녀 옆에 눕히고는 집을 나서는데, 이럴 때면 명란은 곤히 자는 단이를 안고 날이 밝을 때까지 뜬눈으로 지새웠다.

단이가 초저녁에는 어머니와 자고 늦은 밤에는 아버지와 자는 생활이 이어졌다. 눈이 감겨 있을 때는 아버지와 함께 있고, 눈을 뜨고 있을 때는 어머니와 함께 있는 것이 단이로서는 그리 불편할 게 없었다. 이따금 한밤중에 깰 때면, 고정엽과 한바탕 신나게 놀고 까무룩 잠이 들어 아침까지 세상모르게 잤다. 얼마 전에 깎은 아들의 머리를 매만지며 명란은 무기력하게 한숨을 내쉬었다.

이 녀석아, 네 아버지가 요새 밤만 되면 이 어미한테 복수하는 걸 알고는 있는 거냐?

부부가 냉전 중인 가운데 저택 안에서도 소소한 일들이 벌어졌다.

냉전 3일째. 추랑이 불순한 목적으로 제비집 요리를 들고 서방으로 가서 고정엽을 '살폈다.' 그러나 무슨 말을 했는지 오히려 고정엽이 역정을 내며 제비집 그릇을 밖으로 던져 버렸다. 추랑은 자기 방으로 돌아와 속상한 마음에 서럽게 울었다.

냉전 5일째. 취미가 어멈 하나와 그녀의 수양딸에게 벌을 내렸다. 어멈은 장원에 있는 채환에게 물건을 가져다주는 사람이었다. 두 사람은 곤장을 스무 대씩 맞은 후 장원으로 쫓겨났다.

냉전 8일째. 왕 씨의 친정 식구가 경성에 왔다.

외숙부는 지방관으로 외지에서 수년을 보냈다. 이제 임기를 다 채우고 곧 경성으로 돌아올 참이었는데, 그 전에 가솔들을 먼저 보낸 것이다. 왕 씨는 그간 친정 식구들을 무척 그리워했기에 일찍부터 명란에게 언질해 두었다. 왕 노대부인의 거처 문제가 정리되는 대로 다 같이 뵈러 가자고 한 것이다. 명란은 곤란한 얼굴로 한참 머뭇거리다가 어쩔 수 없이 고정엽에게 더듬거리며 말을 뱉었다. 그를 보는 눈빛에는 간절함이 담겨 있었다.

고정엽이 짐짓 담담한 척하며 말했다.

"그날 집에 일찍 오도록 하마. 단이는 아직 어리니 집에 두고 우리만 가는 거로 하자꾸나."

"감사합니다, 나리."

명란은 그 말을 기다렸다. 처음부터 단이를 두고 가고 싶었지만, 왠지 나쁜 엄마가 되는 듯하여 내심 고정엽이 말해주길 바랐던 것이다. 명란은 생각할수록 신이 나서 고정엽의 팔을 안고 머리를 기대고는 애교를 부렸다.

고정엽은 한참 그녀를 보다가 고개를 돌린 후 속으로 한숨을 쉬었다. 명란은 마치 아이 같았다. 진심으로 잘못을 인정하고 순순히 벌도 받는다. 귀엽고 착하고 말도 잘 듣지만, 정작 그녀는 자기가 무엇을 잘못했는지 몰랐고 심지어 고칠 생각도 없었다.

제 어깨에 기댄 명란에게서 부드럽고 그윽한 꽃향기가 풍겼다. 꽃처럼 아름다운 명란의 웃는 얼굴에 그의 기분도 덩달아 좋아졌다. 고정엽은 자기도 모르게 팔을 뻗어 그녀의 허리를 감쌌고, 이때 문득 싱거운 생각이 들었다.

'이것도 나쁘지는 않군. 그냥 이렇게 지내는 거지. 일일이 진심을 따질 필요가 뭐 있겠나.'

며칠이 지났다. 명란은 늘 그랬듯 소 씨에게 함께 가자고 청했고, 소 씨도 늘 그랬듯 겸허하게 웃으며 고개를 가로저었다.

"서방님과 가게. 난 애들이 학당에서 돌아오면 같이 식사를 하겠네."

고 태부인 옆에서 숨죽이고 살던 게 습관이 되어서인지, 형제 사이의 원한을 잘 알고 있어서인지 소 씨는 징원에서 분수를 지키며 살았다. 젊은 과부는 세간의 입에 오르내리기가 쉽기에 평소에도 친정집을 제외하고는 집 안에 틀어박혀 바깥출입을 삼갔다. 거기다 명란이 해산할 때 수수방관한 전과도 있었으니, 소 씨는 고정엽 내외를 보는 것이 거북했고 그래서 더더욱 몸을 낮추고 조심스럽게 행동했다.

명란이 탄식하고는 부드러운 목소리로 말했다.

"그럼 아이들은 형님께 맡기겠습니다."

사실 명란은 그녀를 원망하지 않았다. 세상에 이타적인 사람이 몇이나 되겠는가? 대다수는 자기 안위부터 걱정하기 마련이다.

귀가한 고정엽이 조복을 벗었다. 명란은 각별히 그에게 은은한 해당화 자수가 놓인 촉금 도포를 골라주었고, 자신도 정성 들여 화장하고 우아하게 치장하여 남편과 함께 집을 나섰다.

왕씨 가문의 고택은 크진 않지만, 성가보다 좋은 위치에 자리해 있었다. 황성과도 마차로 반 시진밖에 걸리지 않아 무척 가까웠다. 문 앞에서 오랫동안 목을 빼고 기다리던 노복이 마차에 달린 휘장을 보고는 녕원후임을 알아보고 냉큼 명란 내외를 맞아 안으로 안내했다.

안으로 들어가자 이미 성가 사람들이 모여 있었다. 성 노대부인은 백발이 성성한 노부인 옆에 앉아 있었고, 성굉은 공손한 자세로 옆에 선 채 함박웃음을 지으며 대화를 나누고 있었다. 주변은 앉아 있는 사람, 서 있는 사람들로 빼곡히 차 있었다.

고정엽 내외가 앞으로 가서 절을 올리자 노부인이 얼른 손을 뻗어 두 사람을 일으켜 세웠다. 성 노대부인이 흐뭇하게 웃으며 말했다.

"사돈, 우리 명란이는 처음 보시지요."

한쪽에 선 왕 씨가 부자연스럽게 발을 옮겼다. 왕 노대부인은 왕 씨의 반응에 개의치 않고 명란을 옆으로 끌어당겨 찬찬히 살폈다.

"흠, 역시 단정한 아이로구나. 사돈이 참으로 복이 많습니다."

명란은 외갓집을 처음 방문한 거라 아는 사람이 하나도 없었다. 그녀는 고개를 돌려 자리에 있는 사람들의 면면을 살피기 시작했다. 왕 노대부인은 나이가 지긋해 보였지만, 오뚝한 콧날에 미간은 단정했으며 강부인과 똑 닮은 얼굴을 가지고 있었다. 소싯적에 미인으로 소문났을 법한 인상이었다. 이에 비하면 외숙모는 볼품없는 외모에 엄숙하고 심각한 표정을 하고 있었다.

외숙모의 아들은 이름이 왕우였고, 넙데데한 얼굴이 왕 씨와 상당히 닮긴 했으나 큼직큼직한 이목구비에 온화해 보이는 인상이었다. 또한,

이 자리에는 명란이 잘 알고 있는 사람, 왕씨 가문으로 시집간 강원아도 와 있었다.

강원아는 오만한 눈빛으로 곱게 치장한 명란의 모습을 찬찬히 뜯어보았다. 명란의 팔에는 청금석으로 만든 비취 팔찌 두 개가 걸려 있고, 머리에는 백옥에 금테를 두른 봉황 비녀가 꽂혀 있었다. 특히 봉황 비녀는 양지백옥이 일고여덟 개 달린 것을 금실로 장식한 것으로, 재료도 값비쌀뿐더러 무척 정밀한 수작업이 들어간 것이었다. 양 기름을 바른 백옥을 매미 날개처럼 얇게 연마한 것인데, 이는 이미 명맥이 끊긴 과거 왕조의 공예 기술이었다.

강원아는 무척 속이 쓰렸지만, 간신히 하고 싶은 말을 참았다.

명란이 그런 그녀를 무시한 채 강윤아를 보며 말했다.

"올케, 경성으로 돌아온 거예요?"

성장오는 정말 좋은 남편이라는 생각이 들었다. 어떤 핑계를 댔는진 모르겠지만 어쨌든 부인을 고향에서 데려왔으니까.

강윤아가 강 부인을 힐끔 보고 명란의 손을 잡더니 부끄럽다는 얼굴로 조용히 말했다.

"명란 아가씨, 전에 있었던 일은…… 모두 어머니 잘못이에요. 그러니까 아, 아가씨도 마음에 두지 마세요."

명란이 생긋 미소 지으며 화제를 돌렸다.

"오늘 장오 오라버니는 안 왔나요?"

강윤아가 대답했다.

"최근에 서쪽 외곽에 있는 군영으로 파견 나가서 보름마다 한 번씩 오세요."

강윤아는 명란이 자기 말에 대답하지 않는 것을 보고 명란의 화가 아직 풀리지 않았음을 깨달았다. 그러나 아무리 큰 잘못을 저질렀다고 한들 생모는 생모였다.

"여란 언니도 못 온대요."

명란은 윤아의 마음을 모르지 않았지만, 그녀 때문에 강 부인을 용서할 마음은 없었기에 말을 끊고 화제를 돌렸다.

"최근에 문가의 백부가 돌아가셔서 여란 언니도 시골에 문상을 하러 갔어요."

문염경의 지방관 파견은 거의 확정이었다. 그래서 요즘 여란은 시댁에 순종적이었다. 혹시나 일이 틀어져서 남편과 함께 가지 못할까 봐 염려해서다.

왕 노대부인이 고정엽을 보고는 부드럽게 말했다.

"녕원후를 외손녀 사위로 맞게 되다니, 이 무슨 복인가 싶네. 자넨 이제 우리 집안 사위이기도 한 걸세."

고정엽은 앉은 채로 몸을 옆으로 돌려 양손을 가볍게 맞잡았다.

"어르신께 인사드립니다."

왕 노대부인은 고정엽이 아까 성 노대부인에게는 '할머니'라고 해 놓고 자기한테는 '어르신'이라고 선을 긋는 것 같아 조금 불쾌한 기분이 들었다. 타인 취급한 것이 분명했기 때문이다. 그녀는 눈을 돌려 며느리와 시선을 마주친 후에 장녀의 얼굴을 보았다.

강 부인은 분노에 찬 얼굴로 서 있었다.

왕 노대부인은 속으로 탄식했다. 그녀는 장녀와 녕원후 사이에 갈등이 있다는 것을 눈치챘다. 이곳에 도착한 후부터 지금까지 명란과 녕원후가 단 한 번도 '이모님'이라는 말조차 입에 올리지 않았기 때문이다. 왕 노대부인은 도무지 자기 딸을 이해할 수 없었다. 피 한 방울 섞이지 않은 친척 간일수록 더더욱 예의를 차려야 하거늘, 그런 기본적인 예의도 보이지 않는데 녕원후가 굳이 먼저 강 부인에게 알은체할 필요가 있겠는가.

성굉이 싱글벙글한 얼굴로 물었다.

"외람되오나, 장모님, 형님은 언제 오십니까?"

성굉이 왕씨 집안에 혼담을 넣었을 때 다들 그를 탐탁지 않게 생각했다. 그러나 장모만은 그에게 자상하게 대해주었다. 너그럽고 선한 성품의 형님 역시 자신이 관직에 오른 지 얼마 되지 않았을 때 그를 살뜰하게 챙겨주었다.

왕 노대부인은 자애로운 얼굴로 자기 마음에 쏙 드는 사위를 바라보았다.

"늦으면 한 달, 빠르면 보름 뒤에 올 것이네. 그동안 처리했던 업무를 정확하게 인계한 후에야 돌아올 게야. 난 그저 식구들 보고 싶은 마음에 조금 일찍 온 게지. 사돈도 오랫동안 못 뵈었기도 하니 말일세."

성 노대부인이 웃으며 말했다.

"그러고 보니 장백이 내외도 곧 경성으로 돌아온다 합니다. 그때는 저희 집에서 일가족이 모여 식사하시지요."

외숙모가 눈빛을 반짝이며 관심 있게 물었다.

"장백이도 대단합니다. 젊은 나이에 벌써 한 고을의 어버이가 되다니요. 우리 우는 아직도 과거를 준비하고 있는데 말입니다. 아 참, 저번에 장백이 처가 회임했다고 하지 않았던가요? 아이는 낳았나요?"

성 노대부인이 더더욱 신이 난 기색으로 대답했다.

"삼월 초이튿 날에 해산했네. 모자 모두 건강하다네."

왕 씨도 신바람이 나서 자랑을 늘어놓았다.

"서신을 가져온 어멈들이 하나같이 아이가 튼실하다고 입을 모아요. 잘 먹고 잘 자고 힘도 세답니다. 가슴 쪽에 복점도 있는데, 그게 영특함과 부귀영화를 뜻한다지 뭡니까?!"

외숙모도 맞장구치듯 미소 지었다.

"사돈어른, 축하드립니다. 또 손자를 보셨네요. 집 안이 자손으로 꽉 차겠군요."

딱히 특정 인물을 겨냥한 말은 아니었지만, 강원아와 강 부인은 괜히 뜨끔한 마음에 좌불안석이 되었다.

이때 화란이 안으로 들어왔다. 화란이 말아 올린 소매를 내리면서 따라오는 아이들에게 말했다.

"간식도 먹었으니 얌전히 기다려야 한다."

화란은 고개를 들어 사람들을 보고는 방긋 웃었다.

"아, 명란아, 제부, 오셨어요?"

"언니, 오셨어요."

명란이 웃으며 앞으로 다가가 인사했다. 고정엽도 일어나 살짝 읍했다.

"그간 별고 없으셨습니까?"

"그럼요. 다 좋답니다."

명란이 일부러 기분 좋은 화제를 꺼냈다.

"몇 년 사이에 형부의 말 목장이 그렇게 잘된다면서요? 형부네 말을 기다리는 사람이 많다던데요?"

"에이, 뭘!"

화란이 손사래를 쳤지만 우쭐한 표정까지 숨기지는 못했다.

"요즘은 아침 일찍 나가면 밤늦게 돼야 돌아와. 집도 매일 찾아오는 사람 때문에 하루도 조용할 날이 없단다."

외숙모가 웃었다.

"오늘 일찍 온 이유가 있었구나. 사람들 피해서 온 거지?"

화란이 외숙모를 붙잡고 아양 떨 듯 웃으며 말했다.

"어머, 그래도 제가 일찍 와서 물건도 나르고 숙모님도 도왔잖아요. 공은 못 세웠지만 고생은 좀 했죠. 제가 품삯이라도 달라고 할까봐 이리 말씀하시는 거예요?"

외숙모가 인심 쓰는 척하며 말했다.

"알았다. 나중에 간식이나 좀 싸 주마."

화란이 입술을 앙다물고 고개를 돌리면서 웃었다.

"외할머니께서는 능력도 좋으세요. 어디서 외숙모 같은 며느리를 찾으셨어요? 쯧쯧, 살림을 이리 똑 부러지게 하시니 왕씨 가문이 나날이 번창할 수밖에요!"

방 안에 있던 여자들이 모두 박장대소를 터뜨렸다. 특히 왕 노대부인이 가장 즐거워하면서 화란을 가리켰다.

"요 망아지 같은 녀석! 어른을 놀리면 쓰나?! 네 아비한테 혼쭐을 좀 내라고 해야겠구나!"

남자들도 웃음을 참지 못했다. 성 노대부인, 왕 씨, 성굉이 모두 화란을 따뜻하게 바라보았다. 오로지 강 부인과 강원아 모녀만 안색이 어둡고 불안한 모습이었다. 장이가 혜아를 데리고 옆에 다소곳하게 섰고, 전이와 실이도 아장아장 걸어와 왕 노대부인에게 바짝 붙었다.

강 부인이 갑자기 고개를 돌려 명란을 보며 물었다.

"모처럼 가족이 모인 자린데, 어찌하여 단이는 데려오지 않았느냐?"

명란은 살짝 어안이 벙벙해졌다. 속으로는 강 부인이 끔찍하게 싫었지만, 겉으로는 난감한 표정을 지으며 고정엽을 보았다.

고정엽이 대신 대답했다.

"아이가 아직 어려서 데려오지 못했습니다. 아이가 크면 데려오도록 하지요."

강 부인이 냉소를 날렸고, 강윤아는 심상찮은 낌새에 모친의 소매를 잡아 끌었다. 그러나 강 부인은 멈출 생각이 없었다.

"하긴 녕원후의 공자시니 귀하기도 하겠지……."

"어느 집 아이가 귀하지 않겠느냐."

왕 노대부인이 돌연 그녀의 말을 잘랐다.

"돌도 안 지난 아이를 데려와 뭐 하겠어?"

왕 노대부인이 나지막하게 질책했다.

"너 역시 아이를 여럿 낳은 어미거늘, 어찌 이 같은 사정도 모르는 것이야!"

강 부인이 달갑지 않은 얼굴로 입을 다물었다.

명란은 뒤에 서서 싸늘한 눈으로 왕 노대부인을 바라보았다. 수년 동안 머나먼 타지에서 생활한 사람이 어찌 단이의 나이를 이토록 잘 알고 있는 거지?

점심을 먹은 뒤, 가족들이 하나둘 자리에서 일어나기 시작했다. 강 부인이 시어머니도 없으니 친정어머니와 며칠 더 묵겠다고 말하자, 강 부인의 남편은 바로 나가 버렸다. 왕 씨도 더 있고 싶었지만, 성굉이 재촉하는 바람에 자리를 털고 일어날 수밖에 없었다. 왕 노대부인은 오후에 좀 쉬어야겠다며 외숙모에게 가서 일 보라고 말한 다음 강 부인을 데리고 방으로 들어갔다. 하인들을 모두 내보내고, 두 사람은 비밀스러운 대화를 시작했다.

"너는 또 이러는 게냐! 대체 언제쯤 그 못된 버릇을 고칠 것이야!"

왕 노대부인이 탄식했다.

"녕원후 가세가 대단하다는 것은 너도 잘 알 게다. 그런데 왜 자꾸 명란이를 걸고넘어지는 게야?!"

강 부인이 가소롭다는 듯 입술을 삐죽 내밀었다.

"뭐 얼마나 대단하다고요. 기껏해야 미천한 첩년이 낳은……."

"닥치거라!"

왕 노대부인이 호통을 쳤다.

"그 아이의 출신이 어떻든 간에 지금은 너보다 지위가 높지 않으냐. 그러니 넌 마땅히 예의를 차리고 겸손하게 행동해야지. 계속 방자하게 굴다간 훗날 된통 당할 날이 올 게다!"

강 부인이 수긍할 수 없다는 듯 반박했다.

"그 아이가 지금이야 어리고 예뻐서 그렇지요. 허나 시간이 지나면 녕원후가 그 아일 총애하지 않는 날이 올 겝니다. 그럼 명란이 고것이 된통 당하겠죠! 허나……. 호호호, 그날도 머지않은 듯합니다. 얼마 전에 그 천한 것과 녕원후가 다퉜다지 뭡니까. 녕원후가 아예 서방에서 따로 잔다지요. 오늘도 보세요. 둘이 예전만 못하지 않았습니까……."

강 부인이 히죽거렸다.

왕 노대부인은 그런 것 따위야 신경 쓰지 않는다는 듯 그녀를 질책했다.

"내 얄팍한 수는 쓰지 말라 이르지 않았느냐? 그런 건 또 어디서 들은 게야? 설사 녕원후 내외가 예전만 못한 사이가 되었다 치자! 그렇다고 녕원후가 너와 친해지려 하겠느냐? 대체 뭐가 좋다고 희희낙락이야! 오늘 널 보는 녕원후의 눈빛을 못 보았느냐? 대체 무슨 짓을 했길래 그토록 경멸하는 눈빛으로 널 보는 것이냐?"

강 부인이 가볍게 웃었다. 고 태부인과 맺은 암약을 말할 수 없어 조금 안타까울 뿐이었다.

채환은 명란에게 벌을 받고 장원으로 쫓겨나기 전에 후부의 어멈 하나를 포섭했다. 이 어멈의 수양딸이 가희거 외원에서 청소를 담당하고 있었고, 채환은 그들로부터 정보를 얻는 대로 곧장 강 부인에게 알렸다. 하지만 애석하게도 한 차례 정보를 빼돌린 뒤, 채환은 장두에게 들키고 말았다.

이후, 이 소식줄은 끊어지고 말았다.

자기 주변에 아직도 염탐꾼이 있다고 의심한 명란이 미리 덫을 놓고 기다린 게 틀림없었다. 그렇지 않고서야 하필 지금 소식이 끊길 리 없었다.

왕 노대부인의 뇌리에 불현듯 한 가지 생각이 스쳐 지나갔다.

"듣자 하니 너희 집 서출 아이가 안양왕의 첩실로 들어간다는데 맞느냐? 안양왕은 올해 칠순이다. 한데 그 아이는 아직 스무 살도 채 되지 않았는데, 심한 처사가 아니냐?"

이번에는 강 부인도 진짜 웃음을 지었다.

"어머니, 이번에는 제가 아닙니다. 어머니의 귀한 사위가 안양왕께 잘 보이려고 고심하길래 저는 그저 의견만 낸 것뿐이지요."

"그 아이가 총애라도 얻어 네게 해코지하면 어쩌려고?"

강 부인이 의기양양하게 웃었다.

"그 아이 어미와 동생이 모두 제 수중에 있는데 뭐가 무섭겠습니까?"

"왜 이리 큰소리를 떵떵 치나 했더니 안양왕을 등에 업고 그러는 게로구나."

왕 노대부인은 자신의 채근이 딸에게는 씨알도 먹히지 않음을 깨닫자 포기한 듯 한숨을 쉬었다.

"됐다, 됐어. 나도 이제 늙었다. 더는 상관하지 않을 테니 네 일은 네가 알아서 잘 하거라. 허나, 원아에 대해서는 쓴소리를 좀 해야겠구나. 어쨌든 왕씨 가문의 후사와 관련된 일이니 말이야."

강 부인은 순간 가슴이 쪼그라들었다. 원아가 지금까지 회임하지 못해서 외숙모는 불만이 이래저래 많았다.

"어머니, 그래도 원아는 친손녀 아닙니까. 어찌하여……."

"우도 내 친손자다!"

왕 노대부인이 호통쳤다.

"……원아 그 아이는 지금 제 시어머니 머리 꼭대기에 앉으려고 해. 시아버지를 거역하고 내 시중드는 어멈에게까지 감히 손찌검을 했다. 미치지 않고서야 어디 감히! 외손녀만 아니었다면, 내가 지금까지 그 애를 가만 놔두었겠느냐?!"

왕 노대부인이 깊은 한숨을 쉬었다.

"일 년이다. 딱 일 년만 기다리마. 원아가 그때까지 회임하지 못하면 우에게 통방을 얻어 줄 것이다. 너도 불안해할 것 없다. 아이가 태어나면 원아 밑에 이름을 올릴 테니까."

강 부인이 날카롭게 소리쳤다.

"제부의 큰조카 부인도 오랫동안 아이를 가지지 못했는데 다들 기다려주지 않았습니까? 하여 지금은 아이도 낳았습니다……."

"그 집은 아들이 둘이니까!"

왕 노대부인이 단칼에 이유를 집어내고는 엄숙하고 간곡하게 말했다.

"우린 우밖에 없지 않으냐? 그 아인 몸도 약하니 괜스레 모험할 순 없어. 혹여 무슨 변고라도 생기면 내 어찌 돌아가신 네 아버지를 뵙겠느냐?"

강 부인이 날카로운 이로 입술을 힘껏 깨물고는 살벌한 어조로 으름장을 놓았다.

"알겠습니다. 일 년만 기다려주세요. 그때까지 아이를 갖지 못하면 통방을 들이지요. 단……."

강 부인은 제 친어머니를 차갑게 노려보며 말을 이었다.

"아이만 놔두고 통방은 내쫓아야 합니다!"

왕 노대부인이 흠칫 놀랐다. 그녀는 자기와 판박이인 딸을 보며, 다시 마음이 약해져 결국 천천히 고개를 끄덕이고 말았다.

• • •

후부로 돌아온 고정엽의 눈에 명란이 들뜬 표정을 지으며 황토로 빚은 항아리를 들고 들어오는 것이 보였다. 천진난만한 아이처럼 헤벌쭉한 얼굴을 보자 고정엽도 더는 냉담한 표정을 가장하지 못했다.

"승덕承德에서 가져온 특산품이라도 되는 것이냐? 뭐가 들었길래 그리 좋아하는 게냐?"

명란이 고개를 들고 활짝 웃었다.

"길상채요."

남자가 알아듣지 못하는 듯하자 명란이 보충 설명했다.

"고사리요."

"고사리를 좋아했더냐?"

고정엽이 놀라 물었다.

"저 말고 국구 부인 말이에요."

명란은 조심스레 유포를 풀고 항아리 안에 들어 있는 소금에 절인 여린 고사리를 보았다. 염수가 투명한 게 무척 깨끗해 보였다. 명란은 갑자기 외숙모에게 호감마저 생겼다. 아까 소도와 몇 가닥 맛을 봤는데 짜긴 해도 신선하고 깔끔한 맛이었다.

"보통 고사리는 햇빛에 말렸다가 물에 불린 다음에 조리해서 먹어요. 좋긴 한데 신선한 맛이 좀 떨어지죠. 그런데 이 고사리는 소금에 절인 것이긴 해도 캔 지 얼마 안 된 것처럼 신선하잖아요. 나중에 샘물로 소금기만 빼면 바로 먹을 수 있다고요."

고정엽은 방싯방싯 웃는 그녀의 얼굴을 보니 저절로 미소가 지어졌다.

"그리 말하니 나도 먹어보고 싶구나."

"두 항아리를 주셨으니 하나는 우리가 먹어요."

명란이 해맑게 말했다.

"어떻게 드시고 싶으세요? 제가 해드릴게요. 탕으로 먹어도 좋고, 볶아도 좋고. 아, 아니다, 그냥 바로 무쳐서 먹는 게 제일 맛있겠어요."

고정엽이 부드럽게 미소를 지었다.

명란은 낙천적이고 유쾌한 기질을 타고난 듯했다. 늘 건강한 마음가짐으로 생활하기에 제아무리 골치 아픈 일이 닥쳐도 가뿐히 뒤로 넘기고 새로 시작할 수 있는 것이다. 날마다 뜨는 태양이 희망을 상징하듯 언제나 다음 날 해가 뜰 때면 또 다른 행복이 자신을 기다릴 거라고 믿는 듯했다.

"내게 항아리를 주거라. 내가 다녀오마. 말 타고 가면 금방이니까."

고정엽은 불현듯 자기도 한층 젊어진 것 같은 기분이 들었다.

명란이 코를 찡긋거리며 개구지게 웃었다.

"그리 먼 거리도 아닌데요, 뭐. 남들이 들으면 웃겠습니다. 나리의 준

마는 일단 아껴 두세요. 지금은 시간이 좀 이르니 이따가 제가 마차를 타고 다녀올게요. 국구 부인과 얘기도 좀 하고요."

장 씨의 해산일도 곧 다가오고 있었다. 명란은 그녀가 좋아하는 음식도 챙겨 주고, 간 김에 얘기도 나누고 올 생각이었다. 그녀의 순산을 위해 출산 전 마지막 심리 상담이라도 해주면 예전에 영국공 부인께 여러 번 신세 진 것에 대한 약간의 보답이라도 되지 않을까 싶었다.

"빨리 갔다 오거라."

고정엽이 웃으며 말했다.

그녀가 고개를 힘껏 끄덕이며 웃었다.

"돌아와서 같이 저녁 먹어요."

해당화가 활짝 핀 정원, 남자는 회랑의 커다란 등나무 의자에 앉아 단이를 안아 어르며, 외출하는 그녀를 웃는 눈으로 배웅했다. 늘 그렇듯 그는 명란에게 화를 오래 낼 수가 없는 것이다.

그러나 그녀는 등불이 켜질 무렵에야 돌아왔다. 치맛자락에 떨어진 옅은 핏자국과 함께.

제188화

세상 이치
: 그녀는 여전히 어리다

국구부에 들어서자마자 느껴지는 예사롭지 않은 분위기에 명란은 저도 모르게 주춤했다. 명란은 일단 미소부터 머금고 말을 건넸다.

"얼마 전에 외숙모님이 고사리를 주셨네. 국구 부인께 드리려고 가져왔는데, 딱히 볼일이 있어서 온 것은 아니니 이것만 전하고 가겠네."

명란을 맞이한 사람은 장 씨가 시집올 때 데려온 어멈 중 하나로 성은 번 씨였다. 명란도 몇 번 본 적이 있어 낯이 익었다. 어멈 중에 제일 점잖고 믿음직스러운 사람이었다. 그런데 이날은 그녀의 눈가가 벌겋게 달아올라 있었다.

"녕원후 부인께서는 귀한 손님이십니다. 이렇게 가시면 나중에 마님께서 경을 치실 것입니다."

명란은 어쩔 수 없이 번씨 어멈을 따라 안으로 들어갔다.

"국구 부인께선 좀 어떤가? 몸은 좀 괜찮으신가?"

번씨 어멈이 꽉 잠긴 목소리로 말했다.

"조금 편찮으십니다."

번씨 어멈이 뜸을 들이다 덧붙였다.

"영국공 부인께서도 오셨습니다. 노복 하나가 국공 나리를 뫼시러 갔습니다. 쇤네는 밖에서 기다리고 있었던 참이었지요."

영국공도 온다고 하자 명란의 머릿속에서 비상벨이 세차게 울렸다. 그러나 어느새 장 씨 처소에 도착한 데다 여기까지 와서 그냥 나가는 것도 예의가 아닌지라 어쩔 수 없이 안으로 들어갈 수밖에 없었다. 명란은 속으로 운도 더럽게 없다고 신세 한탄을 했다. 이럴 줄 알았으면 고정엽더러 갔다 오라고 할 걸!

대청은 텅 비어 있었다. 번씨 어멈이 명란을 주실 서쪽에 있는 곁채로 안내했다. 계집종과 어멈들이 각자 물이나 대야를 들고 바삐 정원을 오가고 있었다. 하지만 이상하리만치 다들 아무 소리도 내지 않고 움직이고 있었다. 명란은 서쪽으로 쭉 걸어갔다. 방 안에 들어가기도 전에 문틈으로 말소리가 새어 나왔다. 간간이 낮게 흐느끼는 소리도 들렸다.

"……자네가 전처를 잊지 못하는 마음은 이해하네. 이걸로 자네를 탓할 순 없지. 십 년 넘게 부부로 지냈으니 얼마나 잊기 힘들겠나. 인지상정이라 생각하네."

영국공 부인의 목소리였다.

"허나, 내 딸도 중매인을 통해 자네와 정식으로 가약을 맺은 정실부인이네. 게다가 황상께서 직접 성지를 내리신 배필이기도 하고. 설마 우리 장씨 가문의 귀한 여식을 좋아해 줄 사람이 없어서 자네에게 시집보낸 줄 아는가?!"

남자의 목소리가 낮게 들렸다.

"장모님, 노여움을 푸십시오. 이번 일은 정말 우연히 일어난 사고였습니다……."

무척이나 난감한 상황에 명란은 고개를 돌려 번씨 어멈을 보며 말했다.

"오늘은 국구부에 일이 많은 듯하니 난 나중에 다시……."

말을 끝맺기도 전에 문가에 선 계집종이 문발을 걷고 아뢨다.

"녕원후 부인께서 오셨습니다."

거 참, LTE급 주둥일세! 명란은 남몰래 이를 꽉 깨물었다.

방 안이 갑자기 조용해졌다. 잠시 후 영국공 부인의 목소리가 들렸다.

"어서 안으로 모시거라."

명란이 눈을 딱 감고 안으로 들어갔다. 방은 이미 사람들로 꽉 차 있었다. 영국공 부인은 태사의에 앉아 손수건으로 연신 눈가를 훔치고 있었고, 국구이자 위북후인 심종흥은 어두운 얼굴로 옆에 시립해 있었다. 추이랑 역시 한쪽 구석에서 잔뜩 움츠린 채 낮게 흐느끼고 있었다.

명란을 본 심종흥이 힘없이 손을 흔들고는 겸연쩍어하며 겨우 한마디를 건넸다.

"제수씨, 오셨습니까."

명란이 얼른 영국공 부인에게 다가가 인사했다.

"영국공 부인, 인사 올립니다. 국구 나리, 인사 올립니다."

명란이 여러 차례 본 심종흥은 용모가 훌륭한 편이었다. 서른대여섯의 나이에 허리와 등이 꼿꼿했고, 체격도 건장했으며, 얼굴도 단정하고 남자다웠다. 그러나 오늘만큼은 침울한 잿빛 구름이 잔뜩 낀 모습이었다. 명란을 보는 그의 눈빛에는 왠지 안도감마저 느껴졌다. 나중에 알고 보니 명란이 오기 전까지 영국공 부인에게 한바탕 꾸지람을 듣던 중이라 그랬단다. 영국공 부인이 여러 번 통곡하고 사람들 앞에서 그를 혼내는 통에 심종흥은 낭패가 이만저만이 아니었던 것이다.

방 안 공기가 어색했다. 명란은 할 수 없이 먼저 입을 열었다.

"오늘 고사리 한 단지를 얻었답니다. 국구 부인이 좋아하던 게 생각나서 가져왔는데, 부인은…… 괜찮으신가요?"

자기가 생각해도 너무 바보 같은 질문이었다. 상황을 봐라. 괜찮을 리가 있겠는가?!

영국공 부인이 눈물을 떨궜다.

"역시 마음이 고운 사람이로군. 우리 딸을 이리 걱정해주다니 내 잊지 않겠네."

그녀가 갈라진 목소리로 말했다.

"계분이는…… 곧 아이를 낳을 거라네……."

사실 명란도 다소 예상한 바이긴 했으나 그래도 깜짝 놀랐다.

"아직 보름 넘게 남았잖습니까."

장풍의 아내 류 씨의 해산 예정일은 장 씨보다 보름 정도 빨랐다. 그런 류 씨도 아직 소식이 없는데 이 무슨.

이 말에 영국공 부인은 금세 피가 거꾸로 솟는 듯 눈빛마저 흉흉하게 변했다. 영국공 부인이 방 한구석에 웅크리고 있는 추 이랑을 죽일 듯이 노려보며, 손수건을 꽉 움켜쥐고 오열했다.

"불쌍한 내 딸이……."

심씨 집안은 식구가 단출했다. 어머니도, 형수도 없고, 방계 친척의 손위 여자 권속도 없었다. 지금 당장 영국공 부인이 슬피 울어도 심종흥은 감히 나서지 못하니, 이 공간에서 영국공 부인을 위로할 만한 사람은 눈 씻고 찾아봐도 없었다. 명란이 주변을 쓱 둘러보고는 하는 수없이 영국공 부인에게 다가가 부축하면서 살갑게 말했다.

"우선 진정하세요. 오늘 국구 부인이 애를 낳는데 부인의 어머니께서 잘 버텨 주셔야지요. 이럴 때일수록 침착하셔야 합니다."

영국공 부인은 명란의 말에 조금씩 울음을 멈췄다. 그녀가 명란에게 기대어 천천히 눈물을 닦았고, 심종흥은 한시름 덜었다는 표정이었다.

그러나 얼마 지나지 않아 어멈 하나가 온몸에 피를 묻힌 채 황망히 뛰어 들어왔다. 그녀가 털썩 무릎을 꿇더니 울면서 말했다.

"큰일 났습니다. 어서 와보십시오. 아가씨께서 위독하십니다……."

명란은 머리를 세게 얻어맞은 듯 충격에 휩싸였고, 영국공 부인은 그 길로 비칠대며 뛰쳐나갔다. 명란도 영국공 부인의 팔을 부축하고 있던 터라 얼떨결에 같이 나가게 됐다.

정원을 반쯤 가로지르자 상방 문이 보였다. 문밖은 계집종과 어멈들로 가득했고, 핏물이 가득 담긴 대야가 쉴 새 없이 밖으로 나오고 있었다. 영국공 부인은 물론이고, 심종흥도 가슴이 철렁 내려앉았다.

장 씨의 처소 안에서 희미한 신음소리가 새어 나왔다. 영국공 부인이 창가에 대고 큰소리로 외쳤다.

"계분아! 버텨야 한다……."

영국공 부인이 막 안으로 들어가려는 찰나, 똘똘하게 생긴 머슴아이 하나가 후다닥 뛰어왔다. 손에는 채찍을 쥐고 있었다. 머슴아이가 곧장 영국공 부인 앞에 있는 청석판 위에 무릎을 꿇고 크게 외쳤다.

"영국공 나리께서 도착하셨습니다!"

영국공 부인이 걸음을 멈추고 방을 향해 소리쳤다.

"아가! 아버지가 곧 오실 게다! 끝까지 버텨야 한다!"

장 씨가 이 말을 들었는지 신음이 잠시 잠잠해졌다. 그러나 또 얼마 안 있어 안에서 갑자기 어멈 하나가 다급하게 외치는 소리가 들려왔다.

"큰일 났어요! 빨리 수건을!"

이때 심장까지 파고들 정도로 날카로운 비명이 울려 퍼졌다.

"아버지, 소녀는 효도를 다했습니다!"

"나리!"

정원에서 무릎을 꿇고 있던 그 머슴아이가 갑자기 소리쳤다.

이에 사람들이 일제히 고개를 돌렸다. 거기에는 흙투성이 군장 차림으로 복도 기둥을 붙잡고 온몸을 부들부들 떨고 있는 노년의 남자가 있었다.

• • •

심청평은 참담한 얼굴이었다. 손수건을 너무 꽉 움켜쥔 나머지 손가락에 핏기가 보이지 않았다.

"올케가…… 정말 그렇게 말했어요?"

명란이 이마에 맺힌 식은땀을 닦고 지친 듯 힘없이 말했다.

"저도 그런 비명은 난생처음 들었어요. 집에 돌아가서도 한밤중까지 잠을 이루지 못할 정도였지요."

심청평이 깜짝 놀라 얼굴이 하얗게 질리자 명란이 그녀를 위로했다.

"어찌 되었든 아이도 잘 낳았고, 산모도 무사하잖아요. 너무 걱정하지 마세요."

어제는 아비규환 그 자체였다. 마지막에는 태의까지 불러들였고, 장씨는 저녁 무렵이 다 되어서야 아들을 낳았다. 여기까지 지켜본 명란은 한시름 놓고 얼른 집으로 돌아왔다. 명란은 고정엽을 보자마자 최악의 하루를 보냈다고 하소연부터 늘어놓았다. 내밀한 남의 가정사를 예기치 않게 조우하고 와서 마음이 편치 않은 그녀는 국구부에서 보고 들은 내용을 전부 그에게 털어놓았다. 그리고 난 뒤, 부부는 한참 동안 탄식했다.

명란은 장씨 집안의 가정사를 목도한 것이 영 께름칙했다. 설마 나를 죽여서 입막음하려 하진 않겠지?!

고정엽이 피식하고 웃더니 잠깐 생각하다가 입을 열었다.

"아무래도 장씨 가문이 이번 일을 크게 만들 것 같구나."

밤늦도록 잠을 이루지 못한 명란은 다음 날 늦게까지 잤다. 오후에 일어나보니 정 장군부에서 보낸 사람이 기다리고 있었다.

"건강했는데 갑자기 왜 그런 거래요?"

심청평도 어젯밤에 소식을 들었지만, 집안사람들이 말리는 바람에 가보지 못했다. 대신 어멈들을 보냈으나 무슨 연유인지 잘 모르겠다는 대답만 돌아왔다.

명란이 탄식했다.

"작은 일을 크게 만든 거죠."

장 씨가 회임한 후 의원이 열흘에 한 번씩 들러 진맥했다. 추 이랑은 매번 머리가 아프네, 다리가 아프네 하며 갖은 핑계로 그 의원을 한참 붙잡아 놓았다. 물론 결국에는 놔주었으므로 장 씨를 진맥하는 데 큰 지장을 주진 않았지만, 그래도 추 이랑은 장 씨 속을 뒤집는 것만으로도 기분이 상쾌했다.

장 씨는 워낙 냉담한 성격이기도 하고, 추 이랑과는 말 섞기도 귀찮아 잠자코 있었다. 대신 장 씨를 모시는 어멈이 오랫동안 화를 삭여야 했다.

어제는 아침 일찍 의원이 왔다. 추 이랑은 어김없이 꾀병을 부리며 의원을 붙잡아 두었다. 그런데 하필이면 이날 추 이랑의 큰오라버니 내외가 방문했다. 그 내외는 유명한 명의가 장 씨를 진맥하러 왔다는 사실을 알자 갑자기 말도 안 되는 고집을 부리기 시작했다. 의원을 붙잡고 머리부터 발끝까지 모조리 진맥을 봐달라고 조르며 귀한 약까지 지어달라고 억지를 쓴 것이다(물론 약값은 국구부에서 계산할 거라면서).

이렇게 반나절 이상 시간을 허비한 바람에, 어멈뿐만 아니라 장 씨도 슬슬 화가 나기 시작했다. 그동안 장 씨와 추 이랑이 암묵적으로 지켜오던 시간이 훨씬 지나 버렸다. 평소에는 잠시 붙잡아 두는 것이 전부였는데, 이번에는 너무 오래 걸리는 것이었다.

장 씨가 계집종을 추 이랑 처소로 보냈다. 그런데 한참 뒤에 울면서 돌아온 계집종이 토로하길, 추 이랑의 큰오라버니가 불경하다는 이유로 자기를 묶어 놓고 매질을 했다는 것이다. 결국 화가 난 장 씨는 사람들의 만류에도 불구하고 배를 받치고 직접 추 이랑 처소로 향했다.

큰오라버니 내외가 오만방자하게 굴면서 대놓고 장 씨를 난처하게 만들자, 장 씨도 분노가 치밀어 그들과 밀치락달치락하기 시작했다. 추 이랑은 상황이 심상치 않게 흘러가자 얼른 사태 수습에 나섰다. 이 와중에 장 씨가 밀려 넘어졌고, 순식간에 아수라장이 펼쳐졌다. 큰오라버니 내외는 이 틈을 타서 얼른 집으로 내뺐다.

명란이 사건의 내막을 이리 잘 알고 있는 이유는 따로 있었다. 어제 그녀는 갑작스러운 상황에 깜짝 놀라 다리에 힘이 풀려버렸다. 마음을 진정시키기 위해 한쪽에 앉아 차를 마시고 있다가 자세한 내용을 듣게 된 것이다.

"어째서 아이가 이리 빨리 나온 겐가?"

그때 명란은 고작 이 한마디를 툭 내뱉었을 뿐인데 옆에 있던 번씨 어멈이 전말을 소상히 들려주었고, 이 얘기를 들은 명란은 기함할 수밖에 없었다. 나중에 생각해보니 장 씨가 시집올 때 데려온 어멈이 이리 경솔

할 리가 없는데, 그녀가 이토록 소상히 얘기했다는 것은 장씨 가문도 이대로 넘어갈 생각은 없다는 뜻 같았다.

재미있는 일은 뒤에 있었다.

장 씨가 아이를 낳은 후 영국공 부인은 그녀를 위로하고 잠들 때까지 지켜보았다. 그러다가 불현듯 생각이 났는지 추 이랑을 호되게 꾸짖기 시작했다. 심종홍이 추 이랑을 감싸 주려 하자 영국공 부인이 곧장 사위에게 삿대질하며 '눈뜬장님이 따로 없다'며 야단쳤다.

이때, 어멈 하나가 느닷없이 무릎을 꿇고는 소리쳤다.

"나리, 추 이랑이 좋은 사람이라 여기십니까? 나리를 얼마나 오랫동안 기만해 왔는지 모릅니다."

그녀는 추 이랑을 가리키면서 추 이랑이 돌아가신 이전 마님의 아이를 위해 물속에 뛰어든 것은 모두 연극이라고 일러바쳤다. 실은 당시 추 이랑의 복중 태아는 건강하지 못했고, 의원도 태아의 생명을 지킬 수 없을 것이라고 말했다. 이를 알게 된 추씨 집안 식구들은 함께 머리를 싸맨 끝에 아예 연극을 하기로 결정해 그런 일을 벌인 것이었다. 그때 그 사건을 기점으로 심종홍은 추 이랑을 마음씨 착한 여인으로 기억하게 되었다.

추 이랑은 당연히 부인했다. 영국공 부인은 딸이 이미 조사를 통해 밝힌 사실이라며, 집안의 평안을 위해 함구하고 있었을 뿐이라고 반박했다. 사태가 극단으로 치닫자 영국공 부인도 이판사판으로 나왔다. 당시 추 이랑을 진맥한 의원, 물에 뛰어든 뒤에 그녀를 치료한 의원, 처방받은 탕약, 아이를 꼬드겨 연못가에서 놀게 한 어멈까지 모두 내세운 것이다.

영국공 부인이 증인과 물증을 내세워 추 이랑을 다그치던 그때, 명란은 재빨리 그 집에서 빠져나왔다.

심청평의 입술이 파르르 떨렸다.

"……추가가…… 감히 우릴 기만해?!"

명란이 위로하듯 그녀의 손을 토닥였다.

"부인께서도 돌아가신 올케를 생각해서 추씨 가문에 잘했던 거잖습니까. 부인 잘못이 아닙니다."

심청평은 한참 넋을 놓고 있다가 순식간에 안색이 바뀌더니 돌연 침상에 엎드려 통곡하기 시작했다. 명란이 깜짝 놀라 연유를 물었고, 이에 심청평이 눈물을 닦으며 울먹이는 목소리로 대답했다.

"……제가, 사실은 예전 올케 때문에 지금 올케를 미워하는 게 아닙니다! 추 이랑에게 잘해 준 이유는 따로 있어요……. 실은 제가 경성에 오기 전에 장씨 가문과 정씨 가문 사이에서 혼담이 오가고 있었어요. 그런데 선황제께서 갑자기 승하하신 바람에 혼사가 미뤄졌지요. 상…… 상공은 원래 올케와 혼인하기로 돼 있던 사람입니다!"

심청평은 얼굴이 빨개지도록 눈물을 쏟았다. 부끄러워 미칠 노릇이었다.

"……시집와 보니 시댁 어른도 모두 좋은 분이시고, 상공 역시 마찬가지였어요……. 올케의 불행한 생활이 생각날 때마다 마치 제가 도둑이라도 된 것처럼 무척 괴로웠지요……."

명란은 입이 딱 벌어졌고 머리도 뒤죽박죽이 되었다.

"부인도 참 너무하셨어요! 그러면 더 잘해 드렸어야지요!"

"저도 제가 잘못한 거 압니다! 앞으로는 올케한테 정말 잘할 겁니다……. 다시는 심술부리지도 않을 거고요……."

심청평은 우느라 말도 제대로 못 한 채 명란의 팔에 기대어 계속 눈물만 닦았다. 명란은 어쩔 수 없다는 얼굴로 그녀의 등을 토닥이며 한참 위로했고 덕분에 심청평도 조금씩 진정되었다.

이때 정 부인이 들어왔다. 탕약 사발을 든 어멈 둘이 뒤따랐다. 정 부인이 사발을 내려놓고 어멈들을 내보낸 후 심청평의 침상 옆에 앉아 다정하게 말을 건넸다.

"동서도 참, 말 안 듣고 기어이 물어봐서는 이 꼴이 뭔가? 이제 알았으니 걱정 말고, 마음에 담아 두지도 말게……. 눈물까지 흘린 걸 보니 아직 어린애로군……."

심청평이 정 부인의 품 안에 기대어 작게 말했다.

"신경 쓰이게 해서 죄송해요. 앞으로 건강 관리에 더 힘쓸게요."

"그래야지."

정 부인이 그녀의 머리를 쓰다듬었다. 그러고는 고개를 돌려 명란을 보고 웃으며 말했다.

"꼴사나운 모습을 보였군요."

명란은 연신 손사래를 치며 아니라고 대답했으나, 속으로는 핼쑥한 장 씨의 모습을 떠올리고 있었다. 아, 일이 꼬이지 않았다면 지금 저 품에 기댄 여자는 장 씨가 되었을 텐데.

집으로 돌아오자 이미 귀가한 고정엽이 등나무 의자에 앉아 단이와 놀고 있었다. 명란은 옷을 갈아입고 옆에 앉아 오늘 있었던 일을 조곤조곤 말해주었다. 얘기를 들은 고정엽이 고개를 절레절레 흔들었다.

"한바탕 난리를 치른 후에 영국공께서도 쓰러지셨다더구나. 오늘 조회에도 참석하지 못하셨지."

영국공은 적지 않은 나이임에도 황제의 신임을 얻기 위해 열심히 일해 왔다.

장 씨는 영국공 부부가 늘그막에 본 고명딸이라 애지중지 온갖 총애를 받으며 자랐다. 오죽하면 장 씨가 열일고여덟 살이 될 때까지 배필감도 고르지 못하고 있었겠는가. 그 귀한 딸을 심종흥에게 보낸 것은 순전히 어쩔 수 없어서였다. 어제 영국공은 외곽에 있는 군영에서 말을 타고 백 리나 되는 길을 쉼 없이 달려왔고, 딸의 처소에 들어가자마자 끔찍한 비명을 들었다. 거기에 연일 피로가 겹쳐 집으로 돌아와서는 기어이 병이나 몸져눕고 만 것이다.

"황상께서 태의를 보내셨다. 태의 말로는 영국공이 지난 며칠간 피로가 많이 쌓인 데다 액운도 겹친 탓에 피가 제대로 돌지 않아 문제가 생긴 거라 하더구나."

고정엽이 아들을 다리 위에 올려놓고 위아래로 흔들었다. 단이는 재미난 모양인지 함박웃음을 터뜨렸다. 통통한 팔을 벌려 아비의 목을 잡고 노는 아이 곁에서 명란은 손수건을 꺼내 이마에 맺힌 땀을 닦아주었다.

"황상께서 정무를 보신 후 황후의 침소를 찾으셨다. 그리고 두 시진 만에 국구부에 추 이랑의 봉호를 박탈한다는 의지懿旨[1]가 내려졌지. 이후 상궁까지 보내 추 이랑의 뺨을 쉰 대나 때리게 하셨다. 분수껏 살고 방자하게 굴지 말라고 하시면서 말이다."

명란이 짧게 숨을 내뱉었다.

"정 부인께 들었는데, 국부 나리께서 추 이랑을 가뒀다 합니다."

쉰 대나 맞았다면 얼굴이 남아 날 리가 없는데.

고정엽이 말했다.

"최근 황상께서는 병사 양성을 검토 중이시다. 그 일을 영국공께 맡기

---

1) 황후가 내리는 성지.

려고 하셨는데, 하필이면 이런 불미스러운 일이 생긴 게지. 그러니 황상께서 진노하지 않으실 리가 있나."

고정엽은 처음부터 심씨 집안이 추씨 집안을 후대하는 것이 못마땅했다. 은혜는 은혜이고 도리는 도리였다. 첩실을 정실부인보다 더 받들었으니, 이것부터 화를 자초한 꼴이었다. 전처에게 보답하고 싶다면 다른 방법도 얼마든지 있었을 텐데 하필 잘못된 길을 택한 바람에 추 이랑을 망치고 자기 자신까지 위험에 빠뜨리지 않았나? 심지어 전처의 아이까지 잘못될 뻔했다.

"궁에서 들은 얘긴데, 황상께서 황후마마까지 문책하신 것 같더군."

황궁 안팎에는 귀가 많았다. 특히 권력 있는 집안은 크든 작든 '귀'를 만들어 놓았고, 고정엽도 예외는 아니었다.

"돌아가신 부인이 그리 좋은 사람이었나요?"

명란은 문득 궁금한 마음이 들었다.

고정엽이 한숨을 쉬었다.

"어질고 현명한 여인이었지. 늘 진심으로 사람을 대했고, 마음이 훤히 비칠 만큼 투명한 사람이었다. 형수가 세상을 떠났을 때 심 형도 황천길까지 따라나설 뻔했지."

명란이 눈썹을 치켜세우며 비아냥거렸다.

"그런 사람치고는 잘 사는데요. 지금은 높은 자리까지 올랐고, 새로 아름다운 부인과 첩도 얻었잖아요."

그리 애틋했으면 끝까지 버티던가. 가문도 부귀영화도 다 제쳐 두고 남은 반평생 홀로 살았어야지. 흥! 죽고 못 사는 척은 누가 못해? 명란은 속으로 '심종흥이 재혼을 하지 않고 버틴다 해도 설마 황제가 그의 목이라도 베겠어?'라고 생각했다.

고정엽이 그녀를 지긋이 바라보았다. 작은 입술을 삐쭉 내밀고 미간을 약간 찌푸리는 것이 얼핏 비웃는 듯 보였다.

"정이 깊지만 인연이 얕으면, 늘 안타까운 일이 생기는 법이지……."

그가 감상에 젖은 채 말했다.

"정이 얕고 인연만 깊다면, 원수가 되겠지요."

명란이 곧장 반박했다.

고정엽이 돌연 눈을 부릅떴다.

"세상에는 정도 깊고 인연도 깊어 백년해로하는 부부도 많다!"

명란이 얼른 맞장구를 쳤다.

"맞아요, 맞아."

그녀는 이걸로도 부족했는지 애써 예시까지 들었다.

"여 각로 부부처럼 말이죠. 평생 서로를 아끼고 사랑하며 살잖아요."

고정엽은 기가 찬 듯 짙은 눈썹을 치켜세운 채 한참 명란을 바라보았다. 그러다가 금세 화를 풀고는 체념하듯 그녀의 앞머리를 매만졌다. 그는 철없는 두 모자를 품에 안으며 생각했다. '원수여도 평생 같이 살수만 있다면 무엇을 더 바라겠느냐.'라고.

• • •

지금 이 시각, 화해가 필요한 부부는 고정엽 내외뿐만이 아니었다.

국구부의 정방 곁채는 아이를 출산하면서 쏟은 피비린내가 진동했다. 영국공 부인은 침상 옆에 놓인 태사의에 조용히 앉아 있었다. 얼굴에 어제의 슬픔과 고통은 조금도 남아 있지 않았다.

"이번 일로 네 아버지가 쓰러지셨다. 네가 처신을 똑바로 하지 못하면,

장씨 가문에 먹칠하는 여식이 될 게야."
장 씨는 이제 막 깨끗한 옷으로 갈아입은 차였다. 그녀는 어머니에게 이런 말을 듣자 감히 말도 꺼내기 어려워 우물거렸다.
"어머니, 그렇게까지……."
"그렇게까지라 했느냐?!"
영국공 부인이 벌컥 성을 냈다. 영국공 부인이 침상 옆에서 어멈 품에 안긴 아기를 가리키며 노기등등하게 말했다.
"넌 우리 장씨 가문의 여식이고, 위북후의 정실부인이다. 그런데 아랫것이 감히 네게 손을 대?! 추가 그 계집이 어디까지 손을 뻗친 줄 알고?! 오늘은 널 밀쳤다면 내일은 이 아이의 목숨을 앗아갈 것이다!"
딸이 고개를 숙인 채 입도 벙긋하지 못하자 영국공 부인이 냉소를 지으며 말했다.
"잘 생각하거라! 넌 이미 출가외인이다. 우리가 도와줄 수 있는 일도 있지만, 그렇지 못한 일도 있어. 가장 중요한 건 너 스스로 지킬 줄 알아야 한다는 것이다. 지금은 나와 네 아비가 살아 있지만, 나중에 우리가 죽으면 어떡할 것이냐? 네 오라비와 올케가 집안의 주인이 되면 자연스레 소원해질 터인데, 그때 가서 이 아이의 장래는 어찌할 것이냐?"
장 씨가 고개를 들었다. 눈빛이 약간 흔들렸다.
영국공 부인이 노파심에 거듭 충고했다.
"여자는 약하지만, 어미는 강하다 하였다. 너 혼자라면 죽으면 그만이지. 물론 나와 네 아비야 큰 슬픔에 빠지겠지만 말이다. 허나, 지금은 너 혼자가 아니고 아이가 생기지 않았느냐. 이 아이를 제 앞가림도 못 하는 변변찮은 놈으로 키울 것이냐? 아비의 사랑도 받지 못해 형제에게 멸시당하고 아랫것들에게도 무시당하는 천덕꾸러기로 키울 작정이야?!"

갓난아이가 영국공 부인의 말을 알아들은 듯 새끼 고양이처럼 울기 시작했다. 장 씨가 얼른 아기를 안고 발갛고 쪼글쪼글한 얼굴을 바라보았다. 순간 그녀에게 내재된 거만함과 고귀함이 모성애로 바뀌었다.

장 씨는 아기의 앙증맞은 얼굴에 입을 맞추고 눈물을 흘렸다.

"어머니 말씀이 맞아요. 제가 잘못했어요. 허나, 앞으로는……."

어멈이 얼른 그녀의 눈물을 닦아 주고 아이를 다시 안았다.

"아가씨, 산후 조리하실 때는 눈물을 흘리시면 안 됩니다. 오늘 상궁께서 친히 오시어 그 천한 것의 뺨을 때리고 가셨습니다. 지금쯤 이가 몇 개는 부러졌을 겁니다. 마님께선 마음만 굳게 잡수시면 됩니다. 비루한 집안 주제에 감히 우리 집안에 기어오르다니요? 흥, 죽고 싶어 환장한 게지요!"

딸의 마음이 바뀐 것을 보고 나서야 영국공 부인의 얼굴에 희미한 미소가 떠올랐다.

"우리도 처음에는 좋게 생각하려고 했다. 일찍 세상을 뜬 추 씨 체면을 봐서, 네가 그 동생과 잘 지내 보게 하는 것도 나쁘지 않다고 말이다. 그런데 그 천한 것이 제 언니의 아이까지 이용할 줄은 몰랐구나. 그때 그것의 됨됨이가 좋지 않다는 것을 알고 언젠가는 혼쭐을 내줘야겠다고 벼르고 있었다……."

장 씨가 갑자기 고개를 들었다.

"어머니, 그럼 제가 나리께 말씀드리려고 할 때는 왜 말리셨어요?"

"이것아, 그때 말하면 무슨 소용이 있었겠느냐? 추 이랑은 복중 태아를 잃고, 심 서방도 상심에 빠져 있지 않았더냐. 이런 약점은 가장 중요한 순간에 터뜨려야 효과를 발휘하는 법이다!"

어머니의 냉정한 얼굴을 보며 장 씨는 내심 간담이 서늘해졌다.

어멈이 장 씨의 안색을 살피더니 영국공 부인에게 공손히 말했다.

"아가씨는 제가 갓난아이 때부터 봐왔습니다. 천성이 착하고 후덕한 성정을 지니셨지요. 그러니 이러한 이치를 알 턱이 없으니 마님께서 천천히 가르쳐 주십시오."

어멈이 아이를 토닥이면서 말을 이었다.

"그나저나 심씨 집안도 너무합니다. 그 몹쓸 것한테 봉호를 내려주는 것도 모자라 온갖 요구를 다 들어줬으니까요. 아가씨는 감히 꾸짖을 수도 없고 오히려 추 이랑의 눈치까지 봐야 했으니 어찌 화가 안 날 수 있겠습니까. 차라리 잘된 일입니다. 앞으로는 감히 무엄하게 굴지 못하겠죠."

영국공 부인이 엄숙하게 말했다.

"그래도 너희는 그 몹쓸 것을 건드리지 말거라."

어멈이 의아해하며 물었다.

"마님, 어찌 그러십니까?"

"궁지에 몰려 정말 죽어버리기라도 하면 심 서방이 얼마나 마음 아파하겠느냐?"

영국공 부인의 입가에서 냉소가 떠나지 않았다.

"추씨 가문은 따로 손쓰지 않아도 추 이랑의 오라비들이 끊임없이 문제를 일으킬 게야. 그럴 때마다 심 서방을 물고 늘어져 일을 수습해 달라며 강짜를 부리겠지. 너는 심 서방 옆에서 그들을 도우라고 넌지시 이르거라. 흥, 추씨 가문에 대한 그 깊은 정이 얼마나 갈지 지켜보자꾸나."

어멈이 웃으며 말했다.

"쇤네, 알겠습니다. 마님의 명에 따르겠습니다."

잠시 뒤, 그녀가 말을 이었다.

"마님과 아가씨 모두 마음이 너무 여리십니다. 추씨 것들이 감히 장씨 가문이 어떤 가문인지도 모르고 머리 꼭대기에 기어오르려 하다니 이게 무슨 일입니까! 마님께서 미리 대비책을 마련해 놓으셨으니 천만다행입니다."

장 씨가 나지막하게 말했다.

"어머니, 전 이제 몸도 괜찮아졌으니 의원들은 다 내보내세요."

사실, 장 씨는 그때 그리 세게 밀쳐진 것도 아니었고, 출산할 때 생사를 오간 것도 아니었다. 그저 진통이 극에 달한 데다 박복한 팔자라는 생각에 절망스러운 마음이 들어 비명을 지른 것이었다. 지금에서야 그녀는 이 모두가 어머니의 계획이라는 것을 알았다.

"아가씨, 그건 안 될 말입니다."

어멈이 얼른 말했다.

"이왕 꾸민 일이니 제대로 하셔야지요. 그 의원은 우리 사람입니다. 설령 병이 없더라도 몸보신은 하셔야 합니다. 앞으로 아들도 몇 명 더 낳으셔야지요. 제가 옆에서 다 돌봐드리겠습니다."

장 씨는 유모의 자애로운 얼굴을 보며 마음이 시큰했다.

"심 서방과 이리 냉랭한 관계를 지속해서는 안 된다. 네가 자존심도 강하고 몸을 낮추는 법도 몰라 내가 기회를 마련한 것뿐이야. 그날이 아니더라도 언젠가는 해야 할 일이었다."

영국공 부인이 굳은 얼굴로 말했다.

"이번이 좋은 기회야. 화근을 잘라내야지. 게다가 심 서방도 지금은 네게 무척 미안한 마음이 들 게다. 심 서방이 널 보러 오거든 너도 얼굴을 풀어야 하느니라. 아이를 위해서라도 네가 져 줄 필요가 있어. 울 때는 울고, 억울할 때는 억울하다고 말하고, 연약한 척할 때는 연약한 척하고, 그렇게 남편을 꽉 잡고 살란 말이다. 알겠느냐?"

장 씨가 난감한 듯 얼굴을 붉혔다.

“어머니, 제가 못 하면 어쩌지요…….”

“못 해도 해야지!”

영국공 부인이 목청껏 버럭 소리쳤다.

장 씨가 몸을 바르르 떨었고, 아기도 깜짝 놀라 울었다. 어멈이 얼른 아기를 달랬다.

영국공 부인이 화를 누그러뜨리고 목소리를 낮춰 말했다.

“계분아, 영창후부의 량 부인을 기억하느냐?”

장 씨가 고개를 끄덕였다.

“전에 어머니께서 말씀하신 적이 있습니다.”

영국공 부인은 과거를 떠올리며 묘하게 어두운 얼굴로 말했다.

“그 사람은 나와 어릴 때 함께 지낸 자매 같은 사람이란다. 성정이 너와 똑같았지. 그 량 부인도 마음에 들지 않는 사람과 혼인했고, 툭하면 성질을 부렸어. 인상 쓰는 일은 다반사였지. 그러다 부부 사이에 균열이 생겼고, 통방이 그 틈에 먼저 아들을 낳았다. 후…… 그때 내가 아무리 설득해도 듣지 않더니, 결국 지금 서장자가 그들 모자의 머리 꼭대기에 앉아 있지 않으냐.”

사실 대갓집에서 서장자는 그리 드문 사례가 아니었다. 다만, 이미 서장자가 있다면 정실부인은 미리 계획을 세우는 게 중요하다. 즉, 서장자를 자기 사람으로 만들기 위해 친혈육처럼 키우거나 아예 몹쓸 놈으로 키워서 후환을 없애는 것이다. 량 부인처럼 콧대가 높고 도도한 사람이 아무 대책 없이 수수방관하다가, 울분을 참고 능력을 기른 서장자를 배출하는 사례도 드물지만 있긴 했다.

영창후부의 일은 장 씨도 익히 알고 있었지만, 지금 내막을 듣고 나니 새삼 의미가 다르게 다가왔다.

영국공 부인이 일어나 딸 옆에 앉더니 그녀의 등을 쓰다듬으며 따뜻하게 말했다.

"계분아, 모든 것이 순조롭게 되는 일이 세상에 어디 있겠느냐. 좋은 날을 보내려면 나쁜 날도 견뎌야 한단다. 그것도 잘 견뎌야 하지."

장 씨가 눈물을 참으며 고개를 끄덕였다.

영국공 부인이 딸의 어깨를 감싸 안으며 천천히 말했다.

"옛날에 정안황후를 뵌 적이 있다. 그때, 황후께서 이런 말씀을 하셨지. '모든 것을 운명이라고 말하지 마라. 네가 운명의 꼭대기를 밟고 서지 못하면, 운명이 네 머리 꼭대기에서 널 짓누를 것이다'라고 말이다."

영국공 부인이 평소의 인자하고 상냥한 모습을 걷어낸 채 단호한 눈빛으로 나지막하게 말했다.

"정안황후가 얼마나 좋은 분이셨더냐. 허나, 간사한 놈들의 계략에 빠져 비명에 가셨지. 아직도 그 말씀이 기억이 나는구나. 나는 평생 잊지 못할 게야! 너도 꼭 기억하거라!"

제189화

세상 이치
: 그 속에 진심은 얼마나 있을까

국구 부인의 위태로운 출산에 관한 일화는 며칠 만에 네다섯 개 버전으로 세간에 퍼졌다. 추 이랑이 정실 자리를 꿰차려고 정실부인을 모해한 것이다, 국구 나리가 정실부인을 박대하여 장 씨가 우울증으로 병을 앓게 된 것이다, 후처의 아들이 전처가 낳은 장남의 자리를 위협할까 봐 전처의 노복이 암암리에 손을 쓴 것이다 등등……. 명란은 들으면서도 기가 찼다.

어쨌든 종합하자면, 여론은 장씨 가문에 기울어져 있었다.

명문가의 저력이 돋보이는 순간이랄까. 경성의 절반이 장씨 가문의 지인이나 친지였다.

한 집안은 대대로 위세를 떨친 개국공신 무장 가문으로서 혁혁한 공적과 선한 행적으로 유명했다(매년 정기적으로 죽을 베풀었다). 다른 한 집안은 황후 덕에 벼락출세한 집안이었다. 그러나 경성에 입성하고 지금까지 좋은 일이라곤 한 게 거의 없었고(장 씨는 심하게 내향적인 사람이고, 소추 씨는 아예 자격도 갖추지 못했다), 나쁜 짓만 많이 했다(이

것이 추씨 가문의 공적이다). 명란은 가슴에 손을 얹고 자문했다. 과연 두 집안의 갈등에 대해서 일반인한테 물으면 뭐라고 대답할까?

고정엽 말로는, 요즈음 황제가 황후를 냉대할 뿐만 아니라 글공부를 게을리한다는 이유로 첫째 황자와 둘째 황자를 크게 꾸짖었다고 한다.

명란이 깜짝 놀라 물었다.

"영국공께서 쾌차하시어 조정으로 돌아간 거 아니었나요? 황상께서 계속 저러시는 걸 보니 설마 장씨 가문에서……."

물론 황제가 후궁 몇을 들이긴 했지만 조강지처인 황후의 침소를 더 자주 찾았고, 황제와 황후는 시종일관 사이가 좋았다. 이번 일에 있어서 벌할 것은 벌하고, 박탈할 것은 박탈했다. 추 이랑은 여전히 구금 상태이고, 장 씨와 심 국구의 관계는 전보다 돈독해졌다. 그런데 어째서…….

고정엽이 말했다.

"아니, 영국공께서는 이번 일에 대해 일절 거론하지 않으셨다. 오히려 황상께 마음에 두지 말라 간언했지."

영국공은 병세가 좋아지자 곧바로 조정으로 돌아갔다. 황제는 곱사등이처럼 굽은 몸에 족히 십 년 이상 늙어버린 듯한 영국공을 보면서 양심의 가책을 느꼈다. 황제가 영국공을 위로하려 했지만, 오히려 영국공이 황제를 위로했다.

"폐하께서는 천하의 주인이십니다. 저희 장씨 집안 사내는 전장에서 목숨 걸고 싸워야 한다면, 누구 하나 마다하지 않고 전쟁터로 뛰어갈 것입니다. 언제 어디서든 폐하께서 방향만 가리키신다면, 소신이 그곳에 칼끝을 겨눌 것입니다. 이것이 신하 된 자의 본분입니다. 하오니, 고작 제 여식의 집안일로 폐하께서는 심려치 마시옵소서."

기개가 넘치고 절개가 느껴지는 말에 황제는 크게 감동했다.

"그대는 국가의 반석이네. 과인의 복이로구나."

감격에 겨운 황제는 돌아가는 동안 내내 영국공의 말을 천천히 음미했다.

같은 혼사여도 한 집안은 내키지 않았지만 결국 황제의 뜻에 따랐다. 첩실 따위가 영국공부 적녀의 머리 위에 올라서려 했음에도 장씨 가문은 전혀 원망하지 않고 그저 참기만 했다. 무슨 이유 때문인가? 순전히 황제에 대한 충심 때문이었다!

하지만 심씨 가문은 정반대였다.

장씨 가문과 사돈을 맺는 것은 황제의 뜻이었고, 추씨 가문에 보답하는 것은 심씨 가문의 뜻이었다. 그런데 지금 심씨 집안은 추 이랑만 받들고 장 씨를 박대하고 있다. 이는 대체 무슨 뜻인가? 황명에 불만이 있지만 공공연하게 이를 거역할 순 없으니 사사로이 장 씨에게 화풀이하는 것이렷다?

"……역시 영국공이시네요……."

한참 만에 명란이 머뭇거리며 말했다.

고정엽이 말했다.

"생강은 여문 것일수록 매운 법이지."

충심이 강하고 인자하게 생긴 영국공이 이토록 날카롭게 말할 수 있다는 게 신기했다. 게다가 자녀의 집안사를 황제에 대한 충심에 직결되는 문제로 승화시킨 것도 놀라웠다. 이렇게 되면 상황이 미묘해진다.

황후를 냉대하고 황자를 꾸짖은 것은 일종의 신호였다. 어사들은 풍문을 접하고 심종흥의 탄핵을 거론하기 시작했다. 그들은 '덕을 수양하지 않고, 아녀자 단속을 소홀히 하고, 적서의 질서를 망가뜨리고, 인륜과 예법을 위협했다'는 이유로 심종흥의 탄핵을 주창했다. 이 중 눈치 빠른 언관은 심종흥은 물론 국구부 사돈 집안의 약점까지 틀어쥐고, 추가가 '백성의 재산을 강탈하고, 백성을 짓밟는다'는 십여 개의 죄목까지 더해 한꺼번에 탄핵 상소를 올렸다.

국구부에 다시금 짙은 먹구름이 꼈다.

고정엽은 미간은 찌푸렸다. 그를 비롯하여 심씨, 단씨, 종씨, 경씨, 유씨 등은 모두 황제의 오랜 신하였고 이해관계도 서로 얽혀 있었다. 이번에 탄핵 상소가 빗발치듯 몰아치는 걸 보니 모종의 계략이 의심되었다…….

심씨와 장씨 가문에 관한 얘기로 경성이 한창 시끌시끌할 때 명란의 외숙부와 해 씨가 잇달아 경성으로 돌아왔다. 해 씨는 포동포동한 아들을 안고 있었다. 임기 중 태어난 순이였다.

"큰오라버니는 어찌하여 안 오셨나요?"

좌우로 살펴도 장백이 보이지 않았다.

해 씨가 미소를 머금었다.

"고을의 수로 공사가 곧 끝나는데 나리가 안심이 안 되는지 직접 흙 쌓는 걸 전부 봐야겠대요. 그래서 일단 저와 순이 먼저 보낸 것이랍니다."

"아홉 길의 산을 쌓아도 한 삼태기의 흙이 모자라면 결국 실패인 것이다. 장백이가 잘 생각했구나."

성굉은 내심 흡족했지만 전혀 내색하지 않았다.

"이번에 세운 공로가 대단합니다. 백성의 생활을 살피고 수십 리에 달하는 수로를 건설하셨으니까요. 듣자 하니 이부에서 벌써 '상上'으로 공적 평가를 했다더군요."

고정엽이 말했다.

명란이 기뻐하며 말했다.

"큰오라버니는 정말 대단해요. 이러다…… 만민산萬民傘[1]을 받는 건 아닐까요?"

"그런 것은 모두 허례허식이니 마음을 비워야지."

성굉이 고개를 흔들며 웃었다.

"관직에 오른 벼슬아치로서 제일 중요한 것은 고을의 백성이 평안하도록 살피고 돌보는 것이다. 위로는 천자의 근심을 나누고, 아래로는 백성의 어려움을 해결하는 것이지. 그래야 성현의 말씀을 열심히 공부한 게 헛되지 않게 되느니라."

명란은 아버지를 보며 속으로 생각했다.

'오, 간만에 위엄 있는 훈화 말씀을 하시네.'

그러고는 자동적으로 성굉의 본심을 번역했다.

'만민산은 허례허식이니 마음을 비우라는 것은 진심일 거야. 그다음부터는 이런 뜻이겠지. 관직에 오른 벼슬아치로서 제일 중요한 것은 우수한 공적 평가를 얻는 것이다. 위로는 지위를 최대한 높이고, 아래로는 재산을 불리는 게 중요하다. 그래야 십 년 동안 고생한 보람이 있느니라.'

왕 씨가 가장 기뻐했다. 오랫동안 보지 못한 친정 오라버니를 보며 눈물을 흘렸고, 손자를 안고는 활짝 웃으며 무척 좋아했다. 하지만 애석하게도 며칠 뒤 왕 씨는 흥이 깨지고 말았다.

6월 초나흘 류 씨는 여자아이를 낳았다. 첫 아이가 아들이 아니어서 류 씨는 다소 실망했으나, 뜻밖에도 장풍이 대단히 기뻐했다. 딸을 품에

---

1) 옛날 백성들이 어진 관리에게 선물로 바친 우산.

안은 채 예쁘다며 침이 마르도록 칭찬했고, 누굴 만나건 딸 자랑에 여념이 없었다. 장모 류 부인은 이 모습에 진한 감동을 느꼈다.

류 대인이 장풍의 어깨를 토닥거리며 인자한 얼굴로 말했다.

"성 서방, 앞으로 더욱 열심히 분발하게. 내년에는 처자식을 위해서 춘위에 급제해야지!"

장풍의 딸은 커가면서 깜짝 놀랄 만큼 화란을 쏙 빼닮아 갔다. 짙은 눈썹에 눈을 커다랬고 총기가 가득했다. 성격도 어릴 때 화란과 같았다. 잘 울거나 떼쓰지도 않는 데다 생김새도 무척 귀엽고 깜찍했다. 사람만 보면 벙싯벙싯 웃는 게 화란의 친딸 장이보다 더 많이 화란을 닮았다.

세삼례 때 화란은 아이를 안고 무척 좋아했고, 이 아이 덕분에 임 이랑에게 맺힌 오래된 응어리도 다소 풀리는 듯한 느낌이 들었다. 화란은 류 씨에게 푸짐한 선물을 두 번이나 연이어 보냈다. 물론 왕 씨는 못마땅한 얼굴로 "쟤가 뭐가 예쁘다고."라며 핀잔을 주었다.

노대부인은 왕 씨의 속 좁은 모습을 보고 나중에 조용히 타일렀다.

"화란이가 막 세상에 나왔을 때, 화란 애비도 그러지 않았더냐?! 정말이지 그땐 화란이를 금이야 옥이야 했었지."

왕 씨는 말문이 막혔다. 그 당시 성굉은 화란을 무척 예뻐했다. 옹알이 하는 딸을 집에 두고 차마 발길이 떨어지지 않는다며 아예 아이를 데리고 관아에 간 적도 있었다. 왕 씨는 막 혼인했을 때의 좋은 추억이 떠오르자 당시에 임 이랑이 없었다면 얼마나 좋았을까 하는 생각이 들었다.

장풍이 화란과 갈수록 친해지자 친고모인 묵란은 소외감을 느꼈다. 묵란은 류 씨가 계략을 짜서 남매를 이간질했다고 앙심을 품었다. 이에 장풍과 또 한 차례 싸우고는 그 길로 씩씩대며 돌아가 장풍의 집에 좀처럼 발걸음하지 않았다.

나랏일이든 집안일이든 어디에나 부침이 있기 마련이다. 단이의 잇몸에서 좁쌀만 한 이 다섯 개가 만져질 즈음, '심종홍 탄핵' 사건도 일단락이 되었다.

추씨 가문은 이번에 제대로 걸려들었다. 조사를 통해 두 건의 살인과 수많은 백성의 전답을 수탈한 사실이 적발되었다. 어사들은 살인을 저질렀으니 죽음으로 죄를 물어야 한다고 입을 모았다. 심종홍은 인정에 호소하고 싶었지만, 장자를 승계자로 지정한다는 문서를 종인부에 제출한 마당에 종인부가 승인을 보류했다는 얘기를 듣고 망설였다.

심 황후는 우선 성안태후를 찾아가 울며 호소했다. 그러나 황제가 황후의 육궁[2] 통솔 권한을 중지시킬까 생각 중이라는 소문을 듣고 나서야 깨달았다. 그녀의 남편은 이제 번지를 다스리던 왕야가 아닌 지고지상한 제왕이 되었다는 것을…….

심 황후는 똑똑하고 수완도 좋은 여인이었다. 그녀는 사태의 심각성을 인지하자마자 몸을 바짝 낮췄다. 황후의 의관을 벗어 던진 채 수수한 옷으로 갈아입은 후 그 차림으로 건청궁 앞에서 무릎을 꿇고 앉아 잘못을 빌었다. 그녀는 "이 모든 것은 친정을 단속하지 못한 신첩의 잘못입니다."라는 말만 되풀이했다.

황제는 옛정을 중요하게 생각하는 사람이었다. 심 황후가 구슬프게 우는 모습을 보자 과거 힘든 시기를 함께 보냈던 때가 생각났다. 마음 약해진 황제는 그날 밤 황후의 침소, 곤녕궁에 들었다. 영국공이 저명한 유학자 두 명을 첫째 황자와 둘째 황자의 스승으로 천거했고, 황제는 흔쾌

---

2) 황후와 비빈이 사는 궁실.

히 그의 의견을 받아들였다. 여기에 더하여 영국공을 태자태보太子太保[3]로, 장 씨의 소생은 경차도위輕車都尉[4] 이등二等에 봉했다.

풍향계가 다시 돌아가기 시작했다.

마지막으로 추씨 가문의 처분이 떨어졌다. 추 이랑의 큰오라버니는 서남쪽으로 삼천 리 떨어진 곳으로 유배를 당했고, 둘째 오라버니는 곤장 서른 대를 맞았으며 재산 절반을 몰수당했다. 심종흥은 그의 행동을 책망하는 성지와 함께 일 년 감봉에 석 달 근신 처분을 받았다.

그동안 명란은 두 차례 심청평을 만나러 갔다. 오라버니 집안일로 화살에 놀란 새처럼 깜짝 놀랐던 탓인지 심청평의 배는 갈수록 부풀었지만 몸은 갈수록 수척해졌다. 정 부인은 장차 심청평이 분만할 때 힘들어질까 봐 벌써부터 노심초사였다.

장 씨 아들의 쌍만월이 다가오자, 장가와 심가는 쌍만월 연회를 각별히 성대하게 준비했다. 집안의 액운을 몰아내고 좋은 기운을 북돋는 한편, 외부에 이런 메시지를 보이기 위함이었다.

'장가와 심가 양가는 전처럼 사이가 돈독하답니다.'

장 씨는 연회를 며칠 앞두고 명란을 불러 잔치에 필요한 자질구레한 일들을 물었다. 이날 장 씨의 기별을 전하러 온 심부름꾼이 잠시 머뭇거리더니 '오랫동안 뵙지 못하셨다며 국구 나리께서 녕원후 나리를 뵙고 싶어하십니다.'라고 덧붙이고는 여러 해 묵은 상등품 황주 두 항아리를 건넸다.

3) 황태자의 스승.

4) 공신이나 외척에게 내리는 명목상의 관직.

고정엽이 쓴웃음을 짓고 명란을 보며 말했다.

"심 형이 꽤나 답답한 모양이구나. 지금 황상의 명으로 집에서 근신 중이라 아무리 친한 벗이라 해도 자주 찾지 않을 테니까. 오늘은 나도 같이 가야겠다."

국구부의 안주인으로 오랫동안 집 안에서 두문불출한 장 씨는 이번에 직접 연회를 준비하기로 했다. 그녀는 이번 연회를 통해 새로운 모습을 보이고 존재감도 되찾을 요량이었다. 술, 요리를 비롯하여 손님을 접대하는 방법까지 어머니인 영국공 부인에게서 세세하게 가르침을 받았다. 연회에 관한 것은 그나마 잘 익힌 것 같았지만, 심종홍 지인들의 가솔에 대해선 거의 아는 바가 없었기에 미리 명란을 불러 지도를 받기로 한 것이다.

명란은 하나하나 세심하게 가르쳐주었다. 단씨 집안부터 시작했다. 단 부인은 촉 중부 지역의 명문가 출신이며 어린 단 장군은 혼담이 오가는 중이다, 종 부인과 경 부인은 '현모양처' 문제에서 약간의 의견 차이를 보인다, 유 대인의 부인이 늙어 보여도 그녀를 어머니로 착각하지 말아라, 유 대인이 세 살배기 때 당시 열여덟 살이던 유 부인이 민며느리[5]로 들어갔기 때문이다 등등…….

장 씨는 진지하게 들었고 간간이 두어 마디 끼어들기도 했다. 두 사람은 경성에서 있었던 옛일을 떠올리며 자연스럽게 대화를 주고받았다. 장 씨는 관료 집안에서 태어났기에 은밀한 얘기를 우회적으로 돌려 말하는 재주가 있었다. 장 선생의 제자인 명란은 듣기 거북한 얘기를 경전

---

5) 장래에 며느리로 삼으려고 관례를 하기 전에 데려다 기르는 여자아이.

에 나오는 고상한 표현으로 에둘러 말하는 재주가 있었다. 두 사람은 쿵짝이 잘 맞았고, 특히 재미있는 내용을 말할 때는 서로 얼굴을 쳐다보며 웃음을 터뜨렸다.

둘이 한창 이야기꽃을 피우고 있는데, 밖에서 어멈이 들어와 공손하게 기별을 전했다.

"마님, 나리께서 녕원후 나리와 술을 마시고 싶다고 하십니다. 일전에 동해에서 보내온 죽엽청竹葉青 항아리를 두 단지 꺼내달라고 하셨습니다."

장 씨가 말했다.

"나리께서 그 술은 오래 보관할수록 향이 짙어진다고 하여 고방 지하에 묻어 두었다. 번씨 어멈한테 일러 가져 가거라. 곡괭이질 할 때 깨지지 않게 조심하고."

어멈이 절을 올리고는 또 말했다.

"그리고 나리께서 이번에 새로 얻으신 용천보검을 녕원후 나리께 보이고 싶다고 하셨습니다."

장 씨가 말했다.

"나리께서 매일 아침 검술 연습을 하신다. 아마도 아이 방에 걸어 뒀을 게야. 내가 사람을 불러 가져 가라 하마."

어멈이 대답하고 자리를 떴다.

장 씨가 고개를 돌려 짧게 분부를 내리자 계집종 두 명이 아이 방인 옆방으로 들어가 보검을 꺼내고 서둘러 문을 나섰다. 다시 고개를 돌리던 장 씨는 자신을 조용히 바라보는 명란과 눈이 마주쳤다. 저도 모르게 얼굴이 발개진 장 씨가 당황한 기색으로 얼른 둘러댔다.

"죽엽청 말입니다. 참으로 좋은 술이지요. 색깔도 비취색이라 예쁘고향도 그윽하답니다. 마시고 나서도 머리가 아프지도 않지요. 가실 때 두 항아리 챙겨 드리겠습니다."

명란이 곰살맞게 알겠다고 대답하고는 계속 그녀를 바라보았다. 장 씨는 예전보다 건강해 보였고, 볼도 발그레하고 윤기가 돌았다. 눈가에 여전히 약간의 울적함이 어려 있긴 했으나, 예전처럼 창백하고 연약하게만 보이지는 않았다. 누가 봐도 단아하고 똑 부러지는 안주인처럼 보였다.

장 씨가 짐짓 화난 척 큰 소리로 말했다.

"할 말 있으면 하세요! 왜 그리 뚫어지게 쳐다보시는 겁니까?"

명란이 말했다.

"아무것도 아니에요. 전 그저 국구 나리께서 좋은 습관을 지니고 계시구나 해서요. 아이에게 어릴 때부터 보검에 익숙하게 하시니, 장차 용맹한 장군으로 기르시겠구나 싶어요. 참으로 훌륭하십니다."

도끼눈을 뜨는 장 씨에게 명란이 순진무구한 눈빛으로 화답했다. 장 씨가 얼른 눈에 힘을 빼더니 쓴웃음을 지으며 말했다.

"구천현녀九天玄女[6]도 속세에서는 선녀로 살 순 없을 테지요."

출산 후 나흘째 되던 날, 심종흥이 장 씨 처소에 찾아왔다. 부부 둘 다 사경이라도 헤맨 사람처럼 심신이 피폐해져 있었다. 둘은 한참을 말없이 서로 마주 보았고, 장 씨는 어멈의 주의에도 불구하고 남편 품으로 달려가 한참 동안 목놓아 울었다. 어쩔 수 없이 타협해야만 한다는 체념 때문에 눈물이 나왔는지, 세상 모든 여자가 가진 숙명 때문에 눈물이 나왔

---

6) 중국 신화에 등장하는 병법에 능한 전쟁의 여신.

는지, 장 씨 그녀 자신도 알 수는 없었다.

명란이 한참 침묵하다가 말했다.

"맞아요. 이 세상에 진짜 선녀가 어디 있겠어요."

• • •

장 씨의 처소에서 나온 후 명란은 무거운 발걸음을 옮겼다.

명란은 조금 전에 들은 장 씨와 어멈의 짧은 대화 속에서 많은 내용을 유추할 수 있었다. 심종흥은 현재 매일 밤 장 씨 처소에서 자며 아침에 일어나면 정원에서 검술 연습을 하고 있다. 연습이 끝나면 보검을 챙겨 아들 방으로 가서 아들과 놀아 주다가 보검을 아들 방 벽에 걸어 두고 나온다. 부부 사이가 돈독하고 부자지간에 정이 깊으니, 모든 게 다 원만한 것이다.

장 씨는 거만함과 고집 때문에 홀로 외로움에 파묻혀 시들어가는 것보다 적정선에서 타협점을 찾아 화목하게 잘 사는 게 더 낫다고 판단했을 것이다.

명란은 입안이 씁쓰레했다. 무엇 때문에 이리 답답한 것인지 자신도 알 수 없었다.

수화문 입구에 도착할 즈음, 저 앞쪽에서 싸우는 소리가 들렸다. 왠지 익숙한 목소리였다. 명란 옆에서 길을 안내하던 어멈이 어색한 웃음을 지으며 말했다.

"길이 좋지 않습니다. 이쪽으로 가시지요."

명란도 괜한 일에 말려들기 싫어 고개를 끄덕였다.

막 걸음을 옮기려는 찰나, 별안간 뒤에서 누군가 우르르 몰려왔다. 앞쪽에는 옷매무새가 흐트러진 젊은 부인이, 뒤쪽에는 그녀를 필사적으로 막으려는 어멈과 계집종들이 보였다.

"……감히 누가 날 막는 것이냐?! 그럼 난 차라리 여기서 죽어버리겠다……!"

젊은 부인이 비녀를 들고 자기 목을 겨누면서 쇳소리가 섞인 목소리로 고함쳤다.

"나리를 뵈어야겠다! 아무도 막지 말거라! ……놔라, ……놔!"

자세히 보니 놀랍게도 추 이랑이었다.

명란의 시력만 탓할 수는 없다. 평소 추 이랑은 짙은 화장을 하고 다녔기에 지금처럼 맨 얼굴만 보고 단박에 알아보는 건 쉽지 않았다. 게다가 지금 몰골을 보라. 산발한 머리에 흐트러진 옷매무새에, 입가는 여기저기 터져 있지 않은가?! 여리고 곱던 양 뺨에는 시퍼렇게 흉이 져 있었다. 언뜻 여드름이 터진 후에 생기는 흉터처럼 보이지만, 사실은 심각하게 부었다가 터진 상처라는 것을 명란은 알고 있었다.

차마 쳐다보기 힘들 정도로 완전히 망가진 몰골이었다.

"녕원후…… 부인……?"

결국 추 이랑이 명란을 알아보았다. 추 이랑이 와락 명란에게 달려들더니 목이 찢어지라 부르짖었다.

"녕원후 부인! 제발 우리 오라버니 좀 살려주십시오. 그놈들이 오라버니를 죽이려고 합니다."

추 이랑에게 잡힌 팔이 아팠다.

"유배와 곤장형이 내려진 것으로 알고 있습니다. ……누가 죽인다는 거죠?"

"서남은 도처에 장기瘴氣[7]가 퍼진 곳입니다. 오라버니가 어찌 그곳에서 살 수 있겠습니까……."

추 이랑이 다음 말을 잇기도 전에 명란이 바로 그녀의 말을 잘랐다.

"추 이랑, 말조심하세요. 고씨 집안은 추씨 집안과 가족도 원수도 아닙니다. 설령 도움을 청한다고 한들, 고씨 집안이 나설 자리가 아니지요. 도와줬다가 세간에 알려지면 월권행위라고 손가락질을 받게 될 겁니다."

추 이랑은 자기가 두서없이 말한 것을 깨닫고 다시 명란의 팔을 잡고 늘어졌다.

"……저희 나리께서는 녕원후 나리를 친형제와 다름없다고 생각하십니다……. 제발 저를 좀 도와주세요!"

명란 옆에 있던 취미가 추 이랑을 힘껏 밀쳤다. 어멈들도 득달같이 달려들어 떼어놓으려 애썼지만, 추 이랑은 죽어도 놓으려 들지 않았다. 명란은 추 이랑에게 붙잡힌 팔이 더 아파져 왔다.

추 이랑이 한 손에 비녀를 움켜쥔 채 마구 휘두르기 시작했다. 누군가 다칠 수도 있는 위험한 상황이라 명란은 어멈들에게 그만하라고 소리쳤다.

"추 이랑, 예전에 제가 말씀드린 공주의 부마와 애첩 이야기를 기억하십니까?"

추 이랑은 넋 나간 표정을 지었고, 명란은 이어서 말했다.

"전 이미 경고했습니다. 만일 문제가 생기면, 낭패를 당할 사람은 바로

---

7) 축축하고 더운 땅의 동식물 사체에서 생기는 독가스.

추 이랑이라고요. 어째서 말을 듣지 않은 겁니까?"

"그때는……."

명란이 딱 잘라 말했다.

"그때니, 이때니 하지 마세요. 추 이랑이 조금만 양보했어도 사태가 이 지경까지 오지 않았을 겁니다."

추 이랑이 정신을 가다듬고 지푸라기라도 잡는 심정으로 명란의 팔을 붙들고 애원했다.

"그때도 언니는 제게 호의를 베푸셨습니다. 절 일깨워주려고 애쓰셨지요. 그건 언니가 절 아낀다는 뜻이겠지요. 그러니 지금 제발……."

"잘못 아셨습니다."

명란이 다시 말을 잘랐다.

"전 추 이랑을 위해 그런 말을 한 게 아닙니다. 심씨 가문을 위해 드린 말씀이지요. 국구 나리는 국가의 중신으로 나라에 헌신하셨습니다. 그런데 지금 당신 때문에 가택 연금을 당하셨죠. 추씨 집안 때문에 하루가 멀다 하고 탄핵 상소가 올라오고 있습니다."

추 이랑은 말문이 막혔다.

명란이 냉정한 얼굴로 준엄하게 말했다.

"그리고 전 당신의 언니가 아닙니다. 당신은 심가의 이랑일 뿐, 고씨 집안사람이 아니니까요. 자칫 밖으로 새어 나가기라도 했다가 사람들 입에 얼마나 오르내릴지 생각만 해도 소름 끼치는군요!"

추 이랑은 분노가 치밀었다.

"당신……!"

명란은 이때다 싶어 팔을 뺐다. 추 이랑은 분노에 몸서리를 치다가 비녀를 쥔 손의 힘이 풀렸다. 어멈들이 얼른 달려들어 비녀를 빼앗고 그녀의 팔을 비틀고 그녀의 다리를 잡아 마침내 제압했다.

관사로 보이는 어멈이 말했다.

"추 이랑, 나리께서는 이랑의 일에 연루되어 석 달간 근신 처분을 받으셨습니다. 제발 말썽 좀 그만 부리세요! 만날 이리 소란을 피우시니 우리만 죽어납니다!"

어멈들이 혼란한 틈을 타 추 이랑을 세게 꼬집었다.

"난 절대 안 가! 안 갈 거라고……. 또 날 가두려는 거지……."

추 이랑은 미친 듯이 발버둥 쳤고, 하늘을 쳐다보며 날카롭게 비명을 질렀다.

"……나리, 나리께서는…… 제 언니에게 미안하지도 않으십니까! 우리 언니가 나리 때문에 얼마나 고생했는데요……. 언니를 생각하신다면 절 이리 대하시면 안 됩니다……. 조카들아, 이리 좀 나와보거라! 이 년들이 날 이렇게 괴롭히는구나!"

옆에 있던 취미가 속상한 얼굴로 명란의 팔을 어루만졌고, 어멈들은 연신 송구스럽다며 잘못을 빌었다.

명란이 괜찮다며 가볍게 손을 흔들고는 웃으며 고개를 돌렸다.

"추 이랑도 잘 아실 겁니다. 본래 국구 나리께서 장자를 승계자로 지정하겠다며 윤허를 청했고, 거의 승인을 받을 뻔했어요. 하지만 이 난리 통에 종인부는 그 일을 보류했습니다. 정말 조카를 불러오고 싶나요? 무슨 염치로 조카 얼굴을 보시려고요?"

추 이랑은 목이 탁 멨다.

명란이 답답한 듯 한숨을 쉬었다.

"지금 당신 언니께서 하늘에서 지켜보고 계신다면 무슨 생각을 하시겠습니까? 동생과 오라버니가 자기 혈육을 망치고 있는 마당에 과연 누구를 원망하겠습니까? 당신들이겠습니까, 아니면 국구 나리겠습니까?"

추 이랑의 몸부림이 조금씩 잦아들었다. 그녀의 눈빛은 절망에 차 있었고, 몸은 기력이 다 빠진 듯 축 처졌다. 어멈들이 그녀를 안으로 끌고 가자 앞길을 막던 장애물이 드디어 없어졌다. 명란이 다시금 발걸음을 옮기는데 뒤쪽에서 울부짖는 추 이랑의 처절한 울음소리가 들렸다.

"……언니, 언니가 살아 있다면 얼마나 좋을까! 세상 사람들은 양심도 없지. 사람이 가 버리면 차도 곧 식어버린다는 말이 맞았어. 아무도 언니를 기억하지 않아! 언니가 황후 모자를 보살피지 않았다면 어찌 갓난아이를 두고 먼저 갔겠어? 지금 나리는 새장가도 들고 아들도 또 얻으셨지. 언니가 무덤 안에서 얼마나 처량하고 쓸쓸하게 있는지 아무도 몰라. 언니를 다 잊은 거야……. 언니, 어째서 심가 놈한테 간이라도 빼 줄 것처럼 잘한 거야……. 언니가 살아 있었다면 지금의 부귀영화는 다 언니 거였는데……."

목소리가 점차 희미해졌다. 이미 저만치 끌려간 모양이었다.

명란의 발걸음이 느려졌다. 명란은 답답한 마음에 숨도 쉬어지지 않았다.

취미가 안색이 좋지 않은 명란을 보고 걱정스레 물었다.

"마님, 어디 편찮으세요?"

옆에 있던 눈치 빠른 어멈이 말했다.

"아마 날이 무더워서 그러실 겁니다. 요 앞의 정자에서 잠시 쉬었다가 가시지요. 부인께 시원한 화채 한 그릇 올리겠습니다."

명란은 가슴이 답답하고 구역질도 올라와 손을 흔들었다.

"괜찮네. 그냥 집에 가서 쉬는 게 낫겠어."

문 앞에 거의 도착할 즈음, 고순이 다가와 말했다.

"마님, 나리께서는 아직도 국구 나리와 약주를 들고 계십니다……."

명란이 성가신 듯 말했다.

"난 먼저 집에 가마. 너흰 나리를 기다렸다가 같이 오거라."

고순은 심상찮은 명란의 모습에 감히 더는 물어보지 못했다. 대신 얼른 상방으로 달음질쳤다. 고정엽과 심종홍 두 사람은 여전히 서로 술잔을 주거니 받거니 하고 있었다. 고순이 고정엽에게 다가가 귓속말을 전했다.

"나리, 마님께서 더위를 먹으신 모양입니다. 먼저 가보겠다고 하십니다."

고정엽이 고개를 끄덕이자 고순이 물러났다.

몇 단어를 주워들은 심종홍이 그를 향해 웃었다.

"지금 이 모습을 보니 예전에 전장을 누비던 고씨 집안 둘째 공자의 기백은 전혀 찾아볼 수 없구먼. 사람들이 말하더군. 녕원후 내외는 같이 들어가고 같이 나온다고. 어딜 가서 뭘 하든 자네가 무조건 부인을 집까지 모셔다드린다던데. 알았네, 알았어. 제아무리 영웅호걸도 미인 앞에서는 약해지는 법이지!"

고정엽이 뻔뻔한 얼굴로 담담하게 말했다.

"예전 형수님이 살아 계셨다면, 심 형도 이랬을 겁니다."

심종홍이 한참 침묵하고는 비통에 찬 목소리로 말했다.

"그 사람한테는 참 미안하지. 살아 있을 때 호강시켜 주지 못했으니. 늘 마음 아프게만 하고 고생만 시켰어. 지금…… 난…… 그 사람 가족도 지켜 주지 못하고 있네!"

고정엽이 탁자 위에 놓인 주전자를 들어 자기 잔에 술을 따랐다. 두 마리 용이 바다로 들어가는 문양이 있는 청옥 주전자였다.

"정이 도리어 독이 될 때가 있지요. 심 형이 진정 추씨 가문을 위한다면 더는 방종하게 놔두어서는 안 됩니다. 지금은 그래도 목숨은 살렸지 않습니까. 나중에는 정말 그것마저 못 지킬 수 있습니다."

심종흥이 멍한 얼굴로 말했다.

"내가 말린 적이 없었겠나. 다만…… 저들이 전처 얘기만 하면 나도 그만 마음이 약해진다네."

"심 형은 갈수록 선비 같습니다."

고정엽이 술잔을 들고 조소하듯 입꼬리를 올렸다.

"말을 해도 안 들으면 벌을 주고, 벌을 줘도 못 고치면 때려야 합니다. 지금 추씨 집안은 위아래로 다 놀고먹습니다. 저들한테 심 형 빼고 의지할 데가 있는 줄 아십니까?"

맑고 투명한 술 빛깔이 높은 산 속에 흐르는 샘물 같았다. 고정엽은 술잔에 반쯤 남은 술을 천천히 입에 털어 넣었다. 술에서 나는 청아한 향기가 가슴까지 은은하게 적시는 듯했다. 그가 술잔을 내려놓은 후 심종흥을 보며 말했다.

"방금 심 형께서 말씀하셨지요. 옛날 고씨 집안 둘째 공자의 기백은 어디 갔냐고요. 그 말씀 그대로 돌려드리겠습니다. 형님도 위북후로 봉해진 후 갈수록 움츠러드시는군요. 옛날 촉 변방의 오호五虎 중 으뜸이었다던 그 기개는 대체 어디 갔습니까?"

말을 마친 그가 술잔을 바닥에 던졌다. 술잔이 차갑고 단단한 청색 전돌 바닥에 부딪히며 짧고 낭랑한 소리가 울렸다.

심종흥이 한참 가만히 있더니 천천히 고개를 들어 올렸다.

"경성에 입성한 후부터 하는 일마다 어그러지고 실수만 저질렀지. 다행히 자네들 도움과 황상의 배려 덕분에 여러 번 죽을 고비를 넘겼네."

그가 술잔을 들어 단숨에 입에 털어놓고는 나지막하게 말했다.

"아진이 세상을 떠나고 그녀의 동생을 정실로 맞아야 했는데, 그러지 못했네. 그게 첫 번째 실수였지. 만약 정실부인으로 맞지 못할 거였다면 그냥 처제로 남겨 두고 좋은 배필을 찾아줬어야 했어. 하지만 나는 그녀를 첩으로 맞았고, 그게 두 번째 실수였지. 아직도 추씨 집안사람을 볼 때마다 면목이 없어서 제대로 단속할 수가 없었네!"

말을 마치고 그도 술잔을 바닥에 던졌다. 깨진 술잔의 파편이 사방으로 튀었고, 청색 전돌 위에는 하얀색 흔적만 남았다.

고정엽이 그를 잠시 바라보다가 앞에 놓인 국 사발 두 개를 비워 술을 가득 채웠다.

"심 형, 너무 자책하지 마십시오. 제가 보기에 추씨 집안도 심 형의 성정을 미리 파악했을 것입니다. 그러니 심 형만 믿고 갈수록 횡포가 심해진 것이지요. 이제는 심 형도 깨달으셨으니, 앞으론 잘 풀리겠지요."

심종흥이 술을 담은 사발을 들고 한 모금 마시고는 미간을 찌푸렸다.

"그저 황상께서 내게 노하셨을까봐 걱정이네."

"꼭 그렇지만은 않을 겁니다."

고정엽이 젓가락 한 짝을 들고 사발을 가볍게 쳤다.

"단지 신하의 가정사만 가지고 황상께서 따져 물으실 리가 없습니다. 이번에 영국공께서 '충심'이라는 명분을 세우셨지요. 허나, 심 형은요? 황상께서 장씨 가문을 중용하려는 이때에 심 형이 집안 단속을 소홀히 하는 바람에 차질이 생겼습니다. 심 형이 황상의 뜻을 전혀 염두에 두지 않는데, 어찌 황상께서 노하시지 않겠습니까?"

심종흥이 무안한 얼굴로 말했다.

"내가 너무 안일하게 생각한 바람에 황상의 마음을 저버렸네……."

고정엽이 술사발을 흔들었다.

"우리가 경성에 왔을 때 말입니다. 가문의 세도 없고 뒷배도 없어 그저 둥둥 떠다니는 부평초와 같았습니다……."

말이 끝나기도 전에 심종홍이 실소를 터뜨렸다.

"자네가 무슨 가세가 없다고 그러나. 그 이름도 당당한 녕원후부의 공자였으면서 말일세……."

고정엽이 고개를 절레절레 흔들었다.

"없느니만 못한 집이었고, 없느니만 못한 가족이었습니다."

심종홍은 고씨 가문의 내력을 잘 알고 있었기에 자기 일처럼 안타까워 말을 더 얹지 못했다.

고정엽이 말을 이었다.

"육 년 전에 단 장군이 경성에 와서 먼 친척인 안국공부를 찾아갔습니다. 초대장을 주려고 말이지요. 그런데 문지방도 넘지 못하고 문전박대를 당했습니다. 허나, 지금은 안국공부에서 너도나도 단 장군께 아첨하느라 난리이지 않습니까? 우리 지위가 높아지고, 우리가 훨훨 날 수 있었던 것은 바로 황상의 신뢰 덕분이었습니다."

앞으로 십 년, 팔 년 정도가 지나면 각자의 입지가 탄탄해질 것이다. 그러나 지금은 기반이 무척 불안하고 부실했다.

심종홍이 무겁게 고개를 끄덕였다.

"자네 말이 맞네. 장인이 우리 집안과 사돈을 맺으려고 한 것도 그것 때문이 아니겠는가."

"그것뿐이겠습니까. 아마도…… 앞으로를 보신 게지요."

심종홍과 고정엽은 서로 눈을 마주 보며 각자의 의중을 짐작했다. 요즘 황제는 첫째 황자와 둘째 황자를 퍽 마음에 들어하고 있었다.

"그럼…… 앞으로 내가 어찌해야 좋겠나?"

심종홍이 고정엽의 사발에 술을 따라 주었다.

"아무것도 하지 마십시오."

심종홍이 깜짝 놀랐다.

"뭐라고?"

고정엽이 젓가락 두 쪽을 다 들고 말했다.

"심 형은 지금 이 상황이 위험하다고 생각하겠지만, 사실은 그렇지 않습니다. 첫째, 황상께서 아직 심 형을 중용할 생각이 있거든요. 그러니 이번에 단지 경고만 하고 넘어간 것이지요. 둘째, 영국공부에선 심 형에게 불상사가 생기는 것을 두고 보지 않을 겁니다. 그랬다간 자기 여식이 불행해질 뿐만 아니라 장차 첫째 황자께도……."

마지막 말은 이미 둘 다 알고 있었기에 굳이 첨언하지 않았다.

"그러니 지금 심 형은 아무것도 할 필요가 없습니다. 그저 집에서 심신수양에 전념하세요."

고정엽이 젓가락 한 쪽을 내려놓았다.

"황상께서는 정과 의리를 중요하게 생각하는 분이십니다. 심 형은 잠저[8]에서 십수 년간 황상을 옆에서 모셨고 고난을 함께했습니다. 시일이 지나면 황상께서는 필시 옛일을 떠올리실 겁니다. 그때가 되면 오히려 심 형이 마음이 약해 추씨 가문에 말려든 것을 안타깝게 생각하시겠지요."

하물며 황제에게는 여전히 심종홍이 필요하다.

---

8) 황제로 즉위하기 전 살던 사저.

심종홍이 고개를 끄덕이며 목소리를 낮췄다.

"이번에 황후마마께서도 나 때문에 고초를 겪으셨지."

고정엽이 남은 젓가락 한 짝을 마저 내려놓았다.

"영국공부는 명망이 대단한 집안입니다. 입지도 튼튼하고 인맥도 상당하지요. 허나, 새로 즉위하신 황상의 신임만 얻지 못하고 있습니다. 반면에 심 형은 황상의 신임을 받고 있지요. 영국공부 입장에서는 심 형이라는 든든한 인맥을 놓치고 싶지 않을 겁니다. 심 형께서는 집안만 잘 단속하시면 나머지는 장씨 가문이 알아서 처리할 겁니다."

고정엽은 탁자 위의 젓가락을 나란히 놓고 사발을 젓가락 위에 엎었다.

"이것처럼, 심 형은 지금 안정적인 상태라 이겁니다."

사실 심씨 가문이 장씨 가문과 너무 한 가족처럼 지내도 황제가 좋아하지 않을 수 있다. 그러나 정말 사이가 틀어진다면, 황제는 불경하다며 진노할 게 뻔했다. 심종홍이 장씨 집안의 여식을 정실부인으로 맞았을 때, 처음에는 이것도 좋고 저것도 좋았지만, 사실 이는 양날의 검이나 다름없었다. 예컨대, 고정엽이 명란을 아내로 맞겠다고 했을 때, 황제가 중등 문관의 서녀라는 것을 알고 애석해하면서도 안심했던 것과 같은 이치다.

심종홍은 안정적으로 놓인 사발을 보며 한참 말이 없었다.

"집안을 단속한다?"

고정엽이 조용히 말했다.

"장씨 집안에서 지금 이리도 당당하게 나오는 이유는 먼저 잘못을 한 쪽이 심 형이기 때문입니다. 그러니 어떤 결단을 내려야 하는지 심 형이 더 잘 알고 계시겠지요."

한 명은 황상의 성지를 받들어 혼례를 올린 정실부인이었고, 다른 한 명은 일개 첩실이었다. 고작 첩실이 국구부 내에서 엄청난 권력을 휘둘렀으니, 사실 영국공 부인이 마음만 먹었다면 딸 대신에 얼마든지 나설 수 있었다. 그러나 경성 안팎으로, 심지어 황궁 안에 이르기까지 추 이랑의 횡포와 만행이 알려지도록 계속 참았고, 여기서 심 국구가 한쪽 편만 드는 바람에 일이 시끄러워진 것이다. 이건 계략이 아닌 전략이었다. 장 씨 가문은 황제에 대한 충성심을 보이고 책임 회피나 기만하는 일이 없다는 사실을 모두에게 알리고자 한 것이다.

술 사발을 든 심종홍의 손가락이 파르르 떨렸다. 그가 떨리는 목소리로 말했다.

"아진이 숨을 거두기 직전에 아무 말 없이 그저 날 빤히 바라보기만 하더군. 그래도 알 수 있었지. 그 사람이 아이들을 걱정하고 있다는 걸……."

고정엽이 말했다.

"큰조카는 괜찮습니다. 어쨌든 사내아이니까요. 하지만 여식은 아무래도 혼사 문제가 걸리기 마련이지요."

추 이랑이 있는 한 장 씨는 영원히 어머니 노릇을 하지 못한다. 그렇다면 장차 혼담이 오갈 때 첩에게 교육받은 심 국구의 딸은 어느 집안이든 피하려고 할 것이다. 게다가 추 이랑의 행실을 보라. 품행도 단정하지 못하고 인성도 별로인 사람이 어떻게 아이를 바르게 키울 수 있겠는가?

차라리 지금부터 장 씨가 기르고 가르치면, 장차 딸의 혼사를 논할 때 장 씨가 나설 여지가 생긴다. 남편에게 이리 오랫동안 토라질 수 있는 여자는 본질적으로 추 이랑처럼 의뭉스러운 술수에는 관심도 없을 것이다.

심종홍이 일어났다. 그가 뒷짐을 지고 방 안을 이리저리 걷다가 갑자기 멈춰서 낮은 목소리로 말했다.

"차라리 아예 추 이랑과 헤어지고 싶네. 그 사람에게 좋은 배필을 찾아 주고 내보내버리고 싶어."

만약 그렇게 된다면 앞으로 그가 정실부인을 박대하고 첩실을 총애한다는 말은 없어질 것이다. 대신 장 씨의 투기가 심하다는 둥, 장씨 가문의 기세에 눌려 첩을 들이지 못한다는 둥 하는 구설에 휘말릴 수 있다. 추씨 집안은 어쨌든 그의 수중에 있으니, 앞으로 잘만 관리하면 될 일이다.

"심 형의 집안일이니 잘 결정하십시오."

고정엽이 술을 한 모금 마셨다. 부부가 서로 의심하고 계산하니 심씨 집안과 장씨 집안은 어찌 보면 비등비등했다.

"추씨 집안 자제 중에 전도유망한 아이가 있거든, 심 형이 그 아이들에게 학문과 무예를 가르치십시오. 그럼 예전 형수님의 넋도 달랠 수 있겠지요."

결단이 섰다. 심종흥은 힘을 다 써 버린 느낌에 털썩 주저앉았다.

고정엽이 천천히 다가와 조용히 말했다.

"제 말 잘 들으십시오. 팔왕야는 지금의 황상이십니다."

심종흥의 안색이 어두워졌다. 최근 들어 황제의 기세가 커지고 있는 데다 황자도 줄줄이 태어나고 있다. 앞으로의 일은 아무도 장담할 수 없는 만큼 최대한 조심하는 것이 좋다.

"우리도 예전의 우리가 아닙니다."

고정엽이 똑바로 몸을 세운 채 말했다.

"경 장군도 각별히 언관을 주의하고, 늘 언행을 조심하고 있지요."

팔왕비가 황후가 되고 나서 남편은 더는 남편이 아니라 군왕이었고,

심종홍이 국구가 되고 나서 처남은 더 이상 처남이 아닌 주상主上이었다. 변경에서 경성으로, 왕부에서 황궁으로 오면서 그 옛날 초야의 형제는 이제 막강한 권력을 쥔 인물로 성장했다. 따라서 각자의 역할을 알맞게 바꿔야 했다.

심종홍이 갑자기 추억 하나를 떠올렸다.

"우리가 청애산靑崖山 꼭대기에 올라 술 마신 날을 기억하나……?"

"한 주전자에 십 푼 정도 되는 싸구려 술이었지요."

"그렇지. 정걸이 가져왔는데 그게 뭐 좋은 술이었겠나?"

심종홍이 웃었다.

"밤새 술 마시고 이튿날 산 정상에서 깼지요. 다들 머리가 깨질 듯 아팠지만, 집으로 돌아가려고 하지 않았지요."

고정엽이 웃었다.

"술 마실 때까지만 해도 무슨 천하의 영웅호걸이 모인 듯 큰소리 떵떵 치더니, 단 장군마저 부인이 무섭다고 돌아가지 않으려고 했고요. 결국 다 같이 화권劃拳[9]을 했습니다."

"그런데 내가 걸리고 말았지. 그래서 그날 자네들을 데리고 우리 집으로 가지 않았나. 아진이 우리 모양새를 보고는 해장탕을 끓여주었고."

고정엽이 그날 일을 떠올리며 부르르 떨었다.

"그때 형수님, 정말 대단했습니다. 어멈을 시켜서 우리 코를 막고 그 뜨거운 해장탕을 입에다 들이부었지요. 말이야 바른말이지, 저희는 그

---

9) 술자리에서 흥을 돋우기 위한 놀이. 두 사람이 동시에 손가락을 내밀면서 각기 한 숫자를 말하는데 말하는 숫자와 쌍방에서 내미는 손가락의 총수가 서로 부합하면 이기는 것으로, 여기서 지는 사람이 벌주를 마심.

때 뜨거워서 술이 깬 거 아니었습니까?"

"맞아……. 그랬지……."

심종홍이 중얼거렸다. 전처가 생각나자 목울대가 빼근해졌다.

"아진, 왜 이리 빨리 날 떠난 게냐……."

그가 탁자에 엎드려 울음을 터뜨렸다.

고정엽이 그의 어깨에 손을 올리고 위로했다.

"심 형, 마음을 넓게 가지십시오. 앞으로 지금 형수님과 화목하게 지내시고요. 시간이 지나면 좋은 가정을 이룰 수 있을 것입니다……."

"아니, 다시는 없을 걸세."

심종홍이 참담한 얼굴로 고개를 가로저었다.

"부부 사이는 말일세. 서로가 서로에게 진심인지 아닌지를 속일 수 없는 법이지. 세상에서 잉꼬부부라고 불리는 사람들은 대부분 자기도 속이고 상대방도 속이는 것뿐이라네."

고정엽은 한참 가만히 있다가 겨우 발걸음을 옮겼다. 자기도 속이고 상대방도 속인다?!

근심이 있을 때 마시는 술이 가장 빨리 취한다. 이 말에 걸맞게 심종홍은 얼마 안 가 완전히 뻗어버리고 말았다.

고정엽은 천천히 말을 타고 돌아왔다. 이미 어두워진 밤하늘에 별이 드문드문 떠 있었다. 얼굴에 찬바람을 맞아서인지 가는 동안 취기가 거의 가셨다. 조용히 방으로 돌아왔을 때, 방 안은 칠흑같이 어두웠다. 그는 사람을 부르지 않고 손수 등불을 켰다.

"왜 불도 안 켜고 있었느냐?"

명란이 창가에 앉아서 하늘을 보다가 천천히 고개를 돌렸다.

"나리, 야식 좀 드시겠어요?"

고정엽이 고개를 저었다. 그는 팔꿈치를 탁자에 대고 앉아 타오르는 촛불을 바라보았다. 어디선가 불나방 한 마리가 날개를 파르르 떨며 날아들었다. 불나방이 연약해 보이는 날갯짓으로 고집스럽게 불을 향해 다가가고 있었다.

"이리 오거라. 우리…… 얘기 좀 하자꾸나."

명란이 고개를 끄덕이고는 그의 옆에 앉았다.

"그래요. 나리부터 말씀하세요."

제190화

세상 이치
: 님의 마음이 곧 내 마음이니,
이 마음 알아주는 것이 유일한 바람이네

고정엽이 촛불을 보며 말했다.

"심 형이 마음에 들지 않나 보구나."

명란이 눈을 흘기며 대답했다.

"심 국구는 조정의 기둥이신 데다 명도 잘 타고 나셨죠. 벼슬은 높고 재산도 많은 데다 부인까지 먼저 보내시고, 남들은 갖고 싶어도 못 갖는 좋은 운을 타고 나셨는데 어디 감히 못마땅해하겠어요."

고정엽은 고개를 돌려 귀 뒤쪽에서 단잠短簪[1]을 빼는 명란을 바라보았다. 촛불이 조용히 흔들리고 있었다.

"요즘 있었던 수많은 우여곡절은 모두 심 형이 무르고 우유부단하여 일어난 일이니 그렇게 생각할 만하다. 허나…… 너는 예전의 심 형을 모

---

1) 짧은 비녀.

르지 않느냐."

명란이 살짝 멈칫하더니 단잠을 내려놓으며 말했다.

"어느 예전이요?"

"경성에 와 봉작을 받기 전 말이다."

손가락 길이만 한 원형 양지백초羊脂白燭[2]의 불이 점점 밝아졌다. 그에 반해 고정엽의 눈빛은 수심으로 어두워졌다.

"내가 촉 지방에 가서 제일 처음 알게 된 사람이 왕부의 호위대장인 심 형이었지. 단성잠, 종대유, 경개천, 유정걸 이 네 사람과 함께 촉 변방의 오호라 불렸고 그 명성이 자자했다. 심 형은 그중 나이가 가장 어리나 우두머리였지."

"황후마마의 오라버니이신데 어찌 아니겠어요."

명란은 씁쓸했다.

고정엽은 그녀의 조롱 섞인 말을 못 들은 체하고 말했다.

"그 시절의 심 형을 보았다면 지금처럼 이렇게 우유부단하게 되리라곤 상상도 못 했을 거다. 그때는 형수 추 씨가 살아 있을 때라 추씨 집안도 지금처럼 행패를 부리지는 않았다."

명란은 한참을 침묵했다.

"……보통 여인이 아니셨겠네요."

고정엽은 고개를 끄덕인 후 말을 이어갔다.

"추 씨는 성실하고 진지하면서도 대범했고, 보통 남자보다 견식도 뛰어났지. 집안 대소사를 과감하게 처리하고, 황후마마의 말이라면 두말

---

2) 양의 기름으로 만든 흰색 초.

없이 따랐다. 그때는 심 형도 결단력 있고 용감하고 거리낌이 없으셨어. 크게는 왕야를 보필해 변방 지역을 다스렸고, 작게는 너그럽고 인자하게 형제들을 대해주셨지. 추씨 집안 자제들은 비록 출세하지 못했으나 본분을 지키며 책을 읽거나 잔일을 하며 심씨 집안에 기대어 살았고."

"그렇게 명석한 부인이 자리를 지키고 있으니 당연히 이상한 자들이 들러붙지 못했겠죠."

명란의 비아냥거림이 조금은 수그러들었다.

고정엽은 자신도 모르게 웃었다.

처음 한두 번 봤을 때만 해도 두 개로 땋은 머리를 늘어뜨리고 있던 어린 소녀였는데, 지금은 어찌나 매섭게 말을 하는지 다소곳한 구석이 하나도 없었다. 명란은 꽤나 신랄하고 매몰찬 사람이었지만, 그는 오히려 얌전한 척하지 않는 솔직한 모습이 매우 마음에 들었다. 허리에 두 손을 올리고 무뚝뚝한 표정으로 남을 꾸짖는 모습도 그의 눈에는 하얗고 통통한 도자기 인형처럼 마냥 귀여웠다.

고정엽은 자신도 모르게 목소리가 부드러워졌다.

"두 사람은 혼인하고 십 년이 지나도 신혼부부처럼 딱 붙어 다녔지. 잠시라도 떨어지면 아쉬워했다. 추 씨는 심 형의 눈빛이나 표정만 보고도 뭘 원하는지 바로 알아차렸고, 심 형도 추 씨가 미간을 찌푸리거나 고개만 돌려도 무슨 생각을 하는지 알아차렸지. 우리가 한담을 나눌 때도 그 두 사람은 항상 같은 목소리를 냈고, 눈빛만 봐도 서로의 마음을 이해했다. 서로 모든 걸 털어놓는…… 속마음까지 통하는 진정한 잉꼬부부였지. 난…… 부부가 그토록 금슬 좋을 수 있다고는 생각도 못 했다."

명란은 달라진 그의 목소리에 고개를 들어 힐끗 봤다. 또 돌아가신 부친과 대진 씨를 떠올리고 있는 게 분명했다. 둘의 사랑은 거의 모든 이를 다치게 한 악연이었지만, 그와 다르게 심 국구 부부의 사랑은 건강하고 긍정적이며 모든 이에게 이로웠던 좋은 인연이었다.

"그해 경성에 급작스럽게 변란이 일어나 삼왕야께서 가짜 조서를 받고 독주를 드셨고, 역왕은 거사에 실패해 목숨을 잃었……"

명란은 참지 못하고 끼어들었다.

"황상의 번지는 경성에서 먼 촉의 변방인데 소식이 그리 빠른 걸 보니 일찍이 큰 뜻이 있었던 거지요."

고정엽은 그녀를 슬쩍 바라보았다.

"그 소식은 내가 알렸다. 물길로 가면 더 빠르게 갈 수 있지."

명란은 뜻밖의 말에 '아' 하고 소리를 냈다.

"소식이 전해지자 왕부의 몇몇 막료가, 육왕야는 군왕위君王位를 잃었고, 오왕야는 잔학함 때문에 일찍이 선황제의 신임을 잃었으며, 황위 계승 서열이 높은 황자님은 모두 돌아가셨으니 옥좌는 아마도 성상께 돌아갈 것이라고 말했지. 허나 공손 선생은 아직 형세가 불확실하고 선황제의 의중도 알 수 없다 했어. 번왕은 칙서 없이는 자신의 영토를 벗어날 수 없으니, 행여 수상한 움직임으로 다른 사람을 도발하기라도 한다면 좋은 일도 나쁜 일이 될 터였지. 그렇다고 가만히 있을 수 없어서 다들 경계하고 군을 정비하며 팽팽히 당겨진 활시위처럼 긴장한 채 경성의 소식만을 기다렸다."

명란은 물었다.

"그럼…… 그때 나리께서는 무엇을 하고 계셨나요?"

"난 은밀히 경성 밖을 지키고 있었다. 얼마 지나지 않아 선황제께서 성상의 생모를 황후로 책봉하신 후에야 일의 중차대함을 깨닫고 직접 남쪽으로 내려가 소식을 알렸지. 지름길로 서둘러 가기 위해 거센 물길도,

험한 산길도 열심히 헤쳐 나갔다. 그 와중에 몇 명의 형제가 익사하고 말이 몇 마리나 죽었는지 모른다. 그렇게 열흘 넘게 걸려 겨우 도착했지."

명란이 힘겹게 침을 삼켰다.

"설마…… 예전에 나리와 함께했던 조방 사람들 말씀이세요?"

어쩐지 그간 장방에서 계속 누군가에게 돈을 준다 했더니, 모두 차삼낭이 사람을 보내 받아간 것이었나 보다.

고정엽은 슬픈 표정으로 고개를 끄덕였다. 그들은 모두 그와 오랫동안 함께 한 좋은 형제들이었다.

"경성으로 오라는 선황제의 명을 가지고 촉의 변경에 도착했을 때, 역시나 반역의 무리가 사방에 깔려 있었다. 유정걸은 사흘 동안 네다섯 무리의 자객을 죽였고, 단씨 형제는 황후와 어린 황자들을 보호했다. 왕부의 반은 피로 뒤덮였지. 하지만 그때 황제는 이미 경성으로 향하고 계셨다. 심 형과 난 병력을 둘로 나눠 움직이기로 했지. 십 년 넘게 왕부의 호위를 통솔했던 심 형은 더 많은 병력을 이끌고 드러내놓고 움직였고, 난 경 장군과 함께 폐하를 은밀히 모시고 관도官道[3]를 피해 다른 길로 이동했다."

조마조마했던 시절을 회상해서인지 그의 미간이 찌푸려졌다.

"심 형은 길에서 몇 번이나 도적 떼를 마주쳤다. 분명 도적 떼였지만 사실은 반역을 꾀하던 위소 군대였어. 심 형은 하마터면 목숨을 잃을 뻔했고, 종 형은 둘째 아우와 조카를 잃었지. 직예直隷[4] 경계에 다다르자 우

3) 국가에서 관리하던 간선길.

4) 현 하북성.

리도 더 이상 숨어서 갈 수 없었다. 경 장군은 필사적으로 후미를 지켰어. 그 와중에 두 처남을 잃고, 본인도 하마터면 한쪽 팔과 다리를 잃을 뻔했지. 난 성문이 보일 때까지 수없이 많은 자를 죽여 가며 폐하를 호위했다. 구문제독九門提督[5]이 군사를 이끌고 우릴 맞으러 나와서야 안전해졌지."

그의 얘기에 명란은 놀라고 두려운 마음에 손바닥에 땀이 흥건해졌다.

그 당시 온 경성이 태자를 초조하게 기다렸던 것이 기억났다. 팔왕야는 몇 달이 지나고서야 도착했다. 그때 속으로 고대의 낙후된 교통수단을 욕했는데 이런 우여곡절이 있었을 것이라고는 생각지도 못했다.

황제가 이들을 그토록 신임하는 건 당연했다. 이렇듯 목숨 바쳐가며 충성했으니 경성의 권세가가 통곡이나 고백으로 보여 주는 충심으로 필적할 수 있는 것이 아니었다.

기반이 튼튼한 권문세가의 뿌리는 너무 깊어 그 세력을 제거하기 쉽지 않을뿐더러 본심이 무엇인지 알 수도 없다. 그러나 고정엽과 심종흥 등은 자신과 가족의 목숨 모두 황제에게 바쳤다. 심복이 뭐겠는가. 그 옛날, 초패왕 항우가 천하를 휩쓸고 다닐 때 가장 신임했던 사람은 그의 강동 자제들이었다. 이자성이 아무리 패배해도 다시 일어설 수 있었던 가장 큰 이유는 처음 함께 거사를 일으켰던 사람들 때문이었다. 그 형제들만 있었다면 그는 몇 번을 항복하고 패배해도 권토중래했을 것이다.(나중에 이들 모두 하나의 돌 아래 묻혔다.)

경개천이 아무리 실수를 하고, 고정엽이 매일같이 집안일로 송사하

---

5) 수도의 아홉 개 문의 경비와 안전을 주관하는 책임자.

고, 심종흥이 하루가 멀다고 어리석은 짓을 해도, 황제는 이들이 필요했다. 제대로 일을 처리하고 임무를 완수할 뿐만 아니라 절대적으로 충성한다면 나머지는 사소한 문제일 뿐이다.

"많은 이의 피가 묻은 참으로 존귀한 제위군요."

명란이 나지막이 말했다.

고정엽은 고개를 저으며 한숨을 쉬었다.

"우리가 떠나 있을 때 황후마마와 어린 황자들이 급병을 앓았어……."

명란은 의아했다.

"급병이요?"

"정말 병이 난 것인지 아니면 누가 독을 쓴 것인지는 아무도 모른다. 어찌 되었든 그때 왕부 사람들 모두 인심이 흉흉했어. 단성잠과 유정걸 두 사람은 강적에 맞서고 자객을 죽일 수는 있었지만 내실에서 일어나는 일에 대해선 속수무책이었지……. 하여 회임 중이던 추 씨가 왕부로 갔다."

"나중에 황후마마와 어린 황자님들은 완쾌하셨는데, 추 씨는요……?"

명란의 목소리가 떨렸다.

고정엽의 얼굴엔 애석함이 묻어났다.

"심 형이 서둘러 돌아왔지만, 추 씨의 마지막 모습만 겨우 볼 수 있었지."

"……그래서 황후마마께서 추 이랑을 그토록 우대하시는 거로군요."

"심 형도 크게 앓아서 하마터면 부인의 뒤를 따라갈 뻔했다."

고정엽이 나지막이 말했다.

"추 씨가 세상을 떠난 후부터 심 형의 행실은 더욱 엉망이 됐지."

두 사람의 긴 침묵이 명란의 웃음소리에 깨졌다.

"세상사가 이리도 재미있네요. 애초에 황후마마께서 호전되지 않으셨다면 상을 치르는 건 추씨 집안이 아닌 심씨 집안이었을 테죠. 추 씨는 참으로 끝까지 일편단심으로 시댁만 생각했네요."

고정엽이 잠자코 있다가 천천히 입을 뗐다.

"공손 선생이 내게 한평생 추 씨처럼 현명한 여인은 못 봤다고 하시더구나."

현실은 종종 이렇게 추하면서도 안타까운 모습을 하고 있다.

명란은 씁쓸했다.

"어떤 일들은 알면 알수록 마음이 쓸쓸해지지요."

고정엽이 그녀를 잠시 보다가 말했다.

"다른 이들의 이야기는 끝났으니 이제 우리 얘기를 하자꾸나."

명란이 무심하게 답했다.

"좋아요. 나리께서는 어디서부터 이야기를 나누고 싶으신가요."

"제국공부에서 생신연이 있었던 그날부터 하자꾸나."

명란은 당황스러운 마음을 감추고 고정엽의 얘기에 귀 기울였다.

"그날 제국공부에서 돌아온 후 내 마음은 쭉 편치 않았다. 너는 줄곧 그 집 쌍둥이 이름 때문이라 넘겨짚었을 게다."

명란은 그의 새까맣고 깊은 눈동자를 보자 부인하지 못하고 고개를 끄덕였다.

"총명하고 어떤 일에도 침착한 네가 왜 그랬던 것이냐?"

고정엽이 조용히 물었다.

"제 발 저려서 그랬어요."

변명거리를 찾지 못한 명란은 고개를 떨군 채 앉아 있었다.

"심지어 록이에게 많이 캐묻지도 않았던데. 그러고 나서 어찌 되었는지 아느냐? 그날 난 문간방에서 기다리다 못해 안으로 몇 걸음 들어갔고 너와 제형의 대화를 들었다."

명란이 깜짝 놀라 변명하려 입을 뗐지만 결국 아무 말도 할 수 없었다.

그녀의 표정을 유심히 살피던 고정엽이 담담하게 말했다.

"보거라, 또 뭔가 찔리는 것이야. 어릴 적 벗끼리 몇 마디 나눈들 뭐 어떠냐. 게다가……."

그는 웃었다.

"좋은 이야기도 아니었지 않으냐."

"그럼 나리께선 대체 무엇 때문에 화가 나셨습니까?"

오랫동안 속으로 꾹 참아왔던 질문이었다. 이름 때문도 아니고, 제형과 대화를 나눠서도 아니라면, 이 남자는 대체 뭐 때문에 그 난리였단 말인가.

"넌 단 한 번도 나와 그런 말투로 대화한 적이 없었다."

고정엽이 차분히 말했다.

"항상 단정하고 예를 갖추었지. 내 계모에게도 예의를 갖추지 않은 적이 없어. 제형 말고 그 누구와도 그런 말투로 대화한 적이 없단 말이다."

명란은 그다지 좋지 않은 말로 제형을 욕했던 게 기억났다. 설마 이 남자 그걸 질투하는 건가? 명란은 당황해서 엉겁결에 툭 말을 뱉었다.

"안 될 게 뭐 있나요? 제, 제가 그 사람한테 의지해 살아가는 것도 아니고……."

"내게 의지해 살아가기에 그리도 예의를 차리고 공손히 대한다는 것이냐?"

명란은 당황한 나머지 얼굴이 빨갛게 달아올랐다.

"아…… 아니……. 나리 마음대로 해석하지 마세요!"

고정엽의 눈빛이 깊게 가라앉았다. 그가 갑자기 일어나 우람한 체구로 방 안을 한 바퀴 돌더니 명란 앞에 멈춰 섰다.

"제형 그 녀석이 너에게 마음이 있다는 건 내 진즉부터 알고 있었다. 녀석이 아이에게 네 이름을 준 게 뭐 어때서? 남의 마음이 어떻든 우리와 무슨 상관이 있단 말이냐? 내가 신경 쓰는 것은 너의 마음이다. 설마 너…… 혹시……."

그가 차마 다음 말을 잇지 못했다. 항상 용감하게 살아왔던 그도 이 순간에는 겁이 났다.

"아니에요. 나리께서 무슨 생각 하시는지 압니다. 저도 저 자신에게 수도 없이 같은 질문을 해봤다고요."

명란은 고개를 들고 창밖을 봤다. 깊은 사색에 빠진 듯했다.

"……아니에요. 제형 오라버니에게 남녀의 정을 품었던 적은 단 한 번도 없습니다."

"그리 확신하는 것이냐?"

고정엽이 뜸을 들이다 물었다.

명란이 담담하게 대답했다.

"아주 오래전, 제형 오라버니와 부부의 연을 맺을 수 없다는 걸 알았어요. 그렇다면 복잡할 게 뭐 있나요. 전 서책 속 여인네같이 정 많고 부드러운 사람이 아닙니다. 전 절대 일어나면 안 될 일을 만들지 않아요."

고정엽은 냉소했다.

"넌 참 현명하구나. 제형이만 쓸데없이 어리석은 마음을 품었어. 녀석이 이 말을 들었다면……."

"그에게는 이미 이보다 더한 말도 했어요."

명란이 딱 잘라 말했다.

고정엽의 화난 눈빛과 명란의 당당한 눈빛이 부딪혔다. 둘은 서로를 잠시 응시했고 고정엽이 먼저 눈빛을 피했다.

명란이 당당한 기색으로 말했다.

"누군가 날 좋아한다고 해서 저도 그 사람을 좋아해야 하나요? 흥! 이 세상에 그렇게 쉬운 일이 어디 있답니까!"

이제 더는 신경 쓸 게 없어진 명란이 십 년 넘게 마음속에 담아 두었던 말을 마음껏 내뱉었다.

"여섯 살 때 친어머니가 돌아가셨어요. 우리 자매 중에서 어머니는 여란 언니를, 아버지는 묵란 언니를 예뻐하셨죠. 할머니께서 절 불쌍히 여기지 않으셨다면 제가 어떻게 되었을지는 아무도 몰라요. 그런 제가 어찌 잘못된 길로 발을 들이려 하겠어요?"

명란은 말할수록 화가 치밀어서 벌떡 일어나 창 앞에 섰다.

"성씨 집안의 적녀도 평녕군주 마음에 못 들었는데 저라고 성에 찼겠어요? 제형 오라버니도 그 점을 분명히 알고 있는데 절 원한들 뭘 어쩌겠어요? 제가 달빛 아래에서 남몰래 그와 정이라도 나눠야 하나요? 그러다가 그가 덜컥 다른 집안 여식과 혼인하면, 저 혼자 한평생 남몰래 슬퍼하며 살라고요?!"

꿈도 크지! 그녀는 절대 가치 없는 인연과 사람 때문에 가슴 아파하지 않을 것이다.

고정엽이 잠시 침묵하다 말했다.

"예전에 제형이와 군주가 혼사 때문에 다투는 걸 여러 번 보았다."

"그래서요?"

명란이 앙칼지게 답했다.

"등주에 있을 때 할머니께서 절 데리고 피서를 갔었죠. 거기서 침당沈

塘[6]에 쓰이는 대나무 통과 가문 사당에 갇힌 여자를 보았어요. 그 사람이 정말 저와 혼인할 마음이 있었다면 저를 두려움에 떨게 할 것이 아니라 절차를 밟아 저를 아내로 맞았어야죠. 그게 잘 안 됐는데도 일을 벌였다간 결국 사사로이 정을 주고받았다고 제 목숨을 내놔야 했을 겁니다!"

말을 마친 명란이 눈물에 젖은 얼굴을 닦았다.

고정엽은 그녀의 눈에 서린 침통함에 놀랐다.

명란은 눈물을 머금고 또박또박 말을 이어 나갔다.

"나리, 세상에서 남자와 여자는 다릅니다. 남자가 마음을 준 만큼 여자에게 똑같이 마음을 달라고 하면 안 된다고요. 나리는 십 년 넘게 방탕하게 살다 마음을 다잡고 돌아와서 공을 세우고 이름을 알리셨죠. 그렇지만 여자는 한 발짝이라도 잘못 내디디면 일생의 절반을 망칩니다! 제가 그러면 자애로운 마음으로 절 키우신 할머니의 체면은 뭐가 되나요!"

그녀는 씩씩거리며 차갑게 말했다.

"그러니 나리, 마음 놓으세요. 어릴 때의 정도 그때의 경악과 공포에 다 사라졌으니까요. 두려워하지 못할망정 남녀의 정을 생각할 겨를이 어디 있겠어요. 그런 값 비싼 놀이, 저 같은 서녀는 감히 꿈도 안 꿉니다!"

고정엽의 마음이 시큰해졌다. 그는 차마 고개를 들고 그녀를 볼 수가 없어서 천천히 당의躺椅[7]에 앉았다.

명란은 춘등春凳[8]으로 돌아가 앉아 젖은 눈가를 훔치며 감정을 억눌렀다.

---

6) 사통한 남녀를 대나무 통에 가두고 강에 버리는 옛날 징벌 방식.

7) 누워 잘 수 있는 침대식 의자.

8) 등받이가 없는 넓고 긴 고급 구식 걸상의 일종.

"나리께서 방금 무엇 때문에 저에게 추 씨 이야기를 꺼냈는지 압니다. 허나 전 추 씨의 행동에 찬성하지 않아요. 설사 황후마마께서 잘못된다 한들 국구 나리의 목숨이 위태로워졌겠습니까! 하물며 황후마마는 하늘이 도우실 테니 분명 위기를 잘 넘기셨을 겁니다. 정말 은애한다면 국구 나리를 위해 자신을 잘 지켰어야지요!"

좋게 보면, 추 씨가 목숨 바쳐 황후를 돌본 것은 혈육 간의 정 때문이었다. 하지만 현실적으로 보면, 팔왕야의 제위를 목전에 두고 심씨 가문의 부귀영화와 태자로 세울 수 있는 심씨 가문의 외손자를 지키기 위함이었다.

"추 씨는 자신의 목숨으로 지금의 심씨 가문의 영광을 얻어냈지만, 과연 그럴 가치가 있는 일이었는지 국구 나리께 여쭈어보고 싶군요!"

물속에 떠 있는 달처럼 눈물에 젖은 차가운 눈동자가 고정엽의 마음을 아프게 찔렀다.

"제게 추 씨를 본받으면 안 되겠냐 물으시기 전에, 나리 자신에게 나리가 심 국구셨다면 제 목숨으로 나리의 앞길을 보장받고 싶었을지부터 물어보세요!"

"내 어찌 그러겠느냐!"

고정엽이 화를 내며 주먹으로 당의를 내리치자 '팍' 소리와 함께 의자 머리에 있던, 자단목으로 조각된 해당화 한 떨기가 깨졌다.

방 안에는 침묵이 맴돌았고 두 사람은 한동안 아무 말도 하지 않았다. 고정엽은 코를 벌름거리며 거칠게 호흡했다.

명란은 슬픈 눈으로 그를 봤다.

"저 골목의 버드나무에 맺힌 푸릇푸릇한 봄기운을 보니, 버슬을 얻고

자 부군을 전장으로 보낸 것이 참으로 후회스럽구나.[9] 저는 부부가 함께 평탄한 나날을 보내는 것만으로도 만족합니다. 추 씨도 없는 지금, 심 국구께서 과연 행복하실까요?"

고정엽은 앞에 있는 명란을 멍하니 봤다.

"난…… 너를 나무라는 것이 아니다. 단지 제형의 이야기를 꺼낼 때마다 네가 항상 묘하게 불편해해서……."

명란은 가슴 깊은 곳에 은밀히 쌓아 둔 벽이 와르르 무너져 그 안에 숨어 있던 못난 제 모습이 드러나는 것만 같았다. 그녀는 한 손으로 탁자를 짚으며 슬피 말했다.

"……그건 그 사람이 저를 진심으로 대할 때도 전 저만 생각했으니까요."

고정엽이 휙 하고 고개를 들었다.

명란은 왈칵 눈물을 쏟아냈다.

"그 사람은 저에게 참 잘해줬어요. 체면을 따지지도, 서녀라고 얕보지도 않고 그저 잘해주었죠. 진심으로 저와 혼인하길 원해서 애도 많이 썼어요. 그런데 저는…… 저 자신을 지키는 데 급급했어요. 제 평온함만 생각하느라 그를 조금도 소중히 여기지 않았죠."

닭똥 같은 눈물이 명란의 아름다운 얼굴을 타고 흘렀다. 그녀는 소리 죽여 울었다.

"나리께서 정확히 보셨어요. 전 평생 저 하나만 아꼈어요."

상처받은 명란의 눈을 들여다보던 고정엽은 순간 그녀의 죄책감이 제

---

9) 당나라 때 시인 왕창령王昌齡이 지은 〈규원閨怨〉의 한 구절.

형을 향한 것인지 자신을 향한 것인지 구분이 되지 않았다.

그는 그녀의 눈물을 닦아주려 몸을 일으키다가 갑자기 비틀거렸다.

마음이 서늘했다.

명란이 고개를 들었다. 얼굴은 이미 눈물범벅이었다. 그녀가 슬퍼하며 말했다.

"저에게 잘해주시는 나리께 죄송한 마음이에요. 전 양심도 없는 사람이죠."

그렇다. 그녀는 이런 사람이었다. 그렇다고 그가 무얼 어찌하겠는가.

고정엽은 꼬치꼬치 캐묻는 자신의 성격이 싫었다. 조금 분명하지 않으면 어떠랴. 수많은 부부가 그렇게 함께 백년해로하지 않는가. 그녀는 평생 추 씨처럼 모든 것을 다 내보일 수 없을 거라고 분명히 말했다. 그렇다 한들 그가 뭘 어찌할 수 있겠는가.

그는 삼십 년 가까이 살아오면서 어릴 적에는 제멋대로에 고집이 세서 굴욕을 당하면 꼭 되갚았고, 세월이 흘러서는 강호와 조정을 휘젓고 다녔지만, 지금만큼 무력했던 적은 없었다. 오늘에서야 자신이 얼마나 약한지 깨달았다. 미련이 남아 포기할 수 없으면서도 강하게 요구할 수도 없었다. 그녀의 눈물은 예리한 칼날 같았다. 약해 보이는 그 한 방울 한 방울이 심장을 후벼 팠고, 흐느끼는 소리는 날카로운 바늘이 되어 그의 마음속 가장 약한 부분을 콕콕 찔렀다.

고정엽이 갑자기 일어나더니 빠른 걸음으로 방을 나가 내서방으로 돌아갔다. 그는 손 가는 대로 책장에서 책을 빼 심란한 듯 책장을 넘겼다. 고전이 문밖에서 얼굴을 슬쩍 들이밀고 두리번거리더니 조용히 말했다.

"나리, 공손 선생께서 찾아오셨었습니다."

그는 흐릿한 불빛 아래 앉아 미동도 하지 않았다.

"선생께서 무슨 일로 오셨더냐?"

고전이 말했다.

"자세히는 말씀 안 하시고, 문서 하나를 왼쪽 책장에 두시고선 나리께서 돌아오시면 꼭 보여드리라고 하셨어요."

그는 주인을 한 번 쳐다보고는 조심스럽게 말을 이었다.

"나리의 공무가 더 늘어날 것 같습니다."

고정엽은 몸을 돌려 왼쪽 책장에서 돌돌 말려 있는 흰색 문서를 꺼내 빠르게 읽었다. 한참 동안 침묵이 이어졌다.

"알겠으니, 내일 아침 바로 찾아가겠다고 외원으로 가서 선생께 알리거라."

고전이 머리를 숙이고 몸을 굽힌 채 물러나 조용히 문을 닫았다.

얼마나 앉아 있었을까. 산호 모양 등잔대에 반 정도 남아 있던 초가 다 타자 방 안이 어두워졌다. 고정엽은 팔다리가 뻣뻣해져서야 천천히 몸을 일으켰다. 그러고는 근래에 취침하던 상방으로 가지 않고 가희거로 멍하니 발걸음을 옮겼다.

네 개의 침대 기둥 아래로 휘장이 내려와 있었다. 얇고 가벼운 비단 휘장은 명란이 가장 좋아하는 청록색으로, 짙은 색에서 옅은 색으로 겹겹이 겹쳐져 있는 모양이 강남 지방 호숫가의 수양버들 같았다. 밖에서 부슬부슬 내리는 비가 밤의 서늘함을 더하고 있었다.

명란은 옷을 입은 채 침대 모서리에 웅크리고 있었다. 얇고 부드러운 긴 머리카락이 배게 위에 흩어져 폭포수처럼 침대 옆으로 흘러내렸다. 긴 속눈썹은 촉촉이 젖어 있었고, 억울한 일을 당해 상처 입은 아이처럼 뺨 옆에는 주먹 쥔 작은 왼손이 놓여 있었다.

순간 심장이 조여드는 것 같았다.

그날 밤, 그는 사람을 시켜 내서방에 있는 이부자리를 주실로 옮겼다.

제191화

세상 이치
: 잃는 것이 있으면 얻는 것도 있다

두 사람 모두 그날 밤의 언쟁을 기꺼이 잊어버렸다. 사람의 타고난 성격과 현실을 바꿀 수 없다면 그저 받아들일 수밖에 없었다. 그 일이 있고 난 후에도 명란은 여전히 현모양처였고, 고정엽 또한 변함없이 집안을 돌보았다.

어느 날 고정엽은 아문衙門을 나와 주점을 지나던 중 밖으로 풍겨 나오는 익숙한 향기를 맡았다. 순간 마음이 동한 그는 살이 통통한 돼지 허벅지 수육 두 개를 사서 집으로 돌아갔다. 청록색 연잎에 싸인 고기는 빨간 양념이 잘 배어들어 향긋한 냄새가 났다. 이 냄새에 유모 품에서 꾸벅꾸벅 졸던 토실토실한 단이가 잠에서 번쩍 깨어나 흑백이 분명한 큰 눈으로 수육을 뚫어지게 쳐다봤다.

짓궂은 장난이 치고 싶어진 명란은 수상한 웃음을 지으며 아들을 안아서 한입 베어 물게 했다. 하지만 안타깝게도 이제 겨우 예닐곱 개의 찹쌀만 한 이만 올라온, 아직 앞니도 없는 단이는 반지르르하고 미끈거리는 피육을 베어 물 수가 없었다.

고정엽이 막 씻고 나왔을 때 아들은 통통한 다리로 책상다리를 하고 의자에 앉아 서러운 듯 울상을 짓고 있었고, 명란은 장난기 가득한 표정으로 생글생글 웃고 있었다.

"억지 부리면 안 돼. 먹지 못하게 한 게 아니라 네가 못 먹은 거잖니."

온 얼굴이 기름칠 범벅이 된 아들을 놀리는 재미에 그녀는 웃겨서 데굴데굴 굴렀다. 그러다 고정엽이 몇 걸음 떨어진 곳에 서 있는 것을 발견하고는 곧바로 조용하고 얌전한 모습으로 돌아갔다. 그 상황을 지켜본 고정엽은 절로 한숨이 새어 나왔다. 흙을 한 삽 퍼서 머리를 덮어주면 세상이 평안해진 줄로만 아는 두더지 같은 아내를 얻었으니, 역시 그는 보통 행운을 거머쥔 게 아니었다.

후부 나리와 마님의 사이가 좋아지자 후부 사람 중 몇몇은 기뻐했고, 몇몇은 근심했다. 최씨 어멈과 취미는 당연히 기뻐했지만 소도는 의아했다. 그날 밤, 문밖에 있으면서 두 사람이 다투는 소리를 어렴풋이 듣고 소도는 불안에 떨었다. 그래서 후부 나리가 한밤중에 스스로 마님의 침상으로 기어들어 갈 거라고는 생각지도 못했다. 며칠 전 부인이 몸을 낮추고 부드럽게 말했을 때는 고집 부리며 돌아오지 않다가 왜 대판 다투시고 나서야 얌전히 돌아오신 걸까? 다투는 게 효과가 더 좋나? 그렇다면 남자를 흠씬 두들겨 패는 게 더 잘 먹히지 않을까?

소도는 작게 한숨을 내쉬었다. 마님께선 얌전하고 연약하셔서(자기가 생각했을 때) 나리를 때리지는 못하실 테니 나중에 직접 해봐야겠다고 생각했다.

소문이 퍼진 뒤에 문안을 온 추랑의 모습이 어딘가 억울해 보였다. 그러고 며칠 뒤, 그녀는 기가 잔뜩 죽은 채로 와서 새로 만들었다며 월백색의 삼자衫子[1] 두 벌을 꺼냈다.

"날이 많이 더워져서 마님과 나리의 여름옷 한 벌씩 지었습니다. 서툰 솜씨지만 어여삐 봐주세요."

명란은 옷을 받아들고 세세히 살폈다. 남자 옷은 공을 많이 들여 세심하게 만든 티가 역력했고, 여자 옷도 부드럽고 반듯한 것이 그리 나쁘지는 않았다. 하지만 솜씨 좋은 취미는 급하게 만든다고 서둘러 뜬 바늘땀을 한눈에 발견했다.

추랑의 같잖은 꼴을 보니 명란은 화가 치밀어 올랐다. 이 여자는 아마 왕보천[2]과에 속할 것이다. 님이 언젠가는 돌아올 것을 굳게 믿고 십팔 년을 기다리고, 설령 공주를 데리고 돌아온다 해도 개의치 않을 여인이었다.

비록 그날 고정엽이 제비집 요리 그릇을 던져 버렸지만, 추랑은 조금도 원망하지 않고 옷을 지었다. 하지만 소매를 붙이기도 전에 고정엽이 가희거로 돌아가 버리는 바람에 그녀는 울며 겨자 먹기로 한 벌 더 만들 수밖에 없었던 것이다.

그날 밤, 명란은 추랑의 정성을 남편에게 건네주었다. 고정엽은 옷을 들고 그녀 앞에서 거들먹거리며 '네가 아니어도 날 소중히 여기는 사람이 많다'라는 티를 잔뜩 냈다. 명란이 입을 삐죽거리자 그는 모른 척하며 물었다.

---

1) 소매가 넓은 상의.

2) 중국 전통 희곡 속 인물. 승상의 딸로 태어나 부모의 반대를 무릅쓰고 가난한 설평귀와 혼인함. 전쟁에 참여하게 된 설평귀를 십팔 년간 기다려 결국 행복한 결말을 맞이하지만 중간에 설평귀가 공주와 혼인하기도 함.

"왜 기분이 안 좋은 것이냐?"

명란은 울적했다.

"호시탐탐 기회를 노리는 도둑이 신경 쓰여서요."

"너를 신경 쓰는 사람도 많다."

고정엽이 담담하게 말했다.

그의 말에 할 말이 없어진 명란은 자신의 패를 모두 내보인 결과가 겨우 이것이라는 사실이 한스러웠다.

옷을 갈아입고 불을 끌 때까지 그녀는 줄곧 우울해했다. 고정엽이 따뜻한 팔로 팔베개를 해주며 물었다.

"왜 그러느냐?"

"치사하게 굴었던 일이 생각나서요."

"무슨 일?"

"다 못 먹을 거 같은데 남 주긴 싫어서 그릇에다 침 뱉은 거요."

순간 휘장 속에 정적이 흘렀다. 고정엽이 소리 없이 웃으며 몸을 돌려 그녀의 몸을 누른 채 옷 속에 손을 집어넣었다. 그리고 잠긴 목소리로 말했다.

"네가 몇 입 더 먹으면 남들은 못 먹을 거 아니냐."

• • •

그러나 고정엽은 그 여름옷을 단 한 번도 입지 않았다. 소도를 불러 치우라고는 했는데 그 후에 어디로 갔는지는 알 수 없었다.

기운 넘치는 녹지가 구향원의 어멈을 찾아가 한담을 나누다 입방정을 떠는 바람에 추랑이 이 사실을 알게 되었다. 추랑은 베개를 껴안고 한나

절을 통곡했다. 이 일을 들은 취미는 녹지의 이마를 쿡쿡 찌르며 말했다.

"뭐라고 해야 말 들을래? 좀 점잖게 굴면 안 되니?"

녹지가 고집스럽게 말했다.

"마님이 박하게 대한 적도 없는데, 마님과 나리가 말다툼 좀 했다고 나리께 쪼르르 달려가 잘 보이려고 하잖아. 고것 고생 좀 시켜야 내 속이 시원할 거 같아서 그랬다, 왜!"

칠월에 접어들었다. 단귤의 혼삿날, 명란은 특별히 소도, 녹지, 그리고 취수에게 혼례에 다녀오라고 오라고 했다. 여자아이들은 돌아와서 얼마나 떠들썩했는지, 북과 징은 얼마나 흥겨웠고 폭죽은 얼마나 화려했는지, 또 붉은색 예복과 주채는 얼마나 고왔는지 왁자지껄하게 한껏 부풀려서 떠들어 댔다. 취미는 듣다가 고막이 터질 지경이었다. 계집종들은 한 방에 앉아서 부러워하고 감탄도 하며 한참을 재잘재잘 떠들고 나서야 조용해졌다.

모두가 돌아가고 난 뒤 벽사가 조용히 말했다.

"단귤 언니는 그래도 좋은 데로 시집갔는데, 우리는 앞으로 어떻게 될까요?"

녹지가 훌꾸거리더니 말했다.

"마님께서 생각이 있으시겠지. 그런데…… 이렇게 신경 쓰고 있다니, 넌 생각해 둔 게 있구나?"

비록 함께 자랐지만 녹지는 먹는 것만 밝히는 벽사의 게으른 성격이 늘 마음에 안 들었다.

벽사는 얼굴이 빨갛게 달아올라 말했다.

"그게 무슨 헛소리예요!"

사나흘이 채 지나기도 전에 단귤이 남편을 데리고 인사를 드리러 후부에 왔다. 명란은 단귤의 혈색 좋고 윤기가 흐르는 얼굴, 그리고 미간에서 드러나는 기쁨과 수줍음을 보자 마음이 놓였다.

"내년에는 내게 희단[3]을 보내주어야 한다."

방 안팎에는 아이들이 우르르 몰려와 있었다. 끊임없이 들려오는 작은 웃음소리에 단귤은 부끄러운 나머지 쥐구멍에라도 들어가고 싶었다. 결국, 부축해주는 남편에게 거의 숨다시피 하여 겨우 문밖을 나섰다.

이맘때 길일이 많은 편이라 넷째 숙부댁의 고정형도 혼인을 앞두고 있었다. 넷째 숙모는 일을 길게 끌었다가 문제가 생길 것을 염려해 혼사를 연내로 급히 잡았다. 명란은 취보재에 비취가 박힌 순금 머리 장식을 주문하고, 따로 체면치레로 은자 삼백 냥 정도의 지참금을 보태주었다. 고정형은 경성 밖으로 시집가기 때문에 장자인 고정훤이 직접 신행을 이끌고 가야 했다. 다행히 시가가 그렇게 먼 곳이 아니어서 보름이면 돌아올 수 있었다.

명란은 유일한 피붙이를 시집보내고 매일같이 눈물 바람인 넷째 숙모를 어쩔 수 없이 찾아봤다. 그러는 김에 시중드느라 온통 먼지투성이가 된 유 이랑과 극진한 보살핌을 받으며 다 알면서도 아무것도 하지 않는 넷째 숙부도 뵈었다.

명란은 눈곱만큼의 동정심도 생기지 않았다. 거의 반평생 풍류를 즐겼으니 이제는 갚을 때였다.

이 집처럼 흐르는 세월에 따라 변화를 맞은 두 여인이 있었다. 하나는 좋아졌고, 하나는 나빠졌는데, 명란은 이 두 사람의 팔자가 상충하는 게

3) 경사가 있을 때 선물로 돌리는 달걀.

아닌가 하는 강한 의구심이 들었다. 예전에는 영국공 부인이 계속 명란에게 자신의 딸을 도와달라고 하더니, 이제는 정 부인이 자꾸 그녀를 불러 심청평과 얘기 좀 해보라고 했다. 기운을 차린 장 씨는 이제 집안 살림을 관리하고 육아에 힘을 쏟으며 즐거운 나날들을 보내고 있었다. 그러나 심청평은 지난번 친정에 갔다가 저기압이 된 후로 여전히 회복하지 못하고 있었다. 배는 점점 불러오는데 사람은 말라갔고, 무기력한 우울 모드에 매일같이 불안해서 보기만 해도 염려스러웠다.

"어찌 저 지경이 된 건가요?"

심청평이 잠들고 나서야 명란이 문을 나서며 작게 물었다.

정 부인이 한숨을 쉬며 말했다.

"일전에 어디선가 황제 폐하께서 황후를 폐위하고 국구 나리까지 파면하려 한다는 소문을 듣고 와서는 겁을 먹고 하루에도 몇 번이나 울면서 헛소리를 하는군요……."

명란은 잠자코 있었다. 그녀는 심청평이 심씨 집안이 망하면 정씨 집안에서 자신을 내칠까봐 걱정한다는 걸 알고 있었다. 겨우 그 정도 정신상태로 장씨 집안 여자와 경쟁하려 들다니, 무모하기 짝이 없었다.

명란이 탄식할 새도 없이 장씨와 심씨 간에 벌어졌던 소란의 여파가 후부까지 미쳤다.

심종흥이 집에서 자숙하는 동안, 심종흥이 하던 일이 모두 고정엽에게 넘어간 것이다. 거기다 영국공의 일까지 일부 떠맡는 바람에 고정엽은 때때로 짧으면 사나흘, 길면 칠팔일씩 외박을 했다. 어떨 땐 서쪽 외곽의 군영에서, 어떨 때는 무기고에서 지냈고, 가끔은 장성 밖 말 훈련장까지 가기도 했다.

"오늘 종 부인께서 놀러 오셔서는 요즘 바쁘신 나리를 보니 부럽다고 하더라고요."

명란은 갈아입을 옷을 하나하나 가방에 집어넣었다.

"종 장군님께서는 한가하신가봐요?"

고정엽은 거울 앞에 앉아 머리를 묶으며 말했다.

"천 일 동안 군사를 양성하는 것은 한순간에 쓰기 위함이지. 일단 출병하면 한가할 틈이 없다."

"전 나리께서 출전하시는 것보다 차라리 평소에 바쁘신 게 좋습니다."

고정엽은 흰색과 자색 장식이 달린 금사관金絲冠을 머리에 쓰고 고개를 돌려 명란을 향해 미소를 지었다. 그건 마음속에서 우러나온 진심 어린 말이었다. 문을 나서기 전 고정엽은 그녀를 안고 입을 맞추고 또 맞추었다. 사실 무언가를 따지지 않고 이렇게 평생 살아도 좋을 것 같았다.

명란은 혼자서 후부를 관리하는 나날에 점점 익숙해졌다. 삼사일에 한 번씩 시간이 날 때면 정 장군부나 고정훤의 부인을 찾아갔고, 가끔은 국구부에 들러 살피기도 하며 제법 바쁜 나날을 보냈다.

어느 날, 외출하고 돌아오니 취미가 고개를 쭉 빼고 가희거 문 앞에서 기다리고 있다가 명란을 발견하자마자 다급히 다가와서 말했다.

"마님, 드디어 오셨네요. 노대부인이 오셨어요."

명란은 놀랍고도 기쁜 마음에 빠른 발걸음으로 방에 들어섰다. 정정한 노대부인이 방 한가운데 앉아 최씨 어멈 품에 안겨 있는 단이와 놀아주고 있었다. 그녀가 벽옥섬碧玉蟾[4]을 매단 붉은 비단실을 들고 이리저리 흔들자 단이는 고사리 같은 손을 뻗어 잡으려고 안간힘을 썼다. 손에

---

4) 두꺼비 모양의 푸른 옥.

닿으면 신이 나서 까르르 웃고, 손에 닿지 않으면 뾰로통해서 만두 같은 얼굴을 잔뜩 찌푸리는 모습에 노대부인의 얼굴에는 웃음꽃이 피었다.

명란은 노대부인 앞으로 달려가 애교를 부리며 말했다.

"할머니, 오늘 일부러 저 보러 오신 거예요? 며칠 못 봤더니 보고 싶으셨죠."

노대부인은 한 손가락으로 그녀의 이마를 쿡쿡 찌르며 말했다.

"보고 싶기는!"

그러곤 벽옥섬을 단이의 목에 걸어주며 최씨 어멈에게 말했다.

"비단실을 붉은 끈으로 바꿔서 꽉 묶게. 단이가 삼키지 않도록 조심하고."

"할머니, 이렇게 귀한 물건을……."

고정엽에게 시집온 뒤로 좋은 물건을 많이 봤던 터라 그녀도 보는 눈이 생겼다. 이 청록색의 곱고 윤이 나는 투명한 벽옥섬은 조금의 흠집도 없는 것이 보기 드문 귀한 물건임이 분명했다.

"됐다."

노대부인은 무뚝뚝한 표정으로 말했다.

"증조모가 단이에게 주겠다는데 네가 무슨 상관이야."

그러곤 최씨 어멈과 취미에게 말했다.

"이 아이와 할 이야기가 있으니 너희는 우선 물러가거라."

명란은 실없이 헤헤 웃으며 얌전히 한쪽에 앉았다. 최씨 어멈은 웃음을 참으며 대답하고는 단이를 안고 나갔다. 문이 닫히자 노대부인이 고개를 돌리고 물었다.

"솔직히 말해보아라. 고 서방이랑 다투었다면서?"

"……할머니, 그건 어디서 들으셨어요?"

명란은 말문이 막혔다.

노대부인의 낯빛이 새카맣게 탄 냄비 바닥처럼 어두워졌다.

"게다가 따로 잔다고?"

"진즉에 돌아와서 자요!"

명란은 다급한 마음에 말까지 꼬였다.

노대부인이 깊은 한숨을 쉬었다.

"그럼 다투긴 했었구나. 고 서방이 아예 방을 옮겼던 게야?"

명란이 빨개진 얼굴로 얼버무렸다.

"안 다투는 부부가 어디 있어요. 하지만……."

그녀도 모르게 목소리가 커졌다.

"보름 전부터는 같이 방을 쓰고 있어요."

어디서 들은 것인지는 몰라도 소식이 너무 느렸다.

명란은 순간적으로 드는 생각에 다급히 물었다.

"설마 이모님이 할머니께 얘기한 거예요?"

노대부인이 언짢은 기색을 내보이며 말했다.

"네 못난 어미한테 들었다! 물론 네 이모 역할도 있었겠지."

노대부인은 한숨을 쉬고 또 물었다.

"어쩌다 소문이 난 것이냐?"

명란의 표정이 어두워졌다.

"어머니께서 제게 보낸 채환이 때문이에요! 그 아이를 장원에 두고는 별다른 일 없으면 올해 부모에게 보내 알아서 혼례를 올리게 하려고 했어요. 그런데 우리 후부의 어멈을 매수해 시시각각 소식을 전해 받을 거라고 누가 생각이나 했겠어요."

"천한 것 같으니라고!"

노대부인은 크게 노하며 팔걸이를 세게 내리쳤다.

"그것을 어찌 처리할 셈이냐?"

명란이 우물쭈물했다.

"아직…… 못 정했어요."

사실 누구를 독하게 처리하는 데는 별로 소질이 없었다.

"내게 맡기거라."

노대부인이 진지하게 말했다.

"내가 좋은 곳을 알아보마."

명란은 연신 손사래를 쳤다.

"괜찮아요. 저도 이제 아랫사람을 처리하는 법을 배워야지요. 어머니가 보낸 아이인데…… 할머니께서 직접 나서시면 어머니 기분이 상할 거예요."

노대부인이 코웃음을 쳤다.

"어미가 언제 기분 좋았던 적은 있더냐. 네 큰올케가 돌아온 이후로 집안의 일은 모두 그 아이가 도맡아 하고 있는데 어미 표정이 얼마나 구겨져 있는지 모른다. 내가 어미를 못 믿는 것이 아니야. 왕씨 일가가 경성으로 돌아온 후로 자매가 찰싹 붙어 있단다. 거기에 대고 뭐라 하긴 그렇지만……."

노대부인은 잠시 머뭇거리다 말을 이었다.

"흥, 조만간 본때를 보여줄 것이다!"

명란이 체념하듯 말했다.

"사실 이모님만 없으면 어머니도 나쁘지 않아요."

"누가 아니라니!"

노대부인은 화가 나서 말했다.

"악랄한 수법이나 배우고. 일전에 또 누구 꼬드김에 넘어갔는지 몰라도 장동이 어미를 뙤약볕 아래에서 한 시진이나 꿇게 했다는구나!"

명란이 깜짝 놀랐다.

"무엇 때문에요? 향 이랑은 평소 온순한 성격이잖아요."

십여 년이나 지났다. 향 이랑이 젊고 예뻤을 때는 가만히 있더니 왜 인제 와서 난리를 피우는 거란 말인가?

"장동이가 현시縣試에 붙었잖니."

노대부인은 차를 한 모금 마셨다.

"잘난 이모가 일찌감치 기를 죽여 놔야 나중에 별 탈 없을 거라 했다더구나!"

"이제 시작인데, 어머니도 참."

노대부인이 버럭 화를 냈다.

"네가 소개한 년이라는 아이가 참 총명하더구나. 현시를 아주 잘 봤어. 네 아비가 장동이 글공부에 더 신경 쓰고 있는 이때에 하필 그 아이가 나타났으니, 네 아비가 분통이 터져 못 살려고 하더구나!"

잠시 침묵하던 할머니와 손녀는 동시에 한숨을 내뱉었다.

"그런 골치 아픈 이야기는 그만하고, 어쩌다 고 서방이랑 다툰 것인지나 어서 이야기하렴."

할머니가 자애로운 표정으로 말했다.

명란이 고개를 푹 숙이고 민망하다는 듯 답했다.

"제가 진심인지 의심하더라고요."

노대부인은 이해가 되지 않았다.

명란이 중요한 내용만 추려서 말하며 불만을 토로했다.

"정말 이상한 사람이에요. 잘 지내기는커녕 쓸데없는 일에 매달린다니까요! 설마 제가 매일같이 뭘 했고, 얼마나 많은 사람을 만났고, 무슨 일이 있었는지 캐묻길 바라는 걸까요? 남자들은 그런 걸 가장 귀찮아하는 거 아니에요?"

노대부인이 포복절도하며 명란에게 손가락질을 했다.

"너도 참! 아무것도 모르는구나."

그녀는 겨우 웃음을 멈추고 가슴을 쓸어내리며 말했다.

"세상일을 어찌 다 넘겨짚기만 하는 게야. 캐물을 필요가 없어도 몇 마디 더 물어봐야지! 저자에 나가서 물어보렴. 자기 남편에게 이것저것 묻지도 않고 욕 한마디 안 하는 아내가 세상에 어디 있는지. 아무것도 묻지 않고 예의만 차리면 그게 상관이지 남편이라 할 수 있겠느냐?!"

명란은 정확히 맞히셨다고, 진짜 그를 보스로 생각한다고 말씀드리고 싶었다.

한참을 놀리다 노대부인도 이제 부부간의 사소한 다툼에 신경 쓰기 귀찮아져 말했다.

"됐다. 고 서방이 다시 너와 함께 지낸다니 그것도 네 복이다."

그러다 미간을 찌푸리며 덧붙였다.

"단지 무관이 자주 집을 비운다는 게 마음에 걸리는구나."

명란이 고개를 저었다.

"문관에게 시집가는 것도 안 좋아요. 시어머니가 무섭잖아요."

노대부인의 웃음이 한숨으로 바뀌었다.

"여란 고것도 성격이 많이 좋아지긴 했지."

문염경이 지방관으로 부임하는 날이 다가올수록 문 노대부인은 일을 벌이고 다녔다. 시골로 피서를 가네, 고향에 내려가 친척들을 만나네 하며 여란을 끌고 다닌 것이다. 의외로 여란은 군말 없이 따랐다. 대신 왕 씨가 쫓아가서 여란을 사위와 함께 지방으로 보내지 않는다면 가만히 안 있겠다고, 사위의 부임을 없던 것으로 만드는 건 일도 아니라며 한바탕 독한 말을 퍼부었다.

"여란 언니도 철들었네요."

명란은 감개무량했다.

노대부인은 명란의 코를 살짝 비틀고는 사랑스럽다는 듯한 표정을 지었다.

"넌 어릴 땐 일찍 철이 들어서 애어른같이 굴더니, 지금은 오히려 애가 됐구나."

잠시 감상에 젖은 노대부인 눈에 안도하는 기색이 드러났다.

"여자가 시집가고 난 뒤 점점 어리광이 느는 것도 사실 복이란다."

삶이 힘들면 어쩔 수 없이 더 빨리 철이 들지만, 아끼고 사랑해주는 이가 있다면 천진난만한 모습으로 변한다. 여 노대부인도 그 연세에 여전히 소녀 같은 모습이지 않은가.

명란은 가만있었다. 그녀도 무슨 뜻인지 잘 알고 있었다.

고정엽에게 시집온 뒤로 남의 비위를 맞출 필요도, 참고 남에게 양보할 필요도 없었다. 이렇게 큰 후부를 관리하며 은자도 뜻대로 쓰고 사람도 내키는 대로 바꿀 수 있었다. 외출도 마음대로 할 수 있었고, 침상에 누워 게으름 피우고 싶으면 그리할 수도 있었다. 너도나도 앞다투어 명란에게 아부를 떨었고, 이제 그녀를 마음대로 부려먹고 눈치 줄 사람은 아무도 없었다. 후부의 대문을 닫아버리면 못 할 일은 아무것도 없었다. 고정엽은 그녀에게 거의 모든 권한을 줬고 전적으로 믿어줬다.

지금도 당연히 신중히 행동하려고 노력하지만, 매사에 조심하며 살아야 했던 서녀 시절과 비교하면 지금은 훨씬 좋은 나날을 보내고 있었다.

힘은 들지만 자유로웠다.

생각이 여기에 미치자 그녀는 이런 행복한 날들을 보낼 수 있게 해준, 지금 뭘 하고 있는지 알 수 없는 그가 더더욱 그리워졌다.

그렇게 며칠을 그리워하던 어느 날 밤, 단이를 막 재웠을 때 녹지가 황급히 들어왔다. 그 뒤로 시집갔던 취병이 따라 들어와 명란을 보자마자 울면서 엎드렸다.

"아가씨, 어서 가보세요, 노대부인이 위독하십니다!"

심장이 멎을 정도로 놀란 명란이 소리를 쳤다.

"뭐라고?!"

취병이 울면서 답했다.

"원래 괜찮으셨는데 오후부터 갑자기 불편하다고 하셨어요. 의원을 부르지 말라고 하셔서 식사를 내왔는데 갑자기 기절하셨어요. 지금은…… 지금은……."

명란은 침상에 앉아 혼란스러운 마음을 애써 진정시켰다. 그러고는 녹지에게 무섭게 소리쳤다.

"내 명첩을 가지고 가서 어서 임 태의를 모셔라! 어서, 빨리, 마차를 준비해서 바로 성부로 가!"

제192화

세상 이치
: 악인

칠흑같이 어두운 밤, 표주박 넝쿨 모양이 새겨진 자단목 격자창이 반쯤 열려 있고 그 틈새로 선선한 바람이 방안에 들어왔다. 8월 초 무더운 날씨에 부는 바람치고는 가슴이 서늘할 만큼 차가웠다. 수안당 안채에는 여러 사람이 앉거나 서 있었고, 노대부인은 두 눈을 꼭 감은 채 침상에 반듯이 누워 있었다. 눈 밑은 검게 그늘져 있었고 안색은 창백하면서도 노르스름했으며 평소 매끈하던 두 뺨은 움푹 꺼져 있었다. 명란은 여태껏 이토록 병들고 노쇠한 할머니는 처음이었다.

한쪽에 선 방씨 어멈은 축 처진 모습으로 넋을 놓은 채 절절매고 있었다.

성굉은 침상에서 서너 걸음 떨어진 곳에서 뜨거운 가마 속 개미처럼 안절부절못한 채 진맥 중인 임 태의를 바라보았다. 눈 하나 깜빡이지 않고 한참을 지켜보던 성굉이 결국 입을 뗐다.

"임 태의…… 어머니는……?"

임 태의가 오른손 손가락 네 개를 천천히 꼽아 보더니 일어나 뒤돌아

보며 말했다.

"지금 노대부인께서는 무엇보다 안정이 필요합니다. 주변에 사람이 너무 많은 것도 좋지 않으니, 성 대인께서는 저와 따로 이야기하시죠."

성굉은 임 태의를 따라 황급히 나갔다. 명란이 잠시 망설이다가 침상 옆에서 간호하고 있는 해 씨를 슬쩍 봤다.

해 씨가 미소를 지으며 말했다.

"여긴 제가 있을 테니 따라가 보세요."

명란은 그녀가 고마웠다.

"그럼 부탁할게요."

명란이 서둘러 밖으로 나갔다.

청당에 도착했다. 장풍이 성굉을 부축하여 상석에 앉혔고 류 씨는 임 태의에게 차를 따라 주었다. 이때 왕 씨가 다그쳐 물었다.

"대체 어찌 된 겁니까?"

임 태의가 머뭇거리며 대답했다.

"그것이…… 확실하지 않습니다."

이때, 명란이 안채에서 나왔고 그 모습을 본 태의의 눈빛이 반짝하는가 싶더니 금세 정상으로 돌아왔다.

"어찌 됐든 지금은 일단 고비를 넘겼습니다."

성굉이 안도의 한숨을 깊게 내뱉으며 태의에게 고마워했다.

"신경 써 주셔서 감사합니다. 무엇이든 필요한 게 있다면 말씀만 하십시오. 최대한 다 준비해드리겠습니다."

임 태의가 웃으며 말했다.

"대인께서는 참으로 효심이 지극하십니다."

명란이 조심스럽게 걸어가 작은 목소리로 물었다.

"할머니께서는 그간 강녕하셨어요. 멀쩡하시던 분이 이리 갑자기 쓰러지시다니요? 임 태의, 속 시원히 말씀 좀 해주세요."

이 말에 왕 씨가 눈썹을 찌푸렸다.

"이리 늦은 시간에 태의를 모신 것만 해도 큰 민폐거늘, 어찌 예의 없이 따져 묻는 것이냐? 태의께서 어련히 살펴보셨겠지."

임 태의가 미소 지으며 말했다.

"괜찮습니다. 무릇 부모의 마음으로 의술을 행하는 것이 저 같은 의원의 본분이니까요."

이때, 그가 자연스럽게 몸을 살짝 틀어 왕 씨와 다른 사람들의 시야를 은근슬쩍 가리고는 명란의 눈을 보며 차분하게 말했다.

"노대부인께서는 연세가 있으셔서 건강이 예전만 못한 데다 여기저기 탈이 때이기도 합니다. 그래서 지금 당장 어디가 문제라고 진단을 내리기가 어렵습니다. 찬찬히 살펴봐야지요."

명란은 임 태의를 지긋이 바라보며 대답했다.

"태의의 말씀이 맞습니다. 병은 늘 갑자기 찾아오는 거니까요……."

그녀가 눈가를 훔치며 말을 이었다.

"할머니께서 연세가 있으시니……."

그러자 왕 씨가 옳다구나 말했다.

"맞다. 나이가 들면 건강은 장담할 수 없는 법이지. 너에게는 내일 아침에 기별을 넣으려 했건만, 아랫것들이 입방정을 떨어서 이 밤에 너까지 오게 했구나. 괜히 우리가 제대로 보살피지 못했다고 생각할 게 아니냐."

왕 씨가 고개를 돌려 임 태의에게 웃어 보였다.

"임 태의께 폐만 끼쳤네요. 쉬지도 못하시고……."

성굉은 갈수록 말도 안 되는 소리를 늘어놓는 왕 씨에게 조용히 호통쳤다.

"그만하시오! 아이가 효심이 깊어 그런 것이니 뭐라고 할 거 없소!"

분위기가 어색해지자 류 씨가 조용히 말했다.

"딱히 늦은 시간은 아니지만, 아가씨도 어렵게 오셨으니 오늘은 묵고 가세요. 상방을 준비해 두었어요."

그녀는 고개를 돌려 임 태의를 보며 말했다.

"태의께서도……."

임 태의가 손사래를 치며 말했다.

"우리 같은 사람은 밤중에 자주 불려 다니니 부인께서는 신경 쓰지 마십시오……."

이때 명란이 갑자기 입을 열었다.

"할머니께서 다행히 고비를 넘기셨지만, 아직 의식을 차리지 못하셨습니다. 태의께서 하룻밤만 묵어주시면 저희도 마음이 놓일 것 같습니다. 혹여 할머니께서 밤중에 발작이라도 일으키실까 두렵습니다……."

왕 씨가 인상을 쓰며 한마디 하려는데 성굉이 먼저 나섰다.

"맞습니다. 태의께서 수고 좀 해주십시오."

그가 일어나 공수하자 임 태의도 황급히 일어나 답례했다. 임 태의 역시 육품 관리지만, 성가 사람들 대부분이 고위 관직에 오른 데다 친인척과 사돈 집안도 고관대작이 많아 감히 오만불손하게 굴 수가 없었다.

"별말씀을 다 하십니다."

임 태의는 잠시 고민하다가 대답했다.

"그럼 오늘은 남아서 노대부인께 침을 좀 놔 드리겠습니다. 우선 제가 부리는 아이에게 약방에서 약을 가져오라 해야겠습니다."

명란이 조용히 대답했다.

"임 태의, 감사합니다. 아이를 호위할 사람을 불러드리겠습니다."

임 태의가 공수하며 말했다.

"처방전을 써 드리지요."

류 씨가 서둘러 필묵을 준비시켰고 임 태의는 곧장 일필휘지로 써 내려갔다. 처방전을 받아 든 성굉은 영험한 약초가 아닌 따뜻한 성질의 약초들만 적혀 있어 저절로 미간이 찌푸려졌다. 그는 태연한 모습의 임 태의를 보며 잠시 머뭇거리다가 결국 말을 삼켰다.

아이가 처방전을 들고 나가자 임 태의는 노대부인을 살피러 안채로 향했다.

명란이 말했다.

"시간이 늦었으니 어머니, 아버지도 이만 들어가 쉬세요. 장풍 오라버니도 들어가시고요."

그녀가 류 씨의 손을 잡고 말했다.

"올케도 해산한 지 얼마 안 됐으니 아직 무리하면 안 돼요."

성굉이 말했다.

"너도 쉬거라. 할머니 곁에는 네 큰올케가 있으니……."

명란이 돌연 눈물을 뚝뚝 흘렸다.

"할머니께서는 저를 정성껏 키워주셨어요. 그 은혜가 태산과 같은데 전 이미 출가외인이라 항상 곁에 있어드릴 수 없잖아요. 큰올케도 어린 조카를 돌봐야 하니 오늘 밤은 제가 할머니 곁을 지킬게요."

성굉이 잠시 고민하다 말했다.

"알겠다. 그럼 오늘 밤은 네가 할머니 곁에 있거라."

그가 왕 씨를 흘겨보며 말했다.

"할머니 탕약은 네 어머니가 달일 것이니 신경 쓰지 말고."

낯빛이 어두워진 왕 씨가 입술을 깨물었다. 시어머니가 병이 나면 손자며느리가 아닌 며느리가 먼저 돌보는 게 이치에 맞는 일이었다.

성굉은 다시 안채로 들어가 의식이 없는 노대부인을 보며 한참 혼잣말을 하더니, 방씨 어멈에게 잘 돌보라고 귀에 딱지가 앉도록 당부했다. 이에 명란은 웃으며 말했다.

"아버지, 어서 가서 주무세요. 내일 조회에 나가셔야 하잖아요?"

성굉이 수염을 쓸어내리며 미소 지었다.

"하루 쉰다고 큰일이야 생기겠느냐. 난 괜찮다."

명란이 유순한 얼굴로 효심을 담아 말했다.

"아버지도 연세가 있으시니 힘든 일은 자식들 시키세요. 할머니 곁에는 제가 있을게요. 아버지는 이 집안의 기둥이십니다. 절대 무리하시면 안 돼요."

성굉은 듣기 좋은 말에 흐뭇한 마음이 들었다. 명란이 여러 번 설득하고 나서야 성굉은 왕 씨 등을 데리고 나갔다.

사람들이 우르르 빠져나가는 모습을 보며 명란도 천천히 웃음기를 거두었다. 그녀는 얼음처럼 차가운 눈빛과 표정으로 무겁게 말을 꺼냈다.

"방씨 어멈, 여기 말이 새 나가지 않게 수안당 안팎을 꽉 걸어 잠그세요."

방씨 어멈이 조용히 알겠다고 대답했다. 명란은 바로 안채로 들어가 임 태의를 똑바로 보며 단호한 어조로 말했다.

"임 태의, 저희 나리가 신임하는 분이니 저도 에둘러 말하지 않겠습니다. 저희 할머니, 대체 어디가 안 좋으신 건가요?"

임 태의가 기다렸다는 듯 몸을 일으켜 조용히 말했다.

"역시 현명하십니다. 노대부인께서는…… 증상이 확실히 이상합니다. 오후부터 심한 복통을 호소하셨고 구토와 설사까지 하셨습니다. 중간중간에 경련도 일으키셨고요. 아무래도……."

그가 뒷말을 잇지 못한 채 주저했다.

이 모습에 명란이 말했다.

"사실대로 말씀해주세요."

"병이라기보다는…… 그게…… 중독되신 듯합니다."

명란은 찢어질 듯 아픈 심장을 심호흡으로 겨우 진정시킨 다음 의자를 짚고 천천히 앉았다.

"확실한가요?"

"그게……."

임 태의가 난처한 얼굴로 대답했다.

"완전히는 아니어도 7, 8할 정도는 확신합니다. 오늘 노대부인께서 드신 음식을 확인할 수 있다면 조금 더 확실해질 겁니다."

마침 방에 들어온 방씨 어멈이 이야기를 듣고는 경악했다. 명란이 방씨 어멈에게 물었다.

"오늘 할머니께서 무엇을 드셨나요?"

그녀는 노대부인 밑에서 십 년을 모신 터라 생활습관을 잘 알고 있었다. 노대부인은 과부가 된 후로 수십 년간 예불을 드렸고 생활은 물론 식습관까지 대단히 규칙적이었다. 여태껏 식탐을 부린 적 없고 차가운 음식도 그리 좋아하지 않았다.

방씨 어멈이 분통을 터뜨렸다.

"어쩐지 저도 좀 이상하다 했습니다. 노마님처럼 강녕하신 분이 이리 쉽게 쓰러질 리가 있겠습니까?!"

수안당 안팎에는 사람도 별로 없고 식자재도 따로 구입했는데, 방씨 어멈이 모를 리 없었다.

"노대부인께서는 아침과 점심만 조금씩 드셨어요. 남은 음식은 요즘 날이 더워 쉽게 상하는 바람에 전부 개수통에 버렸고요. 아직 남아 있을 거예요. 다만…… 맛이……."

명란은 한 손을 들어 방씨 어멈의 말을 가로막고는 나지막하게 말했다.

"평상시 드시는 식사는 이 안에서 직접 만들었을 테니 그건 천천히 가져오셔도 돼요. 그것보다 오늘 식사 말고 무엇을 드셨나요?"

주방의 어멈들은 모두 노대부인이 시집올 때 데려온 몸종으로 벌써 수십 년째 함께한 사람들이었다. 자신과 가족의 목숨줄이 노대부인 손에 있는 이상 허튼짓을 할 리 없기에 명란은 이들에 대한 의심은 잠시 접기로 했다.

골똘히 생각하던 방씨 어멈이 말했다.

"최근 노마님께서 단 것을 많이 찾긴 하셨어요. 취방재聚芳齋에 오랫동안 연밥 강정을 만든 명인이 있습니다. 그 사람이 만든 강정이 경성에서 으뜸이라 노마님께서 특히나 좋아하셨지요. 이 명인은 한 달에 두 번만 강정을 만드는데, 노마님께서는 그때마다 항상 사람을 시켜서 사 오라고 하셨어요……."

그녀는 말하다 보니 문득 두려운 생각이 엄습했다.

명란이 다그쳤다.

"그래서요?"

방씨 어멈은 땀을 줄줄 흘리며 말을 이었다.

"금년 초에 노마님께서 전이 도련님도 예절을 배울 나이가 되었다며 매일 나리와 마님께 문안 인사를 드리라고 시키셨어요. 마님께서는 손자를 보고 아주 기뻐하시면서 앞으로 취방재 강정을 직접 챙기시겠다고 하셨고요. 이후로 마님께서는 명인이 강정을 만드는 날이면 해가 뜨기 전에 취방재로 사람을 보내 강정을 사 오게 했습니다. 갓 만든 따끈따끈한 것을 노마님께 드리겠다면서요……."

"그럼 이번 강정도 어머니가 사람을 시켜 보내신 건가요?"

명란의 목소리가 살짝 떨렸다.

방씨 어멈이 당황한 말투로 답했다.

"이미 몇 달째 드셨지만, 별 탈 없었습니다!"

명란은 잠시 멍해 있다가 갑자기 계집종을 불러 먹고 남은 간식을 가져오게 했다.

연밥 강정은 역시나 향이 강하고 식감이 바삭바삭했다. 이미 식긴 했지만, 노릇하게 구워진 겉면이 군침을 돌게 할 만큼 달콤한 빛깔을 뽐내고 있었다. 임 태의는 은침을 꺼내 조심스럽게 겉면을 벗겨낸 후 겉과 속을 유심히 관찰했다. 마지막으로 속을 찔러 보고 뒤적거린 뒤, 불빛 아래에서 은침을 비춰 보았다. 은침은 변색되지 않은 채 여전히 반짝거렸고 이에 명란도 한시름 놓았다. 그녀도 어머니 짓일까봐 내심 마음을 졸였다.

그런데 의외로 임 태의의 안색이 한층 더 어두워졌다. 그가 은침으로 속을 꼼꼼하게 찔러 보고 코로 냄새까지 맡자 명란은 다시 긴장했다. 잠시 후, 임 태의는 은침을 내려놓고 침상 옆으로 갔다. 노대부인의 눈꺼풀을 뒤집어 자세히 살피고는 약 상자에서 가느다란 깃털을 꺼내 노대부인 코 아래에 대고 호흡을 관찰했다.

깃털이 마구 떨렸고, 떨림의 간격 또한 일정하지 않았다. 거기다 쌕쌕

거리는 소리가 나는 것이 호흡 곤란 증세가 분명해 보였다.

임 태의는 노대부인의 손발을 마사지하고 관절을 두들겨보며 분주하게 움직였다. 한참 뒤 진찰을 마친 임 태의가 한숨을 내쉬며 말했다.

"참으로 고약한 수법입니다."

"그게 무슨……?"

명란은 숨이 턱 막혔다.

"독이 분명합니다."

임 태의의 얼굴이 창백했다.

"비상 같은 평범한 독이 아닙니다. 은행나무 싹에서 뽑아낸 액즙 같습니다. 수십 근에 달하는 액즙을 소량으로 농축하면 사람에게 치명적일 수 있지요."

은행은 먹을 수 있어도 그 싹은 먹을 수 없었다. 이론적으로 이것은 식중독에 속하여 은침으로는 독성이 검출되지 않았다. 임 태의가 반 이상 남은 간식을 가리키며 말했다.

"다행히 오늘 날씨가 무더워 강정이 더 달고 느끼했을 겁니다. 그래서 노대부인께서도 많이는 안 드신 것 같고요. 더 드셨다면 대라신선大羅神仙[1]이 와도 살리지 못했을 겁니다."

명란은 떨리는 목소리로 물었다.

"치료할 방법이 있습니까?"

"일단 약으로 구토를 유도하고 침을 더 놔드리겠습니다. 그래야 차차 탕약으로 해독할 수 있을 테니까요."

---

1) 신화 속 시공을 초월해 영생하는 신선.

그가 우물쭈물하다 말을 이었다.

"다만 노대부인께서 워낙 고령이신지라 젊은 사람들처럼 체력이 버텨 낼지가 문제입니다……."

주먹을 꽉 쥔 명란의 이마는 식은땀으로 흥건했다. 그녀가 허리를 숙여 인사했다.

"태의만 믿겠습니다!"

임 태의는 자기 딸보다 앳된 얼굴의 녕원후 부인에게 황급히 답례했다.

"별말씀을. 마땅히 제가 할 일이지요."

그가 만일에 대비해 개수통 안의 음식물을 확인하는 게 좋겠다고 하자 방씨 어멈이 그를 안내할 사람을 불렀다.

천천히 밖으로 나온 명란은 목을 꼿꼿하게 세우고 청당에 섰다. 그 뒤를 따르던 방씨 어멈이 눈물범벅이 된 채로 말했다.

"어찌 이리 간악할 수가……! 아가씨, 이제…… 어찌하면 좋을까요?"

명란은 떨리는 몸을 애써 가라앉히고는 미소를 지으며 취병에게 부드럽게 말했다.

"취병아, 네가 세심하고 꼼꼼하니, 고생스럽겠지만 할머니 곁에서 간호도 하고 임 태의도 좀 도와주렴."

"알겠습니다, 아가씨."

취병이 눈물을 닦으며 답했다.

요 며칠, 여란은 계속 문 노대부인을 따라 시골 친척들을 만났고, 희작도 귀아를 안고 동행했다. 여란은 그간 고생한 희작과 희견, 취병에게 며칠 친정에 다녀오도록 휴가를 주었다. 취병의 어머니는 노대부인을 오랫동안 모셔온 노복이라 취병은 수안당에 문안 인사를 드리러 갔다. 겸

사겸사 오랜만에 만나는 옛 친구들과 회포도 풀 생각이었다.

그러다 생각지도 못하게 이번 일과 마주하게 된 것이다. 당시 안채 사람들은 모두 당황하여 갈팡질팡했지만, 방씨 어멈만 침착함을 유지했다. 그녀는 취병이 이제 성부의 사람이 아니니 외출할 때 대패가 필요 없을 거라며 서둘러 후부에 기별을 넣으라 일렀다.

취병이 조심스럽게 방으로 들어간 후 명란이 뒤돌아 말했다.

"방씨 어멈, 수안당에 있는 사람들을 잘 감시해주세요. 여기서 일어나는 일은 절대로 바깥에 새어 나가서는 안 됩니다."

방씨 어멈은 독기 어린 눈빛으로 조용히 말했다.

"감히 입을 함부로 놀렸다간 제가 혓바닥을 잘라 버릴 겁니다!"

그녀는 이 말을 끝으로 뒤돌아 나갔다.

명란은 소매에서 작은 명패를 꺼내 손바닥으로 천천히 쓰다듬으며 소도에게 말했다.

"이곳의 문이 몇 개나 되는지 아느냐?"

소도는 침을 꼴깍 삼키고는 끄덕였다.

"네, 총 다섯 개 문이 있습니다. 앞문과 뒷문 그리고 앞문 옆에 있는 측문, 서쪽에 마차가 드나드는 측문, 그리고 뒤쪽 연못가 화원 끝에 있는 작은 문, 이렇게요."

소도는 시골 출신으로 어릴 적부터 활발하고 활동적인 아이였다. 그녀는 어린 데다 천진난만한 성격이라 온 저택을 휘젓고 다녔고, 그래서 사람들은 자연스레 그녀가 성부 안에 있는 개구멍 개수까지 다 알 것으로 생각했다.

명란이 명패를 건네자 소도는 영문도 모른 채 받아들고 어리둥절한 눈으로 명란을 봤다.

"도가 형제를 모셔오너라."

명란은 굳은 얼굴로 또박또박 말했다.

"호위를 데리고 와서 성부에 있는 문이란 문은 안쪽에서 단단히 지키라 해! 아무도 밖으로 내보내선 안 된다!"

강직하고 대담한 소도가 씩씩하게 대답했다.

"마님, 걱정 마세요. 지금 바로 다녀오겠습니다!"

소도가 나가자 녹지는 넋을 놓은 채 눈물을 흘렸다.

"설마 큰마님께서……."

차마 나머지 말은 뱉을 수가 없었다.

나한상 앞에 서 있던 명란은 두 손으로 탁자를 짚으며 그 위에 놓인 복숭아나무로 만든 오래된 염주를 멍하니 바라봤다. 그 옆에는 반짝거리는 자단목어紫檀木魚[2]가 놓여 있었다. 수십 년 동안 노대부인의 손때가 묻은 애장품이었다.

조심스럽게 뒤집어 보자 목어 바닥에 긁힌 흔적이 눈에 들어왔다. 명란이 일곱 살이었던 그해 겨울, 침상 탁자에 코를 박은 채 글씨 연습을 하고 짧은 팔다리로 침상을 내려가다가 그만 이불에 걸려 탁자와 같이 바닥에 떨어졌다. 그때 노대부인은 주변의 다른 것들을 신경도 쓰지 않고 하얗게 질린 얼굴로 황급히 그녀를 안아 올려 어르고 달래주었다.

명란은 탁자에 놓인 백자 찻잔을 뚫어지게 보았다. 지금 느껴지는 거라곤 분노와 증오밖에 없었다. 가슴속에서 울분이 치밀어 올랐다.

명란은 찻잔을 집어 들고 힘껏 내던졌다. 벽에 부딪힌 찻잔이 산산이

2) 자단으로 만든 목탁.

조각났다. 그제야 그녀는 힘겹게 숨을 내뱉었다.

"이 쳐죽일!"

제193화

세상 이치
: 요물

그날 밤 명란은 병상을 지키며 할머니의 몸을 닦고 구토를 유도하고 게워 낸 토사물을 치우며 밤새 시중을 들었다. 그 모습을 옆에서 지켜보던 방씨 어멈은 눈물을 머금었고, 임 태의는 깊이 감동했다. 실로 보기 드문 고명 부인의 품격 있는 모습에 조금 전까지 불안했던 마음이 한결 편해졌다.

임 태의는 간밤에 부엌을 확인하고 나오다가 수안당 앞에 있는 우락부락하게 생긴 두 거구의 사내를 보고는 가슴이 두방망이질 치듯 어지럽게 뛰었다. 그는 자기 일, 특히 태의원의 일을 하면서 벼슬아치들의 갖가지 음모를 자주 마주했다. 그래서 약사여래藥師菩薩[1]에 절을 올릴 때마다 의술에 정진하고 올바른 처방을 내릴 수 있게 해 달라 기도드렸고, 늘 필요 이상의 질문은 삼가고 행동거지와 말에 신중을 기했다. 혹시 모를

---

1) 중생의 병을 치료해주는 부처.

불미스러운 사건에 휘말리지 않기 위한 나름의 노력이었다.

아이가 가져온 깨끗한 옷으로 갈아입자, 방씨 어멈이 그를 상방으로 안내했다. 명란은 노대부인의 방에 있는 당의에서 옷을 입은 채로 잠시 눈을 붙였다. 아직 어두컴컴한 시각, 명란은 밖에서 들리는 웅성대는 소리에 설핏 잠에서 깼다.

"……명란 아가씨는 대체 왜 이러시는 거랍니까? 사람을 오도 가도 못하게 막으시더니 이제는 때리기까지 하시다니요……. 나리께서 조정에 나가보셔야 하는데……."

명란은 옅은 미소를 지으며 몸을 일으켰다. 녹지를 불러 새 옷으로 갈아입고 머리를 정갈하게 빗어 넘기고는 느긋하게 밖으로 나갔다. 방씨 어멈과 한창 말다툼 중인 사람은 왕 씨의 측근 전씨 어멈이었다. 명란을 발견한 그녀가 말했다.

"……아이고, 명란 아가씨, 밤에 와서 저놈들을 봤으면 놀라서 까무러쳤겠습니다요……."

명란이 목소리를 낮추라고 손짓했다.

"긴말할 필요 없네. 당장 자네와 같이 가서 아버지와 어머니를 뵐 것이네."

그녀가 성큼성큼 걸어가자 녹지가 작은 보따리를 들고 따라갔고, 영문을 몰라 얼떨떨한 전씨 어멈도 황급히 쫓아갔다.

가는 동안 전씨 어멈은 쉴 새 없이 떠들어댔다.

"……마님께서 화가 많이 나셨어요. 직접 오시겠다는 걸 제가 겨우 말렸습니다. 나리께서도 소란을 피워서 노마님을 놀라게 하면 안 된다고 저더러 아가씨를 모셔오라고 하셨고요……."

아무 대꾸도 없이 걸어가는 그녀의 표정이 은근히 냉랭해 보이자 전씨 어멈은 괜히 머쓱해져 입을 다물었다.

왕 씨 처소에 들어간 명란은 전씨 어멈에게 밖에서 기다리라고 하고 혼자 들어갔다. 왕 씨는 명란을 보자마자 욕부터 퍼부었다.

"이 몹쓸 것! 네가 단단히 미쳤구나. 사람을 시켜 집을 에워싸고 아무도 드나들지도 못하게 하다니! 조금이라도 말을 안 들으면 때리기까지 하고……."

관복을 차려입은 성굉이 안절부절못하며 방 안을 왔다 갔다 했다.

"대체 무슨 생각인 게냐? 혹여 소문이라도 나면 우리 가문의 체면이……."

딸이 아비를 집 안에 가두는 일은 생전 듣도 보도 못한 일이었다.

명란은 어떤 상황에서도 체면만 걱정하는 아버지가 가소로웠다. 그녀가 미소를 지으며 말했다.

"아버지, 염려하지 마세요. 문 안쪽에서 막고 있는 것뿐입니다. 대문도 단단히 닫혀 있는데 이 안에서 무슨 일이 일어나는지 누가 알겠어요?"

조급한 마음에 현기증이 난 성굉은 순간적으로 머리가 하얘졌다.

"게다가 어제 아버지도 오늘 하루쯤은 쉬어도 괜찮다고 하지 않으셨나요?"

성굉은 자신이 한 말이 있는지라 말문이 턱 막혀 물어보려던 말까지 잊어버렸다.

그러자 왕 씨가 일어나 호통을 쳤다.

"그래도 조정에는 나가셔야지!"

명란이 몇 걸음 가까이 다가가 말했다.

"아버지, 심려 놓으세요. 제가 이미 사람을 보내서 오늘 쉬신다고 일러두었습니다. 집안의 어른인 할머니께서 갑자기 아프셔서 걱정이 태산이라 오늘은 집에서 간호하실 거라고요. 그동안 쉬는 날 없이 일만 하셨잖아요. 소문이 나더라도 사람들은 아버지께서 효심이 깊고 선량한 분이라고 생각할 거예요. 그럼 아버지 평판에도 도움이 될 거고요."

이마에 맺힌 식은땀을 닦아 내던 성굉은 딸의 말에도 일리가 있다고 생각했다. 어머니가 아픈 것도 사실이었고, 요 근래 중요한 일도 없으니 하루쯤 못 쉴 것도 없었다. 진짜로 효자 노릇 한번 하면 되는 거였다.

왕 씨는 명란이 계속 자기를 무시하자 더욱 울화통이 치밀었다.

"애고 어른이고 할 것 없이 집안사람들을 모조리 가둬 놓고 대체 무슨 꿍꿍이냐!"

성굉이 천천히 관모를 벗어 탁자 위에 고이 올려놓았다.

"어디 말해보아라."

"별일 아닙니다. 단지 누군가 이곳 소식을 몰래 밖으로 흘리려고 해서 그걸 막으려는 것뿐이에요."

명란이 미소 띤 얼굴로 다소곳한 태도를 유지했다.

성굉이 눈썹을 찌푸리며 말했다.

"무슨 소식을 흘린다는 것이냐?"

"독이요."

웃음기를 싹 거둔 명란이 왕 씨를 똑바로 바라보며 말했다.

가슴이 철렁 내려앉은 왕 씨가 탁자 가장자리를 짚고 천천히 앉았다.

성굉이 어리둥절한 얼굴로 낮게 호통쳤다.

"그게 무슨 헛소리냐!"

그는 말하기가 무섭게 문뜩 떠오른 생각에 경악했다.

"설마 어머니가……."

명란이 고개를 끄덕이자 적잖이 충격을 받은 성굉이 비틀거리며 자리에 앉았다. 가까스로 진정한 그가 화를 내며 말했다.

"지금 그게 무슨 얼토당토않은 소리야! 성부에는 우리 가족뿐인데 어떻게……."

명란이 상석에 놓인 탁자를 가리키자 녹지가 손에 든 작은 보따리를 냉큼 올려놓았다. 보따리를 조심스럽게 풀어 보니 연꽃 문양의 청화백자 접시 위에 향긋한 냄새와 노릇한 빛깔의 간식 여러 조각이 올려져 있었다.

이를 본 왕 씨의 얼굴이 새파랗게 질렸고, 성굉은 떨리는 손으로 접시를 가리켰다.

"이것은 어머니의…… 설마…… 비상?"

비상은 시중에서 손쉽게 구할 수 있는 독약이었다.

"비상은 아니에요."

명란이 말했다.

왕 씨는 가슴에 한 손을 얹고 다른 한 손으로 이마에 난 식은땀을 닦았다. 이내 긴장이 풀린 왕 씨가 생각나는 대로 말을 내뱉었다.

"그럴 줄 알았다. 분명 단지……."

순간 실언했다는 생각에 황급히 입을 다물었다.

그러자 명란이 차갑게 말했다.

"단지 뭐요? 어머니는 뭐라도 알고 계신 건가요?"

성굉이 깜짝 놀란 눈으로 아내를 보자 왕 씨가 얼버무렸다.

"분명…… 분명 단지 조금 편찮으신 것뿐이란 말이다."

명란은 냉소했다.

"간식에 들은 건 비상은 아니지만, 치명적인 독인 것은 맞습니다."

그녀는 성굉을 보며 말을 이어갔다.

"아버지도 아시겠지만, 은행의 싹에는 독이 있어요."

성굉이 고개를 끄덕였다.

"맞다. 그걸 누가 모르겠느냐. 그러니 아무거나 일단 입에 넣는 어린아이나 중독되지."

명란이 말했다.

"누군가 은행 싹을 농축해 간식에 넣었어요. 방씨 어멈에게 물어봤더니 할머니께서는 그 간식을 따뜻할 때 두 조각씩 드셨대요. 그런데 임 태의가 말하길, 정말 두 조각을 드셨다면 할머니께서는 진즉에 염라대왕을 만났을 거라고 하더군요. 하늘이 도우셨지요. 날이 더워 달고 기름진 게 싫으셨는지 한 조각만 드셨거든요. 그 덕에 목숨을 건지신 거고요."

성굉의 등줄기에 식은땀이 흘렀고 금방 옷섶까지 축축해졌다.

"재미있는 것은, 어제 점심에 어머니 몸종이 수안당에 가서 남은 간식을 달라고 했다더군요. 큰조카딸이 먹고 싶다고 떼를 썼다죠, 아마. 다행히 할머니께서 많이 안 드신 걸 보고 나중에 찾으실까봐 방씨 어멈이 조금 남겨 놨길 망정이지 아니었으면 감쪽같았을 겁니다."

명란은 왕 씨를 뚫어지게 쳐다보며 그녀의 표정 변화를 유심히 살폈다.

"누가 독을 썼는지, 참으로 용의주도하죠."

당황한 왕 씨는 부녀가 자신을 뚫어지게 쳐다보자 언성을 높였다.

"왜 절 그렇게 보는 겁니까?!"

명란이 말했다.

"어머니께서 보내신 간식 아닌가요? 시어머니 간식까지 챙기는 효부라고 사람들도 칭찬했고요."

가슴에 분노가 치민 성굉은 딸이 있는 건 신경도 쓰지 않고 버럭 화를 냈다.

"어서 말해보시오! 대체 무슨 짓을 했단 말이오!"

왕 씨가 이를 악물고 체면도 버린 채 악을 썼다.

"고작 간식 몇 조각 가지고 나에게 죄를 뒤집어씌우려는 모양인데, 어림없지. 어머님 몸종이 앙심을 품고 해치려고 했을 수도 있지 않으냐!"

성굉이 욕을 퍼부었다.

"미련한 사람 같으니! 수안당 사람들은 어머님을 수십 년간 따른 사람들이오. 그런데 왜 해하려고 하겠소!"

왕 씨가 고개를 빳빳이 들고 받아쳤다.

"어머님이 겉으로는 좋아 보이셔도 속은 새카만 분일지 누가 알겠습니까. 뒤에서 아랫사람을 막 대하셨을 수도 있지요! 아니면 그 임 태의라는 작자가 엉터리로 진맥했을 수도 있고요. 병명을 모르니까 아무렇게나 지껄였을지 누가 알겠냐고요?!"

그녀의 억지에 더 화가 치민 성굉은 말문이 막혔지만, 명란은 눈 하나 깜짝하지 않고 미소 지으며 말했다.

"그건 문제 될 게 없어요. 할머니께서 독을 드신 건지 그저 편찮으신 건지 태의를 몇 명 더 불러서 보라고 하면 되니까요."

"그럴 수는 없다!"

성굉이 황급히 말했다.

"집안 망신이다. 어젯밤 네가 임 태의에게 물어본 것만 해도 충분히 경솔했어. 소문이라도 새어 나가면 집안 체면이 뭐가 되겠느냐. 절대 다른 사람이 알게 해서는 안 돼!"

명란은 성굉의 반응이 새삼스러울 것도 없었다.

"아버지, 염려 마세요. 임 태의는 고 서방이 신임하는 사람입니다. 무얼 알고 있든 절대 입 밖으로 내뱉는 법이 없죠. 다른 태의를 부르려는 건…… 어머니께서 임 태의가 못 미더우신 것 같아서 그렇습니다."

말을 마친 명란이 두 손을 펴 보이며 어깨를 으쓱했다.

뒤로 넘어갈 정도로 화가 난 성굉이 왕 씨를 보며 발을 동동 굴렀다.

"이…… 이래도 인정을 안 해……!"

왕 씨는 화도 나고 심사도 어지러워 급기야 생떼를 부리기 시작했다.

"어머님께서 나이 들어 생긴 식탐으로 싹이 난 은행을 드셔 놓고 몸이 안 좋아지니까 고작 강정 몇 조각으로 생사람을 잡네요! 내 말 잘 들어요. 내 눈에 흙이 들어가기 전까지 난 인정 못 해요!"

그녀가 멈칫하더니 기세등등하게 한마디 덧붙였다.

"내 친정을 얕보나본데, 어림없습니다!"

성굉은 바로 근처에 있는 처가가 떠오르자 순간 말이 목에 걸렸다.

소매로 입을 가린 명란은 너무 웃겨서 눈물이 다 났다.

"모르시나 보네요. 은행 싹으로 만든 즙은 소량만 먹으면 몸에 아무 해가 없어요. 싹이 난 은행을 먹고 쓰러지려면 적어도 한두 마대기는 먹어야 할 거예요. 하지만……."

그녀는 눈가에 맺힌 눈물을 훔쳤다.

"어머니, 여기서 죽네 사네 하실 필요 없어요. 저와 아버지가 생사람 잡는다고 생각하시면, 공당公堂[2]에 가서 판관 나리께 아뢰면 되잖습니까?"

명란의 말에 성굉과 왕 씨는 크게 놀랐다.

왕 씨가 욕지거리를 내뱉었다.

"네 이년! 네년은 몰라도 성씨 집안의 체면은 어찌 되겠느냐?!"

성굉도 펄쩍 뛰며 화를 냈다.

---

2) 벼슬아치들이 모여 나랏일을 처리하던 곳.

"어디 감히!"

두 사람 사이에 선 명란이 담담하게 말했다.

"일을 크게 벌이고 싶지 않으시면, 아버지께서 어머니를 설득하세요. 그렇지 않으면 사아문[3]에 서신을 보내겠어요. 그것도 싫으시면 가정들을 불러와 저와 호위들을 매질하고, 제가 아무 짓도 하지 못 하게 증거와 할머니를 숨기세요."

화가 난 성굉은 발만 동동 굴렀다. 정말 집안에서 싸움이 난다면 이웃들이 다 알게 될 텐데, 그럼 어찌 얼굴을 들고 다닐 수 있단 말인가?!

"얘야, 할머니를 대신해서 분풀이하는 네 마음은 나도 이해한단다."

그가 부드럽고 온화한 말투로 딸을 달랬다.

"허나 우린 한 가족이 아니더냐. 일을 크게 벌일 필요 뭐 있어. 우리끼리 조용히 조사하자."

"한 가족이요?"

명란이 눈을 감았다 떴다.

"아버지께서 말씀하지 않으셨다면 까먹을 뻔했습니다. 성부에 있는 모든 사람은 다 가족이고 친척이죠."

모르는 사이 눈물이 한 방울 툭 하고 소매에 떨어졌다.

"저는 아버지와 부녀지간이고, 또 저와 피를 나눈 형제자매들도 있지요. 어머니와 올케들은 성씨 집안의 자손을 낳았고요. 모두가 한 가족이지요. 할머니만 빼고요."

어느새 뜨거운 눈물을 쏟고 있던 명란이 다시 강조하며 말했다.

---

3) 치안을 담당하는 기관, 포도청과 같은 곳.

"할머니만 빼고요. 할머니는 혈육도 없고, 아버지, 큰오라버니, 큰언니, 우리까지 그 누구도 할머니와는 피 한 방울 섞이지 않았어요. 독을 쓴 사람도 알고 있었겠죠. 어머니는 발 벗고 나서 줄 친정이 있지만, 할머니는 이미 오래전 친정과 연을 끊으셨어요! 그러고 보니 맞네요. 한창 기세가 오른 우리 집안에서 과연 누가 이런 작은 일로 난리를 치겠어요?"

명란의 입꼬리에 걸린 비웃음을 보고 성굉의 관자놀이에 힘줄이 불끈 솟았다. 그는 그대로 손을 뻗어 그녀의 뺨을 후려쳤다. 성굉에게 정통으로 맞은 명란의 뺨이 얼얼하고 화끈거렸다. 명란은 억 소리가 날 정도로 아팠지만, 조금도 물러서지 않고 고개를 치켜든 채 차갑게 웃었다.

"아버지, 제가 어젯밤에 사람을 써서 성부 출입문을 막은 이유가 뭐라고 생각하세요?"

성굉이 손을 거두고 무정하게 말했다.

"네 멋대로 행동하기 전에 뒷수습을 어찌할지부터 생각해야 할 것이야!"

"진즉부터 알고 있었어요."

명란의 얼굴이 분노로 일그러졌다.

"항상 좋게 넘어가려고 하는 아버지 성격이라면, 이번 일도 집안 체면을 위해 조용히 넘어가시겠죠. 다른 일이라면 저도 아버지 뜻을 따르겠지만, 이번 일만큼은 절대 그럴 수 없어요!"

성굉이 차갑게 웃으며 말했다.

"오냐, 내가 아주 잘난 딸을 두었구나! 제 아비의 말을 거역하다니! 너 같은 딸은 나도 필요 없다!"

명란은 흐르는 눈물을 주체할 수 없었다.

"저도 알아요. 이번 일로 아버지께서 절 모르는 사람 취급하실 수 있다는 걸요. 저는 큰오라버니와 사이가 틀어질 테고, 큰언니는 절 거들떠보지도 않겠죠. 큰올케랑 여란 언니는 말할 필요도 없을 거고요. 고 서방도 제가 어리석다고 질책할지도 몰라요. 제가 죄인이에요. 이제는 기댈 친정도 없으니 지금은 입바른 소리를 해야겠어요."

독하게 마음을 먹은 명란이 쉰 목소리로 말했다.

"할머니를 위해 진실을 밝힐 거예요. 저는 아버지, 오라버니, 언니, 동생, 심지어 지금 누리고 있는 부귀영화까지도 모두 버릴 수 있어요!"

명란은 어떤 희생도 치를 각오로 꿋꿋하게 말했다.

"두 가지 방법이 있어요. 어머니께서 일의 내막을 밝히시거나 제가 순천부윤을 찾아가 억울함을 호소하는 것이요. 아버지께서 결정하세요."

성굉은 분노로 몸을 떨었고 손발까지 차가워졌다. 명란을 보는 그의 눈에는 노기가 흘러넘쳤지만, 일이 이 지경까지 된 이상 차선책을 택할 수밖에 없었다. 성굉은 고개를 돌려 왕 씨를 노려봤다.

"이리된 마당에 나도 이제 체면 따위 차리지 않을 것이오. 계속 그렇게 억지 부리면 휴서를 쓸 수밖에 없소. 왕씨 집안과 원수진다고 해도 앞으로 왕래를 안 하면 그만이오."

이 사태를 여기서 막을 수 있다면 다행이지만, 큰 소란으로 번진다면 그야말로 큰일이었다. 손가락질을 받거나 관직을 잃을 수도 있고, 까딱 잘못하다가는 옥고를 치를 수도 있었다.

왕 씨는 놀라서 그 자리에 굳어버렸다.

십 년 넘게 봐 온 명란은 영리한 데다 잔꾀도 부릴 줄 알고, 눈치가 빨라 좋은 것을 챙길 줄도 알았으나 상대를 난처하게 하지는 않았다. 그런데 오늘은 제정신이 아닌지 끝까지 물고 늘어졌다. 심지어 생부에게 대들며 건방진 말도 서슴없이 내뱉었다. 왕 씨가 손가락을 떨며 말했다.

"네가…… 어찌 이리도 불효막심하게 굴 수 있는 것이야……."

"이번 일을 명명백백 밝힌 후에 얼마든지 절 혼내세요."

명란이 담담하게 말을 이었다.

"그때까지 무탈하시다면요."

목이 멘 왕 씨가 고개를 돌려 간청하는 눈빛으로 성굉을 봤다.

"나리……."

성굉은 그런 그녀를 무시하고 명란 뒤에 선 녹지를 가리키며 말했다.

"가서 필묵을 가져오거라. 지금 당장 휴서를 써야겠다."

그러자 눈이 휘둥그레진 왕 씨가 얼굴을 감싸 쥐고 대성통곡했다.

"아이고, 내 팔자야……. 그 긴 세월 내가 성씨 집안에서 어떻게 버텼는데……."

그러자 성굉이 고개를 돌려 냉소를 던졌다.

"어리석은 사람아! 상황이 어떻게 돌아가는지 모르겠소? 어머님을 진맥한 태의도 있고, 독이 든 강정도 있소. 심지어 강정은 자네가 사 온 것이 아니오. 이 세 가지로 저 애가 당신의 목숨줄을 단단히 움켜쥐고 있잖소."

증인과 물증이 다 나왔다. 게다가 많은 사람이 두 사람 사이의 고부갈등을 알고 있었다. 모든 증거가 잘 맞아떨어진 상황에서 공당까지 간다면 왕 씨는 빼도 박도 못 한 채 죽은 목숨이었다. 지금은 스스로 밝히는 것만이 살길이었다.

성굉이 한마디 덧붙였다.

"어머님을 해하려고 했으니 누가 뭐래도 난 당신을 내칠 것이오!"

놀란 왕 씨가 울음을 멈췄다. 그때 조용히 누군가를 부르는 소리가 들려왔다.

"마님!"

뒤를 돌아보니 유곤댁이 옆방의 대나무 발을 걷고 고개를 숙여 안으로 들어왔다. 그녀가 왕 씨 앞에 무릎을 꿇고 앉았다.

"마님, 일이 이렇게 되었으니 고집 그만 부리세요. 계속 사실을 감추시면, 장백 도련님과 두 아가씨에게까지 화가 미칠 수 있습니다!"

그녀가 고개를 들어 왕 씨를 보며 말을 이었다.

"마님께서 잘못되시기라도 하면 앞으로 두 아가씨는 어떻게 시댁에서 기를 펴고 살겠습니까?! 게다가 큰 도련님의 벼슬길이 순조롭게 풀리고 있는 때가 아닙니까."

왕 씨는 모골이 송연해졌다. 만일 자신이 소박이라도 당하면 두 딸의 처지가 곤란해질 테고 아들은…….

명란이 유곤댁을 보며 차갑게 웃었다.

"내가 유곤댁을 잊고 있었군요. 이리 중요한 일에 빠질 리가 없는데."

유곤댁은 무릎을 꿇은 채 명란에게 돌아앉았다.

"지난번에 노마님께서 앞으로 강 부인을 집에 들이지 말라고 하셨어요. 소인이 감히 끼어들 일은 아니지만, 지당하신 말씀이라고 생각했습니다. 저도 왕씨 집안의 사람이지만, 오늘만큼은 꼭 말해야겠어요. 요즘 강 부인께서는 갈수록 도가 지나치십니다. 마님은 귀가 얇으셔서 꼬드김에 넘어가 잘못을 저지르기 십상이죠. 그래서 저도 마님께 강 부인과 거리를 두라고 종종 권했지만, 마님께서는 자매의 정 때문에 들으려 하지 않으셨습니다. ……강 부인과 이야기를 나눌 때면 늘 저를 내보내셨고요."

"그러면 유곤댁은 어찌 된 일인지 모르겠군요."

다리가 풀린 명란은 천천히 움직여 의자에 앉았다.

그러자 유곤댁이 말했다.

"비록 정확한 내막은 모르겠으나, 방금 아가씨 이야기를 들으니 대충 짐작이 갑니다."

그녀가 고개를 들어 명란을 보며 말을 이었다.

"아가씨께서도 확신이 서지 않아 마님께 사실을 추궁하신 거 아니신가요? 그게 아니라면 태의의 말과 접시에 담긴 간식을 가지고 어젯밤에 벌써 사달이 났겠죠. 마님을 어떻게 처리할지 나리와 의논도 끝내셨을 테고요."

명란은 탄복했다.

"왕가 노마님께서 괜히 유곤댁을 이리로 보내신 게 아니군요."

유곤댁이 머리를 조아리며 공손하게 말했다.

"소인은 방금 아가씨께서 말씀하신 은행 싹으로 만든 즙이니 진액이니 하는 것들은 전혀 모릅니다. 다만 어릴 적부터 마님을 모셔왔기 때문에 마님의 성격은 누구보다 잘 알지요. 마님께서 성격은 좀 급해도 정직한 분이십니다. 이런 악독한 계략을 꾸미실 분이 아니에요."

성굉은 명란이 조금 누그러진 듯하자 휴서 쓰는 것을 잠시 미뤄 둔 채 씩씩거리며 앉았다. 이야기를 듣고 보니 일리가 있었다. 자신의 아내는 까막눈이였다. 은행 싹에 독이 있다는 것을 알았다고 해도, 싹을 진액으로 만드는 방법은 알지 못했을 것이다. 이는 책을 읽을 줄 아는 사람이나 생각해 낼 수 있는 고급 기술이었다. 성굉은 유곤댁의 말을 듣고 한 사람이 떠올랐다.

유곤댁은 다시 뒤돌아서 왕 씨의 손을 잡고 부드럽게 달랬다.

"마님, 그냥 말씀하세요. 다른 사람은 몰라도 도련님과 아가씨들을 생각하셔야지요."

왕 씨는 결국 참지 못하고 눈물을 흘렸다.

"언…… 언니가…… 어머님이 저를 너무 쥐 잡듯 잡는다고, 툭하면 꾸짖으시고 벌하는 게 아니냐고 그랬습니다. 그래서 이제 며느리까지 절 만만하게 본다고, 너무 답답하게 사는 거 아니냐고요. 게다가 어머님은 몸도 건강하시니 언제까지 참고 살아야 할지 모른다고, 그러니까……."

"그래서 자매가 한통속이 돼서 어머니를 독살하려고 했다는 거요?!"

성굉이 화를 냈다.

"아닙니다!"

왕 씨는 연신 손사래를 치며 더 크게 울었다.

"……언니가 그랬어요. 어머님의 기력을 허하게 만들면 병상에 누워 골골댈 테니 이것저것 신경 쓸 여력이 없어지실 거라고요. 그럼 집안일은 모두 제 소관이 될 거라고……."

"아둔하기는!"

성굉은 괴로워하며 꾸짖었다. 방금 딸과 서로 언성을 높일 때는 화병이 생기는 것 같아 깊이 고민할 새도 없었고, 그저 다른 오해가 있을 거라고만 생각했지 정말로 왕 씨가 나쁜 마음을 먹었을 거라고는 생각도 못 했다.

왕 씨는 점점 더 서럽게 울었다.

"언니가 간식은 별거 아니라고 했어요. 그리고 어젯밤 태의도 어머님께서 많이 안정되었다고 했잖습니까……. 그러니 제가 어찌 알았겠어요."

그러자 유곤댁이 말했다.

"마님, 어찌 이리 어리석으세요! 생각해보십시오. 전이 도련님은 노마님께서 키우고 계십니다. 노마님께서 간식을 조금 떼어 도련님께 먹였다면 더 큰 야단이 났을 겁니다."

그제야 깨달은 왕 씨는 눈물범벅이 됐다.

"……세상에…… 설마 언니가?"

"마님 손자이지 강 부인의 손자가 아니지 않습니까? 신경도 안 쓸 겁니다. 전이 도련님께 무슨 일이 생겼다 해도 마님께서 그분께 따져 물었을까요? 오히려 강 부인이 마님의 약점을 쥐게 됐을 겁니다."

유곤댁은 연신 고개를 가로저었다.

성굉은 그보다 더 멀리 생각했다. 어머니께서 돌아가시면 성부 내의 모든 일은 왕 씨가 관장할 테고, 그런 왕 씨의 약점을 쥐고 있는 강 부인은 수시로 참견질을 할 것이다. 왕 씨는 사람이든 재산이든 순순히 다 내주었을 테고.

성굉은 분노로 치가 떨렸다.

"몹쓸 사람 같으니라고! 강씨 집안에 그리 잘해 줬건만 감히 우리 집안에 해를 끼쳐!"

왕 씨는 유곤댁의 팔을 부둥켜안은 채 대성통곡을 했고, 성굉은 다리를 내려치며 분노했다. 녹지는 붓과 먹, 그리고 새로 끓인 차를 담은 주전자를 들여왔다. 명란은 일어나 방 안을 천천히 돌아다니며 생각했다. 강씨 집안의 서녀는 왕야의 첩으로 들어갔고, 왕씨 집안은 경성으로 다시 돌아왔으며, 강직한 장손인 장백은 아직 돌아오지 않았다. 그리고 자신과 고정엽은 한바탕 다툰 데다(강 부인 생각에는) 그가 멀리 떠나 있어 집까지 비웠으니, 이보다 더 좋은 기회는 없었을 것이다.

은행 싹으로 만든 즙은 비상 같은 독약이 아니라서 은침으로는 확인할 수 없었다. 노대부인이 숨을 거둬 몸이 딱딱하게 굳으면 손발 경련,

설사, 구토 등 증상 모두 확인할 길이 없었다. 그녀와 왕 씨가 주도권을 잡아 남은 강정마저 깨끗이 치워 없애면, 아무리 의심스럽다 한들 아무 증거도 나오지 않았을 것이다. 일이 틀어져도 모든 혐의점은 왕 씨와 연결되니, 강 부인은 입을 꾹 다문 채 결백하다고 우기면 그만이었다. 명란은 속으로 비웃었다. 어쨌든 참으로 매정하고 모진 여자였다. 잠시 후, 밖에서 소란스러운 소리가 들려와 내다보니, 흉악하게 생긴 남자가 머리가 헝클어진 여자를 끌고 들어와 문 앞에 서 있었다. 그 뒤를 따라 들어온 소도가 외쳤다.

"마님, 전씨 어멈이 방금 몰래 머슴아이한테 돈을 주면서 개구멍으로 나갔다 오라고 시켰습니다!"

명란이 남자를 보며 살짝 고개를 끄덕였다.

"공자, 고생하셨습니다."

왕 씨는 도호의 무서운 생김새를 보고 놀라서 심하게 떨었다. 성굉은 그나마 나았다. 그는 자신의 사위에게 자기 대신 집을 지키고 보호해주는 강호 사람들이 있다는 것을 알고 있었다. 도가 형제는 그중 우두머리였다.

성굉이 땅에 꿇어앉아 있는 전씨 어멈에게 물었다.

"나가서 무엇을 하려 했느냐?"

전씨 어멈은 흙투성이가 된 얼굴로 대성통곡을 했다.

"나리, 억울하옵니다! 집에 급한 일이 있어서 사람을 보낸 것입니다!"

성굉이 말했다.

"무슨 급한 일인가?"

"……여든 먹은 노모가 아프십니다……."

전씨 어멈이 목 놓아 울었다.

그러자 소도가 바로 거짓을 지적했다.

"어머니는 일찍이 돌아가셨잖아요. 그래서 제가 부조금도 드렸고요."

"그게…… 양어머니요. 건강이 나빠지셔서……."

전씨 어멈은 멈추지 않고 변명을 줄줄 늘어놓았다.

그러자 녹지가 잽싸게 말했다.

"방금 제가 필묵을 가지러 갔을 때, 방 안을 힐끔거리며 몰래 엿듣고 있었습니다."

사실 왕 씨 처소의 어멈들은 모두 엿듣고 엿보는 버릇이 있었다. 왕 씨는 별로 신경 쓰지 않았지만, 그렇다고 밖으로 말을 흘리는 사람도 없었다.

성굉이 화를 내며 말했다.

"이런 고얀 것! 사실대로 말하거라!"

그러나 전씨 어멈은 바닥에 엎드려 울고 불며 억울함을 호소할 뿐이었다.

성굉은 순간 머리가 멍해졌다. 일이 밖으로 새어 나갈까 봐 가정을 불러 곤장을 치게 할 수도 없었다.

명란이 인상을 찌푸리며 말했다.

"난 되지도 않는 말을 들어줄 만큼 한가하지 않네."

그녀가 문밖을 보며 고개를 살짝 끄덕이며 말했다.

"공자께서 수고 좀 해주세요."

도호가 호기롭게 웃었다.

"어려운 일도 아닙니다."

그는 방 안으로 성큼성큼 들어와 허리춤에서 땀수건을 빼내 전씨 어멈의 아래턱을 붙들고 그녀의 입에 쑤셔 넣었다. 그러고는 왼쪽 무릎으로 그녀의 등을 받치고 왼손으로 어깨를 꽉 붙든 채 오른손으로 그녀의 손을 쥐었다. 어떻게 힘을 쓴 건지는 알 수 없었지만, 갑자기 뼈가 부러지는 둔탁한 소리가 났고 전씨 어멈은 돼지 멱따는 소리를 내질렀다. 다만 입을 미리 틀어막아 소리가 크게 나지는 않았다.

그녀의 오른쪽 새끼손가락이 기괴하게 뒤틀려 있었다. 뒤로 꺾인 손가락은 손등에 거의 닿아 있었는데 손끝은 옆으로 90도 정도 꺾여 있었다. 꺾인 손가락을 본 왕 씨는 놀라서 몸을 덜덜 떨었고 겁에 질려 넋을 놓았다. 유곤댁도 안색이 좋지 않았지만, 성굉은 침착한 얼굴로 아무 말도 하지 않았다.

고통에 까무러친 전씨 어멈은 안색이 검붉게 변하고 눈은 뒤집혀 흰자가 보였다. 소도는 재빨리 녹지가 방금 가져온 주전자에서 차를 한 잔 따라 전씨 어멈의 얼굴에 끼얹었다. 텔레비전에서 대부분 냉수나 얼음물을 끼얹어 죄인을 깨우지만, 뜨거운 차도 효과가 좋다는 게 증명됐다. 서서히 정신을 차린 전씨 어멈의 눈앞에는 도호의 무시무시한 얼굴이 있었다.

그가 음산하게 말했다.

"허튼소리를 내뱉으면 또 할 것이다. 어쨌든 손가락은 열 개니까."

전씨 어멈은 곧 죽을 것처럼 연신 고개를 끄덕였다.

도호는 팔을 놓은 후 땀수건을 빼고 뒤로 물러나 문 앞으로 갔다. 그는 녕원후 부인의 친정 체면을 생각해서 피를 보는 잔인한 수법은 쓰지 않았다. 그가 봐주지 않았다면, 아마 몇 명은 놀라서 기절했을 것이다.

명란은 전씨 어멈을 차갑게 노려보며 말했다.

"말해보시게."

전씨 어멈은 이제야 모든 것을 이실직고했다. 그녀는 손가락을 움켜잡고 바들바들 떨며 모든 것을 털어놓기 시작했다.

"강 부인께서 은자를 주시며 성부의 일을 알려달라고 하셨습니다. 어제도 또 은자를 두둑하게 챙겨 주시면서 잘 지켜보고 있다가 노마님께서 쓰러진 뒤 일어나는 작은 변고까지 다 전하라고 시키셨어요……."

명란이 웃더니 고개를 돌려 말했다.

"아버지, 이제 제가 왜 성부를 막은 것인지 아셨습니까?"

성굉은 화가 머리끝까지 치밀었다. 만일 어젯밤 명란이 사람들을 먼저 보낸 뒤 조용히 조사하지 않고 그 자리에서 소란을 피웠다면, 집 안의 첩자가 진즉 밖으로 소식을 흘렸을 것이다.

명란은 도호에게 전씨 어멈을 끌고 가라고 말한 다음, 점점 검푸르게 물드는 하늘을 보며 혼잣말을 중얼거렸다.

"이모님이 집안이 평온하다고 생각하게 내버려 둬야 해."

지금이 딱이야.

명란은 고개를 돌려 유곤댁에게 말했다.

"어서 일어나세요. 어멈이 이번에 수고 좀 해줘야겠어요."

유곤댁이 일어서서 하는 수 없이 대답했다.

"분부하십시오, 아가씨."

명란은 유난히 상냥한 웃음을 지으며 말했다.

"그동안 어머니께 그릇된 일을 하지 마시라고 항상 조언해주어 유곤댁이 좋은 사람일 거라고 생각해요. 지금 이렇게 큰일이 일어났고 어머니도 적잖이 연루되어 있지요. 그러니 미안하지만, 유곤댁이 강씨 집안에 한번 다녀와 줬으면 좋겠군요. 가서 이모를 모셔와요. 다 같이 앉아 잘 이야기하면 어찌 된 일인지 분명히 할 수 있을 테니."

유곤댁은 어리둥절했다.

"강 부인을 모셔오라고요?"

명란이 강 부인을 산 채로 가죽을 벗기고도 남을 것 같은데 왜 모셔오라고 하는 것인가.

명란이 끄덕였다.

"단, 당황한 척해야 합니다. 노마님께서 밤새 앓으시더니 더 안 좋아지셨다고 전해요. 겁이 많은 어머니가 밤새 무서워하셨다고, 날이 밝자마자 모시러 온 거라고요. 어머니도 달랠 겸 어떻게 해야 하는지 조언도 해주고 도와달라고 말해요."

이제 이해가 된 유곤댁은 마음이 서늘해졌다.

"그…… 강 부인이 오려고 할까요……?"

명란이 의미심장한 웃음을 지어 보였다.

"안 올 이유가 어디 있나요? 이모님께서 어머니가 딸들에게 연통을 넣었냐고 물으면 이모님께 가장 먼저 온 거라고 하면 될 거예요. 딸들은 시댁에 있으니 날이 좀 더 밝으면 가서 모시고 올 거라고 하고요."

가만히 곱씹어본 유곤댁은 자기 생각에도 강 부인이 올 것 같았다.

전씨 어멈이 연통을 넣지 않으면 모든 것이 정상이라는 뜻이었다. 자기가 그럴듯하게 '척'을 하면, 강 부인은 사람 목숨이 왔다 갔다 하니 왕씨가 두려움에 덜덜 떨며 자신을 찾고 있을 거라 생각할 게 분명했다. 소식도 듣고 증거도 없앨 겸 올 필요가 있었다.

유곤댁은 명란의 주도면밀함에 내심 감탄하며 작게 대답했다.

"유곤댁."

명란이 조용히 불렀다.

"유곤댁도 나와 할머니의 인연을 잘 알 거예요. 만일 이번에 진실을 밝히지 못하면, 난 다른 사람한테라도 화풀이할 것입니다. 듣자 하니 이번에 구아가 좋은 곳으로 시집갔고, 아들들도 앞길이 창창하다죠. 그러니…….”

명란이 미소를 지으며 귀밑머리를 만졌다.

“제대로 해요. 들키지 말고.”

등골이 서늘해진 유곤댁은 엎드려 머리를 조아렸다.

“소인이 반드시 강 부인을 모셔오겠습니다.”

유곤댁이 나가자 잔뜩 겁을 먹고 초주검이 된 왕 씨를 녹지가 부축해 방으로 옮겼다. 성굉이 미간을 찌푸리며 말했다.

“뭐 하러 남을 속이느냐? 강씨 집안과 바로 시비를 가리면 될 것 아니냐.”

“이 모든 게 사실이고 증거가 확실하다 해도 강씨 집안…… 아니, 왕씨 집안이 과연 우리 손에 이모님을 넘겨줄까요? 그렇다고 저희가 가정들을 데리고 쳐들어갈 수 있나요, 아니면 정말 관아에 가서 고발할 수 있나요?”

명란은 직접 차를 한 잔 따라 성굉 앞에 놓아주었다.

“우리 수중에 두어야 찢어 죽이든 말려 죽이든, 사약을 먹이든 자결하게 하든 저희가 결정할 수 있습니다. 왕씨 집안도 어찌하지 못할 거예요.”

명란이 나지막이 말했다.

“아버지, 저도 큰오라버니의 앞길을 막고 싶지 않고, 성씨 집안 체면에 먹칠하고 싶지도 않아요.”

성굉이 깜짝 놀라 말했다.

“네 이모의 목숨을 원하는 것이냐?!”

명란이 말했다.

"아버지, 염려 놓으세요. 아버지를 곤란하게 하지 않을 겁니다. 죽이더라도 사람을 시켜 몰래 죽일 거니까요."

성굉은 손에 찻잔을 들고 한참을 멍하니 있었다.

십여 년 동안 영리하고 사랑스럽기만 하던 어린 딸은 어느새 무서운 여인이 되어 있었다. 생부에게 대들 뿐 아니라 적모를 협박하고, 눈 하나 깜빡 안 하고 고문과 거짓말까지 하더니 이제는 대놓고 사람을 죽일 것이란다.

성굉이 중얼거렸다.

"네 생모는 일찍이 요절했고, 묵란이는 네 얼굴에 몹쓸 짓을 하려 했고, 혼사마저도 우여곡절이 많았지. 이리 힘든 일을 숱하게 겪고도 항상 넓고 크게 생각하며 아무것도 따지지 않더니, 어찌 이번에는……."

명란은 쓴웃음을 지으며 말했다.

"그러게요. 왜일까요?"

명란은 할 이야기는 끝났다는 듯 몸을 돌려 나갔다.

"……아버지, 좀 쉬세요. 저는 할머니를 살피고 오겠습니다."

성굉은 딸의 가냘픈 뒷모습을 보며 문득 자신이 이 아이에 대해 전혀 모른다는 것을 깨달았다.

• • •

소도가 명란을 부축하며 울음 섞인 코맹맹이 소리로 말했다.

"아가씨, 정말 복수하실 거예요?"

명란은 지친 기색이 역력했다.

"이 말 기억하렴. 이 세상은 모든 걸 다 내건 사람이 이기는 거란다. 아버지, 어머니 그리고 왕씨 집안과 강씨 집안을 포함해서 모든 것을 내걸 수 있는 사람은 오직 나밖에 없어."

그녀는 잠시 망설이다가 말을 이었다.

"가족이나 사랑하는 사람을 위해 복수하지 않는다면, 이는 못 하는 게 아니라 안 하는 것일 수도 있단다. 이것저것 두려워하고 망설이면서 무엇 하나 버리지 못하는 거지."

소도가 고개를 들고 물었다.

"그럼 아가씨는 다 버릴 수 있으세요?"

명란은 난해한 표정을 지으며 답했다.

"할머니가 돌아가시면, 나한테 더 이상 잃을 게 뭐가 있겠니."

지금의 몸도 그녀의 것이 아니었기에 성굉과 위 이랑에게 낳아 준 은혜를 보답할 필요도 없었다.

방에 들어간 명란이 말했다.

"할머니와 잠시 이야기를 나누고 싶어요."

명란의 볼이 빨갛게 부은 것을 본 방씨 어멈은 눈물이 그렁그렁한 채 사람들과 물러났다.

고작 한나절이 지났을 뿐인데 노대부인은 반쪽이 되어 있었다. 건조해진 피부는 쭈글쭈글했고 누렇게 뜬 얼굴은 수척했다. 여전히 혼수상태에서 깨어나지 못했지만, 구토와 설사는 멈췄다. 명란은 침상 옆에 앉아 어렸을 때 그랬던 것처럼, 할머니의 팔에 얼굴을 천천히 가져다 댔다.

그러고는 마음속으로 말했다. '감사해요. 의지할 데 없이 방황하던 저를 키워주시고, 지켜주시고, 가르쳐주시고, 이 거지 같은 세상에 맞설 수 있는 용기를 주셔서요.'라고.

그녀는 줄곧 능청스럽게 굴었다.

괜찮은 척, 무섭지 않은 척했지만, 사실 속으로는 죽을 만큼 무서웠다. 완전히 낯선 세계에서 할머니의 따뜻한 사랑이 없었다면 어땠을까? 노대부인은 든든한 버팀목처럼 그녀가 기댈 수 있게 뒤에서 지켜 줬다. 언제 어디서 무슨 일이 생겨도 자신의 뒤에는 안전한 대피소가 있다는 사실을 기억할 수 있었다.

"절대 용서하지 않을 거예요."

그녀가 나지막이 말했다.

"할머니도 이렇게 가시면 안 돼요."

노대부인은 자손들의 효도와 사랑을 받으며 백 살 넘게 살다가, 꿈을 꾸다 편안히 눈을 감아 마땅했다.

"혈육도 집도 없이 반평생 외롭게 사셔서 저들이 괴롭히는 거예요. 하지만 걱정 마세요. 제가 있잖아요."

그녀는 갑자기 눈물을 펑펑 쏟았다.

"모두에게 외면당해도 상관없어요. 그냥 이 세상에 한번 다녀간 셈 치면 되니까."

제194화

세상 이치
:악귀

한참을 할머니에게 기대어 있던 명란은 임 태의가 미간을 찌푸리며 들어오자 몸을 돌려 눈가를 훔치고 말했다.

"태의께서 고생이 많으십니다. 조금 더 쉬시지요."

상방에서 한두 시진 정도 눈을 붙인 덕에 정신이 맑아진 임 태의가 두 손을 모으고 명란에게 말했다.

"괜찮습니다. 노대부인께서 아직 의식이 없으셔서 저도 편히 쉴 수가 없습니다."

명란의 얼굴에 드리워진 그림자를 본 그가 위로의 말을 전했다.

"마음을 편히 가지세요. 어젯밤에 침을 맞으신 뒤로 많이 좋아지셨습니다."

"어서 빨리 깨어나셔야 할 텐데요."

명란은 의술에 대해 잘 모르지만, 오랫동안 혼수상태에 빠져 있으면 좋지 않다는 것 정도는 알고 있었다.

그러자 임 태의가 말했다.

"그건 그렇지요. 깨어나셔야 제대로 치료를 할 수 있고 약을 드시거나 부구敷灸[1]를 하기에도 편하니까요."

명란은 임 태의와 몇 마디 더 나눈 후 방씨 어멈에게 이끌려 아침을 먹으러 갔다. 명란이 붉은 쌀로 만든 죽 반 그릇과 다진 훈제 돼지고기를 넣은 연잎 모양의 만두를 겨우 몇 입 꾸역꾸역 먹고 젓가락을 내려놓았다. 해는 이미 중천에 떠 있었다. 이때 녹지가 희색을 띤 채 잰걸음으로 들어왔다.

"마님, 왔습니다."

유곤댁이 고개를 숙인 채 녹지를 따라 들어왔다. 명란이 그녀에게 수고의 말을 전했다.

"수고 많았어요."

어딘가 창백해 보이는 유곤댁이 주위에 아무도 없는 것을 확인하고 작게 말했다.

"강 부인 혼자 마님 방으로 들어갔습니다. 함께 온 사람은 가둬 놨고, 지금 소도가 지키고 있습니다."

명란이 말했다.

"함께 온 그들은 아마 이모의 심복이겠지."

고개를 든 유곤댁이 대단하다는 듯 명란을 보며 말했다.

"짐작하신 대로입니다. 어멈 넷이 따라왔고, 가정 여섯이 문간방에서 기다리고 있습니다. 어멈 중 둘은 강 부인의 수족이나 다름없고, 다른 둘도 일을 맡길 만큼 신임하는 사람입니다. 그런데……."

---

1) 뜸쑥에 물이나 물약을 붓고 가열한 뒤 혈 자리에 올려 뜨거운 습기가 몸속에 스며들게 하는 뜸의 일종.

왕씨 집안의 자매가 매일같이 어울려서 좋다고 할 수 있는 점은, 강 부인만 성부의 일을 알고 있는 것이 아니라 왕 씨 주변 사람들도 강씨 집안에 대해 잘 알고 있다는 것이다.

명란이 말했다.

"괜찮으니 어서 말해 봐요."

일이 이렇게 된 마당에 강 부인이 빠져나간다면 그녀를 속여서 데리고 온 자신에게도 좋을 것이 없다는 생각에 유곤댁이 말을 이었다.

"기씨 어멈이라고, 원래 강 부인의 유모였는데 시집갈 때 몸종으로 함께 갔습니다."

명란이 눈썹을 꿈틀거리며 물었다.

"오늘 안 왔나요?"

유곤댁이 고개를 끄덕이며 덧붙였다.

"기씨 어멈은 나이가 많지만 강 부인이 가장 아끼는 사람입니다."

다시 말하자면, 강 부인이 무언가를 은밀히 꾸밀 경우 다른 사람은 몰라도 기씨 어멈은 안다는 뜻이었다. 그녀가 이어서 말했다.

"그런데 기씨 어멈은 워낙 신중한 사람이라 속이기 쉽지 않습니다."

명란이 일어나서 방 안을 이리저리 왔다 갔다 하다가 갑자기 유곤댁의 귓가에 몇 마디 속삭였다. 명란의 말을 들은 유곤댁은 깜짝 놀라며 말했다.

"맞습니다. 두 사람 모두……. 그걸 어떻게 아셨습니까?"

고개를 숙이고 가만히 생각하던 명란이 또 유곤댁에게 귓속말로 무언가를 지시했다.

당황한 유곤댁이 말을 더듬었다.

"아가씨, 왜……."

순간 무언가를 깨달았는지 그녀가 말을 멈추었다. 그녀는 머리도 좋은 데다 오랫동안 일을 해 온 덕에 이해도 빨랐다.

명란이 미소를 지으며 말했다.

"유곤댁은 똑똑한 사람이죠. 이 일만 잘해주면 섭섭하지 않게 사례할게요."

이마에 땀이 날 정도로 긴장한 유곤댁이 결심한 듯 말했다.

"지금 바로 다녀오겠습니다."

그러자 명란이 손을 흔들며 웃었다.

"그렇게 서두를 필요 없으니 밥부터 먹고 한숨 좀 돌려요. 도룡 공자가 함께 갈 테니 유곤댁은 앞에 나서서 얼굴만 보이고 나머지는 신경 쓰지 말아요."

유곤댁이 대답하고 물러가자 명란은 도룡 공자를 불러오도록 사람을 보냈다.

도룡의 얼굴에는 흉터가 있지만, 지난 몇 년간 평온한 나날들을 보내며 얼굴에 살이 보기 좋게 올랐고, 성격도 유해져서 우락부락한 도호와는 딴판이었다. 그렇지만 그는 여전히 진중하고 유능한 인재였다. 명란이 이것저것 분부하자 그가 껄껄 웃으며 말했다.

"부인, 걱정하지 마십시오. 그리 어려운 일도 아닙니다."

명란이 한숨을 쉬며 말했다.

"공자 같은 인재에게 이런 꼼수를 부탁드려야 하니 미안할 따름입니다."

도룡이 정색하고 말했다.

"당치 않은 말씀이십니다. 지난날 나리께서 시체 더미에서 구해주신 덕분에 저희 형제가 지금 이렇게 장가도 가고 가업을 꾸리며 풍족하고 살고 있잖습니까? 이 모든 것이 나리께서 베풀어주신 은혜 덕분이지요. 부인께서는 마음 편히 기다리십시오."

성부를 나서는 도룡을 눈으로 뒤쫓으며 명란은 한시름 놓았다. 그녀는 바로 녹지를 데리고 왕 씨의 처소로 향했다.

매년 여름 성부의 아침은 항상 시끌벅적했다. 바깥에 나가 신선한 과일과 생선, 고기를 사 온 하인들이 바쁘게 움직였고, 여러 부엌에서는 하얀 김이 모락모락 피어나 향긋한 밥 냄새를 풍겼다. 그러면 계집종들은 크고 작은 찬합 바구니를 들거나 껴안고 각자의 주인에게 아침밥을 가져갔다. 막일하는 어멈들은 일찌감치 마당 청소를 끝내고 웃고 떠들며 주방에서 음식을 받았다. 명란도 잠에서 덜 깬 게슴츠레한 눈을 하고 단귤에게 끌려 나온 적이 한두 번이 아니었다.

하지만 오늘은 길마다 휑한 것이 어멈들 그림자조차 보이지 않자 하인들은 이상하게 여겼다. 문이란 문은 다 막혀 있었고, 후부에서 온 호위들은 사정을 봐주지 않았다. 성굉을 모시는 내복이 절대 경거망동하지 말라는 명을 전한데다가 노대부인까지 갑자기 쓰러져서 다들 불안했지만, 누구 하나 사정을 물어볼 엄두를 내지 못했다.

잔뜩 웅크린 채 문 앞에 모여 있던 계집종들은 정원에 들어선 명란을 발견하자 찍소리도 못하고 황급히 똑바로 섰다. 왕 씨의 몸종 중 가장 나이 많은 계집종이 조용히 말했다.

"오셨습니까, 아가씨. 방금 강 부인께서 오셨습니다. 마님께서 긴히 하실 말씀이 있다며 저희를 다 내보내셨습니다."

명란이 말했다.

"어머니께서 밖에서 기다리라고 한 것은 그만한 이유가 있을 것이다. 너희는 똑똑하니 주인의 말을 엿듣는 등 본분에 안 맞는 행동은 배우지 않는 게 좋을 거야. 오히려 너희에게 해가 될 것이다."

계집종들은 연신 고개를 끄덕이며 부산스럽게 길을 비켰다. 전씨 어멈이 거의 초주검이 될 정도로 매타작을 당한 이유가 바로 주인의 말을 엿들었기 때문이라고 전해 들었기 때문이다.

안으로 들어가 짧은 회랑을 돈 후 정방을 몇 걸음 남겨 둔 곳에서 격렬하게 다투는 소리를 들을 수 있었다.

"……뭐? 사실이라고요? 친동생인 나한테 어떻게 그럴 수가……!"

명란은 미소를 띤 채 문 옆까지 갔다. 몸을 비스듬히 틀어 안을 보니 울분에 못 이겨 얼굴이 퍼렇게 질린 왕 씨가 강 부인의 옷깃을 잡은 채 고래고래 소리를 지르고 있었다. 그런데 강 부인은 오히려 희희낙락한 얼굴로 그녀의 손을 떼어 내고 말했다.

"동생아, 침착하려무나. 다 널 위해서 그런 거란다. 몹쓸 할망구가 죽지도 않고 너를 괴롭히는데, 그러면 네가 언제 나서 보겠느냐?"

이마에 핏줄이 올라온 왕 씨가 히스테리컬하게 말했다.

"언니가 사람이에요? 사람 목숨이라고요! 어머님이 아무리 잘못하셨어도 그렇지, 어떻게 죽이려고 할 수가 있어요!"

강 부인이 그녀의 손을 힘껏 뿌리치며 말했다.

"이제 와 효부인 척하는구나. 이럴 거면 애초에 왜 하겠다고 한 거냐?"

"난 그냥 한번 앓아눕게만 하고 싶었을 뿐이에요! 그러면 앞으로 조용히 전이나 봐주시면서 가족들이랑 편하게 사실 수 있으니까요."

"사람을 안 해치는 독약이 어디 있다고?"

강 부인이 냉랭하게 말했다.

"넌 어서 일이나 수습해라. 할망구가 죽은 이유는 아무도 모를 게다. 앞으로 성부 사람들은 모두 네 눈치를 보게 될 테고."

왕 씨가 거친 숨을 몰아쉬며 말했다.

"……그럼 우리 전이, 어머님이 돌보시는 거 뻔히 알면서, 애까지 먹었으면 어쩔 뻔했어요. 내 손자까지 죽일 생각이었어요?"

강 부인이 말했다.

"네가 그랬잖느냐, 전이가 밥 안 먹을까 봐 노인네가 간식도 못 먹게 한다고."

순간 멍해진 왕 씨가 말했다.

"그걸 어떻게 확신합니까. 전이까지 먹으면 어쩌려고 그렇게 위험한 독을 썼어요?"

강 부인이 몸을 들썩이며 웃다가 왕 씨를 붙들고 달래기 시작했다.

"그래, 그래, 내가 나빴다. 아이 생각은 못 했어. 그래도 전이는 무사하잖니. 하늘이 우리 자매를 도운 게 분명해!"

왕 씨가 이를 악물고 말했다.

"일부러 그랬군요! 됐어요. 이제야 알겠네요……."

강 부인은 원망이 가득한 동생의 눈을 보고는 정색하며 위협하는 투로 말했다.

"오래전부터 네 시어머니한테 앙심을 품었던 거 다 아니까 내 앞에서 내숭 그만 떨거라. 이미 이렇게 된 마당에 일을 크게 만들려는 셈이냐? 내 말하지만, 괜히 사서 고생하지 말거라. 내가 이미 다 손써 놔서 넌 못 빠져나가니까!"

왕 씨는 씩씩거리며 언니를 째려보다가 의자에 털썩 주저앉았다.

"……이미 누구든 빠져나가긴 틀렸어요."

강 부인이 이해하지 못한 듯 물었다.

"무슨 뜻이냐?"

"이모님은 이제 제 손안에 든 쥐니까 빠져나갈 생각하지 마시라는 뜻입니다."

명란이 문 앞에 서서 빙그레 웃으며 말했다.

명란을 보자 왕 씨는 토끼처럼 제자리에서 펄쩍 뛰듯 일어나 탁자 옆에서 바들바들 떨었다. 그녀는 명란의 뒤에서 흉악한 남자가 또 튀어나올까 봐 연신 밖을 내다봤다.

강 부인의 낯빛이 어두워졌다.

"여긴 뭐 하러 온 게냐?"

그러자 명란이 이상하다는 듯 말했다.

"여긴 제 친정이고, 할머니께서 위중하신데 제가 온 게 이상한가요?"

기분 나빠진 강 부인은 고개를 돌려 왕 씨에게 말했다.

"딸 교육 좀 똑바로 시키거라. 어른한테 이게 무슨 말버릇이냐?"

왕 씨는 속으로 '괜히 큰소리치기는. 이따가 더 큰 낭패나 안 당하면 다행인 거지.'라고 생각하며 고개를 휙 돌리고는 아무런 대꾸도 하지 않았다.

강 부인은 어쩔 수 없이 고개를 돌려 명란을 째려봤다.

"네 어머니와 할 이야기가 있어 바쁘니 나가 있거라."

그러자 명란이 웃으며 말했다.

"저도 바쁩니다. 이모님께 딱 두 가지만 말씀드리고 가지요."

명란은 얼굴에서 웃음기를 싹 거두고 말했다.

"첫째, 이모님은 역시 책을 많이 읽으셔서 박학다식하시네요. 은행 싹을 아주 잘 이용하셨더군요."

얼굴색이 변한 강 부인이 조용히 말했다.

"무슨 말인지 하나도 모르겠구나."

명란은 무시하고 계속 말했다.

"둘째, 어머니께서 이미 다 말씀하셨어요."

방 안의 공기가 급속도로 냉각됐다. 낙담한 표정으로 고개를 끄덕이는 왕 씨의 모습에 강 부인의 머릿속에는 오만가지 생각이 스치고 지나갔다. 그녀가 억지 미소를 지으며 말했다.

"얘가 뭐라는 거야. 무슨 말인지 하나도 못 알아듣겠구나."

명란이 고개를 끄덕이며 말했다.

"이해 못 하셔도 괜찮습니다. 조금 있다 심문하면 다 이해되실 테니까."

"뭘 심문해? 설마 날 심문하겠다는 거냐?"

강 부인은 꼿꼿하게 웃어 보였다.

그러자 왕 씨가 비웃으며 쌤통이라는 듯 말했다.

"오늘 성부에서 나갈 수 있을 줄 알았어요?"

낯빛이 어두워진 강 부인은 믿을 수 없다는 듯 두 눈을 크게 뜨고 명란을 봤다.

"……네가 감히?"

설마 그럴 리가?

명란이 웃으며 밖을 향해 말했다.

"다들 왔는가? 들어오게."

문밖에서 기다리던 녹지가 큰 소리로 답했다.

"네, 바로 들어가겠습니다."

잠시 후, 먼저 두 어멈이 들어왔다. 그 뒤로 호위로 보이는 두 사람이 반쯤 정신을 잃은 사람을 끌고 들어와 바닥에 패대기치고 정중하게 뒤로 물러났다.

강 부인은 터질 것 같은 심장을 부여잡고, 천천히 고개 드는 사람을 자세히 보았다. 뜻밖에도 전씨 어멈이었다.

전씨 어멈은 피범벅이 된 손으로 빌면서 울음을 터뜨렸다.

"마님, 아가씨, 용서해주십시오. 제, 제가 다 말하겠습니다!"

그녀는 곧장 옆에 선 강 부인을 가리키며 말했다.

"다 저분이 시킨 겁니다! 제게 그랬어요. 마님은 눈뜬장님이라 사람을 부릴 줄 몰라서 유곤댁만 믿는다고요. 그래서 절 중용할 일이 없다고 하셨어요. 그러고는 제게 은자를 주시면서 마님 주변에서 일어나는 일은 다 알려 달라고 했습니다. 자잘한 일까지 모조리요!"

그녀는 사실을 털어놓으며 연신 머리를 조아렸다. 피범벅이 된 얼굴은 눈물과 콧물이 뒤섞여 더욱 엉망이 됐다.

"마님, 제가 어리석었습니다. 유곤댁이 부러워서 그랬어요. 그동안 곁에서 모셨던 정을 생각해서 한 번만 살려주십시오!"

왕 씨가 덜덜 떨리는 몸으로 전씨 어멈을 가리키며 말했다.

"몹쓸 년! 내가 쥐새끼를 키웠구나!"

명란은 호위에게 전씨 어멈을 끌고 나가라고 손짓하고는 고개를 돌려 조용히 말했다.

"이모님, 제가 못 할 것 같으신가요?"

바닥에 남은 핏자국에 강 부인도 온몸을 가늘게 떨기 시작했다.

"여기는 내 이모님이니 어멈들은 조심히 모셔야 할 걸세."

명란이 두 어멈에게 명령했다.

어멈들이 앞으로 한 걸음 나와서 능숙한 동작으로 강 부인의 팔을 양쪽으로 붙들었다. 강 부인은 꼼짝도 할 수 없었다.

명란이 데려온 이 어멈들은 본래 선황제 사왕부에 있던 노비로, 평소에는 왕부에서 형을 집행하는 어멈들의 일손을 거들었다. 이후 역모를 꾀한 사왕야는 목숨을 잃었고, 왕부의 모든 사람도 벌을 받았다. 그녀들 같은 송사리들도 이 화를 피해 가지 못했다.

이들은 자식도, 품계도 없었고, 일 년 넘게 옥고를 치르면서 병들고 약해졌다. 그러다 뜻밖의 성지가 내려와 신임 대장에게 보내졌지만, 범상치 않은 출신성분 때문에 그녀들을 신경 쓰는 사람은 아무도 없었다. 다행히 새로 온 마님이 베풀어 준 친절 덕분에 의원에게 진찰받고 먹기도 잘 먹었으며 충분히 쉴 수가 있었다. 몸이 회복되면서 새로 들어온 머슴아이와 계집종에게 규율을 가르치는 등 조금씩 일을 하기 시작했다. 일하는 동안 수양아들, 수양딸도 얻었으니 이렇게 나이 들어가는 것도 복이라 생각했다.

성부에서 일어난 가족 간 암투는 왕부에서 지겹도록 봤던 장면이다. 이번에 명란과 함께 성부에 온 그녀들은 묻지도, 따지지도, 듣지도 않고, 묵묵히 시키는 일을 했다. 이것이 녕원후 부인의 은덕에 보답하는 길이었고, 앞으로 더욱 편히 살 수 있는 길이기도 했다.

두 어멈이 어떻게 잡은 것인지 강 부인은 몸부림치고 싶어도 몸에 힘이 들어가지 않아 그저 좌우로 버둥댈 수밖에 없었다. 붙들린 두 팔이 욱신거렸다. 두 어멈이 그녀의 팔을 반대로 꺾자 팔꿈치 부분에 밀려오는 극심한 통증에 아프다고 고래고래 소리쳤다. 고개를 들자 싸늘한 미소를 짓고 있는 명란의 모습이 눈에 들어왔다. 그녀는 화가 나 왕 씨에게 소리쳤다.

"넌 내 친동생이면서 이 년이 날 이리 모욕하는데 잠자코 보고만 있을 게냐?"

왕 씨는 의자에서 일어나 딱딱하게 답했다.

"피차일반에 피장파장입니다. 그런 주제에 나한테 뭐라고 하지 말아요."

방금까지만 해도 끝까지 잡아떼며 자신에게 뒤집어씌우려고 하더니 인제 와서 자매의 정을 들먹이다니.

명란은 하마터면 실소를 터뜨릴 뻔했다. 왕 씨가 이토록 적절한 표현으로 운율까지 맞춰 말하는 건 처음 들었기 때문이다.

강 부인이 계속 악을 쓰자 어멈 하나가 재빨리 그녀의 아래턱을 눌렀다. 고통 섞인 '억' 소리와 함께 아래턱이 빠졌다. 그녀의 입은 반쯤 벌어졌고 목도 잠겨서 더는 소리를 내지 못했다.

두 어멈이 강 부인을 끌고 가는 모습을 보던 명란이 고개를 돌려 물었다.

"아버지는 어디 계신가요?"

왕 씨가 의자에 천천히 기대앉으며 말했다.

"단단히 화가 나셔서 서재로 가셨다."

사실 성굉은 왕 씨를 호되게 꾸짖으며 이번 일을 잘 수습하지 못하면 반드시 내쫓겠다고 으름장을 놨다.

"잠시 뒤에 대문을 지키고 있는 호위들을 물릴 겁니다."

명란이 말했다.

그러자 왕 씨가 놀라서 물었다.

"왜 물리는 것이냐?"

"이제 준비가 끝났으니 요리를 해야지요."

왕 씨는 답답함에 창자가 아릴 정도였다.

"아…… 아니, 말이 새어나갈까 걱정이라더니?"

명란이 웃으며 말했다.

"잡을 사람은 다 잡았고, 나머지도 이제 거의 다 됐습니다. 평소와 다르게 대문이 계속 닫혀 있고 드나드는 사람도 없으면 주위에서 이상하게 생각하지 않겠어요?"

왕 씨는 생각해보니 맞다 싶어 잠자코 있었다.

명란이 몇 걸음 다가가 조용히 속삭였다.

"어머니, 대문이 열리면 할머니께서 편찮으시다는 것과 이모가 여기 계신다는 소식이 새어 나갈 수밖에 없어요."

멍한 얼굴의 왕 씨는 명란이 무슨 말을 하려고 하는지 전혀 이해할 수가 없었다.

그러자 명란이 목소리를 낮추고 덧붙였다.

"이모님을 심문하기 전에 왕가 노마님께서 이 일을 아시면, 모든 죄는 어머니 혼자 뒤집어쓰게 될 거예요. 만약 노마님께서 조금 늦게, 그러니까 제가 모든 것을 밝힌 다음에 아시게 된다면, 어머니에게 빠져나갈 구멍이 생길 거고요."

왕 씨는 겁이 났지만 명란의 의도를 파악했다.

"그…… 그럼 친정에는 며칠 뒤에 알리마."

명란은 웃으며 말했다.

"이모님이 밤새 돌아가지 않으면 어느 쪽이든 결국 알게 되겠지요. 어머니는 오늘 하루만 비밀을 지켜 주시면 돼요. 그리고……."

명란이 한번 생긋 웃었다.

"그리 오래 걸리진 않을 겁니다."

마지막 말에 담긴 의미를 생각하다 조금 전에 곤죽이 된 전씨 어멈을 떠올리자 왕 씨는 간담이 서늘해졌다.

명란이 말을 이었다.

"아랫사람 입단속을 어떻게 할 건지는 어머니께 달렸어요."

명란이 호위를 불러 문을 지키게 한 후 지금까지 고작 한나절밖에 지나지 않았다. 성부의 하인들은 무슨 일이 일어났는지 여전히 눈치채지 못하고 있었다. 길게 보면, 유언비어가 퍼졌을 때 가장 먼저 곤란해지는 것은 분명 왕 씨였고, 다음은 성굉, 그다음은 이제 막 관직에 오른 장백과 출가한 딸들이었다. 아, 이제 곧 관직에 오를 장풍도 피해 가지는 못할 것이다.

여기까지 생각이 미친 왕 씨는 잠시 생각하다가 힘없이 말했다.

"집에 도둑이 들었다고 하마. 집 안의 누군가가 외부 사람과 짜고 귀중품을 빼돌렸다고. 여기에 어머니가 놀라서 쓰러지셨다고 하면 될 게다. 넌 잃어버린 물건을 찾는 걸 도와주러 왔다고 하고."

명란이 흡족한 표정으로 말했다.

"좋아요."

집안사람에게 도둑질을 당했다는 건 부끄러운 일이었기 때문에 아랫것들의 입단속 해도 전혀 이상하지 않았다.

"그럼…… 도둑은 누구라고 해야 좋을 것 같으냐? 곧 호위를 물린다니 핑곗거리를 찾아야 할 게다."

왕 씨는 제자가 스승을 대하듯 명란에게 조심스럽게 물었다. 그만큼 지금은 명란이 너무나도 무서웠다.

"당연히 전씨 어멈이죠."

명란은 생각도 하지 않고 말했다.

"물건을 훔쳤을 뿐 아니라 말까지 엿들었잖습니까. 앞뒤가 딱 맞네요."

전씨 어멈의 이름이 나오자 왕 씨는 잠시 머뭇거리다가 조심스럽게 명란을 보며 말했다.

"그것은 죽어 마땅하지. 그래도 성부에 몇십 년이나 있었는데…… 목숨만은 살려주는 것이 어떻겠니? 대신 노역을 시키자꾸나."

어쨌든 함께 보낸 세월이 몇십 년이었다. 그녀는 전씨 어멈, 유곤댁과 함께 보낸 시간이 아들과 딸, 남편과 함께 보낸 시간보다 길었기에 막상 죽이려니 마음이 약해졌다.

나가려던 명란은 문 앞에서 발걸음을 멈추고 의아한 표정으로 왕 씨를 바라봤다. 명란의 표정에 소름이 돋은 왕 씨는 멋쩍은 듯 말했다.

"내키지 않으면, 방금 내가 한 말은 못 들은 거로 하렴."

명란은 그녀를 가만히 보다가 천천히 말했다.

"제가 어렸을 때 할머니께 여쭈어본 적이 있어요. 속도 좁고 이기적인 데다가 어리숙한 어머니를 왜 며느리로 들이셨냐고요. 그랬더니 할머니께서 그러셨죠. 어머니가 다른 건 몰라도 딱 하나 장점이 있는데, 바로 마음이 여린 거라고요. 악독한 성격이 아니라서 손에 칼을 쥐여주어도 절대 사람 죽일 생각은 못 할 거라고요."

여담이지만, 지난날 왕 씨는 순산할 만큼 건강한 위 이랑을 두고 임 이랑이 알아서 말썽을 일으키도록 내버려 두자고 생각했다. 위 이랑이 죽도록 고생을 하거나 아이를 잃으면 두 사람은 분명 철천지원수가 될 테고, 그러면 자신은 중간에서 이득을 볼 수 있기 때문이다.

그런데 위 이랑이 정말 죽자 왕 씨는 한동안 죄책감이 들어서(자신의 책임은 극히 일부라고 생각해서) 사당에 장명등長明燈[2]을 밝힐 때마다 항상 위 이랑을 위해 은자를 조금씩 더 내놓았다.

"그리고 어머니께서 사람을 쉽게 믿어 꼬임에 잘 넘어가는 게 안타깝

---

2) 불상 앞에 밤새도록 켜 놓는 등.

다고도 하셨어요. 이모님처럼 악한 마음을 가진 사람이 옆에 있다고 항상 걱정하셨죠. 어머니께서 정신을 차리시고 이모님과 왕래를 끊으면 할머니께서도 모든 걸 어머니께 맡길 거예요. 어머니도 시어머니 노릇 하면서 온 가족이 편안하게 지낼 수 있는 거지요."

말을 마치고 나니 뭔가 씁쓸했다. 눈시울이 붉어진 명란은 괴로운 듯 고개를 절레절레 흔들고는 밖으로 나갔다.

넋 놓고 가만히 앉아 있던 왕 씨는 마음이 복잡했다. 어쩌다 이 지경까지 온 걸까?

어릴 적 작은 마을에 살 때, 비록 부귀영화를 누리며 살지는 못했지만, 숙부와 숙모가 자신을 금이야 옥이야 키웠다. 하늘의 별을 따다 달라고 하면 숙부는 사다리를 가져와 정말 따 주는 시늉을 했고, 자신은 그 모습을 보며 깔깔거리고 웃었다. 겨울밤에는 숙모가 추위를 많이 타는 그녀의 고사리 같은 손과 발을 자기 가슴이나 배에 품고 잤다. 그녀가 데일까 봐 탕파는 사용하지도 않았다.

열 살이 돼서야 부모님이 자신을 데리고 집으로 돌아갔다. 으리으리한 집에 드나드는 사람은 부자 아니면 지체 높은 사람이었다. 처음 보는 언니는 아름답고 우아한 데다 박학다식해서 보잘것없는 자신이 부끄러울 정도였다.

사실 그녀는 항상 물 맑고 공기 좋은 작은 마을이 보고팠고, 자신을 사랑해주던 숙부와 숙모가 그리웠다. 부모님도 자신을 사랑해줬지만, 너무 바빴다. 하루는 어멈이 그녀에게 말했다.

"숙부와 숙모는 장사꾼이에요. 하지만 아가씨의 아버지는 황제 폐하께서 신임하는 중신이고, 어머니는 황궁을 드나들 수 있는 고명 부인이시죠. 돌아가서 비천한 장사꾼 집안의 딸 노릇 하실래요, 아니면 명문가의 귀한 따님 하실래요?"

그때부터 그녀는 모두가 높이 떠받드는 대갓집 규수가 되겠다고 결심했고, 언니를 따라 하기 시작했다.

지난 2년 동안은 어찌 된 일인지 유곤댁의 조언과 화란의 설득, 아들 내외의 권유 등 자신을 위한 말들이 듣기 싫었다. 오히려 그녀는 언니가 하는 얼토당토않은 쓸데없는 말들이 더 듣기가 좋았다.

그렇게 천천히 그녀의 마음속에는 원망만 쌓였고, 점점 모든 사람이 자신을 함부로 대한다는 생각에 귀신에 홀린 듯 툭하면 생트집을 잡으며 화를 냈다.

착하고 자애로운 숙부와 숙모가 변해버린 자신을 보면 얼마나 슬퍼할까 하는 생각이 들었다. 딸을 찾아가 도와 달라고 부탁할 수도 있지만, 제 어미가 한 짓을 알게 되면 화란이 어떤 눈빛으로 자신을 볼지 두려웠다. 그리고 장백이…… 아들은 또 무슨 낯짝으로 본단 말인가.

어쩌다 이 지경이 됐을까? 왕 씨는 참을 수 없는 슬픔에 탁자에 엎드려 목놓아 울기 시작했다.

제195화

세상 이치
: 괴물

성부의 면적은 백 무도 되지 않고, 사람은 더 적었다. 세 딸이 출가하고 장자가 외방을 나간 뒤로, 성굉 부부와 이랑들의 처소, 장풍 부부의 처소, 노대부인의 수안당이 성부를 이루는 대부분이었다. 젖먹이 셋은 부모와 어른들 처소에 나누어 살고 있었다.

장동이 크자 성굉이 묵란의 처소를 장동에게 주었지만(여란이나 명란의 처소를 주려면 왕 씨와 할머니의 눈치를 봐야 했다), 여전히 빈 처소가 많았다. 그래서 명란은 심문할 곳으로 인적이 드문 외진 곳을 어렵지 않게 찾아낼 수 있었다.

강 부인은 두 어멈에게 팔을 붙들린 채 한참을 끌려갔다. 어지럽고 눈앞이 아물거리는 사이 집 여러 채가 이어진 배옥에 도착했는데, 어렴풋이 기억하기론 잡동사니를 모아 두던 곳이었다. 두 어멈은 그녀를 잡고 이리저리 모퉁이를 돌더니 어떤 방 안의 격선 뒤로 그녀를 구겨 넣었다. 강 부인은 욕설을 퍼부으며 두 어멈을 흠씬 두들겨 패고 싶었지만, 아래턱은 빠져 있고 상반신도 뻐근해서 소리를 지르지도, 발버둥을 치지도 못했다. 독기로 가득 차 있는 그때, 인기척이 들려 고개를 들어 보니 철천지원수가 유유히 방 안으로 걸어 들어오고 있었다.

명란은 소도가 가져다 놓은 걸상에 천천히 앉았다. 건장한 사내 여럿이 어멈 넷을 끌고 들어와 명란 앞에 무릎 꿇렸다. 어멈들이 얼마나 발버둥을 쳤는지 옷매무새는 엉망으로 흐트러졌고 손과 얼굴 곳곳에는 상처가 나 있었다. 제일 앞에 있던 손발이 묶인 어멈 하나가 거친 말투로 악다구니를 썼다.

"우리는 강씨 집안사람입니다. 아가씨, 이게 대체 무슨 짓입니까?! 저희 마님과 사이가 좋지 않다 하여 저희한테 분풀이하시다니요……."

도호가 그녀의 뺨을 철썩 때리고는 소리쳤다.

"누가 함부로 입을 열라 했느냐!"

어멈의 뺨은 금세 부어올랐다. '칵' 하고 피 섞인 침을 내뱉자 부러진 치아 몇 개가 함께 나왔다. 그녀는 아파서 눈물이 핑 돌 지경이었다. 옆에 있던 세 어멈은 입을 다문 채 꼼짝도 하지 않았다.

명란이 고개를 들고 말했다.

"도호 공자께서 수고가 많으십니다."

역시 심문하는 요령을 아는 사람이라 처음부터 본때를 보여 기선을 제압했다.

도호는 굳은 얼굴로 주먹을 꽉 쥐었다.

다시 고개를 돌린 명란이 단도직입적으로 말했다.

"우리 집안의 노마님께서 쓰러지셨다. 너희 마님이 탄 독약 때문에. 그래서 오늘 너희들을 불러온 것이야."

어멈 넷의 얼굴빛이 동시에 변했다. 둘은 정말로 놀란 듯했고, 나머지 둘은 놀란 척하며 이리저리 눈알을 굴리고 있었다. 격선 뒤에 있던 강 부인의 낯빛도 크게 변했다. 끌려온 네 명의 어멈은 그녀의 심복으로, 그중 둘은 이번 일에 대해 알고 있었고, 다른 둘은 어렴풋하게 짐작만 하고 있었다.

네 사람은 한참 동안 시선을 흘끔흘끔 주고받았다. 그러다 제일 수더분하게 생긴 어멈 하나가 다른 어멈들이 보낸 응원의 눈길에 힘입어 가까스로 미소 지으며 입을 열었다.

"아이고, 부처님, 이게 무슨 일입니까. 사돈댁 아가씨께서 잘못 아셨습니다. 저희 마님은 그렇게 엄청난 일을 하실 분이……."

도호가 또 뺨을 힘껏 내리쳤다. 입 안 전체가 피로 물든 어멈이 얼굴을 부여잡고 흐느꼈다. 꽉 닫힌 창문과 문틈 사이로 빛줄기 몇 가닥이 흘러들어왔다. 캄캄한 어둠 속에서 희미한 빛에 얼비친 도호의 얼굴은 도깨비만큼 무서웠다. 그가 차갑게 말했다.

"못 알아들었느냐? 말 시키기 전에는 입도 벙긋하지 말아라."

겁에 질린 어멈들은 사시나무 떨듯 몸을 떨었고, 더는 그 누구도 입을 열지 못했다.

독하게 마음먹은 명란은 눈 하나 깜짝하지 않고 말했다.

"성가에서 곧 너희 마님과 대질신문을 할 것이다. 그러니 좀 도와줘야겠어. 사소한 것이라도 좋으니 이번 일에 대해 아는 것이 있으면 얘기해 보아라. 내 나중에 크게 보답할 테니."

한동안 침묵이 이어졌다. 잠시 뒤 네 사람 중 줄곧 침착함을 유지하던 젊은 어멈이 허리를 꼿꼿하게 편 채 당돌하게 말했다.

"저희는 마님께 죽어서도 갚지 못할 큰 은혜를 입었습니다! 은자 따위로 저희를 매수해 마님을 모함하시려는 모양인데, 어림도 없습니다!"

명란이 가볍게 손뼉을 치며 웃었다.

"그래, 그래. 충복이 따로 없구나!"

그녀가 큰 소리로 명령했다.

"끌고 와라."

두 호위가 초주검이 된 전씨 어멈을 끌고 와 바닥에 패대기쳤다. 피범벅이 된 전씨 어멈의 손가락을 보자 어멈들의 심장이 곤두박질치기 시작했다.

도호가 전씨 어멈을 가리키며 말했다.

"손톱 네 개를 뽑았더니 술술 불더군요."

명란이 차갑게 말했다.

"이번에 우리 성가를 건드린 건 도가 지나쳤어. 내가 이것 하나 알려주지. 너희 마님은 오늘 돌아가지 못할 것이야……."

안쪽에서 명란의 말을 듣고 있던 강 부인은 심장이 철렁하고 내려앉았다.

"순순히 털어놓는다면 너희들은 멀쩡히 보내주겠다. 놀란 마음 달래라고 은자도 챙겨주지. 허나 이래도 함구한다면……."

명란은 확 바뀐 말투로 뒤돌아보며 말했다.

"도호 공자, 너무 심하게는 하지 마세요. 보기 안 좋으니까요."

도호가 씩 웃으며 말했다.

"걱정하지 마십시오. 겉으로 생채기 하나 없이 죽지도 살지도 못하게 할 수 있습니다."

어멈들은 두려움에 맥이 풀렸다.

이때, 밖에서 나지막한 남자의 목소리가 들려왔다.

"부인, 다녀왔습니다."

도룡의 목소리임을 알아챈 명란이 사람을 시켜 문을 열자 도룡과 몇

몇 호위들이 꿈틀대는 마대 세 개를 짊어지고 들어왔다. 그들이 마대를 바닥에 툭 떨어트리고는 허리를 숙여 마대의 끈을 풀자 그 안에서 사람이 나왔다. 세 사람은 꽁꽁 묶인 채 입에 재갈을 물고 있었다.

젊은 어멈이 경악하며 소리쳤다.

"기 관사! 둘째 기 관사…… 송 관사까지……."

명란이 웃으며 말했다.

"역시 도룡 공자께선 솜씨가 좋으십니다. 빨리 다녀오셨네요."

도룡은 송 관사를 가리키며 말했다.

"제가 좀 알아보니, 이놈도 강 부인의 심복 중 하나라기에 아예 한 번에 잡아 왔습니다."

유곤댁은 명란의 분부대로 곧장 기씨 어멈의 두 아들을 찾아가, 왕 씨가 이미 기절했고 성부가 난리가 났다고 호들갑을 떨었다. 그러고는 강 부인이 특별히 자신을 불러 믿고 부릴 수 있는 사람이 부족하니 기씨 형제를 불러오랬다고 거짓말을 했다.

부유한 성씨 집안이 혼란한 틈을 타서 이득을 취하는 것도 나쁘지 않은 일이라 형제는 마음이 동했다. 게다가 강 부인의 가장 믿을 만한 사람이라는 말과 가정의 모습으로 변장한 도룡 등 몇몇 사내의 모습에 감쪽같이 속아 넘어갔다.

기씨 형제와 송 관사는 문을 나서자마자 붙잡혀 마차로 옮겨졌다.

명란은 세 남자를 가리키며 어멈들에게 말했다.

"너희들이 말하지 않아도 이들이 말할 것이다."

그러자 두 어멈이 불안한 기색으로 서로를 바라봤다.

"됐습니다. 여러분, 가서 시작하세요."

명란이 담담한 표정으로 고개를 돌려 도룡에게 물었다.

"하루면 될까요?"

도룡은 바닥에 웅크린 사람들을 흘끗 보더니 웃으며 말했다.

"두서너 시진이면 충분합니다. 하나도 빠짐없이 다 불 겁니다."

명란은 건방지게 굴었던 젊은 어멈을 가리키며 말했다.

"여기 이 충성스러운 어멈은 도호 공자께서 맡아 주세요."

충성스러울수록 아는 것도 많은 법이다.

도호가 하하 웃으며 어멈을 잡아 일으켰다.

"사익을 위해 착한 노인을 독살하려고 하다니, 퉤! 탐관오리 끄나풀 같은 종자한테 충심은 무슨! 좋습니다! 어디 한번 제가 독한지 이 계집이 독한지 해보지요!"

사색이 된 젊은 어멈은 고통으로 얼굴을 일그러뜨린 채 입술을 꽉 깨물었다. 호위들은 바닥에 널브러져서 두려움에 벌벌 떨거나 벌써 기절한 어멈들을 줄줄이 끌고 나갔다.

사람들이 다 나가자, 두 어멈이 격선 뒤에 있던 강 부인을 끌고 나왔다. 한 어멈이 강 부인의 턱을 맞춰 끼웠고, 다른 어멈은 몸에 피가 돌도록 힘을 살짝 풀었다. 명란이 일어나 미소를 지은 채 그 모습을 보고 있었다.

강 부인은 의자에 기댄 채 극심한 통증에 얼굴을 부여잡고 있다가 한참 뒤 쉰 목소리로 말했다.

"좋다. 내가 널 얕잡아 봤구나! 성씨 집안에 너 같은 인물이 있을 거라고는 생각도 못 했다. 이번에는 내가 실수를 했어!"

그녀는 승리의 열매를 맛보러 왔다가 오히려 된통 당하게 되리라고는 꿈에도 생각지 못했다.

명란은 뼛속까지 스며든 증오심에 손톱이 손바닥을 파고들 정도로 주먹을 꽉 쥐고 말했다.

"이모님께서 조아를 후부로 보내셨을 때부터 짐작은 했습니다."

강 부인은 온몸을 부들부들 떨며 원망하고 후회했다. 원망한 것은 성가신 명란이었고, 후회한 것은 자신이 조금 더 조심하지 않았다는 것이다. 사실 그녀도 들키면 어떻게 될지 예상하지 못한 것은 아니다. 하지만 그녀의 계산대로라면 왕 씨가 먼저 의심받고, 그다음 자기까지 걸려들고 나서 한바탕 옥신각신하는 순서가 이어지고……. 빨라야 하루 이틀 지나서 이 난리가 나야 했다.

하룻밤 사이에 망할 계집이 이렇게 빨리 손을 쓸 거라고는 생각지도 못했다. 어찌나 주도면밀한지 한발 먼저 움직이고 사람을 속여 납치까지 감행하며 모든 일을 순식간에 진행했다. 간이 배 밖으로 나온 듯 실로 못 할 일이 없어 보였다. 이 기세에 강 부인도 어찌해 볼 도리 없이 속수무책으로 당했다.

이게 어딜 봐서 규방의 아가씨란 말인가. 노련하고 매섭게 사건을 처리하는 판관이 따로 없었다. 과연 누가 짐작이나 했겠는가?!

"아랫것들 몇 명 잡았다고 잘난 척하지 말거라!"

그녀는 분에 차 소리쳤다.

"무고한 사람들 잡아다가 고문하고 받아 낸 자백을 누가 믿겠느냐! 내가 인정할 것 같으냐? 꿈 깨거라! 어디 자신 있으면 날 고문해봐라. 네가 왕씨 집안과 강씨 집안에 어떻게 해명할지 어디 한번 보자꾸나!"

명란이 옅은 미소를 띤 채 말했다.

"누가 인정하랬나요? 인정하든 말든 상관없습니다."

당황한 강 부인은 순간 멍해졌다.

"인정하지 않아도 된다고? 그럼 날 어찌할 셈이냐?"

"이모가 한 짓인지 아닌지는 이모도 알고 저도 알고 있잖아요."

명란이 독기를 가득 풍기며 느릿느릿 말했다.

"지금 마음에 걸리는 것들이 너무 많은 게 한스러울 뿐이에요. 형제자매의 정이나 절 길러준 성가의 은혜만 없었다면, 이모님 몸에 구멍을 내서 피가 다 빠져나갈 때까지 거꾸로 매달았을 겁니다. 고통에 몸부림치며 죽어가길 기다렸다가 마대에 담아 시체 더미 속에 던져서 개밥으로 만들었을걸요."

그악스러운 말에 머리카락이 곤두선 강 부인은 두려운 마음을 애써 감추고 차갑게 웃었다.

"그래, 날 없애고 나머지 사람까지 입막음하면 내 동생은 빠져나가겠지. 네가 적모에게 효도하는구나!"

명란이 눈썹을 꿈틀거리며 말했다.

"제가 어머니를 놓아준다고 누가 그랬나요?"

그밖에 내막을 아는 강 부인의 수하들은 명란이 손쓰지 않아도 누군가가 알아서 입막음할 게 뻔했다.

강 부인은 멈칫하더니 미친 듯이 웃었다.

"하하하, 멍청한 동생아, 내 이름을 불면 넌 무사할 거로 생각했구나! 네가 호랑이 새끼를 키운 줄도 모르고……!"

명란은 그녀의 헛소리가 더는 듣고 싶지 않아 담담하게 명령했다.

"어멈, 시작하게."

두 어멈은 명령에 따라 큰 보따리에서 천을 한가득 꺼냈다. 살짝 털어서 펴 보니 넓이는 반 척에 길이가 십여 장丈인 거친 질감의 회색 천이였다. 강 부인은 겁에 질려 황급히 도망가려 했지만, 어멈의 손에 잡혀 의자에 앉혀졌다.

두 어멈은 쉴 새 없이 움직여 그녀를 둘둘 감았다. 넓고 긴 천으로 그녀의 손발과 몸을 감더니 의자까지 감았고, 마지막에는 기둥에 둘둘 감았다. 천은 금세 몇십 겹이 되었다.

의자, 기둥과 함께 둘둘 말린 강 부인은 흡사 번데기 같았다. 까끌까끌한 천은 튼튼해서 손가락 하나 까딱할 수 없었다. 놀란 강 부인이 악에 받쳐 소리를 질렀다.

"뭘 하려는 것이야! 너…… 설마 날 고문하려는 것이냐!"

그녀는 잔뜩 겁에 질려 괴성을 질렀다.

명란은 만족스럽다는 듯 이리저리 둘러봤다.

"정반대예요. 이모가 나쁜 마음을 먹고 자해라도 할까 봐요."

이 여자가 죽기 살기로 머리를 박거나 자해라도 한다면 그것도 문제였다.

그녀는 고개를 돌려 미소를 지으며 말했다.

"어멈들이 수고하게. 왕부의 솜씨는 역시 훌륭하군."

한 어멈이 말했다.

"궁에서 시작된 방법입니다. 철없는 귀인들이 자해나 자결하는 것을 막기 위한 것이지요."

약이 바싹 오른 강 부인이 또 소리를 지르려 하자 옆에 있던 어멈이 재빨리 누더기 천 조각을 입에 쑤셔 넣었다. 강 부인은 결국 찍소리도 낼 수 없었다.

명란이 고개를 끄덕이며 분부했다.

"한두 시진마다 물을 주게. 음식은 줄 필요 없네. 변소도 갈 필요 없이 그 자리에서 일 보게 하게."

탈수만 되지 않는다면 하루 정도는 굶어도 괜찮았다.

두 어멈은 알겠다고 대답한 뒤 명란에게 인사했다. 문 앞에는 호위 둘이 지키고 있었고, 어멈들은 돌아가며 쉴 수 있었다.

어느새 점심때가 되고, 부엌의 잡부들이 분주하게 움직이기 시작했다. 왕 씨가 엄하게 입단속을 하는 바람에 사람들은 감히 입도 떼지 못했고, 성부 뒤편의 배옥 근처로는 얼씬도 하지 않았다. 놀란 데다 겁에 질린 왕 씨는 끙끙거리며 방에 들어가 누웠다. 성부의 일도 살피고, 후부에서 온 사람들에게 쉴 곳과 먹을 것을 준비해 줘야 했던 해 씨만이 쉴 새 없이 움직였다.

태생이 신중한 그녀는 지난밤부터 여느 때와 다른 분위기를 감지했으나 아무것도 묻지 않았다. 그녀는 집 안을 가득 메운 호위들을 마치 시누이가 데리고 온 가정 대하듯 친절하고 따뜻하게 대해주었다.

그렇게 반나절을 바삐 움직이다가 해가 서쪽으로 기울고서야 그녀는 자기 처소로 돌아갔다. 방 안에는 이미 음식이 차려져 있었고, 어멈 하나가 해 씨를 기다리고 있었다. 어멈이 재빨리 나와 해 씨에게 속삭였다.

"밖으로 내보냈습니다."

해 씨는 한시름 놓은 듯하다가 무엇이 또 불안한지 물었다.

"친정에서 가지고 온 준마가 있지 않더냐?"

어멈이 대답했다.

"함께 보냈습니다. 한 명이 두 마리를 번갈아 타고 가니 반나절이면 도착할 겁니다."

해 씨는 두 손을 모으고 기도했다.

"천지신명이시여, 집안에 변고가 생겼으니 나리께서 한시라도 빨리 올 수 있도록 도와주세요."

• • •

이날 성부는 유난히 조용했다. 성부 뒤쪽 궁벽한 방에서 흘러나오는 희미한 비명과 애원하는 목소리가 바람을 타고 들릴 듯 말 듯 성부 서쪽 처소로 흘러갔다.

장풍은 고개를 쭉 내빼고 창밖을 보며 중얼거렸다.

"반나절 동안 왜 아무 소리도 안 나는 거지?"

류 씨가 침상에 앉아 아이와 장난을 치며 장풍의 말에 대답했다.

"상공도 참. 소리가 나면 좌불안석하시더니, 소리가 안 나도 걱정이시네요."

장풍이 씁쓸하게 웃으며 침상 곁으로 가 앉았다.

"불안해서 그러는 거 아니오."

"이제 다 밝혀졌을 거예요."

류 씨는 강보를 한 번 추스르더니 딸아이를 품에 안고 달래면서 작게 말했다.

"너무 많이 생각하지 마세요. 이번 일은 아는 게 적을수록 우리에게 좋아요. 아버님께서 아무 말씀 없으신 것도 그래서일 거예요."

갓난아기가 옹알거리며 오동통한 작은 손을 흔들더니 커다란 눈으로 아버지를 뚫어지게 바라보았다. 장풍은 금세 기분이 좋아져 손을 뻗어 아이를 안고 조용히 말했다.

"네 어머니 말이 맞다."

• • •

해가 지고 달이 뜨며 하룻밤이 지났다. 날이 밝자 어멈 하나가 황급히 수안당으로 달려가 방씨 어멈에게 조용히 몇 마디 속삭였다. 방씨 어멈은 그대로 방으로 들어가 말했다.

"아가씨, 왕씨 집안 사람이 왔답니다."

명란은 당의에서 일어나 기지개를 켜고 말했다.

"강씨 집안은요?"

의미심장한 말투였다.

방씨 어멈이 조용히 답했다.

"강씨 집안에서는 강진 도련님만 오셨고, 왕씨 집안에서는 사람이 제법 온 듯합니다."

명란은 침상 옆으로 가서 할머니를 보았다. 잿빛이던 얼굴에 조금씩 혈색이 돌아오는 것 같아 마음이 놓였다. 기쁜 마음에 어느 정도 기운을 차린 명란이 목소리를 높여 말했다.

"옷을 갈아입어야겠어요."

어젯밤 소도에게 전해 들은 말이 생각난 그녀는 피식 웃으며 말했다.

"이모가 갈아입을 옷도 챙겨주시고요."

대소변으로 범벅이 된 채 하룻밤을 보냈으니 먼저 악취부터 없애주어야지. 명란은 오늘 끝장을 볼 심산이었다.

제196화

세상 이치
: 왼쪽으로 갔다가 오른쪽으로 갔다가

명란은 옷매무새를 정돈하고 바로 왕씨 집안사람을 만나러 가는 대신 다른 곳으로 향했다. 길을 돌아가다 서재로 통하는 오솔길에서 어젯밤 혼자 잠을 잔 성굉과 마주쳤다. 명란은 솥바닥처럼 시커메진 성굉의 낯빛을 무시하고 미소를 지은 채 걸으면서 말했다.

"아버지, 이상하지 않으세요? 이모님이 밤새 돌아가지 않았는데 초조해하는 건 강씨 집안이 아니라 왕씨 집안이로군요?"

성굉은 땅만 보며 걸을 뿐, 딸의 말에 대꾸하지 않았다. 그날 언쟁한 뒤로 그의 입가와 눈꼬리는 계속 아래로 축 처져 있었다.

"제 생각에는 할머니가 중독되신 일 때문에 그런 것 같아요."

명란도 아버지의 대답을 기다리지 않고 말했다.

"아버지께서는 상황 판단을 명확히 하는 분이시니 제가 말씀드리지 않아도 아시겠지만요."

성굉은 코웃음을 쳤다. 차마 사람들 앞에서 만면에 웃음을 띠고 있는 딸을 욕할 수도 없어 속이 답답했다. 할머니가 중독된 것을 알고 금방이라도 제 어미를 잡아먹을 듯이 굴더니, 지금은 손바닥 뒤집듯 순식간에 태도를 바꾸고 아무 일 없었다는 듯 행동하다니. 성굉은 그런 명란을 보며 벼슬을 해도 잘할 아이라는 생각이 들었다.

명란이 나긋나긋하게 말했다.

"제 짧은 소견으로는 이번에 이모부님이 안 오시는 이유는 둘 중 하나예요."

성굉은 묻고 싶은 충동을 꾹 누르며 아무 말도 하지 않았다.

"이번 일을 알면서도 굳이 이모님을 위해 나서고 싶지 않아 무관심으로 일관하려는 것이거나, 아니면 이모부님은 전혀 모르고 있고 왕씨 집안도 이모부님이 끝까지 모르기를 바라는 것일 수도 있어요."

부부 사이가 이미 나빠질 대로 나빠진 터라 강씨 집안에서 강 부인을 더 싫어할 만한 빌미는 만들지 않는 편이 좋았다.

"조금 있다가 그분들을 만나면 아버지께서 이모부님은 왜 안 오셨냐고 물어봐 주시겠어요? 제 생각에는 진 오라버니가 두 가지 이유를 대지 않을까 싶어요……."

명란이 능글맞은 웃음을 지으며 말했다.

"몸이 편찮으셔서 못 오신다고 하거나, 집안에 일이 있어서 올 틈이 없다고 말이죠."

성굉은 새어 나오는 웃음을 간신히 틀어막고 황급히 입꼬리를 내리며 표정을 지웠다. 수년간 하릴없이 놀기만 한 동서였다. 예쁘장한 계집종을 또 첩으로 들여서 지쳐 쓰러진 것이 아니고서야 바쁜 일이 뭐가 있겠는가.

명란도 웃으며 말했다.

"왕씨 집안사람들이 온 건 기껏해야 세 가지 이유 중 하나겠죠……."

성굉은 자신도 모르게 걷는 속도를 늦췄다.

"이모님의 악행을 모른 채 단지 할머니를 문병하려는 것이거나 내막을 알고 아버지께 사정하려는 거겠죠. 이모님을 한 번만 용서해달라고요……."

성굉은 아래턱에 난 짧은 수염을 꼬면서 명란의 상황 판단력이 좋다고 생각했다.

"그것도 아니면 양심도 없이 모든 일을 어머니께 뒤집어씌우고 우리 집안 탓을 하려는 것일 테고요."

성굉은 돌연 발걸음을 멈추고 차가운 표정으로 명란을 뚫어지게 바라보았다.

명란이 조용히 말했다.

"이번 일이 어떻게 될지는 잠시 후면 알게 되실 거예요."

부녀는 더 이상 시간을 끌지 않고 정원을 향해 발걸음을 옮겼다. 청당에 들어서니 왕 씨가 왕 노대부인의 무릎에 기대어 통곡하고 있었고, 외숙부와 외숙모는 옆에서 한숨을 쉬며 달래고 있었다. 왕 노대부인 뒤에는 우거지상을 한 강진이 서 있었고, 그의 옆에는 유능하고 노련해 보이는 늙은 어멈이 있었다. 그 외에 유곤댁만 구석에 시립해 있을 뿐, 나머지 계집종과 어멈들은 모두 밖으로 내보낸 상태였다. 혹시나 염탐하는 사람이 있을까 봐, 청당의 문과 창문에서 5미터 떨어진 곳까지 아무도 얼씬하지 못하게 막았고, 정원 입구는 아예 사람을 세워 두었다.

왕 노대부인이 성굉을 보자 안심한 듯 웃었다.

"드디어 왔는가, 사위."

성굉과 명란은 앞뒤로 서서 왕 노대부인에게 예를 갖춰 인사한 뒤 몸을 일으켰다. 성굉은 강진을 보자마자 바로 물었다.

"아버지는 안 오셨느냐?"

강진은 굳은 표정으로 대충 얼버무렸다.

"아…… 아버지께서는 요즘 몸이 좀 편찮으십니다."

성굉은 딸의 표정이 궁금했지만, 꾹 참고 왕 노대부인에게 안부를 물었다.

"장모님, 연세도 있으신데 힘든 걸음을 하시게 해서 송구합니다."

왕 노대부인이 비통한 한숨을 내쉬었다.

"우리 집안에서 이리 불효막심한 딸이 나왔으니, 내 자네를 볼 낯이 없네."

왕 노대부인이 왕 씨를 째려보자 왕 씨가 얼른 무릎 꿇고 엎드린 채 오열했다.

"어머니, 제가 잘못했어요."

왕 노대부인은 딸에게 손가락질하며 야단쳤다.

"시집가기 전에 내가 뭐라고 가르쳤느냐. 효는 입신의 기본이니 며느리로서 집안일을 처리하든 아내로서 남편을 돕고 자식을 가르치든, 효가 항상 먼저라고 하지 않았느냐. 그런데 이런 금수만도 못한 짓이나 저지르고, 왕씨 집안 체면은 네가 다 깎아 먹었구나."

왕 씨가 대성통곡하며 말했다.

"어머니, 제가 정말 큰 죄를 지어 가족들의 얼굴에 먹칠을 했습니다. 어머니, 절 때리고 욕하셔도 좋으니 제발 용서해주세요."

왕 노대부인은 가슴이 미어져 딸을 품에 안은 채 함께 울었다.

"녀석아, 어찌 이리도 어리석어! 내가 널 용서하기는 쉽지만, 네 시댁이 어찌 널 용서하겠느냐?!"

왕 노대부인이 고개를 들어 성굉에게 말했다.

"이 아이가 사부인께 큰 해를 끼쳤네. 실로 큰 죄를 지었어. 자네는 이 일을 어찌 처리할 생각인가?"

명란의 귀띔에 성굉은 어느 정도 예상은 했지만, 들을수록 의아했다.

"장모님…… 그 말씀은 모두 장백이 어미가……."

성굉이 주저하다가 고개를 돌려 명란을 봤다.

명란은 곤란한 일은 남에게 떠넘기는 아버지를 속으로 욕하고는 단도직입적으로 말을 꺼냈다.

"어르신께서 참으로 영민하십니다. 그저께만 해도 강녕하셨던 할머니께서 갑자기 쓰러졌다 하여 무더운 날씨 탓이라 생각하였습니다. 그런데 태의가 보더니 중독된 것이라 하더군요."

그녀는 본래 왕씨 집안과 선을 긋고 간섭하지 않았다. 그렇지만 왕 노대부인은 이 방에 들어선 순간부터 줄곧 자기 딸이 어쩌고저쩌고할 뿐, 할머니의 안부는 한마디도 묻지 않았다. 이것만 보아도 방문 목적이 뻔하니, 명란은 차라리 툭 터놓고 말하는 편이 낫다고 판단했다.

왕 노대부인은 부끄러워하며 말했다.

"나도 알고 있다. 사부인을 뵐 면목이 없구나."

그녀는 또 왕 씨의 등을 세게 내리치며 혼을 냈다.

"이 아둔한 것아! 어찌 이리 멍청해!"

이번에는 왕 씨도 이상함을 느꼈다. 그녀는 눈물이 그렁그렁한 채 의아해하며 물었다.

"어머니……?"

보자마자 감정이 격해진 모녀는 한 사람은 말하고 한 사람은 혼내다가 서로 부둥켜안고 우느라 정신이 없어서 자세한 이야기를 나누지 못했다.

명란은 웃음을 머금은 채 말했다.

"어르신께서는 이번 일을 모두 어머니의 소행이라 생각하십니까?"

명란의 말에 이상함을 느낀 왕 노대부인이 딸과 사위를 보았다. 두 사람의 표정에서 놀람과 분노를 읽은 노대부인은 의아한 마음에 고개를 돌려 강진 옆에 있는 늙은 어멈을 보았다. 왕 씨가 시어머니한테 원한을 품고 몸에 해로운 무언가를 넣었다 하지 않았던가.

상황을 지켜보던 성굉과 명란은 반쯤 확신을 하고 빠르게 눈빛을 교환했다.

늙은 어멈은 당황한 기색 없이 강진을 살짝 밀었다. 그러자 멍하니 서 있던 강진이 정신을 번쩍 차리고 두 손을 모은 채 성굉에게 황급히 말했다.

"이모부님, 죄송하지만 저의 어머니께서 밤새 돌아오지 않으셔서 지금 가족들의 걱정이 이만저만이 아닙니다. 어머니를 먼저 뵐 수 있을까요?"

화가 난 성굉이 낮은 목소리로 말했다.

"명란아, 우선 모셔오거라."

문 쪽으로 간 명란은 정원 입구에서 기다리고 있는 녹지를 발견하고 손을 흔들어 보인 후 방으로 돌아왔다.

녹지 뒤로 두 어멈이 강 부인을 중간에 낀 채 빠른 걸음으로 들어왔다. 강 부인은 갈황색의 얇은 비단으로 만들어진 여름옷을 입고 있었고 머리부터 발끝까지 잘못된 곳은 없었다. 다만, 뺨이 붉었는데, 명란은 방금 뺀 재갈 때문에 생긴 흔적임을 알아차렸다.

왕 씨는 자기 옷을 입고 있는 언니의 모습에 아무 말도 하지 않았다. 강 부인이 꼬박 하루를 묶여 있는 바람에 온몸이 대소변 범벅이라 지독한 냄새가 난다고 했던 유곤댁의 말이 생각났다. 모욕과 고초를 제대로 당한 모습에 그녀는 명란이 더욱더 무서워졌다.

호되게 고생을 하고 맥없이 축 늘어져 있던 강 부인은 어머니와 오라버니, 아들을 보자 금세 정신이 돌아왔다. 그녀가 두 어멈을 힘껏 밀친 뒤 비틀거리며 왕 노대부인 앞에 꿇고 앉아 울부짖었다.

"어머니, 드디어 오셨군요! 너무 힘들었습니다. 이 성씨 집안이…… 흑흑…… 절 괴롭히고 못살게 굴었습니다. 차라리 죽고 싶은 심정이었다고요."

강진이 강 부인 곁에 꿇고 앉자, 모자는 서로를 껴안고 눈물을 흘렸다. 명란은 입을 삐죽거리며 두 어멈에게 나가 보라고 손짓했다.

성굉은 강 부인을 보니 울컥 화가 치밀어 올랐다. 온 식구가 집안을 번영의 길로 이끌어 가며 화목하게 잘 지내고 있었다. 그런데 자기 집안을 쑥대밭으로 만든 이 악독한 여자는 부끄러운 줄도 모르고 아들을 껴안은 채 눈물을 흘리고 있으니, 부아가 나는 것도 당연했다. 성굉이 냉소하며 말했다.

"저희 어머니께서는 여전히 병상에 누워 사투를 벌이고 계십니다. 처형이 얼마나 잘 사실지 지켜보겠습니다!"

왕 노대부인은 천천히 눈가를 훔쳤다. 평소에 늘 겸손하고 효심이 깊던 사위가 가시 돋친 말을 하자, 그녀는 이번 일에 숨겨진 내막이 있을 수도 있다고 생각했다. 고민에 빠져 망설이던 그때, 강진의 옆에 있던 늙은 어멈이 구슬프게 울어 젖히며 말했다.

"불쌍한 우리 마님, 여태껏 한 번도 이런 모욕을 당하신 적이 없는데."

어멈의 말에 왕 노대부인의 얼굴이 굳어졌다.

"내 딸이 무슨 잘못을 저질렀는지는 몰라도, 처형되는 사람을 아무 이

유 없이 집 안에 가두다니. 이는 있을 수 없는 일이네!"

꾸지람을 들은 성굉이 반박하려던 순간, 한발 빠르게 나선 명란이 늙은 어멈을 보며 미소를 띤 채 말했다.

"자네가 기씨 어멈이로군. 역시 이모님이 가장 신뢰하는 심복답네. 어미만 유능한 것이 아니라 두 아들까지 이모님의 신임을 얻었더군."

왕 노대부인이 불쾌한 기색을 내비치자 원한에 사무친 강 부인이 냉큼 화를 냈다.

"어른이 말하는데 어디서 참견이냐! 함부로 끼어들기나 하고. 누가 첩실 소생 아니랄까 봐 법도도 모르는구나."

성굉은 '첩실 소생'이라는 소리에 속이 부글부글 끓어올랐지만, 침착한 말투로 냉정하게 말했다.

"처가댁 몸종도 끼어드는데, 제 딸은 자기 집에서 말도 하면 안 된단 말씀입니까? 그건 어느 집 법도입니까?"

왕 노대부인은 자신까지 은근히 끌어들이자 억지로 참으며 그만하라고 큰딸을 말렸다.

기씨 어멈은 적잖이 당황했다. 혹시나 했는데 역시나 아들도 성부에 잡혀 와 있으니 일이 더 복잡해졌다.

기씨 어멈이 고개를 들어 명란을 보며 말했다.

"소인의 모자란 아들도 사돈댁 아가씨가 데리고 계셨군요. 가족끼리 할 얘기가 있다면 좋게 말로 하시면 될 것을 어찌 이런 방법을 쓰셨는지 정말 모르겠습니다. 길에서 사람을 납치하고 이모님을 감금하신 게 소문나면, 과연 누가 선비 가문인 성씨 집안에서 벌어진 일이라고 믿겠습니까."

말솜씨 한번 대단했다. 순식간에 화제를 돌려 남의 잘못을 지적하면서 정작 이 사태가 벌어진 발단에 대해서는 언급을 피해 가지 않았는가.

명란은 언짢은 기색 없이 가볍게 미소 지었다.

"그래도 독을 넣은 것에 비하면 새 발의 피네. 게다가 내가 이런 말도 안 되는 방법을 선택한 이유는 모두의 체면을 지키기 위해서였어. 기씨 어멈의 말처럼 툭 터놓고 얘기했다가는 왕씨 집안과 강씨 집안, 그리고 우리 집안은 앞으로 고개를 들고 다닐 수가 없을 테니 말일세……. 특히 왕씨 집안은 더더욱 그럴 것이고."

시종일관 인상을 쓰고 있던 외숙부가 말했다.

"그게 무슨 말이냐?"

명란은 차갑게 웃고는 소매에서 두꺼운 종이 뭉치를 꺼내 앞의 두 장을 유곤댁에게 건넸다. 유곤댁이 이 종이를 왕 노대부인에게 전달하자 명란은 재미난 이야기라도 하듯 말을 이었다.

"두 달 전쯤, 강부康府의 둘째 기 관사가 거간꾼인 우대尤大라는 사람을 통해 경성 서쪽 외진 곳에 자리한 도관의 도사를 소개받았지요. 그 도사는 온갖 저속한 환약이나 탕약을 제조하는데 능해서 주로 기루에 물건을 댄다고 하더군요."

최음제, 환각제, 피임약, 낙태약부터 처녀인 척할 수 있도록 하는 응홍환凝紅丸까지 못 만드는 약이 없는 데다 서비스도 훌륭하고 품질도 좋아서 장사가 날로 번창하는 곳이었다.

명란은 왕 노대부인의 손에 들린 종이를 가리키며 말했다.

"그것은 거간꾼인 우대와 둘째 기 관사가 직접 쓴 진술서입니다."

왕 노대부인은 비록 노년의 나이였지만, 눈과 귀는 여전히 밝았다. 진술서에는 내용이 상세히 적혀 있었다. 외숙부 내외도 가까이 다가가 읽었다. 내용을 확인한 외숙모가 고개를 살짝 돌려 기씨 어멈을 경멸의 눈으로 흘겨보았다.

기씨 어멈은 난색을 띠며 억지 주장을 펼쳤다.

"이 몹쓸 물건이……."

그러자 왕 씨가 고함을 쳤다.

"닥치거라! 몸종 주제에 뭐 하는 짓이냐. 상전의 말을 끝까지 듣지 못할까!"

아무리 어리석은 그녀도 지금 명란이 최선을 다해 강 부인의 죄를 밝혀야 한다는 것을 알고 있었다. 그렇지 않으면 자신이 희생양이 될 것이 뻔했다.

왕 씨가 기씨 어멈을 꾸짖으며 제 언니를 째려보자 강 부인은 고개를 돌려 외면했다.

명란이 말을 이었다.

"그러고 보름 뒤, 둘째 기 관사는 도사를 만나 술잔을 기울이며 친분을 쌓았죠. 그러던 어느 날, 첫째 기 관사가 직접 나서서 도사에서 은침으로 확인이 안 되면서 효과도 빠른 독약을 조제해 달라고 했다지요. 도사는 처음엔 거절했지만 몇 날 며칠을 사정사정하는 바람에 결국 수락하고 말았습니다. 그는 백 근이 넘는 싹이 난 은행으로 진액을 만들어 기 관사에게 바쳤지요. 조금만 먹어도 효과가 빠르게 나타나는 치명적인 독약을요."

명란은 손에 든 종이 뭉치에서 두세 장을 빼 유곤댁에게 건넸다.

"이것은 도사가 쓴 진술서입니다."

진술서를 읽는 왕 노대부인의 손가락이 미세하게 떨렸다. 외숙부는 진술서를 슬쩍 보더니 고개를 절레절레 흔들었고, 강진은 믿을 수 없다는 듯 어머니를 바라봤다.

"첫째 기 관사가 선금으로 이백 냥을 내자 도사는 바로 일을 시작했지요. 영세한 농가에서는 싹이 난 은행을 대량으로 구하기 힘들어서, 외진 곳에 있는 작은 약방 네 곳을 찾아내 거기에서 여러 해 묵은 것들까지 모두 사들였다 합니다."

명란은 알록달록한 종이 몇 장을 건네며 말했다.

"이것은 약방의 판매 목록을 베낀 것과 당시 직접 일을 처리한 주인의 진술서입니다. 겨우 칠팔 일 만에 도사는 일백이십 근의 싹 난 은행을 사들였지요."

"도사는 밤낮으로 쉬지 않고 일해서 독약 세 병을 만들었습니다. 첫째 기 관사가 은자 팔백 냥을 더 내자 도사가 두 병을 내주고, 한 병은 자기가 챙겼더군요."

명란이 손짓하자 녹지가 조심스럽게 백자로 만든 작은 병을 꺼내 성굉에게 건넸다.

"제가 태의에게 확인했더니, 병 안에 든 독과 할머니의 간식에서 나온 독이 동일한 것이었습니다."

성굉은 새파랗게 질린 얼굴로 병을 바라봤다.

"이모님은 독약 두 병을 받고서 그저께 아침까지 가만히 계셨습니다. 그날은 평소처럼 어머니가 사람을 보내 할머니의 간식을 사 오게 하지 않았고, 대신 강부의 김육이라는 머슴아이가 취방재에서 만든 첫 연밥 강정을 사 갔지요. 한 시진쯤 뒤, 첫째 기 관사가 직접 선전댁을 성부로 데려와 어머니께 강정을 건네게 했습니다."

명란은 손에 들고 있던 나머지 종이들을 건넸다.

"이것은 첫째 기 관사와 그의 처가 쓴 진술서입니다."

왕 노대부인과 다른 사람들이 진술서를 읽는 모습을 보며 덧붙였다.

"그 선전댁이라는 사람도 이모님의 몸종이더군요."

여기까지만 말해도 모든 것이 분명하게 드러났다.

얼굴이 새파랗게 질린 강 부인은 차마 어머니와 오라버니, 올케의 얼굴을 볼 수 없어서 소매로 얼굴을 반쯤 가린 채 흐느꼈다. 성굉이 분노에 찬 얼굴로 아내를 노려보자 왕 씨는 부끄럽고 죄스러운 마음에 눈물을 흘리며 계속 웅얼거렸다.

"전 정말 독약인 줄 몰랐어요……."

명란이 녹지에게 무언가를 명령하자 녹지가 후다닥 방을 나갔다. 잠시 후 호위 둘이 만신창이가 된 사람을 끌고 들어왔다. 이를 본 강 부인은 거의 까무러치다시피 했다.

그가 무릎을 꿇고 앉아 집이 떠나가라 울며 기씨 어멈에게 말했다.

"어머니, 저 좀 살려주세요. 이러다 죽겠어요. 형님은 살았는지 죽었는지도 모르겠습니다. 제발 목숨 좀 구해주세요!"

기씨 어멈은 피투성이가 된 옷에 입술이 터지고 이까지 빠진 작은 아들을 보며 가슴이 찢어지듯 아팠지만, 이를 악물고 외면했다.

두 호위가 둘째 기 관사를 끌고 나가자 명란이 기씨 어멈에게 말했다.

"염려하지 말게. 자네 큰아들은 멀쩡해. 살갗이 조금 까진 것뿐이니 보름 정도 쉬면 괜찮아질 걸세."

사실 도호의 말에 따르면, 그가 실력을 발휘하기도 전에 다들 술술 불었다고 한다. 다만 첫째 기 관사는 조용히 용서를 비는 타입이라, 둘째 기 관사만큼 비명을 지르지 않았을 뿐이다.

그녀는 왕 노대부인에게 말했다.

"여전히 석연치 않은 부분이 있으시다면 직접 이들에게 물어보십시오. 도사도 잡아 놨으니까요."

약물 제조가 취미인 도사는 도관에서 열심히 성명쌍수性命雙修[1]를 하던 중, 야밤에 들이닥친 복면 쓴 괴한들에 의해 마대에 쑤셔 넣어졌다. 죽을 만큼 놀란 그는 손을 쓰기도 전에 협조적인 자세로 모든 것을 털어놓았다. 게다가 자진해서 자신이 첫째, 둘째 기 관사와 먹고 마시며 논 것을 목격한 증인도 알려주었고 은표도 여러 장 내놓았다.

방 안은 다시 침묵에 휩싸였다. 왕씨 집안사람들은 서로 눈치만 살필 뿐, 어쩔 줄 몰라 했다. 강 부인은 안절부절못하며 간절한 눈빛으로 왕 노대부인과 오라버니를 번갈아 보았다.

점점 화가 치민 성굉이 차갑게 말했다.

"감히 장모님과 형님께 여쭙겠습니다. 이번 일은 어찌하는 것이 좋겠습니까?"

자기 자식들만 상대하는 거라면 일을 덮을 궁리부터 했을 것이다. 하지만 처가까지 연루된 이상 그는 분노한 효자의 모습을 보일 수밖에 없었다. 그들이 외부인이었다면 성굉은 화를 내고 비통해하며 주먹으로 가슴을 내려치기까지 했을 것이다.

외숙모가 갑자기 살가운 미소를 지으며 입을 열었다.

"이번 일은 강씨 집안과 성씨 집안의 일입니다. 저희 어머님께서 이 연세에 어떻게 이겨내시겠습니까? 괜히 저희에게 그러지 마세요."

성굉은 지난 몇 년간 장모와 형님으로부터 받은 도움이 생각나서 마음이 약해졌다.

듣고 있던 명란이 가볍게 웃으며 말했다.

---

1) 몸과 마음을 함께 수련하는 것.

"외숙모님 말씀이 맞습니다. 그런데…… 안타깝게도 이번 일은 이모님이 처음부터 왕씨 집안을 끌어들이기로 작정하신 것 같아요."

외숙모는 인상을 쓰며 말했다.

"그게 무슨 말이냐?"

명란은 구석에 처박혀 쥐 죽은 듯 가만히 있는 강 부인을 흘끗 보고 말했다.

"둘째 기 관사가 여기저기 독약을 만드는 사람과 친분을 쌓으러 다녔을 때가 바로 왕씨 집안이 다시 경성으로 돌아온다는 소식을 전해 왔을 때입니다. 첫째 기 관사가 도사에게 선금을 줬을 때는, 어르신과 외숙모께서 경성에 돌아오셨을 때고요. 이모님이 독을 쓴 날은 바로 외숙부께서 경성에 돌아온 뒤 취방재 명인이 처음으로 직접 음식을 한 날이지요."

강 부인이 처음 이 생각을 했던 때는 아마도 강씨 집안 서녀가 왕야의 애첩이 됐을 때였을 것이다.

왕 노대부인이 가슴을 움켜쥐고 실망에 찬 눈빛으로 장녀를 바라보았다. 그녀는 가슴이 아파 견딜 수가 없었다.

"그런 거였군!"

잠시 생각하던 성굉은 강 부인이 어째서 그날을 거사 날로 정했는지 깨닫고 책상을 세게 내리치며 차갑게 웃었다.

"왕씨 집안은 지체가 높고, 우리 집안은 이름 없고 볼품없는 집안이다, 이거였군요! 제 어머니께서 변을 당해도 제가 왕씨 집안이 두려워서 큰소리를 내지도 따지지도 못하리라 생각하신 겁니까!"

그러자 외숙부가 황급히 말했다.

"이러지 마시게. 우리 모두 가족이 아닌가. 얼굴 붉힐 일 만들지 않게 서로 조심하는 것이지, 두려워하고 말고가 어디 있나! 이런……."

그가 연신 손사래를 치며 말했다.

"사돈 어르신께서 병상에 계시니 나도 몹시 걱정되네. 성 노대부인께서 고비를 넘기시고 하루빨리 쾌차하길 바라는 마음에, 어머니께서 특별히 백 년산 산삼도 가지고 오셨어. 아니라면 우리가 왜……."

그가 갑자기 흐느끼듯 말했다.

"너무 큰 죄를 지었네!"

그는 말할수록 부끄러워졌는지 진심 어린 어조로 미안함을 전할 뿐, 자신의 동생을 봐 달라는 말은 한마디도 하지 않았다. 명란은 속으로 그나마 양심이 있는 사람이라고 생각했다.

상황이 안 좋게 돌아가자 지켜보던 기씨 어멈이 재빨리 강 부인을 부축해 일으켜 세우며 반박했다.

"진술서들이 진짜라고 믿을 이유는 없습니다. 무고한 사람을 고문해서 자백하게 만든 것일 수도 있어요."

그 말에 힌트를 얻은 강 부인이 정신을 차리고 몸을 일으켜 큰소리쳤다.

"맞습니다. 오라버니, 성씨 집안은 동생의 죄를 덮어주려고 저에게 몽땅 뒤집어씌우는 겁니다! 제 주변 사람들을 모조리 잡아 와 때리고 고문해서 받아낸 자백을 어찌 믿는단 말입니까?"

그녀는 몸을 돌려 왕 노대부인의 무릎에 기대어 흐느껴 울었다.

"어머니, 제 억울함을 풀어주세요!"

화병이 날 것만 같은 왕 씨는 펄쩍 뛰며 언니를 밀쳤다.

"그게 무슨 뜻이야? 죄를 덮어줘? 언니야말로 죄다 나한테 뒤집어씌울 셈이야?"

왕 노대부인은 난처한 표정을 짓고 있었다.

명란은 기다렸던 순간이 오자 손뼉을 치며 미소를 지었다.

"이모님이 그렇게 말씀하실 줄 알았습니다. 하긴, 일리 있는 말이지요. 아랫것들이 벌을 피하려고 이모님을 모함한 걸 수도 있지 않습니까?"

명란의 말에 다들 놀라면서도 의아해 했다. 그도 그럴 것이, 이날 온종일 강 부인을 압박하며 그녀의 죄명을 하나씩 하나씩 밝혀 놓고 이제 와서 다른 소리를 하니 말이다.

"한데 말입니다……."

표정을 싹 바꾼 명란이 진지하게 말했다.

"제 할머니께서 독을 드신 것도 사실이고, 간식에 독이 들어 있던 것도 사실이고, 어머니께서 할머니께 간식을 드린 것도 사실이고, 도사가 똑같은 독을 만든 것도 사실입니다. 결국 남은 것은, 할머니를 해치려고 한 것이 어머니냐 아니면 이모님이냐인 거지요."

그녀의 말에 왕씨 집안과 강씨 집안사람들 모두 안색이 어두워졌다.

"두 분 모두 왕씨 집안의 혈육이고, 자식은 어미가 더 잘 안다고 하잖습니까. 진술서는 탁자 위에 있고, 죄인들은 모두 후원에 갇혀 있습니다."

명란은 방 안의 사람들을 천천히 훑어보며 담담하게 한마디 내뱉었다.

"할머니의 생사가 불분명한데 대체 어떻게 된 건지 밝혀야 하지 않겠습니까. 어르신께서 방도를 알려주세요. 아버지, 어떻게 생각하세요?"

성굉이 낮은 목소리로 말했다.

"부모를 해치는 것은 절대 용납할 수 없는 일입니다. 우리 가문을 얼마나 업신여겼으면 감히 제 집에서 어머니께 독을 먹인단 말입니까. 이는 분명히 밝혀야 합니다."

이번 일을 빨리 마무리 짓고, 두 집안 내에서 서로 망신당하고 끝낸다면 최악은 면하는 셈이다. 더구나 책임 전가도 할 수 있지 않은가. 그는 왕 노대부인에게 공수하며 말했다.

"장모님께서 결정을 내려주시지요."

왕 노대부인의 의견이 중요해지자 강 부인과 왕 씨는 어머니의 팔을 한쪽씩 붙들고 늘어졌다.

"어머니. 저 좀 살려주세요! 그동안 제가 얼마나 고생했는지 잘 아시잖습니까. 제가 얼마나 마음고생이 심했는지 아무도 모를 겝니다. 저 좀 살려주세요!"

"단순히 병들게 하는 약이라고 언니가 그랬어요. 그게 독약일 거라고는 생각도 못 했다고요……. 어머니, 전 그럴 배짱도 없고 누구를 해칠 생각은 해 본 적도 없어요."

양쪽에서 잡고 늘어지는 바람에 결정을 내릴 수가 없자 왕 노대부인은 애원하듯 성굉을 봤다. 하지만 그는 고개를 돌려버렸다. 모친을 죽이려 한 대죄를 어떻게 해야 사위가 용서할 수 있을지 생각하던 왕 노대부인은 결국 눈물을 쏟으며 고개를 절레절레 흔들었다.

외숙부도 참을 수 없이 마음이 아팠지만, 자기 능력 밖의 일인지라 그저 모친 앞에 무릎을 꿇고 눈물만 흘릴 뿐이었다.

외숙모는 조용히 뒤로 몇 걸음 물러나 굳은 얼굴로 명란을 힐끗 보았다. 속으로 어린 계집이 지략도 뛰어나다 생각했다.

명란은 강 부인이 사무치게 미웠고, 왕 씨도 미웠으며, 이제는 왕씨 집안까지 원망스러웠기에 이들을 천천히 말려 죽일 생각이었다. 결국 누가 벌을 받든, 그 결정을 한 왕 노대부인은 평생 가슴 아파하며 살 것이고, 외숙부도 가슴이 무너져 내릴 것이다. 두 자매 중 벌 받는 쪽은 친정을 원망할 것이고, 벌을 피한 쪽도 이전처럼 가까운 모녀지간이 될 수 없으리라.

일석삼조였다. 이것으로 악행을 저지른 사람을 벌할 수 있고, 그녀가 제멋대로 굴도록 방임한 친정도 괴롭힐 수 있었다.

얼굴이 새빨개진 강 부인은 왕 노대부인을 꽉 붙들고는 초점 없는 눈으로 거친 숨을 몰아쉬었다.

"어머니, 성씨 집안은 동생을 어쩌지 못할 겁니다. 아들도 출세했고, 딸들도 지체 높은 집안으로 시집갔으니, 고생 좀 하는 게 다일 거라고요. 그런데 저는 안 됩니다. 양심도 없는 바깥양반은 제가 싫다며 거들떠보지도 않고, 집에는 온통 제가 죽기만을 바라는 여우같은 년들뿐이지요! 제가 소박이라도 당하면 제 아이들은 어찌합니까? 아버지께서 맺어주신 혼사니까, 절 모른 척하지 마십시오. 저들 마음대로 제 생사를 결정하게 두지 마시라고요!"

강진은 강 부인 치맛자락 옆에 엎드려 통곡했다.

머리끝까지 화가 난 왕 씨가 시뻘건 두 눈으로 손가락질했다.

"언니……!"

서로 미워하는 딸들을 보며 왕 노대부인은 심장이 찢기는 고통을 느꼈다. 눈앞은 흐렸고 속에서 천불이 나는지 가슴이 타들어 갔다. 그런데도 큰딸은 계속 자신을 흔들며 살려 달라고 애걸복걸했다.

그녀는 정신을 가다듬고 자신을 빼닮은 장녀를 봤다가 안달복달하며 화를 내는 작은 딸을 보고는 결정을 내리고 팔을 올려 있는 힘껏 뺨을 내리쳤다.

제197화

세상 이치
: 세상은 이토록 아름답구나

뺨을 맞아 얼굴이 돌아간 강 부인은 믿을 수 없다는 듯 눈이 휘둥그레졌다. 주름진 눈꺼풀이 하룻밤 지나 바싹 마른 천층병千層餅[1] 같았다. 그녀가 뺨을 부여잡고 말했다.

"어머니…… 어찌……."

강한 불안감이 밀려왔다.

왕 노대부인이 눈물을 머금고 말했다.

"네가 어릴 때부터 우리 집안이 관직에 있었기에 다들 널 오냐오냐하며 떠받들었지. 그랬더니 넌 뭐든 업신여기고 깔봤다. 네 오라비와 올케, 동생과 제부, 그리고 주변 친척까지…… 너는 모든 사람이 네 말을 들어야 직성이 풀렸어. 조금이라도 네 말을 안 들으면 화가 나서 어떻게든 갚아 주려 했고 아무리 하찮은 일도 그냥 못 넘어갔지. 나와 네 아버지의

---

1) 얇은 반죽을 여러 겹으로 쌓아 만든 빵.

총애만 믿고 갈수록 대담하게 사고를 치더니 이제는 용서받을 수 없는, 짐승만도 못한 짓까지 저질렀구나! 네 혈육까지 죄다 말려들게 하다니! 이 애미는…… 애미는 이제 널 감싸줄 수가 없다……."

소리 죽여 우는 왕 노대부인의 창백한 얼굴에는 슬픔이 가득했다.

한시름 내려놓은 왕 씨가 감동한 눈으로 어머니를 보았다. 외숙부가 참지 못하고 한마디 하려던 찰나, 외숙모가 소매를 잡아당기는 바람에 입을 다물었다.

성굉은 아내보다 처형을 처리하는 것이 낫다는 생각에 그나마 무거운 짐을 던 것 같았다. 그가 고개를 돌려 가만히 왕 노대부인을 바라보고 있는 명란을 보았다. 명란은 묘한 표정을 짓고 있었는데, 실망하면서도 은근히 왕 노대부인에게 감복한 듯 보였다.

"어머니!"

드디어 정신을 차린 강 부인이 날카롭게 소리 질렀다.

"저를 버리실 겁니까?"

그녀는 극도의 두려움에 목소리마저 떨렸다.

아니야. 그럴 리 없어. 그동안 야단치고 혼은 냈어도 결국 자신을 도왔던 어머니다. 남편이 가장 아끼는 여우같은 계집과 그년 배 속에 들어 있던 자식이 동시에 염라대왕을 만나러 갔을 때, 남편이 집안 어른들께 휴서를 쓰겠다고 했지만, 어머니가 감싸 주어 무사히 고비를 넘기지 않았던가? 그동안 온갖 풍파를 겪어 온 나다. 눈앞에 놓인 고비도 결국에는 무사히 넘길 수 있을 것이야!

그녀는 왕 노대부인의 무릎에 엎드려 울며 말했다.

"아버지께서 정해주신 혼사를 치르고 수십 년 동안 죽지 못해 살았습니다. 그런데 이제 와 저를 모른 척하시다니요. 이리 모진 부모가 어디 있답니까. 만약에 아버지께서 살아 계셨다면……."

"네 아버지 이름에 먹칠하는 짓 좀 그만하거라!"

왕 노대부인이 버럭 화를 내며 말했다.

"세 자식 중에 네 아버지가 너에게는 떳떳하실 게다! 서북으로 부임해 일한 몇 년 동안 네 오라비는 대학사 댁에 맡겨 공부시켰고, 네 동생은 숙부에게 보내져 살았어. 오직 너만 우리가 옆에 끼고 키웠지! 그런데 그동안 네가 한 짓을 보거라. 하늘에 계신 네 아버지께 죄송하지도 않으냐……? 이제 더는 네 잘못을 덮어줄 수 없다. 내 어찌 사돈댁을 볼 면목이 있겠느냐?"

어렸을 때부터 말도 똑 부러지게 하고 부모 앞에서 재롱도 잘 떨고 애교도 잘 부리던 장녀였다. 얌전하고 말주변이 없는 아들보다 똑똑했고, 생각나는 대로 말하는 둘째 딸보다 영리해서 노부부는 장녀를 더 아낄 수밖에 없었다. 하지만 응석받이로 키운 것이 화근이 되어 지금과 같은 평지풍파를 일으켰다는 생각에 그녀는 또다시 눈물을 흘렸다.

감동한 성굉이 참지 못하고 말했다.

"옳은 판단을 내려주셔서 감사드립니다."

그러면서 외숙부에게도 공수하며 인사했다.

명란은 내심 아니꼬웠다.

강 부인의 낯빛은 창백했고 눈빛은 이상하게 번뜩였다. 꼬박 하루 동안 묶인 채 모욕당하고 악취와 배고픔에 시달려서 이미 몸도 마음도 성치 않은데 충격까지 받았으니 정신이 온전할 리 있겠는가. 혼란스러운 상황 속에서 분명하게 아는 것은 어머니가 자신을 도와주지 않을 거라는 사실이었고, 머릿속에는 사돈댁을 어쩌고 하는 말만 맴돌았다.

갑자기 자리에서 일어난 그녀가 왕 노대부인을 향해 차갑게 웃으며 말했다.

"예! 동생은 저보다 좋은 집안으로 시집갔고, 사위와 손자 모두 출세한 데다 훌륭한 사람이니 어머니 마음이 기우는 게 당연하지요. 제가 지금 이렇게 궁지에 몰렸는데 시댁은 도와줄 힘도 없으니, 친정에서 무시한다고 원망할 수도 없겠네요. 혈육한테까지 이렇게 짓밟히느니…… 차라리 죽어버리겠습니다……."

그녀는 말하면서 벽으로 돌진했다.

방 안에는 시중드는 어멈이나 계집종이 거의 없었다. 강 부인이 벽에 머리를 박으려고 하자 유곤댁이 바로 몸을 던져 강 부인을 막고 두 팔로 단단히 껴안았다. 어릴 적부터 왕씨 집안을 섬겨 온 유곤댁은 딸들의 성격을 잘 알고 있었다. 왕 씨가 시집올 때 바로 따라온 건 아닌 터라 그녀는 강 부인이 혼례 후 친정에 와서 울며불며 죽네 사네 연기하는 모습을 직접 본 바 있다. 그래서 왕 노대부인의 말이 끝난 뒤 강 부인의 행동을 예의주시했다.

강 부인과 부딪히는 바람에 배와 가슴에 통증을 느낀 유곤댁이 힘겹게 숨을 내뱉으며 말했다.

"아무래도 지치셨나봅니다."

외숙모가 몇 걸음 앞으로 나와 강 부인의 팔을 꽉 잡고 조급한 목소리로 말했다.

"그런 것 같군. 어머님, 아가씨가 지금 정신이 없는 것 같으니 가서 좀 쉬게 하는 게 좋겠습니다."

직접적으로 있는 집만 좋아한다, 권세가인 작은 사위네 비위를 맞추려는 거냐고만 안 했지 비슷한 말은 다 했다. 여기서 더 해 봤자 좋은 말이 나올 리 없으니 차라리 빨리 데려가는 편이 나았다.

강 부인은 붙잡혀서 옴짝달싹 못 하게 되자 '죽을 거다', '죽게 내버려 두라' 따위의 말을 계속 내뱉었다.

두뇌 회전이 빠른 기씨 어멈이 재빨리 말했다.

"외숙모님 말씀이 맞습니다. 마님께서 놀라신 데다 지치셔서 충동적으로 하신 말이니 너무 나무라지 마십시오. 마님께서 쉬시는 게 좋을 듯하니 제가 모시고 돌아가겠습니다."

우선 이곳부터 벗어나야 했다.

마음이 약해진 왕 노대부인이 알겠다고 고개를 끄덕이려는데, 명란이 웃으며 말했다.

"비록 성부가 강부만큼 넓고 방이 많지는 않지만, 이모님이 쉴 수 있는 방 정도는 있네. 기씨 어멈은 이모님을 상방으로 모시고 가게."

기씨 어멈이 강 부인을 부축한 채 웃으며 말했다.

"이렇게 오랫동안 폐를 끼쳤는데 어떻게 더 있겠습니까? 그리고 자기 집에서 쉬는 게 편하지요. 노마님, 안 그렇습니까?"

일을 크게 만들지 않으려면 화약통부터 치우는 편이 좋겠다는 생각에 왕 노대부인이 성굉에게 말했다.

"성 서방, 자네 처형이 정신이 온전하지 않은 것 같으니 일단 돌아가서 쉬라고 하는 것이 어떻겠나? 나머지 일은 우리끼리 해결하세."

성굉이 막 고개를 끄덕이려던 찰나, 명란이 말을 가로챘다.

"절대 안 됩니다!"

명란이 재차 말대꾸하고 사람을 몰아세우는 통에 왕 노대부인은 이미 불쾌감을 느끼고 있었다. 성굉은 장모의 표정이 좋지 않자 황급히 호통을 치며 말했다.

"무슨 무례한 짓이냐!"

명란이 웃으며 말했다.

"아버지, 제가 무례라니요. 쓴소리는 먼저 하는 게 좋다잖습니까."

그녀는 왕 노대부인을 보며 말했다.

"만약 이모님을 돌려보냈다가 도망이라도 가시면 어찌합니까?"

외숙모는 픽 새어 나오는 웃음을 황급히 막았다. 심기가 불편해진 왕 노대부인이 조용히 말했다.

"네가 나이도 어리고 할머니까지 위독하니 이성을 잃고 말을 함부로 하는구나. 도망이라니? 왕씨 집안을 시정잡배로 보는 것이냐? 지체 높은 집안사람답게 말 곱게 하지 못하겠느냐!"

명란이 비꼬는 말투로 말했다.

"그건 모르는 일이죠. 독까지 쓰신 분인데 못 할 일이 뭐 있겠습니까. 그러다 이모님이 도망가시면요? 저희 아버지가 북을 쳐서 관아에 알리고 온 천하에 수배령을 내리게 할 요량이십니까!"

안색이 어두워진 왕 노대부인이 성굉을 보며 말했다.

"아주 예의 바른 딸을 뒀군. 어른에게 대들기나 하고, 말 한마디를 지지 않는구먼."

성굉은 바로 대답하지 않고 생각에 잠겨 딸을 봤다.

방금 명란의 말은 왕씨 집안사람들에게 들으라고 한 말이기도 하지만, 자신에게 한 말이기도 했다. 할머니를 위해 진실을 밝힐 생각뿐인 명란은 강 부인이 벌을 받을 때까지 절대 포기하지 않을 게 분명했다. 부모에게 대들고 집까지 봉쇄했던 녀석이니, 강 부인이 도망간다면 아마 그 길로 관아에 알리고 온 천하에 벽보를 붙여 수배하고도 남았다. 그럼 망신도 그런 망신이 없을 것이다.

최악보다는 차악이 낫다. 그는 왕 노대부인의 눈길을 피하며 담담하게 말했다.

"처형은 여기서 쉬는 게 좋겠습니다."

잠시 생각하던 그는 몇 마디 덧붙였다.

"지금 어머니께서 아직 깨어나지도 못하셨는데 이 일을 일으킨 장본인을 쉽게 보내 준다면 자식으로서 뭐가 되겠습니까."

관직에서 구르려면 말 포장을 잘해야 한다더니, 명란은 성굉에게 손뼉이라도 쳐 주고 싶은 심정이었다. 왕 노대부인은 실망을 감추지 못했다. 작은 사위가 자신의 체면을 생각해서 빠져나갈 길을 터주길 바랐는데, 보아하니 그것도 틀린 것 같았다.

그녀는 장녀에게 무표정하게 말했다.

"넌 가서 쉬거라. 나머지는 내가 알아서 하마."

녹지가 불러온 형을 집행하는 두 어멈이 강 부인의 팔을 한쪽씩 붙들고 나가려고 하자 강 부인이 거칠게 몸부림을 쳤다. 명란의 모질고 독한 수법이 떠오른 그녀는 날카로운 비명을 질렀다.

"어머니, 제가 죽는 걸 가만히 보고 계실 겁니까? 성씨 집안이 이 집 노대부인의 목숨값으로 제 목숨을 거두려고 하잖습니까……! 어머니도 참 잔인하십니다. 기어코 자식까지 짓밟고서 더 높이 올라가시겠다는 겁니까……."

처음에는 애걸복걸하더니 이제는 차마 들을 수 없는 악독한 말을 퍼붓고 있었다. 왕 노대부인은 반쯤 정신 나간 딸을 보며 눈물을 닦았다.

"물러가서 잘 생각해보거라. 난…… 여기 성 서방에게 용서를 빌어야 하니……."

하지만 안타깝게도 강 부인은 왕 노대부인의 의중을 알아채지 못한 채 계속 험한 말을 퍼부었다.

"저 부녀가 지금 하나는 착한 역, 악역을 나눠 맡고 거짓부렁을 하는 겁니다. 절대로 절 놓아줄 마음이 없다고요! 어머니, 저 좀 불쌍히 여겨 주세요……."

성굉은 남몰래 쓴웃음을 지었다. 이번 일은 자신도 억울한 감이 있었다. 그가 악역을 맡은 것은 사실이지만 좋아서 맡은 게 아니라고 설명할 수도 없는 노릇이었다. 성굉은 애초에 처형을 가둘 생각이 없었다. 하지만 그녀는 사실을 모른 채 그저 부녀가 의기투합했다고만 생각했다.

울며불며 악담을 퍼붓는 소리가 멀어지더니 어느 순간 뚝 그쳤다. 아마도 두 어멈이 또 손을 써서 강 부인의 입을 막았을 것이다. 불안해하던 기씨 어멈은 잠시 망설이더니 뒤따라 나갔다.

왕 노대부인은 멀어지는 딸의 뒷모습에 가슴이 찢어졌지만, 가까스로 정신을 가다듬고 성굉에게 다가가 무릎을 꿇었다. 놀란 성굉이 황급히 일어나 부축하며 말했다.

"장모님, 어서 일어나십시오. 어찌 사위에게 이러십니까?"

외숙부와 외숙모도 재빨리 다가와 부축했다. 왕 씨는 털썩하고 왕 노대부인 옆에 무릎을 꿇고 앉아 쉴 새 없이 눈물을 흘렸다.

왕 노대부인이 성굉의 손을 잡고 흐느끼며 말했다.

"내 못난 두 딸 때문에 자네와 사부인을 볼 면목이 없네. 비록 자네는 내 사위지만 아들이라 생각하며 대했어. 자네가 우리 집에 올 때면 그리 반가울 수가 없었네. 다들 자네 집안이 보잘것없다고 했지만, 난 자네가 인품이 훌륭한 인재라고 생각했어. 내 아들보다 낫다고 여겼지. 그래서 자네가 혼담을 꺼냈을 때 난 말할 수 없이 기뻤다네. 사람들은 내 딸이 아깝다고 했지만, 능력으로 보나 인품으로 보나 난 자네가 더 아깝다고 생각했어……."

사실, 두 집안 사이에 혼담이 오갈 때 왕 노대인은 성굉이 신분 상승을 노린다 생각하여 망설였다. 하지만 성굉을 아끼던 왕 노대부인이 다른 사람의 의견을 무시하고 딸과 혼인시켰고, 그래서 성굉은 항상 감사한 마음을 가지고 있었다.

왕 노대부인은 구구절절 이야기를 이어 갔다. 혼례식부터 혼례를 올리고 난 뒤까지, 집안일부터 바깥일까지, 왜 성굉을 좋아하고 아꼈는지, 그리고 자기가 어떻게 도왔는지 그녀의 깊은 인정과 사랑을 구구절절 늘어놓았다. 들을수록 마음 아픈 이야기에 사위와 장모는 계속 소리 없는 눈물만 흘렸다.

명란은 차가운 눈으로 관망할 뿐, 한마디도 끼어들지 않았다. 감동적인 한 편의 소설을 풀어놓던 왕 노대부인은 슬슬 본론으로 들어갔다.

"……나와 자네 모친이 함께한 시간은 짧았지만, 그분의 인품은 내가 존경해 마지않네. 큰일을 당하셨다는 이야기를 듣고 내가 대신하고 싶은 심정이었어. 자네 모친은 참으로 자비로운 분이니 이번 일로 세 집안이 서로 등 돌리고 관계가 틀어져서 혈육끼리 헐뜯는 걸 바라지 않을 걸세……."

감동한 성굉이 눈물을 닦으며 맞는 말씀이라고 고개를 끄덕이려던 순간, 옅은 비웃음 소리가 들려왔다. 명란이 강진에게 다가가 미소 짓고 말했다.

"진 오라버니, 잘 지내셨죠?"

강진은 천성이 온순하고, 조금 나약한 사내였다. 강 부인이 끌려나간 뒤 시종일관 구석에 서서 조용히 눈물만 흘리던 그는 뜬금없는 명란의 인사에 당황했다.

"명란…… 동생도 잘 지냈지?"

"제가 어려서 지난 일은 잘 몰라요."

나긋나긋하게 말하는 명란의 목소리는 맑고 높았다.

"오늘 어르신의 말씀을 들으니 참으로 감동적입니다……."

그녀는 갑자기 이죽거렸다.

"하마터면 제 아버지를 기르고, 좋은 스승님을 모셔 와 글공부를 시키고, 과거에 합격시키고, 혼인시키고 대를 잇게 한 사람이 저희 할머니가 아닌 오라버니의 외할머니라고 착각할 정도였어요."

성굉은 얼굴이 빨갛게 달아올랐다. 장모님이 자상하고 너그러운 분은 맞지만, 적모는 그에게 하해와 같은 은혜를 베풀었다. 해를 당한 적모를 위해 나서지는 못할망정 장모님과의 정으로 적모를 해한 흉악범을 놓아주는 것은 있을 수 없는 일이었다.

그는 관직 생활을 하면서 뻔뻔해지는 법을 익혔다. 자연스럽게 마음을 돌린 그는 감동했던 마음을 거두고 한숨을 푹 내쉬었다.

"장모님께서 잘해주신 것을 제가 어찌 모르겠습니까. 하지만 삼강오륜에 어머니를 해한 사람을 놓아줘야 한다는 도리는 없습니다. 장모님께서 이해해주십시오."

중요한 한마디만 남았는데, 불시에 날아든 비아냥에 방금까지 성굉의 마음을 흔들던 것이 모두 허사로 돌아갔다.

이를 악문 노대부인은 계속 감정을 잡고 말했다.

"둘 다 너무 아둔하여 엄청난 죄를 지었네. 하지만 이러니저러니 해도 다 내가 낳은 자식들 아닌가. 내 체면을 봐서 너그러이 용서해주는 것이 어떻겠나? 앞으로 어육을 삼가고 재계하며 사부인을 위해 부처님께 불공을 드리라 하겠네. 어떤가?"

성굉은 망설이다 답했다.

"그것은…… 어려울 것 같습니다."

이 문제에 대해 부녀는 이미 상의하였지만, 명란이 단칼에 거절했다.

명란은 속으로 경멸하며 카랑카랑한 목소리로 말했다.

"할머니께서 예전처럼 건강을 회복하실 수 있다면 저도 공양도 하고 불경도 외울 겁니다. 성씨 집안사람들 모두 할머니의 은혜를 입었어요. 할머니만 좋아질 수 있다면, 아버지와 형제들, 언니와 올케 중 불공을 드리지 않을 사람이 어딨겠습니까. 그러니 괜히 이모님이 대신하실 필요 없지요."

성굉도 황급히 어깨를 펴고 말했다.

"맞습니다. 효는 집안을 일으키는 기본이라 했습니다. 성씨 집안의 자손들 모두 어머니를 위해 채식하고 불공을 드리는 게 도리라고 생각하고 있습니다."

명란도 한마디 보탰다.

"게다가 조금 전 악담만 퍼붓고 가신 이모님이 보살님 앞에서 무엇을 빌지는 하늘도 땅도 다 알 겁니다! 성씨 집안사람들 모두 비명횡사하라고 저주하지 않으면 다행이지요!"

성굉이 말했다.

"게다가 아직 용서를 빌지도 않은 사람이 어떻게 정성을 다해 기도하겠습니까? 불가를 더럽힐까 무섭지도 않으십니까?"

그는 몇십 년간 효자 노릇을 해 온 만큼 고자세를 유지해야 했다.

부녀가 한마디씩 하자 부아가 치밀어 오른 왕 노대부인이 나지막이 말했다.

"그럼 대체 어찌하겠다는 말인가."

성굉이 수염을 쓰다듬으며 침통한 표정으로 조용히 고개를 돌리자 명란이 나서서 말했다.

"저희 어머니는 독약인 줄 몰랐던 터라 의논해 볼 여지가 있지만, 이모님은 사람을 시켜 독약을 만들고, 사람을 속여 독을 넣으셨습니다. 사람의 목숨을 해하려는 잔인한 수법임이 틀림없지요. 증인과 물증이 다 있으니 이제 남에게 뒤집어씌우거나 발뺌해도 소용없습니다. 처분은 간단합니다. 하얀 비단을 내려 자결하게 하거나 독주를 마시게 하는 겁니다."

왕 씨는 유곤댁 뒤에 숨어서 작게 안도의 한숨을 내쉬었지만, 왕 노대부인은 놀라서 펄쩍 뛰었다.

"죽으라는 것이냐?"

"돈을 빌렸으면 돈으로 갚고, 사람을 죽였으면 목숨으로 갚는 것이 당연한 이치입니다."

명란이가 단호하게 말했다.

두 눈이 뒤집힌 왕 노대부인은 몸에 힘이 풀려 거의 기절하다시피 쓰러졌다. 외숙모가 슬쩍 꼬집자 외숙부가 고함을 쳤다.

"참으로 지독한 아이구나! 입만 열었다 하면 죽인다는 말을 하다니. 네 이모가 죽으면 사돈 어르신도 완쾌는 못 하실 게다! 용서할 때는 해야지. 네 이모가 이미 잘못을 인정했는데도 어찌 놓아줄 생각을 안 해?"

명란은 몸을 사리려는 성굉의 소매를 힘껏 잡아당기면서 소리쳤다.

"아버지, 뭐라고 말씀 좀 해보세요!"

성굉은 어쩔 수 없이 정색하고 말했다.

"형님께서 그리 말씀하시면 안 되지요. 처형의 목숨만 중요하고 제 어머니 목숨은 중요하지 않다는 겁니까? 형님 말씀대로 잘못을 인정만 하면 된다면, 저자에서 어찌 그리 많은 죄인의 머리가 잘려 나가겠습니까?"

장모에게 맞서고 싶지 않은 그가 말했다.

"장모님의 건강은 형님께서 책임지시지요. 저희 어머니 때문에 괜히 화를 당하시면 안 되지 않겠습니까."

외숙부의 언변은 성굉만 못했다. 겨우 몇 마디에 말문이 막히자 외숙모가 남편을 대신해 나서서 부드럽게 말했다.

"이렇게 날을 세울 필요 있습니까. 사돈 어르신께서 아직 못 깨어나셨는지요?"

명란이 고개를 끄덕이며 말했다.

"성씨 집안은 이유 없이 모진 행동을 하지 않아요. 하늘이 도와 할머니께서 깨어나신다면 아버지도 이모의 목숨을 바라진 않으실 겁니다. 다만 태의의 말로는 은행 싹으로 만든 진액은 아주 독해서 목숨을 부지한다 해도 사지가 마비될 수 있다더군요. 정말 그렇게 된다면……."

명란이 차갑게 웃었다.

"그럼 이모님은 손발을 내놓으셔야 할 겁니다!"

외숙모는 숨을 들이마셨다. 어린 것이 이리도 독할 수가! 하지만 그녀는 애초부터 시누이를 대신해 사정할 마음이 없었기에 더는 나서지 않았다. 아들과 며느리도 도움이 못 되자 왕 노대부인은 어쩔 수 없이 서서히 정신이 드는 척했다.

인정에 호소해도 소용이 없자 그녀는 어두운 낯빛으로 말했다.

"자네가 출세하고 가업이 나날이 번창하더니 이 늙은이는 안중에도 없군그래. 좋네, 효자인 자네가 왕씨 집안을 이용해 자네 집안의 명성을 지키겠다면, 나도 내 혈육을 모른 척하지 않을 걸세. 하나만 묻겠네. 내가 따르지 않겠다면 어쩔 겐가?"

성굉은 왕씨 집안사람들을 지그시 보며 말했다.

"사적으로 해결이 안 된다면 공적으로 해결해야지요."

이때 그는 한 가지 사실을 깨달았다. 어머니의 중독 사건이 외부로 퍼지면 성씨, 강씨, 왕씨 어느 집안이든 추문에 시달릴 테지만 그 정도가 다를 거라는 것을.

명란은 출가한 딸이라 타격이 가장 작을 것이다. 성씨 집안은 피해자이기에 그다음으로 타격이 작겠지만, 부인 때문에 자신은 집안 단속을 제대로 하지 못한 죄를 피하지 못하고 사람들의 비웃음거리가 될 것이다. 강씨 집안은 타격이 컸다. 동서가 제 살길을 찾으려고 휴서를 써서 강 부인을 내치지 않을 거라는 보장도 없었다.

'대대로 청렴결백한 저희 집안은 이런 악독한 여인을 용서할 수 없습니다. 예전부터 휴서를 쓰고 싶었지만, 장모님의 체면을 생각해 지금까지 참아온 것뿐입니다.'

성굉은 동서의 대사까지 생각해주었다.

타격이 가장 큰 것은 왕씨 집안이다.

집안 어른을 음해하는 중죄에 왕씨 집안의 두 딸이 모두 연루되었다. 하나는 악독한 마음을 품고 음모를 주도했고, 하나는 어리석은 판단으로 음모를 실행했다. 앞으로 형님과 조카의 관직자로서의 명성은 어찌 되겠는가? 어쩌면 봉현전奉賢殿 명신사名臣祠[2]에 모셔진 왕 노대인의 위패마저 치워질 수 있었다. 이 각로도 세상을 떠난 지 이십 년 후에 자손의 불효로 위패가 치워지지 않았는가.

---

2) 황궁 내 사당.

형님 부부는 다 큰 딸이 둘이나 있고 모두 명문가로 시집갔다. 이번 일이 퍼진다면, 시댁에서 잘 지낼 수 있겠는가. 하물며 그 많은 왕씨 집안 사람들은 또 어떻게 되겠는가.

성굉은 형님 부부를 흘끔 보며 장모가 큰딸을 살리려고 나서도 다른 사람이 두고 보지 않을 수도 있겠다고 생각했다.

사실 그도 어머니를 위해 진실을 밝히고 싶었지만, 대가가 너무 컸다.

일이 이렇게 된 마당에, 사건을 덮을 수 없다면 더 힘을 내야 했다. 명란이 그의 본심을 알아채고 '적모의 은혜에 보답하지 않는다'고 말하게 둘 순 없었다. 그는 보답해야 한다. 그것도 아주 제대로.

게다가 엄밀히 따지면, 잘못한 것은 왕씨 집안 딸이지 성씨 집안사람이 아니었기에 피를 봐도 왕씨 집안의 피를 봐야지, 성씨 집안이 괜히 피해를 볼 수는 없었다. 가장 좋은 것은 최대한 빨리 처형을 처리해 명란의 화를 풀어주고, 왕씨 집안의 묵인 아래 세 집안이 일을 덮으면 천하가 태평해질 것이다. 아미타불!

이치를 파악한 성굉은 괴로우면서도 은근히 화난 척, 또 심히 낙담한 척 말했다.

"저는 학문을 익히며 자식들에게 모두 덕행을 쌓으라 가르쳐왔습니다. 한데 지천명이 되는 해에 이런 일이 일어날 줄이야……."

그는 길게 한숨을 내쉬고 말을 이었다.

"이제 너무 지쳤습니다. 장모님께서 양보 못 하신다면 할 수 없지요. 관아에 알리겠습니다!"

깜짝 놀라 눈꺼풀이 움찔한 외숙모가 한마디 하려던 순간, 왕 노대부인이 차갑게 말했다.

"자네 뜻을 아네. 왕씨 집안에서 일을 크게 만들고 싶어하지 않을 거라 생각하겠지. 하지만 잘 생각해보게. 자네 처형은 그래봤자 인척이네. 자네 모친이 돌아가시지 않았으니 기껏해야 유배나 당하겠지. 우리가 뇌물을 조금 쥐여 주면 형은 더 가벼워질 게야. 그런데 자네 부인은 며느리 아닌가. 며느리가 시어머니를 음해하는 것이 어떤 죄인지 자네가 나보다 더 잘 알 걸세! 그러면 자네 아이들은 또 어떻게 되겠는가?"

움찔한 성굉은 마음 한편이 서늘해졌다.

왕 씨는 믿을 수 없다는 듯 왕 노대부인을 멍하니 보며 말했다.

"……어머니, 설마 언니를 살리려고 절 죽이시겠다는 건가요?"

그녀는 어려서부터 어머니가 언니를 더 아낀다고 느끼긴 했지만, 정말일 거라고는 생각도 못 했다.

왕 노대부인은 작은딸을 사지로 내몰 생각은 전혀 없었다. 다만 누가 더 독하고 무서울 게 없는지 밝혀 사위가 한발 물러나게끔 만들려는 속셈이었다. 그래야 두 딸 모두 살릴 수 있었다. 시시콜콜 설명할 수 없으니 독한 마음으로 작은딸은 거들떠보지도 않고 성굉에게 차갑게 웃으며 말했다.

"자네는 진사 출신이니 국법에 대해 잘 알겠지. 며느리가 시어머니를 해하는 것은 무슨 죄인가?"

이마에 식은땀이 송골송골 맺힌 성굉이 두 손으로 무릎을 짚었다. 그래도 몇십 년을 부부로 살았는데, 차마 그럴 수는 없었다. 게다가 가장 중요한 장남의 앞길까지 막을 수도 있었다.

상황을 보며 왕 노대부인은 더 기세등등하게 말했다.

"일이 커지면 결과가 좋지 않을걸세. 똑똑한 사위가 잘 생각해보게."

으름장을 놓고는 다시 부드러운 어투로 말했다.

"이번 일은 따지기에 너무 불분명해. 자네 모친은 복이 많은 분이시니 분명 고비를 잘 넘기실 걸세. 여기 있는 사람끼리만 알고, 자네 모친이 깨어나셔도 알릴 필요 없어. 괜히 마음 상하셔서 건강이 또 안 좋아지실 수 있네……. 자, 내가 돌아가면 꼭 자네 처형을 호되게 혼을 내고, 자네 부인에게는 시댁을 잘 모시라고 단단히 이르겠네. 그러면 앞으로도 화목하게 잘 지낼 수 있지 않겠는가?"

마음이 흔들린 성굉은 저도 모르게 명란을 바라봤다. 명란은 분노로 손끝이 미세하게 떨렸고, 속에서는 열불이 올라와 구역질이 났다. 가증스러운 왕 노대부인의 면전에다 토악질을 해버리고 싶었다.

성굉의 시선을 따라 명란을 본 왕 노대부인은 일의 결과가 명란의 손에 달렸다는 것을 깨닫고 자애로운 표정을 지어냈다.

"얘야, 나도 네 효심을 안단다. 할머니를 위해 진실을 밝히고 싶을 테지. 하지만 네 어머니가 너를 십 년 넘게 키웠는데 지금 좀 참고 넘어가면 안 되겠느냐? 게다가 네 큰오라비와 올케, 그리고 다른 혈육도 생각해야지. 네가 일을 크게 만들면 그들은 어떻게 하라는 것이냐?"

반은 설득이고 반은 협박인 말에 명란은 속으로 비웃었다. 그런 것이 걱정됐다면 애초에 일을 이렇게까지 벌이지 않았을 것이다. 기껏해야 부모와 형제자매를 잃는 것뿐이었고, 분이 안 풀리면 문을 나서자마자 비녀로 이모를 찔러 죽이면 그만이었다.

명란은 깊게 한숨을 내쉬고 늙은이에게 욕을 한가득 퍼부을 태세를 취했다. 그때, 익숙한 남자의 목소리가 문 쪽에서 들려왔다.

"저희가 알아서 처리하면 됩니다. 명란이는 아무 걱정 말거라."

반쯤 해진 청색 장포를 입고 헝클어진 머리를 한 장백이 걸어 들어오고 있었다. 고생한 흔적이 고스란히 묻어난 얼굴만 봐도 얼마나 서둘러

왔는지 알 수 있었다. 그의 뒤로 주홍색 망포蟒袍[3]를 입은 키 크고 건장한 사내가 들어왔다. 누구겠는가? 고정엽이었다.

성굉이 벌떡 일어났다. 왕 씨는 아들을 보자 부끄러우면서도 안심이 되어 울음을 터뜨렸다.

"아들아, 왔구나!"

이 순간 그녀는 아들이 너무나도 듬직했다.

남편을 본 명란은 기쁜지 슬픈지 알 수 없었다. 겨우 며칠 떨어져 있었지만, 폭풍 같은 일들을 겪고 나니 마치 한 생을 지나 재회한 것만 같았다. 그의 동의도 얻지 않고 마음대로 후부의 호위를 부린 데다, 성부를 봉쇄하고 사람을 잡아 와 일을 크게 벌인 것이 생각난 그녀는 고개를 숙이고 말했다.

"서쪽 외곽 군영에 계실 거라고 하지 않으셨나요?"

고정엽은 성굉에게 공손히 인사하고, 왕 노대부인과 외숙부에게도 간단히 읍한 후 성큼성큼 걸어 아내 곁으로 갔다.

"공손 선생께서 기별을 주셔서 급히 휴가를 청하고 왔다."

"일에 지장이 있는 건 아니시죠?"

명란은 그가 공무를 뒤로하고 달려왔을까 봐 마음이 불편했다.

고정엽이 웃으며 말했다.

"전쟁만 나지 않으면 무관은 문관보다 시간이 많다."

왕 노대부인은 입가에 미소를 머금고, 왕 씨가 눈물 바람으로 아들에게 매달리는 모습을 보며 한시름 놓았다. 외손자가 왔으니 자신의 딸을

---

3) 황금색 이무기를 수놓은 예복.

곤란하게 할 사람은 없었다. 그녀는 눈을 돌려 한쪽에 서 있는 고정엽을 보고 살짝 눈살을 찌푸렸다. 잠시 생각하던 왕 노대부인은 우선 대단하신 손녀사위부터 내쫓기로 마음먹었다.

고정엽이 인상을 쓰며 명란을 살폈다.

"안색이 왜 이렇게 안 좋은 것이야?"

집을 나설 때만 해도 혈색 좋고 생기가 넘쳐 싱그러운 사과 같던 아내였는데, 겨우 며칠 사이에 창백해지고 수척해진 것이 꼭 배추 같았다.

왕 노대부인이 잽싸게 말했다.

"명란이가 며칠 동안 할머니를 돌본다고 고생을 많이 했네. 녕원후가 왔으니 데리고 가서 쉬게 하게."

명란이 냉랭하게 말했다.

"뭘 그렇게 급히 쫓아내십니까. 아직 이야기가 끝나지 않았습니다."

왕 노대부인은 장백을 슬쩍 보고는 위협적으로 말했다.

"너는 출가한 딸이다. 친정 일에 너무 신경 쓰지 말거라."

명란은 머리끝까지 화가 났다. 그런데 이때, 옆에서 비스듬히 뻗어 나온 손이 명란을 가로막았다.

"출가하면 친정과 상관이 없다고 하셨습니까?"

고정엽이 담담한 표정으로 말했다.

"그럼 어르신께서는 여기서 무엇을 하시는 겁니까?"

잠시 당황한 명란은 하마터면 웃음이 새어 나올 뻔했다. 우문현답이 아닐 수 없었다.

왕 노대부인은 차갑게 코웃음을 치더니 명란을 가리키며 말했다.

"예전에는 예의 바르고 어른을 공경할 줄 알더니, 후부로 시집간 뒤로는 친정은 안중에도 없고 어른에게 대들기나 하는 것이, 녕원후를 등에 업고 그러는 것이었군!"

"아, 그렇습니까?"

고정엽은 무표정으로 말했다.

"저도 명란이가 예의도 바르고 어른을 공경할 줄도 아는 사람이라 생각합니다. 그런데 어르신께서 대체 어찌하셨길래 온순한 사람이 이렇게 화가 난 겁니까?"

명란은 놀란 눈으로 입을 벌린 채 남자를 봤고, 방 안은 조용해졌다. 성굉의 얼굴색은 한 대 얻어맞은 듯했고, 외숙부는 입꼬리를 부들부들 떨고 있었으며, 왕 씨는 아들에게 하소연하던 것을 멈추었다. 방 안에 있던 모든 사람이 당황했다.

왕 노대부인은 화를 참지 못하고 팔걸이를 내리치며 호통쳤다.

"아니, 아녀자가 입만 열면 사람을 죽인다고 하지를 않나, 이모까지 가둬 놓고 사사로이 벌을 주지 않나. 이게 대체 무슨 짓이란 말인가!"

고정엽이 정색하며 말했다.

"명란이는 겁이 많아서 닭 잡는 소리도 못 듣고(강 부인 피셜: 헛소리!), 피를 보면 놀라서 반나절은 지나야 겨우 진정합니다. 감히 어르신께 여쭙겠습니다. 이모님께서는 왜 이 사람을 이 지경까지 몰아붙이신 겁니까?"

말을 마친 그는 고개를 저으며 침통한 표정을 지었다. 마치 나이만 먹고 어른 노릇도 제대로 못 해서 안타깝다는 듯.

명란은 고개를 들어 옆에 있는 남자를 봤다. 정오가 되어 방 안으로 내리쬔 햇볕이 그에게 쏟아지며 생긴 커다란 그림자가 그녀의 그늘이 되어주고 있었다. 이보다 더 든든할 수 있을까. 쓰라린 마음이 따뜻해지자 울고 싶기도 했고 웃고 싶기도 했다. 고군분투하느라 지쳤지만, 더는 혼자가 아니었다.

강진은 왕씨 집안사람을 하나하나 훑던 고정엽과 눈이 마주치자 저도 모르게 뒤로 주춤했다.

그가 차가운 목소리로 말했다.

"이모님께서 용서받지 못할 일을 저질러 어르신의 심기가 편치 않다는 것은 이해합니다. 그런데 가만히 있는 사람에게 화풀이는 하면 안 되지요. 설마 우리 고씨 집안에 사람이 없다 생각해 업신여겨 그러신 것입니까?"

왕 노대부인은 이렇게 억울했던 적이 없었다. 내가 성부에 들어오고 나서부터 계속 왕씨 집안을 압박한 건 네 부인이란 말이다! 화가 난 그녀는 온몸이 덜덜 떨렸고 얼굴은 붉으락푸르락했지만, 순간 아무런 말도 하지 못했다.

그러던 고정엽이 고개를 돌려 명란에게 미소까지 지으며 물었다.

"놀라진 않았느냐?"

쓰린 마음을 달래 주는 감동이 몰려왔다. 더할 나위 없이 속이 시원해진 명란은 그에게 달려들어 입맞춤을 퍼붓고 싶을 지경이었다!

그녀는 긴 속눈썹을 내리깔고 얇은 눈썹을 찌푸리며 창백한 작은 손으로 힘없이 손수건을 쥐더니 작은 목소리로 비통하게 말했다.

"전 몰랐어요…… 세상에 이렇게 악독한 사람이 있을 줄은……."

고정엽은 불쌍하다는 표정을 지었다. 늙은 암탉이 솜털이 성글게 난 작은 병아리를 보는 듯한, 상대를 금방이라도 녹여버릴 것 같은 부드러운 눈빛이었다. 그가 탄식하며 말했다.

"가엾게도 닭 잡는 것도 못 보는 사람이 독살하려는 것을 보고 말았구나."

이 부부…….

주위 사람들은 속으로 피를 토했다. 네 가엽고 연약하고 겁 많은 부인께서는 조금 전까지 살벌한 얼굴로 말싸움하고, 강 부인의 목숨을 내놓으라느니, 손발을 자르라느니 했단 말이다!

제198화

세상 이치
: 관아? 가면 그만이지

그 정도 장단 맞춘 것으로는 부족했는지 고정엽은 조심조심 명란을 부축해서 앉혔고, 명란은 팔걸이에 살짝 기대앉으며 한껏 연약한 척을 했다. 왕 노대부인은 고개를 돌려 두 사람의 꼬락서니를 보지 않으려고 애썼다. 겨우 화를 가라앉히고 말을 꺼내려던 찰나, 장백이 먼저 입을 열었다.

"며느리가 시어머니를 음해하는 것은 용서받지 못할 중죄입니다. 국법대로 라면 능지처참을 면치 못할 겁니다."

왕 씨가 놀라서 펄쩍 뛰었다. 아들이 왜 이런 말을 한단 말인가?

왕 노대부인은 잠시 멍하니 있다가 미소 지으며 마음에도 없는 말을 했다.

"네가 몇 년간 지방관으로 나가 있어 네 어미가 너를 얼마나 그리워했는데 지금 그런 말은 뭐 하러 하는 것이냐?"

죽은 남편을 가장 많이 닮은 외손자를 자세히 보니, 뽀얗던 얼굴은 햇볕에 검붉게 타서 예전만큼 준수하진 않았지만 훨씬 활력이 넘쳐 보였다. 몇 년간 밖에서 혼자 일을 맡아서 하더니 어느새 어엿한 가주의 위엄이 갖춰져 있었다.

장백이 말했다.

“아, 방금 외조모님께서 일이 커지면 이모님은 살 방도가 있지만, 제 어머니는 빠져나가지 못할 거라고 하지 않으셨습니까? 그래서 어머니가 마음의 준비를 하실 수 있도록 국법을 알려드린 것입니다.”

왕 노대부인의 안색이 싹 변했다.

왕 씨는 아들의 소매를 꽉 움켜쥐었다.

“……다 아는 것이냐……?”

장백이 왕 씨를 힐끗 보며 담담하게 말했다.

“다 압니다.”

명란은 깜짝 놀랐다. 분명 소식이 새어나가지 못하게 철저히 단속했는데 어떻게 이리 빨리 안 거지?

생각하던 중 손바닥이 간질거려 옆을 보니, 고정엽이 자신을 향해 고개를 끄덕이며 입 모양으로 ‘공손’이라고 알려 줬다. 명란은 조용히 따라 읊조리다 곧 상황을 이해했다. 자신이 성부를 봉쇄하고 사람을 잡아들이고 심지어 고문까지 하는데 동원한 호위들은 예전에 공손 선생이 부리던 사람들이다. 심문 결과가 어떤지 다른 사람은 몰라도 공손 백석이 모를 리 없었다. 그가 고정엽에게 사람을 보내 내막을 낱낱이 전했고, 성부로 오는 길에 고정엽을 만난 장백도 당연히 모든 것을 알게 된 것이다.

왕 노대부인의 시선이 앉아 있는 고정엽에게 닿았다. 그녀가 불안한 미소를 지으며 말했다.

“먼 길을 급히 오지 않았느냐. 오는 길에 들은 이야기 중 사실이 아닌 것도 있을 게야.”

장백이 가볍게 '아' 하더니 말했다.

"외조모님께서 말씀하시는 사실이 아니란 게, 이모님이 사람을 시켜 독을 만든 것을 말씀하시는 겁니까, 아니면 이모님께서 저희 어머니를 속이고 독을 쓰신 것을 말씀하시는 겁니까?"

왕 노대부인이 딱딱한 미소를 지으며 말했다.

"네 이모와 어미가 어리석어 이런 큰 화를 불러일으킨 거란다."

장백이 고개를 흔들었다.

"제 어머니는 어리석게도 혈육이라면 다 믿어도 된다고 생각하셨지요. 친언니가 자신을 속이고 모함할 줄 누가 알았겠습니까. 허나 이모님은…… 하나부터 열까지 치밀하게 계획하셨습니다. 지금도 제 어머니가 덤터기를 쓰고 계시지 않습니까. 이모님께서는 누구보다 잘 알고 계신 것 같은데, 대체 어디가 어리석다는 것인지요."

화가 난 왕 노대부인이 팔걸이를 가볍게 쳤다.

"나이를 먹더니 제 말만 하고 어른들 말은 안중에도 없구나!"

장백이 고개를 들어 올려다 봤다.

"제게 무슨 말을 듣길 원하십니까?"

왕 노대부인은 죽은 남편과 똑 닮은 차갑고 날카로운 눈빛에 순간 멈칫했다.

"이모님은 제 친할머니를 해하고, 어머니를 속여서 멀쩡한 집안을 쑥대밭으로 만드셨습니다. 그런데도 제가 가만히 있길 바라시는 겁니까?"

장백은 청당 가운데 서서 무겁게 말했다.

"더구나 아버지께서 이모님을 놓아주려 하지 않으니 외조모님께서는 저와 제 어머니를 가지고 겁박하셨습니다. 억지로라도 외조모님 말에 따르게 하려고요. 저와 제 어머니는 왕씨 집안사람 혈육이 아닙니까?"

얼굴이 달아오른 왕 노대부인이 힘겹게 말했다.

"장백아, 이번 일이 커지면 너에게 가장 안 좋다는 걸 모르는 게냐. 네 아버지는 너에게 피해가 갈까 염려해서……."

"그럼 크게 만들지 마십시오."

장백이 그녀를 차가운 눈빛으로 봤다.

"이모님이 저지른 일은 혹여 국법으로 용서받을 수 있을지는 몰라도 가법으로는 안 됩니다. 이모부께 알려서 강씨 집안에서 처리하게 하시든지, 아니면 외조모님께서 처리하십시오. 문을 걸어 잠그고 처리하면 아무도 모를 겁니다."

왕 노대부인의 이마에 식은땀이 났다.

"어떻게 할 셈이냐?"

장백이 한 치의 망설임도 없이 말했다.

"사람을 죽였으면 목숨으로 갚는 것이 당연한 이치입니다."

왕 노대부인이 가슴팍을 움켜잡고 눈물을 흘리며 말했다.

"다름 아닌 네 이모다! 너희야말로 한 핏줄……."

그녀는 갑자기 말을 멈추었다.

그녀가 무슨 말을 하려던 건지 눈치챈 명란은 이루 말할 수 없이 화가 치밀어 올랐다.

장백은 고개를 돌려 초조함을 숨기지 못하는 성굉과 부끄러움에 어쩔 줄 모르는 왕 씨, 그리고 외숙부 부부를 본 후 다시 몸을 돌려서 느긋하게 말했다.

"이 세상에 누가 가족인지 아닌지 따지기는 어렵습니다. 아버지께서 할머니의 친자식이 아니시니 저와 제 형제자매 또한 할머니와 혈연관계가 아닙니다. 하지만 그동안 할머니께서는 이 집안을 위해 최선을 다

하셨고, 진심으로 자애를 베푸셨습니다. 그런데 이모님은 어머니와 같은 배에서 태어났지만, 그동안 어떻게든 저희 집안을 망칠 생각만 하셨지 어머니 걱정은 눈곱만큼도 하지 않으셨지요. 이번 일이 남이 들으면 경악할 일임을 뻔히 알면서도 어머니를 부추겨 할머니께 독을 탄 음식을 드렸고, 심지어 어머니를 희생양으로 삼으셨습니다. 이것이 친혈육이 할 수 있는 짓입니까?"

꿀 먹은 벙어리가 된 왕 노대부인은 그저 이렇게 말했다.

"……네 이모가 급한 마음에 당황해서 네 어미를 끌어들인 것이다."

장백은 작게 조소하고는 입꼬리에 비웃음을 걸치고 말했다.

"현명하신 분께서 어찌 그런 말도 안 되는 말씀을 하십니까. 이모님은 당황해서 그런 것이 아닙니다. 처음부터 함정을 파 놓고 일이 틀어지면 어머니께 뒤집어씌울 작정이셨지요."

왕 노대부인은 손자 중 장백이 가장 총명하고 지혜롭다는 것을 알고 있었다. 어떻게 해야 저 아이의 눈을 가리고 넘어갈 수 있을까? 변명의 여지가 없어지자 그저 입을 다물 수밖에 없었다.

장백이 천천히 말했다.

"이모님이 이토록 악독한 방법으로 어머니를 모함하는데, 제가 어찌 친혈육이라고 생각할 수 있겠습니까? 그래서……."

그는 잠시 멈췄다가 무겁게 말했다.

"오늘부터 저희 형제자매는 강 부인과 그 어떤 관계도 아닙니다. 국법이든 가법이든 강 부인은 벌을 받아야 할 것입니다! 외조모님께서 기필코 이모님을 보호하겠다고 나서시면, 관아에 가서 고할 것입니다."

왕 노대부인의 심장이 철렁하고 내려앉았다. 그녀는 한 번 결정하면 절대 번복하지 않는 장백의 성격을 잘 알고 있었다. 마음이 복잡해진 그녀가 크게 소리쳤다.

"효심이 지극하기 짝이 없는 손자로구나. 그리 쉽게 관아에 간다고 말하는데, 네 어미의 생사는 안중에도 없는 것이냐?"

장백이 몸을 돌려 왕 씨에게 말했다.

"어머니, 명란이가 모은 증거들을 보니 어머니께서는 독약인 줄 모르셨던 게 분명해 보입니다. 당관을 만나도 아마 불효의 죄는 받아도 능지처참은 당하지 않을 겁니다."

왕 씨가 흐느끼며 말했다.

"……그렇지만 벌은 받을 것 아니냐."

장백은 꿈쩍도 안 하고 담담하게 말했다.

"할머니께 불효죄를 저지른 것은 사실이니 벌을 받는 것은 당연합니다."

왕 씨는 탁자에 엎드려 대성통곡했다. 아들이 도와줄 거라고 여겼는데 이토록 강경하게 제 어미까지 벌하겠다고 나올 줄은 생각도 못 했다.

분노로 어깨를 들썩이던 왕 노대부인은 냉소를 지으며 말했다.

"대의멸친[1]하는 효손이로고! 불효죄를 저지른 어미를 벌하면 너 혼자 잘 먹고 잘살 수 있을 줄 아느냐?"

참으로 독한 말이었지만, 이어지는 장백의 말도 예상 밖이었다.

"당연히 못 살겠지요. 오는 길에 이미 사직서를 썼습니다. 공무를 보고하는 날 함께 올릴 것입니다."

순간 명란의 가슴이 옥죄어 왔다. 곧이어 숨을 들이켜는 소리가 들렸

---

1) 도리를 지키기 위하여 부모나 형제도 돌아보지 않음.

다. 성굉은 놀라서 목이 뻣뻣해지더니 핏대가 섰고, 왕 씨는 순식간에 울음을 멈추고 멍하니 아들을 봤다. 왕 씨를 보며 말하는 장백의 가볍고 느린 목소리에는 애통함이 배어 있었다.

“어머니께서 이런 일을 저지르셨는데, 제가 무슨 낯으로 관직에 있겠습니까? 도리는 남이 알게, 충성과 효도는 남이 모르게 한다 했습니다. 일이 마무리되면 관직에서 내려올 생각입니다.”

방 안은 바늘이 떨어지는 소리도 들릴 만큼 조용해졌다. 외숙부는 참담한 표정으로 연신 고개를 저으며 탄식했고, 감동한 듯한 외숙모는 불만스러운 눈길로 시어머니인 왕 노대부인을 슬쩍 봤다.

잠시 후, 왕 씨가 벌떡 일어나 아들에게 달려들더니 붙잡고 흔들며 울고불고 소리를 질렀다.

“사직하면 안 된다. 해서는 안 돼. ……우리 착한 아들, 일찍이 네 살 때 학문에 눈을 떠서 어디를 가나 네 총명함과 됨됨이를 칭찬하지 않는 사람이 없었다. 밤낮을 가리지 않고 하루도 빠짐없이 공부했지. 무더운 여름에는 땀띠가 나도 꼼짝하지 않았고, 엄동설한에는 손이 동상에 걸려도 게으름 한번 피우지 않아서 내 마음이 얼마나 아팠는데……. 십 년 넘게 고생한 대가로 이제야 공명을 얻어 창창한 앞길이 펼쳐졌는데, 나 때문에 네가 피해를 봐서는 안 된다!”

어미의 마음이 고스란히 담긴 말에 다들 가슴이 뭉클해졌다. 외숙모와 유곤댁은 몸을 돌려 눈물을 닦았다. 명란은 마음이 쓰리고 괴로웠다. 왕 씨를 부축하는 장백의 눈시울도 빨개졌다.

극도로 흥분한 왕 씨는 체면도 버리고 소매로 눈물을 닦아내면서 호소했다.

“다 내가 잘못했다. 이 애미 탓이야. 내가 나빴다! 내가 가서 죄를 인정하고 사형을 받겠다…….”

그녀는 상석에 앉아 있는 왕 노대부인을 향해 차갑게 웃었다.

“오늘부터 어머니는 딸이 하나뿐이신 겁니다. 제가 죽든 말든 상관하지 않으시니…… 그까짓 관아에 가면 그만이지요. 사형을 당하든 능지처참을 당하든 다 받아들이겠습니다!”

왕 노대부인은 고통스러운 마음을 간신히 부여잡고 눈물을 쏟으며 왕 씨에게 말했다.

“어리석은 것아, 내가 너를 열 달 품어서 낳았는데 어찌 네 생사에 신경을 안 써.”

왕 씨가 냉랭하게 코웃음을 쳤다.

“언니를 살리려고 일을 크게 만드셨잖아요. 오라버니의 명성과 왕씨 집안의 체면, 그리고 두 조카의 시집살이까지 모조리 외면하셨잖아요! 하물며 보잘것없는 제가 뭐가 중요하겠어요?”

친딸의 비꼬는 말에 왕 노대부인은 눈앞이 까매져 금방이라도 기절할 것만 같았다. 그녀가 다리를 내려치며 대성통곡했다.

“이 애미더러 죽으라는 것이냐? 네 시어머니 목숨은 내 목숨으로 갚으면 되겠구나!”

왕 씨를 부축해 앉힌 장백이 고개를 돌려 말했다.

“어찌 한데 묶어 논하시는 것입니까? 할머니께서 생사를 헤매고 있는 것은 악한 사람의 계략으로 독에 당해 그런 것이고, 외조모님께서 변고를 당하신다면 모두 불효한 이모님 때문에 화나서 그런 것이지요.”

고개를 숙이고 눈가의 눈물을 닦던 명란의 입꼬리가 올라갔다. 오라버니는 평생 감정적인 협박에 응한 적이 없다. ‘네가 감히 어찌어찌하면 강물에 뛰어들거나 벽에 머리를 박겠다.’라는 식의 아녀자들이 부리는 술수는 그에게 조금도 통하지 않았다.

왕 노대부인은 포기하지 않고 울며 말했다.

"자식을 잘못 가르친 것은 어미의 잘못이니 내가 대신 죽으면 되지 않느냐? 그러니 그 어리석은 것은 용서해주거라."

장백이 말했다.

"대신 죽을 수 있다면, 왜 역대 왕조에서 인압人鴨[2]을 엄금했겠습니까?"

왕 노대부인이 한참 슬피 울다 재차 부탁하려던 순간, 갑자기 탁자를 세게 내리치는 소리가 났다. 성굉이 새파래진 얼굴로 일어나 낮은 목소리로 말했다.

"더 말할 필요 없습니다. 처형은 반드시 벌을 받아야 합니다. 장모님께서 처형을 살리겠다고 일을 크게 만드시려면 그렇게 하십시오. 저희 집안도 가만히 있지는 않을 겁니다!"

아내와 아들의 대화를 들을수록 성굉은 화가 치밀어 올랐다. 얼굴은 붉으락푸르락했고 머리는 터질 것만 같았다.

그는 한평생 관직에 몸담는 것을 본분으로 여기고 성실하게 살았다. 집안을 잘 다스리고 아들딸도 훌륭히 키웠다. 백성을 억압하고 착취하지 않았으며, 권력 쟁탈전에도 끼지 않았고, 남에게는 더더욱 죄 짓고 살지 않았다. 그렇게 몇십 년을 조심스럽게 버텨 왔고 이제야 성씨 집안의 번창이 눈앞에 보이는 마당에 이런 일이 벌어진 것이다. 그는 이번 일로 가장 중요한 장자의 앞길까지 망칠 수도 있다는 생각에 참으려야 참을 수가 없었다.

---

2) 부자나 권세가가 사람을 사서 대신 형벌을 받게 하던 불법 행위의 일종.

남에게 나쁜 일도 한 적 없는 그는 억울해 죽을 지경이었다. 게다가 이번 흉사는 그가 벌인 일도 아니었다.

"아무리 돌이켜 봐도 저는 지금껏 동서를 박대한 적이 없습니다. 은전이든 송사든, 제가 할 수 있는 것이라면 최선을 다해 도왔습니다."

분노한 성굉은 격앙되어 있었다.

"그런데 처형이 제게 이렇게 갚는 것입니까? 저희 어머니가 본인을 싫어한다는 이유로 죽이려고 했습니다. 감히 장모님께 여쭙겠습니다. 처형은 대체 성씨 집안을 뭐라고 생각하는 겁니까? 독살하고 싶으면 독살하고, 모함하고 싶으면 모함하고, 이렇게 거리낌 없이 행동하는 것을 보니 성씨 집안사람을 만만하게 보셨나 봅니다."

왕 노대부인의 얼굴이 새파랗게 질렸다. 그녀는 한평생 누구에게도 이렇게 야유받은 적이 없었다. 게다가 평소 자신의 비위를 제일 잘 맞춰 주고 공경하던 둘째 사위가 그럴 줄은 몰랐다.

숨을 돌린 성굉이 차갑게 웃으며 말했다.

"그간 처형이 뭘 믿고 거리낌 없이 행동하나 했더니, 바로 장모님이 계셨군요. 지금껏 장모님께서 든든한 보호막이 되셨다는 걸 오늘에야 알았습니다. 장모님도 절 만만하게 보셨나 봅니다. 제가 나약해서 업신여겨도 된다고 생각하시고 성씨 집안이 보잘것없다고 여기셔서 제 아들의 앞날과 성씨 집안의 명성을 가지고 협박하셨던 거군요. 좋습니다. 관아에 가자고 하셨으니 가시지요!"

성굉이 갑자기 외숙부를 가리켰다. 수염이 콧바람에 한껏 올라갔다.

"그동안 처형 손에 간 목숨이 한둘은 아니었을 겁니다. 형님께서 몇 번을 무마하셨고 몇 명의 입을 막았는지 관아에 가서 일일이 따져 보지요. 어떤 벌을 어떻게 받으실지, 그러고도 목숨을 부지할 수 있을지 어디 한

번 보겠습니다!"

말이 끝나기 무섭게 안색이 확 변한 외숙모는 남편의 소매를 꽉 붙들고 무서운 눈빛을 보냈다. 그러자 외숙부는 땀을 줄줄 흘렸다. 성굉의 발언은 교활하기 짝이 없었다. 물론 자신이 동생의 은밀한 일 처리를 몇 번 도와준 적은 있지만, 대부분 은자를 내주거나 좋게 타이르기만 했지 문제가 되는 일은 한 적이 없는데 결국 자신도 깊게 연루돼 버린 셈이었다. 옛일이 들춰지면 동생만 끝장나는 것이 아니라 자기 관직도 위험해질 판이었다. 여기까지 생각이 미치자 그는 재빨리 왕 노대부인을 봤다.

"어머니……."

왕 노대부인이 어찌 아들의 간절한 눈빛을 읽지 못하겠는가. 그녀는 서늘하고도 비참한 마음에 무너지듯 뒤로 기댔고, 의자를 잡은 두 손은 심하게 떨렸다. 여기까지 이야기가 나온 이상 더는 할 수 있는 말이 없었다. 돌이킬 수 없는 참담한 패배였다.

그녀의 안색을 유심히 살피던 명란은 노인네가 속으로 이미 백기를 들었다는 것을 알고는 내심 쾌재를 불렀다.

그녀 옆에 있던 고정엽은 인상을 썼다가 눈물을 흘리고, 웃다가 우는 명란의 표정을 하나도 놓치지 않았다.

이때, 밖에서 몸종이 다급하게 뛰어 들어오는 모습을 보고 명란이 놀라 물었다.

"취병아, 무슨 일이냐?"

취병이 기쁨의 눈물을 쏟으며 털썩 꿇어앉아 말했다.

"깨어나셨어요! ……방씨 어멈이 어서 소식을 전하라고 했습니다, 노마님께서 깨어나셨다고요!"

이 말이 마른하늘에 떨어진 천둥이라도 되는 듯 모두가 자리에서 벌떡 일어났다.

성핑은 한숨을 내쉬었다.

'상을 치를 일은 없겠구나.'

왕 씨는 온몸에 힘이 풀렸다.

'능지처참은 면했구나.'

왕 노대부인은 의자에서 등을 곧게 폈다.

'목숨은 부지했구나.'

웃으며 눈물을 흘린 명란은 두 손을 모아 하늘을 향해 힘차게 절하고는 입으로 중얼거렸다.

"하나님, 부처님, 관세음보살님, 감사합니다. 앞으로 편식하지 않고 채소도 많이 먹을게요! 도살한 것도 안 먹고…… 돼지 허벅지 고기도 안 먹겠습니다!"

옆에 서 있던 고정엽은 그만 할 말을 잃었다.

"……."

방 안의 단 한 사람만은 예외였다.

장백의 얼굴에는 여전히 표정이 없었다. 그는 탁자 위에 빈 찻잔이 없는 것을 보고 주전자 채로 입에 대고 벌컥벌컥 마셨다. 말을 몰고 급히 온 데다 쉴 틈도 없이 언쟁을 벌였기에 목이 심하게 탔다. 죽을죄는 면했지만, 남은 죄의 형량은 어떻게 정해야 하는가.

두 해 넘게 백성들의 송사를 봐왔다. 괜히 현령 나리가 아니었다. 주전자를 내려놓은 그에게 좋은 생각이 떠올랐다.

제199화

세상 이치
: 속세의 부부

다들 각자 다른 생각을 하며 수안당으로 우르르 몰려갔다. 왕 노대부인은 특히나 열성적이고 적극적으로 앞서 걸었고, 그녀의 착한 사위인 성굉이 뒤를 따랐다.

의식을 찾긴 했지만, 몹시 쇠약해진 성 노대부인은 간신히 몇 마디만 내뱉을 수 있었다. 방씨 어멈은 주인이 받을 충격을 염려하여 진상을 알리지 않았고, 성 노대부인은 으레 나이 들면 앓는 병이라고 생각했다. 그래서 직접 병문안을 온 왕씨 집안사람들을 보고는 애써 몸을 일으켜 감사 인사를 했다.

양심의 가책을 느낀 외숙부는 성 노대부인의 감사 인사를 받을 면목이 없어서 몇 걸음 물러나 사람들 뒤에 섰다. 외숙모는 왕 노대부인을 부축하며 침상 맡에 서 있었는데, 시어머니를 보는 그녀의 눈빛에서 은근한 조소가 느껴졌다. 시어머니는 성 노대부인의 손을 잡고 사려 깊은 말을 건네고 있었지만, 임 태의가 미리 주의를 주지 않았다면 아마 병상 앞에서 딸의 구명을 청했을 것이다.

성굉의 연기도 그에 못지않았다. 가슴팍을 내리치며 눈물 콧물을 흘리는 모습은 경성에서 열 손가락 안에 들 만한 효자의 모습이었다. 그에 비해 가증 레벨이 낮은 왕 씨는 부끄러운 얼굴로 오라버니 곁에 서서는 고개를 푹 숙인 채 계속 눈물만 닦았다.

겨우겨우 버텨 가며 진짜인지 거짓인지 모를 안부 인사를 받던 성 노대부인은 명란과 장백을 보고 나서야 진심으로 기뻐할 수 있었다.

"……그래. 부임지에서…… 잘하고 있다고. 장하고…… 참으로 기쁘구나……."

그녀는 자랑스러운 눈빛으로 피부가 타서 더 건강해 보이는 장손을 보다가, 명란이 침상 옆에 엎드려 울고 있자 힘겹게 다독였다.

"……바보 같기는……. 이 나이에는…… 다 그렇단다……."

명란은 목구멍에 돌멩이가 걸린 느낌이었다. 그녀는 울음을 터뜨리지 않으려고 애쓰며 억지웃음을 쥐어 짜냈다.

죽을 고비를 넘기고 정신을 차린 터라 기력이 달린 성 노대부인은 몇 마디 못 하고 다시 정신이 혼미해져 잠이 들었다. 임 태의가 청당으로 사람을 데리고 나갔다. 임 태의는 며칠 사이에 눈 밑이 거묵거묵해지고 귀밑머리에 흰머리가 새로 나 있었다. 그는 무척 기뻐하며 조금 전 성 노대부인이 혼자서 식사를 하고 약을 먹었으니 이제 몸조리만 잘하면 건강을 회복할 수 있다고 말했다.

고정엽이 긴 허리를 굽혀 공손하게 감사를 전했다.

"이번에 할머님께서 호전되신 것은 모두 태의 덕분입니다. 이 은혜는 잊지 않겠습니다. 앞으로 몸조리할 때도 각별히 신경 써서 도와주시기를 부탁드립니다."

임 태의가 허리를 숙여 인사했다.

"별말씀을요. 몸조리는 당연히 최선을 다해 도와드릴 것입니다."

그는 이때다 싶어서 며칠 동안 귀가하지 못했으니 우선 돌아가 의서를 더 찾아보고 몸조리에 좋은 약재를 준비해 다시 돌아오겠다고 했다.

안 될 것 없는 일이었다. 성굉은 감사 인사를 하며 직접 임 태의를 문까지 배웅했다. 그리고 관사를 통해 은표가 담긴 두둑한 봉투를 정중하게 건넸다. 성굉은 '저희 어머니께서 독을 먹었다는 말은 밖에서 절대 발설하지 말아 주십시오.'라고 당부하고 싶었지만, 어쩐지 입이 떨어지지 않았다.

그러나 임 태의가 어떤 자인가. 그는 우물쭈물하며 말하지 못하는 성굉의 속마음을 알아차렸다. 사실 그는 이렇게 말하고 싶었다. 삼십 년 전, 승왕부의 여러 왕손이 세자 자리를 놓고 싸웠을 때 학정홍鶴頂紅[1]과 복사담蝮蛇膽[2]까지 동원된 걸 알고도 지금까지 모르는 척 살아온 그에게 안채에서 아녀자가 노대부인께 독을 먹인 것쯤이야 크게 놀랄 일도 아니라고 말이다. 그는 성굉이 역모를 꾀한 것처럼 행동하는 것을 보고 세상 물정을 몰라도 한참 모른다고 생각했다.

하지만 임 태의는 조금도 티 내지 않고 수염을 쓰다듬으며 미소 지었다.

"나이를 먹을수록 아이 같아진다는 말이 맞는 것 같습니다. 나이를 먹을수록 식탐이 생기지요. 노대부인께서는 앞으로 식탐을 줄이셔야 합니다. 달거나 익히지 않은 것, 매운 음식은 최대한 안 드시는 것이 좋습

---

1) 비상.

2) 살무사의 쓸개.

니다."

성굉은 반색하며 연신 고마움을 표했다. 그는 태의를 보며 소양이 높은 인재는 역시 다르다며, 남보다 뛰어난 전문 지식은 물론이고 처세술에도 능한 데다 말도 잘한다고 생각했다.

임 태의를 보낸 성굉은 홀가분한 마음으로 재빨리 청당으로 돌아갔다. 입구에 막 다다랐을 때 안에서 또다시 말다툼 소리가 들렸다.

왕 노대부인이 안달 난 목소리로 말하고 있었다.

"……사부인께서 건강을 회복했는데 무엇 때문에 네 이모를 붙들고 안 놓아주려는 것이냐? 스님 체면은 세워 주지 않더라도 부처님 체면은 세워 준다고 했다. 내가 이렇게 부탁하마. 신계사가 어떤 곳이냐, 거긴 사람이 살 수 있는 곳이 아니다. 네 이모를 거기로 보내겠다니, 죽으라는 것과 뭐가 달라!"

심장이 철렁한 성굉은 방으로 들어가려던 걸음을 멈췄다.

신계사는 내무부의 소관이다. 원래 황친 중 부녀자를 처벌하거나 감시하는 곳이었지만, 나중에 관리 범위가 확대되어 죽을죄는 아니더라도 다시는 사람들 앞에 나설 수 없을 정도의 큰 죄를 지은 세도가의 부녀자까지 모조리 이곳으로 보내졌다. 신계사는 일반 부녀자를 유배 보내던 비구니 암자와 달리 한번 들어가면 황명이 있기 전까지 평생 못 나오는 곳이었다.

산 사람의 무덤 같은 그곳은 황성의 어느 궁벽하고 황량한 구석에 있다. 얼마나 떠들썩한 추문을 일으켰든, 일단 이곳에 갇히면 모든 일은 당사자와 함께 조용히 묻혀서 다시는 알 수 없었다.

일이 은밀히 진행되는 만큼 성굉도 두 번밖에 못 들어 본 곳이었다. 한 번은 인종 황제의 후궁 간택이 있던 해, 딸이 간택될 수 있도록 입궁이

내정되어 있던 금향후의 적장녀에게 부스럼이 돋게 하는 꽃을 보내 얼굴을 망가트린 진양후 부인 때이고, 다른 한 번은 무황제 재위 시절 성국공부의 노대부인이 직접 두 며느리를 보냈을 때인데, 정확한 이유는 듣지 못했다.

지금까지 어느 집안의 부녀자든 살아서 나왔다는 말은 들어보지 못했다. 대부분 나이가 들어 죽었을 때에야 시체를 가족에게 보내 안장하도록 했다. 솔직히 말하면, 강씨, 왕씨, 성씨 세 집안은 사람을 보내고 싶어도 자격이 안 돼서 아마 녕원후가 나서야 가능할 것이다.

딴생각을 하는 바람에 방에서 들리는 소리를 잠시 놓쳤던 성굉은 재빨리 귀를 쫑긋 세우고 다시 듣기 시작했다.

"……명란아, 내가 이렇게 비마. 제발 부탁이다……. 네가 이모를 얼마나 미워하는지 나도 안다. 차라리 비구니 암자에 보내서 염불을 외우며 채식을 하라고 하면 안 되겠느냐? 절에 들어가 수행하라고 하마. 아니면 삭발하고 비구니로 만들어서 다시는 사람을 해치지 못하게 하겠다."

왕 노대부인은 눈물을 흘리며 사정사정했다.

"신계사로는 정말 보낼 수 없다! 거기에 가면 온갖 고역을 치를 것이야. 쌀을 찧고, 옷을 빨고, 장작을 패고, 온갖 허드렛일을 다 하겠지. 차도 변변치 않은 차를 마시고 쉰밥이나 먹을 게다. 평생을 부유하게 살아온 네 이모는 절대 못 견딘다……."

장백이 말했다.

"신계사는 일 년에 두 번 가족이 방문할 수 있다고 합니다. 외조모님께서 자주 찾아가시면 안에 있는 사람들도 이모님을 심하게 괴롭히진 않을 겁니다. 고역은…… 이런 용서받지 못할 일을 저지르고도 설마 이모님이 귀한 대접 받으며 부유한 삶을 누리길 바라신 답니까?"

잠시 말을 멈춘 그가 비꼬는 투로 말했다.

"비구니 암자요? 칠팔 년 전 이모님이 강씨 집안 가묘에 갇혔던 일을 잊으셨습니까? 그때 외조모님께서는 애원하는 이모를 외면하지 못해 강씨 집안에 직접 가셔서 사정하고 협박하여 여섯 달 만에 이모를 꺼내 주셨습니다."

강 부인은 왕 노대부인을 다루는 데 아주 능숙했다. 하는 말마다 어머니의 마음을 약하게 만들었기에 국법으로 다스리는 편이 훨씬 믿음이 갔다.

왕 노대부인이 분노하며 말했다.

"독하기 짝이 없구나! 사부인이 죽지도 않았는데 왜 이렇게 몰아붙이는 것이야?"

장백이 한 치의 양보도 없이 맞섰다.

"할머니께서 운 좋게 목숨을 부지하실 수 있었던 이유는 첫째, 하늘의 뜻이자 부처님께서 도우신 덕이고, 둘째, 임 태의께서 마음을 다해 치료해주신 덕입니다. 이모님과는 무슨 상관입니까? 이모님은 사람을 죽이려고 단단히 결심한 분입니다!"

"그래도 안 죽었지 않느냐!"

왕 노대부인이 발악했다.

이때 고정엽이 끼어들었다.

"그 말씀은 틀렸습니다. 사람의 삶은 다 제각각이지요. 할머님께서는 원래 정정하셨는데 이모님이 독을 쓰는 바람에 몸이 상하시어 기력이 쇠하셨습니다. 원래대로라면 백십팔 세까지 살 수 있는 분이 지금은 백팔 세까지밖에 못 살게 됐습니다. 가극과 가무를 보시고 산을 오르고 절에 다니시며 희희낙락 여생을 편하게 보내셨을 터인데, 이제는 탕약을 달고 사셔야 하고, 평생 병치레를 할 수도 있습니다. 이렇게 잃어버린 수명과 몇십 년의 기쁨을 이모님께서 어떻게 보상해야 하겠습니까?"

장백의 얼굴에서 깊은 원망이 묻어나왔다.

"매부의 말이 맞습니다. 앞으로 할머니께서 어찌 전이를 돌보시면서 편안히 노후를 즐기시겠습니까."

"맞습니다."

고정엽이 손뼉을 치며 미소 지었다.

"빚이 얼마인지 도저히 헤아릴 수가 없습니다. 이모님께서 앞으로 얼마나 살지도 모르는데 몇 년 빨리 황천길을 건너시라고 할 수도 없고, 또 만일 할머님께서 거동이 불편해지신다고 해도 정말 이모님의 손발을 자를 순 없는 노릇입니다. 그러니 그냥 신계사로 보내는 것으로 세 집안의 원한을 푸시지요!"

왕 노대부인은 아연실색했다. 성씨 집안은 어디서 이런 대단한 사윗감을 찾은 것이란 말인가.

멍하니 남편의 옆모습을 보는 명란의 입꼬리가 실룩거렸다.

"제 어머니를 이렇듯 말끔하게 처리하신다면……."

비통한 얼굴로 시종일관 침묵해오던 강진이 갑자기 입을 열었다.

"자당은 어떻게 되는 것입니까?"

사실 왕 노대부인도 같은 질문을 하고 싶었지만, 작은딸에게 원망을 들은 터라 차마 입 밖으로 꺼내지 못하고 있던 차였다. 자신은 이미 빠져나왔다고 생각한 왕 씨는 강진의 갑작스러운 물음에 울컥 화가 치밀어 올라 성난 눈으로 강진을 쏘아봤다.

장백이 침착하게 말했다.

"시어머니께 불경을 저질러 불효를 했으니 당연히 벌을 받아야 합니다. 어머니께서는 부처님께 절을 올리며 경서를 읽고 할머니를 위해 기도드릴 겁니다."

한시름 덜어낸 왕 씨가 미소를 지으며 말했다.

"그래. 나도 뒷방에 불당을 만들 계획……."

"집에서가 아닙니다."

장백이 재빨리 말을 끊었다.

왕 씨는 잠시 멍하니 있다가 무안해하며 말했다.

"그래. 내 잘못이 크니 경성에 깨끗하고 조용한 비구니 암자를 찾아……."

"경성의 비구니 암자도 아닙니다."

장백이 어머니를 보며 침착하게 말했다.

"어머니께선 유양에 있는 성씨 집안 가묘에서 불도를 닦으세요. 어육을 금하고 염불을 외면서 잘못을 뉘우치세요. 명절 외에는 가묘를 떠나실 수 없습니다."

왕 씨는 '아' 하고는 자리에서 벌떡 일어나 날카롭게 소리쳤다.

"그게 감옥살이와 다를 것이 무엇이냐!"

장백이 한 자 한 자 강조하듯 말했다.

"그것이 싫으시다면 소자는 관직을 내려놓을 것입니다. 어머니께서 잘못을 뉘우치지도 않고 벌도 받지 않으려 하시면, 제가 무슨 낯으로 계속 관직에 몸담겠습니까."

명란은 고개를 숙이고 깊은 생각에 잠겼다.

왕 씨는 예전부터 유양을 좋아하지 않았다. 성씨 집안에 시집오고 몇십 년 동안 유양에서 보낸 시간은 다 합쳐도 한 달이 채 되지 않았다. 그곳에는 다른 친척이나 친구도 없으니 큰당숙 일가에 기대어 살아야 할 터. 왕 씨와 큰당숙모의 관계로 미루어 짐작하건대 큰당숙모는 기꺼이 왕 씨의 '회개'를 엄격히 감시할 것이다. 어쨌든 두 가족 간 친분도 두터우니 큰당숙모는 왕 씨를 챙기는 데 소홀하지 않을 것이다.

오라버니의 처벌 방식은 더할 나위 없이 좋았다.

다급해진 왕 씨가 황급히 말했다.

"……장백아, 누굴 겁주려는 것이야! 집에서 못 한다면 비구니 암자에서 부처님께 절을 올리면 되지 꼭 고향으로 내려갈 필요가 뭐 있느냐. 그곳은 아는 사람도 없는 낯선 곳이란 말이다……."

"가족을 떠나 혼자 조상님들 앞에 앉아 잘 생각해보십시오. 할머니와 가족 한 사람 한 사람을 생각하며 몇십 년 동안 무엇을 잘못했고 무엇을 하지 말았어야 했는지요."

장백은 다가가서 어머니를 부축해 자리에 앉혔다.

"소자에 대해 잘 아시잖습니까. 한다면 하는 거."

당황해서 땀으로 이마가 흠뻑 젖은 왕 씨가 더듬더듬 말했다.

"그럼…… 얼마나 가 있어야 하는 게냐……."

명란은 소매 안에서 손가락을 꼽았다. 살인을 모의하지는 않았지만, 고의로 다른 사람에게 상해를 입혔다. 임 태의가 할머니는 회복될 거라고 했으니 미수에 그쳤다고 치면 최소한……. 그래, 적어도 징역 오 년은 되겠네…….

"십 년이요."

장백이 담담하게 말했다.

"십 년이면 어머니도 깨닫는 바가 있으실 테니 그때 다시 돌아와서 할머니를 모시세요."

명란은 남몰래 헉 하고 숨을 들이키며 어금니를 꽉 깨물었다. 가끔 나와서 명절을 쇨 수 있으니 지나친 형량은 아니다. 그럼, 그럼.

하마터면 숨넘어갈 뻔한 왕 씨가 버럭 화를 내며 일어나 아들에게 손가락질하며 욕을 퍼부었다.

"이 불효막심한 놈!"

그러고는 바람처럼 방을 뛰쳐나갔는데, 얼굴을 가린 채 통곡하며 나가는 바람에 문 옆에 있던 성굉을 발견하지 못했다.

방 안은 삽시간에 침묵에 휩싸였다. 왕 노대부인은 한참을 말없이 장백을 봤고, 강진은 입을 닫았다.

성굉은 방 밖에서 외조모와 손자가 쉬지 않고 다투는 소리를 한참 들었다. 왕 노대부인은 애걸하다가 화도 내고 꾸짖기도 했지만, 장백은 끄떡하지 않고 조금도 양보하지 않았다. 성굉은 잠시 생각하더니 바깥 대청을 돌아 안쪽 방으로 들어가 병상에 누워 있는 적모를 시중들며 효를 다했다. 그릇이나 찻잔을 들어주거나 탕약을 맛보는 것 등이야말로 올바른 도리라고 그는 생각했다.

결국 왕 노대부인은 대로한 채 옷소매를 털며 떠났다. 외숙부가 뒷방에 가둔 강 부인을 데리고 가도 되냐고 물었지만, 장백이 가차 없이 거절하는 바람에 어쩔 수 없이 강진만 데리고 무거운 마음으로 발을 옮겼다.

명란은 아직 마음이 놓이지 않았다. 그녀는 성 노대부인이 앉아서 말을 하는 모습이라도 본 다음에 가고 싶었다. 고정엽은 아직 집에 돌아가고 싶지 않은 그녀의 마음을 알아차리고는 장인어른에게 며칠 더 묵었다 가고 되겠냐고 호기롭게 물었다.

성굉은 —사위 앞에서 효자 노릇을 며칠 더 해야 했기에— 언짢았지만 환영하는 척했다.

이때, 어질고 총명한 해 씨가 점심을 먹으라며 사람들을 불렀다. 그녀는 아무 일도 없었던 것처럼, 그저 시누이가 남편을 데리고 친정에 와 며칠 머무는 단순한 일처럼 굴었다. 맛있는 음식을 정성껏 준비해 온 그녀가 편안한 미소로 음식을 권했다.

불효막심한 딸과 속이 시커먼 사위, 굳은 얼굴의 아들과 시치미를 떼고 있는 며느리와 함께 밥을 먹자니 성굉은 목이 메고 위가 아파 왔다. 그는 억지로 밥을 넘기고 간단히 차를 마신 뒤 황급히 서재로 돌아갔다.

수안당에는 비어 있는 방이 많았다. 방씨 어멈은 명란의 예전 취향대로 재빨리 방을 깨끗하고 우아하게 꾸몄다. 명란이 낮잠 자는 습관이 있다는 것을 기억하고 백초 대자리까지 깔아 두었고, 더운 날씨에 명란 부부가 땀을 흘려 불편할까봐 씻을 수 있도록 따뜻한 물 두 통을 떠서 상방에 가져다 두었다.

지칠 대로 지친 두 사람은 목욕 생각이 전혀 들지 않아서 손과 얼굴만 씻었다. 고정엽은 방 안을 몇 바퀴 둘러보고 아내에게 웃으며 말했다.

"이리 쾌적하니 집에 돌아갈 생각도 안 들겠구나. 집에 어린 아들이 있다는 걸 잊은 건 아니겠지?"

침상에 깔린 얇은 담요 위에 엎드린 명란은 그의 말에 대나무 베개를 힘껏 던지고는 웃으며 한마디했다.

"비꼬지 마세요. 저도 단이가 보고 싶습니다. 매일 잠은 할머니 곁에서 잤어도, 꿈은 단이 꿈을 꿨다고요!"

고정엽은 맞아도 좋은지 대나무 베개를 껴안고 즐거워하며 침상으로 올라갔다. 명란은 틀어 올린 그의 상투를 조심스럽게 풀며 낮게 말했다.

"단이에게 너무 미안해요. 하지만…… 정말 다른 방법이 없어서 이쪽만 신경 쓸 수밖에 없었어요. 최씨 어멈과 취수가 분명 잘 돌보고 있을 거예요."

고정엽은 슬픔과 괴로움이 묻어나는 명란의 말을 듣고 그녀의 등을 천천히 어루만졌다.

"나도 이번에는 정말 놀랐다. 평소 얌전하고 무심하던 사람이 일을 크게 벌일 거라고는 생각도 못 했지. 꼭 다른 사람이 된 것 같더구나."

공손 백석의 편지를 읽은 그는 두 눈을 믿을 수 없었다. 친정집을 봉쇄하고, 분노에 차서 생부를 비난하고, 사람을 억지로 잡아들여 속이고 심문하고 고문하면서 제 몸은 돌보지도 않고 죽기 살기로 싸우다니. 총명하고 능글맞고 사리에 밝아 제 몸을 지키며 평생 실수 하나 저지르지 않고 사는 명란이 맞단 말인가?

달려오면서 그는 기쁘기도, 걱정되기도 했다. 마음속에는 오직 그녀를 도와주고 보호해야겠다는 생각뿐이었다.

고개를 숙인 채 아무 말도 하지 않는 명란을 보며 고정엽이 작게 한숨을 쉬었다.

"말하고 싶지 않은 모양이구나. 됐다……."

그가 자려고 누우려는 찰나, 명란이 갑자기 그의 가슴을 손으로 받치더니 고개를 들고 그를 봤다.

"말할게요."

고정엽은 책상다리를 하고 침상에 앉았다.

"할머니가 이번에 험한 일을 당하신 건 따져 보면 사실 저 때문이에요."

명란은 숙연한 표정을 지었다.

"그동안 어머니가 잘못한 게 한두 번도 아니지만, 지난 수십 년간 할머니께서 보고도 못 본 척하신 덕에 별 탈 없이 지냈어요. 최근에야 이모와 왕래하신 것도 아니고요. 우리가 경성으로 이사를 온 뒤부터 자주 어머니를 찾아와 이야기를 나누셨거든요. 그때도 꼬드기고 이간질했지만, 할머니는 크게 화내지 않으셨죠."

밖에서 매미가 낮고 처량하게 울었다. 오후의 강렬한 햇살이 수안당에 천천히 스며들더니 주변의 큰 나무들과 어우러져 새하얀 사창 위에 진하고 연한 나뭇잎 그림자를 만들었다. 여자의 눈썹꼬리처럼 연한 잔가지 모양의 그림자도 있었다.

방 안에 놓인 얼음 대야 두 개에서 옅은 물기가 배어 나오며 시원함을 뿌리고 있었다.

고정엽은 명란의 말을 가만히 들었다.

"할머니는 한 번도 제게 말씀하지 않으셨지만, 저는 알고 있었어요. 이모가 후부로 첩을 보내려고 했을 때 할머니가 진심으로 화가 나셨다는 것을요."

파초잎으로 엮어 만든 부들부채를 살랑살랑 흔드는 명란의 모습은 수수하면서도 우아했다.

"할머니는 단단히 화가 나서 고부간의 체면도 따지지 않고 크게 화를 내셨죠. 사람들 앞에서 어머니를 꾸짖고 심지어 수안당 입구에 무릎 꿇고 있으라는 벌까지 내려서 오가는 사람들이 보게 했어요. 그때 어머니 마음속에 원망이 생겼을 거예요."

부채를 타고 천천히 침상 휘장 안으로 스며들어 온 시원한 바람에 그녀의 가느다란 머리카락이 흩날리며 남자의 팔을 간질였다.

"그 뒤로 할머니는 어머니가 이모의 꼬임에 넘어가면 저한테 안 좋을 거라는 생각에 어머니를 더 엄하게 단속하셨어요. 심지어 어머니 대신 올케들이 집안을 다스리게 하셨죠. 어머니는 자존심이 센 사람이라서 아버지한테조차 잘못을 인정하는 법이 없으셨는데, 할머니 때문에 남들 앞에서 곤욕을 당하기까지 했으니 당연히 마음속 응어리가 점점 더 커졌을 거예요. 그러니 이모가 기회를 노릴 수 있었던 거겠죠."

명란의 말투에서 비통함이 묻어나왔다.

"할머니가 잘못하셨어요. 어머니도 며느리가 있고 손자가 있는 분인데, 최소한의 체면은 지켜주셨어야 했어요. 문을 걸어 잠그고 세세하게 설명하고 가르치셨으면 됐을 일을……. 예전에는 어머니가 잘못할 때마다 할머니가 그렇게 하셨거든요."

눈가에 눈물이 가득 맺혔지만, 그녀는 알아차리지 못하고 말을 이어갔다.

"저 대신 화를 내실 필요가 뭐 있다고요. 전 이미 시집도 갔고, 알아서 잘 지낼 수 있어요. 그 연세에 아들과 손자에게 공경 받으면서 편히 살면 좀 좋아요? 뭐 하러 제가 억울한 일을 당했다는 이야기에 듣자마자 화를 내시냐고요. 큰오라버니는 어머니가 낳은 아들이에요. 그랬다가 큰오라버니와 관계가 틀어져서 나중에 고달프면 어쩌시려고요?"

긴 속눈썹은 결국 눈물을 이기지 못하고 한 방울, 두 방울 눈물을 떨어뜨렸다. 부드럽고 얇은 담요 위에 떨어진 눈물은 작은 원을 만들었다. 명란은 손수건으로 얼굴을 눌러 천천히 뜨거운 눈물을 닦았다.

"할머니는 진심으로 저를 아끼고 걱정하셨기에 이런 큰일을 당하신 거예요……. 나리께서 무엇을 바라시는지 알아요. 하지만 전 제 자신을 속일 수 없어요. 그해에 전 단이를 낳았고, 어머님은 저를 불태워 죽이려 했고, 만랑은 절 들이받아 죽이려 했죠. 나중에 나리께서 돌아와 모든 일을 적절하게 처리하셨다는 것은 듣고 저도 깨달은 게 있어요."

"내가…… 만랑에게 큰 벌을 내리지 않은 것 때문이냐?"

고정엽은 목이 바짝 말라서 말 한마디 하기도 버거웠다.

"벌이 무겁건 안 무겁건 상관없어요."

천천히 고개를 젓는 명란의 눈가가 빨갰다.

"그때 나리께서 제형이 어떻든 신경 쓰지 않는다고, 네가 어떤 마음인지만 중요하다고 하셨죠. 오늘 저도 나리께 그 말씀 돌려드릴게요. 만랑이 어떻든 전 신경 쓰지 않아요. 제게 중요한 것은 나리의 행동과 생각이니까요."

시원한 공기가 서서히 휘장 안으로 스며들자 명란은 부들부채를 내려놓고 위에 달린 파초잎 주름을 쓰다듬었다.

"솔직히 말하면, 만랑에 대한 나리의 처분은 적절했어요. 남들 입방아에 오르지 않도록 했고, 꿍꿍이속을 가진 누군가가 기회를 틈타 일을 벌이지도 못하게 만드셨죠. 일이 있고 난 뒤 계속 생각해봤지만, 그보다 더 적절한 방법은 떠오르지 않더군요. 하지만 아시잖아요. 누군가를 정말 걱정하면 초조한 마음에 실수도 한다는 거, 신경 쓰다가 오히려 일을 망칠 수도 있다는 거요. 마치 할머니처럼요……."

그녀는 고개를 들어 촉촉하게 젖은 큰 눈으로 그를 봤다.

"만랑이 저를 죽이려 했다는 이야기에 불안하고 초조하셨나요? 마음이 심란하고 어지러우셨어요? 제가 무탈하다는 걸 알고도 분이 풀리지 않아 대신 복수하고 싶으셨어요?"

고정엽은 먹먹한 마음에 가만히 침묵을 지켰다.

눈에 눈물이 가득 고인 명란은 소매로 얼굴을 가리고 울음을 삼키며 말했다.

"이렇게 말하면 안 된다는 거, 저도 알아요. 하지만…… 진심으로 은애한다는 것은 그 사람이 얼마나 똑똑한 일을 많이 했는가가 아니라 바보짓을 얼마나 많이 했는가를 봐야 한다고 생각해요."

고정엽은 제형도 하홍문도 아니었고, 방정맞고 무지한 소년도 아니었다. 그는 기만도 당해봤고 버림도 받아봤으며, 죽을 고비도 넘긴 사람이기에 그가 '지나친 관심으로 일을 망치는 것'이 더 어렵고 가상한 일이었다.

하지만 노대부인은 반평생을 갖은 박대를 당하며 처량하고 비참한 신세로 살았지만, 친혈육도 아닌 아이를 보호하기 위해 온 마음과 힘을 다했다. 바로 그렇기 때문에 명란은 노대부인을 위해 몸을 아끼지 않고 용감히 싸운 것이다.

명란이 소매를 내리자 눈물 자국이 가득한 얼굴이 드러났다. 그녀는 눈으로 애원하고 있었다.

"우리는 평생 서로 공경하고 아끼며 백년해로할 거예요. 꼭 좋은 아내이자 엄마가 되어드릴게요. ……그렇게 잘 살아요."

말을 마친 명란은 안쪽으로 돌아 눕고는 눈을 감은 채 더는 말하지 않았다.

고정엽은 침상 난간에 기대어 앉아 버들가지처럼 부드럽고 가녀린 몸을 웅크린 채 담요 안에 파묻혀 있는 그녀를 멍하니 바라봤다.

갑자기 아주 오래전 그녀가 했던 말이 떠올랐다.

"부부는 너무 얽혀 지내면 쉽게 상처받으니, 적당히 평온하게 사는 것이 가장 좋아요."

그는 침대 가장자리에 놓인 부들부채를 들어 그녀 대신 천천히 흔들었다.

제200화

세상 이치
: 올바른 도리

간간이 매미 울음소리가 들려오는 사이 해가 뉘엿뉘엿 졌다. 점심을 먹다 하마터면 체할 뻔한 성굉은 자식들에게 사람을 보내 공무에 집중할 생각이라 서재에서 식사할 것이니 각자 알아서 먹으라고 일렀다. 해 씨는 마치 예견이라도 한 듯 미리 여러 그릇으로 나누어 준비한 요리들을 찬합 바구니에 가지런히 담아 어멈들을 통해 각 처소로 보냈다.

급한 일을 끝낸 그녀는 걸음을 재촉해 방으로 돌아갔다. 남편은 이미 식사를 마치고 탁자 옆에 앉아 따뜻한 차를 후후 불고 있었다. 해 씨가 남편에게 조용히 다가가 낮은 목소리로 말했다.

"아직 날이 밝습니다. 이리 급하게 드시면 소화가 안 될 거예요."

장백이 찻잔을 내려놓고 일어나며 말했다.

"빨리 끝낼수록 좋으니 그랬소."

해 씨는 피곤해 보이는 그의 얼굴에 마음이 아팠지만, 차마 더 말리지는 못했다. 그녀는 그저 가까이 다가가 장백의 의관을 바로잡으며 잠시 망설이다 말했다.

"……오늘 외조모님께서 화가 많이 나셨던데, 나리의 말씀을 들으려고 하실까요?"

장백은 잠시 침묵하다가 말했다.

"안 되면 다른 방법이 있소."

해 씨의 손이 멈칫했다. 곧 장백이 당부했다.

"식사하고 수안당으로 가서 명란이 대신 할머니 좀 살펴 주시오. 명란이의 안색이 안 좋은 것을 보니 많이 피곤한 모양이오."

해 씨가 웃으며 말했다.

"그러려고 했습니다. 전이랑 아이들도 데리고 가려고요. 할머님께서 아이들을 보시면 기쁜 마음에 몸이 더 좋아지실지도 모르니까요."

장백이 끄덕였다.

"그것도 좋구려. 하지만 할머니께서는 아직 병환 중이시니 아이들이 너무 시끄럽게 하지 않도록 주의하시오."

장백은 말을 마친 후 성큼성큼 걸어 나갔다. 중문 밖에는 마부 노 씨가 마차를 준비한 채 대기하고 있었다. 주인과 종은 가정을 몇몇 데리고 함께 문을 나서 남쪽으로 향했다. 그들은 반 시진도 안 돼서 네 짝으로 이루어진 대추색 대문 앞에 다다랐다. 양옆은 검은색으로 옻칠한 둥근 나무 기둥이 세워져 있었고, 정문 편액에는 '칙명으로 세운 왕각부부敕造王閣部府'라고 쓰여 있었다. 문간방 관사가 장백을 발견하고 바로 사람을 보내 소식을 전한 뒤 자신이 직접 길을 안내했다.

왕 노대부인은 심란한 마음에 저녁 식사도 몇 술 뜨지 못한 채 나한상에 비스듬히 기대 누워 계속 한숨만 내뱉고 있었다. 외숙부는 제비집죽을 들고 옆에 서서 무슨 말을 해야 할지 몰라 머쓱해 하고 있던 중이었다. 모자는 장백이 왔다는 소리에 서로 어리둥절하게 쳐다봤다. 그러다 왕 노대부인은 놀라움과 의아함이 섞인 얼굴로 재빨리 몸을 일으켰고, 외숙부는 황급히 그릇을 내려놓고 옆에서 시중을 들던 어멈과 계집종을 물렸다.

장백은 방에 들어와 허리를 깊이 숙여 읍하며 예를 갖춰 인사했다.

왕 노대부인이 차갑게 웃으며 말했다.

"청렴결백하고 공정한 판관 나리가 왕림해주니 황송하구나. 설마 오늘 낮에 한 훈계가 부족하여 예까지 찾아와 혼내려는 게냐!"

장백이 고개를 숙이고 말했다.

"오늘은 제가 무례했습니다. 외조모님께서 저를 때리고 욕하셔도 좋지만, 이모님의 처분은 절대 변하지 않을 것입니다. 이모님을 최대한 빨리 보낼 수 있도록 매부에게 내무부에 상소를 올려 달라고 부탁했습니다. 이제 외조모님께서 결정만 하시면 됩니다."

신계사는 마음대로 사람을 구금할 수 없다. 죄를 지은 부녀자의 친정과 시댁이 동의해야만 가능했다.

왕 노대부인은 가라앉았던 화가 다시 치밀어 올라 침상을 내려치며 화를 냈다.

"내 숨이 붙어 있는 한 너는 절대 이모를 짓밟지 못할 거다! 난 동의하지 않을 것이니 꿈 깨거라!"

그녀의 반응에도 장백은 전혀 놀라지 않고 부드럽게 말했다.

"이모님은 외조모님께서 낳으신 자식입니다. 저는 남자이기에 열 달을 배 속에 품고 있다 낳는다는 것이 어떤 고통인지 모릅니다. 허나 제 아이의 천진난만한 모습을 볼 때마다 평생 어려움 없이 고생하지 않고 살았으면 합니다. 그러니 어찌 자애로운 어머니로서의 외조모님 마음을 모르겠습니까."

왕 노대부인의 눈시울이 붉어졌다. 그녀는 여전히 언짢다는 듯 장백을 보지 않고 말했다.

"말은 잘하는구나! 그러면서 네 이모는 죽어라 멸시하는 것이냐!"

장백은 천천히 몇 걸음 다가가 나한상 한쪽에 서서 탄식하듯 말했다.

"제 친할아버지께서 갑자기 돌아가시던 해에 외조부모님 두 분 모두 경성에 계셨으니 아직도 또렷이 기억하실 겁니다."

왕 노대부인은 소리 없이 몸을 돌려 앉았고, 장백은 계속 말을 이었다.

"할머니께서 과부가 되신 것이 스무 살이 조금 넘으셨을 때입니다. 할머니의 부모이신 용의후 어르신 내외가 아직 살아 계실 때라 서씨 집안에서 할머니께 재가하라고 적극적으로 권했었지요."

왕 노대부인은 정색하고 있었지만, 눈빛이 살짝 흔들렸다.

"……저도 나중에야 알게 된 일들이 있습니다."

장백이 작게 탄식했다.

"사실 서씨 집안에서는 이미 사람을 정해 두었다지요. 당시 민절閩浙[1]에서 순무를 하던, 막 혼자가 된 당안연 대인이었습니다. 양방진사인 대인은 비록 나이는 조금 많았지만 적녀 둘과 서자 하나만 있었기에 할머니께서 시집만 가신다면 온 집안이 행복하게 지낼 수 있었습니다."

왕 노대부인은 여전히 침묵하고 있었지만, 외숙부는 감동하여 말했다.

"당씨 집안은 송강세족松江世族[2]이지. 사부인께서 사돈 어르신을 위해 수절하시고 매부를 키우신 거로구나. 정말이지……."

---

1) 현 복건성과 절강성 일대.

2) 상해 서남부 지역에서 대대로 벼슬을 한 집안.

그는 어머니의 눈치를 보더니 말을 멈추었다.

"그동안 할머니께서는 아버지를 대신해 조상님으로부터 물려받은 가산을 지키셨을 뿐 아니라 시집오실 때 데려온 몸종들을 시켜 유명한 스승님을 수소문해 모셔서 아버지를 가르치셨습니다. 아버지의 혼사를 논하던 해에 용의후부에서 혼담을 제안하였으나 모두 방계 여식 아니면 서녀인 데다 인품이나 집안의 재력 모두 보잘것없었지요. 할머니께서는 아버지의 앞날을 생각해 용의후부와 연을 끊는 한이 있더라도 좋은 집안과 맺어주려고 하셨습니다. 그리고 화란 누님과 저, 그리고 여동생들까지 모두 친혈육처럼 대해주셨고요……. 이토록 성씨 집안은 할머니께 하해와 같은 은혜를 입었습니다. 한데 아버지와 제가 진실을 밝히지 않는다면 저희 부자가 사람이라 할 수 있겠습니까?!"

장백은 주먹으로 손바닥을 세게 내리쳤다.

왕 노대부인은 참지 못하고 긴 한숨을 내뱉었다. 사부인은 정직하고 고결한 성품이었기에 다른 것은 따질 필요도 없었다. 적모가 서자에게 친정집 처녀를 맺어주면 친정과 인연을 유지하면서 서자와도 좋은 관계를 유지할 수 있는 게 당연한 이치였다. 다시 말해서, 애초에 성굉을 서씨 집안 여인과 혼인시켰더라면 성 노대부인은 그간의 고초를 겪지 않을 수도 있었다.

"저도 외조모님께서 왜 그렇게 화가 나셨는지 압니다. 혈연관계도 아닌 사람을 위해 이모님을 엄벌에 처하고 외조모님께 대들면서 친혈육은 신경도 안 써서겠지요."

장백이 가만히 바라보자 왕 노대부인을 콧방귀를 꼈지만 화난 기색은 조금 사그라들어 있었다.

"그 당시 많은 사람이 할머니를 말리며 친혈육이 아니니 잘 키울 수 없을 거라고 했습니다. 그들뿐만 아니라 이모님도 그런 생각을 하셨기에 아무 망설임 없이 할머니를 해친 것입니다. 분명 저희 부자가 처음에는 화를 내고 난리를 쳐도 결국 이모님을 어찌하지 못할 거로 생각하셨던 겁니다!"

장백은 갑자기 목소리를 높여 사납게 말했다.

"하늘이 보고 있는데, 정말 할머니께서 구천을 떠돌며 성씨 집안을 위해 희생하신 걸 후회하도록 만드셔야겠습니까? 천지신명님께 세상사람 모두가 배은망덕한 자라고 알리고 싶으신 겁니까?!"

외숙부는 자신도 모르게 조용히 고개를 끄덕였다. 왕 노대부인은 결국 슬픈 탄식을 길게 내뱉으며 천천히 몸을 돌려 장백에게 말했다.

"내 어찌 네 이모가 큰 잘못을 저지른 것을 모르겠느냐! 하지만…… 그 아이는…… 그래도 내 자식이 아니냐!"

"외조모님의 자식은 이모 한 명입니까?"

장백은 매우 냉정했다.

왕 노대부인은 당황했다.

장백이 그녀의 눈을 똑바로 봤다.

"어렸을 때 어머니께서 자주 이런 말씀을 하셨습니다. 숙부님이 잘 대해주긴 했어도, 그래도 친부모의 품에서 크지 못한 것이 가장 아쉬웠다고요. 옆집 아이들과 놀 때, 항상 부모한테 버림받았다고 놀림을 받았다고 하였습니다."

왕 노대부인은 저릿한 가슴을 부여잡고 눈물을 흘리며 말했다.

"네 애미한테는 그게 늘 미안해서 항상 어떻게 보상해줘야 좋을지 생각한다……."

장백이 말했다.

"어머니가 다른 곳에서 십여 년을 키워져 부모의 사랑을 받지 못했는데, 그런데도 이모님은 제 어머니에 대해 조금도 마음 아파하지 않으시더군요."

왕 노대부인은 입을 열었지만 반박할 말이 없었다.

"이번 일도 이모님은 친동생의 안위는 조금도 신경 쓰지 않고 심지어 모함까지 하려고 했습니다."

장백의 얼굴에 분노가 드러났다.

"외조모님께서는 말씀마다 혈육이니 핏줄이니 하시는데, 이모님이 제 어머니를 친혈육으로 생각하기는 했습니까?!"

외숙부가 고개를 저으며 말했다.

"그 애가 도가 지나치긴 했습니다. 이번에는 저조차 실망할 정도였으니까요."

왕 노대부인은 아들을 보다가 다시 외손자를 보며 힘없이 말했다.

"그래도 중벌에 처할 필요는 없지 않느냐! 신계사는…… 정말 못 보낸다."

장백이 말했다.

"어릴 적 외갓집에 놀러 왔을 때, 한 번은 우와 함께 나무에 올라가서 산사나무의 열매를 딴 적이 있습니다. 반나절을 고생해서 겨우 바구니 절반을 채웠지요. 그런데 외조부님께서 그중 반은 골라서 버리라고 하셨습니다. 제가 아까워하자 '썩은 열매를 버리지 않으면 나머지 멀쩡한 것들까지 결국 버리게 된다, 이것이 세상의 이치다.' 하고 가르쳐주셨습니다. 이 말은 지금도 기억하고 있습니다."

죽은 남편을 언급하자 왕 노대부인은 한없이 숙연해진 표정으로 힘겹게 말했다.

"네 말뜻은……."

장백이 말했다.

"이모님이 바로 썩은 열매입니다. 다른 가족들에게 피해를 줄 뿐이에요."

왕 노대부인이 화를 내며 말했다.

"어찌 윗사람을 그리 말할 수 있는 게냐?!"

"그동안 외숙부께서 이모님이 벌인 일들을 수습하셨습니다. 외조모님께서 아무리 마음을 다해 가르치셔도 이모님은 여전히 멋대로 행동하시면서 서출 자녀들을 박대하고, 통방이나 첩을 학대하고, 안채에서는 툭하면 때리고 욕하고 고문하고, 사람 목숨을 하찮게 여기셨습니다. 그리고 이모님께서 독을 쓴 것도 이번이 처음이 아니고요!"

장백이 외숙부를 보며 말했다.

"이모를 위해 뒷수습을 하려고 외숙부께서 여러 차례 체면도 버리고 사정하며 다니셨습니다. 권세 있는 집을 드나들면서 돈으로 무마하시고, 하지 말아야 할 일은 또 얼마나 많이 하셨습니까. 외숙부님 정도라면 일찍이 경성 관리로 전임되셔야 했는데, 십 년 넘게 여전히 지방 관직을 전전하고 계시지 않습니까."

같은 품계라도 경성 관리가 지방 관리보다 지위가 높았다. 처음에는 외숙부가 성굉보다 품계가 높았지만, 성굉이 경성에 들어오면서 같아졌고, 이제는 더 높아졌다. 거기에다 성굉은 경성 관리였기에 지위가 훨씬 높았다.

벼슬길 생각에 외숙부는 암담한 기분이 들었다. 왕 노대부인은 아들을 보더니, 마음에 걸리는지 낮게 한숨을 쉬었다.

"외숙부님뿐만 아니라 우도 있습니다. 원아의 일은 저도 들었습니다."

장백이 한 걸음 더 다가갔다.

"저희 큰 당숙의 장자인 장송 형님의 부인도 몇 년 만에 아이를 가진 것이긴 하지만, 당숙께는 다른 아들도 있어서 큰 문제가 아니었습니다. 그런데 대대로 독자 집안인 외가는 아직까지 증손주도 못 보고 있지 않습니까. 외조모님은 이미 이모님께 할 만큼 하셨습니다."

딸에게는 미안하지 않아도 왕씨 집안에는 미안했다. 왕 노대부인은 죽은 남편을 떠올리니 마음이 뜨끔했다.

"우도 점점 나이가 들어가는데 외조모님께서도 이제 왕씨 집안을 위한 계획을 세우셔야지요."

장백이 부드럽게 설득했다.

"이모님이 계시면 왕씨 집안은 계속 이모님 때문에 곤란해질 겁니다. 오늘은 사람을 죽이고, 내일은 독을 쓰고, 대체 언제 끝날까요? 설마 온갖 악행을 일삼는 딸을 보호하려고 외숙부와 우, 그리고 손녀들까지 다 모른 척하실 건가요? 이 사람들은 외조모님의 친혈육이 아닌 겁니까?"

왕 노대부인은 생각할수록 마음이 뜨끔했다.

죽은 남편은 재능도 출중하고 뛰어난 공로까지 세워 명신사에 위패가 세워져 천하에 널리 이름을 알렸다. 아들의 자질은 중간이었다. 아비보다 뛰어나진 않으나 그래도 집안을 지킬 정도는 되었다. 조상님의 음덕으로 손자 왕우까지는 보호할 수 있다지만, 그다음은?

성씨 집안은 점점 번창하고, 자손도 번성하여 다들 과거에 붙었다. 사돈을 맺은 집안 또한 대부분 권문세가다. 그에 비하면 왕씨 집안은 점점 가세가 기울고 있었다. 게다가 손자는 아직까지 자식도 없었다.

"그래서…… 꼭 신계사로 보내야겠다는 것이냐……?"

성실하고 효성스러운 아들과 손자를 생각하니 왕 노대부인의 마음이 흔들렸다.

"꼭 보내야 합니다!"

장백이 일언지하에 말했다.

"이모님은 몇 번을 타일러도 고치지 않았습니다. 예전에는 그래도 문을 걸어 잠그고 안채에서 악행을 저지르더니, 이제는 갈수록 대담해지고 있지요. 사돈이 누구인지 생각하지 않더라도, 성씨 집안 자체로 명예와 위신이 있는 관리 집안인데도 불구하고 일을 벌였습니다. 친동생을 끌어들여 죄를 뒤집어씌우고, 믿는 구석이 있어 겁 없이 굴었습니다! 이모님은 분명 외조모님께서 구해주실 거라 믿은 겁니다. 이번에 확실하게 내치지 않으시면, 다음에는 수습할 수 없는 화를 자초할 것입니다."

"하지만, 들어가면 다시는 못 나오잖느냐……."

왕 노대부인이 눈물을 흘렸다. 마음이 조금씩 움직이고 있었다.

"군자의 좋은 영향도 5대를 가면 없어진다고 했습니다. 수많은 세도가에서 자제들을 엄히 단속하는 이유가 바로 집안의 분쟁을 염려해서입니다."

장백은 왕 노대부인의 어깨를 살며시 붙잡으며 설득했다.

"앞으로 강씨 집안의 사촌들을 더 많이 챙겨 주시면 됩니다."

잠시 생각하더니 한마디 덧붙였다.

"게다가 보내지 않으면 이모부께서 분명 휴처하실 텐데, 그럼 사촌들은 어떡합니까?"

소리 없이 눈물 흘리는 왕 노대부인은 마음이 복잡하고 괴로웠다.

장백은 외조모 앞으로 바짝 다가가 또박또박 말했다.

"이십 년 벼슬길을 포기하는 한이 있더라도 전 이모님을 절대로 가만두지 않을 것입니다."

외손자의 굳은 결심을 알아차린 왕 노대부인은 천천히 눈물을 닦은 후 머뭇거리며 말했다.

"네 이모부가 신계사로 보내는 것에 동의하지 않을 수도 있지 않겠느냐?"

큰사위는 딸을 싫어한 지 오래되어 이번 일을 알게 되면 한시도 지체하지 않고 휴서를 쓸 것이 분명했다.

"아니요, 이모부는 분명 허락하실 겁니다."

장백이 처음으로 웃음을 보였다.

• • •

"어찌 동의하겠느냐?"

서재에는 부자가 탁자를 사이에 두고 마주 앉아 있었다. 탁자에는 청주 한 병과 냉채 두 접시, 그리고 간장 향이 짙게 밴 빨간 오리 혀 한 접시가 놓여 있었다.

성굉은 놀란 얼굴이었다.

"네 이모와 이모부는 부부이긴 하나 오래전 사이가 틀어졌어. 이제 이렇게 좋은 핑곗거리가 생겼으니 휴처하기 바쁠 텐데 어찌 얌전히 말을 듣겠느냐?"

장백이 한 손으로 옷소매를 잡고 아버지에게 술을 따르며 천천히 말했다.

"이모부께 소 씨 성을 가진 이랑이 있는데, 수완이 좋습니다. 아들과 딸도 낳았고 십 년 넘게 총애를 받고 있습니다."

당황한 성굉이 바로 말했다.

"설마 왕야께 소실로 보내진 이가 바로 소 이랑의 여식인 것이냐?"

장백이 고개를 끄덕이며 술 주전자를 내려놓고 조용히 말했다.

"매부 쪽에 소 이랑의 심복을 움직일 수 있는 사람이 있습니다. 이모님이 휴처 당하거나 죽게 되면 이모부님의 정실부인 자리가 빌 테니 분명 후처를 들이실 겁니다. 만약 젊고 아름다운 여인이 정실부인으로 들어온다면 소 이랑은 어떻게 나올까요?"

성굉이 천천히 말을 이었다.

"그래, 소 이랑이 가장 원하는 것이 정실부인인 네 이모가 유명무실해지는 것이겠지. 새 정실부인이 오는 것도 막을 수 있고, 안주인 노릇도 할 수 있고, 자식들도 덕을 볼 테니 말이야."

장백이 말했다.

"이모님을 신계사로 보내고 사람들에게는 장원에 요양하러 갔다고 하면 세 집안 모두 체면은 지킬 수 있습니다."

성굉이 살짝 웃더니 이내 미간을 찌푸리며 말했다.

"네 이모부가 휴처를 하고 싶어 한 것이 하루 이틀이 아닌데 첩실 말을 듣겠느냐?"

"물론입니다. 소 이랑의 여식이 왕부에서 꽤 총애를 받고 있어 이모부님은 많은 일을 왕야께 의지하고 계십니다. 그리고 이모부께 이런 소식을 흘리는 겁니다. 이모가 독을 쓴 일로 왕가와 성가가 크게 싸웠는데, 왕가는 결단코 이모를 살리려고 하고 성가는……."

장백이 살짝 미소를 지었다.

"거의 설득 당했다고요."

성굉은 무슨 뜻인지 깨닫고 웃으며 말했다.

"네 이모부가 신계사로 보내는 것에 동의하지 않으면 이 일은 그냥 넘어가게 되겠구나."

장백이 말했다.

"아버지께서는 할머니도 깨어나셨고, 휴처를 하면 외조카까지 피해를 보니 마음이 약해졌다고 하시면 되십니다."

"휴처를 할 수 없으니 나중에 네 이모부가 나를 설득하려고 애쓰겠구나! 왕씨 집안에 양보하지 말고 네 이모를 신계사로 꼭 보내야 한다고 말이야!"

이모부는 증인도 물증도 없기에 이모에게서 하루빨리 벗어나려면 요구를 들어줄 수밖에 없다. 성굉은 손바닥을 치면서 웃으며 칭찬했다.

"내 아들이 진평陳平[3]과 같은 재주가 있었구나!"

그러더니 또 놀리며 말했다.

"너는 어찌 강씨 집안의 사정을 이리 잘 아는 것이냐?"

장백이 굳은 얼굴로 말했다.

"강씨 집안은 골칫덩어리입니다. 언젠가는 사달이 날 것이었습니다. 외숙부와 아버지께서는 항상 서로 돕고 계셨지만, 저는 적절치 못하다는 생각에 일찍부터 신경을 쓰고 있었습니다."

이리 복잡한 일이 드디어 해결될 기미가 보이자 성굉은 유쾌한 마음에 술 두 잔을 연거푸 마셨다. 그러다 참지 못하고 한숨을 쉬었다.

"그래도 네 친이모다. 명란이가 이렇게까지 일을 만들지 않았다면, 나도 이처럼 독하게 하지는 않았을 게야."

생각지도 못하게 장백이 냉정하게 말했다.

---

3) 한실 부흥에 공을 세운 중국 전한의 정치가.

"그건 아닙니다. 명란이가 일을 크게 벌이지 않았어도 저는 끝까지 추궁했을 것입니다."

성핑은 멍하니 있다가 입꼬리를 움직였다.

"……어째서이냐?"

"설마 아버지께서는 평생 위협당할지도 모를 불안 속에 살고 싶으신 겁니까?"

장백은 성핑의 술잔을 또 채웠다.

"이번 일이 일어난 이유는 저희에게 있습니다. 나중에 이 일을 들춘다면 아버지께서는 '배은망덕하게 적모를 푸대접한 몰인정한 인물'이라는 평판만 얻으실 겁니다. 이번에 일이 커져서 다행이지, 만약 할머니께서 돌아가신 뒤 누군가가 이 일을 들추면 죽지 않는 한평생 불명예를 안고 살아야 할 겁니다."

"일을 덮었는데 누가 또 들춘단 말이냐."

성핑은 이해가 되지 않았다. 강 부인과 왕씨 집안은 이 일을 덮어버리기를 간절히 바랐다.

"서씨 집안사람일 수도 있습니다."

성핑이 실소를 터트렸다.

"어머니께서 친정과 연을 끊은 지가 언제인데 어찌 서씨 집안이 불만을 갖는단 말이냐?"

"만일 누군가가 뒤에서 사주한다면요?"

장백이 담담하게 말했다.

"꽃이 피고 달이 밝을 때는 아무도 들추어내지 않겠지요. 그런데 만일 성씨 집안에 우환이 생긴다면 어떨까요? 저라면 이번 일을 손에 쥐고 있다가 중요한 때에 일격을 가할 것입니다."

성굉의 웃음소리가 뚝 그쳤다. 곰곰이 생각하니 식은땀이 송골송골 맺히며 지난 일이 떠올랐다. 자신이 회시를 보던 그해에 원 각로와 송 각로가 수보 자리를 놓고 경쟁을 했다. 막상막하인 두 사람 때문에 선황제가 난감해하던 그때, 갑자기 한 언관이 나서더니 원 각로가 죽은 형의 가산을 횡령해 과부가 된 형수가 화병으로 죽었다고 아뢨다.

사실 원씨 집안의 맏며느리는 본디 체력이 약해 병치레를 자주 했고 자식이 없었기에 깊은 슬픔에 죽은 것일 수도 있다. 하지만 그녀의 친정 식구가 갑자기 억울함을 호소하며 진짜인지 가짜인지 알 수 없는 증인들을 대령했다. 악인의 모함에 걸리면 된통 당하는 법. 원 각로는 결국 패배하고 말았다.

"이 일은 절대 덮이지 않을 것입니다."

장백이 무겁게 말했다.

"이모님은 말할 것도 없고, 이모님 주변 사람 중 아는 사람들이 상당합니다. 명란이가 하루 만에 관사들과 어멈들을 고문해서 그만큼 밝혀냈는데, 고의로 일을 꾸미려는 사람은 어떻겠습니까."

소년 시절 성굉의 가장 큰 소원은 가문을 일으키는 것이었다. 나중에 아들과 손자가 출세하여 최고 관직에 오르게 된다면 이 일로 발목 잡히게 할 수는 없었다. 그는 아들의 말을 곱씹을수록 두려워졌다.

"그뿐이 아닙니다. 이모님이 만일 나중에 아버지를 겁박하면요? 그때가 되면 물증이든 증인이든 다시 조사할 수도 없는데, 이모님이 독을 쓴 것은 어머니라며 물고 늘어지면 아버지께서는 명성을 지키기 위해 사실을 바로잡지 못하고 진실을 덮게 될 겁니다."

성굉은 탁자를 치며 크게 노했다.

"아무리 간악하기로 감히 그러겠느냐?"

"친척을 독살하려던 사람인데, 못할 일이 뭐가 있겠습니까?"

장백이 보기에 이모는 이미 정신이 온전치 못해 악랄하고 미친 짓을 하더라도 이상할 게 없는 사람이었다. 그녀의 황당무계하고 터무니없는 논리에 따르면, 그녀의 미움을 산 사람은 모두 고통을 맛봐야 하고, 앞길을 막는 사람은 불태워 없애야 한다니, 진즉에 가둬 버렸어야 했다.

"길게 봤을 때, 복잡한 일을 명쾌하게 처리한 것입니다. 나중에 내무부에 가셔서 누군가 이 일을 들춰내더라도 아버지께서는 거리낄 게 없습니다. 사건의 원흉은 처리했고 어머니도 가묘에서 다년간 참회하신 데다 고향 사람들이 증인이 될 겁니다. 나중에 외조모께서 노비 문서로 이모님 곁에 있는 사람들을 정리하면 이번 일도 적절하게 마무리되는 것입니다."

성굉은 아들을 멍하니 바라보았다. 뿌듯하고 자랑스러웠다. 아들은 보면 볼수록 세상을 떠난 장인어른을 닮았다. 평소에는 입을 꾹 다물고 있어서 속을 알 수 없지만, 한번 입을 열면 사리에 맞는 말만 했기에 사람을 진심으로 감동하고 탄복하게 만들었다.

성굉은 둘째 아들 장풍과 마음이 더 잘 맞지만, 가장 의지하고 믿는 것은 역시 장자였다. 사람 됨됨이나 노련함, 영리함에 있어서 다른 두 아들은 장자보다 훨씬 못했다. 나중에 자신이 늙으면 가족들은 장자에게 의지해야 했다. 왕 씨의 단점이 아무리 많아도 이토록 능력 있는 아들을 낳았으니 분명 남는 장사였다.

"그러니 아버지께선 절대 양보하지 마시고 며칠은 버티셔야 합니다."

장백이 여러 번 신신당부했다.

성굉은 마음을 굳게 먹고 탁자를 세게 내리치며 이를 악물고 말했다.

"반드시 네 이모를 가두고 말 것이다!"

장백은 천천히 한숨을 내쉬었다. 그는 아버지를 아버지 자신보다 더 잘 알았다. 아버지는 감정에 잘 휘둘리고, 실질적인 이익이 있어야만 굳은 결심을 내릴 수 있는 사람이었다.

서재에서 나와 차가운 밤바람을 쐬며 천천히 걷다 보니 어느새 어머니의 처소에 다다랐다. 장백은 잠시 고민하다 손을 흔들어 계집종과 어멈들에게 소리 내지 말라고 하고는 조용히 창문 앞으로 다가갔다. 막 입을 열려던 찰나, 안에서 낮게 흐느끼는 소리가 들려왔다.

"……마님, 그만 우십시오."

유곤댁이 달래고 있었다.

왕 씨가 울면서 말했다.

"난 안 갈 것이네. 안 가, 안 갈 거라고! ……자그마치 십 년이야. 차라리 죽는 게 낫지! 못된 놈, 내가 열 달을 품어서 낳았는데 어찌 이리 매정해!"

유곤댁이 옅은 한숨을 쉬었다.

"마님, 그냥 가십시오. 큰 도련님도 다 마님을 위해서 그러시는 겁니다."

"……그게 무슨 말인가……. 그 아이의 마음은 온통 수안당에 가 있어서 어미는 안중에도 없단 말이네! 양심도 없는 놈!"

유곤댁이 말했다.

"생각해보세요. 마님께서는 강 부인처럼 여기서 끝나는 게 아닙니다. 노마님께서 좋아지시면 곁에서 시중을 드셔야 하잖습니까. 앞으로 노마님께서 뭐라고 하시든, 어떻게 하시든, 감사히 생각하고 참을 수밖에 없습니다. 차라리 벌 한 번 받고 마세요. 몇 년 있다가 돌아오시면 다 지난 일이 되어 있을 테고, 마님도 죄를 인정하고 벌을 받으셨으니 무마될 겁니다."

왕 씨는 한참을 울다가 주저하며 말했다.

"……사실 나도 어머님 뵙기가 난감하네. 하지만…… 나중에 돌아왔는데 날 괴롭히시면 어떡하나?"

유곤댁이 웃으며 말했다.

"제가 보기에 노마님은 그리 모진 분이 아닙니다. 게다가 마님께서 벌만 받으시면 나리와 큰 도련님께서도 용서하실 거예요. 그리고……."

그녀는 쓴웃음을 지었다.

"안 가시면 도련님께서 사직하겠다고 하셨잖습니까."

왕 씨가 화를 냈다.

"사직하고 싶으면 하라지. 어디서 그런 거로 어미를 협박해!"

유곤댁이 재빨리 말렸다.

"그렇게 말씀하지 마세요. 보셨잖습니까, 이제 마님의 지위나 체면은 왕씨 집안과 나리가 아닌 큰 도련님께 달려 있습니다. 지금 장풍 도련님이 밤낮으로 글공부에 매진하고 있습니다. 혹여 큰 도련님이 정말 성격대로 하신다면, 앞으로 성씨 집안은 장풍 도련님께 의지하게 될 겁니다. 그러면 임 이랑이 돌아올 수도 있어요."

임 이랑이라는 이름을 듣자마자 왕 씨는 바로 울음을 멈추고 욕부터 했다.

"천한 것이 어딜 감히!"

"아셨으면 됐습니다. 유양에 내려가서 요양한다고 생각하세요. 솔직히 큰 도련님의 관운만 형통하다면, 고향 집에서 누가 감히 마님을 푸대접하고 떠받들지 않겠습니까. 큰댁 큰마님도 마님을 존경할 겁니다, 안 그렇습니까?"

마음이 흔들린 왕 씨는 이리저리 고민하다 결국 탁자에 엎으려 울음을 터뜨렸다.

"난 정말 가기 싫네……. 낯설고 아는 사람도 없는데 어찌 나 혼자……."

"제가 함께 가서 뫼시겠습니다."

왕 씨는 놀라고 기뻤다.

"유곤댁……."

유곤댁처럼 나름 지위 있는 관사 어멈이 번화한 경성을 떠나 함께 시골에 있는 썰렁한 비구니 암자에 간다고?

"제 자식은 모두 일가를 이뤘으니 제가 없어도 괜찮습니다. 남편이 마님을 대신해서 장원을 관리하고 있으니, 저는 마님 곁에서 함께 염불을 외우며 채식을 하겠습니다."

유곤댁이 웃으며 말했다.

"그리고 마님께서 이년 없이 어쩌시려고요!"

왕 씨가 피식 웃었다. 그녀는 눈물에 연지가 온통 번진 얼굴로 감동하여 말했다.

"고맙네. 내가 머리만 나쁜 것이 아니라 보는 눈도 없었어. 일전에 자네가 나를 설득하며 했던 말들은 하나같이 다 맞는 말이었는데 내가 듣지를 않았어!"

장백은 창문 아래 서서 어머니와 유곤댁이 시시콜콜한 이야기를 나누며 울다 웃다 하는 것을 잠시 듣다 조용히 자리를 떴다. 그리고 처소 문을 벗어나 차가운 공기를 깊게 들이마셨다.

그는 태생이 과묵한 사람이었다. 오늘 너무 많은 말을 해서 지칠 대로 지친 그는 고개를 숙인 채 무거운 발을 천천히 옮겼다. 부드러운 달빛 아래서 정원이 옅은 은빛으로 물들어 있었다. 반 정도 갔을까. 다급한 얼굴로 기다리고 있는 한우가 보였다.

"큰 도련님, 드디어 오셨군요. 큰아씨께서 한참 기다리셨습니다. 문간방에 물어보니 나리께 가셨다고 하고, 서재로 가서 물어보니 마님께 가셨다고 하더라고요."

한우가 웃으며 장백의 옆으로 왔다.

장백은 고개를 끄덕이고는 앞을 주시했다. 한우는 처소로 돌아가자는 뜻임을 알아채고, 곧장 등롱을 들고 앞장섰다. 잠시 걷다 보니 연못가에 다다랐다. 연못 반대편에 천천히 움직이는 그림자 한 쌍이 보였다.

하나는 키가 크고, 하나는 키가 작은 것이 남녀 한 쌍 같았다.

장백은 발걸음을 멈추었다. 밤이 깊어 자세히 보이지 않아 고개를 흔들고는 맞은편을 향해 턱짓했다. 한우가 이해하고 말했다.

"명란 아가씨와 녕원후 나리십니다. 아까 제가 도련님을 찾으러 온 집안을 돌아다니다가 마주쳤는데, 오늘은 밤공기도 시원하고 달도 예뻐서 소화할 겸 산책 나오셨다고 하셨지요."

당시 상황과 나누었던 짧은 몇 마디의 말로 미루어, 명란은 귀찮아서 방으로 돌아가서 자고 싶어 했지만, 고정엽은 배불리 먹고 바로 자면 안 좋다고 억지로 끌고 나온 듯했다.

장백은 맞은편의 부부가 한가로이 정취를 즐기는 모습을 잠시 숨죽이고 보더니, 허리를 굽혀 연못가에 있는 큰 바위에 앉았다.

한우는 멈칫했다.

"처소로 안 돌아가십니까?"

장백이 끄덕였다.

한우가 난감하다는 듯 물었다.

"그럼 큰아씨께는 뭐라고 아뢸까요?"

장백은 큰 바위의 옆자리를 툭툭 두들기고는 고개를 들어 달을 봤다.

한우는 다년간 갈고 닦은 눈치로 용감하게 추측한 것을 말했다.

"그러니까…… 아씨께서도 오셔서, 음…… 같이 달구경 하자는 말씀이신가요?"

장백은 왼발을 뻗어 땅에 있는 돌을 톡톡 쳤다.

한우는 조금 답답했지만, 그래도 계속 이해하려고 노력했다.

"……음, 그리고 산책이요? 옷을 더 껴입고 나오시라고요?"

드디어 장백이 고개를 끄덕이더니 손을 흔들어 가 보라고 했다.

한우는 이마에 땀을 한 바가지 흘리며 뛰어갔다. 큰일 났다. 오늘 말씀을 너무 많이 하신 것 같은데, 며칠이 지나야 다시 돌아오시려나.

큰아씨, 아씨는 정말 대단하신 분입니다.

제201화

세상 이치

: 도道도道도道

이틀 뒤 강 대인과 왕 노대부인이 차례로 찾아왔다. 장백은 사람을 시켜 명란에게 소식을 전했다.

'저번 일은 아버지와 오라비, 고 서방이 있으니 너는 할머니만 잘 돌보면 된다.'

이 문장은 한우와 해 씨가 머리를 맞대고 생각해 낸 결과물이었다.

명란도 호사가는 아닌지라 이 충고를 곧바로 받아들였다. 수안당에 얌전히 머물면서 노대부인 곁에서 멍청한 농담도 건네고, 침상 맡에서 불경 두 권을 읽었다. 다만 새로 들어온 소식은 없는지 수시로 물었다.

소도는 성굉의 활약이 눈부셨다고 고했다.

강 대인이 왔을 때 성굉은 기운 없는 얼굴로 말끝마다 분쟁은 그만두고 편안하게 지내자며, 정말 소박맞는 딸이라도 나오면 왕씨 집안이 어떻게 얼굴을 들고 다니겠냐며 강 부인을 데려가라고 청했다. 화들짝 놀란 강 대인은 그 대단하신 마누라가 다시 한번 궁지에서 살아 돌아올까 봐 먼저 신계사로 보낼 것을 단호하게 요구하더니 한달음에 내뺐다.

왕 노대부인이 왔을 때는 의분에 찬 얼굴로 성인聖人의 도리와 양심을 들먹이며 경전과 고사를 인용해 눈물로 하소연했다. 그는 왕씨 집안과 척을 지는 한이 있더라도 강 부인에게 엄벌을 내려야 한다고 말했다.

특히 압권은 고개를 쳐들고 가슴을 쫙 펴고 나선 왕 씨가 마치 열사라도 된 것처럼 자신이 십 년간 가묘에서 불경을 외면서 자신의 잘못을 반성하겠다고 선언한 것이다. 왕 노대부인이 몇 마디 하려 했지만 왕 씨는 노모를 돌아보지도 않고 냉담한 표정으로 떠나 버렸다.

왕 노대부인은 어쩔 도리가 없었다. 이제 돌이킬 수 없는 일이란 걸 깨닫고 결국 고개를 끄덕이며 받아들였다.

한여름 대낮에 문 앞 창 밑에 오래 있기란 여간 어려운 일이 아니다. 소도는 잠시 쉬는 틈을 타 한우 오라버니에게 시원한 녹두탕을 가져다주며 장백 부부의 근황을 슬쩍 물어봤다.

"……요 며칠 큰 도련님이 방 안에서 대여섯 마디밖에 안 하셨어."

한우는 구구절절 늘어놓았다.

"큰아씨를 모시는 옥연이는 서너 일 지나면 괜찮아질 거라 하는데, 내가 보기엔 꽤 오래 걸릴 것 같구나."

요즘 정말 살 수가 없다니까! 흑흑.

사흘째 되는 날 세 집안이 성부에 모여 모든 사항을 결정했다. 왕 노대부인은 딸을 신계사에 보내는 것에 동의했고, 강 대인은 본처가 낳은 아들딸을 푸대접하지 않겠다고 몇 번이고 다짐했다. 성굉 역시 외조카를 전과 다름없이 잘 대해주겠다고 거듭 약속했다.

그날 오후, 사람들은 마차를 타고 일부러 외진 샛길을 골라서 길을 돌아 돌아 내무부로 향했다. 신계사를 관리하는 내관은 박식하고 경험이 많은 데다 이틀 전에 고정엽이 이미 매수해 놓은 터라 강 부인이 무슨 죄를 지었는지 묻지 않았다. 그저 친정과 시댁 모두 문서에 서명하게 하더니 이 일은 확정되었으니 변경할 수 없다고 음산하게 선포했다.

입을 틀어 막힌 강 부인은 오랏줄에 묶인 채 마차에 실려 잡초들이 무성한 좁고 허름한 길을 지났다. 양쪽으로 높고 두꺼운 청벽돌 벽이 보였고, 멀리로 주홍빛 기와가 희미하게 보였다.

강 부인은 무슨 일이 일어난 건지 파악하지 못했다. 허름한 옷차림에 무심한 표정을 한 나이든 여자 하인들이 강 부인을 어느 후미진 검정 대문 안으로 데리고 들어가 지저분하고 음침한 방 안에 밀어 넣었다. 강 부인은 그제야 신음하며 발버둥 치기 시작했다. 왕씨 집안사람들은 걱정이 된 나머지 그 뒤를 따라 들어갔다.

왕 노대부인은 눈물을 뚝뚝 떨구며 말했다.

"얘야, 여기는 신계사다. 여기서 잘 지내거라. 자주 오마……."

귀 바로 옆에서 천둥이라도 친 느낌이었다. 강 부인은 뒷말을 제대로 들을 수 없었다. 신계사가 어떤 곳인가? 어려서부터 온갖 호사를 누리며 살아온 자신이 어찌 이런 개돼지만도 못한 삶을 견딜 수 있단 말인가?

강 부인은 읍읍거리며 미친 듯이 악을 쓰기 시작했다. 옆에 있던 하인이 입에 물린 천을 풀자 강 부인은 미친 사람처럼 울부짖었다.

"어떻게 딸을 이런 곳에 넣을 수 있습니까? 이러고도 어머니라고 할 수 있습니까? 이러고도 오라버니라고 할 수 있느냐고요! 제가 죽기를 바라시는 겁니까? 독하기도 하시지. 성씨 집안이 잘 나가니까 이제 피붙이는 죽든 말든 상관없단 겁니까!"

붉게 충혈된 두 눈과 실성한 듯 날뛰는 것이 마치 인두겁을 찢고 짐승이 튀어나올 것만 같은 모습이라 두 모자는 놀라서 한 걸음 뒤로 물러났다.

"구해주지도 않을 거면서 대체 날 왜 낳았습니까! 어머니는 아버지를 그렇게 철저히 감시했으면서 제겐 현숙한 여인이 되라 했지요. 그런데 제가 성에 차지 않으니까 이제 버리시는 거로군요! 당신은 내 어머니가 아닙니다. 이 흉악한 인간 같으니……."

작은딸은 자신을 증오하고 큰딸마저 이렇게 자신을 원망하니 왕 노대부인은 더는 견디지 못하고 검붉은 피를 토하며 힘없이 쓰러졌다. 외숙부는 어머니를 부축한 채 큰 소리로 사람을 불렀다. 인사불성이 되어 누렇게 뜬 어머니의 얼굴을 보고 화가 난 그는 여동생에게 분통을 터트렸다.

"네 걱정에 속이 숯덩이가 된 어머니 마음을 어째서 이렇게 아프게 하느냐? 내가 네 오라비도 아니라고? 그래 좋다, 이제부터 너도 내 누이가 아니다!"

말을 마친 그는 노모를 등에 업은 채 밖으로 나가 버렸다. 한동안 안팎이 소란스럽다가 모두 사라지고 나자 흰옷 차림의 중년 여관이 구석에서 천천히 걸어 나오며 오싹하게 말했다.

"이렇게 불효막심할 수가 있나. 제대로 가르쳐야겠어."

강 부인이 욕을 하려 하자 여관이 손을 뻗어 뺨을 두어 대 갈겼다. 두 귀가 먹먹했지만 강 부인은 지지 않고 기어코 '몹쓸 년'이라고 욕을 뱉었다. 그러자 여관이 옆에 있던 하인에게 얇은 몽둥이를 건네받아 강 부인의 뺨을 세게 때렸다. 연달아 십여 차례를 때리자 강 부인의 볼이 벌겋게 부어오르고 입술이 터져 피가 흘렀다.

"자꾸 그렇게 입 놀리면 계속 맞을 줄 알아. 어디 네 성깔이 더 센지, 아니면 내 몽둥이가 센지 한번 볼까?"

여관이 무표정하게 말했다.

강 부인은 한 쪽 빰이 너무 아파서 기절할 지경이었지만, 몸이 단단히 묶여 있어 움직일 수 없는지라 그저 이를 악물고 소리를 내질렀다.

"너희한테 능욕을 당하느니 내 차라리 죽고 말겠다!"

여관은 눈 하나 깜짝 않고 냉랭하게 말했다.

"내가 충고하겠는데, 여기선 죽어버리겠느니 마느니 하는 소린 안 하는 게 좋아. 여긴 죽는 사람이 아주 많거든. 댁 하나 더 죽는다 해도 티도 안 나지."

물론 사는 게 더 나았다. 그럼 여관은 한 명분의 공양을 더 받을 수 있으니까.

여관이 이렇게 말하고 나가자 튼실하고 우악스러운 어멈 서너 명이 강 부인에게 달려들더니 능라비단 옷을 벗기고 거친 무명옷 한 필을 던져 줬다. 강 부인은 수치스러웠지만 차마 맨몸으로 나갈 배짱은 없었기에 애써 얼굴의 통증을 참고 속으로 저주를 퍼부으며 퀴퀴한 냄새가 나는 옷을 억지로 주워 입었다.

사방의 문과 창문은 단단히 잠겨 있었고, 놀라우리만치 조용했다. 강 부인은 슬슬 무서워지기 시작했다. 남은 인생을 이런 거지같은 곳에 갇혀 보내야 한다고? 아니, 그럴 리 없다. 반드시 여기서 나가야 한다. 반평생 사는 동안 얼마나 많은 고비를 만났었던가. 그때마다 자신은 그 고비들을 넘어 왔다. 이번에도 그럴 것이다! 누가 감히 자신을 능멸할 것인가. 자신은 난계蘭谿[1] 왕씨 가문의 적장녀가 아닌가!

이때 삐걱하고 문이 반쯤 열리더니 한 중년 여인이 천천히 들어왔

---

1) 절강성 서북부에 있는 도시.

다. 강 부인은 눈을 반짝이더니 재빨리 다가가 중년 여인의 손을 움켜쥐었다.

"올케, 드디어 왔군요. 나…… 나는……."

외숙모는 가볍게 그녀의 손을 뿌리치고 큰시누이의 망가진 얼굴과 남루한 옷을 만족스럽다는 듯 훑어보며 말했다.

"작별 인사하려고 왔습니다. 원래 어머님께서 말씀하셔야 하지만, 지금 아가씨 때문에 반죽음이 되셔서 할 수 없이 제가 온 거예요."

강 부인이 울면서 말했다.

"내가 방금 정신이 나가서 어머니께 막말을 하고 말았어요! 어머니가 다시 날 보러 오게 설득해줘요. 그럼 내가 잘못했다고 절을 올릴 테니까……. 오라버니도 나 때문에 화 많이 났을 텐데 올케가 잘 좀 말해줘요. 나 좀 여기서 꺼내달라고……."

"호호, 아가씨 정말 재미있네요. 그렇게 박학다식하신 분이 신계사의 규율 모르십니까? 일단 여기 들어오면 황명이 아니고선 아무도 못 나갑니다. 설마 우리 보고 황궁에 가서 협박이라도 하라는 건 아니시지요?"

외숙모는 소매로 얼굴을 가리며 웃었다.

강 부인이 다급하게 말했다.

"그럼 오라버니보고 황제 폐하께 부탁 좀 드리라고 하면 되잖아요!"

외숙모는 더 크게 웃었다.

"이런, 이런, 참 쉽게도 말씀하시네요. 오라버니 같은 별 볼 일 없는 벼슬아치는 폐하 용안을 뵈는 것도 힘든데 은혜를 베풀어주십사 간청을 드리라니요."

강 부인이 벌컥 화를 냈다.

"우리 아버지가 세 황제를 섬긴 중신이라 명신사에 위패가 모셔져 있는데도, 황상께서 제게 자비를 베풀어주시지 않을 거란 말입니까?"

"천자가 바뀌면 신하도 바뀌는 법 아닙니까. 아가씨도 참, 지금이 어느 때라고. 더구나 몇 년 전에 처벌당한 고씨 집안 셋째 나리의 아버님도 세 황제를 섬긴 중신이셨답니다."

강 부인은 힘없이 손을 놓았다. 두려움과 공포가 밀려왔다.

"정말 황상께 부탁드릴 수 있는 사람이 없단 말입니까?"

외숙모가 쌀쌀맞게 말했다.

"친인척 중에 황상과 대면해서 말할 수 있는 사람이 딱 두 명 있지요. 하나는 녕원후고, 다른 하나는 안양왕야 입니다. 하지만……."

그녀는 한 번 웃더니 이어 말했다.

"아가씨는 성가 여섯째가 자기 남편한테 황제께 부탁드려 달라고 할 것 같습니까? 아니면 아가씨의 서녀는 아가씨가 나오길 바랄 것 같은가요?"

명란이 자신에게 이를 갈고 있다는 것은 강 부인도 잘 알고 있었기에 다른 한쪽에 희망을 걸 수밖에 없었다.

"소 이랑의 노비 문서가 아직 내 손에 있어요. 그 못된 계집이 말을 안 들으면 그 어미를 확 팔아 버릴 겁니다!"

외숙모는 재미있다는 듯 고개를 저으며 웃었다.

"일단 누굴 팔아 버릴 생각은 접어 두세요. 아가씨 주변에 있는 심복들, 기씨 어멈부터 하나도 빠짐없이 며칠 안에 전滇[2]으로 전부 보내질 테니까요."

---

2) 운남성.

"그건 왜 그런 답니까?"

"왕씨 집안에서 이번 일을 아는 사람을 남겨둘 것 같습니까? 그 노비들은 아가씨를 말리지도 않은 데다 옆에서 돕고 부추기기까지 했지요. 어머님께선 지금의 모든 분노를 그 노비들한테 쏟아내고 계십니다."

강 부인은 별다른 방도가 없자 발을 동동 구르며 산발이 돼서 말했다.

"아, 모르겠습니다, 모르겠어요. 어쨌든 여기서 반드시 나갈 겁니다! 어머니와 오라버니께 방법을 생각해보라고 해줘요. 은자를 쓰든, 벼슬을 약속하든, 아버지 생전의 지인을 찾아가든……."

외숙모는 그녀가 막무가내로 내뱉는 헛소리를 끊었다.

"꿈 깨세요, 아가씨. 여길 나가겠단 생각은 말아요. 아가씨가 여기 어떻게 들어온 줄 아십니까?"

그녀는 차갑게 비웃었다.

"이 일을 듣고 매부는 당장 휴서를 쓰든가 아니면 아가씨를 목 졸라 죽이든가 하려고 했어요. 성씨 집안도 원래 그냥 넘어가려 하지 않았지만, 결국 왕씨 집안의 체면과 아가씨 목숨을 지켜 주려고 여기로 보낼 수밖에 없었던 겁니다."

강 부인은 격분했다.

"어머니가 왕씨 집안 체면을 위해서 그랬다는 건 알겠어요. 하지만 강씨 집안에서 날 내쫓는다면 쫓겨나면 그만입니다. 난 강씨 집안 아니어도 잘 살 수 있다고요. 어쨌든 여기서 고생하는 것보단 낫단 말입니다."

"왕씨 집안에 아가씨 혼자 계십니까? 어머님께는 돌보셔야 할 다른 자손들도 있습니다. 아가씨는 본인 생각만 하시네요. 정말 스스로를 대단한 존재라고 생각하시는군요!"

외숙모는 비웃었다. 뭐야, 정말 세상 물정 모르고 날뛰는군.

강 부인은 매섭게 고개를 쳐들었다.

"지금 아주 신나 죽겠지요? 내 비참한 꼴을 보고 싶어서 아주 안달이 났잖아요."

"맞아요."

외숙모는 솔직하게 인정했다.

강 부인이 크게 노했다.

"뭐요……!"

"사람들이 왕씨 집안은 좋은 혼처라고들 했지요. 시어머니와 부군도 좋은 사람이라고, 근데 아가씨 같은 시누이를 만날 줄 누가 알았겠습니까."

외숙모는 귀밑머리를 쓰다듬었다. 차분한 표정에 오랫동안 쌓인 원한이 서려 있었다.

"시댁 될 집안에 딸이 두 명 있다는 걸 듣고는, 난 자매가 없으니 아가씨들을 친자매처럼 대하면서 화목하게 지내야겠다고 생각했어요. 그런데 시댁으로 들어간 순간부터 아가씨는 어머님 앞에서 나를 도발하고 갖은 방법을 써 가며 괴롭히고 시중을 들게 했지요. 그것도 모자라 아가씨 오라버니 앞에서까지 시비를 걸었고요. 아가씨는 내가 모르는 줄 알았겠지요……. 흥, 전 다 알고 있었습니다. 하지만 달리 방법이 없으니 아가씨 비위를 맞추려고 최선을 다할 수밖에 없었지요. 심지어 아가씨의 계집종과 어멈들 눈치까지 봐가면서요."

굴욕적인 지난 시절을 떠올리니 증오가 치밀어 올랐다.

"제가 막 큰딸을 낳았을 때, 아가씨가 오라버니도 첩을 들여야 한다고 어머님을 꼬드겼죠. 그때 남몰래 얼마나 많이 울었는지, 밤에도 자다가 무서워서 벌떡벌떡 깼었답니다. 다행히 나리의 성정이 온화하고, 어머님도 사리 분별은 하실 줄 아는 분이라 아가씨 말을 안 들었으니 망정이지요. 하하, 또 기분이 언짢나봐요? ……아가씨는 어릴 때부터 그런 성격이었습니다. 모두 자기 말을 들어야 하고, 자기 눈치를 봐야 하고, 모두가 떠받들어줘야 했지요. 그러다 조금이라도 자기 뜻대로 안 되면 바로 성질을 부렸고요. 시집 안 간 시누이가 오라버니 부부 문제까지 참견한다는 소린 금시초문이었는데, 덕분에 견문을 넓힌 셈입니다."

강 부인의 얼굴 근육이 파르르 떨렸다. 원래 안중에도 없었던 올케 따위가 이렇게 나올 줄이야…….

"간절히 바랐더니 결국 아가씨의 혼인이 결정됐지요……. 그런데 이제……."

외숙모가 비웃으며 강 부인을 쳐다봤다.

"아들을 점지해 준다는 백옥 송자관음상을 탐내더군요. 그건 제 친정어머니가 삼보일배 하며 풍하산楓霞山까지 가셔서 구해 오신 거였습니다. 아가씨는 갖고 싶다면 가져야 하는 사람이라 안 주면 시집을 안 가겠다고 했으니, 전 그저 웃으며 두 손으로 바칠 수밖에 없었지요. 정말 감사하게도 나중에 우리 우가 생겼지만, 어쨌든 전 그날부터 아가씨를 증오하기 시작했습니다."

딸이 계속 아들을 못 낳는 것을 걱정한 친정어머니가 풍하산까지 삼보일배를 하느라 온몸이 상처투성이가 됐던 걸 떠올리니, 외숙모는 자기도 모르게 증오심에 얼굴이 일그러졌다.

갑자기 뭔가 떠오른 강 부인이 소리쳤다.

"우리 원아는 괴롭히지 말아요! 화가 났으면 나한테 풀어요……."

외숙모는 머리를 젖히며 눈물이 날 정도로 크게 웃었다.

"원래 그 아이를 손댈 생각은 하지도 못했습니다. 그저 첩 하나 들일까 생각했었는데, 요즘은……. 하하, 걱정 마세요. 돌아가서 괜찮은 사람 하나 물색해서 우리 우의 평처[3]로 삼을 겁니다!"

"평처? 감히!"

강 부인은 그녀의 옷자락을 당기며 미친 듯 소리쳤다.

"원아가 아이를 낳을 수 있을지 없을지는 둘째 치고, 설령 못 낳는다고 해도 계집종 하나 들이면 될 일입니다. 나중에 아이를 낳으면, 아이만 남기고 그 계집은 보내 버리면 되잖습니까!"

외숙모가 팔꿈치로 강 부인을 밀쳐내고 냉소 지으며 말했다.

"아직도 본인이 뭐든 마음대로 할 수 있는 왕씨 집안 큰따님인 줄 아십니까? 흥, 거울 좀 보세요! 제가 한 가지 알려드리죠. 원아는 절대로 아이를 낳을 수 없습니다!"

"올케가 어떻게 알아요? 설마…… 무슨 수작을 부린 게군요!"

강 부인은 이런 쪽으로는 눈치가 무척 빨랐다. 왜냐, 본인이 늘 그래왔으니까.

"이리 독할 수가. 원아는 올케의 조카이기도 합니다! 또 올케의 며느리고요!"

외숙모는 강 부인이 잡았던 소매를 툭툭 털고 얼음 같은 눈빛으로 말했다.

"원아 같은 며느리 수천 냥을 준다 해도 싫습니다. 어머님께서 편애하시니 어쩔 수 없이 받아들였을 뿐이지요. 처음엔 원아가 아직 어리니 잘 가르치기만 하면 된다고 생각했습니다. 그런데……. 하, 시집오고 나서

---

3) 정실부인과 동등한 지위를 갖는 아내.

부터 어찌나 불손하고 버르장머리가 없는지, 몇 마디 훈계 좀 했다고 친정에 달려가서 일러바치더군요. 그때 아가씨가 원아한테 뭐라고 했는지 기억하십니까?"

그때의 비밀스러운 일이 떠오르자 강 부인은 자기도 모르게 진땀이 났다.

외숙모가 쌀쌀맞게 말했다.

"원아한테 할머니는 연세가 많아서 관여 안 하실 테고, 외숙부와 우는 둘 다 온순하니 나중에 외숙모만 죽으면 단속할 사람이 없다, 왕씨 집안은 네 수중에 떨어질 거라고 했잖습니까! 그리고 원아한테 좋은 것들도 많이 줬더군요. 흥, 안타깝게도 원아는 아가씨의 악랄함은 쏙 빼닮았지만, 그 영악한 잔머리는 못 배웠는지 주변 사람을 너무 쉽게 믿어서 저한테 다 들키고 말았답니다."

외숙모가 갑자기 목소리를 높였다.

"누가 절 건드리지만 않으면 저도 건드리지 않아요. 원아는 제게 손쓸 수 없지만, 전 그럴 기회가 얼마든지 있답니다. 이미 청루에서 최상급 탕약을 지어와 원아에게 먹였습니다. 그 아이는 이제 평생 아이를 낳겠단 꿈은 버려야 할 겁니다!"

강 부인은 비명을 내지르며 손톱을 세우고 외숙모에게 달려들었다. 하지만 다리가 휘청이는 바람에 외숙모가 한번 밀자 그대로 바닥에 쿵 쓰러지고 말았다. 강 부인이 울면서 말했다.

"그건 전부 내 생각이었다고요! 분이 가라앉지 않으면 어머니께 고해서 우리 모녀에게 호된 벌을 내리면 될 것을, 아이에게 손 쓸 것까지 없었잖아요!"

외숙모가 비웃으며 말했다.

"고하면 뭐 하겠습니까? 어머님께서는 아가씨를 편애하시는데. 이번에도 성씨 집안에서 사력을 다한 덕에 겨우 아가씨를 여기 넣을 수 있었지요. 아가씨처럼 능력 있는 사람을 제가 어찌 얕잡아 볼 수 있겠어요."

"올케의 그 악독한 짓거리를 어머니한테 다 말하겠어요!"

외숙모는 웃으며 말했다.

"오늘 이후로 신계사 문이 열리려면 내년 정월까지는 기다려야 합니다. 그때쯤이면 지방으로 부임하는 아가씨 오라버니를 따라서 온 집안이 여길 떠날 거예요. 아가씨 오라버니가 경성에 남지는 못했지만, 그래도 좋은 지역으로 자릴 얻었습니다. 따뜻한 강남 지역으로요. 요양하기에 딱이지요. 별일 없으면 이번에도 임기 두 번 마칠 때까지 머물 겁니다."

외숙모는 만면에 미소 띤 얼굴로 나지막이 말했다.

"이번에 아가씨 때문에 어머님이 많이 노하셨습니다. 의원 말이 오랜 지병이 도져서 상태가 별로 안 좋으시다더군요. 칠팔 년 후에도 어머님이 살아계실까요? 그때도 펄펄 역정을 내실 수 있을까요?"

강 부인의 가슴에 싸늘한 기운이 엄습했다. 강 부인은 우리에 갇혀 아무것도 할 수 없는 짐승처럼 바닥에 주저앉아 있었다. 벌써 오래전부터 지병을 앓아온 어머니의 몸 상태는 그녀도 잘 알고 있었다. 어머니가 살아 있는 날이 얼마 안 남아서 가능한 한 빨리 많은 일을 처리해야겠다고 생각했었다. 나중에 자신을 비호해 줄 사람이 없어져 힘겨워질 때를 대비하려 했던 것이다. 그런데 이번에 이렇게 큰코다칠 줄 누가 알았겠는가. 이게 다 인정사정없이 끝까지 물고 늘어진 그 성가 계집 때문이다.

외숙모가 강 부인의 손을 들고 쯧쯧 혀를 차며 말했다.

"손 관리를 정말 잘하셨군요. 이 나이에 아직도 손이 이렇게 곱고 매끄럽다니. 후, 나중에 장작도 패고, 빨래도 하고, 막일도 하다 보면 동상도 걸리고, 굳은살도 배길 텐데……. 쯧쯧, 안쓰러워라."

외숙모는 일어나서 천천히 문으로 걸어갔다.

"윤아는 착하고 복도 있는 아이니 성씨 집안에서도 힘들게 하지 않을 겁니다. 하지만 원아는…… 너무 제멋대로 날뛰는 것이 아무래도 정신병이 있는 것 같으니 제가 괜찮은 저택을 알아보고 잘 요양시킬까 합니다. 걱정 마세요, 아가씨. 제가 살아 있는 한 그 아이를 호의호식하게 해줄 테니까."

문밖으로 빠져나오자 뒤에서 강 부인이 온갖 욕설과 저주를 섞어 가며 울부짖는 소리가 들렸다. 아까 그 중년 여관이 유령처럼 다가와 나지막이 말했다.

"부인, 걱정 마십시오. 관례상 가족이 일 년에 두어 번 면회할 수 있습니다만, 그 규정도 다 사람이 정하는 거지요. 면회하는 날이 돼서 몸이 아파 나올 수 없다고 고하면 그걸로 끝입니다."

권력을 가진 자는 수법도 가지가지였다. 그녀는 해마다 적지 않은 수입을 벌어들일 수 있었다.

외숙모는 미소를 지었다.

"이렇게 부탁드리겠습니다. 매년 공양을 보내고 변변치 못한 선물이라도 함께 보낼 테니 부디 사양 말고 받아주세요."

왕 노대부인이 돌아가실 때까지만 잘 버티면 강진과 윤아가 알아도 상관없다. 하물며 모든 증거는 자신이 깨끗이 처리했다. 강 부인은 아무 증거도 댈 수 없으니 그녀의 미친 소리를 들어줄 사람은 없을 것이다.

오랜 세월 당한 수모를 오늘에야 설욕하게 된 외숙모는 말로 표현할 수 없을 만큼 기뻤다.

저주처럼 이어지던 끝없는 재앙에서 드디어 해방된 것이다. 남편도 더는 뒷수습하느라 남에게 굽실거릴 필요가 없고, 자신도 더는 흥청망청하는 시누이를 위해 해마다 은자를 갖다 바칠 필요가 없다. 그 생각을 하니 얼굴에 한여름 땡볕을 맞아도 아무렇지 않았다. 아들 일은……. 이번에는 잘 골라야 한다. 출신이 조금 떨어져도 상관없다. 품행이 단정하고 현숙한 사람이면 된다.

밖으로 나오니 강씨 집안사람의 모습은 이미 보이지 않았고, 성씨 집안 역시 모두 돌아간 뒤였다. 남편도 갑자기 쓰러진 시어머니 때문에 먼저 집으로 돌아간 상황이었다. 마차에 올라탄 외숙모는 잠시 생각하다가 집으로 곧장 가지 않고 성부로 갔다.

성부에 도착한 그녀는 왕 씨를 찾아가 살뜰히 위로했다. 왕 씨는 억울하기도 하고 두렵기도 했던 차에 올케의 위로를 받자 눈물이 글썽글썽한 눈으로 고맙다고 말했다.

"올케가 제게 잘해주시는 거 잘 알아요. 그저 친언니라는 사람이 저를 해코지했다는 게 너무 괘씸할 뿐입니다."

외숙모는 한숨을 내쉬었다. 작은시누이는 성격이 좋지는 않지만 그렇다고 자신을 괴롭힌 적은 없었다. 다만 꼬장꼬장한 성격이 마음에 안 들었을 뿐이다. 게다가 요즘 작은시누이 딸인 여란이 점점 얌전해지고 있단 소리도 들었다. 휴, 여란이를 며느리로 들였으면 괜찮았을 텐데, 그 밉살스러운 것이 나타나 아들의 부부 인연을 망쳐 버렸다.

왕 씨는 코를 풀더니 계속 울먹이며 말했다.

"그 못된 놈이 저보고 며칠 안에 출발하랍니다. 그러면서 뭐라는 줄 아세요? 빨리 가서 일찌감치 십 년 채우랍니다!"

그 녀석은 정말 매정한 놈이었다. 글도 한 줄 써서 보냈다.

'○○年 八月 二十五'

이건 녀석이 정한 출발 날짜다. 왕 씨더러 이걸 가묘 벽에 잘 붙여 놓고 항상 들여다보며 마음의 준비를 하고 있으라고 했다. 그리고 아주 너그러운 얼굴로 십 년 후 팔월, 그녀가 보름 정도 일찍 돌아오면 마침 온 가족이 함께 중추절을 보낼 수 있겠다고 했다.

흑흑…… 이게 무슨 말 같지도 않은 소리인가!

다행히 해 씨가 할머님의 화가 누그러지고 마음이 좀 풀어지시면 어머니가 몇 년 정도 일찍 돌아올 수 있게 부탁해보겠다고 넌지시 일렀다. 또 직접 엮어 만든 백지 책자도 보내 왔다. 하얀 종이 위에는 가늘고 곧은 격자가 그려져 있었다. 해 씨는 시어머니에게 몇 년 동안 글자를 많이 익히고 서예도 열심히 연습해서 불경 몇 권을 베껴 노대부인에게 참회의 뜻으로 보내라고 했다.

흑흑, 역시 며느리가 낫구나. 효성스럽고, 자상하고. 하지만 지금은 며느리 볼 면목이 없었다.

이뿐만이 아니다. 혜아는 어려서부터 매일 왕 씨 품에 안겨야 잠이 들었다. 그런데 사흘 전에 장백이 왕 씨 방에 와서 제 딸을 데려갔다. 어린 손녀딸은 왕 씨의 옷을 붙잡고 울며불며 안 가겠다고 매달렸다. 결국 장백은 잡고 있던 손가락을 하나하나 떼어내야 했다. 왕 씨는 억장이 무너지는 느낌에 애통하게 울었다. 그제야 그녀는 자신의 잘못을 뼈저리게 후회하기 시작했다.

하늘이 보고 있으니 나쁜 마음을 먹지 말았어야 했다. 부처님이 그녀에게 벌을 주고 있는 것이다.

• • •

외숙모는 왕 씨를 위로한 다음, 어멈을 불러 수안당으로 이동했다.

성 노대부인에게 인사하고 얼굴을 보니 안색이 회복되고 있는 것 같았다. 노대부인은 침상 맡에 기대어 전이와 이야기를 나누고 있었다. 해 씨는 몇 개월 안 되는 아들을 안고 옆에서 웃으며 맞장구를 치고 있었다. 한쪽에서는 장백이 여동생을 혼내고 있었는데 소리가 너무 작아서 내용은 잘 들리지 않았다.

외숙모는 성심성의껏 노대부인의 건강 회복을 비는 말을 건넸다. 노대부인이 알고 있는지 확실치 않아서 독을 넣은 일에 대해선 일언반구도 하지 않았다. 만면에 웃음을 띤 노대부인은 온화한 말투로 그녀와 일상적인 인사를 주고받았다. 장백 오누이와 해 씨도 일어나서 안부 인사를 나누었다. 성씨 집안사람들이 여전히 상냥하게 대해주자 외숙모는 안심하며 몇 마디를 더 나누고 자리에서 일어났다.

해 씨가 아이를 안고 있어서 장백은 명란을 끌어당겨 함께 손님을 배웅하러 나갔다. 복도에 서서 외숙모가 멀어지는 모습을 보고 장백이 뒤돌아 다시 입을 열려고 하자 명란은 머리를 싸매고 애원했다.

"오라버니, 저 좀 그만 꾸짖으세요! 아버지께 이미 머리를 조아려 사죄드렸는데, 뭘 더 어쩌란 거예요?"

장백의 표정이 굳었다.

"말은 마음의 소리라고 했거늘, 네가 지금 '뭘 더 어쩌란 거예요?' 하는 걸 보니 마음속으로는 아직 인정하지 못하는 것 같구나. 옛 성인께서 말씀하시길……."

"오라버니, 제발요. 제가 잘못했다는 거 저도 정말 잘 알아요. 제 고집

대로 일을 그렇게 크게 만들지 말았어야 했고, 제멋대로 이모님을 연금하지 말았어야 했고, 간덩이가 부어서 그렇게 사람을 잡는 짓은 더더욱 하지 말았어야 했고……."

"아니다. 그건 잘못이 아니다."

장백이 이어 말했다.

"나였어도 아마 그렇게 했을 거야."

명란은 당황스러운 얼굴로 물었다.

"그럼…… 제가 뭘 잘못했죠?"

장백은 명란의 이마에 꿀밤을 먹였다.

"너는 시댁 권세를 믿고 아버지께 말대꾸해서 아버지를 난처하게 만들지 말았어야 했다. 아버지가 아무리 잘못했다 해도 웃어른인데, 말끝마다 협박하고 비웃고, 그게 자식 된 도리란 말이냐? 아버지는 절대 경우를 모르는 분이 아니다. 네가 아버지께 앞뒤를 따져 그 심각성을 말씀드리면 부녀가 한마음으로 대응할 수 있지 않았겠느냐. 이 정도 일을 가지고 죽기 살기로 달려들다니, 평소의 그 재치 있는 요령은 다 어디로 간 것이냐? 헛똑똑이구나."

오라버니의 꾸지람에 한껏 주눅이 든 명란은 한마디도 반박하지 못하고 혼자 중얼거렸다.

"제가 어디 오라버니만큼 총명하겠어요? 이모님이 독을 쓴 일은 앞으로도 조정에서 안채까지 몇십 년은 회자될……."

장백이 눈을 부릅뜨고 꿀밤을 한 대 더 때리려 하자 명란은 목을 움츠리며 급히 말했다.

"제가 잘못을 인정했잖아요. 울면서 차도 올렸고, 아버지도 나무라지 않으셨고요!"

사실 성굉은 어색한 상황을 끝냈으니 이제 그걸로 됐다고 생각하고 있었다.

말하는 도중 명란은 갑자기 메스꺼움을 느껴 입을 막고 구역질을 했다. 하지만 아무것도 나오지 않았다. 마침 방에 들어선 참이었고, 방에 들어가니 노대부인의 맥을 짚고 있는 임 태의가 보였다.

장백은 계속해서 혼을 냈다.

"내 말에 그렇게 속이 뒤틀리느냐? 혼나는 태도가 몹시 삐딱하구나."

명란은 손을 내저으며 도리질을 쳤다. 해 씨가 뭔가 이상한 걸 눈치채고 상냥하게 말했다.

"아가씨가 요 며칠 계속 안색이 안 좋던데, 임 태의도 와 계시니 맥을 짚어보는 게 어떨까요."

노대부인은 걱정스러운 마음으로 명란을 얼른 앉혔다.

임 태의는 허허 웃으며 손가락 세 개를 손목에 올렸다. 잠시 후 그는 야릇한 표정을 지으며 명란을 힐끗 보더니 마음을 가다듬고 다시 맥을 봤다.

임 태의가 머뭇거리며 말을 못 하자 노대부인이 초조한 듯 물었다.

"왜, 왜 그러시는가?"

임 태의는 미소 지으며 일어나서 공수하고 말했다.

"노대부인, 축하드립니다. 부인께서 회임을 하셨습니다."

일순간 방 안에 정적이 흘렀다. 장백은 방금 자신이 꿀밤을 때렸던 두 손가락을 쳐다봤고, 해 씨는 명란의 납작한 배를 쳐다봤다. 전이는 새끼 돼지처럼 달게 자고 있는 남동생을 쳐다봤다. 명란은 창가에 있는 태사의에 앉아 아무것도 몰랐다는 듯 바보같이 웃으며 물었다.

"얼마나 됐나요?"

"두 달 좀 넘었습니다."

임 태의는 쓴웃음을 지었다. 이렇게 기운찬 산모는 처음이었다.

"맥이 안정적이면서 힘이 있으니 부인께서는 염려하실 필요 없습니다. 요즘 좀 과로하신 것 같은데, 한동안 휴식을 취하면 괜찮을 겁니다."

그리고 몇 마디 당부의 말을 덧붙이고는 몸을 굽혀 인사하고 방을 나갔다.

성 노대부인은 멍하니 침상에 앉아 한참 동안 묵묵히 있었다. 그러다 갑자기 격노하여 침상 가장자리를 치며 "당장 돌아가거라! 오늘 당장!" 하고 호통치더니 고개를 돌려 방씨 어멈에게 말했다.

"어멈은 가서 저 아이 짐을 싸게. 고 서방 것까지 전부! 그리고 후부까지 직접 데려다주고 최씨 어멈 손에 인도하고 오게. 실수가 있어선 안 될 것이야!"

그러고는 베개를 세차게 내려치고 명란을 가리키며 말했다.

"이 애물단지 같으니라고, 두 부부가 같이 와서 빌붙어 먹다니. 당장 돌아가지 않으면 다리몽둥이를 부러뜨릴 테다!"

할머니가 정말 화났다 생각한 명란은 도망치듯 나와서 얌전히 방씨 어멈을 따라갔다. 해 씨도 웃으며 전이를 끌고 밖으로 나갔다. 방 안에는 할머니와 장백, 그리고 구들 위에서 푹 자다가 언제 깼는지 모를 갓난아이까지 셋이 남았다.

"저 애물단지 같으니!"

노대부인은 화를 가라앉히느라 한참을 애써야 했다.

장백은 웃는 얼굴로 할머니를 보고 있다가 잠시 후 갑자기 무릎을 꿇었다.

"별일 없다면 이번에 연임할 것 같습니다. 할머니 건강이 회복되시면 저와 함께 가시지요."

노대부인은 망설이며 답하지 않았다. 그러자 장백이 조용히 말했다.

"할머니, 다 알고 계시지요?"

노대부인은 쓴웃음을 지으며 말했다.

"방씨 어멈은 날 속일 수가 없어. 휴, 사람 마음은 참 헤아리기 어렵구나. 내가 이 나이에 그런 꼴을 보게 될 줄 누가 알았겠느냐?"

장백이 고개를 들고 말했다.

"할머니, 제 부임지로 함께 가시는 게 어떻겠습니까. 경성만큼 번화한 곳은 아니지만, 인심 좋고 산수도 빼어나고 경치도 남다른 곳입니다. 할머니도 계속 바깥에 나가 보고 싶어하셨잖습니까? 이 손자와 함께 가시지요."

노대부인이 한숨을 내쉬며 말했다.

"여기저기 돌아다닐 생각만 하던 건 내가 아니라 공 상궁이었지. 공 상궁은 몸이 안 좋아서 일찍 갔으니, 내가 그 꿈을 대신 이뤄 줘야겠다고 늘 생각하고 있었단다."

"그럼 정말 잘됐습니다."

장백이 말했다.

"이 손자와 손자며느리가 할머니를 잘 모시겠습니다."

손자의 맑고 뚜렷한 눈을 보며 노대부인은 몰래 한숨을 내쉬었다.

노대부인은 손자의 마음을 훤히 들여다보고 있었다. 그녀는 티끌만 한 흠도 용납하지 않는 사람이다. 이번 일에 대한 성굉의 태도에 마음이 아주 언짢았다. 서로 얼굴을 마주 보고 사이좋은 모자지간을 연기하느니 차라리 떨어져 있다가 몇 년 후 다시 만난다면 기억도 희미해질 터였다.

"다만 외부에 알려지면 평판이 안 좋아질까 걱정이구나."

부자는 서로 연결되어 있으니 성굉의 평판이 나빠지면 장백도 그 영향을 피하기 힘들 것이다.

"할머니, 너무 걱정하지 마십시오. 거기에 명의名醫가 있어서 할머니를 모시고 진맥을 보러 간다고 할 겁니다."

노대부인은 자기도 모르게 웃음을 터뜨렸다.

"큰소리치다 큰코다치는 법이다. 누가 네게 그 명의를 소개해 달라고 하면 어찌할 것이냐?"

장백이 웃으며 말했다.

"그럼 그 명의는 사방을 구름처럼 떠돌아다녀서 할머니의 병을 치료하고 또 떠났다고 하지요."

노대부인은 고개를 저으며 웃었다. 문득 가슴이 탁 트이는 것 같았다. 지난 일도 그리 원망스럽게 느껴지지 않았다.

문밖에서 듣고 있던 한우는 온통 땀범벅이 되었다.

'큰일이다, 큰일. 큰 도련님이 오늘 안채에서 또 말씀을 너무 많이 하셨어.'

제202화

회임기 동안의 풍파

명란은 집까지 호송되었다. 최씨 어멈이 포동포동한 단이를 안고 빙그레 웃으며 문 앞에서 그들을 맞이했다. 방씨 어멈이 다가가 최씨 어멈 귀에 대고 몇 마디 소곤대자 최씨 어멈의 낯빛이 순식간에 변했다. 그녀는 눈을 부릅뜨고 식식거리며 명란을 노려봤다. 방씨 어멈이 떠나자 최씨 어멈은 얼른 단이를 취미에게 맡기고는 자신이 직접 명란의 옷시중과 목욕 시중을 들고 명란을 쉬게 했다.

부드러운 돗자리에 눕는 순간, 명란은 너무 편한 나머지 신음이 흘러나왔다.

"역시 집이 최고야."

명란은 마치 예닐곱 살로 돌아간 것처럼 대자로 편하게 누워서 최씨 어멈이 손톱을 깎도록 손을 맡겼다. 하지만 어멈이 계속 캐물어 대는 건 좀 피곤했다.

명란은 언제나 건강했다. 오랫동안 꾸준히 운동하고, 적절한 식사와 건강한 생활 습관을 유지해 온 데다 요절한 위 이랑 덕에 명란의 몸은 어르신들 말로 하면 아들 잘 낳을 상으로 태어났다. 보기엔 연약하고 가냘

파 보이지만, 들어갈 데 들어가고 나올 데 나온 황금 비율이라서 아이 낳기에 적합한 우량 품종이었다.

최근엔 그냥 심신이 좀 피곤한 것뿐이었다. 이제 일도 다 해결되었고 자신보다 더 강한 오라버니가 뒤처리도 해 줄 테니 자연히 마음이 놓였고, 며칠 푹 쉬면서 먹고 자고 먹고 자고 하며 예전처럼 행복한 바보의 삶으로 돌아갈 생각이었다. 그런데 회임했을 줄이야.

아까 최씨 어멈은 문지기에게서 명란이 돌아왔단 보고를 듣고 계집종을 시켜 우물 안에 넣어 두었던 큰 수박과 수밀도水蜜桃[1]를 꺼내 붉은 연꽃이 그려진 백자 접시에 담아 들려 보냈었다. 방씨 어멈을 막 보내고 방에 돌아왔는데 명란이 은 꽂이로 과일을 집고 있는 게 보였다. 그 모습에 최씨 어멈은 황급히 접시를 뺏으며 눈을 부라렸다.

"수박은 찬 성질이고, 복숭아는 뜨거운 성질이라 둘 다 드시면 안 됩니다!"

최씨 어멈이 과일을 버리려 고개를 돌리자 소도가 신나서 재빨리 받아 들었다.

"걱정하지 마세요. 마님이 눈독들이실 수 없도록 제가 깨끗이 처리하겠습니다!"

명란은 침을 꼴깍 삼키며 좋아서 껑충껑충 뛰어나가는 소도의 뒷모습을 안타까운 눈으로 바라봤다. 눈을 돌리자 비단 대자리 벽을 붙잡고 천천히 걸음마를 떼고 있는 단이가 보였다. 오동통한 분홍빛 발로 매끄러운 연두색 이불 위를 걷고 있는 모습을 보자 그녀의 속이 다시 부글부글

1) 껍질이 얇고 살과 물이 많으며 맛이 단 복숭아.

끓었다.

며칠 동안이나 아들 얼굴을 못 봤으니 어찌 그립지 않았겠는가. 잠깐의 이별이었지만 어머니와 떨어졌다가 다시 만난 건데, 이 못된 녀석은 눈물을 글썽이는 조숙함도 보이지 않았다. 그러니 모자가 부둥켜안고 통곡하는 장면은 연출할 수 없었다. 그렇다고 어미를 전혀 못 알아보는 것도 아니었다.

어린 아들은 며칠 전과 똑같이 여전히 건강했고 온몸이(발과 손가락까지) 탐스러우리만큼 포동포동했다. 아이는 싱글벙글 웃으며 명란을 향해 작고 통통한 손을 흔들었다. 명란이 전에 손님이 오면 하라고 가르쳐 준 인사 그대로였다. 그러고는 침상에 엎드려 아무 일도 없었던 것처럼 혼자 나무판자를 가지고 놀았다.

반나절 내내 명란은 아들과 다시 정을 붙이려고 이리 뒹굴 저리 뒹굴 하며 아들이 벽을 짚고 한 발로 설 수 있을 때까지 놀아주었다. 결국 단이는 웃음꽃을 피우며 불분명한 발음으로 한마디 뱉었다.

"……마알……."

왜 그냥 돼지라고 하지! 명란은 맥이 빠졌다. 겨우 네댓새 떨어져 있었을 뿐인데, 그 전엔 분명 엄마, 아빠 소릴 정확히 할 수 있었다. 옆에 앉아 있던 최씨 어멈은 단이가 혹시 명란에게 돌진하진 않을까 매처럼 날카로운 눈으로 둘을 주시하고 있었다.

날이 아직 저물지도 않았는데 고정엽이 쏜살같이 집에 돌아왔다. 그는 침상 앞에서 후다닥 멈추더니 조심스럽게 명란 옆에 앉아 그녀의 손을 잡았다. 하고 싶은 말은 한가득인 듯 보였지만 결국 뱉은 건 이 한마디였다.

"……뭐 먹고 싶은 것은 없느냐?"

명란은 속으로 웃었다. 며칠 전만 해도 황제에게 삼 년 감봉 처분이라도 받은 사람처럼 우울해했던 그다. 명란을 끌고 연못가로 산책하러 갈 때도 문학청년처럼 애수 어린 모습을 보였었다. 그런데 지금은 감출 수 없는 기쁨의 빛을 눈으로 뿜어내고 있었다.

최씨 어멈은 미소를 머금은 채 단이를 안고 밖으로 나갔다.

명란은 고정엽의 손목을 붙잡고 손등을 가볍게 깨물며 나지막한 목소리로 말했다.

"당신 살을 먹고 싶어요!"

그러자 고정엽이 껄껄 웃었다.

"그게 뭐 어렵겠느냐? 지금 당장 살을 잘라 주마!"

명란은 얼른 그의 소매를 붙잡고 웃으면서 말했다.

"어딜 가려고요! 나리의 살은 너무 질기고 두꺼워서 사흘 동안 푹 고아도 못 씹을걸요?"

고정엽은 웃으며 다시 자리에 앉아 명란의 목에 고개를 묻었다. 그러고는 한참 후에야 나지막이 말했다.

"……예전 일은 다 내가 잘못했다."

그는 고개를 들고 절박하게 횡설수설 말을 이었다.

"일부러 그런 건 아니다……. 만랑은 진즉에……. 너에 대한 마음이 작아서가 아니다……. 사실……."

빙빙 돌리기만 할 뿐 정작 이유는 나오지 않았다.

명란은 재미있다는 듯 그를 쳐다봤다. 기세 좋던 그의 얼굴에서 땀이 뻘뻘 흐르고 있었다. 그녀는 냉담하게 말했다.

"말해봐요, 말해보라니까요……."

기가 죽은 고정엽은 입을 닫은 채 그녀 옆에 누웠다. 명란은 땀에 젖은 그의 머리카락을 가볍게 쓸어 넘겼다.

"제대로 설명 못 하겠으면 그냥 하지 마세요. 가정을 이루고 살아가면서 어떻게 다 똑 부러지게 설명할 수 있겠어요? 여기가 무슨 송사하는 관아도 아닌걸요."

그러자 고정엽이 갑자기 몸을 일으키더니 정색하며 또박또박 말했다.

"앞으로 또 누군가 너희 모자를 위험에 빠뜨린다면 만랑은 말할 것도 없고, 그게 누구든 얼마나 대단한 사람이든 시신도 수습하지 못하게 만들 것이다!"

마지막 말에서는 으스스한 한기까지 느껴졌다.

명란은 고정엽의 눈을 한참 동안 바라보다가 그의 목을 끌어안았다.

"나리를 믿어요."

생각이 많아 봤자 무슨 소용 있겠는가. 중요한 것은 현재고, 미래이다.

그는 명란에게 진심으로 한결같이 잘해 준다. 아이를 사랑하고, 가정을 소중히 여긴다. 그들 모자가 안정감을 느끼며 편안하게 지낼 수 있도록 최선을 다한다. 이거면 충분하다. 둘은 완전히 다른 사람이지만, 두 사람 모두 고요하고 평온한 나날들이 영원히 지속되길 바랐다.

• • •

녕원후부 하인들은 명란이 며칠 떠나 있었던 것이 위독한 성 노대부인을 간호하기 위해서라고만 알고 있었다.

다음 날 소 씨가 두 딸을 데리고 명란의 두 번째 회임을 축하하러 왔다. 추랑도 찾아와 떨떠름한 마음을 억누르고 온갖 좋은 말로 명란을 축하했다. 그런데 웬일인지 평상시 친절하고 온화하던 명란이 싸늘하게 별 반응을 보이지 않았다.

몇 마디 말을 건넸지만 모두 무시당하자 무안해진 추랑은 한쪽 옆에 말없이 머쓱하게 서 있었다.

어른들끼리 이야기를 나누고 있을 때 한이는 명란의 배를 신기한 듯 바라보다가 갑자기 얼굴을 붉혔다. 아이는 도대체 어떻게 나오는지 묻고 싶었지만 차마 입을 열지 못한 것이다. 용이는 웃음을 머금고 조용히 서 있다가 누군가 치맛자락을 잡아당기는 것 같아 고개를 숙여 아래를 보았다. 단이가 침상 머리맡에서 한쪽 팔을 뻗어 그녀를 붙잡은 것이었다. 커다란 머리를 치켜들고 쳐다보고 있는 하얗고 토실토실한 모습이 너무나 귀여웠다.

용이는 그 모습이 너무 예뻐서 단이의 머리를 쓰다듬으려 손을 뻗었다. 그런데 갑자기 추랑과 어머니의 당부가 떠올랐다. 아버지의 적장자에게 절대로 가까이 다가가지 말라고, 그랬다가 혹시 무슨 일이라도 생기는 날엔 벗을 수 없는 누명을 쓰게 될 거라고 신신당부했다. 용이는 반쯤 뻗었던 손을 다시 거두며 안타깝게 단이를 바라봤다.

하지만 이 둘은 얼마나 닮았는가? 용이는 참지 못하고 계속 단이를 훔쳐봤다. 짙은 눈썹과 큼지막한 눈, 통통한 볼, 오뚝한 코, 꼬리가 살짝 올라간 입까지, 친동생인 창이보다도 용이 자신을 더 닮았다.

가희거를 나온 소 씨는 한이를 데리고 자신의 처소로 돌아갔고, 추랑은 용이와 함께 처소로 향했다. 추랑은 가는 길에 오만상을 찌푸리며 말했다.

"마님이 왜 저러시는 거지? 내가 무슨 잘못을 했으면 말씀을 하셔야 나도 사죄를 드리지. 저렇게 쌀쌀맞게 대하실 것까지야……."

용이는 걸음을 멈추고 주위를 둘러보더니 아무도 없는 것을 확인한 후 말했다.

“정말 무얼 잘못하셨는지 모르시겠어요?”

아이의 눈이 날카롭게 반짝였다. 추랑은 자기도 모르게 뜨끔해서 우물거렸다.

“내가…… 뭘…… 나리가 서재에서 혼자 지내실 때 야식이랑 다과를 몇 번 가져다드린 것 때문이잖아.”

열한 살이 된 용이는 이미 늘씬하고 골격도 큰데다 옆에 서 있으면 추랑과 키도 엇비슷했다. 용이가 웃더니 예의 바르게 말했다.

“고부에서 사신 지가 벌써 몇 년인데 어떻게 그렇게 눈치가 없으세요. 다 알면서 모르는 척하면 점점 더 사람 약만 오르게 할 뿐이에요.”

추랑은 명란이 다른 여자와 남편을 나눌 마음이 추호도 없는 걸 뻔히 알면서도 호시탐탐 기회를 노렸다. 그래놓고 모르는 척, 얌전한 척이라니. 성공하면 장땡이고, 실패하면 모른 척하면 그만이라는 것인가. 하지만 이런 수법은 너무 식상했다. 설 스승님이 얘기해준 이야기에 나오는 어릿광대보다도 더 식상했다.

평소에 추랑이 잘해주지 않았더라면 용이도 이렇게 귀띔하지는 않았을 것이다.

“마님이 착하고 관대하시지만, 그렇다고 호락호락한 분은 아니니 너무 꾀를 부리진 마세요.”

평소에는 고분고분 비위를 맞춰 가며 알랑방귀를 뀌다가 부부가 조금 다투었다고 나리에게 쪼르르 달려가서 아양을 떨다니. 지금은 또 아무 일도 없었다는 듯 굴고. 마님을 무슨 바보 취급하는 것인가!

설 스승님이 예전에 말한 적 있었다. 세상에는 교활하게 남을 모해하는 사람도 있지만, 순진한 얼굴로 농간을 부리는 사람도 있으니 알량한 말이나 눈물에 속아 넘어가지 말라고. 여자는 종일 안채에만 틀어박혀 있어서 견문이 넓지 못하니 더욱더 혜안을 길러야 한다고 했다.

용이가 말을 마치고 돌아가자 홀로 남은 추랑은 그 자리에 멍하니 서 있었다.

• • •

겹경사가 생겼다. 며칠 지나지 않아 약미도 회임 삼 개월째라는 진단을 받은 것이다. 이 소식에 공손 선생은 몹시 기뻐서 사람들을 불러 모아 놓고 거나하게 취해서 결국 처소에 업혀 갔다. 명란은 소도를 보내 축하 인사를 전했다. 또 산모에게 좋은 약재를 보내며 몸 관리 잘하라고 당부했다. 약미는 얼마나 중요한 서신이 지금 명란 손에 있는지 상상도 못 한 채 대단히 기뻐했다.

공손맹이 보낸 서신에는 이렇게 쓰여 있었다. 그의 형님 혼사가 결정되었는데, 형수 되실 분이 아무리 현숙하고 공손해도 나이가 어린 점이 걱정되었던 어머니가 숙모에게 반년 더 머무르며 새 며느리에게 살림과 사람 대하는 법을 가르쳐 달라고 간청했고, 숙모도 어쩔 수 없이 승낙했다는 것이다. 오가는 길이 머니 공손맹도 좀 더 머물렀다가 그때 다시 숙모를 모시고 상경하여 숙부 내외가 만나실 수 있게 하겠다고 했다.

서신에는 다른 서신 한 통이 더 끼어 있었다. 공손 부인이 명란에게 직접 쓴 편지였다. 이 서신이 도착할 때쯤 약미가 혹시 회임했다면, 약미가 걱정이 너무 많아 아이가 잘못될지도 모르니 이 서신은 숨겨 달라고 했다. 어쨌든 공손 선생은 조정과 산천밖에 모르는 사내여서 안채의 사사로운 일에는 원래 관심이 없으니 안사람이 올 거라고 서너 일 전에만 말해주면 된다는 내용이었다.

명란은 손으로 셈을 해봤다. 공손 부인이 상경할 때쯤이면 약미는 이미 출산을 하고 산후조리 중일 테니 실로 일거양득이었다.

서신의 행간에서 드러나는 결단력에 명란은 한숨을 쉬며 고개를 저었다. 그녀는 서신을 챙겨 넣으며 생각했다. 공손 부인은 조심스럽고 빈틈없을 뿐 아니라 사람의 마음을 꿰뚫는구나. 약미의 얕은 수법으로는 당해낼 수 없겠어.

일단 아이가 태어나면 여러 불쾌한 일들이 꼬리에 꼬리를 물고 일어날 것이다. 하지만 자신이 선택한 길이라면 그 결과 역시 자신이 감당해야 하는 법이다.

약미의 앞날을 생각하며 탄식한 명란에게도 곧 스스로 선택한 길의 결과가 찾아왔다. 화란이 여란과 윤아를 데리고 찾아온 것이다.

사실 강 부인이 신계사에 끌려간 이후 왕 노대부인이 강 부인의 심복들을 깨끗이 처리했기에 계속 숨길 필요는 없었다. 장백은 먼저 화란에게 이야기한 후, 막 시골에서 올라온 여란에게 알렸으며, 그다음 약간 멀리 사는 장오와 윤아 부부에게도 알렸다. 묵란에게는…… 굳이 알릴 필요가 없었다(어차피 장풍 부부도 모른다).

해 씨가 완곡하게 지난 경과를 설명하는 동안 화란은 미처 반응을 보이지 못하고 우두커니 서 있었다. 칠팔 일 정도 안 왔을 뿐인데 그동안 이런 엄청난 변고가 생겼다고?! 만약 자신이 조금만 일찍 왔더라면 이런 일이 일어나지 않았을까? 할머니와 어머니가 이번 일을 피할 수 있지 않았을까?

여란은 놀라서 넋이 나갔다. 이 나이 먹도록 그녀가 할 수 있는 가장 독한 생각이라곤 기껏해야 '묵란을 자빠지게 할 수 있다면 얼마나 좋을까' 하는 수준의 것들이었다. 독을 넣어서 사람을 죽여? 자신은 꿈에도 생각지 못할 일을 어머니가 했다니! 아니지, 아니지, 그 망할 이모가 한 거지!

제일 불쌍한 건 윤아였다. 그녀는 자기 어머니의 사주를 받고 이모가 시댁에서 가장 존경받는 성 노대부인을 독살하려 했다는 말을 듣자마자 혼절했다. 인중 혈을 눌러 어렵사리 깨워 놨지만, 어머니가 영원히 빠져나올 수 없는 암흑천지 신계사에 보내졌다는 소리를 듣고 또다시 혼절했다.

장오는 급히 작은할머니를 뵙고 무사하신지 확인하고서야 안도의 한숨을 내쉬었다. 장모님은…… 좀 불경한 말이지만, 그 늙은이는 하루빨리 사라지는 게 세상에 이롭다는 게 그의 생각이었다.

겨우 정신을 차린 화란은 부리나케 왕 씨의 방을 찾아가 노발대발하며 어머니를 한바탕 책망했다.

"……제가 몇 번이나 말씀드렸잖아요, 이모는 어머니께 좋은 마음을 품고 있지 않다고요! 그런 일을 벌이자고 하는데도 이모를 믿으시다니요? 결국 이런 사달이 났군요! 전 이해가 안 가요. 이모가 사윗감도 빼앗아 갔는데 어머니는 화도 안 나셨어요?"

왕 씨가 흐느끼며 말했다.

"화가 났었지. 그런데 나중에 보니 여란이가 시집을 괜찮게 간 것 같더구나. 사위가 다정하니 두 부부가 종일 오순도순 잘 지내잖니. 그에 반해 원아하고 우는 다툼이 끊이지 않아 걸핏하면 벌을 받는다는구나. 네 이모가 매일 원아 걱정하는 걸 들으니 더는 화가 안 났어. 여란이를 거기로 시집 안 보낸 게 다행이라고 생각했단 말이다."

여란은 빨갛게 달아오른 얼굴로 소리쳤다.

"언니, 어머니, 지금 무슨 말씀 하시는 거예요? 괜히 기분 나쁜 이야기 꺼내지 마세요!"

이게 어찌 된 영문인가! 여란은 점점 철이 드는 마당에 어머니는 엉뚱한 짓을 벌이다니.

화란은 원망에 찬 목소리로 말했다.

"어머니, 그건 이모의 수법이에요. 일단은 어머니의 화를 가라앉힌 다음에 잘 구슬려서 속인 거라고요! 이모가 어떤 사람이에요? 우리 오누이가 이모를 상대하기 싫어하는 건 강씨 집안이 별 볼 일 없어서 얕보는 게 아니라, 이모라는 사람이……."

화란은 한참 말을 골랐다.

"장백이 말이 맞아요. 이모는 화근이에요! 이모와 가까이하면 재수 없는 일을 당한다고요!"

화란의 마지막 말을 듣고 막 방으로 들어서던 윤아는 다시 혼절했다. 장오는 아내를 부축하고 왕 씨에게 사죄했다. 왕 씨는 이를 부득부득 갈며 차갑게 말했다.

"그런 언니를 따른 건 내 전생의 업보라 치자. 하지만 난 조카까진 감당 못 하겠다!"

윤아가 바닥에 무릎을 꿇고 흐느끼자 장오도 할 수 없이 그녀와 함께 무릎을 꿇었다.

화란이 급히 다가와 윤아를 부축하며 어머니를 말렸다.

"어머니, 그게 무슨 말씀이세요! 윤아가 이 일과 무슨 상관이 있다고 이러세요. 조카로 인정하지 않으신다 해도 조카며느리로는 인정하셔야죠!"

이 말속엔 너무나 무서운 의미가 내포되어 있다는 것을 윤아도 대충 알고 있었지만, 차마 동의할 수 없어 그저 땅에 엎드려 울기만 했다.

상황이 이미 이렇게 된 걸 보니 왕 씨에게서는 별다른 해결책이 나올 것 같지 않았다. 화란과 여란은 방향을 바꿔 병세로 고생하고 있는 할머니와 아버지의 '상처받은 영혼'을 위로하러 갔다. 장가를 잘못 들어 가족이 불행해졌다는 사실에 성굉은 몹시 침울해하고 있었다.

윤아는 내무부에 가서 어머니 얼굴을 한 번만 보게 해달라고 간절히 애원했지만, 결과는…… 당연히 아무 소득도 없었다.

장오는 속으로 '관리라면 역시 이렇게 엄격하고 공정해야지.'라고 생각했다.

한바탕 대성통곡한 윤아는 일단 상의 차 아버지와 오라버니를 찾아갔다. 가 보니 요즘은 소 이랑이 안채에 들어앉아 있다는 사실을 알게 되었다. 아버지는 냉랭한 얼굴로 어머니 일은 언급도 하려 하지 않았다. 오라버니는 고통과 실의에 빠진 얼굴로 어찌할 바를 모르고 있었다. 올케가 가져온 혼수가 적지 않은 게 그나마 다행이었다. 어머니의 남은 혼수는 외할머니가 도로 가져갔지만, 강진의 봉록과 합치면 강씨 부자의 사이가 틀어진다 해도 오라버니가 자립할 정도는 되었다.

왕씨 집안에 가서 도움을 청하고 싶었지만, 외할머니가 병환으로 인사불성이 되어 외숙부는 침상을 지키느라 바빴고, 외숙모는 귀찮고 경멸스럽다는 태도로 대화를 회피하기 바빴다. 윤아는 하는 수 없이 불가능한 희망을 품고 성씨 집안을 찾아갔다.

성굉은 여전히 '침울함'에 빠져 있어서 윤아는 장백을 찾아갈 수밖에 없었다. 하지만 어떻게 도와 달라고 해야 할지 알 수 없었다. 어머니를 풀어 달라고 해야 하나? 아니면 어머니가 이성을 잃고 미친 짓을 저지른 걸 용서해 달라고 해야 하나? 그러나 자식인 그녀에게 무슨 선택의 여지가 있겠는가.

윤아는 마침 장백에게 사정하러 온 화란과 여란을 만났다. 둘은 이모가 관타나모인지 어딘지에 갇혀 있는 건 관심도 없었지만, 왕 씨가 너무 큰 벌을 받지 않기를 바라고 있었다. 결과는…… 이번엔 그래도 소득이 있었다.

그것은 바로 처음부터 끝까지 이어진 장백의 훈계. 어머니 처벌이 경감되기는커녕 화란과 여란은 앞으로 시댁에서 행동거지를 똑바로 하라며 경고까지 받았다. 덤으로 '성인의 말씀' 서너 개도 억지로 들어야만 했다.

자신의 친누이에게도 이럴진대 하물며 문제를 일으킨 장본인의 딸에게는 오죽하겠는가. 장백은 직설적으로 말했다.

"네가 오늘 이모님의 딸로 온 거라면 아무 말도 할 필요 없으니 그냥 돌아가라. 사촌 형수로서 온 거라면 우리는 여전히 한 가족이다."

윤아는 가슴 아프게 울었다. 그녀가 뭐라 대답하기도 전에 장백은 한마디 더 덧붙였다.

"이미 유양에 편지를 써서 큰당숙과 큰당숙모께 사정을 알렸다."

고개를 숙인 채 아내를 달래 주던 장오는 순간 멍해졌고, 윤아 역시 놀라 울음을 멈췄다.

집에 돌아와서야 두 부부는 장백이 한 말의 속뜻을 깨달았다.

경애하는 사촌 형수님, 내쫓기고 싶으십니까? 아들딸과 헤어지고 싶으십니까? 그게 아니라면 올바른 선택을 하십시오. 악행을 일삼고 이제는 빠져나올 수도 없는 형수의 어머니를 구하시겠습니까, 아니면 행복하고 단란한 가정을 지키시겠습니까?

"그래도 어쨌든 제 어머니잖아요!"

윤아는 슬프게 눈물을 흘렸다.

장오가 숙연하게 말했다.

"장모님이 그런 간악한 일을 저지를 때는 자식들까지 연루될 수 있다는 걸 생각하셨어야 하오."

그러고 나서 그는 엄정하게 자신의 입장을 분명히 밝혔다. 사위 된 도리로서는 당장 장모님을 구해야 하지만, 작은할머니는 자기 가족의 은인이라서 만약 당신이 계속 이 문제를 깨끗이 정리하지 못하면 결국 한 쪽을 포기할 수밖에 없다고 말이다.

이렇게 난장판인 채로 이틀이 지났다. 윤아는 두 눈이 다 말라 버릴 정도로 울어 이제는 눈물 한 방울도 나오지 않았다. 장백의 철벽같은 태도에 화란과 여란 자매는 어찌할 도리가 없었다. 왕 씨도 서서히 안정을 되찾으면서 현실을 받아들이기 시작했다.

그제야 두 자매는 명란이 생각났다.

그들의 머리 회전이 느려서가 아니었다. 해 씨가 사건을 설명하며 고의로 명란의 존재와 역할을 희석시켰기 때문이었다. 마치 제일선에서 계속 분투한 사람은 성굉 부자이고, 명란은 그저 옆에서 화만 내고 있었던 것처럼 말을 전한 것이다. 물론, 성굉은 노모가 독살을 당할 뻔했는데도 자신은 계속 구경꾼처럼 굴었다는 사실을 말하지 않았다. 방씨 어멈 등도 쓸데없는 말은 하지 않았다.

취병에게 말을 전해 들은 여란은 다른 가능성을 의심할 수 없었다. 여란이 들은 거라곤 그저 해 씨가 해 준 명란이 이상하리만큼 분노하며 강 부인을 뼈에 사무칠 정도로 미워한다는 말뿐이었다.

화란은 불안해지기 시작했다. 명란이 할머니를 얼마나 애틋하게 생각하는지 너무도 잘 알고 있었기 때문이다. 이 사달을 일으킨 원흉에 대한 증오가 뼈에 사무칠 정도라는데, 그 공범인 왕 씨에게는 또 어떻겠는가? 화란은 여란과 윤아를 데리고 녕원후부를 찾아갔다.

명란은 윤아를 보자마자 눈살을 찌푸렸다. 명란은 본래 상냥하고 착한 이 육촌 올케를 좋아했다. 마치 나쁜 대나무에서 좋은 죽순이 나온 경우 같다고 생각했다. 하지만 지금은 그녀를 보자마자 강 부인이 떠올라 분노가 가시지 않았다.

"우리는 예전부터 친하게 지내왔지요. 올케가 저를 찾아온 것은 환영해 마지않지만, 부디 올케 어머니 이야기만큼은 언급하지 말아 주세요."

명란의 서릿발 같은 표정을 보고 윤아는 눈물을 글썽이며 고개를 숙였다. 부끄러워서 아무 말도 할 수 없었다. 윤아는 어머니의 죄가 너무나 무겁다는 걸 잘 알고 있었다. 자식으로서 마땅히 해야 할 도리는 다했다. 나머지는 그녀도 어찌할 수 없는 부분이었다.

이번엔 여란이 다급하게 왕 씨의 이야기를 꺼냈다. 말끝마다 어머니에게 내려진 벌이 너무 무겁다며 하소연하자 명란이 코웃음을 쳤다.

"여란 언니, 큰오라버니를 찾아가서 말해. 어머니 처벌은 큰오라버니가 결정한 일이야. 아버지조차 군말 없으셨고."

그건 사실이었다.

장백 이야기가 나오자 순간 조용해졌던 여란은 다시 희망을 품고 부탁했다.

"아니면…… 매부더러 큰오라버니랑 한번 이야기해보라고 하는 건 어때? 녕원후는 지위가 높고 힘도 있으니 큰오라버니도 모른 척하기 힘들잖아."

명란은 잠시 망설이다가 말했다.

"먼저 할머니께 여쭤봐야지. 독 때문에 돌아가실 뻔하시고 생사의 고비를 헤맨 분은 결국 할머니시니까. 언니가 가서 여쭤봐. 당신을 이 지경으로 만든 어머니를 어떻게 생각하냐고."

여란이 품었던 희망의 불씨는 완전히 꺼져 버렸다. 그녀도 그럴 면목은 없었다.

그 말에 화란은 명란의 마음을 알아차렸다. 분명 왕 씨를 원망하고 있었지만 깊은 원한을 품을 정도는 아니었다. 이렇게 나오는 건 전부 할머니를 너무 아끼기 때문이었다.

이런, 다 틀렸구나. 결국 어머니는 고향으로 돌아가 잘못을 반성하며 지낼 수밖에 없겠어.

그리고, 솔직히 말하면 그녀 역시 속으로는 장백의 결정에 동의하고 있었다.

첫째, 어머니는 분명 잘못을 저질렀으니 벌을 받아 마땅하다. 그렇지 않으면 변고를 당한 할머니가 너무 억울했다. 둘째, 할머니와 어머니를 몇 년간 갈라놓아야만 나중에 다시 만나 눈물로 사죄할 때 그래도 과거의 응어리를 풀 가능성이 생긴다. 겉으로 웃으며 지낼 수 있을지언정 오랜 세월 쌓인 마음속 원한은 깊기 때문이다.

이런 이치를 깨달은 화란은 더는 구차하게 말하지 않았다. 그저 미소를 머금은 채 명란의 회임으로 관심을 돌려 여란도 대화에 끌어들였다. 함께 웃으며 일상적인 이야기를 나누면서 최대한 분위기를 좋게 만들려고 애썼다. 화란도 나이가 들어 연륜이 제법 쌓이고 나니 가족의 힘에 대해 좀 더 깊이 이해할 수 있었다. 이모의 그런 어리석고 정신 나간 짓 때문에 혈육 간에 불화가 생기고 가족이 뿔뿔이 흩어지게 놔둘 수는 없었다.

물론 대외적으로 이야기할 때에는 입을 맞춰야 하는 법. 그들은 '성 노대부인이 갑자기 몸져누워(어르신들 건강은 원래 단언하기 힘드니까) 며칠 동안 혼수상태로 깨어나지 못하자, 며느리인 왕 씨가 시어머니가 깨어날 수만 있다면 자신이 가묘에 가서 몇 년간 채식하며 불경을 읽겠다고 부처님께 울면서 맹세했다(이래야 사람들이 "아이고 진짜 착한 며느리네, 착한 며느리야"라고 할 것이다). 그 후 노대부인은 깨어났지만, 병이 깨끗이 낫지 않아 맏손자를 따라 은거하고 있다는 명의를 찾아갔다.'로 이야기를 맞추었다.

제203화

자녀의 일

또 며칠이 흐르고 왕 씨가 출발하는 날이 되었다. 어스름한 새벽녘, 장백이 어머니를 배웅하고 화란과 여란은 서로에게 기댄 채 눈물을 머금고 어머니와 작별했다. 왕 씨는 하도 울어서 목소리조차 나오지 않는데 장백이 또다시 '얼른 갔다가 얼른 돌아오시라'고 했다. 십 년이다, 십 년. 어떻게 얼른 갔다가 얼른 돌아오란 말이냐! 속에서 열불이 난 그녀는 이가 부러질 정도로 입을 앙다물었다.

그 후 성부는 두 며느리가 관리하게 되었다. 향 이랑은 성굉의 일상생활과 관련된 일을 도맡아 관리했는데 모든 일을 일사불란하게 처리했다. 매일같이 말다툼하던 사람이 사라지고 온순한 첩실들만 남아 있으니 조금은 쓸쓸했던지 성굉은 어느 날 장백에게 은근히 이렇게 말하기도 했다.

"네 어머니가 본성이 나쁜 사람은 아니다. 그간 나도 네 어머니한테 미안한 구석이 있구나."

해 씨가 마실 와서 무심코 이 이야기를 흘렸을 때 명란은 손수건으로 입을 가리고 웃다가 침상 위로 자빠졌다.

"할머님께선 점점 좋아지고 계세요. 요즘은 연못가를 반 바퀴 정도는 걸으시고, 식사도 반 공기는 드셔요. 서방님 말로는, 이대로라면 공무 보고를 마치는 대로 할머님을 모시고 임지에 갈 수 있을 거래요."

명란이 웃으며 말했다.

"이번에 아이들 셋도 다 데려가는 거죠?"

그 말에 해 씨의 눈이 반짝였다. 가장 기쁘게 생각하는 일이긴 했지만, 그녀는 괜히 아닌 척했다.

"서방님은 전이에게 글공부의 기본을 가르치고, 딸아이에게 법도를 가르치려고 해요. 그런데 글쎄…… 호호, 아버님이 아이를 키우면 애 버릇이 나빠질 거라고 하지 뭐예요."

명란은 농담하며 말했다.

"그쪽으론 누구도 오라버니를 따라갈 사람이 없잖아요. 오라버니는 어머니 배에서 나올 때부터 이미 노련함과 점잖음을 가지고 태어난 걸요!"

명란은 장백의 아이들이 안쓰러웠다. 그런 아버지 밑에서 자라면 어린 시절이 얼마나 슬플까. 돌아온 고정엽에게 이 이야기를 꺼냈더니, 이럴 수가, 남편의 생각은 전혀 딴판이었다. 그는 큼지막한 손으로 단이의 머리를 쓰다듬으며 말했다.

"전에 생각해봤는데, 우리 아들이 무예를 익히겠다고 한다면 내가 좋은 스승을 얼마든 찾아 줄 수 있으니 문제가 없다. 그런데 만약 학문에 뜻이 있다면…… 아무래도 형님께 보내야 한다고 생각했다."

명란은 대경실색했다.

"나리도 할 수 있잖아요!"

고정엽이 장백의 엄격함을 못 본 것도 아니지 않은가. 자신의 친어머니에게도 그리 매정한 사람이다. 손가락 하나 까딱하지 않고 질타만으로도 사람을 물에 빠져 죽고 싶게 만들지 않았나.

고정엽은 토실토실한 아들을 어깨에 들쳐 메더니 한숨을 내쉬며 말했다.

"내가 할 수 없으니, 다른 사람에게 부탁하는 게지."

"……."

가슴에 답답한 열기가 솟구쳐 그녀는 숨을 쉴 수 없었다. 하지만 이런 시기에 얼음으로 열을 식히는 건 조심해야 했다. 감싸고 있던 옷을 확 벗어젖히니 그나마 좀 살 것 같았다. 이렇게 답답한 열기는 회임 중인 임부에게도 견디기 힘들지만 막 출산한 산부에겐 더욱더 힘든 것이었다.

• • •

구월 초, 심청평이 드디어 아이를 낳았다. 꼬박 하루 밤낮을 힘겹게 진통하고 딸아이를 낳았는데 하마터면 목숨이 위험할 뻔했단다. 찾아가기 여의찮았던 명란 대신 정 부인이 찾아와서 붉은 실을 동여맨, 복을 비는 부적 하나를 선물로 건넸다.

"며칠 전 광제사에서 구해 와 순산을 기원하며 동서에게 줬던 겁니다. 나중에 들으니 부인도 회임하셨다기에 하나 더 구해 왔어요."

정 부인은 지친 표정으로 힘없이 말했다.

"하지만 몸에 지니고 다니지 않아도 됩니다. 제가 보기에 그다지 효험이 있는 것 같진 않습니다."

"아니 그게 무슨 말씀이십니까?"

정 부인은 한숨을 쉬며 말했다.

"이번에 동서의 진통이 너무 심했어요. 태의 말로는 그게 병이 돼서 다시 아이 갖기는 힘들 거랍니다. 휴…… 아직 젊은 나이에 이를 어쩌면 좋습니까?"

명란은 한참을 가만히 있다가 정 부인을 위로했다.

"부인께서 늘 저를 따뜻하게 대해주셨지요. 오늘 제가 주제넘은 말씀을 드려도 너그러이 용서해주세요. 어쩌면 이 부적이 부인의 동서를 살린 건지도 모릅니다."

불심이 깊은 정 부인이 한숨을 쉬었다.

"아닙니다. 그저 그런 액운을 당할 명이었던 게지요."

그녀는 두 손을 합장하며 나지막이 말했다.

"동서는 어릴 적에 부모와의 연이 얕아 오라버니 내외 밑에서 컸습니다. 지금은 그저 부처님의 가호로 동서의 아이가 행복하고 평화롭게 살기기만을 빌고 있어요."

이렇게 고상한 인격을 가진 너그럽고 인자한 사람을 만나니 오히려 어떻게 위로해야 할지 감이 잡히지 않았다. 잠시 머쓱하게 있던 명란은 그냥 단이를 데려와 푹신한 평상 위에 올려놓고 S자 개구리 걸음을 보여 주었다.

아직 중심을 잘 잡지 못하는 단이는 아장거리며 몇 걸음 걷다가 엎어지곤 했다. 엎어질 때마다 부아를 내며 포동포동한 손으로 힘껏 평상을 내리치고, 다시 일어나 휘청거리며 계속 발걸음을 옮기는데, 그 모습이 귀여웠던지 정 부인이 활짝 웃으며 단이를 껴안고 격하게 입을 맞췄다. 평소 근엄하고 엄숙한 성격의 그녀에게서 좀처럼 보기 힘든 모습이었다.

정 부인을 배웅하고 돌아서서 명란은 지금 회임한 것이 참 다행이라고 생각했다. 그렇지 않았다면 심청평을 보러 가서 무슨 말을 해야 하나 고민했을 것이다.

명란은 부채질을 하며 탄식했다. 난 아직도 수행이 부족하구나.

푹푹 찌는 더위에 용이와 한이는 일찍 여름 방학에 들어갔다. 이 기간에는 열흘 중에 하루 이틀만 학당에 가면 되기 때문에, 명란은 이 기간을 이용해 용이와 한이에게 집안일을 가르쳤다. 도도하게 굴 줄만 알지 살림은 전혀 모르는 제2, 제3의 고정찬을 만들지 않기 위해서였다.

고방에서 몇 년 된 장부 중에 양곡 구매 내역이 적힌 것 서너 권을 골랐다. 두 아이에게 바꿔 보되 내용은 상의하지 말고 십여 일 후에 명란 앞에 와서 검토한 결과를 말하도록 했다. 한이는 틀린 곳을 다섯 군데 발견했고, 용이는 열여덟 곳을 찾아냈다.

명란은 부채를 좌우로 흔들면서 두 아이를 한껏 격려해주었다.

용이가 먼저 틀린 부분 열여덟 곳을 하나하나 지적하며 말했다.

"……장원에서 양곡을 보내오기 때문에 부에서는 매년 두세 차례 정도만 밖에 나가 양곡을 사 왔어요. 그런데 이 장부에 적힌 걸 보면 매번 그 전보다 양곡 값이 비싸졌어요. 봄과 여름의 양곡 값이 차이가 나는 건 정상이라 치더라도, 몇 년 치를 대조해보면 같은 달인데도 매번 전년보다 값이 비싸졌어요. 분명 이상한 구석이 있습니다!"

말을 하면 할수록 흥분하는 모습이 마치 장부에 장난을 친 하인들을 잡아다 한 대씩 패고 싶어하는 것 같았다.

그 뒤를 이어 한이가 옅게 미소 지으며 말했다.

"전 살림을 너무 엄격하게 하면 안 된다고 생각해요. 사소한 잘못을 모두 벌하고, 은자 몇 냥 비는 것까지 잡는다면 소탐대실이 될까 염려됩니다. 하지만……."

아이가 얼굴을 붉혔다.

"덧붙인 기록을 비교하니 몇 년간 '수해로 양곡 값이 비쌈'이라고 되어 있었어요. '수해를 입으면 삼 년간 고생한다'고 하는데, 양곡 값이 비쌌던 건 이 연유 때문이 아닐까 해요."

그러자 용이가 즉시 얼굴을 붉히며 말했다.

"저…… 저도 그건 보았지만, 곳곳에 어렵다는 말이 쓰여 있는 게 핑계 같아서 거짓이라고 생각했어요……."

"증거는 찾았느냐?"

명란이 미소 지으며 물었다.

두 아이는 일제히 고개를 저었다. 몇십 년 전 일인데 어떻게 증거를 찾을 수 있으랴.

"그래, 좋다. 너희에게 며칠을 더 주겠다. 뭔가를 더 찾을 수 있는지 한번 보자꾸나."

용이와 한이는 서로 얼굴을 쳐다보며 어찌할 바 몰라 하다가 마지못해 문을 나섰다. 그로부터 십여 일이 지난 후 두 아이는 신바람이 나서 명란을 찾아왔다.

한이가 이마에 반짝이는 땀방울을 채 닦기도 전에 입을 열었다.

"후원을 청소하는 나이 지긋한 어멈을 찾았는데, 그 어멈 집이 경기 주변에서 농사를 지었대요. 어멈 말이 삼십팔 년 전쯤에는 날씨가 좋아서 어릴 때부터 찐빵을 먹을 정도로 풍족했는데, 서른 몇 살쯤 됐을 때 재해가 나는 바람에 자식들과 함께 부로 팔려 왔다고 했어요."

용이도 만면에 흥분을 감추지 못한 채 말했다.

"설 스승님에게서 빌려 온 서책을 보면 몇 해 동안 기후가 매우 좋아 백성들이 풍족했지만, 무 황제가 군사를 일으키느라 군량미를 급히 징수하는 바람에 경기 주변의 양곡 값이 전부 껑충 뛰었대요. 하지만 이듬해 무 황제가 대승을 거두고 돌아오자 양곡 값이 다시 이전 수준으로 돌아갔다고 쓰여 있었어요."

명란이 웃으며 아이들을 앉히고는 소도에게 차를 따르게 했다.

"그러니까 이 해의 양곡 값이 전년보다 높은 것은 당연해요."

한이가 튀김 껍질처럼 곧 다 떨어질 것만 같은 낡은 장부를 펼치며 말했다.

"하지만 그다음 몇 해 동안은 분명 천하가 태평하고 농사가 풍년이었는데도 매년 양곡 값이 올랐으니 확실히 잘못됐어요."

용이는 차를 마시다 혀를 델 뻔하는 바람에 더듬으며 말했다.

"저희 생각에는 이, 이 양곡 구매를 맡은 관사가 처음엔 성실했지만, 주인의 신임을 얻고부터는 점차 거리낌 없이 행동한 게 아닌가 해요."

두 아이의 결론은 이러했다. 아무리 오래된 고참 일꾼일지라도 주인이 수시로 감독해야 한다. 그렇지 않으면 좀벌레 짓을 하기 십상이다.

명란은 이 답안을 매우 칭찬하며 연신 손뼉을 쳤다.

"너희들이 이제 철이 들었구나, 예전의 철부지들이 아니야. 좋다, 아주 잘했어!"

칭찬에 기분이 좋아진 두 소녀는 얼굴을 붉히며 고개를 숙였다. 스스로가 자랑스럽고 뿌듯했다.

명란은 소도에게 미리 준비해 둔 비녀 두 개를 내오라 하여 두 아이에게 마음에 드는 것을 고르게 했다. 하나는 늘어진 큰 진주 몇 개가 달린, 순금에 붉은 홍옥이 들어간 것으로, 잘그랑 소리를 내며 반짝반짝 빛났다. 다른 하나는 전체가 백옥으로 되어 있어 곱고 따스한 빛깔을 띠고, 비녀 머리 부분에 손가락 크기의 푸른색 취옥을 끼워 넣어 비취색으로 반짝이는 것이었다.

두 보물에 방 안이 순식간에 환해졌다. 두 소녀는 깜짝 놀라 우두커니 서 있었다.

명란은 전에도 자주 두 아이에게 귀걸이나 반지 같은 작은 장신구들을 주었다. 대부분 여자아이가 평소에 편하게 하고 다닐 수 있는 것들이었다. 하지만 이번에 내놓은 두 비녀는 정말 진귀한 물건이었다.

한이가 먼저 정신을 차리고 재빨리 용이에게 먼저 고르라고 했다. 용이는 얼굴이 빨개져서 죽어도 못하겠다고 했다. 명란이 따뜻한 말로 한참을 권하자 그제야 쭈뼛쭈뼛 앞으로 나왔지만 또 한 번 서로 미루며 양보했다. 결국은 한이가 백옥과 취옥으로 된 것을 고르고, 용이가 순금과 홍옥으로 된 것을 가져갔다. 그날 저녁 두 소녀는 명란의 거처에서 식사를 하고 과실주도 조금 마셨다. 둘은 붉어진 얼굴로 상을 손에 들고는 가벼운 발걸음으로 각자의 처소로 돌아갔다.

소 씨는 백옥 비녀를 보자마자 깜짝 놀라며 등불에 대고 자세히 비춰 보더니 중얼거렸다.

"……이건 아주 진귀한 물건이로구나."

남편의 유산 중에도 그것과 견줄 만한 것은 드물었다.

한이가 빙그레 웃으며 말했다.

"작은어머니가 저희 둘 다 착하고 공부도 열심히 하고 아주 똑똑한 아이들이라고 하셨어요."

한이의 말엔 '이건 제 능력으로 얻어낸 거예요.'라는 자부심이 담겨 있었다.

소 씨가 한동안 망설이다 말했다.

"네 작은어머니가 용이에게 혼처를 찾아 주려나 보다……. 하긴, 이제

아가씨가 다 됐잖니. 용이한테만 줄 수 없으니 너한테도 준 거겠지."

한이는 뜨겁게 달아오른 얼굴을 두 손으로 받치고 한동안 멍하니 있다가 큰 소리로 말했다.

"아이고, 어머니, 또 시작이신 거예요? 맨날 말도 안 되는 생각만 하신다니까!"

소 씨가 딸을 껴안고 부드럽게 말했다.

"아가야, 넌 모른다, 넌 몰라. 예전에 네 아버지가 둘째 숙부한테…… 잘하지 못했단다. 네 아버지가 떠나기 전에는 둘째 숙부가 화풀이하지는 않을까 그저 그 걱정뿐이었어."

"제가 볼 때 둘째 숙부는 참 좋으신 분이에요."

한이가 어머니의 품에 안겨 말했다.

소 씨는 딸의 자그마한 코를 톡 건드리고는 웃으며 말했다.

"밥 한 끼 얻어먹었을 뿐인데 둘째 숙부가 좋다는 생각하게 된 게야?"

"오늘 저녁때 둘째 숙부는 안 계셨어요. 정 장군부로 만월주 드시러 가셨거든요."

소 씨가 고개를 저으며 말했다.

"속으로는 아직도 네 아버지를 원망하고 있을지 누가 알겠느냐. 그래도 네 작은어머니는 인정이 참 많은 편이지……."

모녀는 잠시 서로 껴안고 있었다. 한이가 고개를 들고 말했다.

"어머니, 작은어머니가 정말 용이의 혼처를 찾아 주시려는 걸까요?"

한이는 매우 아쉬웠다. 용이가 만약 시집을 간다면 혼자 남게 된다.

소 씨가 웃으며 말했다.

"그걸 누가 알겠니? 어미는 원래 식견이랄 게 없는 사람이니 잘못 추측했을 수도 있지. 공연한 생각일지도 모르겠구나."

하지만 이번엔 소 씨의 예상이 적중했다.

진시辰時를 알리는 딱따기 소리가 울리기 시작할 무렵, 고정엽이 옅은 술 냄새를 풍기며 돌아왔다. 밖에서 무슨 자극을 받았는지 명란의 배에 대고 횡설수설 떠들기 시작했다.

"……그 집 딸이 생긴 건 그런대로 괜찮은데 좀 약하더구나. 눈도 못 뜨지 뭐냐. 우리 아들은 한 달 됐을 때 잔칫상에 앉은 거친 무식쟁이들 앞에서도 하나도 떨지 않았는데 말이야. 무서워하기는커녕 경 장군을 할퀴기까지 했지. 하하……."

고정엽은 명란의 배에 손을 얹고 숨을 거칠게 쉬며 웃었다.

"이번엔 딸로 낳자꾸나. 하얗고, 아담하게, 눈도 크고, 입가엔 보조개도 한 쌍 있고……."

그는 손가락으로 명란의 보조개를 만지작거리며 말했다.

"영리하고 예쁘게 말이야. 그 아이처럼 한번 울었다 하면 멈출 줄 몰라도 안 되고…… 그렇다고 또 너무 얌전해도 안 되고……."

그가 하는 황당한 소리를 한참 듣던 명란은 속으로 눈을 희번덕거렸다. 얼빠진 아버지가 딸의 모습을 상상해보는 것은 알겠는데, 이게 무슨 쇼핑몰에서 쇼핑하는 것쯤으로 착각하는 건가 싶었다. 요구사항은 또 어찌나 구체적이고 폭넓으신지.

"……나중에 사위를 잘 골라야겠다. 장수라면 삼군三軍을 이끌 만큼 용맹해야겠지. 학문하는 사람이면……."

학문에 조예가 부족한 고정엽은 '재능이 비범해야 한다'는 말만 하기엔 뭔가 아쉬운 것 같아 망설이다 결국 부학근이 호방하게 내뱉었던 말을 떠올렸다.

“삼원급제三元及第[1] 정도는 돼야지! 그게 아니면 우리 딸을 데려가는 건 꿈도 못 꿀 것이야!”

명란은 하마터면 마시던 차를 뿜을 뻔했다. 그녀는 한 손으로 탁자를 치고 다른 한 손으로는 그의 귀를 잡아당기며 말했다.

“꿈 깨요, 아기 아버님. 건국 이후부터 지금까지 삼원급제는 통틀어서 두 번(그것도 모두 중년) 있었다고요. 그러다 어느 세월에 시집보내시려고요!”

고정엽은 귀를 문지르며 호탕하게 웃었다.

“그럼 탐화까지! 장원, 방안, 탐화[2] 정도라면…… 받아 줄 수 있지.”

“딸이 아니면요?”

말릴 힘도 없어진 명란이 말했다.

“아니면 안 예쁘거나, 아예 추녀라면요?”

“그럴 리가 있느냐?”

“왜 그럴 리가 없어요? 단 부인은 고우시잖아요. 그런데 그 둘째 딸은…… 흠흠…….”

단씨 부부는 둘 다 단정한 외모를 가졌다. 그런데 그 딸이 안 좋은 것만 골라 닮아 태어날 줄 누가 알았겠는가.

그 말에 고정엽은 술이 확 깰 것만 같았다. 그럴 리가, 안 돼!

“이제 그만하시고, 진지하게 이야기 좀 해요……. 원래 지금 말하려던 건 아닌데, 기왕 나리가 말을 꺼냈으니 그냥 말씀드릴게요.”

---

1) 향시·회시·전시의 1등 합격자.

2) 각각 1등, 2등, 3등 합격자.

명란은 그를 세차게 흔들었다.

"아직 태어나지도 않은 작은딸 걱정은 일단 미뤄두고 큰딸 걱정부터 하세요."

"……용이 말이냐?"

한참이 지나고 나서야 고정엽이 말했다.

"이제 고작 몇 살이나 됐다고."

"올해 열한 살이고 내년이면 열두 살이에요."

명란은 속으로 생각했다. 방금 당신이 시집 타령한 '하얗고, 아담하고, 눈 큰 딸'은 몇 살이라고 그러셨대요?

고정엽은 한동안 어리둥절해 있다가 입을 열었다.

"그래도…… 너무 빠르지 않느냐?"

"빠르긴 뭐가 빨라요? 나리는 사위가 무슨 뒤뜰에 심어 놓은 채소처럼 원할 때 막 뽑아 먹을 수 있는 줄 아세요?"

명란이 투덜거렸다.

"좋은 사돈을 찾는 건 힘든 일이에요. 몇 년 가지고 되겠어요?"

그녀는 마치 중매쟁이 같은 얼굴로 손가락을 꼽았다.

"지금부터 물색해도 몇 년 후에나 정해질 거예요. 거기다 혼수 준비하고, 육례도 치러야 해요. 이것도 가까운 곳으로 시집가야 이 정도죠. 만약 먼 곳으로 가게 된다면, 시댁이 어떤지 우선 한번 보러 가기도 해야 하고……."

특히 용이의 출신이 애매한 것이 문제다. 계집종이 낳은 딸이라면 차라리 간단했을 텐데, 이러지도 저러지도 못하는 처지니 적절한 혼처를 찾기가 더욱 어려운 상황이었다.

"……용이를 참 많이 생각해주는구나. 내가 너보다 한참 부족해."

고정엽은 진실하게 자신의 속마음을 털어놨다.

명란이 나지막이 말했다.

"할머니 몸속에 맹독이 들어갔을 때도 전 이모님 딸을 어찌해야겠다는 생각은 한 번도 하지 않았어요."

이제 기억나는 법조문은 쥐꼬리만큼도 안 되지만, 책임 전가가 법 정신에 위배되는 행위란 건 알고 있었다.

"그럼 이 일은 어떻게 하면 좋겠습니까? 하명하십시오."

고정엽이 공수하며 온화한 미소를 지었다.

명란은 갑자기 기운이 솟았다. 회임 기간에는 보통 너무 무료해서 좀이 쑤실 정도다.

그녀는 침상 옆에서 종이 몇 장을 꺼내 정신을 가다듬고 읽었다.

"어려울 것도 없어요. 동료 집에 가서 술을 드실 때, 연무장에서 무예를 겨루실 때, 지형 모형을 두고 포진 연습하실 때 친지 가운데 전도유망한 젊은이가 있다는 소문은 없는지 유심히 들으시면 돼요."

그러고는 적어 놓은 것들을 재빠르게 읽어 내려갔다.

"날렵한 칼 솜씨로 마대 베듯 사람을 죽이고 얼굴색 하나 변하지 않는 그런 사람은 절대 안 돼요! 칼을 쓸 때 쓰고, 거둘 때 거둘 수 있으면서 스스로 삼가지 않으면 후회할 일이 생긴다는 걸 아는 사람이거나, 차라리 아예 무예를 모르는 사람이 좋아요. 어중간하게 익힌 자들은 나중에 아내를 때리기 시작하면 힘 조절도 못 할 거예요!"

"몸은 꼭 건강해야 해요. 젊어서 과부 되면 안 되니까. 소처럼 너무 우람하지만 않으면 돼요. 그러니 몸도 많이 살펴보고, 골격도 만져 보고, 집안 어르신들이 장수했는지도 물어보세요."

"가문은 적당한 가문이 좋아요. 너무 높으면 시집가서 고생하고, 너무

낮으면 좀 억울하잖아요. 구체적으로 어느 정도 지위의 가문이 좋을지는 나리가 알아서 결정하세요. 전략만 잘 짜면 성사시키는 건 문제 없으니까."

"식구는 단출한 게 가장 좋지만, 식구가 많다면 반드시 가풍이 좋은 집이어야 해요. 가족이 화목해야 해요. 한 가족이 모여서 살아가는 데 가장 중요한 게 화목이니까."

"선비는 특히 더 정확히 알아봐야 해요. 의를 중시하는 사람 대부분은 비천한 일을 하는 일반 백성이고, 양심과 의리를 저버리는 자들은 대부분 글깨나 읽었다는 선비들이죠. 공손하고 겸손해 보이는 모습 뒤에 나쁜 마음을 품고 있을지 누가 알아요? 이름 좀 얻었다고 안하무인으로 우쭐대는 게 제일 가증스러운 일이죠! 흠흠, 나리는 모르겠지만, 원래 저한테 아주 지독한 육촌 형부가 있었는데……. 아니, 그 이야기는 안 할게요!"

"고방에 죽엽청 두 단지가 있는데, 유정걸 대인이 그런 걸 좋아하지 않나요? 나중에 선물로 보내면서 자세히 알아봐달라고 하세요. 거짓으로 혼인한 진세미陳世美[3]처럼 집에 숨겨 둔 조강지처가 있는 사람은 안 되고요……."

"아직 더 남았느냐?"

고정엽이 화색이 돌면서 어딘지 흥분한 듯한 명란을 바라보며 물었다.

"에헴, 아직이요. 대략 세 가지 큰 항목에 아홉 개 세부사항이 남았어요."

---

3) 희곡『찰미안鍘美案』에서 장원 급제 후 조강지처를 버리고 부마가 되었다가 포청천에게 죽임을 당한 인물.

고정엽이 아주 재미있다는 듯 말했다.

"천천히 하거라. 먼저 차부터 한 모금 하겠느냐?"

명란은 찻잔을 밀어내고 낭랑하고 힘 있는 소리로 말했다.

"정찬 아가씨처럼 자기가 대단한 사람인 줄 알고 방심하고 있으면 안 돼요. 교만함과 성급함은 경계해야죠! 세상사 어떻게 될지 모르는데 혼례를 올리기 전까진 아무것도 장담할 수 없어요. 다방면으로 알아보면서 사윗감을 많이 물색해보고, 이 사람이 아니다 싶으면 바로 다른 사람으로 대체할 수 있어야 해요. 집안 가풍, 시부모와 동서들, 인품과 재능. 그 어느 것도 단시일에 파악할 수 없는 것들이에요. 그러니 일찌감치 계획을 세워야죠! 딸을 시집보낼 때 첫째부터 실수하면 그 밑의 아이들도 잘 가기 힘들어요. 첫 전투에서 승리해야 그 기세를 몰아 백전백승할 수 있어요!"

"……."

고정엽은 그저 말을 잃었다.

제204화

배웅하는 날

가을바람이 불기 시작하고, 제철을 맞아 게가 한껏 물이 올랐다. 예전 이맘때면 명란은 식초 종지를 손에 들고 게가 쪄지길 기다리곤 했지만, 회임 중인 지금은 당연히 금지된 일이었다. 최씨 어멈이 굳은 표정으로 말했다.

"게는 찬 성질의 음식이니 드시면 안 됩니다."

명란은 우울할 수밖에 없었다.

"……이 세상의 맛있는 것들은 전부 찬 것 아니면 뜨거운 것이네. 그게 아니면 말리거나 눅눅한 것들이고. 어멈이 먹어도 된다고 하는 것은 다 고무를 씹는 기분일세. 인제 보니 하늘이 만물을 만드신 건 일부러 사람을 힘들게 하려고 그런가 보군."

최씨 어멈은 인내하며 그녀를 달랬다.

"이렇게 식탐이 넘치셔서야, 원. 배 속의 아드님이 들으면 나중에 원망하실 테니 말조심하십시오!"

고정엽과 달리, 최씨 어멈은 처음부터 명란 배 속의 아이가 사내아이라 확신했다.

하지만 그게 어디 그렇게 쉬운 일인가! 고소한 냄새를 풍기는, 살이 꽉 찬 게살을 떠올리니 고양이 한 마리가 배 속을 긁는 것만 같았다. 명란이 단이를 가졌을 때는 고 태부인이 호시탐탐 기회를 노리고 있어서 뭐 하나 마음대로 먹을 수 없었고 밤낮으로 무슨 일이 생길까 전전긍긍했지만, 그렇게 힘들다고 느끼진 않았다.

명란이 힘들어하는 걸 본 고정엽은 아예 후부 전체에 게 금지령을 내렸다. 명란이 조금이라도 게 냄새 맡아서 게걸이 든다면 손발을 묶어 찜통에 쪄 버리겠다고 경고했다.

그 말에 명란은 구들 위를 데굴데굴 구르며 웃었다. 어머니가 데굴거리는 모습이 재미있었는지 단이가 오동통한 손을 벌리며 어머니에게 돌진하려 했다. 달려가는 단이를 고정엽이 붙들어 등에 업고 손을 놓자 단이는 낑낑대며 등을 기어올랐다.

고정엽이 '게 집게발 살이라도 조금 먹겠느냐?'라고 말하는 찰나 마침 찜 그릇을 들고 들어오던 최씨 어멈이 그 말을 들었다. 그는 얼른 뒷말을 덧붙였다.

"물론 안 먹는 게 제일 좋지."

남편의 이런 모습이 기쁘기도 하고 귀엽기도 해서 명란은 아무도 없는 틈에 그의 목을 끌어안고 힘껏 입을 맞췄다. 그 모습을 본 단이가 자기도 따라 하고 싶었는지 아버지의 품에 파고들어 한쪽 볼을 침 범벅으로 만들었다.

고정엽은 얼굴을 닦으며 나무랐다.

"이 녀석, 이런 것도 제대로 못 하느냐!"

그는 아들을 잡아떼내어 작은 얼굴에 뽀뽀를 몇 번 해주며 시범을 보였다. 하지만 안타깝게도 아비의 취지를 이해하지 못한 단이는, 그저 해

맑은 모습으로 전보다 더 힘을 주어 쌀알만 한 이로 아비의 볼을 깨물어 울퉁불퉁한 잇자국을 냈다. 그러고는 아버지와 어머니를 보면서 손뼉을 치며 까르르 웃었다.

그 모습을 보고 참지 못한 명란이 구들 가장자리에 엎드려 미친 듯이 키득거렸다.

고정엽은 화가 나기도 하고 우습기도 해서 아들의 엉덩이를 가볍게 두드리며 눈을 부릅떴다.

"웃고만 있다니! 어미로서 너도 뭐라 말 좀 하거라."

그러자 명란이 웃으며 말했다.

"이 아이는 왜 이렇게 미련할까요?"

고정엽은 떨떠름해져서 말했다.

"좀 좋게 말할 수 없느냐?"

명란이 즉시 받아쳤다.

"나리 아들이 치아는 참 튼튼하네요. 이렇게 두꺼운 살가죽을 가진 아버지도 물어뜯다니요."

• • •

날이 점점 서늘해지기 시작했다. 비록 게는 못 먹지만, 그래도 명란의 일상은 서서히 평안을 되찾고 있었다. 천고마비의 계절은 나들이 가기 딱 좋은 시기이다. 시월 상순에 고정엽과 명란은 다섯째 숙부를 배웅하러 나섰다.

다섯째 숙부는 기세 좋게 고시 한 수를 읊고는 천행주踐行酒[1] 반 단지를 땅에 부었다. 그는 이번에 서원에 가서 반드시 뭔가를 이루겠다는 결의에 차 있었다. 그와 다르게 다섯째 숙모는 눈가도 벌겋게 충혈된 채 힘없는 모습을 하고 있었다.

나중에 고정훤의 부인이 명란에게 말해주었다. 그녀 딸의 유모의 셋째 아들이 다섯째 숙부댁에서 하인으로 일하는 처제에게서 들었는데, 다섯째 숙모가 경성 떠나는 걸 한사코 반대했지만 다섯째 숙부가 결단코 가야 한다고 했다고 한다. 다섯째 숙모가 울며불며 차라리 죽겠다고 말하자 다섯째 숙부는 벌컥 화내며 이렇게 말했단다.

"관에 실려 가는 한이 있어도 꼭 가야 하오!"

고정양이 죽은 후로 고정적 부부는 다섯째 숙모에게 깊은 불만을 품었다. 명란은 이 소식도 그들이 암암리에 퍼뜨린 게 아닌가 의심했다.

송별 장면은 기쁨으로 가득했다. 특히 기쁜 표정을 감추지 못한 사람은 넷째 숙모였다. 그녀는 명란에게 무척 상냥하게 굴며 자신의 집에 가서 차를 마시자고 권했다. 거절하기도 그렇고 집에 가는 방향이라서 명란은 그녀를 따라갔다.

명란이 보는 앞에서 넷째 숙모는 유 이랑에게 차를 따르게 하고 물시중을 들게 하고 부채질을 시키면서 거드름을 피웠다. 고정훤의 부인은 옆에서 쓴웃음만 짓고 있을 뿐 말리지는 않았다.

유 이랑은 한창때의 아름다움을 잃은 지 오래되어 나이든 티를 숨길 수 없었다. 그녀가 몇 마디 투덜대자 넷째 숙모가 말했다.

---

1) 어떤 행동을 시작하기 전 마시는 술.

"여기서 시중드는 게 싫으면 서북으로 가게. 정병이도 혼자 외로울 텐데 보살펴줄 사람이 있으면 좋겠지."

유 이랑은 아무리 넷째 숙모의 시중을 드는 게 힘들어도 서북 지방의 혹한보다는 낫다고 생각했다. 그런 곳에 가서 고생하며 여생을 보내고 싶지는 않았다. 그런 까닭에 넷째 숙모의 말에 대꾸할 엄두는 못 내고, 괜히 명란에게 자기 아들을 잘 돌봐 달라고 고정엽에게 말을 넣어 달라 애원했다.

명란은 입꼬리를 실룩거렸다. 엄한 사람에게 함부로 덤터기 씌우면 안 된다는 뜻에서 그녀에게 삼 일간 여언홍의 무덤에 다녀올 것을 권하고 싶었다.

중순으로 접어들자 이부에서 일제히 모든 관원의 근무 평가와 임면을 실시했다. 외숙부는 역시나 강남으로 발령이 나서 온 가족이 제일 먼저 경성을 떠나게 되었다. 성굉과 장백 부자가 그들을 전송하러 갔다. 화란도 여란과 함께 전송하러 갈 생각이었는데 생전 처음으로 되레 여란에게 설득당했다.

"어머니가 뭐라고 하셨어. 외할머니는 이모의 목숨만 살릴 수 있다면 어머니를 관아에 세우는 것도 마다 않겠다 하셨다잖아! 흥, 이모가 악독한 짓을 한 게 명백한데도 말이야. 할머니를 해하려 한 데다 또 그 죄를 어머니께 뒤집어씌우려 했고. 그런데도 우리가 전송하러 나가야 해? 아버지와 오라버니는 예의상 간다지만, 우리는 출가한 몸인데 뭐 하러 가? 외할머니는 시비도 분간 못 하고, 성씨 집안 체면은 신경도 안 쓰시는데 우리가 싱글거리면서 전송하러 가면 어머니가 너무 억울하잖아! 진짜 배알도 없는 사람으로 보이고 싶어?"

멀쩡했던 친정 가족이 뿔뿔이 흩어져 화란도 화가 났다. 외할머니가 집안의 큰 어른이긴 하지만 왕 씨는 친어머니이다. 더구나 이미 벌을 받고 있지 않은가. 결국, 두 자매는 배웅 가지 않았다.

이날 가장 신기했던 것은 묵란의 행차였다.

노대부인이 갑자기 병이 나서 왕 씨가 시어머니의 건강을 위해 기도드리러 고향에 갔다는 말로 외부 사람은 속일 수 있었다. 그러나 왕 씨의 천성을 잘 알고 있던 묵란은 몹시 이상하다고 생각했다. 게다가 장백이 노대부인을 모시고 임지로 갈 거란 이야기까지 들리자 그녀는 단박에 친정에 무슨 일이 생겼다는 걸 눈치챘다.

그러나 어디에서도 어떻게 된 영문인지 알아낼 수 없었다. 장풍은 아무것도 모르고(그는 정말로 내막을 잘 모른다), 류 씨는 살살 잘 피해 가고, 다른 자매들한테는 물어볼 필요도 없었다.

마음이 조급해진 묵란은 주변 사람을 시켜 성부에서 일하는 하인을 매수해 정황을 파악하는 수밖에 없었다. 거의 한 달 정도를 알아보다가 결국 노대부인이 갑자기 병이 난 그날 명란이 호위를 세워 성부를 둘러싸고 몇 사람을 잡아들여 고문했다는 걸 알아냈다(장풍은 비명을 들었지만 누군지는 모르고 있었다). 그리고 왕 씨 측근인 전씨 어멈이 외부와 결탁하여 주인집의 재산을 노려 노대부인이 그 충격에 병이 났고, 이 일로 성굉과 명란이 크게 분노하여 즉시 성부의 문을 걸어 닫고 조사에 들어갔다는 이야기를 들었다.

그밖에 강 부인이 최근 중병에 걸려 장원으로 요양을 갔다는데, 그게 대체 어디인지 알 길이 없었다. 그녀의 심복들도 대부분 시중을 들러 갔다 한다. 강 부인과 심복들이 이렇게 소리 소문 없이 사라진 것이다.

여러 가지 상황을 종합해 본 묵란은 분명 뭔가 내막이 있을 거라고 확신했지만 거기까지였다. 아무리 조사해도 더 이상 알아낼 수 없었다.

이날도 왕씨 집안사람들을 배웅하면서 외숙모 주변 사람들에게 뭐라도 건져 보려 했지만, 아무것도 알아내지 못했다. 묵란은 하는 수 없이 효녀 노릇을 하며 성굉과 성부까지 동행했다. 성부에 도착한 후 성굉과 함께 서재로 가서 빙빙 돌려 물었다.

"……아버지, 하인들 말을 들으니 할머니가 아프셨던 날 명란이가 갑자기 후부 호위대로 저택을 포위했다고 하던데, 무슨 일이 있었나요?"

성굉은 한숨을 쉬더니 모범 답안을 읊었다.

"집 안에 도둑이 있었다. 외부와 결탁하여 집안 재산을 빼돌렸단다. 그 탓에 네 할머니가 크게 놀라셨지. 도둑이 증거를 인멸하고 달아날까 봐 아예 집을 포위했던 게다."

묵란은 답답해서 피를 토하고 싶은 심정이었다. 이런 대답을 내놓다니. 그녀는 입술을 깨물며 말했다.

"제가 또 들었는데 명란이가 부리는 사람이 집에서 고문했다고 하던데 그건……."

"그래, 평화로운 방법은 아니지만 도둑을 심문해야 네 할머니를 안심시켜 드릴 수 있으니 그런 건 신경 쓸 겨를이 없었다."

묵란은 성굉을 여러 번 떠봐도 소용없자 다급해졌다.

"아버지, 집안 도둑 하나 잡는데 굳이 후부 호위까지 동원할 필요는 없잖아요. 우리 집안 가정으로도 충분했을 텐데요. 명란이 행동은 정말……. 그리고 이모도……."

순간 성굉은 묵란의 의도를 눈치채고 차가운 눈빛을 쏘며 말했다.

"대체 뭘 묻고 싶은 것이냐? 집안에 도둑이 들어 네 할머니가 너무 놀라셨다. 이 아비와 명란이는 다급하게 내부의 범인을 찾아야 했고, 그 와중에 적절치 못한 행동이 조금 있었던 것뿐이야. 너는 대체 뭘 알고 싶은 게냐?"

묵란은 아버지의 눈빛을 보고 순간 움츠러들었지만, 다시 용기를 내어 눈물을 머금고 말했다.

"아버지, 이번 일은 분명 무언가 내막이 있어요. 외부 사람은 모르지만, 딸인 제가 어떻게 모를 수 있겠어요? 언니와 동생들은 다 아는데 저만 모른다고요. 집안 누구도 제게 말해주지 않고요. 저는 성가의 일원이 아닌가요? 아버지 혈육이 아닌가요? 이렇게까지 막고, 숨기시려 하다니……."

묵란은 소리 죽여 눈물을 주르륵 흘렸다.

"제 혼사 때문에 아버지를 언짢게 해 드렸지요. 그래도 어쨌든 우린 한 핏줄이잖아요. 저도 할머니를 걱정하고, 아버지를 걱정해요. 집안에 일이 생겼다고 해서 종일 먹지도 마시지도 못하고 노심초사했어요. 형제자매는 다 아는데 왜 저만 알면 안 되는 건가요? 제가 그렇게 못마땅하세요……."

슬프게 눈물을 떨구며 구구절절 이치에 맞는 소리로 하소연하는 딸을 보자 성굉은 마음이 약해졌다. 이에 막 입을 열려는데, 문득 장남이 했던 말이 떠올랐다.

'이 일은 아는 사람이 많을수록 위험해집니다. 사람 속은 본래 알기 힘든 것인데 하물며 안채의 여인들은 일의 판도와 경중을 가늠하지 못하니 더하지요. 화란 누이와 여란이는 친어머니의 명예를 지키기 위해서, 명란이는 이번 일에서 스스로 부적절한 행동을 해서 입도 벙긋하지 않을 것입니다. 하지만 다른 사람이라면 장담하기 어렵습니다…….'

장백이 꼭 집어 언급하진 않았지만 성굉은 누굴 말하는지 잘 알고 있었다. 이해관계가 있는 핵심 인물 몇 명을 제외하면, 아무리 피를 나눈

혈육이라도 내막을 숨기는 게 낫다. 특히 임 이랑이 낳은 자식이라면 더 그랬다. 혹여 옹졸한 마음으로 성씨 집안 명성에 먹칠이라도 하면 그때 가서 후회한들 소용없을 것이다.

"다른 내막이 있는 게 아니다. 생각이 과하구나."

성굉은 차가운 표정으로 말했다.

"너는 말끝마다 다른 언니와 여동생이 이렇다 저렇다 하지만, 생각해 봐라. 지금 네 자매 중 너만 아직 자식이 없다."

한참 울고 있던 묵란은 불시에 아픈 곳을 찔리자 눈을 휘둥그레 떴다.

"아버지…… 아버지께서 어찌 그런……."

"삼남사녀 중 막내 장동이를 빼고 전부 다 혼인하여 결실을 보았다. 네 올케뿐만 아니라 사위들도 다 좋아서 부부 사이가 돈독한 편이지. 한데 너만 하루가 멀다 하고 집이 편할 날이 없지 않느냐. 혼인한 지가 언젠데 아직 후사 소식도 없고 말이다. 넷째 사위가 첩이 많아 아무리 네 마음이 불편하다 한들 거기에 대고 누가 뭐라고 할 수 있겠느냐?"

묵란은 얼굴이 눈물범벅이 되어 날카롭게 소리 질렀다.

"아버지……!"

"네 큰언니는 현숙하고 온후해서 큰형부의 사랑을 듬뿍 받고 있다. 여란이 내외도 화목하게 잘살고 있지. 녕원후는 명란이 말이라면 늘 껌뻑 죽는 사람이니 더 말할 필요도 없고. 한 아비에게서 나왔는데 너는 어째서 다른 자매들처럼 남편 내조하고 아이를 키우며 잘 살지 못하는 게야? 온종일 엉뚱한 소문이나 캐고 다니고, 이 얼마나 버릇없는 짓이냐!"

관료 사회에서 오래 버텨 온 성굉은 마음만 먹으면 날카로운 말로 상대 가슴에 비수를 꽂아 속수무책으로 만들 수 있었다.

"네 집안일도 못 챙기면서 친정 일에 간섭할 시간이 있느냐? 뭐가 중한지 모르는 것이로구나!"

고작 몇 마디 질문에 아버지가 이렇게 호되게 꾸짖을 줄 몰랐다. 아버지의 호통에 묵란의 낯빛이 어두워졌다. 말로 설명하기 힘든 부끄러움이 치솟으면서 금방이라도 가슴 속 분노가 폭발할 것 같았다. 그녀는 얼굴을 가린 채 눈물을 흘리며 문밖으로 뛰쳐나갔다. 그러다 하인들에게 이런 모습을 들키면 체면을 구길 거란 생각이 들자 눈물을 닦고 고개를 떨군 채 떠났다.

이런 일을 겪은 탓에 사흘 후 장백이 떠나는 데도 묵란은 배웅하러 오지 않았다.

장풍은 민망해서 멋쩍게 웃었다.

"묵란이는…… 집안에 일이 생겨서 올 수 없다고 합니다……."

노대부인은 뜻밖이라는 표정이었다. 성굉은 무릎을 치며 탄식을 하고는 노대부인을 쳐다볼 엄두를 내지 못했다. 장백은 여전히 차분했다.

"아, 괜찮다. 묵란이에게 고충이 있다는데 이해 못 할 사람이 어디 있겠니."

화란이 여란을 향해 고개를 돌렸다.

"오히려 여란이가 오늘 못 올 줄 알았는데 깜짝 놀랐지. 듣자 하니 매부가 멀리 지방관으로 간다던데 왜 아직 출발을 안 한 것이야?"

이 질문이 언제 나오나 기다리고 있던 여란은 애교 있게 노대부인을 부축하며 답했다.

"누가 아니래. 원래 며칠 전에 출발했어야 했는데 서방님이 길을 좀 재촉하게 된다 하더라도 출발 일자를 며칠 미루고 할머님을 배웅해야 한다지 뭐야. 그게 효라면서 말이야."

성굉은 체면이 서는 느낌에 웃으며 말했다.

"문 서방 말이 일리가 있구나."

노대부인도 웃으며 여란의 코를 살짝 비틀었다.

"문 서방은 좋은 사위인데, 고얀 것! 문 서방이 그리 말하지 않았으면 먼저 가려고 했단 말이냐?"

여란은 아이고 소리를 하더니 몸을 배배 꼬며 아양을 떨었다.

"할머니도 참, 사람 호의를 꼭 그렇게 말씀하셔야 속이 시원하세요?"

그 말에 다 같이 크게 웃었다.

출발할 시간이 다가왔다. 저쪽에서 천진하게 바보처럼 웃고 있는 명란이 보였다. 노대부인은 아무래도 안심이 되지 않아 틈을 보아 손녀의 귀에 대고 당부했다.

"요것아, 할미는 인제 간다. 평소에 많이 듣고 많이 보고, 항상 겸손한 마음가짐으로 살거라. 속는 것도 모르고 속없이 바보처럼 굴어서도 안 되고!"

명란은 싱글벙글하며 말했다.

"알겠어요, 명심할게요."

강 부인에게 물어보세요. 대체 누가 속았는지.

"알긴 뭘 안다는 게야!"

노대부인은 화가 나서 명란의 귀를 잡아당겼다.

"네가 요즘 게를 못 먹는다고 고 서방이 후부 사람들 전부 게를 못 먹게 했다고 들었다. 그럼 네 형님하고 조카는 어찌하고? 수절하며 외출도 안 하는데 음식까지 소홀해서야 되겠느냐. 누가 이 일을 알게 되면 너희 부부가 네 형님을 박대한다고 나무랄 게야!"

명란은 귀를 막고 최씨 어멈이 또 고자질한 게 분명하다고 속으로 원망하며 구슬프게 말했다.

"제가 그렇게 사리 분별 못 하는 사람인가요? 이미 싱싱한 게 몇 바구니를 보냈는걸요. 할머니가 가지고 계신 자단목어만큼 큰 녀석들로요!"

"이런! 너 혼 좀 나야겠구나. 그런 비린내 나는 걸 불기佛器에 비교하다니, 부처님이 벼락을 내릴까 무섭지도 않느냐!"

명란은 사실 '벼락을 관장하는 것은 뇌공雷公과 전모電母[2] 예요. 신들은 각각 관장하는 영역이 있고, 부처님은 벼락하고는 관계없다고요!'라고 말하고 싶었지만, 그러다 귓불을 더 아프게 잡아당길까 봐 그냥 아미타불 하며 사죄했다.

노대부인은 귀를 놓고 길게 한숨을 쉬었다.

"소문은 무서운 것이니 매사에 조심해야 한다. 사람들 입방아에 오르내릴 행동은 삼가거라."

그러고는 일상적인 일들에 대해 시시콜콜 당부를 늘어놓았다. 명란은 연신 고개를 끄덕이다 하마터면 딱따구리가 될 뻔했다.

모두 인사를 마쳤는데 노대부인의 말이 끝나지 않자 장백은 몇 차례나 재촉했다. 여자 권속들과 아이들이 속속 마차에 올라탔다. 뒤에 짐마차와 하인들이 탄 마차까지 더하니 족히 열 대가 넘었다. 마차에 올라타기 전에 노대부인이 보인 웃는 얼굴에 명란은 할머니가 기뻐하고 있다는 걸 알 수 있었다. 평생을 집안에 갇혀 살다가 이제 드넓은 곳으로 자유롭게 떠나게 됐으니 어찌 기쁘지 않겠는가.

노모와 맏아들을 보내고 나니 성부가 갑자기 텅 빈 느낌이었다. 성굉은 자기도 모르게 또다시(지난번은 왕 씨였다.) 적적함을 느꼈다. 아버

---

2) 중국 신화에 나오는 우레의 신과 번개의 여신.

지가 한숨 짓는 모습을 본 장풍이 형제 누이들과 함께 식사하자고 제안했다. 화란은 즉시 손뼉 치고 웃으면서 그러자고 화답했다.

"사위들은 일해야 하니 아버지만 좋으시면 저희 딸들과 함께 식사하고 반주도 하시죠!"

명란이 웃으며 말했다.

"그거 좋네요. 술은 못 먹지만 저도 함께하고 싶어요. 며칠 후면 다섯째 형부도 떠나시잖아요. 여란 언니도 당분간은 짐을 꾸리느라 바쁠 테니 오늘이 아니면 언제 또 다 같이 모여 식사할 수 있겠어요?"

여란이 급히 손사래를 치며 말했다.

"먹고 마시는 것도 좋고, 대취해서 업혀 가도 상관없지만, 제발 시를 읊거나 잔소리 같은 건 하지 마세요!"

성핑은 자기도 모르게 빙그레 미소 짓더니 수염을 어루만지며 크게 웃었다.

"그래 좋다. 그러자꾸나."

이 상황을 지켜보던 류 씨가 웃으면서 준비를 시작했다.

그녀는 먼저 어멈들을 시켜 편청에 봉황이 머리를 높이 치켜들고 있는 모양의 긴 탁자를 하나 펼쳤다. 양쪽에는 작은 사각형 탁자 네 개를 펼치고 술잔, 밥그릇, 탕그릇, 찜그릇 등 몇 가지를 올려놓았다. 탁자마다 각기 다른 꽃무늬 도형이 새겨져 있었다. 첫 번째 탁자의 찬기가 가장 크고 나머지들은 그보다 작았다.

한 관사 어멈이 그것을 보더니 웃으며 말했다.

"마님, 분식연分食宴[3]으로 하시려고 영란탁鈴蘭棹[4]으로 차리셨군요."

류 씨는 씨익 웃었다. 그녀는 장풍과는 달리 소탈하게 웃고 즐기는 것을 추구하는 사람이 아니었다. 그녀는 아무리 피를 나눈 가족끼리 갖는 연회 자리라도 술잔을 주고받으며 화기애애한 분위기를 만들기보다는 좀 자제하는 쪽이었다. 성굉은 자리를 잡고 앉아 넓은 대청을 바라봤다. 양쪽으로 앉은 아들과 딸들이 기품 있으면서도 화기애애하게 담소를 나누는 모습에 성굉은 무척 흐뭇했다.

그는 장풍을 보며 류 씨를 칭찬했다.

"저렇게 어질고 총명한 아내를 두고 문제 일으키면 안 된다."

연회 자리에서 시중들던 하인이 방에 있던 류 씨에게 성굉의 말을 전했다. 그녀는 한 번 웃고는 계집종을 시켜 말을 전해준 하인에게 동전을 한 움큼 쥐여주었다. 옆에 있던 유모가 희색만면한 얼굴로 말했다.

"아씨께서 한나절 동안 애쓰신 보람이 있네요. 여태 밥 한술도 못 뜨고 준비하셨잖아요."

류 씨는 지쳐서 구들에 앉았다.

"뭐 다른 수가 있나, 상공이 큰아주버님 같은 능력이 있어서 일 처리를 잘해주신다면 모를까. 나도 큰형님처럼 무사태평하게 살고 싶네. 그럼 이런 마음고생 할 필요도 없을 텐데 말일세."

유모가 한숨을 쉬며 말했다.

"나리가 사람은 참 좋으신데 좀 아이 같으셔서 살림이 얼마나 힘든지

3) 여러 사람이 각자 작은 탁자를 하나씩 앞에 두고 식사하는 연회.

4) 분식연을 할 때 차림 방식.

잘 모르시지요."

류 씨는 탁자 위에 놓인 밥그릇을 들고 지친 듯 밥알을 뒤적거리며 말했다.

"이번처럼 큰일을 아주버님은 엄청난 수완과 기세로 처리하셨네. 왕노대부인부터 아버님, 웃어른들까지 다 휘어잡으셨지. 두고 보게, 나중에 할머님의 재산과 골동품, 점포, 장원도 전부 아주버님 댁 차지가 될 테니."

탕을 뜨던 유모가 잠시 망설이더니 말했다.

"……노마님께서 그렇게 편애하시기야 하겠습니까?"

"내가 할머님이라도 그리할 걸세."

류 씨가 쓴웃음을 지으며 말했다.

"친혈육은 아니지만 어쨌든 한때 키우셨잖은가. 적장자로서 종손도 안겨드린 데다 이번에 극진히 효도까지 했으니 전부 물려주시지 않을 이유가 없지. 거기다 어머님께서 개인적으로 모아 둔 재산과 큰형님이 가져온 혼수까지 하면 아주버님 댁은……. 내 친정 부모님께서 아무리 많이 주셨다 해도 비교가 되겠는가."

"아씨, 우선 탕 좀 드시지요. 최상급 당귀와 비둘기를 넣고 한참 푹 곤 겁니다."

유모가 탕 그릇을 류 씨 손에 건네주다가 참지 못하고 말했다.

"에이, 나리가 서출이시니 큰 나리와 비교할 순 없겠지요. 그래도 주인 나리께선 나리를 더 좋아하시지 않잖습니까?"

류 씨는 탕을 조금 마시고는 내려놓았다.

"출신이 그러니 어쩔 수 없지 않은가. 그저 아버님께서 부유한 아주버님네와 힘든 우리 사정을 잘 비교해보시고 앞으로 좀 더 많이 나눠 주시길 바랄 뿐이네……. 또 장동 도련님도 있지 않은가."

딱히 위로할 말이 없었다. 유모가 한참 후에야 말했다.

"제가 볼 땐 큰 나리와 큰마님 두 분 모두 너그러운 분들이시니 서자 동생에게 야박하게 굴진 않으실 겁니다."

류 씨는 가볍게 웃더니 젓가락을 그릇 안에 두고 잠시 멈춘 채 말했다.

"솔직히 말하자면 이 집안 아가씨들 중에 박정하거나 인색한 사람은 없네. 묵란 아가씨만 빼고!"

그녀는 한숨을 내쉬고는 이어 말했다.

"나는 욕심이 없어서 내 것이 아닌 것은 조금도 탐내지 않네. 하늘이 우리 부부를 불쌍히 여겨 상공이 열심히 글공부에 매진해 나중에 스스로 가업을 일굴 수 있게 도와주시길 바랄 뿐이지."

유모도 웃음을 보였다.

"맞습니다. 그게 맞지요. 아씨 아버님께서도 당초에 말씀하시지 않으셨습니까. 겉만 번지르르한 명문세가는 대부분 속이 지저분하고 복잡하니 시집가 봤자 괜히 고생만 하고 하소연도 못 할 거라고요. 성씨 집안은 가풍이 깨끗하고, 법도도 단순하고, 자손들도 예의 바르고 전도유망하니 며느리 노릇 하기 편한 곳이라고도 하셨지요. 하지만……."

그녀가 갑자기 굳은 안색으로 나지막이 말했다.

"나리께서 속이 없으니 아씨는 마음을 놓으시면 안 됩니다. 요즘 보니 완이 그 아이가 회임한 것 같습니다. 아씨는 지금 딸 하나밖에 없으시니 아무래도 조치를……."

류 씨는 침착한 얼굴로 담담히 말했다.

"나도 알고 있네. 하지만 우리가 손 쓸 것까지야 있겠나……. 이번에 그 분수도 모르는 것들에게 똑똑히 보여 주겠네. 아이를 가졌다고 주제

넘게 기어오를 수 있는지 없는지 말일세!"

유모는 류 씨에게 계획이 있다는 것을 깨닫고 안심했다. 좀 더 드시라고 말하려는 찰나 갑자기 한 계집종이 급히 달려 들어와 무릎을 꿇고 아뢰었다.

"아씨…… 방금 문지기에게 전해 들은 소식인데, 여섯째 아가씨댁 사람이, 녕원후께서 보내 사람이 와서 여섯째 아가씨와 주인 나리께 급히 전하라고 하셨답니다. 넷째 아가씨 시아버님이…… 도, 도, 돌아가셨다고……."

영리한 류 씨지만 한 무더기나 되는 남편의 형제자매 때문에 잠시 생각할 시간이 필요했다. 그녀는 잠시 후 겨우 입을 열었다.

"영창후부잖느냐. 량부의 바깥사돈 어르신 말이냐?"

계집종은 멍한 눈으로 생각하다 곧 정신을 차리고 급히 고개를 끄덕였다.

멍해진 류 씨가 혼자 중얼거렸다.

"이번엔 진짜 넷째 아가씨네 집안에 일이 생겼구나……."

제205화

중매

이 소식에 깜짝 놀란 가족들은 갑자기 식욕이 싹 달아났다.

성굉은 불안해하며 탄식했고, 장풍도 "묵란이 팔자가 정말 사납구나." 하며 한숨을 쉬었다. 명란은 속으로 '돌아가신 게 시아버지지, 남편도 아니잖아.' 하고 비아냥거렸다. 여란은 언니의 귓가에 대고 속삭였다.

"넷째 언니가 이번엔 거짓말이 아니었나봐."

화란은 여란을 한번 쓱 보고 속으로 생각했다.

'묵란이는 그냥 핑계 삼아 한 말일 텐데 그 말이 씨가 될 줄이야. 참 입이 방정이구나.'

상황이 이리되자 급히 연회를 파하고 각자의 집으로 돌아갔다. 집으로 돌아온 명란은 학 관사를 찾았다.

"영창후가 별세하신 일을 나리가 어찌 알고 우리에게 알린 것인가?"

학대성이 땀을 닦으며 정자의 바깥 통로에 서서 대답했다.

"마님, 그 소식은 고록이 급히 와서 전한 것입니다. 제게 사람을 보내 친정에 가 계신 마님께 고하라 했습니다. 그러더니 나리께서는 다른 공무가 있으시다며 황급히 떠나셨다 했습니다. 자세한 내막은 소인도 잘 모릅니다."

명란은 왼손으로 의자 손잡이를 가볍게 두드릴 뿐 아무 말도 하지 않았다.

학대성이 명란의 의중을 살피려 조심스럽게 물었다.

"마님…… 량부에 조문 갈 준비를 해야 할지요?"

명란은 쓴웃음을 지었다.

"그쪽에서 아직 운판雲板[1]을 치지도, 부고를 알리지도 않았는데 어찌 조문을 가겠는가……."

매를 벌려고 작정한 것도 아니고. 명란은 속으로 생각했다.

"하지만 나리께서 실수할 분은 아니니 분명 사실은 사실이겠지. 자네는 일단 준비하고 있게. 음, 정양 아주버님 장례 때보다 조금 더 보태서 준비하면 될 걸세. 참, 량부에서 노제路祭를 지낼지도 모르니, 만약 그리 한다면 우리도 종이 인형[2]을 준비해야 할 테니 그것도 생각해 두게나."

학대성은 그리하겠다 답하고는 공손히 물러갔다.

량 부인의 나이를 고려하면 영창후는 아직 쉰도 안 되었을 텐데, 왜 이리 빨리 유명을 달리한 것일까? 그보다 더 놀라운 점은 고정엽이 가장 먼저 그 소식을 알려왔다는 것이다. 혹시…… 영창후의 사인이 자연사가 아닌가?

명란은 머릿속으로 상상의 나래를 펼치며 이리저리 추측해봤지만, 결론을 내릴 수 없었다. 밤이 되어 고정엽이 돌아오고 나서야 자초지종을

---

1) 구름 모양으로 만든 타악기의 일종, 대갓집에서 집안에 일이 생겼을 때 안채에 알리기 위해 운판을 쳤음.

2) 고인의 명복을 빌기 위해 태우는 것.

들을 수 있었다.

"넌 못 봤지만, 오늘 연무장이 그야말로 아수라장이었다."

고정엽은 굶은 사람처럼 김이 모락모락 나는 양고기 대파 볶음에 건새우와 버섯, 배추를 넣고 끓인 탕을 순식간에 두 그릇이나 비웠다. 그리고 수건으로 손을 닦으며 노대부인 일행이 잘 떠났는지 물은 후에야 오늘 일을 차분히 이야기하기 시작했다.

지금의 황제가 등극한 후로 영창후는 줄곧 충심을 보이고 싶어했다. 하지만 무장은 문관과 달리 전쟁이나 재난이 없을 땐 아무런 기회가 없었다. 이번에 황제가 군대를 정비하고 싶어하는 걸 알게 된 영창후는 밤낮 가리지 않고 열심히 일하며 병사를 훈련하고 군을 정비하느라 한시도 쉬지 못했다.

오늘 모처럼 서쪽 외곽에 있는 군영에 황제가 친히 행차한다는 소식이 전해졌다. 영창후가 이런 기회를 놓칠 리 있겠는가. 그는 몸 상태가 좋지 않음에도 투구를 쓰고 말에 올라 직접 모래밭에 들어가서 진법 훈련을 선보였다. 분위기가 한창 고조되었을 때 영창후가 어지럼증과 가슴 통증을 느꼈는지 갑자기 머리를 잡고 비틀대더니 명치를 잡고 말에서 떨어졌다. 현장은 순식간에 아수라장이 되었다. 태의가 미처 도착하기도 전에 영창후는 숨을 거두고 말았다.

나중에 태의는 영창후가 피로 누적으로 인해 심장 질환이 악화돼서 급사했다고 밝혔다.

'설마 뇌혈전 질환과 심장병이 겹친 건가?'

명란은 잠시 침묵하다가 입을 열었다.

"그렇게 충성을 다했으니 폐하께서 분명 위로를 표하시겠지요?"

고정엽은 고개를 끄덕이다가 다시 좌우로 흔들었다.

"군을 움직일 때는 징조를 중시한다. 황상께서 오늘 기분이 좋으셨는데 거기에 찬물을 끼얹은 셈이니…… 위로야 하시겠지만 기분이 좋진 않으시겠지."

일리 있는 말이었다.

이는 가게 사장이 죽도록 고생해서 분점을 내는데, 길일을 고르고 유명 연예인도 섭외한 개업식날 테이프 커팅도 하기 전에 나이 많은 직원 하나가 과로로 급사한 것과 같은 상황이었다.

이 무슨 재수 없는 일인가! 사장은 분명 답답해하며 생각할 것이다.

'량 씨, 당신이 근면 성실하게 열심히 일하는 건 좋은데, 몸이 안 좋으면 그냥 나오질 말았어야지. 개업식에 꼭 참석하라고 강요한 것도 아닌데 마치 내가 가혹하게 부려먹은 것처럼 이렇게 큰 사고를 치다니.'

슬프지만 현실적인 이야기다.

명란은 고개를 끄덕이며 물었다.

"그럼 영창후 작위는요? 듣자 하니 량부의 첫째 아들이…… 음, 아주 뛰어나다던데."

"아니. 분명 적장자인 둘째 아들이 계승하게 될 것이다."

명란이 웃으며 물었다.

"어찌 그리 확신하세요?"

고정엽이 한숨을 쉬었다.

"첫째, 적자와 서자는 엄연히 차이가 있고, 둘째로…… 하하, 너는 영창후가 왜 그렇게 필사적이었다고 생각하느냐?"

명란은 잘 이해가 되지 않았다.

"설마 적장자 때문인가요?"

그럼 왜 그동안 아내와 사이가 틀어지면서까지 작위 계승자로 점찍지 않은 거야?

고정엽은 미소를 지으며 찻잔을 들었다.

"량가의 첫째 아들은 이미 날개를 달았다. 자기 아버지보다 바깥쪽에 발이 훨씬 넓지. 영창후가 적장자를 위해 그런 게 아니라면 누굴 위해 그랬겠느냐? 황제께서 어찌 모르겠어. 휴, 둘째 아들이 성정은 온화하고 선량하다만 안타깝게도……."

그는 고개를 젓고는 더 말하지 않았다.

명란은 안타까워서 탄식하듯 말했다.

"부귀영화란 날카로운 칼처럼 사람 목을 겨누는 것이로군요."

고정엽은 일부러 명란에게 들으라고 입을 열었다.

"처자식의 평탄한 삶을 위해서라면 나 역시 칼날 앞에서 몸부림쳐야 하는 한이 있어도 그렇게 할 것이다."

그는 이 말을 마치고 초롱초롱한 눈빛으로 아내의 반응을 기다렸다.

하지만 명란은 고개를 저었다.

"그 말은 틀렸습니다. 영창후가 정성껏 가르치지 않았다면 량가의 첫째 아들이 지금처럼 훌륭하게 컸겠어요? 적장자보다 서자의 힘이 센데도 진즉에 계승자로 점찍지 않고 있다가 다 늦어서 부랴부랴 늙은 목숨을 건다니. 그런데도 영창후가 잘못한 게 없다고요?"

그녀는 더 초롱초롱한 눈빛으로 맞받아치며 옅은 미소를 지었다.

"말이 나와서 말인데, 우리 단이한테도 서출 형님이 있지 않습니까?"

고정엽은 고개를 저으며 쓴웃음을 지었다. 원래는 명란을 기쁘게 해주고 감동을 주려 했다. 그런데 요 여우같이 앙큼한 것이 어디서 배웠는지 수준급으로 역공을 펼쳤다.

"단이한테 형이 없다는 건 잘 알지 않느냐."

감시하라 붙여 놓은 자에게 들으니 창이는 여전히 나약하고, 만랑 역시 여전히 창이에게 무예나 학문을 닦으라고 독촉할 생각이 없는 듯했다. 만랑은 잔뜩 긴장한 채 창이 옆에 꼭 붙어서는 온종일 떨어지지 않았다. 심지어 이웃집 아이도 가까이 오지 못하게 하면서 아들을 거의 딸처럼 키웠다.

고정엽은 못마땅해하면서도 한편으로는 마음이 놓였다.

그는 처음부터 이런 것이 걱정되어 창이를 아예 농부로 키우기로 일찌감치 생각해 두고 있었다.

이 때문에 고정엽은 창이를 족보에도 올리지 않았다. 또 정 대장군과 단성잠에게 증인이 되어달라고 부탁하여(이 두 사람은 비교적 진중하고 믿을 만하다.) 종인부의 문서를 받아 두었다. 문서에는 자신에게 외첩 자식이 있긴 하나 철없던 어린 시절에 벌인 사고인 데다 그 어미도 신분이 미천한지라 일가의 수치가 될까 저어되어 이미 두 모자를 적절한 곳으로 보내 부족함 없이 지내도록 조치했다, 창이는 앞으로 고씨 자손 행세를 해서도 안 되고, 후부나 아버지의 재산은 손톱만큼도 물려받을 수 없다고 쓰여 있다. 일찌감치 가문에서 쫓아낸 것이나 다름없었다.

고정엽은 여러 상황에 대비해 모든 가능성을 철저히 없앴다. 친자식이 타향을 떠돌며 산다더라, 사실 고정엽이 자식을 그리워하는데 아무리 찾아도 못 찾는 거라더라, 명란이 질투하여 부자 사이를 갈라놓은 거라더라 등등의 헛소문이 돌지 않도록 한 것이다.

명란도 고정엽이 이렇게 조치해 둔 것을 잘 알고 있었다. 그녀는 일어서서 남편의 머리를 감싸고 입을 맞추며 나지막하게 말했다.

"나리께서 저희 모자를 위해 많은 일을 하셨다는 거 알아요."

어쨌든 창이를 죽일 수는 없다. 그런데 그 정도 나이라면 다 기억할 것이다.(만랑이 세뇌시켰을 테니까.) 설령 다른 사람 손에서 자란다고 해도 누군가 득을 보려고 창이를 부추겨서 나중에 귀찮게 굴지도 모른다. 만약 명란과 고정엽이 모두 죽은 후에 그런 일이 일어난다면 단이 혼자 고생할 게 뻔하지 않은가?

그녀는 남편의 코에도 입을 맞추었다.

"영창후 나리의 노력이 가상하긴 하지만 제 눈엔 나리가 그분보다 훨씬 나아요."

그리고 잠시 생각하더니 한마디 덧붙였다.

"그리고 말에서 떨어지면 안 되니까 채소를 더 많이 드시고 술과 고기는 좀 줄이세요."

고정엽은 코를 쓱 문지르고는 명란의 얼굴을 잡고 앙증맞은 코를 살짝 깨물었다. 그는 눈가에 웃음을 머금고 물었다.

"또 이상한 소리를 하는구나. 채소 먹는 것과 말 타는 게 무슨 상관이더냐?"

명란은 정색했다.

"술과 고기를 많이 드시면 말이 성낼 거라고요."

고정엽은 그녀의 살짝 부른 배에 손바닥을 올리고 천천히 위로 쓸어 올렸다. 임신한 명란의 몸은 나날이 풍만해지고 부드러워져서 손 닿는 곳마다 보드랍고 폭신했다. 그는 그녀의 귓불을 살짝 깨물고는 뜨거운 입김을 불었다.

"술도 끊고 고기도 끊고, 그럼 색도 끊어야 하느냐?"

명란은 얼굴이 화끈 달아오르고 귓가가 타는 듯 뜨거워졌다. 그의 몸이 단단해지는 것이 느껴져 부끄러워 어쩔 줄을 몰랐다.

"그건…… 그것도 끊는 편이 좋겠죠."

자신이 즐기는 것들을 위협받자 그는 빛 독촉이라도 하듯 안면을 싹 바꿨다.

"시치미 떼지 말거라. 석 달이 훨씬 지나지 않았느냐? 이렇게 다 끊느니 차라리 출가하여 승려가 되는 게 낫겠구나! 단이를 가졌을 때 안 했던 것도 아니고."

명란은 허리를 틀어 사뿐히 그의 품에서 빠져 나와 두 손을 합장하고는 싱글싱글 웃었다.

"대사님, 화내는 것도 끊으시지요."

고정엽은 그녀의 허리를 끌어당겨 번쩍 안더니 성큼성큼 안쪽 방으로 들어가며 호탕하게 웃었다.

"낭자가 시중을 잘 들어준다면 이 몸도 화내지 않소."

번쩍 안긴 명란은 그의 허릿살을 힘껏 꼬집고 그의 귀를 깨물며 붉어진 얼굴로 말했다.

"소리 좀 낮춰요! 누가 들으면 웬 음탕한 승려가 여색을 탐하러 온 줄 알겠어요!"

• • •

이틀 후, 량부에서 부고를 보내 왔다.

여란 내외는 마침 그보다 반나절 일찍 길을 떠났다. 명란은 회임이라는 그럴싸한 이유로 문상을 피할 수 있게 됐다. 결국 자매 중 화란만 가서 성의를 표하고, 나머지는 묵란의 가장 가까운 올케인 류 씨가 옆에서 거들었다.

장례를 치르는 동안 류 씨는 격식에 맞게 행동하고, 따뜻하게 주위를 보살피며, 도를 넘지 않는 선에서 사돈댁의 사소한 일을 처리했다. 국구 부인 장 씨도 조문을 마치고 돌아와 류 씨를 칭찬했다.

"……친정어머니 말씀이, 저희 당고모가 원래 칭찬에 인색한 편인데 이번에 부인의 셋째 올케를 그렇게 칭찬했다 합니다."

장 씨가 아들을 데리고 명란을 찾아왔다. 몸에 열을 보해주는 약선 요리도 챙겨 온 그녀는 웃으면서 명란의 배를 살펴보더니 바로 사내아이일 것이라 단정했다.

그러자 명란이 웃으며 말했다.

"량부 둘째 며느님이 부인의 당고모님이신 줄 오늘에야 알았네요. 그분은 저희 넷째 언니의 올케인데, 이거 촌수가 참 복잡해졌습니다."

장 씨가 손을 저으며 말했다.

"우리 집안은 친척이 많아서, 딸이 출가한 다음에는 호칭도 섞어서 불러요. 당고모와 친정어머니가 친하지만 저는 자주 뵙지 못했습니다."

"그럼 다행이네요. 저는 나중에 어찌 불러야 하나 걱정했는데."

경성에서는 권세가들끼리 사돈을 맺다 보니 관계가 복잡하게 얽히는 경우가 다반사였다. 정 부인의 경우에도 사촌이 셀 수 없이 많았다.

명란이 고개를 돌려 구들 위를 보니 잉어 두 마리가 그려진 붉은색 비단 강보 옆에 단이가 얌전히 엎드려 있었다. 단이는 뽀얀 아기를 신기하게 쳐다보다가 통통한 손가락을 펴서 건드려보고 어루만졌다. 아기는 성격도 순해서 칭얼대지도 않고 고양이 같은 작은 웃음소리를 냈다.

"그때는 새끼 고양이 같더니 그새 이렇게 많이 자랐군요."

건강한 혈색의 아이를 보니 장 씨가 잘 키우고 있는 듯했다.

"이름은 지으셨나요?"

"아명은 지었어요. 망이예요. 간절히 희망하다 할 때 '망望' 자지요."

아들을 바라보는 장 씨의 얼굴은 자애로웠다. 만족스러운 기색도 보였다. 몇 달 전 절망에 빠져 있던 모습과는 완전히 딴판이었다.

"단이는 돌도 지났는데 아직 정식 이름을 안 지으셨나요?"

명란은 쓴웃음을 지으며 말했다.

"아직 고민 중입니다. 글공부 시작 전까지 지을 수 있기를 바랄 뿐이에요."

공손 선생은 이름 짓는 일에 계속 꾸물대고 있고, 고정엽도 무슨 글자든 다 별로라고 퇴짜를 놓으니 계속 미뤄지고 있는 차였다.

"녕원후께서 완벽한 걸 바라시나봅니다."

장 씨가 웃으며 말했다.

"참, 부탁드릴 일이 있어요."

명란이 웃으며 말했다.

"저는 부인이 제 생각이 나서 절 보러 오신 줄 알았는데, 이제 보니 부탁이 있으셨군요! 부인이 망이를 가지셨을 때 저는 다른 마음은 요만큼도 없이 찾아갔었는데."

장 씨가 호호 웃으며 말했다.

"저는 부인처럼 그렇게 마음이 곱지 못한걸요. 우리처럼 이렇게 말재주는 없어도 솔직한 사람들은 하고 싶은 말이 있으면 그냥 해야지, 돌려서 할 줄은 모릅니다. 그러니 사람들하고 늘 말다툼이나 하죠!"

명란이 혀를 쯧쯧 찼다.

"저는 겨우 한마디했을 뿐인데 참 길게도 말씀하십니다. 그런데 말재주가 없으시다니요. 부인이 말재주가 없는 거라면 이 세상에 말재주 있는 사람은 하나도 없을 겁니다!"

"부인, 맨입으로 도와달라는 거 아니니 신세 한번만 지겠습니다."

장 씨가 웃으며 말했다.

"걱정하지 마세요. 힘든 일이면 제가 말도 안 꺼냈지요."

그 말을 듣자 명란은 조금 안심이 되어 무슨 일이냐고 물었다.

"녕원후와 우리는 가족이나 다름없는 사이이니 허심탄회하게 이야기하겠습니다. 심씨 일가는 저희 나리도 별로 상대하고 싶어하지 않으셔요. 하지만 예전에 시아버님께 의지해 살던 먼 친척뻘 아저씨 한 분이 계십니다. 충직하고 인정이 많으시지요. 시부모님이 돌아가시고 나서도 그분 가족이 전부 성심성의껏 나리와 자매들을 돌봐주었고, 그 후에는 촉으로 갔지요. 그분 내외는 촌수를 따지기도 힘들 만큼 먼 친척이지만 나리는 사촌이나 다름없이 대했습니다. 지금은 세습직인 강회위江淮衛[3] 지휘첨사 자리도 얻으셨고요."

한참이 지나도 본론이 나오지 않아서 재촉하고 싶었지만 명란은 간신히 참았다.

장 씨는 찻잔을 들어 한 모금 마시고는 말했다.

"그 아저씨와 아주머니 슬하에 딸이 하나 있는데 올해 열세 살입니다. 제가 직접 봤는데 부모님을 닮아 아주 참하고 상냥하더군요……."

명란은 더 갈피를 잡을 수 없어서 구들에 있는 단이를 보며 말했다.

"하지만 우리 단이는 아직 어린걸요."

장 씨는 어이없다는 듯 웃으며 명란을 살짝 때렸다.

"농담도 잘하십니다."

명란은 어깨를 문지르고는 웃으며 장 씨에게 계속하라고 청했다.

---

3) 강회에 있는 군영.

"몇 개월 전에 아주머니가 참배를 드리러 갔다가 갑자기 비가 쏟아지는 바람에 길이 미끄러워 가마로 산을 오를 수 없게 됐습니다. 아주머니가 넘어졌는데 옆에는 어멈과 계집종밖에 없어서 거동할 수도 없었지요. 그때 어떤 나이 어린 공자 둘이서 어떤 노부인을 부축해서 산에서 내려가고 있었답니다. 산을 다 내려간 후, 한 공자는 자기 할머니를 모시고 집으로 돌아갔고, 다른 공자는 일부러 산 중턱까지 다시 올라와서 우리 아주머니를 업고 내려왔습니다. 내려오는 길에 대화를 나누어보니 그 공자가 경성의 관료 집안 자제였다는군요. 성품도 좋고 학문에도 열심이라서 아주머니가 마음에 드셨나 봅니다."

명란은 한참을 생각하다가 멍하게 물었다.

"설마…… 제 동생…… 장동을 말씀하시는 건 아니죠?"

"맞습니다."

장 씨가 빙그레 웃으며 대답했다.

명란은 입을 떡 벌리고 두꺼비처럼 멀거니 있다가 멋쩍은 듯 말했다.

"장동이는…… 아직 어립니다."

"딱 좋은 나이 아닌가요? 슬슬 혼담이 오갈 때가 됐죠."

명란은 정신을 가다듬었다. 그 노부인은 아마도 상 유모일 것이고, 또 다른 공자는 분명 년이었겠지. 아마도 장동이 년이와 함께 상 유모를 모시고 참배하러 갔다가 선행을 베풀었고, 그래서 하늘이 상을 내려 홍란성紅鸞星[4]을 움직였나 보다.

"아주머니께서 좋게 봐주셨다고 해도 장동이는 서출입니다……."

---

4) 중국 신화 속에 나오는 혼인을 주관하는 길성吉星.

명란도 이렇게까지 말하고 싶지는 않았지만, 이런 일에서는 명확히 해야 한다.

장 씨는 한 손으로 입을 가리며 웃었다.

"알아봐야 할 건 아주머니도 벌써 다 알아보셨습니다. 아저씨 내외는 위로 아들이 둘이고, 딸은 하나뿐입니다. 가족들이 그 딸을 어찌나 예뻐하는지 몰라요. 사위는 인성만 좋다면 다른 조건은 안 따지신다 하는군요."

장 씨의 친척 아주머니 내외는 장동이 곧 동생童生에 합격할 수 있을 거란 말도 들었다. 아직 어린 나이인 걸 고려하면 장래도 유망할 것이다. 비록 공부는 년이가 더 잘하지만 집안이 좀 한미하다. 성가 같은 선비 집안은 웃어른도 있고 규율도 엄하며 가산도 넉넉한 편이라 후손들도 대부분 크게 수준이 떨어지진 않는다. 거기다 명문 친척들도 많지 않은가. 설령 덕을 보진 못해도 대외적으로 말하긴 좋았다.

명란은 안도의 한숨을 내쉬었다.

"다른 건 말씀드리기 어렵지만, 장동이가 인품과 행실 면에서 나무랄 데가 없습니다. 하지만……."

그녀는 잠시 머뭇거리다가 말했다.

"부모님이 모두 살아 계시는데 제가 나설 순 없지요. 아버지께서 어떻게 생각하시는지 한번 여쭤봐야겠습니다."

성굉은 우선 과거에 급제하여 몸값을 높이고 나서 사돈을 물색해야 한다고 생각할 것이다. 장동의 장인이 될 사람은 아마 문관일 확률이 높다. 하지만 집안 수준은 해 씨나 류 씨만 못 할 것이다.

장 씨는 명란이 곤란해하자 속으로 따져 보더니 말했다.

"부인 아버님께서 어떤 혼처를 바라시는지는 잘 압니다. 아드님의 장래에 별 도움이 안 될까 봐 무관 사돈은 바라지 않으시는 마음도 물론 있겠죠."

명란은 하하 겸연쩍게 웃으며 속으로 정말 직설적인 여인이구나 생각했다.

장 씨가 간절히 말했다.

"아저씨가 무관이긴 하지만 문인을 매우 존경하십니다. 둘째 아들은 어릴 때부터 선생을 모시고 글을 배워서 몇 년 전에 이미 수재가 되었고요."

"아, 그럼 잘됐습니다!"

명란의 눈이 반짝였다. 학문하는 형님이 있다면 일을 성사시키기 쉬워진다. 게다가 강회도위소는 짭짤한 곳이어서 혼수도 풍족하게 해 올 것이다. 또, 장인은 세습직인 종사품 무장 자리에 있다. 장동이 장인어른과 형님의 도움을 받을 수 있을 테니 성굉의 마음도 움직일 것이다.

명란은 장 씨의 손을 잡고 부드럽게 말했다.

"말씀을 들어보니 제 동생에게 과분합니다."

그 말에 장 씨도 한시름 놓았다. 아저씨 내외는 심종흥의 심복으로, 심가가 처첩을 대하는 방식에 처음부터 반대했던 몇 안 되는 사람이다. 이들은 정직하게 처신하여 사람들의 존경을 받고 있다.

장 씨는 호호 웃더니 말했다.

"그게 무슨 말씀이세요. 녕원후 나리의 처남인 데다 명성 높은 아버지와 형님을 두고 있지 않습니까. 아저씨는 그저 학문하는 가문이 너무 고결해서 무인들을 우습게보지는 않을까 그 걱정뿐이신 걸요."

이 혼사는 서로에게 이득이다. 그 댁 둘째도 학문을 한다 하니, 문관으로 성장하는 데 인맥과 도움을 줄 사람이 필요할 것이다.

장동은 외모로 보나 재능으로 보나 장백이나 장풍에게 못 미친다. 운 좋게 또 류 씨 같은 가문을 만날 수 있다는 보장도 없으니 미리 계획을 세워 놓는 것도 나쁘지 않았다.

두 사람은 한참 동안 이야기를 나눴다. 이야기하면 할수록 마음이 맞고 분위기도 고조되어 당장이라도 혼사를 치를 기세였다.

대화가 길어지다 보니 자연스레 서로의 집안일에 대한 이야기까지 오가게 되었다. 명란의 집안일은 단순하여 몇 마디로 끝나버렸지만, 심가는 그야말로 시끌시끌했다.

우선 추 이랑은 거의 반죽음이 될 정도로 맞고 오랫동안 갇혀 있었는데도 죽어도 집을 나가려 하지 않았다. 그녀는 심종흥이 몇 마디 하자 목을 매려고 했다. 여기서 아이들이 간청하고, 장 씨도 이러다 가족 간의 의가 상하겠다고 말리자 심 국구는 결국 뜻을 꺾었다.

요즘은 처첩 사이가 평탄했지만 또 다른 고민이 생겼다. 장남도 혼담을 시작할 때가 됐는데, 며느리가 두 명의 시어머니를 모셔야 한다는 걸 모르는 사람이 없다는 것이 문제였다. 한 명은 명문세가의 고귀한 적모로 지위가 있다. 다른 한 명은 형부에게 첩으로 들어온 처제지만 실제 사랑을 독차지하고 있다. 이런 꼴사나운 집에 들어오면 며느리는 중간에 끼어서 처신이 곤란해진다.

좀 떨어지는 가문은 심종흥 눈에 차지 않았다. 어쨌든 적장자가 작위를 물려받을 것이 아닌가.

하지만 명망 높은 가문은 대부분 명예를 중히 여겼다. 좋은 혼처가 아님을 뻔히 알면서도 심가에 시집을 보낸다면 '딸을 팔아서 국구에게 아첨한다'는 망신을 피할 길이 없게 된다. 심가는 그렇다고 저자세로 서녀를 받아들일 생각도 없었다.

더구나 과거의 교훈을 되짚어 생각하면, 지체 높은 가문의 며느리가 되는 게 다 무슨 소용인가. 영국공의 딸인 장 씨도 심가에 들어왔지만 그렇게 잘 사는 것도 아니지 않은가.

국구는 결국 도처에서 벽에 부딪혔다.

이 일에 대해서는 명란도 들은 바가 있었다.

심종홍은 충경후 정씨 본가의 적녀를 마음에 두고 있었다. 바로 정 장군의 당질녀였다. 심종홍은 여동생인 심청평을 보내 넌지시 뜻을 전했다. 정 장군의 사촌 형 부부는 며칠간 상의한 끝에 결국 퇴짜를 놓았다.

심청평은 사람들이 자신의 친정을 무시한다는 생각이 들어 속이 상했다. 정 부인은 그녀를 달래려고 본인도 이번 일은 동의하지 않는다고 솔직히 털어놨다.

생각해보라. 시집온 여인이 만약 장 씨에게 잘한다면 추 이랑은 당연히 불만을 가질 것이고, 남편도 기분이 썩 좋지는 않을 것이다. 그렇다고 자기 집 귀한 적녀가 시집가서 첩실을 시어머니처럼 모시며 비위를 맞춰야 한다면 그 또한 비웃음거리가 될 게 아닌가. 멀쩡한 적녀가 공연히 신분을 낮춰 시집을 가는 건, 명망 있는 사람들하고만 어울리는 정씨 집안사람들에게는 보통 창피스러운 일이 아니다.

심청평도 속으로는 이런 사정을 잘 알고 있었다. 게다가 딸을 낳고 난 후 많은 생각이 변한 상태였다. 어머니처럼 의지하는 큰올케가 그녀에게 이렇게 물었다.

"만약 동서 딸이라면, 동서 조카에게 시집보내겠는가?"

심청평은 얼른 딸을 품에 안았다. 딸은 그녀 삶의 유일한 혈육이 될 가능성이 크다. 그녀는 연약하고 가녀린 딸을 위해서라면 당장 자기 심장도 꺼내 보일 수 있을 정도였다. 그녀는 곧장 고개를 가로저었다. 차마

자기 딸에게 그런 고생을 시킬 수는 없었다.

그리하여 심청평은 오라비에게 사실을 숨긴 채 입을 맞춘 대로 정가가 고향인 심양에 있는 다른 집안과 혼담을 나눴다고 말했다.

혼담이 삐끗하자 국구는 본처에게 부탁할 수밖에 없었다. 그가 본처에게 혼처를 물색해 달라고 부탁하자 장 씨는 폭소를 터트릴 뻔했다. 그 자리에서 당장 욕을 하고 싶었다.

'심가에 시집오는 게 뭐 대단히 좋은 일이라도 되는 줄 아나봐? 나 하나 고생시키는 것도 모자라 내 친지들의 멀쩡한 딸까지 생고생시키려고? 꿈도 야무지시군!'

아들이 생긴 다음부터 그녀는 이제 화가 나도 꾹 참고 아무 말 못 하던 예전의 장 씨가 아니었다. 그녀는 남편을 향해 쌀쌀맞게 웃으며 말했다.

"나리의 큰아들은 지금껏 저한테 어머니 소리 한번 한 적이 없습니다. 마음속으로 그리워하는 건 오로지 제 이모겠죠. 들어올 며느리도 절 시어머니로 모시지 않을 겁니다. 나리께서는 정말 사람을 잘도 희롱하시는군요. 절 못살게 구시더니 이제 우리 장씨 집안까지 만만하게 생각하시는 겁니까? 정말 너무하십니다!"

심종홍은 체면을 구겼지만 아무런 반박도 하지 못했다. 그저 이를 꽉 물고 아들에게 문안 와서 사죄하게 하겠다고 말했다.

그러자 장 씨가 그를 말리며 한탄했다.

"아무리 핏줄이라도 마음까지 나리 뜻대로 되겠습니까? 강제로 절 어머니로 인정하게 한대도 마음에서 우러나오지 않으면 그게 다 무슨 소용이겠습니까. 생모를 그리워하는 건 하늘의 이치지요. 불순한 의도를 가진 자가 제가 자신의 생모를 죽인 것처럼 이간질한 게 원망스러울 뿐입니다."

그녀가 눈물을 흘리며 말했다.

"형님이 세상을 떠났을 때 저는 천 리 밖에 있었습니다. 당시 장가와 심가는 아무 관련도 없는데 영문도 모르고 그런 누명을 쓰다니 정말 원통합니다!"

심종흥은 불순한 의도를 지닌 사람이 누군지 알고 있었지만 입을 열 수 없었다. 그저 추가의 실수와 아들의 어리석음을 탓했다.

"녀석이 자라면 자연스럽게 이해하게 될 거요."

그는 장 씨에게 미안한 마음이 들어 말투를 누그러뜨렸다.

장 씨는 기세를 몰아 더 슬픈 척하며 말했다.

"됐습니다. 저도 나리 큰아들에게 봉양 받을 생각 없습니다. 그냥 서로 남처럼 살면 그만이지요. 그런데 나리 큰아들이 제게 편견이 있는 마당에 신부를 제가 물색해 온 걸 알면 기분이 좋겠습니까? 괜히 그 처자까지 곤욕을 치르겠죠. 둘 사이가 나빠서 사돈댁의 노여움까지 살까 무섭습니다."

심종흥은 일리 있는 말이라 여겨 그 뒤로는 장 씨에게 아들 혼처를 알아봐 달라고 하지 않았다. 그렇게 몇 개월이 흐르고 속수무책이 된 심종흥은 황후에게 도움을 청할 수밖에 없었다. 결국…….

명란은 마시고 있던 차를 뿜을 뻔했다.

"뭐라고요? 국구 나리가 적장자를 폐하의 부마로 보내려 한단 말이에요?"

장 씨는 여유롭게 치맛자락에 달린 술을 만지작거렸다.

"딱 좋지 않나요? 첫째 공주마마와 나리 큰아들은 나이와 용모도 잘 어울리고, 고종사촌이라 서로의 사정을 잘 압니다. 양쪽에 다 좋은 일이죠. ……공주마마도 심가가 얼마나 추가를 후하게 대했는지 느낄 수 있을 거예요."

어쨌든 나중에 심종홍이 죽으면 그녀는 바로 아들을 데리고 나가서 자유롭게 살 것이다.

명란은 한동안 말을 이을 수 없었다. 그거 참…… 창의적인 발상인데.

〈8권에 계속〉

서녀명란전 7

초판 1쇄 인쇄 2020년 5월 20일 초판 1쇄 발행 2020년 5월 28일

지은이 관심즉란关心则乱
옮긴이 (주)호연
펴낸이 연준혁

웹소설본부 본부장 이진영
책임편집 최은정 윤가람
디자인 김태수
표지 그림 감몬

펴낸곳 (주)위즈덤하우스 출판등록 2000년 5월 23일 제13-1071호
주소 경기도 고양시 일산동구 정발산로 43-20 센트럴프라자 6층
전화 031-936-4000 팩스 031-903-3893
홈페이지 www.wisdomhouse.co.kr

값 14,000원
ISBN 979-11-90786-46-1 04820
979-11-90427-73-9 04820(세트)

* 이 도서의 국립중앙도서관 출판예정도서목록(CIP)은 서지정보유통지원시스템 홈페이지(http://seoji.nl.go.kr)와 국가자료종합목록 구축시스템(http://kolis-net.nl.go.kr)에서 이용하실 수 있습니다. (CIP제어번호 : CIP2020018517)